Von Colin Forbes
sind als Heyne-Taschenbücher erschienen

Target 5 · Band 01/5314
Tafak · Band 01/5360
Nullzeit · Band 01/5519
Lawinenexpreß · Band 01/5631
Focus · Band 01/6443
Endspurt · Band 01/6644
Das Double · Band 01/6719
Die Höhen von Zervos · Band 01/6773
Gehetzt · Band 01/6889
Fangjagd · Band 01/7614
Hinterhalt · Band 01/7788
Der Überläufer · Band 01/7862
Cossack · Band 41/9
Nullzeit/Lawinenexpress/Target 5 · Band 23/14
Tafak/Focus/Endspurt · Band 23/28

COLIN FORBES

FOCUS

Roman

WILHELM HEYNE VERLAG
MÜNCHEN

HEYNE ALLGEMEINE REIHE
Nr. 01/6443

Titel der englischen Originalausgabe
THE STOCKHOLM SYNDICATE
Deutsche Übersetzung von Henrich Markolf

10. Auflage

Printed in Germany 1992
Umschlagfoto: Peter J. Kahrl, Neustadt-Wied
Umschlaggestaltung: Atelier Ingrid Schütz, München
Gesamtherstellung: Presse-Druck Augsburg

ISBN 3-453-02018-9

Für Jane

Vorbemerkung

Den folgenden Personen möchte ich meine Dankbarkeit aussprechen für die Hilfe und die Zeit, die sie mir bei meinen Recherchen zur Verfügung stellten, und ich möchte gleichzeitig betonen, daß sie in keiner Weise für faktische Irrtümer, die mir unterlaufen sein mögen, verantwortlich sind.

Henry Augustsson, Goldschmied; Iwan Hedman, schwedische Armee; Otto Holm, schwedische Polizei; Marie-Luise Telegin und zwei weitere, die namenlos bleiben müssen.

Kapitel 1

Das tödliche Spiel hatte begonnen. Es ging auf Mitternacht zu, und Jules Beaurain begann seinen Weg über die Grande Place. Er wirkte entspannt, aber seine Blicke waren überall, und er überprüfte Fenster, Dächer, Hauseingänge nach irgendwelchen Anzeichen der leichtesten Bewegung.

»Ich mag das gar nicht. Für deren Scharfschützen wärst du doch eine lebende Zielscheibe«, hatte Sergeant Henderson ihn gewarnt.

»Eine Zielscheibe, die sich bewegt«, hatte Beaurain erwidert. »Und deine Männer sitzen ja an der ganzen Strecke verteilt.«

»Ich kann aber nicht dafür garantieren, daß sie ihn sehen, ehe er dich sieht«, hatte der Schotte stur geantwortet. »Eine einzige Kugel reicht aus . . .«

»Genug geredet, Jock«, hatte Beaurain gesagt. »Wir werden es so machen. Sag all deinen Schützen, daß ich ihn lebendig haben will.«

Und jetzt wurde es also so gemacht.

Brüssel war in dieser warmen Juninacht fast verlassen. Ein paar Touristen standen am Rand der Grande Place; sie hatten noch keine Lust, schlafen zu gehen, aber sie wußten auch nicht, was sie als nächstes unternehmen sollten. Beaurain ging weiter auf die andere, dunkle Seite zu. Er war vierzig Jahre alt, einsachtzig groß, hatte dichtes Haar und dunkle Augenbrauen und trug das Haar über der hohen Stirn zurückgekämmt. In seiner Haltung lag etwas Militärisches – ein Eindruck, der durch den gepflegten Schnurrbart und den kräftigen Unterkiefer noch verstärkt wurde.

Beaurain war in Lüttich geboren, seine Mutter war Engländerin, sein Vater Belgier. Im Alter von siebenunddreißig war er zum Chef der belgischen Polizei aufgestiegen, wo er die Abteilung zu Bekämpfung des Terrorismus leitete. Ein Jahr später geriet Julie, seine englische Ehefrau, während einer Flugzeugentführung auf dem Athener Flughafen in einen Schußwechsel mit Terroristen und kam dabei um. Beaurain hatte daraufhin den Dienst bei der Polizei quittiert. Seit damals hatte er die Abteilung »Telescope« aufgebaut.

Ein Vorhang bewegte sich an einem hochgelegenen Fenster. Es lag im dritten Stock, eine ausgezeichnete Schußposition. Der Vorhang teilte sich. Ein Mann in einer Weste stützte sich aufs Fensterbrett und spähte nach unten auf den Platz. Beaurain beachtete ihn nicht. Das Fenster war hell erleuchtet und zeigte die Silhouette des Beobachters. Ein Profi würde solch einen Fehler nicht begehen.

Es war das dritte Mal, daß Beaurain zur gleichen Stunde diese

Strecke abging. Vorher hatte er sowohl die Zeit als auch die Strecke immer geändert. Das war die einzige Möglichkeit, am Leben zu bleiben, wenn man erst einmal zur Zielscheibe des Syndikats geworden war. Er blieb an der Einmündung der Rue des Bouchers stehen, einer kopfsteingepflasterten Straße, die von der offen Fläche des Platzes wegführte und bergauf ging. Beaurain wünschte sich sehnlichst, er könnte eine Zigarette rauchen.

»Keine Zigaretten«, sagte Henderson. »Dadurch könntest du schon auf Entfernung ausgemacht werden. Mach es ihm schwer – zwing ihn, zu dir zu kommen . . .«

Beaurain warf einen letzten Blick über die Schulter zum Platz hinüber. Er zuckte die Achseln, überzeugt davon, daß die Touristen unschuldig genug waren, und betrat die Pflastersteine der »Metzgergasse«. Der Instinkt sagte ihm, daß der Angriff in dieser schmalen Straße erfolgen würde. Denn hier gab es ein halbes Dutzend mögliche Fluchtwege, Gäßchen und Seitenstraßen.

»Halte dich im Schatten«, sagte Henderson. »Dann kann er nicht richtig zielen . . .«

Beaurain hielt ein gleichmäßiges Tempo, während er die Straße hinaufging. Henderson hatte an dieser Strecke zwanzig bewaffnete Männer an strategischen Punkten aufgestellt. Einige hielten sich auf Straßenniveau versteckt, andere saßen an Fenstern in oberen Stockwerken, wo sie mehr Überblick hatten. Manche waren sicher auch auf den Dächern postiert. Und irgendwo hatte Henderson seine Kommandostellung, von der er mit jedem Mann per Walkie-talkie Verbindung hatte. Jetzt war der Augenblick, in dem der Betrunkene erschien. Er torkelte die Straße herunter auf Beaurain zu. Er sang leise vor sich hin. Dann blieb er stehen, lehnte sich gegen eine Mauer und stellte mit der linken Hand eine Flasche auf den Kopf. Es war Stig Palme, einer von Hendersons Scharfschützen. Die rechte Hand hielt er für die Pistole frei. Während der Belgier vorbeiging, drückte er sich an die Mauer. Palme war die Rückendeckung, der Schütze, der gleich die Richtung ändern und hinter Beaurain heranschwanken würde, um ihm von hinten Deckung zu geben. Aber jetzt kam ein neues Problem – noch mehr beleuchtete Stellen.

Aus den Fenstern, die in dieser warmen Nacht geöffnet waren, hörte Beaurain das Stimmengemurmel von Restaurantbesuchern, das Lachen von Frauen und das Klingen von Gläsern. Er hatte keine andere Möglichkeit, als durch die breiten Lichtstreifen hindurchzugehen – eine Silhouette, die sich langsam bewegte.

Beaurain war lässig gekleidet. Er trug einen dunklen Pullover mit rundem Ausschnitt, dunkelblaue Hosen und Schuhe mit Gummisohlen. Über dem rechten Arm hielt er ein Jackett. Und dann entdeckte er etwas, das ihm wirklich Sorgen machte.

Vor sich auf seiner Strecke sah er einen Lieferwagen, der an der Kreuzung einer Seitenstraße parkte. Auf den Hecktüren stand in großen weißen Buchstaben »Boucher«. Jede Tür hatte ein hochliegendes Fenster, das aussah wie ein Bullauge. Warum hatte er bloß geglaubt, daß das Syndikat nur einen einzigen Mann schicken würde? Angenommen, man hätte seinen Weg mit einem Team besetzt, das den Killer dann an sein Ziel führte . . . Und vor allem – wer bekam wohl zu dieser Nachtstunde noch eine Fleischlieferung? Etwas rieb sich an seinem Bein.

Beaurain erschrak nicht. Er blieb auch nicht stehen. Er warf einen schnellen Blick nach unten. Eine fette, graugestreifte Katze strich noch einmal an ihm vorüber und stapfte dann vorauf. Ihr Schwanz wehte wie eine Standarte. In Abständen blieb das Tier stehen, um sich zu versichern, daß Beaurain noch bei ihm war. Während er eine Seitenstraße zu seiner Rechten passierte, sah er ein Liebespaar, das sich gerade innig umarmte. Gute Deckung für einen Pistolenschützen, das war Beaurain klar. Wenn nur Palme, dessen Stimme er gerade noch hören konnte, näher heran wäre! Aber das Pärchen hatte sich nicht bewegt, ehe er es wieder aus den Augen verlor. Palme würde mit ihnen fertig werden müssen, wenn sie Ärger machten. Beaurains Blick hing jetzt an den zwei Bullaugen im Heck des geparkten Lieferwagens. Der Feind würde sein Herannahen beobachten, und er selbst mußte zu viel auf einmal im Auge behalten – den Lieferwagen, die verschiedenen Straßen, die in die Kreuzung einmündeten, die Fenster über den Restaurants.

Und dann passierte es. Es passierte genau auf die Weise, die er für unmöglich gehalten hatte. Der Attentäter wählte den direkten Angriff. Aus dem Nichts tauchte er an der Ecke dicht neben dem geparkten Lieferwagen auf – ein untersetzter, schwergebauter Mann in einem leichten Regenmantel. Mit beiden Händen hob er eine große 08-Pistole, deren Mündung durch den aufgesetzten Schalldämpfer unanständig vergrößert wurde.

Beaurain bekam einen kurzen Eindruck – ein rundes, grobes Gesicht, kalte Augen. Dann schleuderte er seine Jacke fort, ließ sich auf die Pflastersteine fallen und rollte mit großer Behendigkeit zur Seite. Der Scharfschütze hatte zwei Möglichkeiten – er konnte die Pistole in einem Bogen herumschwingen und sie dann aufs Ziel senken, oder er konnte die Pistole senken und sie dann in einem Bogen herumschwingen. Er wählte die letztere Möglichkeit. Die falsche. Denn dadurch bekam Beaurain zwei zusätzliche Sekunden Zeit.

Er hob die Gaspistole, die er unter der Jacke in der Hand gehalten hatte, zielte und feuerte in einer einzigen Bewegung. Das Tränengasgeschoß traf den Killer an der Brust, explodierte und hüllte sein Gesicht in eine Gaswolke. Die Hecktüren des Lieferwagens wurden aufgerissen, und Henderson sprang aus seiner versteckten Kommandostellung. Mit beiden Händen packte er den Schußarm des Attentäters und riß ihn in einer wilden Bewegung nach oben und nach hinten. Etwas krachte. Der Mann riß den Mund auf, um zu schreien.

Palme hatte eine erstaunlich lange Strecke den Hügel hinauf in Sekunden zurückgelegt. Seine geballte Faust traf den offenen Mund und erstickte den Schrei. Dann grub sich sein Knie in die Magengrube des Mordschützen. Der Mann wäre unter der Wucht des Stoßes wie ein Taschenmesser zusammengeklappt, aber Henderson hielt ihn mit eisernem Griff aufrecht. Henderson trug eine Gasmaske. Aber Palme machte das Tränengas Schwierigkeiten und zwang ihn, zurückzutreten.

Andere, die auch Gasmasken trugen, waren aus dem Lieferwagen aufgetaucht und umringten jetzt Henderson und seinen Gefangenen. Sie halfen ihm, den Mann zum Fahrzeug zu zerren und hineinzuhieven. Die Hecktüren schlossen sich. Henderson riß sich die Gasmaske ab, reichte sie dem Fahrer und befahl ihm, loszufahren. Palme hob die 08-Pistole auf, gab sie Henderson und kletterte noch rasch neben dem Fahrer in den Wagen.

Beaurain hatte seine Jacke wieder aufgenommen und die Pistole darin verschwinden lassen. »Ich habe Ihren Wagen unten in der Seitenstraße«, sagte Henderson; aber Beaurain war in diesem Augenblick abgelenkt. Eingerahmt vom nächsten Restaurantfenster erschien der Kopf einer Frau, die sich von einem Kellner die Zigarette anzünden ließ. Die Frau hatte dunkles Haar; sie speiste offenbar allein.

»Wir fahren jetzt besser los, Sir«, drängte Henderson.

Erst als er es sich auf dem Beifahrersitz bequem gemacht hatte und Beaurain hinter dem Lenkrad saß, war der Schotte in der Lage, sich etwas zu entspannen und seine Information weiterzugeben. Beaurain startete den Mercedes 280 E und fuhr auf eine Ringstraße, die sie südlich aus der Stadt hinausführen würde.

»Der Kerl, den wir geschnappt haben, war Serge Litow. Hab' ihn in Paris mal beschattet.«

»Sie haben einen Russen geschickt? Das verstehe ich nicht«, sagte Beaurain. »Wir haben zwar erfahren, daß er desertiert ist, aber wissen wir auch wirklich, auf wessen Seite er jetzt steht?«

»Ich hatte eigentlich erwartet, daß sie Baum schickten. Der ist doch weit gefährlicher.«

»Ja, seltsam, was?« stimmte Beaurain zu. »Und wieso waren Sie mit Ihrem Kommandowagen zufällig genau am richtigen Fleck?«

»Das war teils Glück, teils Geheiminformation. Unsere Scharfschützen haben das Gebiet durchkämmt, und in der Nähe der Kreuzung haben sie eine versteckte Suzuki gefunden. Ganz heiße Geschichte – und ich hatte den Eindruck, daß es vielleicht ein Fluchtgerät sein könnte. Also habe ich Peters aufgetragen, die Maschine anderswo hinzustellen. Dann haben wir statt dessen den Lieferwagen an der Kreuzung geparkt. Schien mir der richtige Platz zu sein. Alles in Ordnung, Sir?«

»Wissen Sie was, Henderson? Aus irgendeinem Grunde schwitze ich.«

»Das ist wohl die warme Nachtluft, Sir.«

»Vielleicht sind wir auch ein bißchen zu früh weggefahren.«

»Ich dachte, laut Plan sollten wir raus aus dem Gebiet und so schnell wie möglich zur Basis zurück, sobald wir den Fisch im Netz hätten.«

»Nein, ich meine nicht den Lieferwagen – ich meine Sie und mich. Angenommen, Litow hätte es geschafft, mich umzulegen. Dann hätten Sie wiederum ihn umgelegt – hätte ja leicht passieren können. Das Syndikat muß diese Möglichkeit vorausgesehen haben. Was tut man denn in einem solchen Fall?«

»Man setzt jemanden als Beobachtungsposten ein, der anschließend Bericht erstattet. Aber – gab es denn da überhaupt eine Stelle, an der man einen Beobachter hätte postieren können?«

»In dem Restaurant gegenüber der Seitenstraße.«

Damit mehr kühle Luft hereinkam, drückte Beaurain auf den Schalter, und das Sonnendach seines geliebten 280 E glitt zurück. »Möglicherweise irre ich mich auch«, schloß Beaurain und beschleunigte; er wollte den Lieferwagen überholen, der Litow transportierte und irgendwo vor ihnen fuhr. Aber er konnte noch immer nicht den schlanken weißen Arm des Mädchens vergessen, das dem Kellner die Zigarettenspitze hingehalten hatte. Es ärgerte ihn, daß er ihr Gesicht nicht richtig gesehen hatte.

Kapitel 2

Sonia Karnell hatte alleine am Fenstertisch in der ›Auberge des Roses‹ gesessen und das brutale Geschehen in der Rue des Bouchers mit Hilfe des Spiegels in ihrer Puderdose beobachtet. Der Spiegel war aus feinstem Glas und immer auf Hochglanz poliert; er war eins der Hilfsmittel ihres Gewerbes. Während all die anderen Restaurantbesucher ihre Mahlzeit genossen und nichts bemerkten, spielte Sonia die eitle Dreißigjährige, die immer wieder ihr Spiegelbild ansehen mußte.

Sie beobachtete den schnellen, entscheidenden Angriff auf Serge Litow. Die mörderische Gründlichkeit von Telescope beeindruckte Sonia, und sie entschloß sich, das in ihrem Bericht auch auszusprechen. Sie wartete zehn Minuten und ließ sich dann die Rechnung bringen.

Während sie das Restaurant verließ, ignorierte sie die bewundernden Blicke mehrerer männlicher Gäste. Sie ging schnell zu dem gemieteten Peugeot, den sie in einiger Entfernung geparkt hatte. Da auf den Straßen, als sie erst einmal die Stadt verlassen hatte, fast kein Verkehr mehr herrschte, erreichte sie in weniger als zwei Stunden ihren Zielort.

Wenn man in Brügge einfuhr, dann bekam man den Eindruck, als sei man mit einer Zeitmaschine fünfhundert Jahre zurückversetzt worden. Die alte Stadt war ein Labyrinth aus Wasserwegen und mittelalterlichen Plätzen und Straßen. Sonias Nerven machten sich zwar langsam bemerkbar, als sie sich der Hoogste van Brugge näherte. Aber der Mann, den sie besuchen wollte, machte ihr richtige Sorgen. Überbringern von schlechten Nachrichten gegenüber war er nicht sehr freundschaftlich eingestellt.

Es war zwei Uhr morgens, als sie den Wagen parkte. Sie ging ein kurzes Stück in eine Seitenstraße hinein und bog dann in die enge, gepflasterte Gasse ein, die »Hoogste van Brugge« hieß. Dr. Otto Berlin wohnte während seiner seltenen Aufenthalte in Brügge im Haus Nummer 285.

Während sie mit dem Schlüssel die schwere Tür von Nummer 285 aufschloß, verschwendete Sonia Karnell keinen Gedanken an das gegenüberliegende Gebäude.

Die Filmkamera, die mit einer Infrarot-Telefotolinse ausgerüstet war, wurde von einem geduldigen Flamen bedient. Er ließ die Kamera laufen, sobald Sonia sich dem Gebäude näherte, obwohl er keine Ahnung hatte, ob die dunkelhaarige Frau irgendwie mit dem Haus

Nummer 285 in Verbindung stand. Er ließ die Kamera weiterlaufen, bis die junge Frau die Tür hinter sich geschlossen hatte. Die Fenster auf der anderen Seite waren von schweren Vorhängen verhüllt.

»Es hat nicht funktioniert – Litow hat versagt. Noch schlimmer, Telescope hat ihn lebend gefangengenommen und ihn in einem Lieferwagen weggeschafft, der schon bereitstand.«

Sonia hatte es eilig, das Schlimmste zuerst loszuwerden, denn sie wußte nicht, wie ihr Chef reagieren würde. Dr. Berlin saß hinter einem mit grünem Billardtuch überzogenen Tisch in einem winzigen Raum im ersten Stock. Das einzige Licht kam von einer Lampe aus Milchglas, die auf dem Tisch stand und mit dunkelrotem Tuch verhängt war. Sonia schaute ihren Chef über den Tisch hinüber an. Sie hatte den Stuhl dicht herangezogen, damit ihr Rücken gestützt war. Er sagte nichts, und sie redete weiter, um ihn zu beruhigen. Sie war zwar in Stockholm geboren, aber sie sprach fließend französisch.

»Telescope hatte überall Leute. Ich habe es aus dem Restaurant gesehen, in das Litow mich hineingeschickt hat. Beaurain kam wieder einmal zu Fuß die Straße herauf . . . Es sah alles so unauffällig und natürlich aus . . . Den Lieferwagen hatte ich überhaupt nicht bemerkt, aber drinnen waren ein paar von ihnen versteckt . . . Sie strömten förmlich heraus, als Litow aus kurzer Entfernung schießen wollte. Ausgerechnet Litow! Wie konnte er nur in eine solche Falle hineinstolpern?«

»Er ist nicht hineingestolpert.«

Berlin war ein übergewichtiger Mann, mit Sicherheit nicht mehr vierzig, aber wahrscheinlich auch noch keine sechzig. Sein fettiges schwarzes Haar hing ihm in die Stirn. Er trug einen dunklen Schnurrbart, der an den Mundwinkeln herabhing, und seine Brille hatte einen breiten Rand und dicke, runde Gläser. Er trug Schweinslederhandschuhe. Er hatte Karnell in der Sprache geantwortet, die sie benutzte. Jetzt starrte sie ihn an, verblüfft über die letzte Antwort.

»Nicht?« wiederholte sie. »Aber ich bin sicher, daß es Litow war.«

»Es war auch Litow«, stimmte Berlin zu.

»Aber wenn es Litow war, dann verstehe ich gar nichts mehr«, sprudelte sie heraus. »Sein Job war es doch, Beaurain umzulegen und dann zu flüchten.«

»Nein. Seine Aufgabe bestand darin, sich bei Telescope einzuschleichen und festzustellen, wo sich der zentrale Stützpunkt befindet. Erst dann können wir einen Plan ausarbeiten, mit dem wir Telescope und alles, was damit zusammenhängt, vernichten können.«

»Und Litow«, protestierte Karnell, »wenn man ihn zu diesem Stützpunkt bringt, soll dann einfach die Lage feststellen, fliehen und mit der Information zu uns zurücksausen? Litow wird natürlich mit Leichtigkeit fliehen können . . .«

Berlin beugte sich über den Tisch. Im Schein der Lampe streckte sich sein riesiger Schatten drohend über die Decke. Er schlug Sonia mit dem Handrücken ins Gesicht. »Rede nie wieder in diesem Ton mit mir«, sagte er.

»Ich war nur über das erschrocken, was Sie da gesagt haben«, stammelte sie. »Über die Tatsache, daß Sie mir nicht vertraut haben.«

»Du weiß doch, wie wir arbeiten, meine liebe Sonia.« Seine Stimme klang jetzt wie ein beruhigendes Schnurren, das aber die deutlich ausgesprochene Drohung nicht mehr überdecken konnte. »Jeder weiß nur soviel, wie nötig ist, um seinen augenblicklichen Job zu erledigen. Ich glaube, wir fahren jetzt los. Du hast den Wagen am T'Zand geparkt? Gut. Auf dem Weg werden wir das ganze Netz warnen, damit alle für Beaurains nächsten Schachzug bereit sind.«

Der Schlag ins Gesicht hatte Sonia eigentlich nicht weh getan. Er war wenig mehr gewesen als eine bärenhafte Zärtlichkeit. Hätte Berlin wirklich zugeschlagen, dann hätte Sonia ausgestreckt auf dem Fußboden vor der Wand gelegen, wahrscheinlich mit gebrochenem Hals. Er stand auf, und sie rümpfte die Nase über seinen schmierigen, zerknitterten Anzug. Berlin nahm zwei Handgranaten aus einem Schrank, untersuchte jede einzelne sorgfältig, und steckte dann eine in jede Jackentasche. Die Granaten waren scharf und gebrauchsfertig.

Auf der Treppe nach unten ging er voran. Er quetschte sich zwischen dem Geländer und dem abblätternden Putz der Wand hindurch. Sonia Karnell schaute auf die Uhr. Zwei Uhr dreißig. Berlin war ein Mann, der es vorzog, seine Geschäfte und seine Reisen bei Nacht abzuwickeln. »Wer lebt schon während der dunklen Stunden?« war einer seiner Lieblingssprüche.

Sonia schaltete die Taschenlampe ein, die sie immer in der Handtasche bei sich führte, und folgte Berlin auf die Straße. Die Häuser in der Hoogste van Brugge, alle miteinander verbunden und alle vor Jahrhunderten erbaut, wirkten wie aufrechtstehende Streichholzschachteln – mit der Schmalseite zur Straße. Berlin hatte irgendwo eine Baskenmütze hergenommen und drückte sie sich auf den Kopf.

»Wollen Sie wirklich, daß die Nachricht an jeden Mann weitergegeben werden soll?« fragte sie. »Bis hinauf zur Spitze?«

»Bis hinauf zur Spitze«, versicherte er ihr.

Sein Gesichtsausdruck hinter den dicken Brillengläsern veränderte sich nicht, als das Licht ihrer Taschenlampe sich einen Augenblick darin spiegelte. Aber Berlin wußte, warum Sonia überrascht war, und warum sie ihm ins Gesicht starrte. Das Wort, das man nur in den seltensten Fällen benutzte, würde weitergegeben werden. Das Wort, das eine ganze Armee von Beobachtern aktivierte, die alle Aktivitäten von Jules Beaurain, dem Leiter der Gruppe Telescope, festhielten und weitergaben. Das Codewort lautete »Zenit«.

Es würde an Hotelportiers ausgegeben werden, an Flughafenpersonal, an Bahnbeamte, an Tankwarte, an Zoll- und Einwanderungsbeamte in den Häfen. Theoretisch wäre es dann für Jules Beaurain unmöglich, sich in Westeuropa zu bewegen, ohne daß man augenblicklich Berlin darüber Bericht erstattete.

Aber das Wort ging auch an Leute, die auf einem sehr viel gehobeneren Niveau arbeiteten. Was am wichtigsten war – und darüber war Sonia Karnell so erschüttert, als sie endlich begriffen hatte, daß es sich um einen Zenit-Auftrag handelte –, das Wort würde an Männer ausgegeben werden, denen Banken und Industrie unterstanden. Diese Männer würden mit dem gleichen Eifer, getrieben von der gleichen Angst wie der einfachste Gepäckträger, über jeden Kontakt berichten, den sie von jetzt an mit Jules Beaurain hatten. Mit dem nächsten Codewort, das man ausgab, würde man ihn töten.

Am Fenster im ersten Stock des gegenüberliegenden Hauses hatte Fritz Dewulf eifrig seine Filmkamera bedient. Die Aufnahmen der Frau würden gut werden. Bei dem Mann sah es wahrscheinlich noch viel besser aus – Dewulf war da ganz zuversichtlich. Er hatte das Gesicht voll auf den Film bekommen, als der Mann in beide Richtungen die Straße hinabgestarrt hatte. Dewulf hoffte, daß es nun auch tatsächlich der Mann war, an dem Dr. Goldschmidt solches Interesse gezeigt hatte, denn der Doktor zahlte nach Wert – nach Marktwert.

Ich frage mich, wem Goldschmidt wohl diese hübschen Bildchen zur richtigen Zeit verkaufen will, überlegte Dewulf, während er es sich gemütlich machte, um den Rest der Nachtwache durchzustehen. Es war ja möglich, daß der Besitzer des Hauses Nummer 285 später zurückkehrte, wenn Dewulf das auch bezweifelte. In der Art, wie der fette Mann die Straße hinuntergeschlurft war, hatte etwas Endgültiges gelegen. Jedenfalls für die nächsten paar Stunden. Ein plötzlicher Gedanke fuhr dem Fotografen durch den Kopf, und er grinste. Vielleicht verkaufte Goldschmidt den Film an genau den gleichen fetten Mann, der der Hauptdarsteller des Streifens war! So etwas war schon vorgekommen. Aber Dewulf wäre nicht zu dem Schluß gekommen, wenn er etwas über die Persönlichkeiten gewußt hätte, um die es hier ging.

Berlin saß schweigend und bewegungslos auf dem Beifahrersitz des Peugeot, während Sonia Karnell in Richtung Gent und Brüssel fuhr. Sonia, die fast jeden Wagen mit der Meisterschaft und Bravour eines professionellen Rennfahrers steuern konnte – nur eins ihrer vielen Talente, die Berlin zu schätzen wußte –, achtete darauf, daß sie das Schweigen nicht brach. Die Erfahrung hatte sie gelehrt, empfindsam auf die Stimmungen ihres Chefs zu achten; die geringste Fehleinschätzung konnte einen bösen Tobsuchtsanfall hervorrufen. Wenn der Chef zu einer Entscheidung kommen wollte, sagte er manchmal eine ganze Stunde lang nichts.

»Die Dunkelheit unterstützt meine Konzentration«, hatte er einmal erklärt. »Ich bin wohl als echtes Nachtlebewesen geboren, nehme ich an. Die meisten Menschen fürchten die Nacht – ich liebe sie.«

Sie passierten gerade zu beiden Seiten offene Felder, und in der Dunkelheit waren keine Anzeichen menschlicher Behausungen zu erkennen, als Sonia von der Hauptstraße abbog. Sie verlangsamte die Fahrt des Wagens, stellte sich auf das scharfe Gefälle ein und fuhr dann mit voll aufgeblendeten Scheinwerfern vorsichtig einen schlackebestreuten Feldweg entlang. Berlin rührte sich, als ob er aus tiefer Ohnmacht aufwachte.

»Wir sind schon da?« wollte er ziemlich überrascht wissen.

»Ja, Sie haben die ganze Zeit nachgedacht.« Sie sagte es so, wie man etwa sagte: Sie haben geschlafen.

»Wende den Wagen, so daß wir, falls nötig wird . . .«

Nur mit beträchtlicher Anstrengung und Willenskraft konnte Sonia einen verärgerten Ausruf unterdrücken. Im Gegensatz zu Berlin, der anscheinend nie müde wurde, war sie erschöpft und nervös, und die Aussicht auf ein Bett hatte für sie etwas ungemein Lockendes. Natürlich hätte sie den Wagen gewendet. Und Berlin wollte nur, daß Sonia, falls es Ärger gab, sofort wieder losbrausen konnte. Sonia verstand, daß das sein mußte. Aber es machte sie wütend, daß er es für notwendig hielt, sie daran zu erinnern.

Sie schaltete die Scheinwerfer aus, stellte den Motor ab und ließ den Zündschlüssel stecken. Als nächstes langte sie ohne ein Wort unter ihren Sitz und holte die Walther-Pistole heraus. Sie legte die Waffe in Berlins Schoß, wandte sich ab und öffnete die Fahrertür.

»Sieh erst nach, ob Frans und das Biest allein sind, ehe du an Bord gehst.«

Diese Warnung erstaunte sie. Irgend etwas ganz Gewaltiges stand bevor, oder er würde sie nicht so behandeln. Sie mußten dem Höhepunkt der Operation gegen Telescope ganz nahe sein, dachte sie. Sie packte die Taschenlampe und arbeitete sich den wenig benutzten Pfad entlang. Der Gestank des Kanals stieg ihr in die Nase. Jetzt mußte sie wieder klettern, um das Ufer zu erreichen, wo Frans Darras' Boot lag. Als sie oben war, beleuchtete der dünne Strahl ihrer Taschenlampe die große dunkle Masse des Schleppkahns. Dann – so schien es ihr – flammte ein Suchscheinwerfer auf und strahlte ihr in die Augen. Sie konnte überhaupt nichts mehr sehen, verdammt. War das die Polizei? Und in ihrer Handtasche steckte eine Walther-Automatik mit Zusatzmagazin. Sie hob eine Hand, um sich gegen den blendenden Glanz abzuschirmen. Aus der Nähe hörte sie Frans' Stimme. Er sprach französisch.

»Sie ist es, Rosa. Du kannst das Licht ausschalten.«

Sonia, noch immer geblendet, ließ ihren Gefühlen freien Lauf. »Du blöder Trampel! Hättest ja auch rufen können, anstatt die ganze Welt mit dieser verdammten Lampe auszuleuchten!«

Es war Frans, der aus der Dunkelheit herauskam; er hielt eine Schrotflinte in der Hand, und er zeigte ihr mit der eigenen Taschenlampe den Weg auf das Schiff.

»Wir haben einen Zenit-Auftrag, Frans. Deshalb bin ich hier.«

»Zenit!«

»Sprich leise, Mann.«

Frans nahm Rosa die Lampe ab und reichte ihr die Schrotflinte. »Halt auf Deck die Augen offen«, sagte er. Dann wandte er sich mit gedämpfter Stimme an Sonia, während er zu der Stelle hinüberzeigte, wo der Wagen geparkt stand: »Er ist – hier?«

»Er ist hier. Über die idiotische Idee mit dem Suchscheinwerfer wird er sich gar nicht freuen.« Sie gingen unter Deck.

»Es ist meine Schuld – ich hab' ihr gesagt, sie soll die Lampe ausrichten, und ich wollte dann mit der Schrotflinte im Dunkel bleiben. Wir hatten den Wagen gehört . . . Wie konnten wir sicher sein, daß du es warst und nicht die Polizei oder die anderen?«

»Was für andere?«

Sonia zwang sich, ganz lässig zu sprechen, aber sie konnte ihm nicht in die Augen schauen, aus Angst, ihren Schrecken über das zu zeigen, was er gerade angedeutet hatte.

»Ich meine natürlich Telescope . . .« Er hielt mitten im Satz inne.

»Ich gebe das Signal weiter«, murmelte er dann und machte einen Schrank auf. »Wie lautete die vollständige Botschaft? Ich schreibe sie mir auf.«

»Ja, das machst du wohl besser«, sagte sie kalt und beobachtete jetzt jede seiner Bewegungen. »Sende über das ganze Netz: ›Jules Beaurain, Ex-Chef belgische Polizei, hat Apartment Nähe Boulevard Waterloo, Brüssel. Zenit, ich wiederhole: Zenit.‹ «

Darras nahm ein Bündel zerknitterter und zusammengerollter Kleidung aus dem unteren Fach des Schrankes und fummelte an der Oberkante der Rückwand herum. Die solide aussehende Rückwand glitt beiseite, und ein starkes Sendegerät wurde sichtbar. Er drückte noch einen Knopf, eine Funkantenne schob sich heraus und stieg hinauf in die Nacht, neben die Fernsehantenne. Jetzt war er bereit, zu senden. Das Funksignal, das er ausschicken würde, war so stark, daß es jeden Teil von Westeuropa erreichen konnte. Er stellte auch eine Zeituhr auf drei Minuten ein, denn so lange durfte der Funkspruch nur dauern. Funküberwachungswagen der Polizei brauchten normalerweise fünf Minuten, um den Ursprung eines Funkspruches auszumachen, den sie auf ihren Lauschposten auffingen.

»Ich lass' euch jetzt allein«, sagte Sonia mit der gleichen kalten Stimme. »Setzt ihr das Schiff in Bewegung, ehe ihr anfangt zu senden?« wollte sie von Darras wissen.

»Ich warte nur darauf, daß du gehst.«

»Dann beeil dich.«

Sonia kletterte die schmierigen Stufen zum Deck hinab und spürte, wie die Planken sanft unter ihren Füßen vibrierten, während Darras seine uralte Maschine startete. Rosa war nirgendwo zu sehen. Sonia stolperte wieder den Pfad hinunter und stieg dann den von Brennesseln eingerahmten Schlackenweg hinauf. Berlin hatte die Parkleuchten ausgeschaltet. Er umklammerte die Walther-Pistole und reichte sie ihr, ohne ein Wort zu sagen. Er packte Sonias Hand, als sie nach dem Zündschlüssel langte.

»Du bist länger geblieben als gewöhnlich. Und was hatte das mit dem Licht zu bedeuten?«

Knapp und präzise – Berlin konnte Langatmigkeit nicht leiden – erzählte sie ihm, was sich abgespielt hatte. Er zog die Schultern nach vorn und hörte mit großer Konzentration zu.

»Was hältst du von der Sache?« fragte er schließlich.

»Ich mach' mir Sorgen. Diese Rosa gefällt mir nicht, das spielt zwar keine Rolle – trotzdem glaube ich, sie hat Einfluß auf Frans.«

»Und Frans selbst?«

»Der hat mir noch mehr Sorgen gemacht. Ich glaube, er wird schlampig. Ich war sicher, daß er schon senden wollte, als das Boot noch stillag.«

»Das ist mir auch komisch vorgekommen«, sagte Berlin gedankenverloren. »Laß jetzt den Wagen an.«

»Glauben Sie, wir sollten die Darras' aus dem Netz ausschließen?« fragte Sonia, während der Wagen schon wieder den Feldweg hinauf zur Straße fuhr.

»Die Sache ist viel ernster«, meinte Berlin. »Ich glaube, wir werden ihnen Besuch schicken müssen.«

Kapitel 3

Als man Serge Litow in den Fleisch-Lieferwagen zerrte und die Türen zuknallten, hatte er schon Schmerzen in dem Arm, den Henderson ihm gebrochen hatte. Aber zu dem, was man ihm in seinem harten Leben beigebracht hatte, gehörte es, Schmerzen zu ertragen. Er konnte noch immer klar denken, als der Wagen losfuhr.

Man hatte ihn auf eine Tragbahre gelegt, auf eine flache Ledercouch, die auf der linken Seite des Lieferwagens fest am Fußboden montiert war. Der Wagen war überhaupt wie ein Krankenwagen eingerichtet. Ein Mann, der auch wie ein Arzt eine Gesichtsmaske trug, beugte sich über Litow und untersuchte den Arm mit Hilfe einer an der Decke angebrachten Lampe. Dann sprach er Litow auf englisch an.

»Ich werde Ihnen Morphium injizieren, damit der Schmerz nachläßt. Verstehen Sie mich?«

Litow schaute die beiden anderen Männer an, die auf der Bank an der Seite des Lieferwagens saßen. Sie trugen Masken, dunkelblaue Hemden, die am Hals offenstanden, und Jeans. Einer von ihnen hielt eine Maschinenpistole quer auf dem Schoß. Zwei Paar Augen starrten Litow, der fließend englisch sprach, kalt an. Litow überlegte sich, ob er wohl in dieser Sprache antworten solle, eine Entscheidung, die möglicherweise für seine Zukunft lebenswichtig war. Denn dadurch konnte er seine wirkliche Nationalität verbergen.

»Woher weiß ich, daß in der Spritze Morphium ist?« fragte er.

»Haben Sie Angst, daß es sich um Sodium-Penthotal handelt – damit Sie reden? Als ein Mann meines Berufes würde ich das nicht tun – wenigstens nicht bei jemandem in diesem Zustand.« Die Stimme des Engländers war sanft, und in den ruhigen Augen, die Litow über die Maske beobachteten, lag etwas, das ihn dazu brachte, dem Mann zu trauen – trotz seiner Ausbildung. »Außerdem«, fuhr der Arzt fort, »haben Sie noch einen Flug vor sich. Warum wollen Sie nicht bequem reisen?«

Sobald man Litow auf die Bahre geworfen hatte, war sein unverletzter linker Arm mit Handschellen an einen der Tragegriffe angeschlossen worden. Beide Füße waren ähnlich gefesselt, und ein Lederriemen zog sich über seine Brust. Er war ganz hilflos, und Wellen des Schmerzes drohten, ihn wieder ohnmächtig werden zu lassen.

»Ich nehme die Spritze«, stimmte Litow zu und übertrieb die Rauheit seiner Stimme ein bißchen. Der Doktor wartete, bis der Wagen stehenblieb, wahrscheinlich an einer Verkehrsampel, betupfte dann schnell den gebrochenen Arm mit einer antiseptischen Lösung und führte die Nadel ein. Als der Lieferwagen weiterfuhr, wartete er auf eine glatte Straßenstrecke, richtete dann Litows Arm ein und schiente ihn.

Die Zeit verging; der Lieferwagen setzte seine Fahrt fort und beschleunigte jetzt, als ob er die Außenbezirke der Stadt hinter sich gelassen hätte. Litow versuchte, zwei Faktoren so akkurat wie möglich einzuschätzen: die ungefähre Richtung, in die der Wagen fuhr, und seine Geschwindigkeit. Dadurch konnte er grob kalkulieren, welche Entfernung er zurücklegte.

Am Anfang hatten sie mehrmals gehalten. Es waren Stops an der Ampel gewesen. Aber jetzt fuhren sie durch, als ob sie sich auf einer größeren Straße befänden. Litow wählte seinen Augenblick sorgfältig – als der Lieferwagen hielt und das Trio auf der gegenüberliegenden Lederbank nach vorn schaute, als ob Ärger zu erwarten wäre. Litow blickte in diesem Augenblick schnell nach unten auf seine Armbanduhr. Die hatte man übersehen. Es war zwei Uhr.

Als das Fahrzeug wieder weiterfuhr und die drei, die ihn gefangen hatten, sich entspannten, schloß Litow halb die Augen und schätzte, daß man jetzt grob zweihundert Kilometer gefahren war, wenn man die zwölf Stops und die Geschwindigkeit des Wagens berücksichtigte. Sie mußten also schon weit außerhalb von Brüssel sein. Waren sie nach Westen gefahren, zur Küste? Nein, die hätten sie schon vor langer Zeit erreicht. Nach Süden, Richtung Frankreich? Sie hätten jetzt schon längst die Grenze überquert – das bedeutete, daß sie eine Zollkontrolle hätten passieren müssen, und das war nicht der Fall. Nach Norden, nach Holland? Dort wäre das gleiche passiert. Für die Entfernung, die sie gefahren waren, lag die Grenze zu nah. Das gleiche traf auch auf Deutschland zu – blieb nur noch eine Richtung und ein

Gebiet, bei dem die gefahrene Entfernung stimmen konnte. Südosten: tief hinein in die Ardennen.

Beaurain fuhr die gleiche Strecke und hatte schon vor längerer Zeit den Lieferwagen überholt. Er hatte Namur durchfahren, wo die Klippen senkrecht zum Ufer der Maas abfielen. Zu dieser Stunde gab es kaum Verkehr, und der Wagen schien nur so durch die Dunkelheit zu gleiten. Hinter Namur durchfuhr er Marche-en-Famenne und Bastogne, wo sich zwischen Deutschen und Amerikanern während des Zweiten Weltkriegs eine dramatische Schlacht abgespielt hatte. Die Landschaft war einsam und abgelegen, ein Gelände mit hohen Kalksteinfelsen, Schluchten und dichtem Wald.

»Jock«, sagte Beaurain, während er langsamer fuhr und sich der gewundenen Straße anpaßte, »oberflächlich gesehen habe ich in Brüssel Glück gehabt. Wäre Litow nur eine Sekunde oder zwei schneller gewesen, dann hättet ihr mich in den Lieferwagen getragen.«

»Wir hatten alles gut organisiert. Du selbst warst ja auch schnell.«

»Das Motorrad. War's schwierig, es zu finden?«

»Eigentlich nicht, obwohl wir nach so etwas gesucht hatten. Es lehnte an der Wand eines Durchgangs, sehr dicht bei der Kreuzung.«

»Aha.« Beaurain warf einen Blick auf Hendersons Profil. Das sandfarbene Haar war kurz geschnitten, er war sauber rasiert, und der Knochenbau seines Gesichtes wirkte kraftvoll. Ein fester Mund, ein starker Unterkiefer und wachsame Augen, denen nichts selbstverständlich war. Beaurain hatte Glück gehabt, ihn für Telescope zu gewinnen, als Henderson den SAS verlassen hatte. Aber eigentlich war es umgekehrt, denn Henderson hatte den Special Air Service überhaupt nur verlassen, um sich Telescope anzuschließen. Die Bombe in Belfast, die die Verlobte des Schotten getötet hatte, war für Henderson ausschlaggebend gewesen, den Verlauf seines Lebens zu ändern. Nach Werdegang und Ausbildung war er der perfekte Mann, um die Schlüsselgruppe zu leiten, welche »Die Schützen« genannt wurde.

Das Funkgerät brummte, und Beaurain nahm den Hörer auf. Er fuhr mit einer Hand. Die Telefonverbindung knisterte und klärte sich dann. »Alex Carder hier«, sagte jemand mit leiser, aber energischer Stimme auf französisch. »Irgendwelche Neuigkeiten über die Lieferung?«

»Hier Bénédict«, erwiderte Beaurain. »Erwarten Sie die Ladung in dreißig Minuten. Haben Sie die Lieferscheine bereitliegen?«

»Ja, Sir«, erwiderte Carder. »Wir können die Ladung unmittelbar nach der Ankunft losschicken. Besonders jetzt, wo wir die Ankunftszeit wissen. Auf Wiedersehen.«

Beaurain hängte den Hörer ein. »Der Hubschrauber steht bereit, sobald Litow ankommt. Damit das Ganze funktioniert, muß sich alles schnell und reibungslos bewegen.«

»Ich habe über das nachgedacht, was du in der Rue des Bouchers gesagt hast. Ich glaube, du hast recht – das Syndikat muß wirklich einen Beobachter in der Nähe gehabt haben.«

»Und das bedeutet, sie wissen jetzt, daß wir Litow haben. Wir müssen uns also ausrechnen, wie sie darauf reagieren.«

»Noch etwas anderes macht mir Sorgen.« Der Schotte rutschte unruhig auf seinem Sitz hin und her. »Ich hab's dir gegenüber an Ort und Stelle nicht erwähnt, weil alles so schnell ging.«

»Was ist es denn?'

»Die 08-Pistole war noch gesichert, als wir sie Litow abgenommen haben.«

Sie waren jetzt mitten im Ardennerwald. Der Vollmond blitzte wie eine Riesenfackel durch die Palisade der Fichten, die die Straße säumten. Seit zwanzig Kilometern waren sie keinem anderen Fahrzeug mehr begegnet. Vor ihnen, an einer Kurve, beleuchteten die Scheinwerfer steinerne Säulen, und riesige schmiedeeiserne Tore wurden geöffnet. Auf einer Metallplatte an der linken Säule stand in verschnörkelten Buchstaben »Château Wardin«.

Im Château Wardin – hier hatte alles angefangen, dachte Beaurain, als er den kurvigen Fahrweg hinauffuhr. Hier hatte sich die Gruppe Telescope gebildet. Drei Tage nach dem Begräbnis seiner Frau war er noch in seinem Apartment in Brüssel geblieben und hatte sich geweigert, an die Tür oder ans Telefon zu gehen. Er hatte nichts gegessen, er hatte nur Mineralwasser getrunken. Am Ende der drei Tage war er wieder aufgetaucht, reichte seinen Rücktritt von der Stelle des Leiters der Terroristenabwehr ein und bat den Besitzer des Château Wardin um finanzielle Unterstützung.

Der Baron de Graer, Präsident der Banque du Nord und einer der reichsten Männer Europas, hatte Beaurain den Gegenwert von einer Million Pfund gegeben. Der Vater seiner verstorbenen Frau, ein Handelsbankier aus London, lieferte die zweite Million. Aber de Graers Geschenk, das Château Wardin, war auch wichtig gewesen, denn es lieferte das Übungsgelände für die Pistolenschützen, die Henderson zu Europas tödlichsten Kämpfern ausbildete.

Mit viel größerer Sorgfalt als bei den meisten sogenannten professionellen Geheimdiensten wurden die Leute ausgewählt. Sie mußten ein besonderes Motiv haben: Es mußten Männer und Frauen sein, die auf die gleiche Weise den gleichen Verlust erlitten hatten wie Beaurain. Ehefrauen, die ihre Männer im Gemetzel des zwanzigsten Jahrhunderts verloren hatten, das man lachend »Frieden« nannte. Henderson hatte mehrere Männer aus dem Special Air Service mitgebracht – und er hatte darauf geachtet, daß das Motiv niemals Geld war. Der Schotte verachtete Händlerseelen.

Telescope war bis jetzt in drei größere Operationen verwickelt gewesen. Am römischen Flughafen hatte die Gruppe vier Terroristen erschossen, die ein Flugzeug der Air France gekapert hatten. Niemand hatte Hendersons Scharfschützen ausmachen können, die anschließend als Krankenträger verkleidet in einem Notarztwagen verschwunden waren. Und in Düsseldorf war es die Belagerung einer Bank gewesen, bei der Geiseln beteiligt waren. Niemand bekam je heraus, wie die unidentifizierten Männer mit den wollenen Gesichtsschützern, die nur die Augen frei ließen, den ersten Stock erreicht hatten. Aber danach kamen sie über die Treppe herunter und vernichteten die schwerbewaffneten Räuber mit Tränengasgranaten und Maschinenpistolen. Wien: Da ging es um eine Flugzeugentführung durch armenische Terroristen – unbekannte Scharfschützen arbeiteten bei Nacht, brachten jeden Armenier um und verschwanden dann wie Gespenster. Aber in jeder Episode – und in vielen anderen – hatte die örtliche Polizei am Tatort den gleichen Gegenstand gefunden, sozusagen das Markenzeichen. Ein Teleskop.

Die meisten westeuropäischen Regierungen waren feindselig gegenüber dieser Privatorganisation eingestellt, die das erreichte, was den Regierungen nicht gelang. Aber anstatt es zu riskieren, daß die Öffentlichkeit von der Existenz der Gruppe Telescope erfuhr, schloß man lieber Kompromisse – man ließ die Leute in dem Glauben, daß die eigenen Sicherheitsdienste bei den Ereignissen in Rom, Düsseldorf und Wien die Hand im Spiel gehabt hatten.

»Da würden die Politiker ganz schön blöde aussehen, Jules«, hatte René Latour, der Leiter der französischen Spionageabwehr, erklärt, als er während eines Besuchs in Brüssel mit seinem alten Freund Beaurain zu Abend aß. »Kannst du dich noch an die Bemerkung erinnern, die ich dir gegenüber einmal ungefähr vor drei Jahren gemacht habe?« fuhr er fort. »Daß der Präsident mich als sein Teleskop betrachtet, weil ich den großen Überblick habe?«

»Nein, das weiß ich nicht mehr«, hatte Beaurain gelogen.

»Es ist mir wieder eingefallen, als all unsere Sicherheitsdienste eine Konferenz wegen der Gruppe Telescope hielten – und sich fragten, wer wohl der Chef eines solchen Verbandes sein könnte.«

»Wirklich«, hatte Beaurain erwidert. Er war Latours forschendem Blick ausgewichen und hatte das Thema gewechselt.

Information. Der Belgier hatte von Anfang an vorausgesehen, daß die schnelle und geheime Weitergabe von Informationen für seine Gruppe von ausschlaggebender Bedeutung war, wenn sie in der Lage sein sollte, mit der nötigen Geschwindigkeit und Rücksichtslosigkeit zu handeln. Und dazu, nur dazu, brauchte man Geld. Riesige Gehälter wurden an ein ausgedehntes Netz von Spionen in allen Branchen der Medien gezahlt, in vielen Zweigen der Regierung und in vielen Ländern. Und immer arbeiteten sie so, daß nichts durchsikkern konnte. Der eine rief eine Telefonnummer an, der nächste eine andere.

Aber das Château Wardin in seiner Abgelegenheit, mit seinem unübersichtlichen Gelände, der verborgenen Landebahn und dem Hubschrauberlandeplatz war der Schlüssel zur Gruppe Telescope. Hier lag Beaurains Hauptstützpunkt.

Sobald der Lieferwagen eingefahren war, schlossen sich die Tore von Château Wardin dahinter. Litow war noch wach. Er konzentrierte sich verzweifelt und versuchte auszumachen, was jetzt passierte und warum sie in letzter Zeit langsamer gefahren waren. Vor der plötzlichen, fast rechtwinkligen Kurve in langsamem Tempo waren sie ziemlich schnell eine Straße entlanggefahren, die vielen Kurven hatte. Das mußte irgendwo auf dem Land gewesen sein, denn lange Zeit hatte er kein Geräusch von irgendeinem anderen Fahrzeug gehört.

Außerdem gab es andere Hinweise darauf, daß sie sich dem Ziel näherten – die Wachen bewegten sich unruhig. Einer von ihnen kam herüber, um Litows Handschellen und den Riemen nachzusehen. Der Arzt verstaute seine Instrumente in einer Tasche. Der Wagen bewegte sich jetzt sehr langsam. Die ganze Zeit durchfuhr er Kurven, mal links, mal rechts. Litow begann über die Bemerkung des englischen Arztes nachzudenken. ›Sie haben ja noch einen Flug vor sich, eine Luftreise . . .‹

Die Anweisungen, die Dr. Berlin Litow persönlich gegeben hatte, waren klar und direkt gewesen. »Die Gruppe Telescope wird Sie gefangennehmen, und dann bringt man Sie zum Verhör in ihr Hauptquartier. Die genaue Lage dieses Stützpunkts muß ich wissen. Wenn

Sie die entdeckt haben, können Sie Ihre vielen Talente zur Flucht einsetzen. Es spielt keine Rolle, wie viele von den Telescope-Leuten getötet werden. Und wenn man Sie in Brüssel kassiert, wird man Sie mit Sicherheit nicht umbringen – oder mehr als nötig verletzen . . .«

Diese letzte Vorhersage hatte Litow immer wieder gewundert – fast hätte er Berlin gefragt, wie er so etwas als sicher annehmen könne. Nur, man stellte Dr. Berlin keine Fragen. Aber wie konnte Berlin wissen, daß man sich die Mühe machte, sein Leben zu schützen?

Der Wagen fuhr vorsichtig wegen der Kurven der mit Bäumen und dichtem Gebüsch gesäumten Einfahrt. Eine halbe Meile von den Toren entfernt umrundete der Wagen eine weitere Kurve, der Fahrweg wurde gerade, und der Mond beleuchtete ein großes mittelalterliches Château mit einem grauen Schieferdach. Die Fenster waren lang und hatten oben Rundbögen, und steinerne Stufen führten zu einer riesigen Terrasse hinauf.

Der Fahrer lenkte auf einen Fahrweg, der an der Seite des Châteaus vorüberführte, und setzte seine Fahrt durch dichtes Waldland fort. Als das Château nicht mehr zu sehen war, erreichten sie eine weite Lichtung.

Litow spannte sich. Die hinteren Türen wurden aufgerissen, und ein höllisches Geräusch donnerte an sein Trommelfell, das Geräusch der startenden Rotoren eines Hubschraubers.

Litow stieg mächtig der Duft eines Fichtenwaldes in die Nase. Die Wachen, von denen jeder ein Ende der Bahre packte, hoben ihn hinaus. Litow, der jetzt unter freiem Himmel war, sah über sich einen Halbkreis aus dichten Fichtenbäumen und den Heiligenschein eines Mondes, der sich hinter Wolken verbarg.

Er hatte richtig geraten. Er war irgendwo in den Ardennen. Während sie ihn von dem Lieferwagen wegtrugen, sah er Beaurain, der neben einer Leiter stand. Die führte in den Hubschrauber. Was für ein Typ es war, konnte er nicht feststellen.

Litow wußte, dies war seine letzte Chance. Er öffnete die Augen weit, ehe sie ihn die Rampe hinauftrugen. Der Helikopter zitterte wie ein riesiges Insekt, das ganz wild darauf ist, wegzufliegen. Er stand in der Mitte einer fichtengesäumten Lichtung. Keine Spur von einer Straße oder einem Haus. Es würde unmöglich sein, die Stelle später wiederzufinden, selbst aus der Luft. Eine lange, gerade Hauptstraße, eine gewundene kleinere Straße, wahrscheinlich ein Haus, möglicherweise ein großes, und eine Lichtung im Fichtenwald, ganz in der Nähe. Dutzende von solchen Orten mußten in den Ardennen zu finden sein.

Sie trugen ihn eine Rampe hinauf und schoben ihn dann in den hinteren Teil der Maschine. Sie legten seine Trage auf eine weitere Ledercouch, an deren Seite ein eisernes Geländer war. Litow konnte das Schnurren der Rampe durch das Dröhnen der Rotoren nicht hören, aber er bemerkte, daß es plötzlich völlig dunkel wurde. Eine der Wachen holte Handschellen heraus und befestigte die Bahre an dem Eisengeländer. Sie waren sehr gründlich, diese Schweine. Wie auf ein Zeichen begann die Maschine in die Nacht aufzusteigen.

In der vorderen Kabine, die von der Flugmannschaft und vom Laderaum mit Litow und den Wachen abgetrennt war, saßen Beaurain und Henderson und tranken den Kaffee, den Louise Hamilton, Beaurains persönliche Assistentin, ihnen gemacht hatte. Sie war eine dunkelhaarige Engländerin von siebenundzwanzig Jahren und trug Hosen und eine Bluse, die ihre ausgezeichnete Figur nicht völlig verbargen. Der kräftige Knochenbau ihres Gesichts deutete auf Charakter. Aber die Handwerke ihres Gewerbes sahen nicht so aus wie die, welche in der Geschäftswelt eine persönliche Assistentin auszeichnen. Louise Hamilton hatte eine Neun-Millimeter-Pistole aus Herstal in der Handtasche, und sie schaute Beaurain über den Tisch hinüber an. Während des ganzen Fluges, solange er gezwungen war, sich an ein und demselben Ort aufzuhalten, informierte sie ihn über alles, was während des Tages passiert war, und nahm sein Diktat auf. Sie begann mit ihrem Bericht. »Alex sagt, es ist ein ehrlicher Bruch. Er tut zwar noch ein paar Tage weh, aber wenn Litow keinen Unsinn damit anstellt, ist er bald wieder so gut wie neu.« Beaurain war im Augenblick zu müde, um ihr zu antworten. Auch Henderson sagte nichts.

»Ich habe mir seine Akte durchgelesen, Jules«, fuhr Louise fort. »Eine Liste, bei der man eine Gänsehaut kriegt. Glauben Sie, wir können ihn brechen?«

Beaurain musterte sie über den Tisch, ehe er antwortete. Sie waren jetzt auf zweitausend Fuß gestiegen und flogen ruhig dahin. Der Pilot hatte seine Anweisungen und würde sie buchstabengetreu ausführen. Durch das Fenster zu seiner Rechten sah er die ersten Strahlen des Morgens, den Anfang eines neuen, wunderschönen Tages. Er nippte an seinem Kaffee.

»Litow braucht nicht zusammenzubrechen«, sagte er.

»Nicht? Was, zum Teufel, soll dann das alles?«

»Der Chef hat recht«, sagte Henderson. »Litow braucht die Daumenschrauben nicht, auch wenn wir ihn vielleicht ein paar Treppen hinunterwerfen müssen, damit er nichts mitkriegt. Er muß nur ausgetrickst werden.«

Der Helikopter verbrachte drei Stunden in der Luft, soweit Litow das abschätzen konnte, denn er sah ja seine Armbanduhr nicht mehr. Er hatte keine Möglichkeit, herauszufinden, welche Richtung der Hubschrauber nahm. Alle Fenster waren schwarz verhüllt, so daß Litow sich noch nicht einmal am Mond oder an der Dämmerung orientieren konnte. Einmal kamen Beaurain und der Mann, den Litow für den Leiter des Stabes hielt, und schauten sich den Gefangenen an, und sie redeten dann auch kurz mit dem Arzt und den Wachen.

Die Müdigkeit verlangte ihren Tribut von Litows Durchhaltekraft, und es machte ihm Mühe, wach zu bleiben. Dann spürte er, wie der Hubschrauber an Höhe verlor. Drei Stunden. Sie konnten in England sein, in Italien, in Spanien, überall. Der Arzt stand aus seinem Stuhl auf und kam zu Litow herüber.

»Ich verbinde Ihnen jetzt die Augen«, sagte er. »Fühlen Sie sich nicht allzu hilflos – ich nehme Ihnen die Binde wieder ab, sobald wir da sind.«

Litow hielt die Augen geschlossen, während er spürte, wie ihm das Stoffband um den Kopf gebunden wurde. Der Hubschrauber sank schnell, fiel fast senkrecht aus der Luft. Der Arzt steckte ihm Stopfen in die Ohren, so daß er nichts außer dem schwachen Brüllen der Motoren hören konnte. Mit einem Bums landete die Maschine. Innerhalb von Minuten wurde er angehoben und getragen, und er wußte, er war unter freiem Himmel.

Sie hatten Litow allerdings nicht seinen Geruchssinn genommen, und das erste, was er beim Verlassen des Hubschraubers bemerkte, war der beizende Gestank eines Gartenfeuers. Eines englischen Gartenfeuers. Wie konnte er das nur vergessen? Er hatte ja einmal zur sowjetischen Botschaft in London gehört. Natürlich gab es auch in anderen Teilen Europas Gartenfeuer, aber ... Die Männer, die die Bahre trugen, blieben stehen, und der Arzt nahm ihm die Ohrenstöpsel heraus. Litow nahm wenigstens an, daß es der Doktor war. Die Männer, die ihn transportierten, gingen weiter. Völliges Schweigen, mehrere Minuten lang. Sie hatten die Motoren des Hubschraubers ausgeschaltet. Nirgendwo ein Verkehrsgeräusch. Dann wurde die Stille durchbrochen durch das Röhren eines großen Jet-Flugzeugs, das sich in den Himmel hob. Litow hielt das in Gedanken fest. Nur ein Krümel Information, aber Berlin sammelte jeden Krümel, der zur Verfügung stand.

»Vorsicht, Stufe«, sagte eine Stimme auf deutsch.

Deutschland? Ja, oder sogar Österreich. Es konnte sein, daß Telescope in einem dieser Länder das Hauptquartier hatte. Füße knirschten auf Kies, das erste Mal, daß er Schritte hörte, seit er den Hubschrauber verlassen hatte. Der Geruch des Gartenfeuers war weg. Litow strengte alle seine Sinne an, um Hinweise zu sammeln.

Die Trage wurde schräggestellt; sein Kopf lag jetzt tiefer als seine Füße. Er dachte, daß es sechs Stufen waren, und dann wurde die Trage wieder gerade. Schritte auf Stein, noch ein leichtes Heben, die Schritte wurden zu einem Stapfen – wahrscheinlich befanden sie sich jetzt in einem Haus und gingen über Teppich. Eine Tür wurde aufgeschlossen, die Bahre wurde auf eine harte Oberfläche gestellt, eine schwere Tür schloß sich, ein Schlüssel drehte sich im Schloß. Seine Augenbinde wurde entfernt.

Die gleiche präzise Routine hatte seit einer Woche angedauert. So präzise, daß Litow jetzt fast überzeugt war, daß er sich irgendwo in Deutschland befand und daß die Gruppe Telescope hauptsächlich aus Deutschen zusammengesetzt war – etwas, an das niemand auch nur gedacht hatte, soweit Litow wußte. Da war zum Beispiel der Bus. Der Raum, in dem Litow gefangensaß, maß innen ungefähr fünf mal vier Meter, die Wände waren wie der Fußboden aus Stein, und das Fenster, das seinem schmalen Bett gegenüberlag, saß hoch in der Mauer und bestand aus Panzerglas, wie er dachte. Aber es hatte eine Jalousie und wurde offengehalten.

Durch dieses hochliegende Fenster hörte er jeden Tag, wie draußen ein Bus hielt. Immer um genau fünfzehn Uhr fünfzig. Er konnte hören, wie die Passagiere ausstiegen und einstiegen, wenigstens nahm er an, daß genau das passierte. Aber nie bekam er die Sprache mit, die sie sprachen. Und es gab noch etwas anderes, das er sich auch nicht erklären konnte.

Um fünfzehn Uhr fünfundfünfzig hielt jeden Tag ein anderes Fahrzeug, ein kleineres nach dem Geräusch des Motors. Es folgte eine Pause von ungefähr fünfundzwanzig Sekunden, und dann knallte eine Metalltür. Danach fuhr das Fahrzeug wieder weg.

Dieser tägliche Vorfall gab Litow Rätsel auf. Seine Frustration war um so größer, weil er ein Meter fünfundneunzig groß war, und weil das Fenster zwei Meter über dem Fußboden lag. Ohne etwas, worauf er stehen konnte, würde er nie durch dieses Fenster schauen. Und es gab nichts, auf dem er stehen konnte. Das einzige Möbel in dem zellenartigen Raum war sein Bett an der gegenüberliegenden Wand, und dessen eiserne Beine waren an den Steinen festgeschraubt. In der kleinen, fleckenlosen Toilette, die neben der Zelle lag, gab es auch nichts, was er benutzen konnte.

Eines war für Litow ganz sicher: Das Gebäude, in dem er eingesperrt war, mußte auf dem Land stehen, und das Fenster öffnete sich auf eine Landstraße. Ein Bus, nur einmal am Tag, deutete darauf hin, daß die Stelle abseits lag. Es gab auch nicht die Möglichkeit, das Risiko einzugehen und zu brüllen, solange der Bus hielt – denn derjenige, der ihn verhörte, wählte ärgerlicherweise immer genau diese Tageszeit, um ihn zu besuchen. Außerdem hatte er immer einen bewaffneten Posten bei sich. Jeden Tag kam er genau um fünfzehn Uhr dreißig und brachte seinen eigenen Stuhl mit, den er später wieder mitnahm.

Beaurain selbst stellte ihm den Mann, der ihn verhören sollte, an dem Tag vor, an dem er in diesem Nirgendwo angekommen war. »Das ist Doktor Carder. Wir brauchen die Antwort auf gewisse Fragen, die er Ihnen stellen wird. Bis wir die Antworten kriegen, werden wir Ihre Diät begrenzen.«

Das war ein Schlag für Litow, vorhersehbar, aber trotzdem ein Schlag. Als Nichtraucher und als Mensch, der niemals Alkohol anrührte, liebte er sein Essen und aß gewöhnlich drei warme Mahlzeiten pro Tag. Litow hockte also auf der Bettkante und musterte die Männer, die Beaurain bei ihm gelassen hatte. Einer war Wachposten, und weil er jetzt immer eine Gesichtsmaske trug, konnte Litow Stig Palme nicht erkennen, den Mann, der ihn auf der Rue des Bouchers angegriffen hatte. Aus dem anderen, dem Arzt, wurde er nicht klug.

»Ich nehme an, Sie rauchen?«

Der Engländer, der jetzt seine eigene Sprache gesprochen hatte, hielt Litow ein Päckchen Zigaretten hin. Litow schüttelte den Kopf, heimlich ein bißchen triumphierend. Sie hatten keine Ahnung, wer er war, sie besaßen keine Akte über ihn – sonst hätte man gewußt, daß er Nichtraucher war.

Dr. Carder trug keine Maske. Er setzte sich auf seinen Holzstuhl, schlug die Beine übereinander und begann, eine uralte Pfeife anzuzünden. Litow schätzte ihn auf Anfang Sechzig. Er trug eine Tweedjacke mit Lederflicken an den Ellbogen, graue Hosen, ein helles kariertes Hemd und eine dunkelgrüne Krawatte. Sein dichtes Haar und sein Schnurrbart waren braun, sein Gesicht hatte tiefe Falten, und seine grauen Augen waren mild und bewegten sich langsam.

»Sollen wir mit Ihrem wirklichen Namen anfangen?« forschte Carder.

»James Lacey.«

»Das steht in Ihrem Paß. Wir können wieder darauf zurückkommen und es später noch einmal versuchen, wenn Ihnen das lieber ist. Wo sind Sie geboren?«

»Hab' ich vergessen . . .«

Der Wachposten, der dabeistand und eine Maschinenpistole hielt, machte eine drohende Geste, aber Carder winkte ihn zurück. »Unser Gast hat das Recht, so zu antworten, wie er es wünscht – schließlich haben wir ja keine Eile. Wir haben soviel Zeit, wie wir wollen, wenn es nötig ist.«

Carder erinnerte Litow an einen Mann, der seine Arbeit ausspinnt, um den Tag damit auszufüllen, und dem es gleich ist, ob er seine Aufgabe nun erledigt oder nicht. Es war alles so anders, als er erwartet hatte. Keine Drohungen, kein Hinweis darauf, daß sie irgendwelche Folterungen anwenden würden. Carder fuhr fort, seine Fragen zu stellen, zündete sich alle paar Minuten seine Pfeife neu an und zeigte keine Reaktion, wenn Litow antwortete oder wenn er keine Antwort gab. Am Ende einer halben Stunde stand Carder auf, gähnte und starrte auf Litow hinab.

»Es wird wohl seine Zeit dauern, das sehe ich schon. Wissen Sie was, Mr. Lacey? Ich hatte einmal einen Mann in diesem Raum, der zwei Jahre brauchte, bis er vernünftig wurde. Ich seh' Sie dann morgen. Zur gleichen Zeit.«

Dann hatte sich die Tür geöffnet und geschlossen, der Schlüssel drehte sich draußen im Schloß, und Litow war allein mit seinen Gedanken. Zwei Jahre! Um nicht mehr daran denken zu müssen, konzentrierte er sich darauf, eine Möglichkeit zu finden, wie er den Bus sehen konnte, der immer draußen hielt.

Carders hölzerner Stuhl. Nach mehreren Tagen, in denen nachmittags die Fragestunde routinemäßig durchgeführt wurde, kam Litow zu dem Schluß, daß er den Stuhl brauchte, um darauf zu stehen, wenn er jemals durch das Fenster mit der Jalousie hinausschauen wollte. Dadurch stellten sich zwei Probleme. Carder mußte vergessen, den Stuhl nach seinem Besuch wieder mitzunehmen, und er mußte die Zelle verlassen, kurz nachdem er dort ankam. Er kam immer um fünfzehn Uhr dreißig; der Bus hielt um fünfzehn Uhr fünfzig.

Dann war noch der Spion über Litows Bett. Es war ein kleiner Glasziegel in der Steinmauer. Litow hatte sich schon auf sein Bett gestellt und das kleine Quadrat untersucht, aber er konnte nichts sehen.

Möglicherweise stationierten sie da draußen Wachposten in Schichten, und man sah ihn, wenn er jemals die Chance bekam, aus dem Fenster hinauszuschauen. Aber nach einer Woche, als sich die Gelegenheit bot, ergriff er sie doch.

Es war sein siebter Tag in der Zelle. Er litt unter dem ständigen Schmerz in seinem Arm und unter der Diät aus Orangensaft und Wasser, und er hatte das Gefühl, als ob sieben Monate seit seiner Gefangenschaft in Brüssel vergangen wären. Carder erschien präzise um fünfzehn Uhr dreißig und begann mit dem irritierenden Ritual des Pfeifeanzündens. Als die Pfeife schön brannte, schaute er Litow eine Minute lang ohne zu reden an, und auch das hatte er bisher jeden Tag getan.

»Ansicht geändert?« fragte er endlich.

»Worüber?« Litow warf einen Blick auf den Posten und fragte sich, ob er dem wohl das Knie in den Bauch stoßen und die Maschinenpistole greifen könnte. Aber sie hatten an alles gedacht. Der Posten hielt sich im Hintergrund, und seine Waffe stand quer, so daß er in einer halben Sekunde zielen konnte. Carder hatte wie gewöhnlich seinen Stuhl drei Meter vom Bett entfernt aufgestellt, so daß Litow ihn nicht als Geisel nehmen und drohen konnte, ihm den Hals zu brechen. Die Telescope-Leute schienen etwas von ihrem Geschäft zu verstehen. Aber dann machten sie ihren ersten Fehler.

»Um noch mal auf Ihren Namen zurückzukommen«, sagte Carder.

»John Smith.«

»Ach ja, natürlich. Gut, daß wir soviel Zeit haben«, überlegte Carder und spähte in den Kopf seiner Pfeife. »Ich weiß einfach nicht, was heute mit diesem Ding los ist. Es zieht einfach nicht, seit ich heute morgen . . .«

Die Zellentür schwang auf, und ein zweiter maskierter Posten stand im Eingang. »Telefon für Sie, Doktor. Tut mir leid, daß ich unterbreche, aber sie sagen, es kann nicht warten.«

Carder stand langsam auf. »Na, wenn Sie uns dann mal eine Minute entschuldigen wollen, Mr. Smith«, sagte er und verließ die Zelle, gefolgt von den Wachen. Die Tür wurde zugeknallt und von draußen abgeschlossen. Litow saß sehr still. Er erwartete, daß jeden Augenblick einer zurückkam, aber es kam niemand. Der Stuhl war noch da. Sie hatten den Stuhl vergessen.

Er schaute auf die Uhr. Fünfzehn Uhr siebenundvierzig. In drei Minuten kam der Bus. Litow wartete zwei Minuten, die ewig dauerten. Er starrte auf das Viereck aus Glasziegel über seinem Bett. Wenn jemand ihn beobachtete, dann würden sie schnell genug zurückkommen, aber dieses Risiko mußte er eingehen. Er brauchte seinen ersten Blick auf die Außenwelt seit sieben langen Tagen. Er mußte einfach den Bus sehen. Er bewegte sich schnell, merkte sich, wo der Stuhl gestanden hatte, hob ihn dann ans Fenster und kletterte hinauf.

Wie er geraten hatte, war es eine Landstraße, eine schmale, geteerte Straße mit einem Grasrand und Bäumen. Der Bus kam fast augenblicklich um die Ecke. Es war ein roter Einzeldecker. Er hielt, die Türen öffneten sich automatisch, und drei Leute stiegen aus. Zwei Frauen mit Einkaufskörben und ein Mann, der einen Labrador-Retriever an der Leine führte. Der Bus war nur ein paar Sekunden da, dann fuhr er wieder weg und war nicht mehr zu sehen. Aber Litow hatte im Fenster über dem Fahrersitz den Zielort gelesen.

Fasziniert sah er zu, wie die Passagiere die Straße hinuntergingen. Noch ein Fahrzeug kam um die Ecke, hielt fast direkt unter dem Fenster. Der uniformierte Fahrer schaltete den Motor nicht aus, stieg aus und leerte den Briefkasten, während Litow die Aufschrift auf der Seite des ebenfalls hellrot lackierten Lieferwagens las. E II R. Der Postwagen Ihrer Majestät sammelte die Briefe ein. Litow beobachtete den Lieferwagen, bis auch der verschwunden war, stieg dann vom Stuhl und stellte ihn genau an die gleiche Stelle, wo Carder ihn gelassen hatte. Dann legte er sich auf das Bett und schloß die Augen.

Guildford. Das war der Zielort an der Vorderseite des Busses gewesen. Telescopes Basis lag also in Surrey, England. Und jetzt, wo er dazu kam, seine Kalkulationen wieder zu durchdenken, die er während der Zeit an Bord des Hubschraubers gemacht hatte, paßte alles zusammen. Er wurde in irgendeinem Haus auf dem Land, an einer Busroute nach Guildford festgehalten.

»Allerdings hat er die erste Gelegenheit beim Schopf gepackt«, bemerkte Henderson, der deutlich erfreut war.

»Ein Mann, den man nicht unterschätzen sollte«, stimmte Beaurain zu.

»Und in der Akte steht . . .« Carder las aus einem Schnellhefter, » . . . Litow war zwischen Juli 1975 und Dezember 1977 bei der russischen Botschaft in London beschäftigt, danach wurde er zurückgeschickt nach etc., etc.«

»Dadurch ist anzunehmen, daß ihm Südengland einigermaßen bekannt ist«, deutete Henderson an. »Die Leute von der Spezialabteilung sind ihm nach Woking gefolgt, direkt nördlich von Guildford, und das mehrmals. Sie haben ihn natürlich jedesmal verloren, die blöden Trottel.«

Beaurain, Henderson und der Doktor tranken ihre Gläser aus. Es war wieder so ein furchtbar heißer Tag.

»Wir behalten ihn noch ein paar Tage hier«, sagte Beaurain. »Soll er noch ein paar Sitzungen mit dem Doktor machen. Und dann kann er gehen.« Er starrte Henderson scharf an. »Sie fangen besser an, das größte Untergrundnetz zu organisieren, das Sie auf die Beine kriegen können. Litow wird zur Basis des Syndikats zurück wollen, aber er erwartet, daß man ihm folgt.«

»Im spurlosen Verschwinden ist er Experte«, sagte Henderson.

»Genau. Also werden Sie die Froschtechnik benützen müssen. Was immer auch passiert, er darf es nicht schaffen, sich aus dem Netz zu befreien.«

»Bin schon auf dem Weg, Sir.«

»Und ich«, schlug Carder vor, »ich gehe besser zurück zu Litow. Werden Sie in der Nähe sein, Sir?«

»Für den Rest des Tages nicht – ich habe einen Termin in der Stadt und komme erst spät zurück.«

Beaurain ging zur Vorderseite des Hauses, nickte, während ein Posten ihm die Tür öffnete, und rannte die Stufen der Terrasse hinunter zu seinem Mercedes. Louise wartete auf dem Beifahrersitz. Von einem Feldweg, der in die Wälder führte, kam ein Mann herüber, der eine englische Busfahreruniform trug.

Beaurain gab seinen militärischen Gruß zurück und fuhr fort. An der Einmündung des Fahrwegs bog er nach rechts ab und beschleunigte, als er ein Straßenschild passierte. Brüssel 240 Kilometer. »Na, Louise, wir haben die zweite Runde gewonnen. Ich glaube, wir haben uns die erste geteilt, aber Runde zwei gehört uns.«

Die imponierenden Doppeltüren der Banque du Nord auf dem Boulevard Waterloo in Brüssel waren geschlossen. Beaurain ließ Louise im Wagen zurück und drückte auf den Klingelknopf. Er gab das vereinbarte Signal. Die linke Tür wurde ein paar Zentimeter geöffnet. Der uniformierte Wachposten erkannte Beaurain und schloß die Tür schnell wieder, als der drinnen war.

»Monsieur le Baron erwartet Sie schon«, sagte der Posten und geleitete ihn zu einer kleinen, goldgerahmten Tür. Er nahm einen Telefonhörer auf und sprach hinein, während der Lift herabkam. Beaurain wußte all diese Sicherheitsvorkehrungen zu schätzen: Die Leute da oben wurden darüber informiert, daß er auf dem Weg war.

»Man wartet oben auf Sie«, sagte der Wachposten und trat zur Seite, damit Beaurain den Lift betreten konnte. Der Lift hielt auf dem zweiten Stock, und ein weiterer uniformierter Posten wartete auf ihn. Es war ein Mann, den Beaurain nicht kannte. Der Wachmann überprüfte nach einem forschenden Blick in Beaurains Gesicht ein Foto und führte ihn dann durch einen Korridor mit Marmorfußboden zu einer schwer getäfelten Tür am anderen Ende. Der Posten ließ Beaurain eintreten. An der Tür war eins dieser Schlösser, das man zwar mit dem Drücker von innen, aber nicht von außen öffnen konnte. Die Tür schloß sich hinter ihm.

»Mein lieber Jules, schön, Sie wiederzusehen. Und noch einmal möchte ich mich dafür entschuldigen, daß ich Sie zu solch einer Stunde im Château angerufen und gebeten habe, den ganzen Weg hierher zu kommen.« Der Baron schüttelte Beaurain die Hand und deutete zum Telefon. »Sie wissen, daß ich diesem Gerät bei wichtigen Unterhaltungen nicht vertraue.«

Irgend etwas stimmte nicht. Beaurain spürte das an der Atmosphäre, während der Baron de Graer, der Präsident der Banque du Nord, ihn zu einem ledernen Armsessel führte und ohne ein Wort zwei doppelte Scotch mit Soda mixte. Der Baron war klein und schlank, sein Haar war noch immer dunkel, und seine Augen hatten das Funkeln eines Vierzigjährigen, obwohl er sehr viel älter war. Seine Nase sah aus wie ein Eulenschnabel. Und dann hatte sein Gast ausgemacht, was ihn so in Spannung versetzte. Der Mund des Barons, der gewöhnlich lächelte, war jetzt zusammengepreßt, als ob er um Beherrschung kämpfte – es war der Mund eines Mannes, der verängstigt war. Aber das letztere war wohl unmöglich.

»Cheers! Wie die Engländer sagen!«

Der Baron brachte die Liebenswürdigkeit nur mit Anstrengung heraus und setzte sich dann neben Beaurain in einen Sessel. Beaurain musterte ihn scharf und blieb still.

»Es tut mir so leid, daß ich Sie auf die schnelle hierherholen mußte.«

Er suchte Ausreden, um nicht gleich sagen zu müssen, wozu er Beaurain gerufen hatte. Das war ungewöhnlich. De Graer war ein Mann von sehr viel Charakter. »Das macht doch nichts«, erwiderte Beaurain und beobachtete seinen Gastgeber sehr aufmerksam. »Ich mußte sowieso herkommen, weil ich mit Voisin zu reden habe.«

»Dem Polizeichef?«

Was zum Teufel ging bloß vor? Der Tonfall des Barons war scharf und aufgeregt. Beaurain hatte das seltsame Gefühl, daß die Welt um ihn her erschüttert wurde. Es war ein Gefühl der Drohung und des Ungleichgewichts, das er noch nie kennengelernt hatte. Reagierte er in letzter Zeit zu empfindlich auf Menschen und auf Atmosphären? Vielleicht hatte Louise recht, wenn sie meinte, daß er dringend einen Urlaub brauchte?

»Ja«, erwiderte Beaurain so beiläufig, wie er konnte. »Es geht darum, die Anstrengungen zur Ausrottung des Terrorismus zu koordinieren, und es sollten Spitzenleute aus Amerika und aus ganz Europa bei dem Treffen sein. Stimmt irgend etwas nicht, Baron?«

»Es könnte sein, daß man Ihnen den Zutritt zur Konferenz verweigert.« Der Baron kippte seinen Drink in einem Schluck und starrte die Wand am anderen Ende des Raumes an.

»Ich habe eine besondere Einladung zu diesem Treffen. Ich erwarte keine Schwierigkeiten, wenn ich dort ankomme. Was in aller Welt bringt Sie dazu, so etwas anzunehmen?«

Diesmal schaute der Bankier Beaurain direkt an. Seine grauen Augen hatten einen gequälten Ausdruck, und – ja, sein Gesicht drückte wirklich Angst aus. Er nahm einen Finger und zog seinen gestärkten Kragen ein bißchen auseinander. »Es gibt Dinge, die Sie nicht wissen, Jules. Macht, so gewaltig, daß sie einem riesigen Kraken gleicht, der seine Fangarme nach jedem Zweig, jedem Niveau der westlichen Gesellschaft ausgestreckt hat. Heute morgen hat das Syndikat weltweit ein Signal ausgeschickt, in dem der ehemalige Chief-Superintendent Jules Beaurain genannt wird, der früher bei der Brüsseler Polizei war. Es war ein Zenit-Signal.«

Er stand auf und ging schnell zum Barschrank. Er füllte sein Glas aufs neue, fügte nur pro forma einen Schuß Soda hinzu. Dann tat er etwas, das seinem Charakter auch nicht ähnlich sah. Er ging hinter seinen riesigen Schreibtisch und setzte sich dort in den Sessel, als ob er eine förmliche Besprechung durchführte. Beaurain stand auf. Er stellte sein Glas vorsichtig auf den Schreibtisch und begann, langsam und sehr aufrecht im Raum umherzugehen. Der Baron erkannte die Haltung als diejenige, die Beaurain benutzte, wenn er im Dienst war, als Leiter der Terroristenabwehr bei der Polizei.

»Macht es Ihnen etwas aus«, begann er, »mir zu sagen, woher Sie von dem Signal des Syndikats erfahren haben, dessen Existenz, soweit ich weiß, noch gar nicht bewiesen ist? Und«, beendete er den Satz mit absichtlicher Grobheit, »was soll dieser Blödsinn über Zenit?«

»Zenit bedeutet, daß die genannte Person dauernd überwacht wird, und daß jede Bewegung, alles, was sie sagt, jeder, den sie trifft –

alle Aktivitäten bis zum kleinsten Detail, soweit das möglich ist – dem Syndikat gemeldet werden muß.«

Beaurain blieb vor dem Schreibtisch stehen und zündete sich langsam eine Zigarette an. Er stand ganz still und musterte de Graer, als ob er ein mutmaßlicher Verbrecher wäre.

»Tut mir leid, Jules, aber ich hatte das Gefühl, ich müsse Sie vorwarnen . . .«

»Halten Sie den Mund! Halten Sie den Mund, und beantworten Sie meine Fragen.«

»So können Sie nicht mit mir reden!« protestierte de Graer. Seine rechte Hand schob sich nah an den Klingelknopf unter seiner Schreibtischplatte heran, mit dem er seine Sekretärin rufen konnte.

»Wenn Sie diesen Knopf drücken, dann werfe ich denjenigen, der kommt, Ihre Marmortreppe hinunter. Und dann breche ich Ihnen wahrscheinlich das Handgelenk. Um Gottes willen, wollen Sie mir sagen, daß Sie einer von denen sind – vom Syndikat?«

»Nein! Wie konnten Sie nur glauben . . .«

»Dann erzählen Sie mir, woher Sie von diesem Zenit-Signal erfahren haben. Wer hat es Ihnen übermittelt?«

»Eine Frau hat mich angerufen. Ich habe keine Ahnung, wer sie ist, oder wo sie ist, wenn sie anruft. Keinen einzigen Hinweis . . .«

»Und warum, de Graer«, unterbrach Beaurain, »ruft das Syndikat Sie an, wenn Sie nicht dazugehören?«

»Es wird Ihnen nicht gefallen . . .«

»Bis jetzt hat mir überhaupt noch nichts von der Sache gefallen.«

»Die Bank hat ein paar Anteile am Syndikat. Darum war ich auch in der Lage, Ihnen von Zeit zu Zeit Informationen über das Syndikat und seine möglichen zukünftigen Aktivitäten weiterzugeben. Sie wissen sicher, daß ich dem Syndikat nach dem, was ich alles durchgemacht habe, niemals in größerem Ausmaß helfen würde.«

Nach dem, was ich durchgemacht habe. Beaurain fiel es schwer, nicht wieder weich zu werden, nachdem der Bankier diesen Satz benutzt hatte. Gerade erst vor zwei Jahren hatte man seine Frau und seine Tochter im Château Wardin als Geiseln gehalten. Es waren irakische Terroristen gewesen, die mit den Frauen einen Handel zur Freilassung zweier ihrer Kameraden aus einem belgischen Gefängnis abschließen wollten. Das war kurz bevor Beaurain das Kommando über die Terroristenabwehr aufgegeben hatte. Die Verhandlungen waren gestört worden, und ein ungeschickter Versuch, die Geiseln aus dem Château zu retten, hatte zum Tod der Frau und der Tochter des Barons geführt.

Bald nach den brutalen Morden hatte der Baron das Château Wardin mit seinen zehntausend Hektar wildem Wald und Hügeln und Klippen an die Schützen und das andere Personal der Gruppe Telescope abgegeben. Der Baron wollte das Haus nicht mehr sehen.

»Gerade weil Sie das alles durchgemacht haben«, sagte Beaurain ihm jetzt mit dem gleichen distanzierten Tonfall, »gerade deshalb kann ich nicht verstehen, daß Sie mit diesem teuflischen Syndikat etwas zu tun haben. Sie sagten, die Bank hielte ein paar Aktien – was bedeutet das, um Gottes willen?«

»Der Beitrag der Bank besteht nur aus einer sehr kleinen Geldsumme.«

»An das Syndikat?«

»Ja – bitte, lassen Sie mich ausreden, Jules . . . Als man an mich herantrat, schien es mir gut, ihr Angebot anzunehmen, weil ich dadurch einen Draht zu ihrem System bekam, einen Draht, den ich dazu benutzen konnte, Ihnen Daten zukommen zu lassen. Und das habe ich auch getan.«

»Richtig. Aber es stimmt auch, daß Sie uns nie die Quelle Ihrer Information preisgeben wollten.«

»Ich hatte das Gefühl, daß es Ihnen nicht passen würde.«

»In welcher Form wurde Ihnen das Angebot gemacht?«

Der Bankier begann zu schwitzen. Winzige Schweißperlchen zeigten sich auf seiner Stirn. Die Atmosphäre in dem luxuriösen Büro war elektrisch geladen, und für de Graer schien sie ungeheuer überheizt zu sein. Er machte eine Bewegung in Richtung des Barschranks, überlegte es sich anders und stellte sich unsicher hinter den Schreibtisch. Beaurain hatte den Eindruck, daß der Bankier am Rande eines Nervenzusammenbruchs war. Noch immer in distanziertem Tonfall wiederholte er die Frage.

»In welcher Form wurde der Bank vom Syndikat das Angebot gemacht?«

»Über mein privates Telefon – Gott weiß, woher sie die Nummer hatten. Sie haben überall Leute.«

»Wer machte das Angebot?«

»Die Frau, die ich Ihretwegen anrufen soll. Ja, Jules, zum Teufel – Ihretwegen! Ich soll jedes Wort weitergeben, das wir in diesem Raum gewechselt haben.«

»Hat die Frau einen Namen?«

»Anfangs hat sie mir einfach gesagt, ich solle sie Madame nennen.«

»Und ihr Akzent?«

»Flämisch ist die Sprache, die sie benutzt.«

»Und welches Angebot machte sie?«

»Einen Anteil am Syndikat, der für die Summe, die wir investiert haben, einen enormen Profit abwerfen würde. Dreihundert Prozent jährlich wurden erwähnt.«

»Wie verbergen Sie diese Straftat vor den anderen Direktoren?«

»Ich habe das Geld in bar aus meiner Privatschatulle gezahlt.«

»Sie lügen, de Graer.«

Die Anschuldigung wirkte wie eine Ohrfeige auf den alten Baron. Beaurain sah tatsächlich, wie er zusammenzuckte und wie sein Gesicht blutleer wurde. Er schien vor den Augen des ehemaligen Chief-Superintendenten zu altern. Beaurain tat sein Freund leid, aber er weigerte sich, dadurch seine Einschätzung beeinflussen zu lassen. Er mußte die Barriere durchbrechen, die er spürte.

»Sie wagen es, so mit mir zu reden, Beaurain . . .«

»Ich weiß, wann Sie lügen. Mein ganzes Leben lang habe ich mich selbst dazu ausgebildet, solche Dinge zu erkennen. Jetzt lügen Sie – oder Sie sagen mir nicht alles. Was ist wirklich passiert?«

»Sie haben Yvette bedroht.«

»Wen?«

»Meine Nichte, die Tochter meiner Schwester. Und nach dem, was meinem eigenen Kind passiert ist. Um Gottes willen, haben Sie doch ein bißchen Mitleid, Jules.«

»Ich werde diese Leute in den Boden stampfen, und wenn ich den Rest meines Lebens damit verbringe. Ich muß nur wissen, wo ich bei Ihnen stehe – und wem ich trauen kann.«

»Jetzt kaum noch jemandem, befürchte ich. Sie sind in großer Gefahr.«

»Und wie sah die Drohung aus?« Beaurain sprach noch immer mit herablassender, monotoner Stimme, in der Hoffnung, den Schrecken zu zerstreuen, der das Herz eines der mächtigsten Bankiers von Brüssel durchdrang. De Graer antwortete nicht in Worten. Er nahm eine Kette, die an seiner Weste hing, und zog einen Schlüsselring hervor. Er wählte einen Schlüssel aus, steckte ihn in eine Schreibtischschublade, öffnete sie und nahm einen Umschlag heraus. Den reichte er Beaurain. Beaurain nahm die Karte heraus, die drin war, und die auf den ersten Blick wie eine Glückwunschkarte wirkte. Dann schaute er das Bild an. Es war primitiv, grob gezeichnet, ganz fürchterlich und teuflisch wirksam. Es war die Zeichnung einer Spielzeugpuppe, die im Bett saß. Der Kopf fehlte. Blut tröpfelte aus dem abgeschnittenen Hals. Am Fuß des Bettes war das Foto eines Kinderkopfes auf die Karte geklebt. Beaurain schaute zu dem Bankier auf. »Ist sie das?«

»Ja, das ist Yvette.« De Graer konnte nicht still bleiben. Er schaute immer wieder zu seinem Barschrank hinüber und zwang sich dann, hinter dem Schreibtisch zu bleiben. »Können Sie sich vorstellen, wie mir zumute war, als das ankam?«

»Haben Sie Ihre Schwester gewarnt?«

»Sie darf nichts davon erfahren.« Der Bankier war jetzt einer Panik nah. »Ihr Mann ist ein berühmter Rechtsanwalt, wie Sie genau wissen. Der könnte ein großes Theater machen – und das würde vielleicht wieder zur Bank führen. Ich bin ihren Forderungen nachgekommen – ich habe Sie mit Mitteln versorgt – also ist Yvette sicher.«

»Hoffen Sie.«

»Verdammt, Jules! Sagen Sie so etwas nicht! Ich habe mein Bestes getan, aber das Syndikat hat Agenten überall. Ohne Zweifel ist auch jetzt jemand im Gebäude und beobachtet mich.«

»Haben Sie dieser Madame, die Sie anruft, von Telescope erzählt?« fragte Beaurain langsam.

»Um Gottes willen, glauben Sie denn, ich verrate die Organisation, die ich mit aufgebaut habe? Was für eine Frage.« De Graer tupfte sich die Stirn mit dem Taschentuch ab, es machte ihm jetzt nichts mehr aus. Dann machte er eine gewaltige Anstrengung und bekam sich wieder in den Griff. »Ich verlasse mich auf Telescope, das Syndikat zu vernichten. Die Polizei und die Sicherheitsdienste sind hilflos – sie sind noch nicht einmal davon überzeugt, daß dieser neue Krake existiert. Das hätten Sie herausgefunden, wenn sie die Möglichkeit hätten, der internationalen Konferenz der Polizeichefs beizuwohnen.«

»Aber ich wohne ihr bei.«

»Man wird Sie an der Tür aufhalten. Jemand, der Einfluß bei dieser Konferenz hat, bekam ebenfalls eine Zenit-Botschaft. Man soll Sie ausschließen. Fragen Sie mich nicht, wer derjenige ist – ich weiß es nicht. Fragen Sie mich auch nicht, woher ich es weiß.«

»Das ist also das Ende Ihrer Verbindung mit Telescope?«

De Graer lächelte zum erstenmal mit leerem Blick. Er holte wieder den Schlüsselring an der goldenen Kette hervor und öffnete diesmal eine viel tiefere Schublade. Er holte eine Aktentasche hervor und legte sie auf den Schreibtisch. Der Schlüssel steckte im Schloß. Als Beaurain die Tasche öffnete, starrte er auf Stapel von Banknoten, die den ganzen Aktenkoffer füllten. Schweizer Franken. Ein schneller Blick sagte ihm, daß sie nicht nach Seriennummern sortiert waren.

Gewaschenes Geld, nicht nachforschbar. Er schloß die Tasche, drehte den Schlüssel wieder um und schaute den Bankier an.

»Noch ein Beitrag an Telescope, Jules. Der Gegenwert einer halben Million Pfund Sterling.«

»Ich danke Ihnen, Baron. Ich danke Ihnen sehr herzlich. Und jetzt bitte die Telefonnummer, die Madame Ihnen gegeben hat.«

»Sie wird es erfahren – Yvette, meine Nichte . . .«

»Sie wird es nicht erfahren, aber vielleicht entschließen wir uns, ihr nachzuspüren und sie außer Gefecht zu setzen. Für immer.«

De Graer zögerte nur einen Augenblick, dann blätterte er durch eine Kartei, die auf seinem Schreibtisch stand, zog eine Karte heraus und reichte sie Beaurain. Der Bankier hatte den Namen Pauline für Madame erfunden und sah unglücklich zu, während Beaurain sich die Nummer in seinem Buch notierte. »Das ist fast wie im Krieg«, kommentierte de Graer. »Ich meine die Art, wie Sie das Wort ›für immer‹ benutzen.«

»Sie hat das Leben eines kleinen Mädchens bedroht, nicht? Und Sie müssen wahrscheinlich Madame irgend etwas über meinen Besuch berichten – weil Sie ja überzeugt sind, daß sich ein Spion in der Bank befindet. Also gut. Sie erzählen ihr, ich sei als alter Freund zu Ihnen gekommen, in einiger Erregung, weil ein Versuch unternommen wurde, mich in der Nähe der Grande Place zu ermorden. Sagen Sie ihr, der Mörder sei in der Lage gewesen, zu flüchten. Sagen Sie ihr, ich hätte erschüttert ausgesehen.« Er nahm die Aktentasche auf. »Ich danke Ihnen noch einmal für den Beitrag. Ehe ich gehe, gibt es noch etwas, was Sie mir über das Syndikat erzählen könnten?«

De Graer zögerte, richtete sich dann steif auf. »Alle Mitglieder – Aktionäre . . .«

»Beiträger zu dieser kriminellen internationalen Organisation . . .«

Er sah, wie der Bankier zusammenzuckte, ehe er fortfuhr. »In vierzehn Tagen etwa wird eine Vollversammlung zusammentreten. Man hat mir gesagt, ich werde nach Skandinavien reisen müssen, aber wohin genau, das weiß ich nicht.«

»Lassen Sie mich wissen, wenn Sie mehr Details bekommen«, sagte ihm Beaurain, während er auf die Tür zuging. »Und von jetzt an benutzen Sie eine Telefonzelle auf der Straße, wenn Sie im Château Wardin anrufen.«

Der Posten im zweiten Stock begleitete ihn im Lift nach unten. Hatte der Mann irgend etwas Feindseliges? Beaurain sah alles mit neuen

Augen an. Und der Wachposten trug ja wirklich eine Pistole im Schulterhalfter, eine Neuerung in der Banque du Nord.

Als Beaurain den Lift verließ, schaute der Posten ihn nicht an. Er blieb zurück, während der Mann aus dem Parterre übernahm – ebenfalls schweigend. Er begleitete Beaurain zum Haupteingang. Beaurain zögerte, ehe er hinausging. Man hätte anrufen können, man hätte Männer herholen können. Louise Hamilton saß noch auf dem Beifahrersitz, und ihr Gesichtsausdruck war grimmig. »Stimmt etwas nicht?« fragte Beaurain, als er sich hinters Lenkrad setzte.

»Der widerliche Typ in dem blauen Renault vor uns paßt mir nicht. Er hat Ihnen ein Protokoll verpaßt. Ich habe ihm gesagt, wer Sie sind, aber das spielte bei dem keine Rolle.«

»Ich rede mal mit ihm. Etwas Merkwürdiges geht hier vor. Ich erkläre alles später.«

Beaurain bemerkte, daß der Polizist Zivilkleidung trug. Der Mann, der ein hageres, bräunliches Gesicht hatte, kurbelte das Fenster herunter, als Beaurain ankam. »Ich hatte mir eben schon überlegt, ob ich Sie nicht abschleppen lasse.«

»Wissen Sie, wer ich bin?«

»Ja, aber das . . .«

»Ich weiß nicht, wer Sie sind – und nur die uniformierte Polizei kümmert sich um Verkehrsvergehen. Was Sie da tun, das ist Nötigung. Zeigen Sie mir mal Ihre Marke.«

»Ich muß Ihnen gar nichts zeigen.«

»Und ich glaube nicht, daß Sie bei der Polizei sind. Ich werde Sie jetzt aus Ihrem Wagen rauszerren und Sie irgendwie identifizieren.«

Besorgt durch Beaurains Gesichtsausdruck zog der Mann seine Polizeimarke hervor. Beaurain nickte, packte dem Mann die blaue Zahlkarte in die Brusttasche und ging weg. Er war wütend und wunderte sich. Seit er damals aus der Polizei ausgeschieden war, hatte man ihm die gleiche Höflichkeit erwiesen, als ob er noch immer Chef der Terroristenabwehr wäre. War diese neue Entwicklung jetzt das Resultat des Zenit-Signals, das de Graer empfangen hatte? Hinterm Lenkrad des 280 E sagte er nichts zu Louise, sondern drehte einfach den Zündschlüssel um und fuhr los.

»Wir werden verfolgt«, sagte sie. »Ein weißer Fiat mit zwei Männern. Der parkte hinter uns. Als der Kerl mir das Knöllchen gab, habe ich gesehen, wie er dem Pärchen hinter uns ein Zeichen machte.«

Im Spiegel sah Beaurain den Wagen auch. Drei Männer in Zivilkleidung waren dazu eingeteilt worden, ihn zu beobachten. Der Terror hatte angefangen.

Kapitel 4

Als Beaurain beim Polizeihauptquartier ankam, parkte er den Wagen am Bordstein und nahm Louise mit in den Warteraum. Normalerweise hätte er ihr aufgetragen, den Wagen zu seinem Apartment zu fahren und dort zu warten. Aber jetzt glaubte er, sie wäre drinnen sicherer.

»Behalten Sie Miß Hamilton für mich im Auge, Pierre«, befahl er dem Sergeanten vom Dienst.

Zur Konferenz, die der Commissioner Voisin einberufen hatte, war er schon ein bißchen spät dran. Also rannte er die Treppe hinauf und ließ Louise allein in dem freudlosen Warteraum.

Draußen auf der Straße tauchte einer der beiden Männer, die dem Mercedes gefolgt waren, aus einer Telefonzelle auf, und Pierre, der wachhabende Polizist im Hauptquartier, legte den Hörer hin. Er warf einen Blick zu Louise hinüber, die mit dem Rücken zum Fenster saß, und verließ seinen Posten. Der Empfangsschalter war jetzt unbesetzt, und niemand anderes war in Sicht.

Die beiden Männer aus dem Fiat kamen herein, schauten hinüber zum Empfangsschalter und betraten dann den Warteraum. Einer blieb vor der Tür, um den Korridor im Auge zu behalten. Louise, die in einem Taschenbuch las, das sie aus ihrer Schultertasche genommen hatte, blickte auf und erstarrte.

»Sie sind Louise Hamilton?«

Der Mann, der sie anredete, war hochgewachsen und knochig. Er trug einen leichten Trenchcoat, einen weichen Filzhut und eine dunkle Brille. Louise stand schnell auf und schaute zum Empfangsschalter, aber sie sah, daß der nicht besetzt war. Das kam ihr merkwürdig vor, wie auch das Benehmen und die Erscheinung der beiden Männer. Der Mann, der vor dem Warteraum stand, war kürzer und untersetzter als sein Begleiter, er kaute Kaugummi, während er immer wieder den leeren Korridor hinunterschaute.

»Darf ich Ihre Kennkarte mal sehen?« fragte sie.

Sie bewegte sich schon. Der Mann mit dem knochigen Gesicht stand ihr nicht im Weg, und sie drückte sich vorsichtig zur Tür hinüber.

»Ich brauche mich hier drinnen nicht zu identifizieren. He! Wo wollen Sie denn hin? André!«

Louise schlüpfte in den Korridor und ging in Richtung Haupteingang.

André war das nächste Hindernis, das sie umgehen mußte. Er bewegte sich auf die Tür zu, und Louise glaubte nicht, daß sie auf der Straße sein konnte, ehe er sie eingeholt hatte. Sie drehte sich um, während er auf sie zukam, hob den Fuß und trieb ihm absichtlich den schmalen Stahlabsatz ihres Schuhs gegen das Schienbein. André erstickte einen Schrei mit der Hand.

Louise rannte. Sie stieß eine der äußeren Türen auf und flüchtete hinaus in die Wärme und Freiheit vor dem Gebäude. In dieser frühen Abendstunde war niemand draußen, und der Mercedes parkte noch immer am Bordstein. Sie hatte den Schlüssel schon in der Hand, als sie den Wagen erreichte, aber sie erstarrte, als sie André brüllen hörte. »Ich schieße – sie hat sich der Verhaftung widersetzt.«

Louise schob hastig den Schlüssel ins Schloß, riß die Tür auf und duckte sich hinters Lenkrad. Sie knallte die Tür hinter sich zu. Erst jetzt schaute sie wieder zum Polizeihauptquartier hinüber, und dabei ließ sie den Schlüssel ins Zündschloß gleiten und startete den Motor.

Der kurze, viereckige André, der mit Schmerzen humpelte, war draußen vor der Eingangstür und schickte sich gerade an, die Pistole mit der breiten Mündung auf das Ziel einzurichten. Der große Mann kämpfte mit ihm und zwang den Arm mit der Pistole in die Luft.

»Keine Schießerei, André. Pieter hält sie schon auf.«

Pieter? Das mußte der Mann sein, der ihr vor der Banque du Nord das Protokoll gegeben hatte, denn jetzt saß er in seinem geparkten Renault ein kleines Stückchen hinter ihr. Der Fiat hielt direkt vor dem Mercedes und blockierte sie. Nur, Pieter hatte hinter ihr eine Lücke gelassen – damit es weniger auffällig aussah? – und startete jetzt seinen eigenen Wagen, um nach vorn zu fahren und sie einzuklemmen.

Sie fuhr zurück. Hinter sich sah Pieter den Mercedes auf sich zurauschen und bekam Angst. Mit ziemlicher Geschwindigkeit ließ er den Wagen zurückrollen und knallte auf einen stehenden Lastwagen. André und sein Genosse hatten den Bürgersteig schon halb überquert. Louise fuhr hinaus auf die Straße und knallte den Fuß auf das Gaspedal. Sie mußte weg, ehe diese Kerle die Verfolgungsjagd aufnehmen konnten. Als sie zur ersten Kreuzung kam, war die Ampel auf ihrer Seite. Sie bog nach rechts ein, in den dichtfließenden Verkehr, während die Ampel umsprang. Kein Wagen konnte sie jetzt mehr finden oder sie einholen. Aber war Jules' Apartment sicher?

»Ich fürchte, Sie können da nicht rein, Sir.«

Beaurain packte den Attachékoffer fester, den Baron de Graer ihm gegeben hatte. Sein Lächeln verbarg den Ärger über die Antwort des uniformierten Polizisten. Er hatte eigentlich nicht geglaubt, was de Graer ihm erzählt hatte: ›Es mag sein, daß man ihnen den Zutritt zur Konferenz verweigert.‹ Er überlegte sich, ob er nicht einfach den Gendarm mit der Schulter beiseite schieben sollte, aber der knöpfte die Klappe seiner Pistolentasche auf, so daß man den Kolben der Waffe sehen konnte. Beaurain kannte den Mann jetzt schon seit fünfzehn Jahren, es war ein verläßlicher Trottel, der weder Initiative noch Phantasie hatte.

»Sie hängen doch sicher an Ihrer Pension, George?« fragte er ihn lässig und beobachtete dabei den Mann, der ihm jetzt nicht mehr in die Augen sehen konnte. Der Polizist trat unruhig von einem Fuß auf den anderen, als ob ihm die Schuhe zu klein wären.

»Ich hab' meine Befehle.«

»Wessen Befehle?«

»Commissioner Voisin hat mich selbst an dieser Tür aufgestellt.« Beaurain riß ihm mit der linken Hand die Pistole aus dem Halfter und schob den Posten dann mit der rechten beiseite. Er stürzte in den großen Raum, und die Tür knallte hinter ihm ins Schloß.

Das Konferenzzimmer war mit einem langen, hölzernen Tisch ausgestattet, an dem ungefähr ein Dutzend Menschen sitzen konnten. Commissioner Camille Voisin, eine überaus stattliche Gestalt mit einem breiten, dünnlippigen Mund und kleinen Augen, die sich genauso rastlos bewegten wie seine runden Hände, hatte den Vorsitz. Beaurain schaute sich die Runde der anderen an, die er alle schon seit Jahren kannte. Es waren Sicherheitsbeamte von hohem Rang aus ganz Westeuropa, und außerdem war noch Ed Cottel von der CIA dabei.

»Entschuldigen Sie, daß ich zu spät komme«, begann Beaurain liebenswürdig und bemerkte dabei, daß man keinen Platz für ihn vorgesehen hatte. »Ich wurde aufgehalten.«

»Sie nehmen nicht an diesem Treffen teil, Beaurain.«

Es war Voisin gewesen, der diese Worte ausgesprochen hatte. Er erhob sich von seinem Stuhl, um sein Mißvergnügen und mehr von seiner üppigen Figur zur Schau zu stellen. Er starrte Beaurain an und gab dann einen seiner Kommentare ab, die Offensichtliches betrafen und für die er bekannt war.

»Sie haben da eine Pistole in der Hand.«

»Sehr scharf beobachtet! Sie gehört dem Idioten da draußen, der versucht hat, mir den Zutritt zu verweigern.«

»Genau wie befohlen.«

»Meine Einladung kam direkt vom Minister, Voisin. Wünschen Sie, mit ihm Kontakt aufzunehmen?«

Voisins fette Hände flatterten ziellos hin und her und deuteten seinen Kollegen an, wie unmöglich das Leben doch war. Es stand ein Telefon auf dem Tisch, aber er machte keine Anstalten, den Minister anzurufen.

»Jules, kommen Sie und setzen Sie sich neben mich.« Sein alter Freund Ed Cottel hatte einen Stuhl von der Wand geholt und ihn neben seinen gestellt. Beaurain öffnete die Tür und schob dem Wachposten, der mit untröstlichem Gesicht draußen stand, die Pistole wieder in den Halfter.

»Passen Sie auf, daß Sie das Ding nicht wieder verlieren«, sagte Beaurain ernst. Während er sich neben den Amerikaner setzte, tauschte er mit den anderen Grüße aus.

René Latour von der französischen Spionageabwehr, ein seltsamer Unterton in einer Ansammlung von Polizisten. Harry Fondberg aus Stockholm, Chef der SÄPO, der schwedischen Geheimpolizei. Peter Hausen, der gerissene Chef der Kripo Wiesbaden, saß in einem weiteren Stuhl. Voisin starrte ihn an, und Beaurain entschloß sich, in die Offensive zu gehen.

»Ich weiß zu schätzen, daß man mich zu diesem Treffen gebeten hat, aber vielleicht könnte man mich kurz über das Thema informieren?«

»Voisin könnte sich nicht kurzfassen, und wenn die Verdoppelung seines Gehalts davon abhinge«, kommentierte Cottel laut.

»Es gibt zwei Themen auf der Tagesordnung«, schnappte Voisin. »Erstens: das Auffinden und Vernichten der Gruppe Telescope, dieser privaten Armee von Terroristen, die innerhalb Westeuropas und der Vereinigten Staaten operieren. Mein Minister hat mich angewiesen, den Spitzenmann dieser Untergrundorganisation zu identifizieren und dann den Stützpunkt und die Geldquellen der Gruppe herauszufinden.«

»Sie haben vielleicht von Ihrem Minister dazu Anweisungen«, unterbrach Cottel, »aber diese Anweisungen treffen wohl kaum auf Washington zu oder auf irgendeinen Repräsentanten irgendeines anderen Landes, der anwesend ist. Das glaube ich wenigstens. Weiterhin . . .« Cottel rollte weiter, während Voisin den Mund öffnete und schloß, »weiterhin möchte ich Ihrer Beschreibung der Gruppe Telescope widersprechen.«

»Ich habe natürlich nicht angedeutet, daß irgendein anderer aus diesem Kreis an die Instruktionen meines Ministers gebunden ist . . .«, begann Voisin hastig.

»Ich muß Ihrer Beschreibung widersprechen«, fuhr Cottel fort,

»weil während der letzten zwei Jahre die Leute von Telescope, wie sie sich nennen – vielleicht, weil sie etwas weiter sehen können als einige von uns –, es geschafft haben, mindestens fünfundvierzig Spitzenterroristen auszuschalten. Das war bei Flugzeugentführungen, bei Belagerungen von Botschaften und bei Kidnapping. Ich habe Kollegen, die inoffiziell die Gruppe Telescope unterstützen, weil sie so viel erreicht hat.«

»Wollen Sie damit sagen, daß nichts gegen diese Piraten getan werden soll?« Voisin war wütend über das zustimmende Gemurmel, mit dem Cottels Meinung begrüßt worden war. Der Amerikaner überhörte die Frage.

»Commissioner, sollten Sie Jules Beaurain nicht über das zweite Thema auf unserer Tagesordnung informieren?«

»Nun, es ist eine koordinierte Diskussion darüber, ob es eine zweite kriminelle Organisation – bekannt als das Syndikat – gibt.«

»Natürlich existiert das. Wir alle wissen es doch«, sagte Cottel angeekelt. »Aber wir geben es nicht gerne zu. Wir wissen genau, daß Millionen von Dollar nach Westeuropa geflossen sind, um dieses Syndikat zu finanzieren. Wir haben den Verdacht, daß mehrere amerikanische multinationale Konzerne gewaltige Summen an das Syndikat übertragen haben. Weiterhin . . .« Er hob wieder die Stimme und wandte sich an Voisin, der den Mund schloß, »weiterhin«, wiederholte er, »sind die Summen, die dem Syndikat zur Verfügung stehen, so gewaltig, daß derjenige, der sie benutzen kann, eine Macht besitzt, die kaum seinesgleichen hat. Meine Herren, ich schlage vor, daß die Priorität dieses Treffens nicht Telescope gehören soll – sondern wir sollten uns darauf konzentrieren, beim Aufspüren und Vernichten des Syndikats zusammenzuarbeiten.« Er schaute den Commissioner an. »Ich bin fertig, Monsieur Voisin – wenigstens im Augenblick.«

»Ich stimme Mr. Cottel zu«, sagte Peter Hausen.

»Commissioner Voisin, ich bin mit meinem Kollegen Peter Hausen einer Meinung, und deshalb auch mit Mr. Cottel«, fügte der französische Spionageabwehrmann knapp hinzu.

»Wollen wir die Karten aufdecken?« forschte Beaurain leise.

»Das wird nicht nötig sein«, schnappte Voisin, ängstlich darauf bedacht, es zu vermeiden, daß die vereinigte Front gegen ihn noch einmal demonstriert wurde. »Zuerst ist es doch sicher erforderlich zu beweisen, daß das Syndikat existiert.«

»Wir sollten annehmen, daß es existiert, und von da aus weitergehen«, grollte Cottel und zündete sich eine Zigarette an.

»Aber wer steht dann dahinter?« wollte Voisin wissen.

»Der Kreml«, erwiderte Cottel.

Es war neunzehn Uhr dreißig, als Louise Hamilton bei Beaurains Apartment am Boulevard Waterloo ankam. Zuversichtlich, daß man ihr nicht gefolgt war, parkte sie den Mercedes in der uralten Garage und schloß dann das Apartment im ersten Stock auf. Sie trat ein.

Das Wohnzimmer war teuer eingerichtet; es war eine Wohnung, die man bei einem Witwer erwartete – außer, daß hier alles ordentlich und praktisch war. Nach den bösen Erfahrungen, die sie beim Polizeihauptquartier gemacht hatte, verspürte sie keinen Hunger. Also zog sie einfach die Schuhe aus und ließ sich auf eine Couch fallen. Ihre Reaktion kam jetzt erst. Sie konnte die Stimme des Kriminalbeamten noch hören: ›Ich schieße . . . Sie hat sich der Verhaftung widersetzt!‹

Die ganze Brüsseler Polizei kannte Jules Beaurain. Er war immer beliebt gewesen, weil er seine Männer fair behandelte und nicht zu korrumpieren war. Seit seinem Ausscheiden hatten viele der Polizisten – besonders im Hauptquartier, wo Beaurain häufig war – Louise als ›Jules' Freundin‹ kennengelernt. Sie wußten nichts über ihre Arbeit für Telescope. Das Telefon klingelte. Sie nahm den Hörer ab und sagte: »Oui?«

»Louise Hamilton, n'est-ce pas? Sie sollten besser das erste beste Flugzeug nehmen und in Ihr eigenes Land zurückfliegen.«

»Wer ist da? Ich liebe Anrufer geradezu, die nicht einmal den Mumm haben, ihren Namen zu nennen«, sagte Louise kühl.

Die Stimme gehörte einer Frau, wahrscheinlich Anfang Dreißig. Sie beherrschte die englische Sprache gut, aber sie hatte einen Akzent, den Louise nicht einordnen konnte. Laß das kleine Miststück noch ein bißchen plaudern, dachte sie.

»Wenn Sie weiter hier herumlungern, wir haben Leute, die Experten im Beinebrechen sind. Dann gehen sie weiter, zu den Händen. Sie sind Linkshänderin, n'est-ce pas?«

»Warum kommen Sie nicht und bringen mir die Nachricht selbst?« schlug Louise vor. »Es würde mir großen Spaß machen, Sie mal von Angesicht zu Angesicht zu sehen.«

»Wenn Ihr Angesicht ruiniert ist, dann werden Sie nicht mehr so mit mir reden, da bin ich ganz sicher!« Die Stimme endete mit einem giftigen Unterton, und die Verbindung brach ab.

Louise legte langsam den Hörer wieder hin. Automatisch merkte sie sich die Zeit, bei der der Anruf zu Ende gewesen war. Beaurain hatte eine Geheimnummer – wie hatte es die Frau nur geschafft, daran zu kommen? Der zweite, erschreckendere Gedanke war der, woher die Anruferin wußte, daß sie Louise in dem Apartment antreffen würde. Es war das erste Mal seit über einer Woche, daß sie die Wohnung betreten hatte. Es konnte sein, daß man sie doch vom Polizeihauptquartier beschattet hatte – aber sie hatte sich große Mühe gegeben, sicherzustellen, daß man ihr nicht folgte. Blieb nur noch eine gleichermaßen entnervende Lösung. Das Apartment wurde rund um die Uhr beobachtet.

Sie ging hinüber zum Fenster und spähte durch die groblöcherige Gardine. Unten sah sie die schmale, verlassene Straße. Sie starrte auf die Fenster, die gegenüber im ersten Stock lagen, aber auch die waren verhüllt. Ob dort Beobachter hinter den Vorhängen saßen?

Louise ging in die Küche, sie wollte sich dadurch beruhigen, daß sie sich Essen machte. Irgendwo in dieser Stadt setzte sich jetzt wahrscheinlich eine andere Frau zum Essen, nachdem sie einen Anruf getätigt hatte.

»Hörte sie sich verängstigt an?« wollte Dr. Berlin wissen, während er sich großzügig mit Melone bediente.

»Nein!« Sonia Karnell hatte gezögert, ehe sie sich widerwillig dafür entschied, daß es wie immer viel sicherer war, Berlin die Wahrheit zu sagen. Der wußte immer, wenn man die eigene Meinung verbergen wollte. Eine regelrechte Lüge hätte sie gar nicht in Betracht gezogen. »Sie hörte sich an wie eine Frau, die genauso eine Warnung erwartet hatte. Die Antwort lag auch schon bereit.«

»Wie Sie ist diese Frau hartgesotten, skrupellos und gut ausgebildet. Schade, daß sie das Opferlamm spielen muß.«

Sonia Karnell, dunkelhaarig, einssiebzig, zweiunddreißig Jahre alt, war Schwedin. Sie war in Stockholm geboren und sprach sechs Sprachen fließend, auch Englisch. Trotz der Hitze des Abends trug Berlin wegen seiner üppigen Gestalt einen schwarzen Anzug, wie immer. Während er sprach, schaute er immer wieder über den Tisch Karnell an, um ihre Reaktion abzuschätzen. Er beobachtete grundsätzlich die Menschen, die um ihn waren, besonders diejenigen, die ihm am nächsten standen – und niemand stand ihm näher als Sonia Karnell. Er war ein Mann, dessen größte Angst im Leben die Angst vor dem Verrat ist.

»Sind wir heute hierher geflogen, nur damit ich sie anrufen konnte?« fragte sie.

»Iß deine Melone – sie gibt wieder neue Feuchtigkeit. Ja, einesteils sind wir hierher geflogen, um einen Anruf zu machen. Hätte Beaurain geantwortet, dann hättest du wegen Hamilton genau die gleichen Drohungen ausgestoßen – aber so ist das Ganze vielleicht effektiver. Wenn er hört, was passiert ist.«

»Opferlamm – was soll das bedeuten, Otto?«

»Laß mich essen. Der Plan basiert auf der Tatsache, daß in zwei Wochen die erste Vollversammlung des Syndikats in der Nähe von Schweden stattfindet. Wir haben ein Problem, weil Telescope sich zum Ziel gesetzt hat, uns zu vernichten.«

»Was hat mein Telefonanruf damit zu tun? Das verstehe ich nicht.«

»Geduld!« Die Augen hinter den dicken Brillengläsern musterten sie. »Ich habe Kontakte zur europäischen Polizei – Informanten auf hohem Niveau. Zwischen Beaurain und gewissen Männern aus der Gruppe seiner alten Kollegen, die mit seinen Methoden einverstanden sind, gibt es eine diskrete Abmachung. Ein Polizeikontaktmann hat mich darüber informiert, daß Beaurain der Chef der Gruppe Telescope ist, und daß er sich entschlossen hat, das Stockholmer Syndikat auszulöschen. Also müssen wir ihn zuerst vernichten – noch vor dem Treffen, sonst gäbe es eine Katastrophe. Beaurain kommt zu nah an uns heran.«

Sonia Karnell, deren weißes Gesicht von kurzgeschnittenem Haar eingerahmt war, aß ihre Melone, um Berlin gut zu stimmen. Die Hitze war widerwärtig. »Aber warum drohen wir Beaurains Flittchen?«

»Um ihn abzulenken. Eins brauchen wir, ehe unsere Soldaten angreifen können – wir müssen den Hauptstützpunkt der Gruppe Telescope kennen, und wir sollten bald von Serge Litow erfahren, wo er sich befindet.«

»Was soll denn mit der Frau passieren?«

»Günther Baum kümmert sich um sie. Das wird Beaurains Nerven erschüttern.«

Sie hörte auf zu essen, sie war nicht in der Lage zu schlucken. »Sie wollen das Tier auf sie hetzen?«

»Er wird den notwendigen Effekt hinterlassen – Wut bei Beaurain. Es kann gut sein, daß er dann einen Fehler macht. Versetze solche Leute in Entsetzen, bei denen das möglich ist. Und bei denen, die sich nicht erschrecken lassen: Bring sie aus der Balance.«

»Und fahren wir zurück nach Brügge?«

»Für kurze Zeit, ja. Bis Litow zurückkehrt und uns den Standpunkt des Hauptquartiers der Gruppe Telescope sagt. Schließlich muß ich mich ja um meine Geschäfte mit seltenen Büchern kümmern, wenn wir leben wollen!«

»Diese Frau hat dich also bedroht?« sagte Beaurain, während er in seinem Wohnzimmer hin und her ging. Es war zehn Uhr, wie gewöhnlich hatte Voisins Treffen stundenlang gedauert. Beaurain war sehr verstört durch die Tatsache, daß der Anrufer in der Lage gewesen war, seine Telefonnummer herauszufinden. Es machte ihm auch Sorgen, daß man Louise bedroht hatte, und vor allem besorgte ihn dieser bizarre Vorfall beim Polizeihauptquartier.

»Sie hat was davon gequasselt, daß mir Beine und Hände gebrochen werden sollten«, sagte Louise ruhig, »und dann wollte man mir noch das Gesicht zerschneiden. 'ne richtige kleine Puffmutter. Ich wär' gern mal fünf Minuten allein mit der. Oh, und dies alles würde nicht stattfinden, wenn ich das erste Flugzeug zurück nach England nähme. Sie hat versucht, dich ein bißchen aufzurütteln, Jules.«

»Ich frage mich, wer, zum Teufel, das wohl war«, sagte er.

»Sie gehört natürlich zum Syndikat. Sie wollen uns unter Druck setzen.«

»Das tun sie allerdings – damit ich heute abend am Treffen teilnehmen konnte, mußte ich einen Wachposten beiseite schieben, den sie an die Tür gestellt hatten, um mich draußen zu halten. Nur das Syndikat kann dahinterstecken.«

Sie setzte sich gerade hin. »Sicher glaubst du doch nicht, Commissioner Voisin hat sich einwickeln lassen?«

»Nein, das kommt mir unwahrscheinlich vor – aber irgend jemand aus der Versammlung muß darum gebeten haben, mich draußen zu halten. Wie du dir vorstellen kannst, kommt Voisin solchen Wünschen natürlich gern nach – er ist einfach zu faul, selbst die Initiative zu ergreifen. Ich weiß nicht. Es hätte unmöglich sein müssen, daß das Syndikat ins Brüsseler Polizeihauptquartier eindringt – aber sie haben es geschafft. Zwei der Männer waren mit Sicherheit keine Kriminalbeamten. Aber was mich wundert: Wie haben sie dafür gesorgt, daß die Rezeption unbesetzt war?«

»Kurz bevor sie hereinkamen, habe ich gehört, wie der Polizist vom Dienst einen Anruf annahm. Als die beiden erschienen, war der Polizist verschwunden.«

Beaurain schlug sich mit der Faust in die offene Handfläche.

»Das war Pierre Florin. Der saß hinter dem Schalter, als ich ankam.«

»Ist der schon länger bei der Polizei?«

»Nur zwanzig Jährchen. Dem habe ich aber ein paar Fragen zu stellen!«

»Die Frau hat's wirklich geschafft, dich zum Schlottern zu bringen.«

»Was mich aufregt«, schnappte Beaurain, »ist die Tatsache, daß diese kriminelle Organisation es offensichtlich erreicht hat, zu uns durchzudringen. Wir werden Serge Litow auf der Stelle freilassen müssen – und dann werden wir ja sehen, wohin er uns führt.«

»Du wolltest ihn aber länger festhalten«, wandte Louise ein und umklammerte fest seine Arme. »Jetzt bringen sie dich dazu, genau nach ihrem Zeitplan zu handeln.«

»Vergiß nicht, was Henderson an dem Abend bemerkte, als Litow mich erschießen wollte – seine Walther-Pistole war noch gesichert. Bei so einem Profi! Sie ergriffen die Gelegenheit, die ich ihnen gegeben habe, um sie für sich zu nutzen. Wir benutzen Litow, um den Sitz des Syndikats herauszukriegen, und sie hoffen, daß Litow entkommt und ihnen erzählt, wo unsere Basis ist. Litow steht in der Mitte und weiß es wahrscheinlich auch. Nach den heutigen Geschehnissen werde ich den Prozeß ein bißchen beschleunigen und Litow freilassen.«

Beaurain brach ab, als es wiederholt an der Tür klingelte. Louise spannte sich und ließ seine Arme los. »Wer könnte das sein?« fragte sie ruhig.

»Es ist das Klingelsignal, das ich mit Ed Cottel ausgemacht habe. Er sagte, er wolle mal vorbeikommen.«

»Du hoffst, daß es Ed ist«, sagte Louise und zog ihre Pistole aus der Handtasche.

»Du hast recht – von jetzt an wollen wir nicht einfach mehr irgend etwas annehmen. Und übrigens, er ist in einer doppelten Mission hier – er soll beim Aufspüren des Syndikats helfen, von dessen Existenz er überzeugt ist, und außerdem soll er auch noch Telescope auslöschen.«

In der Tat stand Cottel draußen, und als Beaurain die Tür wieder abschloß, nahm der Amerikaner Louise Hamilton in die Arme. Er kannte sie gut. Er nickte, als sie ihm einen großen Scotch anbot.

»Dieses neue Syndikat macht mir angst und bange«, sagte er. »Ich habe mit Washington geredet – mit einem, dem ich trauen kann – seit dieser ewig langen Sitzung. Die Fragmente, die wir immer wieder aufsammeln, machen mir jedesmal noch mehr angst.«

»Warum hast du beim Treffen gesagt, daß du glaubst, der Kreml stände hinter dem Syndikat?«

»Weil ich einen Computer anzapfen kann.«

Ed Cottel war ein schlanker Mann Anfang der Fünfziger. Seine hervorstechendsten Merkmale waren seine Hakennase, sein Westküstenakzent und sein beherrschtes Benehmen, das sich in den konservativen Anzügen widerspiegelte, die er immer trug. Er erinnerte Beaurain mehr an einen Engländer als an einen Amerikaner. Außerdem war er so individualistisch eingestellt. Der Belgier war überrascht darüber, daß Washington ihn ausgewählt hatte, nach Europa zu fahren und mit den dortigen Sicherheitsdiensten zusammenzuarbeiten.

»Einen Computer anzapfen, Ed? Was willst du damit andeuten?«

»Es ist so ziemlich der größte Computer der Welt, und er enthält Daten über jede prominente Persönlichkeit in der Politik oder Industrie, und außerdem über die russischen Spitzenleute. Hast du schon von Viktor Raschkin gehört?«

»Das ist der Kissinger des Kreml, aber er ist soviel ruhiger, daß die internationale Presse überhaupt nicht weiß, daß er existiert«, erwiderte Beaurain.

»Und im Augenblick ist er Erster Sekretär der russischen Botschaft in Stockholm.« Cottel spähte auf den Boden seines Glases. »Erster Sekretär – so ein Witz. Leonid Breschnews Wunderknabe, der Mann, der die Kastanien aus dem Feuer holt, und derjenige, der am meisten Ärger macht, und dann ist er nur Erster Sekretär. So deckt man solche Leute natürlich normalerweise. Reist ziemlich viel in der Weltgeschichte herum, unser Viktor«, meinte er gedankenverloren.

»Du hast gesagt, du kannst einen Computer anzapfen«, erinnerte Beaurain. »Wie kommst du dabei auf Raschkin?«

»Bei Voisins komischem Treffen habe ich erwähnt, daß aus den Staaten Geld nach hier geflossen ist, um Operationen des Syndikats zu finanzieren. Als ich in Washington war, habe ich einen Tip bekommen, und ich bin zum Computer gegangen und hab' herausgefunden, daß in letzter Zeit fünf Millionen Dollar von einer Bank in Arizona an eine Bank hier in Brüssel gegangen sind. Ich war ziemlich sicher, daß der Empfänger an diesem Ende der Leitung Viktor Raschkin war. Wußtest du«, fragte er lässig, »daß Raschkin im Augenblick in Brüssel ist? Mit ein paar anderen Leuten in seinem Privatjet aus Stockholm eingeflogen. Das Flugzeug steht jetzt am Flughafen Brüssel unter Beobachtung.«

»Und wohin ist er in Brüssel gegangen? Du scheinst mehr über meinen Hausgarten zu wissen als ich selbst.«

»Nur durch den Computer. Sobald Raschkin den Flughafen mit seinen Freunden verlassen hatte, haben wir ihn verloren.«

»Freunden?«

»Einem Mann und einer Frau – und ehe du fragst, wir wissen auch nicht, wer sie sind, und wir haben keine Beschreibung. Wir sind also nicht immer so schlau, Jules.« Er starrte zur Decke hinauf. »Eins findest du vielleicht noch interessant. Voisin hat mich zurückgehalten, nachdem die Konferenz beendet war. In einem geschriebenen Bericht über Telescope hatte ich erwähnt, daß wir vielleicht in der Lage sein würden, den Stab der Gruppe zu identifizieren – oder wenigstens die Anführer. Willst du mal hören, was ich für einen blöden Fehler gemacht habe?«

»Wenn du meinst, Ed«, sagte Beaurain mit gespielter Gleichgültigkeit. Louise hatte sich auf dem Sofa zusammengerollt. Sie sah angespannt aus. »Ich könnte noch ein bißchen Kaffee vertragen, wenn du die Kraft hast.«

»Aber natürlich.«

Sie ging in die Küche. Sie konnte die Unterhaltung durch die Tür hören. Cottels Bemerkung, daß er die Leute der Gruppe Telescope identifizieren könnte, hatte sie erschreckt. Wie, zum Teufel, war das überhaupt möglich?

»Trink noch einen, Ed.« Beaurain setzte sich auf das Sofa, wo Louise gesessen hatte, und von wo er den Amerikaner, ohne allzu interessiert zu wirken, beobachten konnte. Er verschränkte die Arme über der Brust. »Du bist also noch mit Voisin zurückgeblieben. Das war bestimmt sehr unterhaltsam.«

»In meinem Bericht habe ich erwähnt, daß die wichtigsten Männer und Frauen, die die Gruppe Telescope leiten, vielleicht durch den Terrorismus persönliche Verluste erlitten haben könnten. Frauen, Schwestern, Ehemänner, Freundinnen. Ich habe vorgeschlagen, von all denen eine Liste anzulegen, die in letzter Zeit durch kriminelle oder terroristische Anschläge einen persönlichen Verlust erlitten haben. Auf dieser Liste finden wir möglicherweise Kandidaten, die in Frage kommen – denn ich bin sicher: Das war das Motiv für die Aufstellung der Gruppe Telescope. Ärger über die Inkompetenz der Regierungen. Verdammt noch mal, Jules, es ist das stärkste Motiv, das die Menschheit hat – Rache.«

»Aber es würde Jahre dauern, bis man diese Liste zusammen hätte.«

»Nicht, wenn ich den Computer benutze, zu dem ich Zugang habe.«

»Ach so. Und das hast du Voisin gesagt?«

»Nein. Voisin hat mich gebeten, den Computer zur Zusammenstellung der Liste zu benutzen. Wenn ich es nicht tue, dann fragt er einen anderen. Und jetzt muß ich mich auf die Beine machen – ich nehme den Nachtflug in die Staaten.« Cottel stand auf. »Ich bin bald wieder da. Und vergiß Viktor Raschkin nicht.«

»Glaubst du denn, er ist ein Mitglied des Syndikats, um Himmels willen?«

»Kein Mitglied – aber ich glaube, er leitet Mittel an denjenigen, der den Verein leitet.« Er kratzte sich am Kopf. »Ich hab' keine Ahnung, ob es was zu bedeuten hat«, bemerkte er lässig, »aber hast du jemals was vom ›Kometa‹ gehört?«

»Nein, aber es hört sich russisch an.«

»Ist es auch. Einer unserer Satelliten hat seine Fahrt die baltische Küste hinunter verfolgt. Es ist ein riesiges Luftkissenboot. Normalerweise benutzen die Sowjets so was nur auf Flüssen wie der Wolga – aber dieses ist jetzt vor Polen. Nicht so weit von Schweden entfernt. Wo will es hin und warum? Niemand kommt dahinter – und deshalb ist es besorgniserregend. Bis bald, ihr beiden . . .«

Nachdem Cottel gegangen war, wählte Beaurain eine Nummer. Er rückte sich in einem Sessel zurecht und stellte das Telefon zwischen das Geschirr, das Louise gedeckt hatte. »Sind Sie das, Jock? Hier ist Jules. Die Fracht, die wir gestern abgeholt haben, soll morgen früh in Brüssel-Mitte in einen Zug gesetzt werden. Ja, richtig – Midi.« Midi war einer der drei Hauptbahnhöfe in Brüssel. »Trommeln Sie eine Wachmannschaft zusammen, die dafür sorgt, daß die Fracht richtig verladen wird. Verstanden? Als nächstes stocken Sie das Treibstofflager mit neuen Vorräten auf, und warten Sie auf neue Instruktionen. Kapiert? Und passen Sie auf – es könnte sein, daß irgend jemand ein Feuer legt. Es gibt haufenweise Zunder.«

Er setzte das Telefon ab, schob den Hörer vom Tisch herunter und blickte auf. Er bemerkte plötzlich, daß alle Geräusche in der Küche aufgehört hatten. Louise stand dicht hinter ihm und hielt eine leere Suppenkelle in der Hand. Er warf die Hände hoch, als ob er sich verteidigen müsse.

»Ich weiß, du hast den Tisch gedeckt – aber ich hab' ja an deiner wunderschönen Anordnung nichts durcheinandergebracht.«

»Ich will wissen, was hier vorgeht – und möglichst schnell, sonst ist das Essen ruiniert.«

»Du hast doch die Unterhaltung gehört.«

»Das war alles Code. Erstens – wo ist Jock jetzt? Es hört sich so an, als ob was los ist.«

»Jock war in unserer Stellung in der Nähe des Bahnhofs, allerdings erwarte ich, daß er jetzt auf dem Weg zum Château ist.«

Louise warf einen Blick auf ihre Armbanduhr, um festzustellen, wie lange das Essen noch kochen mußte, und setzte sich dann auf seinen Schoß. »Die Fracht, das ist wohl Litow – der soll in Brüssel-Midi fallengelassen werden, damit er weglaufen kann. Aber es macht mir Sorgen, daß wir ihn dann vielleicht aus den Augen verlieren.«

»Daher meine Bemerkung über die ›Wachmannschaft‹, das Schleppnetz im großen Stil, das Jock über alle Fluchtrouten werfen soll, die Litow nehmen könnte – denn er wird mit Sicherheit versuchen, uns durch die Lappen zu gehen. Und da er annehmen kann, daß wir ihn verfolgen, müssen wir ihn in Sicherheit wiegen, daß ihm genau das gelungen ist. Dann sehen wir ja, wohin er uns führt. Morgen ist ein großer Tag. Zufrieden?«

»Noch nicht.« Sie streichelte seine Wange mit dem Suppenlöffel, während sie fortfuhr: »Was war das mit dem Treibstofflager? Sollte das die Jacht sein, die ›Feuersturm‹? Ja? Und wo liegt das Schiff jetzt?«

»Zwischen Schottland und der Ostsee. Ich hab' sie bereitgehalten, seit ich zum erstenmal den Ausdruck ›Stockholmer Syndikat‹ gehört habe. Jock wird der Jacht per Funk mitteilen, Verpflegung an Bord zu nehmen, Waffen und Munition zu überprüfen und vor allem ein Team von Scharfschützen aufzunehmen. Jock wird die ganze Nacht alle Hände voll zu tun haben. Jetzt hab' ich Hunger.«

»Hast du ja immer. Es gibt Hähnchen – so wie du es gern hast. Ich nehme an, morgen werden wir zuschauen, wie Litows Bewegungen auf der Karte verfolgt werden.«

»Mehr als das. Morgen nachmittag besuchen wir in Brügge den ›Fachmann‹. Der ist vielleicht in der Lage, uns zu sagen, wer wirklich hinter dem Stockholmer Syndikat steckt.«

Kapitel 5

Der Fachmann, Dr. Henri Goldschmidt, Händler für seltene Münzen, war einer der prominentesten Bürger von Brügge. Beaurain schätzte sein augenblickliches Alter auf ungefähr sechzig, aber er konnte wirklich nur schätzen – der Doktor hütete eifersüchtig sein Privatleben, und man wagte es nicht, ihm die falschen Fragen zu stellen. Denn zur Strafe dafür wurde man augenblicklich von der Liste seiner persönlichen Bekannten gestrichen.

»Sie sind ausgeschlossen aus meinem Milieu«, erklärte er einmal. »Und natürlich können Sie niemals wieder zugelassen werden, wenn Sie erst einmal ausgeschlossen sind.«

Er sprach acht Sprachen fließend, inklusive Französisch, Englisch und Deutsch. Außerdem benutzte er seine feingliedrigen Hände, um den Fluß der Unterhaltung zu unterstreichen. Seine Gesten waren von beherrschter Deutlichkeit, wenn er einen Gesprächspunkt unterstrich. Er erfreute sich des Vertrauens beim Adel, bei amerikanischen Millionären und französischen Industriellen. Weniger bekannt war die Tatsache, daß er außerdem mit einigen Spitzengangstern von Europa auf gutem Fuße stand. Dies war der Mann, den Beaurain treffen wollte.

Eine Stunde vor Sonnenaufgang startete der riesige Sikorsky-Hubschrauber vom Château Wardin. Litow, der sein letztes »Verhör« bei Dr. Alex Carder durchgestanden hatte – lag auf einer Krankentrage wie auf dem Hinflug. Sein verletzter Arm war fachmännisch geschient und bandagiert, und sein linkes Handgelenk und sein linker Knöchel waren mit Handschellen an die Bahre angeschlossen. Sein rechter Knöchel trug außerdem auch noch Fesseln.

Es waren zwei Wachen dabei, die die normale Kampfuniform der Scharfschützen trugen – Jeans, Schuhe mit Kreppsohlen, Anoraks und Gesichtsmasken, die sie völlig unkenntlich machten. Eine der Wachen war Stig Palme. Der zweite war ein neunundzwanzigjähriger Deutscher, Max Kellermann. Vor einem Jahr hatte dieser junge Mann noch eine brillante Karriere als Rechtsanwalt vor sich gehabt. Aber dann war seine Verlobte in eine Terroristenschießerei geraten, als man der Polizei einen Hinweis auf einen Banküberfall in Bonn gegeben hatte. Noch wußte niemand, daß dieser Tip von Jules Beaurain kam. Beaurain hatte das auch vor Kellermann geheimgehalten, wie er Louise einmal erzählt hatte. »Wenn Kellermann wüßte, daß ich damals die ganze Angelegenheit ins Rollen gebracht habe, dann würde er mir vielleicht die Schuld am Tod seiner Verlobten in die Schuhe schieben.«

Ehe Litow die große Zelle verließ, die er über eine Woche lang belegt hatte, waren ihm die Augen verbunden worden. Wieder einmal verließ er sich auf Geräusche und auf seinen Geruchssinn, um noch einmal nachzuprüfen, was er über das Hauptquartier der Gruppe Telescope erfahren hatte. Der gleiche Rauch von einem Gartenfeuer war ihm in die Nase gestiegen, als sie ihn aus dem Gebäude zur Rampe hinter dem Hubschrauber trugen. Sie brachten ihn auch auf dem gleichen Weg hinaus – er spürte und hörte den Wechsel von Teppichboden auf Stein; dann kamen die steinernen Stufen, und danach war nichts mehr zu hören, also nahm er an, daß die Träger auf Gras gingen. Der Feuergestank kam ihm nicht merkwürdig vor: Aus seiner Dienstzeit in London erinnerte er sich noch, daß die Briten den ganzen Sommer lang stinkende Feuer am Qualmen hielten.

»Vergiß nicht, das Feuer zeitig anzuzünden«, hatte Beaurain Stig Palme erinnert. »Litow hat einen hellen Kopf – er darf die Ardennenfichten nicht riechen, während er an Bord getragen wird.«

Es war drei Uhr nachmittags, als sie gekommen waren, um Litow abzuholen. Er trug noch immer seine Armbanduhr, und er hatte es geschafft, die Uhrzeit festzustellen, ehe einer der maskierten Wachen ihm das Tuch über die Augen legte. Wenn man ihn zum gleichen Startplatz brachte, dann würde der Flug von England zurück ungefähr drei Stunden dauern.

Als der Sikorsky-Hubschrauber landete, stellte Litow, der noch immer auf der Bahre im Laderaum gefangen war, fest, daß er seine früheren Erfahrungen rückwärts wiedererlebte. Ein dumpfer Schlag war zu hören, als der Hubschrauber die Erde berührte, eine Pause, während die Rotoren aufhörten, sich zu drehen, und dann schnurrte die Hydraulik, als man die automatische Rampe an der Rückseite des Laderaumes senkte.

Seine Augenbinde wurde abgenommen von einem Wachposten, dessen Gesicht auch eine Maske verhüllte. Diese Leute vergaßen nicht allzuviel, dachte Litow wohlgefällig – und dann wurde er hinuntergehoben ins helle Tageslicht. Ein starker Duft von Ardennenfichten zog ihm in die Nase, und über sich sah er die Spitzen der Bäume, die den geheimen Hubschrauberlandeplatz umstanden. Die beiden Wachen trugen ihn zu dem wohlbekannten Lieferwagen, auf dessen hinterer Tür »Boucher« stand. Sie warfen ihn auf die gleiche Ledercouch, die längsseits an der linken Wand stand, dann schlossen sich die Türen, und Kellermann und Palme setzten sich ihrem Gefangenen gegenüber, die Maschinenpistolen auf dem Schoß.

»Wir fahren Sie jetzt zum Bahnhof Brüssel-Midi«, sagte Kellermann Litow auf englisch, während der Wagen zu rollen begann. »Hier sind Ihre Papiere, Mr. James Lacey, oder wie immer Sie heißen mögen.«

Litow konnte es kaum glauben. Kellermann beugte sich über ihn und schob ihm die Brieftasche wieder in die Innentasche seiner Jakke. War das ein Trick, um ihn aus der Balance zu bringen, um ihn zu entspannen, ehe sie ihn der Folter oder einer Durchhalteprobe unterwarfen?

Aber halb glaubte er dem Wachposten, der wieder zu seinem Sitz zurückkehrte, während der Lieferwagen beschleunigte. Warum sollte man ihn überhaupt laufenlassen? Der Wachposten machte eine Handbewegung auf die Brieftasche, die er zurückgegeben hatte.

»Sie werden feststellen, daß all Ihr Geld noch da ist. Belgische Franken, deutsche Mark, holländische Gulden. Telescope stiehlt nicht wie das Syndikat.«

Litow erstarrte und versuchte, ausdruckslos dreinzuschauen. Was zum Teufel ging hier vor? Dies war das erste Mal, daß einer von diesen Männer zugab, zur Gruppe Telescope zu gehören. Und warum die beiläufige Erwähnung des Syndikats? Um seine Reaktion zu testen? Einer Sache war sich Litow jetzt ganz sicher – man befreite ihn in der Hoffnung, daß er sie zum Hauptquartier des Syndikats führen würde. Es fiel ihm auf einmal schwer, seine innere Befriedigung zu verbergen. Sie würden eine Überraschung erleben, in der Tat, eine ausgesprochen unangenehme Überraschung.

Pierre Florin, wachhabender Sergeant im Polizeihauptquartier Brüssel, ließ sich, kurz nachdem die beiden Männer Louise im Empfangsraum angegangen waren, eine Woche Urlaub geben. Der Anblick Beaurains, der die Treppe hinaufrannte, um an dem Treffen teilzunehmen, und die Tatsache, daß das Mädchen Beaurain kannte, hatten Florin in Angst versetzt. Aufgrund seiner langen Dienstjahre kam man seinem Antrag auf Urlaub sofort nach.

Den größten Teil der sieben Tage verbrachte er in seinem Junggesellenapartment in Brüssel. Einer von den falschen Kriminalpolizisten besuchte ihn eines Abends.

»Warum haben Sie diesen Urlaub genommen, Florin?« wollte er wissen. »Genau im falschen Augenblick zieht das die Aufmerksamkeit auf Sie.«

»Ich mach' mir Sorgen. Beaurain . . .«

»Sie sind ein Idiot. Beaurain ist doch nicht mehr länger bei der Polizei.«

»Aber er hat enormen Einfluß.« Florin konnte nicht still sitzen bleiben. Er lief ruhelos herum und bewegte nervös die billigen Souvenirs aus den Ferien in Ostende hin und her. »Ich hätte es nicht gern, wenn Beaurain mich langsam röstet«, fuhr Florin fort und bestätigte dadurch den anderen in seiner Meinung, daß er im Verhör zusammenbrechen würde. »Ich will mein Geld.« Der Mann mit dem mageren Gesicht zog einen verschlossenen Briefumschlag hervor und ließ ihn auf den Fußboden fallen. Er brachte Florin dazu, sich zu bücken. Dann ging er und berichtete seine Zweifel Dr. Otto Berlin.

Dr. Berlin brauchte mehrere Tage, um Günther Baum ausfindig zu machen, den Ostdeutschen, dessen Spezialität es war, Leute aus dem Weg zu räumen. Baum und sein Kamerad, ein unscheinbares Individuum, das eine Aktentasche trug, erschienen unangekündigt in Florins Apartment. Baum trug eine dunkle Brille und war flott und sehr amerikanisch gekleidet. Vor Florins Apartment nahm er die Mauser-Pistole aus der Aktentasche und hielt sie hinter dem Rücken, während er den Klingelknopf drückte.

Günther Baum war mittelgroß, und seine Bewegungen hatten etwas Endgültiges. »Niemals eilig wirken«, warnte er oft seinen Assistenten. »Das zieht die Aufmerksamkeit auf dich.« Er trug einen Panamahut, der zusammen mit den getönten Brillengläsern sein ganzes oberes Gesicht verbarg. Nur die kurze Nase war zu sehen und ein kleiner, dünner Mund und ein fleischiger Unterkiefer. Eingebettet in seiner linken Hand trug er ein Foto von Pierre Florin. Es war am besten, methodisch vorzugehen.

Florin öffnete die Tür und warf einen nervösen Blick auf die Fremden, ehe er sich anschickte, die Tür wieder zuzumachen. »Wir kommen von der Kriminalpolizei. Eine Nachricht aus dem Hauptquartier. Es geht um den Vorfall, der sich dort vor einer Woche abgespielt hat. Wir können doch hereinkommen, ja?«

»Aber natürlich . . .«

Baum sprach ein singendes Französisch. Er redete in kurzen Sätzen, als ob er von allen erwartete, daß sie ihn so nahmen, wie er war. Florin kam nie der Gedanke, nach einer Polizeimarke zu fragen. Sie traten in das Apartment ein, zuerst Florin, dann Baum, dann dessen Assistent, der die leere Aktentasche trug und die Tür schloß.

»Sie sind allen?« fragte Baum.

»Ja, ich habe nur selten . . .«

»Bitte weitergehen. Man hat uns gebeten, einen Blick in Ihr Schlafzimmer zu werfen. Es ist festgestellt worden, daß eine Frau Sie besucht, die einen schlechten Ruf hat.«

»Das ist ja lächerlich.«

»Ja, sicher. Gehen Sie weiter. Öffnen Sie diesen Schrank – ich muß sicher sein, daß wir allein sind.«

Sie waren jetzt in dem engen Schlafzimmer, und Florin reagierte wie ein Roboter auf Baums Anweisungen. Er öffnete den Schrank auf Verlangen seines Besuchers. Baum drückte die Spitze des Schalldämpfers gegen Florins Nacken. Der Belgier erstarrte beim Druck des kalten Metalls. »Gehen Sie langsam in den Schrank«, befahl Baum im gleichen Singsang-Französisch. »Da sind Sie aus dem Weg, während wir nach Hinweisen suchen.« Entsetzt stieg Florin in den Schrank, sein Gesicht vergrub sich in den Kleidungsstücken. Baum drückte den Abzug einmal durch.

Dann knallte er die Tür gegen Florins zusammenklappende Leiche und drehte den Riegel um. Ohne ein Wort zu sagen, gab er die Mauser-Pistole an seinen Kameraden weiter, der sie sofort in der Aktentasche versteckte. Baum zog seine Handschuhe aus und schob sie in die Tasche. »Zeit zu gehen«, sagte er.

Es war seine normale Routine, wenn er eine knifflige Arbeit zu erledigen hatte. Baum behielt die Pistole niemals eine Sekunde länger als notwendig. Es war Aufgabe seines Kameraden, die inkriminierende Waffe zu transportieren, so daß Baum sich nie kompromittierte. Es war ein Risiko, für das man Baums Genossen gutes Geld zahlte.

»Und jetzt zu dem stinkigen Süßwassermatrosen, der Dr. Berlin Sorgen macht. Wir wollen doch, daß unser Arbeitgeber glücklich ist, nicht?«

Um neun Uhr dreißig rollte ein Fleischerei-Lieferwagen beim Bahnhof Brüssel-Midi an den Straßenrand. Serge Litow war seiner Handschellen entledigt worden und saß jetzt Max Kellermann gegenüber, der seine Maschinenpistole auf den Bauch des Russen gerichtet hielt. Litow konnte noch immer nicht ganz glauben, daß man ihn freilassen würde; das einzige, was ihn beruhigte, war das Geräusch des dichten Verkehrs, das von draußen hereindrang.

»Wenn Sie aussteigen, drehen Sie sich nicht um«, warnte Kellermann, »oder dieser Lieferwagen ist das letzte, was Sie je sehen werden. Eine schnelle Salve, und wir wären weg. Und draußen steht eine ganze Mannschaft von unseren Leuten, um sicherzustellen, daß Sie einen Zug besteigen – irgendeinen Zug.«

Stig Palme, der noch immer wie Kellermann maskiert war, entriegelte die Hintertür, öffnete eine davon ein paar Zentimeter und spähte hinaus. Er öffnete sie weiter, Litow stieg hinaus auf die Straße, und die Tür wurde wieder geschlossen. Kellermann handelte jetzt sehr schnell.

Er streift sich den Arbeitsanzug ab, den er getragen hatte, und stieg aus. Er zog die Gesichtsmaske herunter, hob die Couch an, auf der Litow gesessen hatte, nahm einen weichen Filzhut heraus und stülpte ihn sich auf den Kopf. Dann packte er noch einen Koffer und zog ihn zusammen mit einem beigefarbenen Regenmantel aus dem Bettkasten der Couch heraus. Die Ecken des Koffers waren mit Stahl beschlagen, so daß er auch als improvisierte Waffe dienen konnte. Dann schob Kellermann an der vorderen Wand des Lieferwagens eine Platte beiseite und sprach den Fahrer an.

»Na?«

»Hat sich benommen – ist direkt in die Schalterhalle gegangen.«

Kellermann rannte zur Hintertür des Lieferwagens und sprang auf die Straße. Niemand bemerkte etwas. Kellermann ging hinüber zu einer der Schwingtüren und betrat die Schalterhalle auch. Litow stand am Schalter für die erste Klasse, und nur ein einzelner Mann war vor ihm. Während er wartete, warf er einen Blick nach hinten und sah eine Belgierin mit einem Pudel an der Leine, die sich hinter ihm anstellte. Sie murmelte im Selbstgespräch vor sich hin, während sie in ihrer Handtasche nach Fahrgeld wühlte. Sie war teuer gekleidet, und das paßte zu ihrer Anwesenheit am Schalter der ersten Klasse. Litow bemerkte solche Dinge.

»Blöde alte Kuh«, dachte er. »Frauen haben doch nie ihr Geld bereit.«

Der Mann vor ihm trat zur Seite, und mit einem schnellen Blick auf die Bahnhofsuhr forderte Litow mit leiser Stimme seine Fahrkarte an. Der Schalterbamte bat ihn, lauter zu sprechen. Litow tat das, besorgt, nicht aufzufallen.

»Einmal TEE Île-de-France nach Amsterdam. Einfach, Nichtraucher. Hab' ich noch Zeit, den Zug zu erwischen?«

»Reichlich Zeit.« Der Beamte schrieb die Wagen- und Platznummer auf. »Ankunft hier neun Uhr dreiundvierzig, Ankunft Amsterdam zwölf Uhr achtundvierzig.«

Hinter Litow war die Frau mit dem Pudel noch immer dabei, ihre Handtasche zu durchsuchen. Sie brummelte französisch vor sich hin. Sie ging Litow auf die Nerven. Solche Leute müßten eingesperrt werden, dachte er. Er zahlte für seine Fahrkarte und ging zu den Bahnsteigen hinüber. Er schaute sich in der dichten Menschenmenge um und versuchte, verborgene Beobachter zu entdecken, die mit Sicherheit dasein mußten.

Alles kam ihm normal vor. Das Durcheinander der Passagiere, die kreuz und quer in der großen Schalterhalle herumgingen, die allgemeine Atmosphäre aus Frustration und Eile, die stetige Hintergrundstimme aus den Lautsprechern, die endlose Listen von Ankunftszeiten und Abfahrten nach ganz Europa bekanntgab.

Am Schalter der Ersten Klasse entschuldigte sich die Frau beim Beamten. Sie könne ihre Geldbörse nicht finden. Ob er wohl den nächsten Reisenden bedienen wolle, während sie ... Sie schaute hinüber und sah, wie Litow auf einen der Bahnsteige ging und verschwand. Sie eilte durch die Eingangshalle, und ihr Pudel trabte eilig neben ihr her. Sie ging zu Max Kellermann hinüber, der dastand und eine Zeitung las. Während sie abrupt stehenblieb, ließ sie den Pudel weiterlaufen und richtete es so ein, daß seine Leine sich um die Beine des Deutschen wickelte.

»Das tut mir so leid«, blubberte sie auf französisch, und ihre Stimme klang ganz leise, während sie die Leine entwirrte. »Colette mag keine Männer. TEE, neun Uhr dreiundvierzig, nach Amsterdam«, fuhr sie fort. »Fünf Aufenthalte – Brüssel-Nord, Antwerpen-Ost, Roosendaal, Rotterdam, Den Haag, und dann Amsterdam ...«

»Überbring Henderson die Nachricht«, murmelte Kellermann. »Sag ihm, ich bin auf dem Weg.«

Kellermann stellte sich schnell in die kurze Schlange, die sich am Erste-Klasse-Schalter gebildet hatte. Hinter ihm hatte sich die nervöse Dame Anfang sechzig zu einer Telefonzelle hinüberbegeben.

Es dauerte nicht lange, ehe der Île-de-France-Expreß auf dem Weg nach Amsterdam hier ankam. Die TEEs hielten genau drei Minuten. Trotzdem kehrte Serge Litow, nachdem er den Bahnsteig auf und ab gewandert war, plötzlich in die Schalterhalle zurück.

Max Kellermann, der auf dem Bahnsteig zurückblieb, wartete, wo er war, falls Litow im letzten Moment wieder auftauchte und den Expreß bestieg. Litow konnte ja draußen stehen und den Ausgang beobachten, um festzustellen, ob ihm jemand folgte. Oder der Einkauf der Fahrkarte nach Amsterdam war vielleicht der erste seiner Tricks, mit denen er den Schatten abschütteln wollte, den er hinter sich wußte.

In der Schalterhalle eilte Litow zu einer Telefonzelle hinüber, schloß die Tür und wählte eine Nummer in Brügge. Er beobachtete die Umgebung, um auszuschließen, daß jemand hinter ihm herschnüffelte. Was er nicht bemerkte, war die Frau mit dem Pudel, die in der Nähe auf einer Wartebank saß und genüßlich ein Sandwich aß. Wenn Litow sie entdeckt hätte, dann hätte das Sandwich ihre Anwesenheit erklärt – nachdem sie die Fahrkarte gekauft hatte, mußte sie ja lange auf den Zug warten, und sie zog es vor, die Wartezeit in der Schalterhalle zu verbringen.

»Wenn er den Bahnhof verläßt, folgst du ihm, Alphonse«, sagte sie ruhig zu dem Mann, der neben ihr auf der Bank saß.

»Sieht nicht so aus, als ob er den Expreß nach Amsterdam nimmt.«

»Er hat noch Zeit«, erwiderte Monique mit gleichmütiger Stimme.

»Ich wüßte gern, was er da sagt«, murmelte Alphonse.

In der Telefonzelle hatte Litow den Anschluß in Brügge erreicht, und er identifizierte sich schnell. »Hier ist Serge, dein Freund aus dem Stampen. Sie haben mich rausgelassen – einfach so.«

»Berlin hier. Halten Sie die Unterhaltung kurz. Ich erwarte noch einen Anruf. Wo sind Sie?«

»Bahnhof Brüssel-Midi. Ich hab' ein Ticket nach Amsterdam gekauft. Welche Strecke – und können Sie mich decken lassen? Es ist sicher, daß sie mich . . .«

»Waren es unsere Freunde?« schnitt Berlin ihm scharf das Wort ab. »Und wissen Sie, wo ihre Heimatstadt liegt?«

»Ja und ja. Ich hab' nicht viel Zeit. Muß diesen Expreß kriegen. Oder nicht?

»Doch, natürlich. Gehen Sie dann durch die Luft weiter, wenn Sie mich verstehen. Hilfe wartet in Kopenhagen auf Sie – kümmert sich um alle Schwierigkeiten, die Ihnen vielleicht entstehen. Wiedersehen.«

In dem winzigen Terrassenhaus in Brügge legte Berlin den Hörer wieder hin und schaute über den Tisch Sonia Karnell an, die Kaffee einschenkte. Er wartete auf die Tasse, ehe er ihre Neugier befriedigte.

»Serge Litow hat seine Flucht gerade begonnen. Er ist in Brüssel-Midi. Telescope hat ihn gehen lassen, und er sagt, er kennt die Lage des Hauptstützpunkts.«

»Aber das ist ja großartig.«

»Wirklich?« Berlin schaute die öden Wände an, die goldgerahmten Bilder, die man nicht richtig sehen konnte in dem dämmerigen Licht, das von den hochragenden Häusern auf der anderen Seite der schmalen Straße hervorgerufen wurde. »Ehe wir ihn nicht ausgefragt haben, werden wir nicht wissen, ob er Erfolg hatte. Jetzt müssen wir erst die Verbindung zwischen Litow und den Spürhunden von Telescope durchschneiden. Litow wird das erste Flugzeug nehmen. Finde heraus, wann es in Kopenhagen ankommt, und wir sorgen dann dafür, daß jemand auf ihn wartet – einer, der in der Lage ist, jeden Spürhund auszuschalten. Heute wird's gefährlich werden – für alle. Auch für den hochgeehrten Dr. Henri Goldschmidt – den Fachmann.«

Der Spähposten am Fenster im ersten Stock sah den 280 E kommen. Das Auto wand sich seinen Weg durch den Verkehr zu der schweren hölzernen Eingangstür des zweiten Stützpunkts in der Nähe des Bahnhofs Brüssel-Midi. Der Späher telefonierte mit den Wachen, die unten saßen, und die Türen schwangen geräuschlos auf, damit Beaurain in den Hof fahren konnte. Louise Hamilton, die neben ihm saß, schaute zurück und sah, wie die Türen sich wieder vor dem Verkehr schlossen, der draußen vorüberrauschte.

»Ich frage mich, wo Litow jetzt wohl ist«, sagte sie.

»Laß uns nach oben gehen und es herausfinden.«

Der kleine Hof hatte ein Pflaster aus Kopfsteinen. Er war völlig von alten, sechsstöckigen Gebäuden eingeschlossen. Die Räume, die sich auf den Hof öffneten, waren Eigentum der Gruppe Telescope, unter dem Namen eines Strohmannes von Baron de Graer. Das einzige andere Fahrzeug auf dem Hof war der Metzgerei-Lieferwagen, der schon aus der Zapfsäule, die in der Ecke stand, aufgetankt war. Man hatte ihn gewendet, so daß er sofort losfahren konnte.

Henderson saß in einem nüchtern eingerichteten Zimmer im ersten Stock. In einer Ecke saß ein Funker mit Kopfhörer vor einem starken Funkgerät. Der Schotte, der aufstand, als Beaurain und Louise eintraten, hatte an einem Tisch gesessen, gegenüber der Wand, an der eine große Karte von Nordeuropa hing. Auf der Karte hatte er mit rotem Filzstift alle möglichen Luft-, Straßen- und Schienenrouten markiert, die von Brüssel ausgingen.

»Was haben die kleinen blauen Nadeln zu bedeuten?« fragte Louise.

»Jede bezeichnet einen Scharfschützen, den ich in drei Minuten per Funk oder Telefon erreichen kann.«

»Aber das sind ja Massen von Scharfschützen!«

»Ich wünschte nur, ich hätte mehr«, erwiderte der Schotte lakonisch. Er schaute Beaurain an. »Der Augenblick der Wahrheit ist da. Litow, Codename ›Aussätziger‹, ist in Brüssel-Midi. Er hat einen Zwei-Minuten-Anruf gemacht. Er hat sich einen TEE-Fahrschein nach Amsterdam gekauft. Der Zug fährt um neun Uhr dreiundvierzig ab.« Er schaute auf die große Wanduhr. »Ungefähr jetzt.«

Von dem Augenblick an, als Litow zum Bahnsteig zurückkehrte, spielte er vorsichtig. Er umklammerte seine Fahrkarte und ging hinüber zu der großen Anzeigetafel, auf der die Wagenzusammenstellung des Expreß angegeben war. Wagen drei kam unmittelbar hinter der Lokomotive.

Hinter seiner Zeitung sah Max Kellermann, der Litow herumlaufen ließ, während er selbst immer an der gleichen Stelle blieb, genau zu, wie Litow die Fahrkarte und dann den Wagenstandanzeiger verglich. Es war wie eine Pantomime für ein Publikum.

Im Geiste ging Kellermann all die Haltepunkte durch, die der Expreß vor seiner Ankunft in Amsterdam erreichte. Brüssel-Nord, Antwerpen-Ost, Roosendaal, Rotterdam und Den Haag. Bei all diesen Haltestellen hatte Henderson jetzt sicher schon einen Schützen postiert, falls Litow ausstieg. Kellermanns Aufgabe bestand darin, bis Amsterdam an Bord zu bleiben. Der TEE glitt herein. Fünf Erste-Klasse-Wagen, gezogen von der stromlinienförmigen Lokomotive. Der Expreß hielt.

Litow stieg, sobald sich die Automatiktüren geöffnet hatten, in den Wagen drei und schob sich grob an einer Frau vorbei, die auch einsteigen wollte. Es war der alte Trick: warten, bis die Automatiktüren im Begriff sind, sich wieder zu schließen, und dann wieder auf den Bahnsteig springen. Dann ist der Schatten noch an Bord, und der Zug trägt ihn weg. Aber Litow tauchte wieder auf, stieg die Stufen herab und stellte sich auf den Bahnsteig. Was zum Teufel hatte der vor? Kellermann hielt ein Auge auf Litow gerichtet, das andere auf den roten Sekundenzeiger auf der Bahnhofsuhr.

Hinter ihm schlenderte Alphonse heran. Er nahm seinen Platz auf dem gegenüberliegenden Bahnsteig ein. Kellermann kletterte an Bord, schloß sich einer Frau an, die gerade ziemlich spät angekommen war. Sie sahen wie ein Ehepaar aus. Als er erst einmal im Wagen war, setzte er sich auf einen Platz in der Nähe des Durchgangs zum nächsten Wagen, dem Wagen drei.

Wenn ein TEE abfährt, wird das nicht per Lautsprecher angekündigt. Keine Trillerpfeife ist zu hören, und auch kein Ruf vom Schaffner. Die Türen schließen sich, der Zug rollt aus dem Bahnhof. Litow, der den Sekundenzeiger auf der Uhr beobachtete, wählte seine Zeit perfekt aus. Er rannte die Stufen hinauf in den Wagen, nur eine Sekunde, ehe die beiden Automatiktüren zusammenschlugen.

»Dreifacher Bluff«, sagte Kellermann zu sich selbst, als der Zug losrollte.

Der nächste Aufenthalt, Brüssel-Nord, lag nur ein paar Minuten entfernt. Würde Litow nach nur einer Station wieder aussteigen, obwohl er bis Amsterdam gelöst hatte? Denn von Brüssel-Nord konnte er einen Zug oder eine Taxe bis zum Flughafen nehmen. Kellermann hätte sich jetzt entspannen können. Seine Aufgabe bestand darin, die ganze Strecke bis Amsterdam im Zug zu bleiben. Statt dessen saß er angespannt da und versuchte, sich in Litow hineinzuversetzen, vorherzusagen, wie der wohl in Brüssel-Nord handeln würde.

Im provisorischen Hauptquartier für die Operation Aussätziger stieg die Spannung. Louise ging in dem kleinen Zimmer unaufhörlich auf und ab. Beaurain setzte sich neben Henderson, ein Bild der Entspannung, während er sich eine Zigarette anzündete. Sie hatten alles getan, was sie tun konnten. Jetzt hing der Rest von den Männern da draußen ab.

»Wen haben Sie im Zug?« fragte Beaurain.

»Max Kellermann. Kann sich manchmal schlecht unterordnen.«

»Er gehört zu den Besten, die wir haben. Benutzt auch manchmal sein Gehirn.« Beaurain hielt inne, als das Telefon klingelte. Henderson nahm den Hörer auf und antwortete kurz auf französisch.

»Das war Louis. Der Aussätzige ist in Midi eingestiegen. Hat also angefangen zu rennen. Jetzt können wir nur noch warten – auf die nächste Nachricht.«

Um neun Uhr dreiundfünfzig glitt der TEE in den Bahnhof Brüssel-Nord. Die Türen zischten auf. Dies war ein Zwei-Minuten-Aufenthalt. Max Kellermann hatte sich entschieden. Er stand am Ausgang seines Wagens, in größtmöglicher Entfernung von Wagen drei.

Kellermann war nicht mehr als der Mann zu erkennen, der in Midi eingestiegen war. Er hatte den Hut abgenommen und ihn zusammen mit dem leichten Regenmantel in den Koffer gepackt. Jetzt trug er eine Brille. Sein dichtes dunkles Haar, das vorher unter dem Hut verborgen gewesen war, konnte man jetzt sehen.

Während er aus dem Expreß ausstieg, warf er einen Blick nach links. Von Litow keine Spur. Er schwang herum, um den Eindruck zu geben, daß er ein Passagier sei, der den Zug gerade besteigen wolle. Im Mund hatte er eine Zigarette, und er schnippte mit Absicht mehrmals vergeblich das Gasfeuerzeug. Das gab ihm einen Grund, am Fuß der Stufen zum Wagen stehenzubleiben.

»Er wird aussteigen im Bahnhof Nord, und dann wird er zum Flughafen fahren«, zu diesem Schluß war Kellermann während seiner paar Minuten im Zug gekommen. »Nach seiner Gefangenschaft wird er ganz wild darauf sein, seine Heimatbasis zu erreichen. Bei mir wäre das wenigstens so.« Er mißachtete seine Befehle. In keinem Fall durfte er den Zug vor Amsterdam verlassen. Kellermann verließ sich auf seine Beobachtungen bei Litow auf dem Bahnhof Brüssel-Midi. Wenn er nach Amsterdam weiterfuhr, dann hätte er sicher so getan, als ob er hier den Expreß verließe, indem er ausstieg und sich in der Nähe der Ausgangstüren aufhielt.

Der Deutsche stellte fest, daß er die Bahnhofsuhr betrachtete. In zehn Sekunden würden sich die Türen schließen. Neun – acht – sieben – sechs . . . Litow hatte ihn zum Narren gehalten. Er blieb an Bord. Im letzten Augenblick stürzte Litow die Zugtreppe hinunter auf den Bahnhof und rannte zum Ausgang. Niemand hätte es in dieser kurzen Zeit geschafft, ihm zu folgen. Kellermann lächelte grimmig und schritt auf den Ausgang zu.

Dort sah er Joel Wilde, den Ex-Scharfschützen von SAS, den Henderson in diesem Zusammenhang zum Bahnhof Nord geschickt hatte. Kellermann stand im Range über Joel Wilde. »Der gehört mir«, sagte er, während er an ihm vorüberging.

Er kam gerade noch rechtzeitig durch die Tür, um zu sehen, wie Litow den Bahnhof auf der anderen Seite der Schalterhalle verließ. Er trat hinter ihm heran, als der Russe auf das nächste Taxi wartete. »Zum Flughafen. Ein bißchen schnell«, befahl Litow dem Fahrer und kletterte in den Fond des Wagens.

Er war so zuversichtlich, daß er eine wichtige Vorsichtsmaßnahme übersehen hatte. Er hätte warten sollen, bis er im Taxi saß, ehe er dem Fahrer das Ziel sagte. Das paßte einfach nicht zu Litow. Oder doch? Telescope hatte Litow in den letzten vierundzwanzig Stunden kein Essen gegeben, nur Fruchtsaft. Es konnte sein, daß er sich deshalb leichtköpfig und allzu zuversichtlich fühlte. Oder dieser Telefonanruf aus Brüssel-Midi hätte auch dazu dienen können, den Schatten verfolgen zu lassen, der sich an Litows Fersen heftete, wenn er den Expreß verließ. Wenn das der Fall war, dann würde sich Joel schon darum kümmern.

Kellermann warf einen Blick über die Schulter, ehe er in das nächste Taxi kletterte, das hinter ihm heranfuhr. Joel Wilde hielt sich dicht hinter ihm. Diesen Kerl hörte man nie – bis es zu spät war. Kellermann kurbelte das Fenster hinunter und blickte zu ihm auf.

»Danke für alles. Ich schaff' es noch zeitig bis zum Flughafen.«

»Gern geschehen. Viele Grüße an Sharon. Und guten Flug.«

Joel sah zu, wie das Taxi wegfuhr, und drehte sich dann zu den Ausgängen des Bahnhofs um. Kein anderer näherte sich mehr dem

Taxistand. Niemand ging auf ein privates Auto zu. Aber während der nächsten paar Stunden würde das Syndikat jemanden schicken, der den Mann auf Litows Fersen ausschaltete. Wenn er entdeckt wurde.

»Ich reiß' ihm den Arsch auf.«

Im Hauptquartier der Operation Aussätziger legte Henderson den Hörer in die Gabel, fing Louise Hamiltons amüsierten Blick auf und schlug sich mit der Hand auf den Mund.

»Das war Joel Wilde vom Bahnhof Nord. Der Aussätzige hat den Expreß verlassen – wie wir uns gedacht hatten – und hat ein Taxi zum Flughafen genommen. Genauer gesagt, Max Kellermann geht wieder mal eigene Wege. Er ist auch ausgestiegen – und er folgt dem Aussätzigen in einem anderen Taxi zum Flughafen.«

»Max ist in Ordnung, er ist einer von unseren besten Männern«, bemerkte Beaurain.

»Wohin will denn der Aussätzige?«

Henderson stand auf, ging hinüber und studierte die Luftrouten, die auf seiner Wandkarte markiert waren. Er bewegte eine blaue Nadel weiter – Max Kellermann. Sie steckte jetzt an einem Punkt auf der Straße zum Flughafen. Kurz davor plazierte er die rote Nadel, die Serge Litow darstellte.

Beaurain trat neben ihn und verglich seine Armbanduhr mit der Uhr an der Wand. »Sie werden es früh genug herausfinden. Sorgen Sie dafür, daß jemand alle Flüge heraussucht, die innerhalb der nächsten zwei Stunden starten. Ich glaube nicht, daß der Aussätzige länger bleibt als nötig. Sie kümmern sich um den Laden, bis wir zurück sind, Jock. Wir nehmen einen Zug nach Brügge und unterhalten uns mal mit meinem alten Freund, Dr. Goldschmidt. Es wäre denkbar, daß er uns den Namen des Mannes nennen kann, der das Syndikat leitet.«

Kapitel 6

Günther Baum saß vollkommen still auf dem Beifahrersitz des Renault, der von einem Mann mit hagerem Gesicht gefahren wurde. Auf dem Schoß seines Gegenübers lag die Aktentasche, die die geladene Mauser-Pistole enthielt. Baum hatte die Waffe noch nicht zurückgefordert.

Wie auf seinem Besuch bei Pierre Florin ging er auch diesmal sorgfältig vor. Wieder trug er einen Strohhut und eine dunkle Brille. In der linken Hand hielt er ein Foto von Frans Darras und seiner Frau Rosa. Es war am besten, methodisch vorzugehen.

»Ich bin sicher, sie sind beide an Bord«, sagte Baum. »Und wenigstens haben wir das Schiff gefunden, wo es sein sollte – man kann die Antenne sehen.«

Er streckte seine behandschuhte Hand aus. Sein Kamerad hatte nicht geantwortet, denn er wußte, Baum dachte oft laut, um sicherzugehen, daß er nichts übersehen hatte, ehe die Arbeit erledigt war. Wenn zwei Leute auf einmal ausgeschaltet werden sollten, dann war dazu immer ein bißchen mehr Finesse nötig.

Baum nahm die Pistole, überzeugte sich, daß der Schalldämpfer fest angeschraubt war, und öffnete mit der anderen behandschuhten Hand die Tür. »In drei Minuten von jetzt an kommst du mir mit deinem Werkzeugkasten nach.« Sein Kamerad überprüfte schnell die Uhr. In Baums Welt zählten auch Sekunden.

Baum stieg langsam und gemessenen Schrittes hinauf. Er erreichte den Treidelpfad, versteckte die Mauser hinter dem Rücken und schaute sich um. Das Schiff lag am Ufer, sein Deck war verlassen, aber er hörte Stimmen aus der Kabine unter Deck. Niemand war auf dem Treidelpfad. Das einzige, was Baum entging, war ein kleiner Junge, der in den Ästen eines Apfelbaumes hockte. Baum ging an Bord und steckte das Foto in die Tasche.

Frans und Rosa Darras stritten sich so laut, daß sie nicht hörten, wie Baum die Treppe zur Kabine hinunterkam. Sie hätten ihn sowieso nicht gehört. Wenn man aus dem Tageslicht nach unten kam, war es schwierig, in der Kabine deutlich etwas zu erkennen. Baum blinzelte hinter seinen getönten Brillengläsern.

»Ich habe eine Nachricht und etwas Geld für Frans und Rosa Darras«, sagte er.

Aufgeschreckt drehte sich der Schiffsbesitzer schnell um. »Das sind ja wir. Wer sind Sie denn?«

»Ihr werdet euch beide umdrehen, Gesicht zur Wand.«

Baum hatte die Mauser hinter seinem Rücken hervorgezogen und zielte auf eine Stelle zwischen den beiden. »Ich bin gekommen, um das Funkgerät zu entfernen«, fuhr er in seinem singenden Französisch fort. »Schauen Sie die Wand an, bis ich mit der Arbeit fertig bin. Benehmen Sie sich ordentlich, dann können Sie sicher sein, daß Ihnen nichts passiert . . .«

Sie hatten sich beide mit dem Gesicht zur Wand gedreht. Instinktiv packte Frans Rosas Hand, um sie zu beruhigen. Baum redete noch, als er die Mündung seiner Pistole Frans Darras in den Nacken drückte und einmal feuerte. Darras stürzte, als er die Mündung schon in Rosas Nacken preßte, die schreckerstarrt nicht mehr in der Lage war, sich zu bewegen. Baum drückte den Abzug ein zweites Mal durch.

Sein Kamerad erschien mit der Aktentasche und einem Werkzeugkasten. Baum reichte ihm sofort die Mauser, und die Waffe wanderte wieder in die Aktentasche. Er stand ganz still, während sein Kamerad schnell das Funkgerät und die automatische Antenne einholte. Auf dem Kanalufer über ihnen war der kleine Junge in den Ästen des Apfelbaumes sitzen geblieben. Er lutschte an einer Apfelsine, als Baum wieder oben auf der Treppe auftauchte, und sie rutschte ihm aus den Fingern und fiel mit einem Plumps auf den Treidelpfad. Baum drehte sich um und musterte die Umgebung.

Versteckt in den Ästen, nicht mehr als zehn Meter entfernt, sah der kleine Junge, wie das Sonnenlicht auf den dunklen Brillengläsern blitzte, während Baum weitersuchte und sein Kamerad auch an Deck erschien. Er hielt die Aktentasche in einer Hand, das Funkgerät und die Antenne ungeschickt unter dem anderen Arm. Er schwitzte vor Anstrengung.

»Hast du was gehört?« fragte er.

»Zeit, um wieder in den Wagen zu steigen«, meinte Baum.

Sie fuhren über die Hauptstraße, die nach Brüssel führte, als ein Zug in entgegengesetzter Richtung vorbeikam. In einem Abteil der ersten Klasse saßen Beaurain und Louise einander gegenüber und schauten aus dem Fenster. Sie erhaschten einen Blick auf einen Kanal, auf mehrere Schiffe, die am Ufer vertäut lagen. Es waren Schiffe, auf deren Decks Wäscheleinen hingen, und Fernseh- und Funkantennen ragten ins Sonnenlicht.

»Diese Leute müssen ein ganz eigenes Leben führen – sie haben sogar Fernsehen«, bemerkte Louise.

Beaurain starrte hinaus, ohne etwas zu sehen, und in Gedanken war er bei Goldschmidt. Er nickte automatisch, aber er registrierte, was sie zu ihm gesagt hatte.

»In den Nacken geschossen? Pierre Florin?«

Chief-Inspector Flamen von der Mordkommission seufzte innerlich. Voisin hatte die üble Angewohnheit, immer wieder Bemerkungen zu wiederholen.

»Chief-Superintendent Beaurain wollte ihn sehen, sobald er aus der Erholung zurückkam«, fuhr Flamen fort, und dann wartete er auf die Reaktion.

»Der Ex-Chief-Superintendent Beaurain, meinen Sie. Ist es nicht eigenartig, daß der Polizist, den Beaurain sprechen wollte, vorher ermordet wurde?« wollte Voisin wissen.

»Es könnte von Bedeutung sein«, stimmte Flamen zu.

»Sollte ich mich besser mit Beaurain treffen?«

»Wie Sie wünschen, Sir – aber es wäre vielleicht besser, wenn ich zuerst mit ihm redete. Auf diese Weise könnten Sie nicht in eine peinliche Situation geraten, wenn ich so sagen darf.«

»Allerdings, Flamen.« Voisin grinste. Es war offensichtlich, daß Willy Flamen wußte, wie empfindlich seine Position war. Flamen hatte begriffen, daß es politisch wichtig war, niemals eine Entscheidung treffen zu müssen, die vielleicht negative Folgen hatte.

»Wurde in seinem Apartment gefunden«, fuhr Flamen fort. »Keine Anzeichen von Einbruch.«

»Also kannte er seinen Mörder«, warf Voisin ein.

»Es sieht so aus«, stimmte Flamen taktvoll zu, obwohl sich das natürlich nicht notwendigerweise daraus ergab. »Glatter Genickschuß«, wiederholte er. »Erinnert mich an irgend etwas Widerliches – aber mir fällt einfach nicht ein, was es war.«

»Sie fahren jetzt besser nach Brüssel, ehe Brügge total von der Polizei überflutet wird«, sagte Berlin Sonia Karnell in dem winzigen Haus in der Hoogste van Brugge.

»Geht irgend etwas vor?«

»Ein paar Fransen werden von Günther Baum abgeschnitten – Frans und Rosa Darras an Bord des Schiffes. Die wurden ein bißchen lax – du hast mich doch gewarnt, als du das Zenit-Signal wegen Beaurain abgegeben hast.«

Karnell stand auf, um zu gehen. Sie runzelte sorgenvoll die Augenbrauen. »Wofür wollen Sie mich denn verantwortlich machen? Ich dachte, Sie wollten die beiden nur warnen.«

»Aber es ist eine Warnung!« Berlin hob die Stimme und strich sich mit den Fingern der einen Hand über die geschwungenen Spitzen seines Schnurrbarts. »Eine Warnung an andere, die in unserem Kommunikationssystem tätig sind. Aber das ist auch der Grund, warum es bald in dieser Gegend wahrscheinlich Polizeiaktivitäten geben wird. Außerdem auch noch, weil ich mich entschieden habe, Dr. Goldschmidt eine Lektion zu erteilen. Er spioniert mich aus, mit diesem Fotografen, der im gegenüberliegenden Haus sitzt.«

»Aber Sie wollen doch nicht wieder Baum hinschicken?« fragte Karnell ruhig.

»Du bist zu weichherzig.«

»Und Sie werden brutaler, was mir gar nicht so gefällt.«

Er gab nach und entschloß sich, es ihr zu sagen. »Dirk wird eines seiner Spielzeuge abgeben. Er ist eine sanfte Seele. Jetzt flitz los, ich treffe dich später im Apartment in Brüssel, ehe wir zusammen zum Flughafen fahren.«

Sie nickte und verließ das Haus, um ein Taxi für die Fahrt zum Bahnhof zu suchen. Dirk Mondy führte das Büro in Brügge, wenn Berlin nicht da war. Welches Spielzeug konnte er wohl Goldschmidt zeigen?

Als Sonia das Haus verließ und die schmale, gepflasterte Straße hinunterging, war sie erleichtert darüber, daß nicht Baum hingeschickt wurde. Selbst wenn Baum erwähnt wurde, den sie nie kennengelernt hatte, fuhr ihr der Schrecken in die Glieder. Ich würde ihn nicht erkennen, selbst wenn er meine eigene Treppe in Stockholm heraufkäme, dachte sie.

Auf dem Bahnhof Brügge mußten Louise und Beaurain mehrere Minuten warten, bis das Taxi ankam. Es brachte einen Reisenden zum Bahnhof. Die Tür öffnete sich, und ein Mädchen in einem Anorak kletterte heraus. Sie suchte in ihrer Handtasche nach der Geldbörse und sah plötzlich Beaurain. Für den Bruchteil einer Sekunde erstarrte sie. Dann faßte sie sich, bezahlte den Taxifahrer und huschte in den Bahnhof hinein.

»Holiday Inn«, sagte Beaurain dem Fahrer. Das war leichter, als wenn er erst hätte erklären müssen, wie man zu Dr. Goldschmidt kam. Seine Wohnung lag in einer nahegelegenen Seitenstraße. »Dies ist eine der schönsten Städte in Europa«, bemerkte Beaurain, als der Taxifahrer losfuhr. »Es ist eine Gegend mit Kanälen und uralten Brücken und Weiden, deren Zweige ins Wasser hängen. Genau der richtige Platz, an dem ich mich verstecken würde, wenn ich mit irgendeinem zwielichtigen Verein zu tun hätte.«

»Hast du das Mädchen bemerkt, das am Bahnhof aus diesem Taxi gestiegen ist?« fragte Louise mit leiser Stimme.

»Ja, so nebenbei. Sieht toll aus.« Beaurain zündete sich eine Zigarette an.

»Sie hat dich angestarrt, als ob sie eine Heidenangst vor dir hätte. Hast du sie schon einmal gesehen?«

»Noch nie im Leben. Ah, da sind wir ja. Ich freu' mich schon drauf, meinen alten Freund wiederzusehen.«

Das Holiday Inn lag an der Ecke eines alten Platzes – T'Zand. An der Seitenstraße, in der Dr. Goldschmidt wohnte, standen alte Häuser mit steilen Dächern und weißen Wänden. Die Atmosphäre war so friedlich, daß Louise sich mit ihrer Pistole lächerlich vorkam.

»Da sind wir schon.«

Beaurain blieb vor einem der Häuser stehen, das an der Wand neben der Tür ein Messingschild hatte. Avocat. Rechtsanwalt. Kein Name. Er drückte die Klingel und warf einen Blick die Straße hinunter. Vierzig Meter weiter parkte ein VW Käfer. Ein Mann saß hinter dem Lenkrad. Unmöglich, sein Gesicht auf diese Entfernung zu erkennen. Die Tür öffnete sich, dahinter war eine Sicherheitskette.

»Ihre Karte, bitte.«

»Hier, Henri. Ich bin es, Jules.«

»Der ist vorsichtig, was?« flüsterte Louise.

Eine Hand mit schlanken Fingern nahm die Karte. Die Kette wurde ausgehängt, und sie traten in einen Flur. Die Tür schloß sich, und Dr. Goldschmidt betrachtete sie beide. Er war ein hochgewachsener, leicht gebeugter Mann mit einer silbernen Haarmähne und einer Raubvogelnase. Er trug einen Tagesanzug, der nur aus London, aus der Savile Row, stammen konnte, und spähte durch eine Goldrandbrille auf sie nieder.

Milde sagte er: »Sie tragen beide Pistolen. Richtig, Miss Hamilton? Nein, schauen Sie Jules nicht so hilfesuchend an. Habe ich recht?«

»Ja – aber woher ...?«

»Weil er ein guter Bluffer ist«, warf Beaurain ein. »Als wir hereinkamen, haben wir einen Metalldetektor passiert, der in den Türrahmen eingelassen ist. Die Glühbirne da unten in der Wand leuchtet schwach auf, wenn an einem Besucher Metall entdeckt wird. Der Bluff besteht darin, daß er keine Möglichkeit hat, zu erkennen, ob das Metall zu einer Pistole gehört. Also hat er dir eine Anschuldigung ins Gesicht geworfen, die dich aus der Fassung gebracht hat. Er war einmal einer von Belgiens berühmtesten Rechtsanwälten, ehe er angefangen hat ... seltene Münzen zu sammeln.«

»Wünschen Sie noch mehr von meinen Geheimnissen zu enthüllen?« fragte Goldschmidt mit gespielter Schärfe.

»Im Augenblick nicht – aber bitte spielen Sie keine Spielchen mehr mit meiner besten Freundin.«

»Mam'selle, ich bitte tausendmal um Entschuldigung. Und Sie sind auch noch eine so hübsche Assistentin.«

Er führte die beiden durch einen Türbogen in ein kleines, aber gemütlich eingerichtetes Zimmer, das zur Straße lag. An den Wänden standen Bücherregale, und ein blauer, dicker Teppich bedeckte den

Fußboden. Goldschmidt zog Louise einen Ledersessel heran und bemühte sich höflich um sie. Sie schaute ihm gerade in die durchdringenden grauen Augen und kam zu dem Schluß, daß sie sich entweder profilieren oder als zweitklassig abwerten lassen mußte.

»Sie haben Angst, daß jemand Sie umbringen will, Dr. Goldschmidt?«

»Immer – bei meinem Geschäft.« Er wandte sich zu Beaurain, der durch das Fenster den geparkten VW betrachtete. »Am Telefon haben Sie gesagt, ich könne mit Miss Hamilton reden, als ob ich Sie selbst vor mir hätte.«

»Das stimmt.« Beaurain setzte sich in einen zweiten Sessel, und Goldschmidt nahm einen hochlehnigen Sessel hinter einem großen antiken Schreibtisch ein. Dadurch blickte er auf die beiden nieder. Er benutzte diese Technik der Einschüchterung bei so vielen Leuten, daß er sie selbst bei seinen Freunden anwendete.

»Das Wichtigste zuerst«, sagte Beaurain geschäftsmäßig und nahm einen langen, dicken Umschlag heraus, der in großen Scheinen hunderttausend DM enthielt. Er ließ den Umschlag auf den Schreibtisch fallen. »Mein Beitrag für Ihre bevorzugte Wohltätigkeitsorganisation.«

Goldschmidt nahm den Umschlag auf, schloß ihn in eine Schreibtischschublade ein, ohne ihn zu öffnen, und legte den Kopf schräg. »Danke. Wie kann ich Ihnen weiterhelfen?«

»Ich will wissen, wer das Syndikat leitet. Ich brauche außerdem einen Eindruck vom Ausmaß seiner Operationen und davon, wo die Hauptquartiere liegen.«

»Terror.« Goldschmidt ging direkt auf das Thema zu. »Terror ist die Waffe, die das Syndikat in einem Ausmaß benutzt, der in Europa noch nicht dagewesen ist – oder auch in den Staaten. Obwohl Washington natürlich die Existenz des Syndikats leugnet. Niemals, trotz all meiner Erfahrungen«, fuhr er fort, »habe ich solch eine Situation erlebt.« Er starrte Beaurain scharf an. »Das Syndikat beherrscht Männer und Frauen, die sich in diesem Land auf dem Gipfel der Macht befinden. Wenn Sie zum Ziel des Syndikats werden, dann haben Sie keine Möglichkeit, sich zu retten.«

»So habe ich Sie noch nie reden hören«, meinte Beaurain grimmig. »Wie hat das Syndikat so etwas in so kurzer Zeit geschafft?« Er dachte an den Ausdruck der Furcht auf dem Gesicht des Baron de Graer.

»Sie verändern ihre Methoden, je nachdem, wer das Opfer ist. Manchmal wendet man Geld an – sehr große Summen, von denen einige aus den Vereinigten Staaten kommen. In anderen Fällen handelt es sich um terroristische Erpressung. Sie können sich doch noch an den Mord an der Frau und Tochter des Barons de Graer erinnern, während des sogenannten Kidnapping-Versuchs im Château Wardin?«

»Sogenannten?«

»Ja. Es war von Anfang an geplant, daß die Frau und die Tochter umgebracht werden sollten. Sie sehen sehr grimmig aus, Jules.«

»Ich kenne Baron de Graer zufällig. Außerdem hatte ich damals die Leitung der Terroristenabwehr. Brüssel hat mich davon abgehalten, meine normale Methode anzuwenden. Ich durfte keine Schußwaffen benutzen lassen. Brüssel bestand auf Verhandlungen.« Ein bitterer Unterton lag in der Stimme des Belgiers.

»Es wäre so oder so zu spät gewesen, Jules, selbst wenn Sie geschossen hätten«, sagte Goldschmidt sanft.

»Was, zum Teufel, hat das zu bedeuten?«

»De Graers Frau und Tochter wurden brutal ermordet, sobald das Kidnapping stattgefunden hatte. Der Rest war nur Theater.«

»Theater?« Ein ominöser Klang lag in Beaurains ruhiger Stimme.

»Ich habe es erst mehrere Monate später erfahren.« Ihr Gastgeber drehte sich im Sessel um und schaute aus den offenen Fenstern. »Die Morde im Château Wardin sollten eine Machtdemonstration des Syndikats darstellen. Eine Anzahl von prominenten Bürgern – bis zum Kabinett des Staatsoberhaupts hinauf – ist angerufen worden. Man hat den Leuten erzählt, was passieren würde. Man hat ihnen erzählt, daß das gleiche auch mit den eigenen Lieben geschehen würde, wenn sie die Kommunikation verweigerten. Sie sehen also, die Verschwörung hat sehr früh angefangen.« Er drehte sich um und schaute Beaurains steinernes Gesicht an. »Wie ich schon sagte, es handelt sich um uneingeschränkten Terror, um Einschüchterung und Bestechung. Ich habe den Verdacht, daß bald ganze Länder praktisch von dieser üblen Organisation bestimmt werden. Sie sind machtlos, irgend etwas dagegen zu unternehmen, Jules. Oder etwa nicht? Übrigens, ich hatte mich gefragt, ob Sie mir bei Ihrem Besuch auch Fragen über Telescope stellen wollen?«

»Was wissen Sie von dieser Gruppe?« fragte Beaurain.

»Sehr wenig. Sie ist organisiert, wie damals im Krieg die Fluchtwege für alliierte Krieger von Brüssel zur spanischen Grenze.«

»Und die Leitung der Gruppe?«

Goldschmidt antwortete nicht sofort. Er nahm seine Goldrandbrille ab und musterte Beaurain, während er sie mit einem blauen seidenen Taschentuch polierte. Er warf einen Blick auf Louise, die absichtlich einen leeren Gesichtsausdruck zeigte, einen nicht allzu leeren, wie sie hoffte. Goldschmidt setzte seine Brille wieder auf.

»Von der Leitung weiß ich nichts.«

»Um noch einmal auf das Syndikat zurückzukommen . . .«

»Es wird beherrscht von drei Männern, die man nur selten sieht. Einer von ihnen ist Buchhändler, Antiquar. Wenn er nach Brügge kommt, bewohnt er ein Haus in der Hoogste van Brugge – nur fünf Minuten Fußweg von hier. Ich finde das ein bißchen beleidigend. Kommen Sie, ich zeige es Ihnen auf der Straßenkarte.«

Beaurain und Louise studierten die Karte kurz. Die Adresse lag, wie Goldschmidt gesagt hatte, überraschend nah. »Haben diese drei Männer Namen?« fragte Beaurain.

»Der eine in Brügge ist ein Dr. Otto Berlin.« Goldschmidt zog eine Karte aus der Schublade und schrieb etwas darauf. »Der zweite ist ein Dr. Benny Horn, ein Däne, der in Kopenhagen in der Nyhavn-Gegend einen Laden mit seltenen Büchern besitzt.«

»Ich kenne die Gegend«, sagte Louise.

»Gut, gut. Gehen Sie nicht allein dorthin, meine Liebe, bitte schön. Der dritte ist ein Schwede, ein Dr. Theodor Norling, und auch der handelt mit seltenen Büchern. Er hat einen Wohnsitz in Gamla Stan, dem Altstadtbezirk von Stockholm. Sie kennen diesen Stadtteil, Jules?«

»Ja.« Beaurain nahm die Karte und warf einen Blick auf die Adresse. »Ich verstehe nicht so ganz, warum diese Leute alle seltene Bücher verkaufen. Ist das eine Art Deckung?«

»Sie können dann herumreisen – offiziell kaufen sie irgendeinen seltenen Band für einen geschätzten Kunden. Seltene Bücher! Es sind kaltblütige Killer.«

Goldschmidt sprach mit anormaler Heftigkeit. »Trauen Sie niemandem, Jules. Verrat lauert überall. Wenn das Stockholmer Syndikat nicht schnell vernichtet wird, dann hat es bald die ganze westliche Welt im Griff.«

»Sicher ist das ziemlich übertrieben«, warf Louise sanft ein.

»Meinen Sie?« Der Münzhändler schaute die junge Engländerin scharf an. »Das Syndikat operiert wie eine internationale Mafia, eine sogenannte Schutzorganisation. Sicher haben Sie keine Ahnung, wer dem Syndikat schon untersteht.«

»Woher kommt das Geld?« fragte Beaurain.

»Das ist es ja«, meinte Goldschmidt. »Wir wissen, daß Milliarden von Dollars von gewissen amerikanischen Multis nach Europa transferiert worden sind, um das Syndikat zu unterstützen. Insgeheim natürlich, aber die Mittel waren so gewaltig, daß sie Einfluß auf den Wert anderer Währungen hatten, und das kann man nicht verbergen. So sieht es also wieder einmal so aus, als ob die Amerikaner . . .«

»Aber Sie glauben das nicht?« fragte Beaurain. »Wer ist es dann?«

»Wenn ich nur wüßte, welcher von den dreien – Berlin, Horn oder Norling – der Kopf der Organisation ist. Der Spitzenmann versteckt sich unter dem Codenamen Hugo. Das ist ein Name, den man nur flüstert. Finden Sie Hugo, und Sie haben das Syndikat an der Kehle.«

»Warum nennen Sie es das Stockholmer Syndikat? Warum Stockholm?«

Beaurain hatte sich mit Absicht wieder in seine alte Rolle als Chief-Superintendent hineingefunden, der einen Verdächtigen verhört. Er schleuderte Frage über Frage mit solcher Geschwindigkeit, daß der Gefragte ohne nachzudenken antwortete.

»Weil es unter diesem Namen bekannt ist. Meine Nachforschungen haben ergeben, daß Mittel durch viele Kanäle zu ihm hinfließen – und immer steht am Ende Stockholm.«

»Wie schaffen es die Leute, die dieses Syndikat leiten, Milliarden von Dollar aus den Staaten herauszuziehen? Mit den gleichen Methoden – mit Einschüchterung?«

»Manchmal. Viele erfolgreiche Männer lassen Leichen zurück, während sie die Stufen hinaufklettern. Es gibt einen Amerikaner, der etwas aufgebaut hat, das er ›Erpressungsbank‹ nennt. So etwas könnte vom Syndikat benutzt werden. Diese Erpressung, zusammen mit der Lockung riesiger, unsichtbarer und nicht besteuerbarer Profite, wenn das Geld in die europäische Unterwelt investiert wird – in die Drogenszene usw.«

»Sind die Sowjets darin verwickelt?« wollte Beaurain wissen.

»Viktor Raschkin, der Protegé von Breschnew, arbeitet in der russischen Botschaft in Stockholm«, bemerkte Goldschmidt. Er schloß die Schublade auf, die den Umschlag mit dem Geld enthielt, das Beaurain ihm gegeben hatte, und reichte es ihm zurück. »Behalten Sie das. Benutzen Sie die Mittel für Ihre Nachforschungen. Wie Sie vielleicht wissen, mein lieber Jules, bin ich eine Quelle der Information. Darf ich ein einziges Mal eine Voraussage machen?«

»Nur zu.« Beaurain steckte den Umschlag in die Tasche. »Und danke.«

»Ich habe gehört, daß alle Schlüsselmänner und ›Aktionäre‹ des

Stockholmer Syndikats innerhalb der nächsten zwei Wochen eine Versammlung abhalten sollen. Die Amerikaner fliegen nach Europa – die Konferenz wird irgendwo in Skandinavien stattfinden. Ich sage voraus, daß innerhalb der nächsten vierzehn Tage ein furchtbarer Zusammenstoß zwischen Telescope und dem Stockholmer Syndikat stattfinden wird. Und nur eine Organisation wird überleben.«

In diesem Augenblick kam die Granate durch das Fenster und landete auf Goldschmidts Schreibtisch.

Beaurain reagierte mit gewaltiger Geschwindigkeit. Wenn er die Granate zurück auf die Straße warf, konnte er die Fußgänger fürchterlich damit verletzen. Seine Hand umklammerte das widerliche Ding, er rannte zur Tür, riß sie auf und schleuderte die Granate so weit er konnte den schmalen Flur hinunter. Dann knallte er die schwere Tür zu und wartete auf die Explosion.

»Erstklassige Reflexe, mein Freund – wie immer«, kommentierte Goldschmidt trocken. Die gefährliche Situation hatte ihm die Anspannung genommen.

»Ich glaube, es ist ein Blindgänger.«

Beaurain schaute auf den Sekundenzeiger seiner Armbanduhr. Er wartete noch ein wenig. Louise, bleich, aber gefaßt, nickte zum Fenster hinüber. »Gerade ehe es passierte, habe ich gehört, wie ein Wagen startete und heranfuhr. Als wir ankamen, parkte ein VW ein Stückchen weiter an der Straße. Ein Mann saß hinter dem Lenkrad.«

»Ich hab's bemerkt. Ich werde mal nachsehen.«

»Sei vorsichtig.«

Beaurain kehrte zurück und warf die Granate in die Luft wie einen Tennisball. »Es ist eine Attrappe«, versicherte er ihnen. »Kein Zünder. Aber wer hätte Interesse daran, Dr. Goldschmidt zu Tode zu erschrecken? Auf diesem Papierschnippel ist eine Notiz. Hier steht: ›Verlassen Sie Belgien bis heute abend.‹ «

»Ohne Zweifel eine Nachricht von Dr. Otto Berlin. Er hat etwas dagegen, daß ich seine Aktivitäten zu einer Akte zusammenfasse.«

»Diese Adresse«, sagte Beaurain schnell. »In der Hoogste van Brugge. Ich glaube, wir werden sofort hinfahren. Wie sieht Berlin aus?«

Goldschmidt schloß eine Schublade an seinem Schreibtisch auf. »Mein Fotograf, der diese Bilder gemacht hat – ich wollte sie gerade herausholen, als die Granate uns unterbrach –, sagt, Berlin ist ungefähr einsachtzig groß, sehr fett, mit schwarzem, fettigem Haar und einem Schnurrbart, der an den Mundwinkeln niederhängt. Er watschelt wie eine Ente. Ist auch kurzsichtig – trägt eine Hornbrille mit ganz dicken Gläsern. Hört sich sehr unangenehm und abstoßend an.«

»Das ist eine sehr genaue Beschreibung.«

»Sehr verdächtig für jemanden, der das Licht scheut«, fügte Louise hinzu.

»Hier sind die Fotos – Sie können sie behalten. Sie sind sehr gut, wenn man bedenkt, daß sie unter schlechten Bedingungen gemacht wurden. Berlin hat eine weibliche Assistentin. Mit sehr auffälliger Frisur, wie Sie sehen werden – ganz dunkles Haar, kurz geschnitten, bedeckt den Kopf wie ein Helm.«

Beaurain und Louise schauten sich schnell die Fotos an, aber keiner von beiden sagte etwas. Berlins Assistentin war das Mädchen, dessen Taxi sie genommen hatten. Beaurain schob die Fotos in die Tasche, in der auch der Geldumschlag steckte.

»Danke, Henri. Sie haben uns mehr geholfen, als Sie wissen. Von jetzt an seien Sie sehr vorsichtig.«

Auf der anderen Seite des T'Zand-Platzes fuhren sie in die Zuidzandstraat ein, eine schmale Gasse, die fast verlassen lag. »Bereite dich auf Schwierigkeiten vor«, sagte Beaurain, als sie an der Mündung der dämmrigen Hoogste van Brugge ankamen. Sie war leer, sie war wenig mehr als eine kopfsteingepflasterte Gasse, die sich zwischen zwei Reihen alter Häuser mit Balkons dahinzog. Beaurain hielt an, überprüfte die Hausnummern auf beiden Seiten des Korridors aus Stein. Am anderen Ende parkte ein Volkswagen und nahm fast die gesamte Breite der Gasse ein. »Ich schätze, die Nummer 285 ist dort hinten bei dem Wagen«, sagte Beaurain.

»Könnte das der Wagen sein, aus dem die Granatenattrappe geflogen ist?«

»Möglich. Noch einmal – bereite dich auf Ärger vor.«

Sie gingen Seite an Seite die Gasse hinunter. Die Gummisohlen ihrer Schuhe machten kein Geräusch auf den uralten Kopfsteinen. Die Mauern der leblosen Häuser schienen sie einzuschließen. Obwohl sie nur eine Minute vom belebten T'Zand-Platz entfernt waren, befanden sie sich hier in einer anderen Welt.

Sie hatten die halbe Strecke bis zum Volkswagen schon zurückgelegt, als Beaurain eine schnelle Geste machte. Er drückte sich in einen Hauseingang an der linken Seite, und Louise wählte einen Eingang auf der rechten. Beaurains scharfes Gehör hatte ein Geräusch aufgefangen, eine Tür war entriegelt worden. Sie warteten.

Ein Mann kam aus einem Haus an der rechten Seite, schaute das Gäßchen hinunter, wandte sich dann ab und ging eilig zu dem VW hinüber. Es war ein hochgewachsener, magerer Mann mit elastischem Schritt, er hatte keine Ähnlichkeit mit der Beschreibung Dr. Otto Berlins. Sie warteten, bis er im Wagen war und um die Ecke fuhr. Dann nickte Beaurain, und sie gingen wieder die Straße hinauf.

Noch ein Mann, der einen Koffer trug, tauchte aus dem gleichen Haus auf. Ein fetter Mann mit schmierigem, schwarzem Haar und einem Schnurrbart, dessen Enden an den Mundwinkeln herunterhingen. Ein Mann, der wie eine Ente watschelte. Er sah die beiden, blieb stehen, nahm etwas aus der Tasche, machte eine schnelle, zielende Bewegung und hob die rechte Hand hoch wie ein Baseballspieler, der einen Ball wirft.

»Da! Das ist Otto Berlin!« rief Louise.

»Laß dich fallen!«

Louise reagierte sofort. Sie warf sich auf das Pflaster. Beaurain fiel auf sie und schützte ihren Körper. Das Wurfgeschoß, das Berlin geschleudert hatte, fiel ungefähr fünfzehn Meter vor ihnen auf die Steine. Die Stille dauerte vier Sekunden. Ihr folgte ein ohrenbetäubender Schlag, als die Granate explodierte. Steinsplitter spritzten überall herum. Während Beaurain und Louise am Boden blieben, glitt die Schockwelle über ihren Kopf hinweg. Beaurain fühlte, wie ein Steinsplitter durch sein Haar fegte, aber Berlin hatte die Entfernung falsch eingeschätzt und die Granate zu kurz geworfen, um die beiden zu treffen. Vorausgesetzt, daß sie Glück hatten. Sie hatten Glück.

»Alles in Ordnung?«

Beaurain war wieder auf den Beinen und zog die Smith & Wesson aus dem Halfter. Es war zu spät. Otto Berlin war um die Ecke gerannt. Beaurain wandte sich zu Louise um, die sich den Staub von den Kleidern klopfte. Ihre Stimme zitterte. »Alles okay.«

»Zum Bahnhof . . .«

Beaurain steckte den Revolver wieder weg. Bis jetzt war keine Seele aufgetaucht. Die Hoogste van Brugge war anscheinend an Granaten gewöhnt. Oder vielleicht hatten die unsichtbaren Bewohner dieser Straße festgestellt, daß es sich auszahlte, sich um die eigenen Angelegenheiten zu kümmern.

»Warum zum Bahnhof?« fragte Louise, während Beaurain sie am Arm packte und sie den Weg zurück zog, den sie gekommen waren.

»Weil ich glaube, daß er dorthin fahren könnte – um so schnell wie möglich aus Brügge rauszukommen. Am T'Zand-Platz habe ich einen Taxistand gesehen.«

»Warum hat ihn der Fahrer des VW nicht hingebracht?«

»Wie, zum Teufel, soll ich das wissen? Vielleicht wollte Berlin, daß er schnell aus der Stadt verschwindet, falls der Wagen erkannt worden ist.« Sie betraten den T'Zand-Platz. »Wir nehmen dieses Taxi«, sagte Beaurain.

Er entspannte sich erst, als der Wagen rollte. »Wenn wir nur einen der drei Männer zu packen kriegen könnten, die Goldschmidt uns genannt hat, dann könnten wir diese Nuß knacken. Otto Berlin wäre genau der Richtige. Ist bei dir wirklich alles in Ordnung?«

»Ich bin noch in einem Stück.« Sie sagte nichts mehr, bis sie am Bahnhof ankamen. Beaurain nahm Geld aus seiner Brieftasche, als sie ihn am Ärmel packte. »Da! Da ist Berlin – er geht gerade in den Bahnhof. Er hat noch immer seine Tasche bei sich.«

Sie rannten vom Taxi los und schafften es, mit ihren Rückfahrkarten direkt durch die Sperre zu kommen. Ein Expreß nach Brüssel stand abfahrbereit. Unter den Passagieren, die in letzter Minute an Bord kletterten, sahen sie die fette Gestalt Otto Berlins, der am vorderen Ende des Zuges ein Abteil betrat. Als der Zug zu fahren begann, gelang es ihnen soeben noch, an Bord zu kommen. Beaurain spähte aus dem Fenster, um sicherzustellen, daß Berlin nicht wieder abgesprungen war. Der Bahnsteig war leer. Er schaute Louise an, während sie im verlassenen Durchgang standen.

»Das ist ein D-Zug. Nur eine Haltestelle vor Brüssel – Gent, in einer halben Stunde. Wir haben ihn – von einem Zug, der hundertvierzig Stundenkilometer fährt, kann er nicht abspringen.«

Kapitel 7

»Wir durchsuchen den ganzen Zug – aber ich will Berlin finden, ohne daß er uns sieht. Dann können wir ihn beschatten. Wir fangen am Anfang des Zuges an und arbeiten uns nach hinten durch. Du gehst zuerst, ich komme hinter dir her. Auf diese Weise ist es weniger wahrscheinlich, daß wir ihm auffallen.«

Der Expreß war nur halb voll. Sie gingen schnell zum Anfang des Zuges, aber keiner von ihnen sah Berlin. Sie begannen, sich zum hinteren Ende des Zuges vorzuarbeiten und überprüften dabei jeden Reisenden.

»Ich seh' mal im Waschraum nach, wenn wir durchgehen«, sagte Beaurain. »Wenn eine Toilette besetzt ist, warten wir in diskreter Entfernung und sehen, wer herauskommt.«

Sie brauchten über fünfzehn Minuten, ehe sie das Ende des Zuges erreichten. Kein Berlin. Während sie im Korridor standen, zündete Beaurain für sie beide Zigaretten an. Draußen vor den Fenstern sauste das sonnenerleuchtete Land vorüber, und wieder sahen sie einen Kanal und Schiffe mit Fernsehmasten und Wäscheleinen.

»Ich versteh's einfach nicht«, sagte Louise. »Du hast doch jeden Waschraum überprüft. Wir haben beide jeden einzelnen Reisenden an Bord gesehen – was zum Teufel ist also mit ihm passiert? Er kann sich doch nicht einfach in Luft aufgelöst haben.«

»Nur, genau das scheint er getan zu haben.«

Der Aufenthalt in Gent brachte ihnen bei der Lösung des Rätsels auch keine Hilfe. Leute stiegen aus, andere Leute stiegen ein. Niemand erinnerte auch nur entfernt an Dr. Otto Berlin. Als der Zug Gent verließ, gingen sie wieder nach vorn und fanden ein leeres Abteil im Wagen hinter der Lock. Sie setzten sich und starrten einander an.

»Sollen wir noch einmal suchen?« fragte Louise. »Es könnte uns ja etwas entgangen sein.«

»Wir bleiben hier, bis der Zug Brüssel erreicht«, sagte Beaurain fest. »Im Bahnhof Nord steigen wir schnell aus, warten an der Sperre und sehen uns jeden an, der aussteigt. Niemand kann in einen Zug einsteigen und dann in einer Rauchwolke verschwinden.«

Am Bahnhof Nord leerte sich der Zug. Louise stand ein Stückchen von Beaurain entfernt und beobachtete die Reisenden, die vorüberschlenderten. Viele von ihnen hatten Gepäck bei sich und kamen offenbar aus Ostende von der Fähre nach England. Eine aufgeregte Familie, die schon reisemüde war und unter der Hitze litt – eine Menge Schlachtenbummler, die Baskenmützen trugen und französisch schnatterten; der unvermeidliche Priester mit seinem Koffer.

Sie sahen zu, wie der letzte aus dem Expreß stieg, und gingen dann zusammen zum Ausgang. Beaurain war der erste, der etwas sagte, als sie draußen vor dem Bahnhof in den strahlenden Sonnenschein hinaustraten. »Wir nehmen ein Taxi zu Hendersons Stellung und sehen mal, wie er mit dem Verfolgen von Litow vorankommt. Besser als wir mit unserer Angelegenheit, hoffe ich.«

Er machte mit dem Taxifahrer aus, sie ein paar Minuten vor dem Stützpunkt abzusetzen, und sie gingen dann zu Fuß weiter. Als sie in dem Zimmer im ersten Stock ankamen, in dem die Wandkarte hing, mußte Beaurain nur ein einziges Mal Henderson anschauen, um zu wissen: Eine Katastrophe hatte sich ereignet.

»Pierre Florin, der Polizist, mit dem Sie reden wollten, ist ermordet in seinem Apartment aufgefunden worden«, informierte sie Henderson. »Commissioner Voisin will Sie so bald wie möglich sprechen.«

»Woher wissen Sie von Florin?« fragte Beaurain.

»Ich habe bei Ihnen zu Hause angerufen, um mal nachzuforschen, ob Sie schon zurückwären – und Chief-Inspektor Willy Flamen von der Mordkommission ging dann ans Telefon.«

»Und was zum Teufel hat er in meiner Wohnung gemacht?«

»Das habe ich mich auch gefragt«, sagte Henderson, »aber dann sagte er mir, daß dort eingebrochen worden wäre. Er war hingegangen, um Ihnen Voisins Nachricht zu bringen. Und Flamen will auch mit Ihnen reden – aber er wartet in seiner eigenen Wohnung. Ich hab' ihm gesagt, ich sei ein Freund, und dann hab' ich eingehängt.«

Beaurain hatte sich soviel von seiner Unterredung mit Florin erhofft: Vor allem hätte er vielleicht erfahren, wer ihn dafür bezahlt hatte, im passenden Moment nicht auf seinem Platz zu sein. Oder hätte die Frage vielleicht lauten sollen, wer ihn so sehr eingeschüchtert hatte, daß er seine ganze Karriere dafür riskierte? Terror, hatte Goldschmidt erregt gesagt, Terror sei eine der Hauptwaffen des Syndikats.

»Wie kommen Sie mit Litow weiter?« fragte er den Schotten.

»Er fliegt nach Skandinavien – hat sich ein Ticket nach Helsinki gekauft. Max war direkt hinter ihm und sitzt jetzt im selben Flugzeug – einer skandinavischen Fluglinie, die über Kopenhagen nach Stockholm fliegt.« Henderson nickte zur Wandkarte hinüber. »Der Flug ist dort mit der roten Linie gekennzeichnet.«

»Die Endstation wäre also Kopenhagen, Stockholm oder Helsinki«, schloß Beaurain.

»So sehe ich das auch«, stimmte der Schotte zu. »Es sei denn, er ist schlau und steigt in Kastrup oder Arlanda aus und fliegt von dort ein anderes Ziel an. Wenn er das tut, dann habe ich an beiden Flughäfen Schützen, die ihn verfolgen. Und wir haben ja immer noch Kellermann, der mit ihm in der gleichen Erste-Klasse-Kabine sitzt.«

»Wo sind sie jetzt?«

Henderson schaute auf die Uhr. »Unterwegs zum Flughafen Kastrup, Kopenhagen. Eine halbe Stunde vor der Landung.«

»Dann gehen wir besser rüber und treffen uns mit Willy Flamen.« Beaurain stand auf, aber irgend etwas machte ihn unruhig. Wie zum Teufel war es nur möglich gewesen, daß Otto Berlin ihnen im Ostende-Expreß entschlüpfte? Henderson schwang sich in seinem Stuhl herum.

»Vielleicht habe ich mich nicht klar ausgedrückt, Sir. Commissioner Voisin ist es, der gern mit Ihnen reden will. Hat besonders darum gebeten, ihm doch ungefähr die Zeit zu sagen, wann Sie ankommen.«

»Sie haben sich ganz klar ausgedrückt. Wir werden trotzdem zuerst mit Willy Flamen reden. Später nehme ich wieder mit Ihnen Kontakt auf, um herauszufinden, was mit Litow ist. Komm, Louise.« Beaurain hatte schon die Tür erreicht, als er sich umdrehte und einen letzten Befehl gab. »Noch eins. Alle Leute in Brüssel sollen sich ab sofort alarmbereit halten.«

Louise wartete, bis sie zusammen in dem Mercedes saßen, ehe sie ihre Frage stellte. Der Belgier brütete vor sich hin und hatte dem Wachposten noch nicht das Zeichen gegeben, das Tor zu öffnen.

»Jules, was war das mit dem Alarm? Das heißt doch, daß wir jeden Augenblick eine Katastrophe erwarten, oder nicht?«

»Die Tatsache, daß Commissioner Voisin uns sofort sehen will . . .« Beaurain machte dem Posten ein Zeichen, ließ den Motor aufheulen und fuhr aus dem Torbogen hinein in den dichten Verkehr. Louise bemerkte, daß sein Blick überall war: Er schaute in den Spiegel, er musterte beide Bürgersteige, er schaute wieder in den Spiegel. »Plus die Tatsache, daß Voisin von mir verlangt, daß ich ihn vorwarne, wann ich ankomme. Das paßt mit dem Zenit-Signal zusammen.«

»Aber er ist Polizeichef! Jules, das kannst du nicht ernst meinen. Du glaubst doch nicht, daß Voisin zum Syndikat gehört?« Ihr Ton drückte ungläubiges Erstaunen aus. »Du magst den fetten Widerling vielleicht nicht allzugern, aber du läßt dir von Vorurteilen dein Einschätzungsvermögen verdunkeln. He, wo fahren wir denn hin? Hier hätten wir doch zu Flamen einbiegen müssen.«

»Wir werfen erst mal einen Blick in das Polizeihauptquartier. Flamen besuchen wir später.« Er rollte langsam an den Bordstein und parkte den Wagen. »Und ich hätte gern, daß wir die Plätze wechseln – du fährst, und ich bin der Beifahrer. Bereite dich drauf vor, wie der Teufel zu fahren.«

Louise ging um den Wagen herum und stieg hinters Lenkrad. Beaurain hatte keine Bedenken, wenn er ihr den Befehl gab, so zu fahren. Louise Hamilton war schon Rennen in Brands Hatch in England gefahren. Ohne ein weiteres Wort zog er seine 38er Smith & Wesson aus dem Schulterhalfter und legte die Waffe auf den Schoß.

Um diese Zeit würde in der Gegend des Polizeihauptquartiers nicht viel Verkehr sein. Das bedeutete, daß der 280 E einem eventuellen Beobachter sofort auffallen würde. Beaurain hatte keinen Zweifel daran, daß dem Stockholmer Syndikat Marke und Kennzeichen seines Wagens bekannt waren. Das mit Voisin war eine verrückte Idee: Er konnte nur schwerlich daran glauben. Aber er hörte noch immer Goldschmidts Stimme. Vertrauen Sie keinem, Jules. Verrat gibt's überall.

»Wenn du so mißtrauisch bist«, sagte Louise mit einer Spur Sarkasmus in der Stimme, »dann hättest du ja vielleicht zuerst einmal ein paar Revolvermänner ins Polizeihauptquartier schicken sollen, um alles auszukundschaften.«

»Da hast du gar nicht so unrecht. Aber, um die Wahrheit zu sagen, vor unserem Besuch bei Jock sind mir solche Gedanken gar nicht gekommen.«

»Na ja, wie auch immer. Bald werden wir's ja wissen.«

Um Gottes willen! Nur die außergewöhnliche Selbstbeherrschung von Louise verhinderte, daß der Wagen ins Schleudern geriet. Für einen Augenblick war sie sprachlos und konnte Jules nicht warnen – aber dann sah sie, daß er in der einen Hand schon seinen Revolver hielt und das Seitenfenster mit der anderen heruntergedreht hatte.

»Jules – rechts und links – zwei Wagen . . .«

»Ist auch der dabei, wo nur einer drinsitzt?«

»Ja – den haben sie Pieter genannt. Er war der Polizist in dem blauen Renault. Er hat versucht, mir den Weg zu verstellen, als ich wegwollte.«

»Dann fahr genauso langsam weiter wie jetzt. Tu, als ob wir nichts gesehen hätten. Und zisch ab wie eine Rakete, wenn ich sage ›jetzt‹.«

»Wenn die uns entdecken, dann können die uns unter Kreuzfeuer nehmen.«

»Die haben uns schon entdeckt. Bleib unten mit der Geschwindigkeit. Die warten jetzt auf den Moment, wo sie uns einkeilen können.«

»In dem Wagen rechts sitzen zwei – der Kurze, Stämmige heißt André, und er ist ein Killer.«

Sie fuhr weiter, aber ihr Blick zuckte immer wieder nach rechts und links. Beide Wagen waren so geparkt, daß sie dem Mercedes, der auf sie zukam, zugewandt waren. Beide konnten jetzt losfahren, und dann würden sie eine undurchdringliche Barriere bilden. War Jules erschöpfter, als sie bemerkt hatte? Der Fiat, der rechts vor dem Eingang zum Polizeihauptquartier stationiert war, fuhr jetzt los.

Es war, wie Louise es vorausgesagt hatte, sie würden in ein Kreuzfeuer geraten. Die Wagen hatten auf sie gewartet. Man hatte gewußt, daß Beaurain früher oder später kommen würde, um seine Verabredung mit Commissioner Voisin zu halten!

»Jetzt!« Beaurain hatte das Kommando gebrüllt, und Louises Reaktion kam wie ein Reflex. Sie stieß ihren Fuß hart auf den Gashebel, und der Wagen schoß kraftvoll nach vorn. Der Fiat mit den beiden Männern kam ihnen schräg entgegen. Er würde Louise zum Anhalten zwingen und den Mercedes gleichzeitig mit einem Hagel von Schüssen bestreichen.

Auf seiner Seite hatte Beaurain schon sehen können, wie der dünne Mann neben dem Fahrer eine Maschinenpistole hob. Aus dem Augenwinkel entdeckte er, was er vorausgesehen hatte – daß der Renault immer noch am Bordstein geparkt war. Niemand kann zur gleichen Zeit einen Wagen fahren und sorgfältig mit der Waffe zielen. Pieter zielte mit seiner schallgedämpften Waffe durch das offene Seitenfenster.

Beaurain feuerte viermal auf den herankommenden Fiat. Louise war eine glänzende Fahrerin, und der 280 E donnerte wie ein Torpedo vorwärts. Drei von Beaurains Kugeln trafen den Mann mit der Maschinenpistole. Die zerschmetterte Frontscheibe des Fiat wurde mit Blut bespritzt. Der Wagen schleuderte wild, als Beaurain noch einmal feuerte und den Fahrer traf.

»Halt den Kopf still!«

Beaurain drehte sich nach links um. Er streckte seinen Arm über die Rücklehne von Louise aus und feuerte noch zweimal. Einer der beiden Schüsse traf. Aus Pieters Kopf quoll plötzlich Blut, und er sackte über dem Steuerrad zusammen. Beaurain nahm das alles schemenhaft wahr, während der 280 E mit kreischenden Reifen am Polizeihauptquartier vorbeifuhr. Trotz der Schüsse und des Lärms hatte sich da niemand blicken lassen.

Louises Fahrkünste brachten sie sicher an dem Fiat vorbei, der sich noch immer bewegte. Dann lag das Schlachtfeld hinter ihnen, und Beaurain, der sich umdrehte, konnte kein Anzeichen von Verfolgern entdecken. Es war, als ob es in dem Augenblick, wo die Killer des Syndikats versuchten, ihre Arbeit zu erledigen, weder Leute noch Streifenwagen im Polizeihauptquartier gegeben hätte.

»Das hast du aber hingekriegt«, bemerkte Louise, während sie zur Sicherheit doch noch die Richtung wechselte. »Ich hätte nicht gewußt, auf welchen Wagen ich zuerst hätte schießen sollen.«

»Auf den Fiat natürlich – weil die eine Maschinenpistole hatten und der Wagen sich schon bewegte. Also, dann jetzt zur Wohnung von Willy Flamen.«

»Verlassen Sie Brüssel, Jules: Noch besser, verlassen Sie Belgien. Und zwar alle beide. Vorzugsweise heute abend. Der kaltblütige Mord an Pierre Florin sollte eigentlich genug Warnung sein.«

Willy Flamen blickte Beaurain und Louise über den Rand seiner Tasse an. Sie alle tranken Kaffee und aßen die Butterbrote, die Flamens Frau zubereitet hatte. Der Polizeibeamte sprach seine Meinung klar und deutlich aus, und er zeigte Mut. Das machte seinen Rat nur noch besorgniserregender.

»Sie empfehlen uns, davonzulaufen? Das ist doch gar nicht Ihre Art, Willy. Immerhin ist doch auf der Konferenz bei Voisin beschlossen worden, daß ich mir das Syndikat einmal ansehen sollte.« Er lächelte ironisch. »Es ging doch darum, festzustellen, ob das Syndikat wirklich existierte, zum Kuckuck nochmal.«

»Tja, die jüngsten Ereignisse dürften Sie in diesem Punkt ja überzeugt haben«, bemerkte Flamen und hielt dann inne, um sich seine Pfeife anzuzünden. Beaurain erinnerte sich, daß Flamen so einen kritischen Augenblick zu überbrücken pflegte. »Und das kann noch schlimmer werden – wenn Sie das überhaupt für möglich halten.«

»Bringen Sie uns nicht in Hochstimmung«, flachste Louise.

Flamen deutete mit dem Stiel seiner Pfeife auf sie. »Dann hören Sie sich doch einmal folgendes an: Jules hat bekanntwerden lassen, daß er mit Florin sprechen wollte, dem Sergeanten, der sich dann krankgemeldet hat. Wie Sie wissen, wurde Florin ermordet in seiner Wohnung gefunden. Als ich die Wohnung dann durchsucht habe, fand ich ein Notizbuch, das Ihnen, Jules, gehörte – Ihr Name stand quer vorne drauf. Ein kleines schwarzes Notizbuch – von der Art, wie jemand es leicht verlieren kann, wenn er in Eile ist.« Flamen lehnte sich in seinem Stuhl zurück und zog weiter an seiner Pfeife. Louise starrte ihn mit angespannten Kinnmuskeln an.

»Und ich vermute, jemand ist in meine Wohnung eingebrochen und hat sie durchwühlt«, sagte Beaurain ruhig.

»So ist es«, bestätigte Flamen. »Durchwühlt, um damit den Diebstahl des Notizbuches zu verschleiern, das später in Florins Wohnung gefunden wurde. Voisin möchte, daß ich Sie zum Verhör festhalte«, setzte er obenhin hinzu.

»In welchem Zusammenhang?« fragte Beaurain gepreßt.

»Im Zusammenhang mit der Untersuchung wegen des Mordes an Pierre Florin – weil Sie mit Florin sprechen wollten und weil Ihr Notizbuch augenscheinlich am Tatort gefunden wurde.« Flamen zog ein kleines, schwarzes Notizbuch aus seiner Tasche und schob es über den Tisch hinüber. »Das ist doch Ihres, nehme ich an, Jules?«

»Das wissen Sie doch genau.«

»Übrigens wurde Florin durch Genickschuß umgebracht. Nur ein einziger Schuß.«

»Die alte Methode, mit der die Nazis die Leute hingerichtet haben.«

»Aber natürlich!« Er schnippte mit den Fingern. »Daran hat es mich also erinnert. Es könnte das Markenzeichen eines Henkers sein – eines Deutschen, der seine Ausbildung noch bei den Nazis bekommen hat. Ganz nebenbei, war einer von Ihnen in letzter Zeit in Brügge?« Flamen hatte die Frage ganz ruhig gestellt. Seine Pfeife gab hektisch Rauchwolken von sich, und er starrte aus dem Fenster nach draußen.

»Ja«, antwortete Beaurain kurz angebunden. »Erst heute.«

Er faßte seine Antworten so kurz wie möglich und vermied es auch zu erwähnen, daß Louise ihn begleitet hatte. Willy Flamen konnte sehr geschickt und listig sein, wenn er wollte. »Warum?«

»Weil heute morgen ein Schiffer namens Frans Darras und seine Frau Rosa brutal auf ihrem Boot ermordet worden sind. Und zwar auf dieselbe Weise – beide durch Genickschuß. Eine Kugel für jeden. Voisin ist sofort draufgesprungen, hat alle drei Morde wegen des Modus operandi in Zusammenhang gebracht – und hat wegen Florin die Verbindung zu Ihnen gezogen. Wenn er erfährt, daß Sie heute in Brügge waren, macht das die Sache überhaupt nicht besser.«

Flamen unterbrach kurz und nahm den Telefonhörer ab. Erst hörte er zu, dann stellte er in rascher Folge mehrere Fragen. Worum es bei dem Gespräch ging, war offensichtlich. Flamen legte auf, entschuldigte sich, und setzte über das Telefon ein Team von Untersuchungsbeamten und Gerichtsmedizinern in Marsch. Dann legte er den Hörer wieder auf, gab einen grunzenden Ton von sich und sah die beiden mit einem bitteren Lächeln an.

»Wo haben Sie Ihren Mercedes geparkt, Jules?«

»Außer Sicht, in einer Seitenstraße.«

»Gut.« Flamen blickte zur Decke. »Vor einer Viertelstunde hat es beim Polizeihauptquartier ein Blutbad gegeben. Voisin spielt verrückt – als ob das etwas Neues wäre. Drei Männer haben einen Wagen angegriffen, der am Hauptquartier vorbeifuhr. Alle drei sind tot. Einer von ihnen war mit einer Maschinenpistole bewaffnet. Irgend so eine Idiotin, die aus dem Fenster geguckt hat, als alles schon fast vorbei war, hat ausgesagt, daß die vier Männer, auf die man es offenbar abgesehen hatte, in einem Mercedes fuhren. Einen 280 E hat sie allerdings nicht beschreiben können.« Flamen wartete.

»Und weiter?« fragte Beaurain.

»Freut mich, daß Sie beide so gesund und munter sind.« Dann wurde er sehr ernst und lehnte sich über den Tisch nach vorn. »Ich bin jetzt noch mehr davon überzeugt, daß Sie Belgien noch heute abend verlassen sollten. Sie können Ihre Nachforschungen doch sicherlich von einem geschützteren Land aus durchführen.«

»Dann nennen Sie mir mal eins«, sagte Beaurain. »Trotzdem, vielen Dank, Willy.« Dabei beließ er es. »Ich bin aber doch neugierig, wie das Nachrichtensystem des Syndikats aussieht – Sie können Ihre Pension darauf wetten, daß es da ein System gibt, und zwar ein gutes. Arbeitet irgend jemand daran?«

Flamen stand auf, nahm aus einer Kommode eine Karte von Belgien und breitete sie auf dem Tisch aus. »Während der letzten sechs Monate hat es einen ungewöhnlich starken illegalen Funkverkehr gegeben.«

»In diesen eingekreisten Gebieten?« fragte Beaurain und sah sich die Karte an.

»Ja. Ein Kollege von mir hat das zusammengestellt, und ich hab' es mir ausgeborgt – dachte mir, das könnte Sie interessieren. Ich kann mir da keinen Reim drauf machen.«

»Aber Sie glauben doch, daß es irgendeine Bedeutung hat?« forschte Louise nach.

»Da bin ich mir ja eben nicht sicher«, gab Flamen zu. »Wir haben ein ganzes Geschwader von Funkpeilwagen über Belgien verstreut. Einige davon unterstehen der Gegenspionage.«

»Und diese eingekreisten Gebiete sind die Gegenden, in denen sich während der letzten sechs Monate die größte Aktivität gezeigt hat?« fragte Louise. Während sie und Flamen miteinander sprachen, starrte Beaurain die Karte mit konzentriert gerunzelter Stirn an.

»Genau«, stimmte Flamen zu. »Die Schwierigkeit dabei ist, daß die Sender des Syndikats während der Sendezeiten in Bewegung sind. Das erschwert eine Ortsbestimmung beträchtlich. Die müssen ihre Sender in irgendwelchen unschuldig aussehenden Lieferwagen untergebracht haben – in Firmenautos, die auf keiner Landstraße auffallen würden.«

»Woher wissen Sie denn, daß die Sendungen vom Syndikat kamen? Hat jemand den Code gebrochen?« fragte Beaurain.

Flamen zögerte. »Diese Information stammt von einer anderen Abteilung und ist top-secret. Ehrlich gesagt, bis heute war ich mir nicht sicher, und das gilt auch für alle anderen Beteiligten – es bleibt also zwischen uns dreien. Einer von unseren Männern hat den Code geknackt. Zwei Tage später war er tot. Genickschuß. Eine Kugel.«

»Geben Sie Anweisung an Captain Buckminster, er soll mit der Firestorm ins Kattegat steuern und dann Volldampf weiter Kurs halten, bis er vor Elsinore Anker werfen kann.«

Sofort nach ihrem Treffen mit Chief-Inspector Willy Flamen waren Beaurain und Louise zu Hendersons Hauptquartier zurückgefahren. Sofort nach der Ankunft hatte Beaurain einen ganzen Strom von Anweisungen auf Henderson losgelassen. Vor ihrer Ankunft war die Stimmung in dem Raum schon gespannt gewesen – jetzt war sie innerhalb von Minuten wie mit Elektrizität geladen. An einem Punkt drehte sich Henderson kurz in seinem Drehstuhl um und fragte etwas.

»Dann bedeutet das, Sir, daß sich Telescope zeitweise aus Belgien zurückzieht – eingeschlossen das Château Wardin? Ist es wirklich nötig, so weit zu gehen?«

»Wenn wir das Stockholmer Syndikat aufs Kreuz legen wollen, dann müssen wir jetzt all das durchführen, was Sie so oft geübt haben, Jock. Wir ziehen uns so schnell zurück, daß wir verschwunden sind, bevor die überhaupt merken, daß etwas vor sich geht.«

»Ob ich den Grund wissen dürfte?«

»Dazu komme ich gerade. Ich setze alles darauf, daß zwei Menschen recht hatten – Goldschmidt in Brügge und Ed Cottel von der CIA. Beide behaupten, daß eine Vollversammlung des Stockholmer Syndikats in weniger als zwei Wochen irgendwo auf skandinavischem Boden stattfinden wird. Telescope muß dasein, mit allem, was es hat.«

»Aber warum sollten ausgerechnet Goldschmidt und Cottel recht haben?« warf Louise ein.

»Vielleicht haben sie gar nicht recht«, sagte Beaurain. »Aber wir müssen uns entscheiden, und ein Glücksspiel ist es so oder so. Für mich ist der springende Punkt, daß sie beide aus völlig unterschiedlichen Quellen schöpfen – buchstäblich aus Quellen auf verschiedenen Kontinenten. Aber sie beide sagen genau das gleiche. In nicht ganz zwei Wochen – ein Treffen. Ort – Skandinavien.«

»Deshalb schicken Sie also jetzt die Firestorm in Richtung Ostsee?«

»Das Schiff steckt so voller Menschen und Ausrüstung, daß es regelrecht eine bewegliche Abart von Telescope geworden ist. Wir haben da jetzt eine Streitmacht auf dem Wasser, die wir beinahe überall in Skandinavien an Land setzen können. Ich setze nun alles darauf«, gab Beaurain zu, »daß hier nun tatsächlich der Schauplatz des Zusammenstoßes zwischen Telescope und dem Stockholmer Syndikat, den Goldschmidt vorausgesagt hat, liegt. Unser nächster Schritt wird sein«, sagte er zu Louise, »daß wir Ed Cottel einen kurzen Besuch abstatten. Er ist wieder zurück im Hilton.«

»Falls Sie da mal lebend hinkommen«, setzte Henderson trocken hinzu.

»Es ist die Ostsee – genau wie ich gedacht hatte«, sagte Captain ›Bucky‹ Buckminster, Kapitän der Jacht Firestorm, zu seinem Ersten Offizier, als er das entschlüsselte Signal bekam. »Im Augenblick fahren wir durch das Kattegat und warten an der Einfahrt zum Öresund . . .« Seine sehnige Hand verfolgte den Kurs auf der Karte, die auf dem Kartentisch ausgebreitet lag. »Bei der Ankunft ankern wir vor Elsinore – es sei denn, wir kriegen den Befehl, mit voller Kraft in die Ostsee einzulaufen, und das würde mich nicht überraschen.«

Buckminster war ein hochgewachsener, rastlos wirkender Mann von Fünfzig, der, bevor er sich auf eigenen Wunsch von der Royal Navy hatte pensionieren lassen, einen Zerstörer kommandiert hatte.

»Uns ist klar, daß der Mord an Ihrer Tochter in Beirut für Sie ein großer Schock gewesen sein muß, Bucky«, hatte einer seiner Vorgesetzten ihm gesagt, »aber warum nehmen Sie sich für Ihre Entscheidung nicht mehr Zeit? Sie verlieren Ihre Pension, Sie lieben die See, und wer wird Ihnen ein Kommando übertragen wie das, von dem Sie sich zurückziehen?«

»Niemand, Sir«, hatte Buckminster gelogen und dem Admiral ohne mit der Wimper zu zucken in die Augen geschaut. Es wäre unmöglich gewesen, ihm zu enthüllen, daß er das Kommando über ein Schiff übernahm, dessen Schlagkraft mindestens genauso gewichtig war wie die eines Zerstörers. Selbst wenn sich diese Schlagkraft unter der Verkleidung eines großen Dampfers versteckte, der für den Baron de Graer gebaut war und auf Fahrt ging.

Aus der Luft gesehen wurde der Eindruck eines Luxusdampfers durch den blauen Swimmingpool an Deck noch unterstrichen. Ein Pilot hätte schon sehr scharfe Augen haben müssen, um zu bemerken, wie groß achtern der Hubschrauberlandeplatz war. Dort konnten die größten Sikorsky-Hubschrauber landen, die es auf der Welt gab, die Hubschrauber, die die Amerikaner im Vietnam-Krieg Kanonenboot genannt hatten.

Das gleiche scharfe Pilotenauge hätte sich vielleicht auch gewundert, warum an Bord des schwimmenden Spielzeugs eines belgischen Millionärs eine so gewaltige Winde gebraucht wurde. Und hätte er zufällig das Schiff überflogen, wenn die riesige Luke offenstand, dann hätte er wegen etwas anderem vielleicht die Augenbrauen gehoben – wegen der Größe des Laderaums und der Tatsache, daß er ein kleines Wasserflugzeug enthielt, und dazu noch ein sehr großes Landungsboot komplett mit Ruderhaus und mehrere Motorboote.

Ehe Buckminster sich entschlossen hatte, zur Gruppe Telescope zu stoßen, war er insgeheim nach Brüssel gefahren, um das zu diskutieren, was man ihm als »ein interessantes Angebot im Hinblick auf den brutalen und tragischen Mord an Ihrer Tochter« geschildert hatte. Bei seiner Ankunft in Brüssel hatte er zu seinem Kummer erfahren, daß er sich mit einem Belgier treffen sollte. Es war ihm unmöglich, sich auch nur vorzustellen, daß er Befehle von einem Menschen annahm, der nicht Brite war. Einen weiteren Schock erhielt er, als man ihn Jules Beaurain vorstellte. Dieser Mann, der lässig mit Polohemd und Sporthosen bekleidet war, wurde, sobald er den Mund aufmachte, zum Sinnbild eines Engländers. Buckminster übernahm das Kommando der Firestorm, noch bevor er das Schiff gesehen hatte.

Jetzt stopfte er den Funkspruch von Henderson in seine Tasche. Die mächtigen Rotoren des großen Hubschraubers waren am Himmel zu hören.

»Pünktlich auf die Sekunde, wie immer, Sir«, bemerkte der Erste Offizier Adams, während er auf die Uhr schaute.

»Wird alles mitgebracht, was wir brauchen?« wollte Buckminster wissen.

»In dem früheren Funkspruch – ich habe es nicht für notwendig gehalten, Ihnen den weiterzugeben – wurde bestätigt, daß Anderson von der schottischen Küste per Luft zwei Bazookas, zusätzliche Maschinenpistolen, zusätzliche Munition, einen Vorrat an Handgranaten und verschiedene Faustfeuerwaffen geschickt hat. Alkohol gehörte nicht zu der Lieferung«, sagte Adams mit einem Grinsen.

Buckminster beschattete die Augen und beobachtete den hereinkommenden Hubschrauber, dessen Größe ihn immer wieder verblüffte. Sein Tadel dem Ersten Offizier gegenüber war um so vernichtender, weil er ausgesprochen wurde, während er noch in die Luft starrte.

»Adams, ich entscheide, was wichtig ist und was nicht. In Zukunft zeigen Sie mir alles – ich wiederhole, alles – jeden Funkspruch, der dieses Schiff erreicht.«

»Natürlich, Sir. Voll verstanden, Sir.«

»Noch etwas. Dieses Schiff ist trocken, deshalb schätze ich Ihre wahrscheinlich humorvoll gemeinte Bemerkung über den Alkohol nicht.«

»Wirklich, das tut mir sehr leid, Sir, wirklich.«

In bester Kapitänsmanier senkte Buckminster die Hand und starrte seinen Ersten Offizier an.

»In Ordnung, solange es nicht wieder passiert. So, ich überlasse es jetzt Ihnen, dafür zu sorgen, daß Anderson und sein verdammt großer Hubschrauber sicher auf dem Fleck landen.«

Während er Adams den Rücken zudrehte, studierte er wieder die Karte, nahm einen Bleistift aus der Tasche und zeichnete seinen vorgegebenen Kurs ein. Der Sikorsky-Hubschrauber senkte seine gewaltige Masse auf den Landeplatz herunter. Die See lag ruhig, wie ein Bettuch aus gewelltem Blau, auf dem es funkelte und glitzerte. Die Sonne leuchtete vom klaren Himmel. Buckminster verschwendete keinen Gedanken darauf, während er die Karte studierte. Er dachte ebenfalls nicht an die Tatsache, daß er unter Deck einige der tödlichsten Killer auf der ganzen Welt beförderte – einen großen »harten Kern« von ehemaligen SAS-Männern und Leuten aus verschiedenen Ländern, die alle ihre eigenen Gründe dafür hatten, den Terrorismus zu hassen.

»Wer und wo ist unser Gegner?« war die Frage, die er sich stellte, während die Firestorm an Geschwindigkeit gewann und auf Elsinore zulief.

Genau zur gleichen Stunde – auch im Glanz einer flammenden Sonne – fuhr das zweitausend Tonnen schwere sowjetische Luftkissenboot MV Kometa mit einer Geschwindigkeit von zwanzig Knoten in der Nähe von Danzig an der polnischen Küste entlang. Kapitän Andrej Liwanow drehte sich um, als Sobieski auf die Brücke kam; nur mit Mühe brachte er es fertig, seinen Widerwillen gegen diesen Mann zu verbergen. Liwanow stammte aus Moskau und war stolz darauf. Daß er mit solchen Leuten wie den Polen verkehren mußte, paßte ihm gar nicht. »Gibt es ein Problem, Sobieski?« fragte er.

»Überhaupt keins, Genosse.«

»Dann sollten Sie besser in Ihren Kontrollraum zurückkehren und dafür sorgen, daß es keine Probleme gibt.«

Peter Sobieski, ein gutgebauter Mann von vierzig Jahren mit einem fröhlichen, extrovertierten Charakter, schaute seinen zeitweiligen – und nominellen – Kapitän an und zündete sich dann eine Zigarette an.

»Wenn es ein Problem gibt, dann würdest du nicht in der Lage sein, was zu essen. Wenn sich eine brenzlige Situation ergibt, dann hättest du einen Nervenzusammenbruch«, dachte Sobieski, der Russen genausowenig mochte, wie Liwanow die Polen ablehnte. Aber er sagte diese Worte nicht laut. Statt dessen blies er den Rauch über die Brücke, und dadurch berührte er schmerzhaft Liwanows sowieso schon gespannte Nerven.

»Auf meiner Brücke rauchen Sie nicht!«

Sobieski fügte der Frechheit noch eine Unverschämtheit hinzu, indem er die Zigarette unter seinem Absatz austrat. In diesem Augenblick wurde Liwanow ein Funkspruch überreicht, der von einer Küstenstation aufgefangen worden war. Dadurch besserte sich seine Laune nicht. Es wurde gefragt, warum die Kometa wie ein normales Schiff kreuzte und nicht die Kielflossen benutzte.

Kapitän Liwanow schluckte seinen Ärger. Zuerst war der Mann im Radarraum durch Sobieski ersetzt worden. Ohne Zweifel verstand der Pole etwas von seinem Job; Liwanow mußte zugeben, daß er mindestens so gut wie der andere Mann war. Aber Sobieski war Viktor Raschkins Puppe. Und Viktor Raschkin, der Wunderknabe der Sowjetpolitik, war Leonid Breschnews Puppe.

Raschkin, der zweitmächtigste Mann der Sowjetunion, hatte der Kometa befohlen, an der Ostseeküste entlang Richtung Deutschland zu fahren. Und der brillante Raschkin war auch kurz vor der Abfahrt der Kometa von Leningrad kurz an Bord gekommen und hatte Peter Sobieski mitgebracht.

»Sobieski wird die Radarkontrolle auf Ihrem bemerkenswerten Schiff übernehmen«, hatte er Liwanow informiert.

Liwanow hatte eine Frage auf der Zunge gelegen: Ist er qualifiziert? Aber dann wurde ihm klar, welche Gefahr diese Frage barg. Er hoffte nur, daß der Mann qualifiziert war. Er wagte es nicht, Raschkins Entscheidung anzuzweifeln.

»Er ist mein Assistent«, hatte Raschkin gesagt. »Außerdem ist er Pole. Schauen Sie nicht so überrascht drein, Genosse Liwanow. Wir und unsere europäischen Alliierten sind eine große, glückliche Familie – warum sollten wir also nicht kooperieren?«

Hatte ein zynisch-ironischer Unterton in Raschkins Bemerkung gelegen? Der Kapitän der Kometa hatte ihm einen schnellen Blick zugeworfen, und er hatte ein paar scharfe, intelligente Augen gesehen. Liwanow verstand diesen Mann nicht, dessen Gesichtsausdruck immer mit erschreckender Plötzlichkeit wechselte. Man sagte, er sei vor seiner Lehre beim KGB Schauspieler gewesen.

Liwanow dachte an diese Unterhaltung, während er vor Danzig kreuzte und den Funkspruch von der Küstenüberwachung las. Also gut, er würde es ihnen zeigen. Er schickte Sobieski wieder in den Radarraum, gab seine Anweisungen, und das riesige Fahrzeug begann Geschwindigkeit aufzunehmen. Liwanow selbst bediente den Hebel, der die Kometa umwandelte. Aus einem normalen Schiff, dessen Rumpf tief im Wasser lag, wurde ein Monstrum an Kraft, das sich auf massiven Stahlkufen wie auf riesigen Skiern über die See erhob.

An Land beobachteten mehrere Augenpaare den Anblick durch Feldstecher. Einige der Beobachter hatten noch nie ein Luftkissenboot gesehen. Reine Verblüffung war auf ihren Gesichtern zu lesen, während die Kometa über die riesige Bucht flog. Neue Funksprüche wurden an den Kapitän weitergegeben – diesmal Glückwünsche. Liwanow entschloß sich, sie zu ignorieren. Er dachte jetzt an die Passagiere, die er im nächsten Hafen an Bord nehmen würde. Eine Abteilung der MFS – Mitglieder des gefürchteten Staatssicherheitsdienstes der DDR.

Kapitel 8

Beaurain und Louise fanden Ed Cottel in einem eleganten Café im Erdgeschoß des Hilton, wo er gerade seine Mahlzeit beendete. Das Café Egmont, dessen verglaste Veranda vor einer dichten Wand aus Bäumen und Gebüschen lag, hatte eine ländliche Atmosphäre. Hier war es sicher, zu reden – Cottel war fast der einzige, der hier speiste.

»Kann ich Euch irgend etwas bestellen?« fragte er ohne Einleitungszeremonie.

»Danke, nur Kaffee«, sagte Louise. Beaurain bat auch um Kaffee und lehnte etwas anderes zu essen ab. Sie hatten wenig Zeit; der Belgier hatte es eilig, zu Hendersons Hauptquartier zurückzukommen und nachzuprüfen, wie es mit Serge Litow weiterging.

»Ich höre, Jules, die denken schon dran, dir mehrfachen Mord, Vergewaltigung und weiß Gott was für andere Sachen anzuhängen. Ich muß sagen, du warst sehr fleißig, solange ich weg war.«

»Wer hat dir denn diese interessanten Kleinigkeiten erzählt? Voisin?«

»Wer sonst? Die ganze Zeit, in der ich bei ihm war, hat er damit verbracht, mir weiszumachen, was für ein Unding es ist, daß du die Nachforschungen wegen des Syndikats leitest. Ich glaube, besonders wütend war er darüber, daß ich darauf bestanden habe, er solle diese Tatsache an alle westeuropäischen Polizeichefs und Spitzenleute der Spionageabwehr weitergeben. Jetzt versucht er, dich abzusägen.«

»War er . . . nervös?« fragte Beaurain beiläufig.

Cottel runzelte die Augenbrauen und rieb sich über die krumme Nase, die Louise immer so attraktiv fand. »Jetzt, wo du's erwähnst«, meinte der Amerikaner, »ich schätze, die Antwort ist ja. Er wirkte wie ein Mann, der sich bedroht fühlt.« Er nippte an seinem Kaffee. »Ziemlich lächerlich.«

»Vielleicht. Hast du noch weitere Informationen über das Syndikat ausgegraben, Ed?«

Er wartete, bis der Kaffee serviert war, und dann begann er zu erzählen.

»Erstens zeigen unsere letzten Satellitenbilder, die über der Ostsee aufgenommen wurden, das große Luftkissenboot – diese sowjetische Geschichte, die Kometa. Das Ding kriecht an der Küste von Polen entlang, in Richtung Ostdeutschland. Sieht so aus, als ob das endgültige Ziel der Hafen Saßnitz sein könnte. Von dort aus ist es nur eine kurze Strecke bis Trelleborg, einem kleinen Hafen in Schweden. Zufällig gibt es außerdem einen Fährdienst zwischen Saßnitz und Trelleborg.«

»Was ist mit dieser Liste von Leuten für Voisin – der Liste, die deiner Ansicht nach vielleicht zu den Telescope-Leuten führen könnte?«

»Verdammt! Soweit bin ich einfach nicht gekommen – da hast ja keine Ahnung, wie diese transatlantischen Trips es in sich haben – man kommt zurück und fragt sich, was zum Teufel es wohl genützt hat.« Cottel trank noch etwas Kaffee. »Das hab' ich Voisin gesagt, sobald ich in seinem Büro war – bin einfach reingegangen, ehe er mich gebeten hatte.«

»Du warst immer ein guter Taktiker, Ed«, murmelte Beaurain. »Hast du jetzt das Okay aus Washington, dem Stockholmer Syndikat nachzuspüren?«

»In einem Wort: Nein.« Der Amerikaner schaute grimmig drein und wischte sich den Mund mit der Serviette. »Komische Atmosphäre zu Hause – besonders in der Nähe des Präsidenten. Niemand will was wissen. Sie sagen alle, warte bis nach der Wahl – konzentrier dich drauf, Telescope zu entlarven. Der eine Grund dafür besteht darin, daß sie von Telescope blamiert werden. Aber noch wichtiger ist die Wahl. Der Mann im ovalen Saal ist nun wirklich nicht der Präsident des Jahrhunderts, und es gibt Leute, die ihn gern vor versammelter Mannschaft aus dem Amt werfen würden. Wenn Nachrichten über das Stockholmer Syndikat jemals bis zur Presse durchsickerten . . . die Tatsache, daß riesige Summen seiner Finanzierung aus amerikanischen Konzernen kommen, die nach riesigen, steuerfreien Profiten suchen . . .« Cottel machte mit seiner Serviette eine Geste und zerknüllte sie dann. »Der Präsident würde jede Chance aus dem Fenster werfen, wiedergewählt zu werden. Vom Stockholmer Syndikat kann man eine Spur verfolgen, fast bis zum Weißen Haus.«

»Meinst du wirklich?« fragte Beaurain scharf. »Ist das nicht nur Raterei?«

»Rate ich jemals herum?« fragte Cottel. »Ich hab' noch mehr Neuigkeiten.«

»Ich hoffe, sie sind weniger entnervend als das, was Sie uns bisher gesagt haben«, sagte Louise.

»Viktor Raschkin gehört irgendwo in dieses Puzzle-Spiel hinein«, sagte Cottel mit leiser Stimme. »Wir halten Viktor im Auge, und glaubt mir, er ist kein netter Mensch. Ich kann euch sagen, er hat erst heute abend an Bord seines eigenen Jet-Flugzeuges den Flughafen Brüssel verlassen.«

»Allein?« wollte Beaurain wissen.

»Nein, nicht allein. Er wurde begleitet von einem fetten Mann, der sehr verhüllt war, so daß man sein Gesicht nicht sehen konnte – außerdem war noch ein Mädchen dabei, ebenfalls mit verhülltem Gesicht.« Er trank seinen Kaffee aus. »Ich hab' mich gefragt, ob sich wohl irgendeiner für den Flugplan interessiert, den Raschkins Pilot ausgefüllt hat. Für sein Ziel.«

»Sie sagen's uns ja doch«, meinte Louise.

»Kopenhagen – und dann Stockholm. Darum nehme ich morgen früh auch den ersten Flug, der von hier nach Stockholm geht«, informierte sie Cottel. »Wenn ihr mich braucht, ihr könnt mich im Grand Hotel finden.«

»Werden wir denn Ihre Hilfe brauchen?« fragte Louise unschuldig.

»Wir werden alle unsere gegenseitige Hilfe brauchen, noch ehe die Angelegenheit sich weiter entwickelt«, sagte der Amerikaner voraus.

Der Jet rollte am Flughafen Kastrup in der Nähe Kopenhagens aus und kam zum Halten. In der Passagierkabine zündete sich Viktor Raschkin eine Zigarette an und starrte seiner Begleiterin in die Augen. »Wie sieht Ihr nächster Schachzug aus, Viktor?« wollte sie wissen. »Zeigt die Opposition nicht schon ein bißchen die Zähne?«

»Der Gegner – besonders Beaurain – reagiert genauso, wie ich es erwartet habe.« Seine dunklen Augen betrachteten die Spitze seiner Zigarette. »Das Wichtigste besteht darin, den Feind für die nächsten paar Tage von Dänemark fernzuhalten. Die große Lieferung ist auf dem Weg, und nichts kann – darf – sie aufhalten.«

»Wieviel ist sie wert?«

»Auf dem Schwarzmarkt so ungefähr vierzig Millionen Schwedenkronen. Ich glaube, wir sollten jetzt das Flugzeug verlassen, meine Liebe.«

»Und wohin fahren wir?« fragte Sonia Karnell.

»Wir statten unserem Freund Dr. Benny Horn einen diskreten Besuch ab.«

»Max hier, Jock. Ich spreche vom Flughafen Kastrup. Die Person hat das Flugzeug hier verlassen, anstatt nach Stockholm weiterzufliegen.«

»Wie können Sie da sicher sein?« warf Henderson knapp dazwischen.

»Weil man im Flugzeug wartet, wenn man weiterwill – und es ist jetzt schon in der Luft, auf dem Weg nach Stockholm. Und weil ich in diesem Augenblick Serge Litow beobachte . . .«

Der große, schwergebaute Mann – er war über zwei Meter groß, aber er ging gebeugt, wie andere Männer, die sich ihrer Übergröße bewußt sind – hatte die Schalterhalle betreten und stand jetzt mit einem Taschenschirm in der Hand da. Seine gewichtige Gestalt war gekrönt von einem großen Kopf und einem hellbraunen Hut, der sein starkknochiges Gesicht teilweise verbarg. Englisch war die Sprache, die er in der Unterhaltung mit Serge Litow benutzte. Es sah so aus, als ob er mit dem Russen nichts zu tun hätte.

»Wo ist der Mann, der meine Aufmerksamkeit verlangt, Sir?« Seine Wangen waren schwer und fleischig; er war ungefähr sechzig Jahre alt und stellte die Personifikation eines erfolgreichen Börsenmaklers dar. Litow konnte kaum glauben, daß dies der Verbindungsmann sein sollte, der geschickt worden war, um alle Störungen auszuschalten, die er vielleicht vermutete.

»Kenne ich Sie?« fragte Litow scharf und bedeckte den Mund mit der Hand, während er die Zigarette anzündete. Der Trottel hatte den Code nicht benutzt. War er, Litow, vielleicht in eine Falle getappt?

Aber warum hatten die Leute von Telescope ihn dann überhaupt freigelassen?

»Ich bin natürlich George Land, Sir. Wenn Sie von London kommen, dann kennen Sie sicher wie ich die Schönheiten des St. James Park zu dieser Jahreszeit und wissen sie zu schätzen.«

Sein Mund bewegte sich kaum – und dennoch hörte Litow jedes Wort ganz deutlich. St. James Park – das war Lands Identifizierung. »Der See ist das, was ich am St. James Park am liebsten habe«, antwortete Litow, und das Wort »See« beendete die Codeüberprüfung. »Woher wußten Sie, daß jemand mir folgt?« George Land wirkte unheimlich auf ihn, obwohl er eigentlich nicht leicht zu erschrecken war. Er sah aus wie ein perfekter englischer Butler – und er stand kurz davor, sich für immer eines anderen menschlichen Wesens zu entledigen.

»Ich wußte, daß jemand Ihnen folgt, weil ich Sie von draußen vor der Eingangstür beobachtet habe. Ich habe Ihre flüchtigen Blicke in eine bestimmte Richtung bemerkt. Außerdem sehe ich jetzt, daß Sie Schweiß auf der Stirn haben, wenn Sie erlauben, Sir.«

Die dauernde Benutzung des Wortes »Sir« half auch nicht. Land wirkte so kühl und beherrscht; seine zurückhaltende Höflichkeit ging Litow langsam auf die Nerven. »Sehen Sie den Mann dahinten in der Telefonzelle?«

»Ich kann den Herrn ganz deutlich sehen.«

»Beseitigen Sie ihn – für immer. Sobald ich aus diesem Gebäude raus bin.«

»Es wäre hilfreich, wenn Sie hier verbleiben würden, bis ich die Telefonzelle erreicht habe. Auf diese Weise wird er nicht bemerken, daß sich etwas an dem, das ihn interessiert – nämlich an Ihnen selbst – verändert hat.«

Land umklammerte kurz den herabbaumelnden Taschenschirm mit der linken Hand. Und dann verstand Serge Litow, als ob er selbst sein ganzes Leben lang an dieser Waffe ausgebildet worden wäre. Der Schirm war ein getarnter Dolch, er funktionierte mit einer Feder und war so, daß beim Druck auf einen Knopf die Klinge aus der Spitze schoß.

»Ich warte hier«, sagte er zögernd.

»Es war eine sehr befriedigende Unterhaltung, Sir«, sagte Land diskret und ging durch die fast verlassene Schalterhalle, als ob er einen Anruf machen wollte.

»Ich hab' doch gesagt, ich beobachte Litow«, wiederholte Kellermann Jock Henderson aus der Telefonzelle. »Es sieht so aus, als ob er darauf wartet, daß jemand ihn abholt.«

»Könnte aber auch sein, daß er nur ein Spielchen spielt«, deutete der Schotte an. »Und das Ticket nach Stockholm wird er noch haben.«

Ein großer, englisch aussehender Mann wanderte durch die Halle zu den Telefonzellen hinüber. Er kam dicht genug heran, so daß Kellermann seine fleischigen Wangen sehen konnte. Während er mit langsamem, gemessenem Schritt voranging, schwang er einen kleinen Taschenschirm am rechten Handgelenk hin und her. Außer ihm war die Schalterhalle leer. Die anderen Passagiere waren mit dem Flughafenbus oder in Taxen nach Kopenhagen abgefahren, und im Augenblick stand kein anderer Flug zur Landung oder zum Start an.

»Er wartet hier«, wiederholte Kellermann, »und . . .«

»Du wiederholst dich andauernd, Max«, sagte Henderson scharf. »Stimmt irgend etwas nicht?«

»Nein. Nach Litows Benehmen zu urteilen wird er sicher nach Kopenhagen fahren – vielleicht nur für diese Nacht. Ich erwarte, daß er versucht, der Beobachtung zu entgehen, solange er hier ist – und dann fährt er weiter zu seinem nächsten Ziel, das vielleicht nicht Stockholm ist.«

»Du glaubst also, er hat dich entdeckt?«

»Das habe ich nicht gesagt . . .« Kellermanns Augenbrauen waren gerunzelt, während er versuchte, gleichzeitig mit Henderson zu reden und nachzudenken. »Aber bei einem Mann mit Litows Erfahrung muß ich annehmen, daß er erwartet, beschattet zu werden.«

Kellermann wurde plötzlich klar, was ihm da draußen vor der Telefonzelle Sorgen machte. Es war der riesige, englisch aussehende Mann, der sich der Reihe der Telefonzellen näherte. Er hatte nicht ein einziges Mal die Zelle angeschaut, in der Kellermann stand. Das war einfach kein normales Benehmen. Im Gegenteil, er schaute absichtlich nicht auf Kellermanns Telefonzelle, während er ständig mit unheilschwangerem Schritt darauf zuging. Beaurain war jetzt am anderen Ende, energisch, knapp, entschlossen.

»Beaurain. Gibt's Ärger?«

»Ja . . .«

»Louise nimmt sich heute abend im Hotel Royal ein Zimmer. Wiedersehen.«

Kellermann war vorsichtig und machte keine hastigen Bewegungen. Der große Mann war jetzt dicht an der Tür seiner Telefonzelle und heftete seinen starren Blick auf eine leere Zelle, während seine übergroßen Füße weiter entschlossen vorwärts schritten. Jetzt hatte Kellermann auch den Taschenschirm bemerkt, der vorwärts- und rückwärtsschwang. Dieser Mann war nicht zu unterschätzen, das war sicher.

Kellermann blieb stehen bis zum letzten Moment. Er hielt den Hörer ans Ohr, wandte den Kopf halb ab und drückte den Koffer mit einem Bein an die Seite der Telefonzelle. George Land, dessen Wangen zitterten, warf einen letzten Blick durch die Schalterhalle, schaute weit in die Runde und versicherte sich, daß die Halle leer war und daß Litow hinausging, ohne sich umzudrehen. Dann drückte er den Knopf, und die Sprungfeder ließ die Stilettklinge aus seinem Schirm herauszischen. Er hielt die Waffe wie ein Fechter, der einen wilden Ausfall machen will.

Seine dicken Lippen teilten sich leicht, dann drehte er sich zurück und wollte mit der linken Hand die Tür aufreißen, in der Max Kellermann stand. Die Tür war offen.

Kellermann in der Zelle bückte sich, um den Koffer aufzuheben. Land schaute von der Seite den Hals des Deutschen an. Er kam näher heran, umklammerte fest den Griff des Schirms und wollte zustoßen.

Land verlor blitzschnell das Ziel, als Kellermann sich aufrichtete und dem Riesen die Stahlkante seines Koffers auf die rechte Kniescheibe knallte. Land schluckte vor Schmerz, aber er schrie nicht auf. Sein großes Gesicht verzerrte sich vor Wut. Mit eisernem Griff umklammerte Kellermann die Hand, die den Schirm hielt. Diese stählerne Fessel drehte sich, riß Lands Hand in einem wilden Bogen nach oben. Die schlanke, stilettartige Klinge, die aus dem Schirm hervorschaute, drang in Lands Kehle ein, und seine Augen quollen hervor.

Kellermann hatte jetzt schon beide Revers an der Jacke des Engländers gepackt, und er wirbelte ihn herum, ehe er fallen konnte, und wuchtete ihn in die Telefonzelle. Der Hörer schwang noch an seiner Schnur hin und her, als der Körper des Engländers an der Rückwand hinunterglitt. Seine Füße ragten hinaus in die Schalterhalle, sie lagen über dem Schirm auf dem Fußboden.

Kellermann zog eine Schiebermütze aus der Tasche und stülpte sie sich auf den Kopf, während er schnell durch die noch immer verlassene Schalterhalle ging. Er hatte nur eins im Sinn. Serge Litow einholen. Das Taxi, in dem Litow saß, fuhr gerade von der Bordsteinkante los, als er nach draußen kam. Kellermann kletterte in das nächste Taxi und schloß die Tür, ehe er dem Fahrer sein Ziel nannte.

»Bitte folgen Sie diesem Wagen. Lassen Sie sich nicht abhängen – der Passagier, der drinnen sitzt, ist verantwortlich für einen bösen Zwischenfall im Flughafengebäude.«

Der Fahrer kapierte schnell. Während er sich überlegte, wer sein Passagier wohl sein konnte, fuhr er schon vom Flughafen weg. Er achtete darauf, daß er das Fahrzeug vor sich nicht aus den Augen verlor. Er konnte seinen Passagier ja immer noch zum Flughafen zurückbringen, wenn die Antworten nicht zufriedenstellend waren. Aber sein Kunde nahm ihm den Wind aus den Segeln, indem er freiwillig Informationen gab.

»In der nächsten Morgenzeitung lesen Sie mit Sicherheit über den Vorfall am Flughafen. Ich bin Kriminalpolizist, ich arbeite mit den Belgiern zusammen und auch mit Ihren eigenen Leuten. Hier ist meine Karte.« Kellermann zog eine Ausweiskarte hervor, die der Fahrer kaum sehen konnte. Um Vertrauen aufzubauen und alle Zweifel zu zerstreuen, sprich immer fließend weiter, möglichst mit zuversichtlichem Tonfall . . .

»Hängen Sie sich bitte nicht zu dicht an das Taxi. Es ist sehr wichtig, daß der Passagier nicht erfährt, daß man ihm folgt. Sie werden natürlich für Ihre Mitarbeit ein großes Trinkgeld kriegen. Seien Sie außerdem vorsichtig, wenn das Taxi sich seinem Ziel nähert. Ich darf nicht direkt dahinter sein, wenn es anhält. Ich weiß, ich weiß, es wird nicht leicht.«

»Das schaff' ich schon. Kein Problem«, erwiderte der Däne. Kellermann sank in seinen Sitz zurück und schwieg. Es hatte funktioniert. Wenn die Unterhaltung fast zu Ende ist, gib ihnen ein Problem, womit sie sich beschäftigen können. Und dann Maul halten!

»Serge Litow sollte jetzt hiersein. Ich kann mir einfach nicht vorstellen, was ihn aufhält. Eins, auf dem ich bestehe, ist Pünktlichkeit.«

Der dänische Buchhändler und Antiquar, bei den wenigen Dänen, die ihm begegneten, als Dr. Benny Horn bekannt, saß in dem abgedunkelten Raum und polierte seine randlose Brille. Er fummelte umständlich damit herum, während er dauernd auf die Leuchtzeiger seiner Armbanduhr schaute. Seine Begleiterin, eine junge Frau, lächelte im Dunkeln und horchte auf das sanfte Klatschen des Wassers, das durch das offene Fenster vom Hafenbecken von Nyhavn hereindrang.

»Es wäre möglich, daß es am Flughafen Ärger gegeben hat«, murmelte er nervös. »Wir wollen annehmen, daß Litow beschattet wurde – so was muß man ja erwarten . . .«

»Dann hat sich George Land mit Sicherheit um den Schatten gekümmert. Das erklärt vielleicht die Verspätung.«

»Es sei denn, Litow hat sich in das Spektakel verwickeln lassen.«

»Er hat seine Anweisungen, und denen gehorcht er.« Die junge Frau amüsierte sich über die Vorstellung, die er bot. Er spielte einen gereizten, pedantischen alten Buchhändler. Draußen vor dem offenen Fenster erschienen jetzt Scheinwerfer, und ein Motor hielt an. Sonia Karnell sah, daß ein Taxi angekommen war. »Vergewissern Sie sich, daß man ihm nicht gefolgt ist«, rief Horn hinter ihr her.

»Wir sind sehr dicht bei Nyhavn«, sagte Kellermanns Fahrer.

Sie waren durch ein Labyrinth von Straßen und Plätzen gefahren, die von alten Gebäuden umstanden waren. Und der Deutsche würde Schwierigkeiten haben, die Strecke auf einer Karte anzugeben. Er war sich ziemlich sicher, daß sie sich in nördliche Richtung bewegten. Was zum Teufel war Nyhavn? Er wartete darauf, daß der Fahrer es ihm erklären würde, und der Däne tat ihm den Gefallen.

»Nyhavn ist das alte Hafenviertel – Seemannskneipen links vom Wasser und auf der rechten Seite Nepplokale für die Touristen. Vermutlich ist das der Bestimmungsort unseres Freundes.«

Das Taxi weiter vorn war das einzige Fahrzeug, das im Augenblick in Sicht war. Wenn sie so weiterfuhren, dann war es nur eine Frage der Zeit, bis Litow entdeckte, daß er verfolgt wurde. Das Taxi bog scharf nach rechts ab, und der Deutsche vermutete, daß sie Nyhavn erreicht hatten.

Die Mitte der Straße wurde von einem langen, geraden Wasserbecken eingenommen, dessen Spiegel sich deutlich unterhalb des Niveaus der Fahrbahn befand – ganz wie bei einer Gracht in Amsterdam. Ein Wald von Masten streckte sich in den Nachthimmel. Von beiden Seiten der hellerleuchteten Straße sah eine Reihe von Häusern aus dem 17. Jahrhundert aufs Wasser hinunter.

Kellermanns Fahrer war sein Trinkgeld wert. Anstatt gleich nach rechts am Wasser entlang abzubiegen, fuhr er geradeaus bis ans Ende des Kanals, bog um eine Ecke und hielt dort an. Die strahlende Beleuchtung war verschwunden. Überall lagen tiefe Schatten.

»Er hätte uns sonst entdeckt. Ich bin mir sehr sicher, daß er weiter unten am Nyhavn angehalten hat, und für Sie sind es nur ein paar Schritte.«

»Danke.« Kellermann gab ihm Geld. »Wollen Sie warten? Es dauert nicht lange.«

Das Problem war, daß er am Nyhavn mit seinem Koffer in der

Hand auffallen würde. Und der Koffer würde auch seine Bewegungsfreiheit behindern, wenn er angegriffen wurde. Die Attacke mit dem Regenschirm war ihm noch gut in Erinnerung. Die Waffe hatte ihn an gewisse bulgarische Methoden erinnert.

Ohne den Koffer schlenderte er jetzt um die Ecke zurück ins helle Licht. Litow stieg gerade die paar Stufen zu einem Haus am hinteren Ende der Straße hinauf. »Rechts Nepplokale für die Touristen ...« hatte sein Fahrer gesagt. Der Russe betrat gerade eins der Häuser auf der rechten Seite – selbst aus der Entfernung war es leicht auszumachen, denn jedes Haus war in einer anderen Farbe angestrichen. Ein äußerst hilfreicher Umstand.

Genauso hilfreich war, daß es hier überall Leute gab. Kellermann ging langsam eine kurze Strecke an der linken Straßenseite entlang und bemerkte dabei die Stufen, die zu den Lokalen in den Untergeschossen hinunterführten. Dann ging er denselben Weg zurück, bog um das Ende des Hafenbeckens und schlenderte die Seite mit den Touristenlokalen entlang, bis er vor dem Haus stand, in dem Litow verschwunden war. In der hellen Straßenbeleuchtung konnte Kellermann neben dem Eingang das Metallschild mit den großen Buchstaben deutlich lesen. Dr. Benny Horn. Er hatte eine weitere Basis des Dreier-Direktoriums entdeckt, von der aus das Stockholmer Syndikat geführt wurde.

Es war Zeit für seine Verabredung mit Louise im Hotel Royal.

Als Serge Litow die Stufen zu der Adresse in Nyhavn hinaufstieg, war er erleichtert gewesen, als er den Namen auf der Tafel rechts von der schweren Tür erkennen konnte. Dr. Benny Horn. Litow drückte auf den Klingelknopf.

»Kommen Sie schnell herein.«

Die Tür schloß sich hinter ihm, und er stand im Dunkeln. Er hörte das Geräusch eines einrastenden Schlosses und dann, wie Riegel vorgeschoben wurden. Erst dann wurde der enge Flur von grellem Licht überflutet – so grell, daß Litow blinzeln mußte. Er drehte sich schnell um. Eine schlanke, dunkelhaarige junge Frau mit einer kurzen Frisur, die ihr wie ein Helm um den Kopf saß, zielte mit einer Walther-Pistole auf ihn. Es war Sonia Karnell.

Litow hatte erwartet, Dr. Otto Berlin zu begegnen, dem Mann, der ihm die Instruktionen gegeben hatte, das Hauptquartier von Telescope zu infiltrieren. Statt dessen stand ihm nun in diesem Flur ein Mann gegenüber, der mit seiner Krawatte und dem ordentlichen Anzug einen völligen Gegensatz zu Berlins nachlässiger Aufmachung bildete. Außerdem war er glatt rasiert und stand nun mit über dem schlanken Bauch gefalteten Händen da und musterte Litow in einer Weise, die den Russen sehr irritierte.

»Wer zum Teufel sind Sie?« fragte er barsch. »Ich habe eine lange Strecke hinter mir und bin verdammt müde.«

Er hielt inne, als er fühlte, wie sich die Mündung von Sonias Walther-Pistole in sein Genick bohrte.

»Und Sie sind ebenfalls verdammt unhöflich«, bemerkte der Mann, der ihn immer noch anblickte, mit kühler, abwesender Stimme. »Ich bin Benny Horn, der Mann, dem Sie im Auftrag von Dr. Berlin berichten sollten, sobald Ihre Mission beendet war. Ich glaube, so heißt das doch in Ihren Kreisen.«

Litow zuckte bei der Ironie in Horns Stimme zusammen, und er zuckte noch einmal, als die Pistolenmündung noch fester in sein Genick gepreßt wurde.

»Kommen Sie mit in dieses Zimmer, und berichten Sie mir unverzüglich, was Sie entdeckt haben«, befahl Horn und ging in einen Raum voraus, von dem man auf Nyhavn hinaussehen konnte. Litow setzte sich auf Horns Geheiß in einen Armstuhl, und dieser nahm in einem hochlehnigen Stuhl hinter einem antiken Schreibtisch Platz. Im Gegensatz zu Berlin, der sich überall immer nur herumlümmelte, saß Horn aufrecht da und faltete jetzt erneut die Hände, während er den Neuankömmling fest ansah.

»Kaffee, Litow?«

Sonia wartete die Antwort nicht ab, sondern füllte gleich eine Tasse aus der Kaffeemaschine und fügte einen reichlich bemessenen Löffel Zucker hinzu. Sie kannte also seinen Geschmack, bemerkte Litow. Die Walther-Pistole war jetzt verschwunden. Anders als im Flur, wo er von der Helligkeit so geblendet worden war, daß er Horn überhaupt nicht richtig ansehen konnte, war es in diesem Zimmer mit den hohen Bücherschränken an der Wand fast dämmrig. Und Horn saß sogar noch tiefer im Schatten. Er wartete, bis Litow die Hälfte seines Kaffees getrunken hatte und überfiel ihn dann mit einer Salve von Fragen.

»Sie haben also das Hauptquartier von Telescope entdeckt?«

»Es liegt in Südengland – in der Nähe von Guildford in der Grafschaft Surrey.«

»Und woher wissen Sie das?«

Litow erklärte, wie er den roten Autobus gesehen hatte, auf dem Guildford als Endhaltestelle angegeben war. Horn schien mehr an dem Briefkasten und seiner Leerung interessiert zu sein. Um welche

Tageszeit hatte der Postbeamte ihn geleert? Hatte er jemals gesehen, daß jemand einen Brief in den Kasten geworfen hatte? Die Fragerei ging immer weiter – es kam Litow beinahe so vor, als ob Horn ihn bei einer Lüge ertappen wollte. Auch die scharfe Intensität dieses Kreuzverhörs konnte Litow nicht begreifen.

»Wie konnten Sie denn die Zeiten des Hubschraubers in beiden Flugrichtungen nehmen?« fragte Horn an einem Punkt.

»Glücklicherweise haben die mir meine Uhr gelassen.«

»Sie haben sie Ihnen gelassen? Sie haben sie die ganze Zeit behalten? Die Uhr, die Sie da auch im Augenblick tragen?«

Litow konnte seine Verärgerung kaum verbergen, aber er behielt den kalten, abwesenden Blick von Horn deutlich im Gedächtnis und ebenso den kalten Druck der Pistolenmündung in seinem Genick. »Ja«, sagte er. »In dem Haus in der Nähe von Guildford hat Carder, der Mann, der mich vernommen hat, die Uhr sogar einmal erwähnt. Er hat gemeint, wenn mir die Tageszeit bekannt sei, dann bestünde weniger die Gefahr, daß ich irgendwie geistig verwirrt würde.«

Horn fuhr fort und fragte Litow wieder und wieder nach der ganzen Geschichte seit seiner Festnahme in Brüssel. Und dann war es plötzlich vorbei. Horn stand auf, kam um den Schreibtisch herum und blickte auf Litow nieder, während er seine randlose Brille putzte.

»Warten Sie hier«, sagte er plötzlich. »Versuchen Sie auf keinen Fall, das Zimmer zu verlassen.«

Horn ging eilig in den Flur hinaus, und die junge Frau folgte ihm, wobei sie die schalldichte Tür hinter sich schloß. Die beiden betraten einen Raum an der Rückseite des Hauses, setzten sich und blickten sich über die Tischplatte hinweg an. »Was halten Sie davon?« fragte Horn und nahm sein Käppchen ab.

»Wir müssen Spezialtruppen auf dem Luftweg schicken, damit diese Basis ausgemacht und zerstört wird.« Er hielt inne, als die Türglocke läutete. Sonia Karnell schlüpfte in den Flur hinaus und war kurz darauf zurück. »Es ist Danny.«

Draußen im Flur wartete der Taxifahrer, der Kellermann von Kastrup nach Nyhavn gefahren hatte, und dabei Serge Litow gefolgt war.

Max Kellermann hatte sich in Zimmer 1014 im Hotel Royal eingerichtet – aber gleichzeitig blieb alles für eine eilige Abreise vorbereitet. Er hatte das Schnellbedienungsrestaurant gewählt – die Bedienung verdiente tatsächlich ihre Bezeichnung, und das Essen war entsprechend – und das aus mehreren Gründen. Das Restaurant war

Teil des Einkaufs- und Empfangshallenkomplexes. Das bedeutete, daß Kellermann in der Lage war, die Rezeption während des Essens aus diskreter Entfernung im Auge zu behalten. So etwas konnte sich auf lebensrettende Weise auszahlen – Kellermann hatte das in der Vergangenheit schon gelernt. So war es möglich, jeden zu beobachten, der nach der eigenen Anreise noch im Hotel eintraf. Es war eine der Methoden von berufsmäßigen Mördern auf der ganzen Welt, daß sich der Killer im selben Hotel wie sein Opfer ein Zimmer nahm.

Wenn man dann – so wie Kellermann es getan hatte – den Zimmerschlüssel in dieser Beobachtungsphase an der Rezeption hinterlegte, dann war es unter Umständen möglich, solch einen ungebetenen Gast zu identifizieren. Der Empfangschef würde sich nämlich umdrehen und nachsehen, ob der Schlüssel abgegeben worden war. Natürlich war nie mit Sicherheit festzustellen, ob der Empfangschef nun wirklich diesen speziellen Schlüssel gesucht hatte, aber wenn man schon einmal mißtrauisch war, dann half es, einen Verdacht zu bestätigen.

Kellermann zog sein Essen in die Länge. Er mochte die skandinavischen Gerichte. Und er fing auch schon an, die entspannte Atmosphäre zu genießen. Die Art, wie die Dänen in ihrem Kopenhagen lebten, erinnerte erfreulich wenig an moderne, unpersönliche Massensiedlungen. Das Hotel Royal war da natürlich mal wieder eine Ausnahme. Jules Beaurain und Louise Hamilton trafen exakt um zehn Uhr dreißig abends an der Rezeption ein.

»Also, Louise, ich war am Schauplatz des Mordes auf dem Boot in der Nähe von Brügge – es gibt tatsächlich einen Augenzeugen, einen Jungen, der fast die ganze Zeit in einem Baumhaus verbringt, das er sich da gebaut hat.«

»Einen Augenblick, Willy, hier kommt Jules.«

Der Anruf hier im Hotel Royal war die Antwort auf ein vorangegangenes Telefonat, das Beaurain mit der Wohnung von Willy Flamen geführt hatte. Flamen war gerade auf dem Weg zurück nach Hause gewesen, und seine Frau hatte versprochen, daß er sofort nach seiner Rückkehr selbst anrufen werde. Beaurain kam gerade dampfend aus dem Badezimmer, wo er sich geduscht hatte.

»Willy Flamen ist dran«, sagte Louise. »Es geht um den Schiffer und seine Frau. Er sagt, er hätte einen Augenzeugen.«

»Gut, gib mir den Hörer. Du gehst nach unten und paßt auf, daß Max sich nicht einsam fühlt. Er trinkt immer noch Kaffee im Restaurant und beobachtet die Rezeption.«

»Jetzt machen Sie mal Pause«, sagte sie zu dem Deutschen, als sie sich zu ihm gesetzt und ebenfalls einen Kaffee bestellt hatte. Nur noch der Nachtportier war da, und überall wurde geschlossen.

»Es passiert immer, wenn man es am wenigsten erwartet«, entgegnete er.

»Was?«

»Der Durchbruch. Die Kleinigkeit, die am Anfang überhaupt nichts und später alles bedeutet. Warten ist der Schlüssel zum Erfolg. Jeder Polizist kann Ihnen das erzählen.«

»Und Sie haben wohl eine Menge Polizisten kennengelernt, als Sie Anwalt in München waren?«

Ein schmerzliches Zucken fuhr über sein Gesicht. Er antwortete mit einer leicht rauhen Stimme, in der die Spur einer Drohung lag – nicht gegen sie, aber gegen einen unbekannten Mörder. Louise hatte alles verdorben. »Tut mir leid, Max. Es war ja wohl bei der Schießerei in München, wo Ihre Frau gestorben ist. Was war sie für ein Mensch?«

»Für mich ist sie unersetzlich.«

»Ich muß noch einmal sagen, daß es mir leid tut. Ich werde in Zukunft mein großes Maul halten.«

»Das brauchen Sie gar nicht«, versicherte er sie. »Und ich habe meinen Grund dafür, daß ich hier noch sitze. Ich verstehe einfach nicht, warum die Leute vom Syndikat bei meiner Ankunft mit Serge Litow am Flughafen Kastrup nicht zahlreicher vertreten waren.«

»Wo ist Louise?« fragte Beaurain und setzte sich neben Kellermann auf einen freien Stuhl im Erdgeschoß-Restaurant.

»Sie ist hinter jemandem her.«

»Wovon zum Kuckuck reden Sie da?« fragte Beaurain mit ausdruckslosem Gesicht.

»Ja, es ist merkwürdig«, meinte der Deutsche. »Ich hatte gerade gesagt – es passiert immer, wenn man es am wenigsten erwartet. Ein Durchbruch. Ich wollte eben nach oben gehen, um es Ihnen zu sagen. Wir haben hier gesessen, als eine junge Frau zum Empfangsschalter kam und wir bemerken konnten, daß der Angestellte sich umdrehte und nach meinem Schlüssel schaute. Die junge Frau hat ihm dann seinen Kugelschreiber sehr geschickt hinter dem Tresen auf den Boden fallen lassen, so daß der Mann beschäftigt war, während sie selbst schnell das Gästebuch durchsah. Es war nicht auszumachen, aus welchem europäischen Land sie stammte. Aber sie hatte eine ganz besondere Frisur – ganz schwarze Haare, sehr kurz geschnitten und dicht am Kopf anliegend – wie ein Helm. Was ist denn los, Jules?«

Beaurains Blick war steinhart. »Ich warte darauf, daß Sie endlich zur Sache kommen«, sagte er mit entnervender Ruhe.

»Nachdem sie rausgegangen war, ist Louise ihr gefolgt und hat an der Tür auf mein Zeichen gewartet.«

»Warum nicht andersrum? Warum haben Sie nicht den Verfolger gespielt?«

»Zu dem Grund dafür komme ich jetzt.« Der Deutsche begegnete Beaurains Blick. »Ich bin dann zum Empfang gegangen und hab' eine Geschichte abgespult, daß ich mir einbildete, ich hätte in dem Mädchen eine Freundin meiner Frau erkannt. Der Mann wurde sofort munter – sagte etwas von merkwürdigem Zufall. Das Mädchen hätte nach einem Mann gesucht, der eine Brieftasche verloren hätte, die ihr Ehemann gefunden hätte. Sie hatte mich in allen Einzelheiten beschrieben und gesagt, ihr Mann hätte angenommen, daß ich in diesem Hotel abgestiegen war. Er – der fiktive Ehemann – hätte noch zu einer geschäftlichen Verabredung gemußt und würde morgen früh vorbeikommen.«

»Dann hat sie also jetzt Ihren Namen?«

»Den hat sie – und meine Zimmernummer.«

»Und Louise?« fragte Beaurain.

»Ich habe ihr gesagt, sie sollte hinterher. Das Mädchen mit dem ›schwarzem Helm‹ ist in ein Auto gestiegen, und Louise ist ihr in dem Wagen gefolgt, den Sie gemietet haben. Ich konnte ja nicht – jemand hätte mich ja von dem Zwischenfall in Kastrup her wiedererkennen können.«

»Und ich habe eben schon einmal gehört, wie jemand diese junge Frau als ›schwarzen Helm‹ bezeichnet hat. Und da derjenige, der diese Beschreibung gegeben hat, ein intelligentes Kind ist, zweifle ich nicht an der Korrektheit. Die gleiche junge Frau hat ein Ehepaar auf einem Boot in der Nähe von Brügge besucht, kurz bevor die beiden ermordet wurden.«

Kapitel 9

Kellermann war erschüttert durch Beaurains Neuigkeiten. Er saß da und starrte den Rezeptionstresen an, wo die junge Frau, die sie »Schwarzhelm« getauft hatten, den Portier ausgetrickst hatte.

»Wer ist dieses intelligente Kind?« fragte er mit tonloser Stimme.

»Ich habe gerade am Telefon mit Willy Flamen geredet, als Louise zu Ihnen herunterkam. Ein Junge, der von ihm ausgefragt worden war, hatte sich in den Ästen eines Baumes, von dem aus man das Schiff der Darras' sehen konnte, eine Baumbude gebaut.«

»Was hat das mit dem Schwarzhelm zu tun?«

»Wenn Sie den Mund halten, bis ich fertig bin, dann erklär' ich es Ihnen«, sagte Beaurain kalt zu Kellermann. »Dieser Junge wohnt in der Nähe, und es hört sich so an, als ob er ein Einzelgänger wäre. Gewohnheitsmäßig schleicht er sich nach Einbruch der Dunkelheit aus seinem Schlafzimmer hinaus und verbringt die halbe Nacht in seinem Versteck. Das Schiff der Darras' hat eine ganze Zeitlang am selben Platz neben dem Treidelpfad gelegen.«

»Vielleicht sollten sie Verbindungsleute für das Stockholmer Syndikat sein.«

»Das habe ich mir auch gedacht. Also, dieser Junge – ich nehme an, er hat Willy sehr beeindruckt – saß in seiner Baumbude und hat wahrscheinlich den Darras' hinterhergeschnüffelt. Einige Zeit nach Einbruch der Dunkelheit kam dann ein Wagen an. Der Junge hat gesehen, wie eine junge Frau die Darras' besuchte, denn jemand leuchtete ihr mit einer Lampe voll ins Gesicht. Seine Beschreibung paßt in jeder Hinsicht auf den Schwarzhelm.«

»Zwischen Brügge und Kopenhagen liegt aber eine lange Strecke.«

»Nun, Louise und ich, wir haben die Reise gemacht. Warum nicht auch der Schwarzhelm? Der Kleine war jedenfalls auch da, als Darras und seine Frau ermordet wurden – obwohl er natürlich nicht wußte, was zu der Zeit passierte. Wahrscheinlich hat er gesehen, wie der Killer mit seinem Begleiter beim Schiff ankam. Seiner Beschreibung nach sahen die beiden merkwürdig aus.«

»Dieses frühreife Kind ist aber wirklich eine Goldmine an Information«, sagte Kellermann zynisch, er war noch immer nicht voll davon überzeugt, daß Louise in Gefahr war.

»Der Killer«, fuhr Beaurain fort und ignorierte die Unterbrechung, »war gekleidet wie ein Amerikaner, nach dem, was der Kleine sagt. Außerdem trägt er einen Strohhut und eine dunkle Brille und ist mittelgroß. Sein Begleiter ist dünn – das war alles, was Flamen aus dem Jungen herauskriegen konnte. Sie arbeiten sehr merkwürdig. Der Kleine hat tatsächlich gesehen, wie der dünne Mann aus einer Aktentasche eine Waffe herausnahm, die er ›eine dicke Pistole mit einer ganz dicken Mündung‹ nannte. Diese Waffe hat er dann dem ›Amerikaner‹ gereicht, während die beiden das Schiff betraten.

Nach meiner eigenen Theorie – und Flamen neigt dazu, mir zuzustimmen – hat der Schwarzhelm die beiden ein paar Tage früher besucht und ihnen ein paar letzte Anweisungen gegeben. Dann wurden sie für Dr. Otto Berlin lästig, und der hat die zwei Killer hingeschickt, damit sie sich drum kümmern.«

Kellermann schob seine Tasse beiseite, die von einer philippinischen Kellnerin neu mit Kaffee gefüllt worden war. »Aber das sind alles nur Spekulationen. Das sind noch immer keine entscheidenden Hinweise darauf, daß all diese Leute – oder die junge Frau – mit dem Syndikat zu tun haben.«

»Die Beschreibung des Schwarzhelms paßt perfekt zu dem Foto, das Dr. Henri Goldschmidt uns gezeigt hat. Sie wissen doch, die beiden Leute, die ein Haus in Brügge verlassen. Der eine war Dr. Berlin, und bei ihm war diese junge Frau. Der Schwarzhelm.«

»Heroin im Werte von vierzig Millionen Schwedenkronen«, sagte Benny Horn. »Erstaunlich, wieviel Geld man in einem einzigen Koffer mit sich herumtragen kann.«

Er schaute Sonia Karnell in dem schmalen Korridor an und hielt den Koffer in der rechten Hand. Bei ihrer Rückkehr hatte sie die Tür hinter sich geschlossen und wollte jetzt gern ihre Ankündigung machen. Horn hatte allerdings seit über einer Stunde gewartet, und seine Ungeduld war größer als ihr Gefühl für das Dramatische.

»Ich hab' Neuigkeiten.«

»Sagen Sie's mir schnell. Der Lieferwagen nach Elsinore wartet draußen. Diese Lieferung ist so riesig, daß ich nicht eher wieder aufatmen kann, bis sie aus Kopenhagen raus ist.«

»Bewaffnet mit Dannys Beschreibung von dem Mann, der Litow von Kastrup hierher gefolgt ist, habe ich das König-Frederik-Hotel überprüft, wo Danny ihn zurückgelassen hat. Sein Kunde hat ein kluges Spiel getrieben – offensichtlich ist er ein Profi. Er hat sich im König-Frederik-Hotel kein Zimmer genommen. Ich mußte anfangen zu suchen, und ich konnte nur hoffen, daß er ein großes Hotel und nicht irgendeine Flohherberge aufgesucht hat.«

»Soweit hab' ich Sie verstanden«, sagte Horn ruhig.

»Ich hab's dann mal im Palast Hotel versucht. Erzählte meine Geschichte und gab ihnen Dannys Beschreibung von dem Mann. Das einzig Günstige für mich war die Tatsache, daß so spät nur noch wenige Leute Zimmer nehmen. Im Palast Hotel hatte ich kein Glück. Aber im Royal bin ich auf Gold gestoßen.«

»Ja?«

Die Aufregung in ihrem Benehmen brachte Horn dazu, seine Ungeduld zu bezähmen. Sie mußte irgend etwas Wichtiges entdeckt haben. Das war verdammt lästig, wo er doch Kopenhagen gern schnell verlassen wollte. Die Heroin-Lieferung war mit einem kleinen Boot angekommen, das kurz am Ende von Nyhavn angelegt hatte, während Sonia auf der Suche nach dem mysteriösen Schatten war. »Er wohnt im Royal«, fuhr Karnell fort. »Die Beschreibung paßt. Aber ich hatte die Chance, die Gästeliste von oben bis unten zu lesen, und noch zwei weitere Leute sind spät angekommen. Der eine ist Jules Beaurain, die andere Louise Hamilton.«

Dr. Benny Horn stellte langsam den Koffer auf den Teppich und starrte die junge Frau an.

»Heute abend haben Sie in der Stadt interessante Leute bei sich, Jules«, meinte Ed Cottel von der CIA am Telefon. »Viktor Raschkin ist mit seinem Privatjet von Brüssel in Kopenhagen gelandet.«

Beaurain saß auf der Kante des Bettes in seinem Zimmer im Hotel Royal und hörte genau zu, was sein amerikanischer Freund sagte. Er hatte das Grand Hotel in Stockholm angerufen, auf die Chance hin, daß Ed vielleicht schon angekommen wäre. Der Gedanke kam ihm, daß Cottel sich anscheinend wegen der Sicherheit eines normalen Telefongesprächs nicht allzuviel Sorgen machte.

Max Kellermann, der auf der Kante eines Holzstuhles saß, schaute steif und ernst drein. Beaurain wußte, er war krank vor Sorge um Louise. Seit sie dem Schwarzhelm hinaus in die Nacht gefolgt war, hatte sie kein Lebenszeichen mehr gegeben.

»Ed«, antwortete Beaurain, »war jemand bei Raschkin, als er in Kastrup aus dem Flugzeug ausgestiegen ist?«

»Ja, eine junge Frau. Schwer zu erkennen, auf die Entfernung – offensichtlich genau wie bei dem großen R. Sie hatte dunkles Haar, kurz geschnitten. Ende der Beschreibung.«

»Wohin sind sie denn gegangen, nachdem sie das Flugzeug verlassen hatten? Und steht es noch immer in Kastrup und wartet darauf, die beiden vielleicht morgen anderswohin zu bringen?«

»Mein Mann hat sie verloren, als sie den Flughafen verließen. Zwei Wagen warteten auf sie – einer für Passagiere, einer zum Ablenken, falls jemand versuchte, sie zu verfolgen. Die junge Frau ist mit dem großen R gefahren. Und der Mann, den ich hier zu treffen hoffte, ist nicht zu Hause. Er wohnt in einem Apartment in der Gamla Stan – das ist schwedisch und heißt ›Altstadt‹. Er ist Buchhändler. Seltene und antike Bücher.«

»Hat er einen Namen?«

»Dr. Theodor Norling. Halt den Kontakt. Bis bald, Jules.«

Es war zehn Uhr dreißig abends, als Beaurain nach seinem Gespräch mit Ed Cottel in Stockholm einhängte. In Washington D.C. war es erst sechzehn Uhr dreißig, und die Atmosphäre im ovalen Saal im Weißen Haus war gespannt. Der Präsident, dem in weniger als sechs Monaten die Wahl bevorstand, war schon lange daran gewöhnt, die Welt nur durch die Brille der Wahlen zu sehen. Jede einzelne seiner Amtshandlungen wurde von einem Kriterium bestimmt: Bekam er dadurch Stimmen im November, oder verlor er welche?

Die Tatsache, daß man ihn schon jetzt »einen der schlechtesten Präsidenten in der Geschichte der Vereinigten Staaten« nannte, hatte nur seine Entschlossenheit noch verstärkt, dafür zu sorgen, daß dieses Land und die restliche Welt sich vier weitere Jahre seine Regierung gefallen lassen mußte. Er saß hinter dem Schreibtisch, hatte die Beine hochgelegt und die Füße gekreuzt und schaute die beiden einzigen Leute an, die jetzt bei ihm waren.

Seine Frau Bess saß hoch aufgerichtet in einem Sessel und beugte sich leicht vorwärts, in einer typischen Haltung, die ein unfreundlicher Kolumnist einmal als »gespannt, und bereit, Blut zu sehen« beschrieben hatte. Die zweite Person, die die Presse genauso unsympathisch fand, war seine rechte Hand, Joel Cody aus Texas. Das Thema der Unterhaltung, das wie so viele Unterhaltungen im Weißen Haus von der Frau des Präsidenten vorgegeben worden war, bestand in Ed Cottel.

»Sie sind sicher, daß dieser Ed Cottel sich abgemeldet hat, ehe er nach Europa geschickt wurde, Joel?« wollte der Präsident wissen.

»Er hat sich abgemeldet und ist untersucht worden, bis auf die Unterhosen. Stammt bloß von der Westküste – Gott sei Dank kein Harvard-Mann –, und er sympathisiert mit dieser privaten Organisation Telescope und ihren Zielen, obwohl er versucht, das geheimzuhalten. Außerdem glaubt er, daß die wirkliche Bedrohung vom Stockholmer Syndikat kommt. Er meint, wir sollten unsere Feuerkraft auf dieses Syndikat konzentrieren.«

»Ach, um Gottes willen, Joel!« Der mächtigste Mann der westlichen Welt, der mit offenem Hemd und ohne Krawatte dasaß, richtete sich gerade auf. Er nahm ruckartig die Füße vom Schreibtisch, wobei die Blätter aus einer Aktenmappe zu Boden flatterten. »Ehe wir nicht die Wahl gewonnen haben, wollen wir überhaupt nichts von diesem Stockholmer Syndikat wissen. Es gibt Gerüchte, daß ein paar von den obersten Geldgebern für unsere Kampagne möglicherweise die Finger darin haben.«

»Wenn also der vernichtende Schlag ausgeteilt wird, dann soll die Gruppe Telescope das Ziel sein, und nicht das Syndikat?« forschte Cody. »Und so kriegen wir das auch hin.«

»Sie würden das wohl nicht so gern erklären, Joel, oder?«

»Ich glaube, Joel weiß, was er tut«, versicherte Bess ihrem Mann und schwieg dann wieder, wenigstens im Augenblick.

»Cottel sympathisiert mit diesen Telescope-Leuten, wer immer sie auch sind«, erklärte Cody. »Weiterhin wissen wir, daß er ein persönlicher Freund dieses Belgiers Beaurain ist. Dem Gerücht nach ist er einer der führenden Köpfe der Gruppe Telescope. Während Cottel also offiziell die Spitzen von Telescope ausfindig machen soll – damit die westlichen Sicherheitsdienste, wenn es soweit ist, auf sie niederstoßen können –, versucht er in Wirklichkeit, der Gruppe Telescope soweit wie möglich zu helfen. Wir lassen ihn beobachten – auf diese Weise führt er uns dann sicher ziemlich bald zu dem ganzen Verein hin.«

»Warum schicken wir nicht einfach diesen Harvey Sholto, den Sie immer wieder empfehlen – Sie sagen doch, Sholto kann die Gruppe Telescope nicht ausstehen.«

»Das ist wohlbekannt«, versicherte Cody dem Präsidenten aalglatt. »Deshalb würde Sholto nicht mal in die Nähe kommen. Ed Cottel hat diesen Auftrag nur angenommen, damit er insgeheim die Gruppe Telescope schützen kann – und am Ende wird er uns dahin führen, daß wir die ganze verdammte Untergrundorganisation kassieren und entlarven können.«

»Gut so, Joel, gut so.« Das wohlbekannte Lächeln verschwand plötzlich von seinem Gesicht. »Aber haben Sie nicht was übersehen? Angenommen, Cottel gräbt Informationen aus, die wir nicht so gerne ausgegraben hätten – zum Beispiel Namen von großen Gesellschaften, deren Direktoren dem Syndikat Geld zur Verfügung gestellt haben?«

»Darum haben wir uns schon gekümmert«, versicherte Joel dem Präsidenten zuversichtlich. »Wenn Cottel aus der Reihe tanzt, dann schicken wir Sholto hinüber, der sich um ihn kümmert. Es kann sogar sein, daß wir ihn in jedem Fall hinschicken.«

»Solche Details will ich gar nicht hören«, sagte der Präsident hastig. »Im Gegenteil, ich habe keine Ahnung von diesem Harvey Sholto. Und ich verstehe auch nicht richtig, was Sie da gerade gesagt haben. Wir wollen also das Thema wechseln.«

Louise Hamilton war fast sicher, daß ihr die dunkelhaarige junge Frau durch die Lappen gehen würde. Es war die gleiche, die sie und Beaurain außerhalb des Bahnhofs Brügge gesehen hatten, als sie das von ihr benutzte Taxi nahmen. Zu Kellermann hatte sie kaum ein Wort gesagt. Sie ging durch die Hintertür hinaus und stieg hinter das Lenkrad des gemieteten Citroën.

»Ich will, daß in Kopenhagen, Stockholm, Helsinki und Oslo Mietwagen auf mich warten«, hatte Beaurain Henderson befohlen. Dankbar für seine Voraussicht fuhr Louise zum Haupteingang hinüber und hielt an. Sekunden später kam das dunkelhaarige Mädchen heraus, rief ein vorüberfahrendes Taxi und stieg ein. Während Louise dem Taxi folgte und mit Hilfe einer Straßenkarte von Kopenhagen, die offen auf dem Beifahrerstiz lag, grob die Fahrtroute festhielt, vermutete sie schon bald, wohin das Mädchen wollte. Es war das Haus in Nyhavn, das Kellermann beschrieben hatte.

Innerhalb von Minuten wußte sie, daß sie richtig geraten hatte. Das Taxi vor ihr bog nach rechts ab, das Hafenbecken lag dort mitten zwischen den Straßen, und sie sah einen Wald von Masten über Fischerbooten, die an den Kais vertäut lagen. Louise entschied sich schnell. Sie hupte, beschleunigte und überholte das Taxi hautnah. So handelte niemand, der den Wunsch hatte, nicht von dem Passagier des Taxis bemerkt zu werden – und im Taxi hatte Sonia Karnell den Citroën noch nicht einmal bemerkt, während sie in ihrer Handtasche nach dem Haustürschlüssel suchte. Als Louise das vordere Ende des Hafenbeckens erreicht hatte, wo die Mauer aus Häusern endete, ließ sie den Wagen an den Straßenrand rollen und sah zu, wie das Taxi hinter ihr im Rückspiegel herankam.

»Falls du dich geirrt hast, Kind«, sagte sie zu sich selbst, »hast du's hinter dir.« Das Taxi hielt ein paar Meter hinter der Stelle, wo sie geparkt hatte. Sie sah zu, wie das Mädchen mit den kurzgeschnittenen Haaren den Taxifahrer bezahlte, die Treppe hinaufstieg, den Schlüssel ins Schloß steckte und nach drinnen ging. Sie schloß die Tür hinter sich. Das Taxi fuhr an Louise vorüber und bog am Rand des Wassers wieder nach rechts ab, es fuhr zurück ins Zentrum von Kopenhagen.

Louise zögerte keinen Augenblick. Die richtige Zeit, ein Haus zu überprüfen, ist dann, wenn gerade jemand angekommen ist. Niemand erwartet, daß ein Verfolger die Unverschämtheit besitzt, so nah heranzukommen, wenn die verfolgte Person gerade ein Gebäude betreten hat.

Weniger als zwanzig Sekunden, nachdem sich die Tür geschlossen hatte, ging sie schon übers Pflaster. Sie erreichte die kurze Treppe, der Geruch nach Salzwasser stieg ihr in die Nase, und sie sah das metallene Namensschild an der rechten Seite der schweren Tür. Schnell stieg sie auf Zehenspitzen die Stufen hinauf.

Dr. Benny Horn. Der gleiche Name, den Max Kellermann erwähnt hatte. Dies war das Haus, in dem Serge Litow nach seiner Flucht aus Brüssel verschwunden war. War dies das Ende der Reise für den Russen? Louise bezweifelte das sehr. Als sie einen Blick nach unten warf, sah sie eine eng und schmutzig aussehende Kellerwohnung, deren Fensterscheiben trübe vor Dreck waren. Auch auf den Stufen waren Lehmstreifen. Diese Wohnung stand in großem Kontrast zu der frisch angestrichenen Haustür und den anderen Mauern des Hauses.

Sie kehrte sofort zu ihrem Citroën zurück, kletterte hinters Lenkrad, schloß alle Türe von innen ab, nahm eine dünne Stoffmütze heraus und setzte sie sich lose über den Kopf. Dadurch, daß sie ein so energisches Kinn hatte, wirkte sie mit dieser Mütze leicht männlich. In der schlechten Beleuchtung – sie saß in der Mitte zwischen zwei Straßenlaternen – hätte man sie leicht für einen Mann halten können. Sie ließ sich hinters Lenkrad sinken, als ob sie schliefe, und wartete. Ihr Blick blieb auf den Rückspiegel geheftet.

Über eins war Beaurain befriedigt, im scharfen Kontrast zu der beträchtlichen Sorge, die er wegen Louise verspürte. Er saß auf seinem Bett und trank noch Kaffee, während Max Kellermann rastlos durch die erzwungene Inaktivität hin und her schritt. Beaurain sprach seine Befriedigung aus, in dem Versuch, den Deutschen etwas aufzuheitern.

»Wenigstens hatte ich recht, als ich die Firestorm ins Kattegat geschickt habe. Serge Litow ist nach Kopenhagen gefahren, sobald er glaubte, er hätte sich losgerissen.«

»Wo ist die Firestorm denn im Augenblick?«

Beaurain schaute auf die Armbanduhr. »Gerade Mitternacht vorbei. Jetzt ist sie wohl ungefähr vor Elsinore. Das ist die schmalste Stelle zwischen Dänemark und Schweden.«

»Und Henderson?«

»Er und seine Männer von Brüssel sollten jetzt schon an Bord der Firestorm sein. Er hat den Flug vor uns genommen, sobald ich hörte, daß Litow hier das Flugzeug nach Stockholm verlassen hat.«

»Und wie sind sie von hier zur Firestorm gekommen?«

»Durch die Mitarbeit der dänischen Staatsbahn. Sie sind von Kastrup direkt nach Kopenhagen gekommen. Vom Hauptbahnhof aus – direkt vor diesem Hotel – haben sie den D-Zug nach Elsinore genommen, denn die Stadt liegt weniger als eine Stunde nördlich von Kopenhagen, gerade die Küste hinauf. Über Funk habe ich Buckminster gesagt, was er zu erwarten hat und wann sie eintreffen. An einem abgelegenen Punkt an der Küste nördlich von Elsinore hat Hendersons Gruppe an Land mit der Firestorm Lampensignale gewechselt, und daraufhin ist eine kleine Flotte von Schlauchbooten mit Außenbordmotoren losgefahren, um sie abzuholen.«

»Wie schaffen Sie das bloß.« Kellermann hatte aufgehört, hin und her zu gehen, und setzte sich jetzt in einen Sessel. Er schenkte ihnen beiden noch Kaffee ein.

»Ich hab' einfach Glück«, Beaurain lächelte grimmig. »Und das hilft, wenn man die Puzzle-Stücke zur rechten Zeit am rechten Platz hat. In diesem Fall besonders bei der Firestorm. Goldschmidt in Brügge hat deutlich betont, daß in Skandinavien demnächst ein Treffen des Stockholmer Syndikats stattfinden soll. Auch auf Voisins Versammlung wurde es erwähnt, Sie wissen ja, bei der Versammlung, in die ich mich mit Gewalt hineindrängen mußte.« Er runzelte die Stirn. »Das war das erstemal, daß Sie versucht haben, Louise zu greifen. Was zum Teufel kann bloß mit dem Mädchen passiert sein?«

»Es tut mir leid.« Max breitete die Hände aus.

»Ach, halten Sie doch den Mund! Ich hab' Ihnen ja schon gesagt, es ist nicht Ihre Schuld. Und Sie haben beide die richtige Entscheidung getroffen.«

Sie warteten auf den Lieferwagen. Dr. Benny Horn, der einen dunklen Regenmantel und einen weichen, breitkrempigen Hut trug, stand wieder in der Halle und hielt den Koffer fest, der Heroin im Werte von vierzig Millionen Schwedenkronen enthielt. Er hatte gerade mehrere Telefonanrufe erledigt.

»Haben Sie schon irgend etwas für Beaurain und Co. auf Lager?« fragte Sonia Karnell, die sich einen anderen Hosenanzug angezogen hatte.

»Günther Baum ist jetzt in Kopenhagen. Er besucht sie im passenden Moment.«

Sonia schauderte, wie immer, wenn Baum erwähnt wurde. »Ich dachte, der wäre in Brüssel.«

»War er auch. Aber in der Annahme, daß Beaurain Litow nach Kopenhagen folgen würde, habe ich ihn angewiesen, sich hier zur

Verfügung zu stellen. Ich habe gerade am Telefon mit Baum geredet. Das beste ist es, die Diener immer zur rechten Zeit zur Hand zu haben«, bemerkte Horn.

»Ist es vernünftig, unseren Zielort Helsingör in großen Buchstaben auf die Seite des Lieferwagens pinseln zu lassen?«

»Ja, in Helsingör verschwindet so was im Hintergrund«, fuhr Horn verächtlich fort, »das ist eine Provinzstadt, und die Leute dort haben immer das Gefühl, daß das kosmopolitische Kopenhagen auf sie hinabschaut.«

Er hörte auf zu reden, als es klingelte. Es war ein Zeichen, eine Folge von Klingeltönen. Karnell hatte die Automatik aus der Handtasche gezogen, schaltete die Lampe im Flur aus und öffnete die Tür. Der Lieferwagen war angekommen – sie konnte den viel zu großen Namen lesen, gegen den sie Bedenken hatte: Helsingör.

Der Fahrer, ein vierschrötiger Mann in blauem Arbeitsanzug und mit einer Baskenmütze, reichte ihr die Zündschlüssel und ging nach drinnen. Aus dem Augenwinkel sah Karnell, wie Dr. Horn eine kurze Kopfbewegung in Richtung des abgeschlossenen Raumes machte, wo Litow noch immer auf weitere Instruktionen wartete.

Helsingör. Shakespeares Elsinore, wo das Schloß Kronenborg mit dem Namen Hamlet in Verbindung stand. Keine historische Begründung des Mythos, aber sehr gut für die Touristenindustrie von Elsinore. Louise sah den Lieferwagen auch aus dem Augenwinkel, als er nach Nyhavn hinunterfuhr, zum Wasser, wo er rechts oder links abbiegen würde.

Zurück ins Zentrum von Kopenhagen? Im Rückspiegel hatte Louise das Paar gesehen, den Mann mit dem Koffer und das dunkelhaarige Mädchen. Sie waren aus dem Haus gekommen und vorn in den Lieferwagen gestiegen, der von dem Mann mit dem blauen Arbeitsanzug abgegeben worden war.

Louise hatte bemerkt, daß die junge Frau hinters Steuerrad ging. Der Mann umklammerte den Koffer, warf einen schnellen Blick die Straße hinauf und hinunter, und schaute noch ein letztes Mal über die Schulter, ehe er als Passagier auf den Beifahrersitz kletterte. Der letzte Blick über die Schulter war zum am nächsten gelegenen Fischerboot hinübergegangen, das am Kai vertäut lag. Auf dem Deck stand ein Matrose und legte aus keinem ersichtlichen Grund ein Tau zusammen.

War er ein Wachposten, der das Haus für die Bewohner beobachtete? Wer würde schon einen zweiten Blick an einen Matrosen verschwenden? Louise hatte das sichere Gefühl, daß zwischen dem Begleiter der jungen Frau und dem Matrosen ein Signal ausgetauscht worden war. Zu ihrer Erleichterung ging der Matrose sofort unter Deck, als der Lieferwagen abfuhr. Er würde also ihre Abfahrt nicht mehr sehen.

Sie fuhr los, sobald der Lieferwagen um die Ecke verschwunden war. Das Wort Helsingör sollte offensichtlich irreführen. Gleichgültig, wohin sie dem Lieferwagen auch folgte, es würde sicher nicht Elsinore sein. Zu dieser späten Stunde herrschte nur sehr wenig Verkehr, deshalb war sie in der Lage, auf größere Entfernung den roten Rücklichtern des Wagens zu folgen. War der Passagier, der so besitzergreifend den Koffer umklammert hatte, Dr. Benny Horn? Sie zuckte die Achseln; Jules hatte ihr beigebracht, wie nutzlos es war, Energie auf zwecklose Spekulationen zu verschwenden.

Nachdem sie durch den Bezirk wohlhabender Vororte gefahren waren, gelangten sie auf die Küstenstraße. Auf der rechten Seite plätscherten die dunklen Wasser des Öresund ruhig im Mondlicht. Gelegentlich sah sie die farbigen Navigationslichter eines Schiffes, das den Sund passierte.

Der Lieferwagen und der dahinterfahrende Citroën rollten nach Norden. Louise wußte, daß es nur eine einzige Route gab, die sie nehmen konnten, wenn das Meer rechts lag – diese Route führte sie nach Elsinore! Konnte der Name auf dem Lieferwagen ein doppelter Bluff sein? Oder leitete Dr. Benny Horn ein wirklich legitimes Geschäft, das Büros in Kopenhagen und Elsinore hatte? Jules hatte wiederholt gesagt, müßige Spekulationen seien Zeitverschwendung.

Lieber Himmel! Jules – der würde ja im Hotel Royal verrückt werden! Sie hatte es nicht geschafft, ihn darüber zu informieren, wo sie war oder was sie machte. Dagegen konnte man nichts tun; der Lieferwagen vor ihr war fast die einzige Verbindung, die der Gruppe Telescope mit dem Stockholmer Syndikat noch blieb.

»Das mit Jules erledige ich später«, sagte sie zu sich selbst. »Und ich kann bloß hoffen, daß es sich lohnt, diesem Wagen zu folgen. Dann kann er nichts dagegen sagen.«

Es war ein Uhr morgens, als das Telefon in Beaurains Schlafzimmer klingelte. Kellermann war im Sessel eingeschlafen, anstatt in sein eigenes Zimmer zurückzukehren. Beaurain hatte gerade mit einem verärgerten Gesichtsausdruck die leere Kaffeekanne inspiziert. Er griff nach dem Hörer und schlug in der Hast fast das Telefon zu Boden. Es war Louise.

»Ich werde schnell zur Sache kommen, Jules.« Er verstand, was sie meinte: Es war bekannt, daß in der Nacht die Leute an der Telefonvermittlung in Hotels aus Langeweile immer mithörten. »Ich bin in Elsinore – hast du das mitgekriegt?« »Ja«, sagte er knapp.

»Das Mädchen an der Rezeption hat mich zu dem Ort gebracht, wo Max vor ein paar Stunden gewesen ist. In Nyhavn.«

»Verstanden.«

»Sie hat einen Mann gefahren, in einem Lieferwagen, auf dessen Seite das Wort Helsingör stand – sonst nichts, nur der Name –, und zwar fuhren sie nach Elsinore. Der Mann hält einen Koffer im Arm, als ob er ein Goldbarren wäre. Direkt südlich der Stadt haben sie an einem Haus gehalten, dessen hintere Wand direkt an den Eisenbahnschienen liegt. Ein Frachthof ist dort und beladene Güterwagen. Zwei davon enthalten eine Riesenladung, die nach gepreßtem Papier aussieht – offenbar Packmaterial.«

»Kapiert.«

Sie redete schnell weiter. Sie warf ihm alle möglichen Details an den Kopf, gleichgültig, ob sie ihr wichtig oder unwichtig vorkamen. Er verstand genau, warum sie das tat. Sie hatten diese Technik schon früher angewendet.

»Ich stehe hier ein bißchen ungünstig. Ich bin mitten in Elsinore, und niemand ist zu dieser späten Stunde noch draußen. Das einzige Hotel, das ich gesehen habe, ist geschlossen.«

Ungünstige Stellung. Sie deutete an, daß sie in Gefahr war. Beaurain erinnerte sich noch daran, daß der Direktor der Banque du Nord ihn wegen des Zenit-Signals gewarnt hatte. Er sagte Louise, sie solle mal eine Sekunde am Apparat bleiben. Beaurain schaute sich eine Karte von Dänemark an und nahm dann den Hörer wieder auf.

»Noch dran? Kannst du ein paar Meilen aus der Stadt nach Norden fahren?«

»Ja. Ich würde ja zurück nach Kopenhagen fahren, aber ich hab' kaum noch Benzin.«

Er gab ihr den Namen eines winzigen Ortes an der Küste und erklärte ihr, über welche Straßen sie dorthin kam. »Du fährst zum Strand hinunter, Louise, und wartest da. Mit den Scheinwerfern sollst du auf die See hinausleuchten. Genau in Fünfzehn-Minuten-Intervallen – jeweils von der vollen Stunde angefangen – blendest du in Fünf-Sekunden-Intervallen die Scheinwerfer sechsmal auf. Henderson kommt dann und holt dich selbst ab.«

»Vom Meer her?«

»Von der Firestorm, in einem kleinen Motorboot. So, hast du alles mitgekriegt?«

»Ich fahr' sofort los.«

Sie hängte ein. Kein langes Gespräch, keine Zeit für das Dutzend Fragen, die in ihrem müden Hirn kreisten. Einfach den Befehlen gehorchen. Etwas in Jules' Stimme hatte gesagt: Hau ab, so schnell du kannst. In seinem Schlafzimmer hoch oben im Hotel Royal legte Beaurain den Hörer auf und blickte Kellermann an, der immer noch aufrecht in seinem Stuhl saß.

»Sie ist zwei Leuten nach Elsinore gefolgt – einer ist unser Mädchen ›Schwarzhelm‹, der andere sollte wohl Benny Horn sein – und der hat zufälligerweise einen Koffer bei sich gehabt. Das ist jedenfalls meine Vermutung; für lange Beschreibungen war keine Zeit. Ich glaube, daß sie sich in Gefahr befindet. Ich hoffe nur, Henderson erreicht sie noch rechtzeitig.«

Er rief jetzt die Adresse in der Nähe des Bahnhofs Brüssel-Midi an, von wo aus Henderson in der Vergangenheit die Überwachung Serge Litows geleitet hatte. Wie er es vorausgesehen hatte, nahm Monique das Telefon ab. So kurz wie möglich beschrieb er ihr das Signal, das an Jock Henderson auf der Firestorm gesendet werden sollte, die sich im Augenblick irgendwo nördlich von Elsinore befand. Er legte wieder auf und gähnte laut.

»Wird Zeit, daß Sie Ihren Schlaf nachholen«, schlug Kellermann vor. »Nehmen Sie mein Zimmer, und ich warte hier, bis Monique zurückruft.«

»Danke sehr, aber ich kann nicht schlafen, bevor ich nicht weiß, daß Louise sicher an Bord der Firestorm ist. Legen Sie sich doch etwas hin.«

»Glauben Sie denn, ich kann schlafen, bevor ich weiß, ob sie in Sicherheit ist oder nicht?« fragte der Deutsche.

Beaurain stieß einen müden Seufzer aus und grinste. Dann seufzte er noch einmal.

»Das kommt doch nur daher, daß ich nicht weiß, wie weit dieser Krake vom Stockholmer Syndikat eigentlich seine Tentakel ausstrekken kann. De Graer hat mich geschockt: Die haben seine Nichte bedroht. Wie weit können wir ihm jetzt noch trauen? Wie weit können wir noch irgend jemendem trauen? Deshalb werden wir morgen früh als erstes einen alten Freund, Superintendent Bodel Marker von der dänischen politischen Polizei, anrufen. Er sitzt mit seiner Abteilung im Polizeihauptquartier. Das ist nur zehn Minuten von hier. Er ist verläßlich.«

»Ich bin sicher, daß die wissen, daß wir hier sind – das Mädchen muß Ihren Namen doch im Gästebuch entdeckt haben.«

»Dann müssen wir also nach zwei Männern Ausschau halten – einer wie ein Amerikaner angezogen, der andere mit einer Aktenmappe unterm Arm – und in der Aktenmappe die Mordwaffe.«

In dem Haus in der Vorstadt von Elsinore saß Dr. Benny Horn und putzte seine Brillengläser, während er zusah, wie Sonia Karnell ihr Make-up erneuerte. Das Zimmer hatte eine teure, moderne Einrichtung, die Wände waren frisch weiß gestrichen. Schwere Vorhänge waren vor die Fenster gezogen.

»Müssen Sie denn immer an der Brille herumfummeln?« fragte die Karnell irritiert. »Was ist denn nun mit dem Mädchen in dem Citroën?«

»Ich denke gerade darüber nach«, gab Horn gelassen zur Antwort. »Karl hält sie unter Beobachtung; und da er noch nicht zurückgekehrt ist, muß sie sich wohl immer noch in der Telefonzelle befinden.«

»Aber ist das nicht der reine Unsinn?« Die Karnell wurde immer aufgeregter, je mehr sie erkannte, wie ruhig Horn war.

»Die gibt doch den Leuten von Telescope durch, wo wir sind.«

»Das hoffe ich auch schwer. Der ganze Plan, mit dem ich sie zerschlagen will, basiert darauf, daß sie Serge Litow nach Kopenhagen gefolgt sind. Sie selbst haben unser wichtigstes Ziel, Beaurain, ausgemacht, der dran glauben muß, sobald er das Hotel Royal verläßt. Litow hat die Hauptbasis von Telescope in England in der Nähe von Guildford entdeckt – und wir haben inzwischen Leute da, die die Gegend absuchen. Nun wird uns das Mädchen wahrscheinlich zu den restlichen Außenposten von Telescope auf dem europäischen Kontinent führen.«

Er unterbrach sich, als ein hagergesichtiger Mann, der in einen unauffälligen dunkelblauen Anzug gekleidet war, schweigend den Raum betrat. »Irgendwelche Veränderungen, Karl?«

»Das Mädchen hat aufgehört zu telefonieren. Sie ist jetzt auf dem Weg zurück zu ihrem Wagen.«

Horn drehte sich nach Sonia Karnell um. »Dann folgen Sie ihr besser. Nehmen Sie den Porsche, der hinter dem Haus geparkt ist – den kennt sie nicht. Karl hat den Sprengsatz in einem Kasten im Kofferraum versteckt.«

»Warum sollen wir sie nicht gleich hier umbringen?« Die Karnell rieb sich schmeichlerisch an seiner Samtjacke.

»Weil ich hier kein Blut an den Wänden haben will. Das hier ist mein respektables Heim. Ich bin hier seit vielen Jahren bekannt.«

»Ein guter Witz«, sagte sie schnell auf französisch, denn das war, obwohl keiner von beiden es als Muttersprache gelernt hatte, die Sprache, in der sie sich unweigerlich unterhielten, sobald sie allein waren. Er stieß sie rauh von sich weg. Die Augen hinter den randlosen Brillengläsern hatten all ihre Sanftheit verloren. Sie wirkten jetzt kalt und von düsterer Eindringlichkeit.

»Bitte keine Witze mehr über solche Sachen. Und bitte keinen Widerspruch, wenn ich Ihnen einen Befehl gebe.« Die Karnell versuchte fahrig, ihre karierte Jacke anzuziehen. Seine Reaktio n hatte sie aus dem Gleichgewicht gebracht. »Sie werden dem Mädchen folgen, weil es durchaus möglich ist, daß sie uns zu einem anderen Stützpunkt von Telescope hier in Dänemark führt. Finden Sie heraus, was Sie können, und benutzen Sie dann den Sprengsatz. Kommen Sie wieder, sobald das möglich ist. Morgen gibt's viel zu tun. Verstanden?«

»Natürlich.«

»Dann viel Glück. Und passen Sie auf – Sie dürfen sie nicht verlieren.«

Louise Hamilton schloß den Wagen auf und blickte in der Dunkelheit um sich. Fünf Minuten lang lauschte sie schweigend. Die Zeit war viel zu langsam für jemanden, der sich gewaltsam ruhig verhalten wollte. Als nächste Vorsichtsmaßnahme nahm sie die kleine Taschenlampe aus ihrer Schultertasche und leuchtete die Haube ihres Wagens ab. Das kaum sichtbare Streichholz befand sich noch da, wo sie es hingelegt hatte. Niemand hatte die Motorhaube in ihrer Abwesenheit geöffnet.

Sie ließ den Motor an und fuhr langsam aus Elsinore heraus. Auf dem Beifahrersitz hatte sie die Straßenkarte von Dänemark liegen. Es dauerte keine zwei Minuten, bis sie merkte, daß sie verfolgt wurde. Sie war nicht überrascht. Nie den Gegner unterschätzen – das war eine von Jock Hendersons Lieblingsregeln. Schon kurz nach Kopenhagen hatte Louise Hamilton vermutet, daß das Paar Verdacht geschöpft haben mußte, daß ihr Wagen es verfolgte.

Diese Entdeckung nicht zu riskieren hätte bedeutet, so weit zurückzubleiben, daß ihr der Lieferwagen mit Sicherheit irgendwo davongefahren wäre. Die einzige andere Möglichkeit war gewesen, alles andere hintanzustellen – einschließlich ihre eigene Sicherheit –, damit sie den Wagen immer im Auge behalten konnte. Sie hatte die zweite Möglichkeit gewählt und war wahrscheinlich zehn Minuten nach dem Verlassen von Kopenhagen bereits bemerkt worden.

Nun waren die Rollen umgedreht. Louise fuhr nördlich von Elsinore auf den entlegenen Küstenplatz zu, an dem sie sich mit Henderson verabredet hatte, und sie merkte, daß der Porsche ihr in diskreter Entfernung folgte. Aber eben doch nicht so diskret, daß auch nur die geringste Gefahr bestanden hätte, daß der Sportwagen sie verlor.

Die Karnell konzentrierte sich auf die roten Schlußlichter vor ihr und blickte nur hin und wieder zur Seite, um ihre Augen immer wieder an die Dunkelheit zu gewöhnen. Der Citroën gab ihr Rätsel auf – wegen der Richtung, die er genommen hatte. Und dann gab ihr die junge Frau dort vorn hinter dem Steuer noch mehr Rätsel auf, denn sie wechselte ganz plötzlich ihren Fahrstil. Der Citroën beschleunigte und verschwand plötzlich um eine Straßenkurve. Die Karnell drückte den Gasfuß nach unten, riß den Porsche um die Biegung herum und stieg dann voll in die Bremsen.

»Du dämliches gerissenes Flittchen.«

Daß diese Beleidigung sich eigentlich selbst widersprach, störte die Schwedin nicht. Als sie nämlich um die Kurve herum war, hatte sie die Rücklichter direkt vor sich gesehen. Der Citroën fuhr langsam, wie jemand, der nach einer Möglichkeit zum Wenden sucht.

Aber das war keineswegs der Grund, und die Karnell wußte das. Das Mädchen hatte nur beschleunigt und dann, sobald es außer Sicht war, hinter der Kurve gebremst. Gerade so weit von der Straßenbiegung entfernt, daß der Porsche sie nicht von hinten rammen würde – aber leicht hätte ins Rutschen geraten und von der Straße abkommen können.

»Du dämliches saublödes Miststück!« stieß die Karnell hervor.

Der Citroën hatte wieder Geschwindigkeit aufgenommen. Die Karnell warf einen Seitenblick auf das Gerät neben ihr auf dem Beifahrersitz. Der Apparat lag schaumgummiumwickelt in einem Karton, auf den der Name eines bekannten Kopenhagener Blumenladens gedruckt war. Eigentlich ging die Karnell nicht gerne mit Explosivstoffen um, aber nun freute sie sich doch geradezu darauf, dem Wagen da vor ihr noch ein kleines Extra zu verpassen.

Als der Citroën die nächste Kurve wieder sehr schnell nahm, blieb sie mit ihrer eigenen Geschwindigkeit unten. Und tatsächlich, kaum war sie um die Kurve herum, da war der Citroën schon wieder dicht vor ihr. Wieder hatte die Fahrerin sofort gebremst, als der Porsche hinter ihr außer Sicht war.

»Einmal hast du mich ja erwischt, aber kein zweites Mal, du Nutte«, sagte die Karnell triumphierend.

Etwa zwei Kilometer weiter geschah es dann. Es passierte ohne Vorwarnung. Wieder sah die Karnell die roten Rücklichter plötzlich davonzischen und um eine scharfe Kurve verschwinden. Und wieder war es unmöglich, hinter der Kurve etwas zu erkennen. Die Straße war dicht mit Bäumen und Buschwerk bestanden. Die Karnell nahm Fahrt weg und näherte sich vorsichtig der engen Biegung. Fast im Schrittempo durchfuhr sie die Kurve und blickte dann mit dämlichem Gesichtsausdruck die Straße entlang. Sie war so verwirrt, daß sie rechts ranfuhr und anhielt.

Die Straße vor ihr lag verlassen da. Keine roten Lichter mehr. Überhaupt kein Verkehr mehr zu sehen. Der Citroën hatte sich in Luft aufgelöst.

Kapitel 10

Henderson selbst steuerte das Dingi, das in der hellen Mondnacht durch die ruhige See auf den entlegenen Strand zuhielt, wo die Firestorm das Aufblitzen der Scheinwerfer von Louise Hamiltons Citroën ausgemacht hatte. Zwei weitere Männer waren noch an Bord; alle drei waren sie mit Maschinenpistolen und Handgranaten bewaffnet.

Das Manöver, mit dem Louise den Porsche abgehängt hatte, schien Erfolg gehabt zu haben – wenigstens für den Augenblick. Alles hing jetzt von der Entschlossenheit und dem Einfallsreichtum des anderen Fahrers ab. Alles war darauf aufgebaut gewesen, den Fahrer des Porsche daran zu gewöhnen, sich jeder scharfen Kurve äußerst vorsichtig und mit sehr niedriger Geschwindigkeit zu nähern. Beim dritten Mal hatte Louise, als sie die Kurve hinter sich hatte, weiter beschleunigt, hatte die Straße vor sich bis zur nächsten Biegung frei gesehen und hatte dann das Gas voll durchgetreten. Während sie so durch die Dunkelheit donnerte, hatte sie die schmalen Feldwege gezählt, die nach rechts abbogen.

Kurz vor dem dritten Feldweg hatte sie noch einmal in den Rückspiegel geblickt, kein Anzeichen von Scheinwerfern hinter sich gesehen, hatte abgebremst und war dann scharf von der Hauptstraße ab in den baumbestandenen Erdweg abgebogen, dessen Belag unter ihren Reifen knirschte. Sie war auch jetzt noch so schnell wie möglich weitergefahren, bis sie eine scharfe Biegung hinter sich hatte und nun außer Sicht der Landstraße war. Nun hatte sie nur noch zum Himmel beten können, daß sie den richtigen Pfad erwischt hatte, der sie zu dem Strandabschnitt führen sollte, vor dem die Firestorm auf sie wartete. Fünf Minuten später, als sie nun neben dem Citroën stand und dem sich nähernden Außenborder entgegenblickte, wußte sie, daß sie richtig gezählt hatte

Der leise Laut von Schritten in der Nacht – hinter ihr, den Pfad entlang. Trotz des tuckernden Außenbordmotors war sich Louise sicher, daß sie gehört hatte, wie Sand unter langsamen Tritten knirschte. Die Schritte von jemandem, der sehr gut aufpaßte, wohin er seine Füße setzte, der aber auch wegen des dichten Bewuchses zu beiden Seiten des Pfades gezwungen war, immer wieder das Knirschen seiner Schritte auf Sand und Kies zu riskieren.

Louise blickte wieder auf die See hinaus und sah, wie der Motor des Dingis eben abgestellt wurde. Henderson stieg über die Bordwand ins niedrige Wasser. Ein zweiter Mann stieg ebenfalls aus und hielt das Boot in den schwappenden Ausläufern der Brandung fest. Alles war für eine blitzschnelle Rückkehr vorbereitet. Louise beeilte sich, an der Brandung entlang zu dem Schotten zu kommen, der ebenfalls rannte, dann anhielt, sich duckte und seine Maschinenpistole in die Dunkelheit hinter Louise richtete.

»Irgendwas nicht in Ordnung?« waren seine ersten Worte. Beim Sprechen hielt er das Unterholz und die Einmündung des Sandweges im Auge.

»Ich bilde mir ein, ich hätte Schritte gehört – müssen die Nerven sein.«

»Ist Ihnen irgend jemand von Elsinore aus gefolgt?«

»Eine einzelne Person – in einem Porsche.«

»Steigen Sie in das Motorboot. Sagen Sie Adams, er soll den Motor anwerfen.«

Leise Schritte. Kurz bevor der Außenbordmotor wieder losbrummte, hörte Henderson sie. Es war das Knirschen von Schritten auf Kies, wobei sich offenbar jemand dem Citroën näherte. Der Schotte rannte zurück, hielt sich dabei geduckt, und noch während er in seinen halblangen Gummistiefeln ins Boot zurückkletterte, gab er einen Befehl.

»Masken auf. Vermute, wir werden beobachtet.«

Louise sah noch einmal kurz zu dem gemieteten Citroën zurück, der traurig und einsam am Strand stand. Aber sie würde ja bald zurückkommen. Dann würde sie den Wagen wieder nach Elsinore fahren.

Sonia Karnell störte das Knirschen des Kieses, als sie mit ausgestreckter Pistole vorwärtsging. Normalerweise konnte sie sich so leise wie eine Katze bewegen – aber auf diesem Kiesweg machte sie ein Geräusch.

Dennoch, daß der Pfad mit Kieselsteinen bestreut war, hatte ihr enorm geholfen. Als sie die Frau in dem Citroën aus den Augen verloren hatte, war ihr schnell die Erleuchtung gekommen, daß man sie irregeführt hatte.

Nach rechts gab es eine ganze Serie von Abbiegemöglichkeiten – zum nahegelegenen Meer. Das Problem war nur, den richtigen Fahrweg zu finden, den das Weibsstück benutzt hatte. Sonia Karnell war davon überzeugt, daß die andere nicht allzuweit auf der Straße weitergefahren war – denn sie konnte zu weit sehen, als daß der Citroën nach Norden hätte verschwinden können. Nein, er war tatsächlich über einen der Feldwege, die wie Schneisen durch den Wald geschlagen waren, zum Meer hinuntergefahren. Blieb nur noch eine Frage: Welchen Weg?

Die junge Schwedin fuhr im Kriechtempo weiter; sie wußte, sie verlor wertvolle Zeit, aber sie mußte systematisch vorgehen. Sie hielt an der Einfahrt jedes einzelnen Feldweges, stieg aus dem Wagen und überprüfte ihn mit ihrer Taschenlampe. Beim dritten Feldweg fand sie Rutschspuren, wo ein Auto scharf von der Straße abgebogen war. Sie ging ein paar Meter hinter ihrem Lampenstrahl her und studierte die sehr deutlichen Abdrücke der Autoreifen. Als sie zu ihrem Porsche zurückkehrte, sah sie sogar Steine und Erde, die auf der Straße verstreut waren.

Sie fuhr den Porsche weit genug den Feldweg hinunter, so daß er von der Straße aus nicht zu sehen war. Das letzte, was sie brauchen konnte, war im Augenblick ein dänischer Streifenwagen – und die Entdeckung der Bombe, die so ziemlich schwierig zu erklären sein würde. Dann ging sie vorsichtig mit knirschenden Schritten zum Strand hinunter, die Walther-Pistole bereit.

»Oh, verdammt, ich hätte es wissen müssen!«

Durch die Lücke in den Bäumen am Ende des Feldwegs sah sie, was der Grund für das plötzliche Motorengeräusch gewesen war – ein Außenborder, der schnell kleiner wurde, während er zur Spitze eines Landausläufers im Norden hinüberfuhr. Schnell riß sie ein Nachtfernglas aus der Schultertasche und richtete es mit geübten Fingern ein.

»Ihr schlauen Telescope-Schweine! Schweine!«

Durch die Zwillingslinsen sah sie die vier Leute, die im Boot zusammengekauert saßen, ganz deutlich. Aber sie trugen alle Gesichtsmasken, so daß ihre Züge nicht zu sehen waren. Selbst mit dem Feldstecher sah man nur die Augen durch die Schlitze in den wollenen Helmen.

Ein Schiff, auf das sie zufahren konnten, war nicht in Sicht. Was Sonia Karnell nicht wußte, war die Tatsache, daß Captain Buckminster auf Hendersons Befehl, unmittelbar, nachdem das Boot mit dem Außenbordmotor zur Antwort auf Louises Blinksignal zu Wasser gelassen worden war, die Firestorm hinter der Landspitze in Deckung gebracht hatte.

»Nur für den Fall, daß man Louise gefolgt ist«, hatte Henderson dem ehemaligen Kapitän der Marine gesagt. »Ich schlage vor, Sie ziehen sich hinter die Landzunge zurück, wenn wir auf die Küste zuhalten.«

»Meine Unterstützung haben Sie dabei aber nicht«, hatte Buckminster dazu gemeint.

»In diesem Stadium ist es meiner Meinung nach wichtiger, unsere größte und tödlichste Waffe vor dem Syndikat zu verbergen – die Firestorm.«

Und so blieb Sonia Karnell fluchend an Land zurück, während das Boot verschwand. Sie machte ihrem Zorn dadurch Luft, daß sie während der nächsten paar Minuten weiterhin große Vorsicht walten ließ.

Sie hätte sich in jedem Fall vorgesehen: Man spielt nicht mit Bomben herum. Besonders vorsichtig ging sie vor, als sie den Sprengkörper unter dem Citroën anbrachte, ohne Spuren zu hinterlassen. Nachdem die Arbeit erledigt war, rutschte sie unter dem Auto hervor und schob die Taschenlampe wieder in ihre Manteltasche. Sie hatte die Bombe aktiviert und ging, ehe sie wegfuhr, noch einmal um das Fahrzeug herum, um sich zu vergewissern, daß sie keine verräterischen Spuren hinterlassen hatte.

Die Bombe hatte einen erschütterungsempfindlichen Auslöser. Wenn der Citroën mit ziemlicher Geschwindigkeit fuhr und dann aus irgendeinem Grund scharf bremsen mußte, dann: peng! Und falls der Citroën eine Steigung mit einem Winkel von über zwanzig Grad hinauf- oder hinunterfuhr, gleichgültig, wie langsam: peng! Ehe Sonia das gefährliche Auto verließ, warf sie noch einen letzten Blick aufs Meer hinaus, wo Louise an Bord des Bootes verschwunden war.

»Vergiß nicht, dein Auto wieder abzuholen, Schätzchen. Ich wünschte, ich könnte dabeisein.«

Auf dem Bürgersteig vor dem Hotel Royal standen zwei Männer und studierten eine Straßenkarte von Kopenhagen. Es war acht Uhr dreißig am nächsten Morgen, ein herrlicher Tag. Die Sonne schien strahlend vom klarblauen Himmel, und es wehte eine salzige Brise.

Die Hauptverkehrszeit hatte begonnen. Die Straßen waren von Autos verstopft, auf den Bürgersteigen wimmelte es von Fußgängern, und die beiden Männer verschwanden vor diesem Hintergrund. Sie waren geduldig, und sie hatten schon seit über einer Stunde an verschiedenen Stellen gestanden – aber jeder Punkt gab ihnen einen deutlichen Ausblick auf den Haupteingang des Hotel Royal.

Ein Beobachter hätte angenommen, daß sie daran gewöhnt waren, zusammenzuarbeiten. Sie tauschten kaum ein Wort aus. Einer der Männer war wie ein Amerikaner gekleidet. Sein Begleiter trug eine Aktentasche bei sich.

Am gleichen Morgen kam Dr. Henri Goldschmidt aus Brügge an Bord eines Fluges aus Brüssel in Kopenhagen an. Ein Auto erwartete ihn, und der Chauffeur brachte ihn zum Hotel D'Angleterre.

Er wohnte immer im D'Angleterre, wenn er die dänische Hauptstadt besuchte, und der Manager wartete schon, um seinen vornehmen Gast zu begrüßen und ihn zu seiner Suite zu begleiten. Nachdem er sah, daß er zufrieden war, informierte der Direktor den Portier, daß die normalen Anweisungen galten. Falls jemand von draußen nach Dr. Goldschmidt fragte, wohnte dieser nicht im Hotel.

Oben in seiner Suite wußte der Münzenhändler genau, daß Jules Beaurain und Louise Hamilton in der gleichen Stadt waren. Unmittelbar, nachdem das Paar sein Haus in Brügge verlassen hatte, hatte er Fritz Dewulf kommen lassen, den Flamen, der im Haus gegenüber der Nummer 285 der Hoogste van Brugge die Kamera bedient hatte.

»Fritz«, hatte er gesagt, »ich will, daß Sie sofort zum Flughafen Brüssel fahren und dort Ihre Wohnung aufschlagen, sozusagen.«

»Auf wen warte ich denn?«

»Auf Jules Beaurain und möglicherweise auch Louise Hamilton. Die Fotos der beiden können Sie aus unseren Akten nehmen.«

Zu den wichtigsten Werkzeugen seines Gewerbes zählte der Fachmann eine sehr beträchtliche Sammlung von Fotos, von denen viele Menschen zeigten, die annahmen, daß keine Fotos von ihnen existierten. Bewaffnet mit den Abzügen fuhr Dewulf zum Flughafen Brüssel.

Er mußte viele Stunden warten. Er nahm hin und wieder einen Happen am Buffet, und gegen Abend juckten seine Augen von der Anstrengung, die Gesichter der Leute anzuschauen. Dann sah er die beiden – Louise und Beaurain, die ein Flugzeug nach Kopenhagen bestiegen.

»Kopenhagen?« wiederholte Goldschmidt, als Dewulf ihn anrief. »Das ist wirklich eine schöne Stadt. Ich glaube, es ist Zeit, daß ich mal wieder hinfahre.«

Jules Beaurain bestellte ein großes Frühstück für zwei und rief dann Max Kellermann in sein Schlafzimmer. Die Sonne schien durch das breite Fenster hoch über der Stadt, während sie das Essen hinunterschlangen und Tasse für Tasse dampfenden Kaffee tranken. Die Tivoli-Gärten schienen fast unter ihnen zu liegen, obwohl sie mehrere Straßen entfernt lagen.

»Ich habe mit Monique geredet«, informierte Beaurain Kellermann, als er ankam. »Und sie hat mir bestätigt, daß Henderson per Funk von der Firestorm mit ihr gesprochen hat. Louise ist abgeholt worden, und man hat sie an Bord genommen. Heute morgen, nachdem ich wieder mit ihnen Kontakt aufgenommen habe, wollen sie sie an Land setzen. Zuerst sprechen wir mal mit Superintendent Bodel Marker im Polizeihauptquartier.«

»Ich sehe da keine Verbindung«, sagte Kellermann, den Mund voller Speck und Eier.

»Ich kann mich einfach nicht entschließen, ob Louise nun in Elsinore auf uns warten soll, oder ob sie nach Kopenhagen fahren und sich hier wieder an uns anschließen soll. Elsinore könnte eine Sackgasse sein, um uns von dem wirklich Wichtigen abzulenken, das anderswo stattfindet.«

»Das seh' ich nicht ein«, sagte Kellermann. »Louise hat gestern abend, als sie uns anrief, gesagt, sie sei dem Mädchen gefolgt, das sie unten am Empfangsschalter gesehen hat. Außerdem erwähnte sie einen Passagier, der gut und gern Dr. Benny Horn sein könnte, der Däne, den Ihr Freund Goldschmidt als einen der drei Spitzenleute des Syndikats genannt hat. Das sind doch sicher genug Leute, hinter denen man herforschen kann.«

Beaurain wischte sich den Mund mit der Serviette, ließ sie auf den Teewagen fallen, ging hinüber zum Fenster und starrte hinaus auf die Stadt. »Der Lieferwagen, Max. Der Lieferwagen, auf dem deutlich die Aufschrift Helsingör stand – sonst nichts. Das war allzu offensichtlich – wie ein Zeigefinger. Aber in die falsche Richtung.«

»Aber Louise ist dem Wagen bis Elsinore gefolgt.«

»Ja, ich nehme es an. Und jetzt ist es Zeit, daß wir unsere Verabredung mit meinem alten Freund Bodel Marker im Polizeihauptquartier einhalten.«

»Ich dachte, der sei bei der Spionageabwehr«, fragte Kellermann, während er den Rest seines Kaffees schluckte.

»Das ist eine absichtliche Tarnung. Niemand wird es bemerken, wenn er kommt oder geht. Und er hat seinen eigenen Stab, dazu noch sein eigenes Kommunikationssystem.«

Das Telefon klingelte, gerade als sie gehen wollten. Es war der Amerikaner vom CIA, der in Stockholm angekommen war. Seine Unterhaltung mit Beaurain war kurz.

»Jules, ich kann Norling noch immer nicht finden. Ich bin überzeugt davon, daß er sich nicht in Stockholm aufhält, aber man erwartet ihn. Ich glaube auch nicht, daß Viktor Raschkin hier ist. Ich habe gewisse Quellen bis zum letzten Tropfen ausgequetscht, und daraus kann ich entnehmen, daß man sie beide bald erwartet.«

»Stimmt etwas nicht, Ed?«

»Eine komische Atmosphäre herrscht in dieser Stadt. Hab's bemerkt, sobald ich anfing, mir wieder alte Kontaktleute herauszusuchen. Ich glaub' nicht, daß ich über die Klinge springen soll, aber die Atmosphäre riecht nach nackter, totaler Angst, sobald man das Stockholmer Syndikat erwähnt. Außerdem hab' ich eine komische Warnung von einem Schweden bekommen, den ich schon seit Jahren kenne, und dem ich mal das Leben gerettet habe. Ach, ich weiß einfach nicht.«

»Erzähl weiter, Ed«, sagte Beaurain ruhig und packte den Hörer ganz fest.

»Man hat mir gesagt, ein Signal wäre ausgegeben worden, in dem ich genannt werde. Auch das Wort Zenit ist gefallen. Bedeutet dir das irgendwas?«

»Es bedeutet, daß du auf der Liste des Syndikats stehst. Es bedeutet, daß man dich ausspioniert und jede deiner Bewegungen weitergibt. Es bedeutet, daß du in großer Gefahr bist. Ed, du mußt eine Waffe tragen. Es gibt einen Laden in Stockholm, wo du . . .«

»Einem alten Hund bringt man keine neuen Tricks bei«, sagte Cottel schnell. »Was zum Teufel hat die Sache mit Zenit zu bedeuten? Die Leute reden von mir, als ob ich die Pest hätte.«

»So wirst du auch behandelt werden, es sei denn, du benutzt deinen ganzen Mumm, wenn du etwas von den Behörden willst. Ich bin dabei, herauszufinden, ob auch für mich in Kopenhagen das Zenit-Signal ausgegeben worden ist. So, und von jetzt an trau niemandem. Je höher du gehst, desto gefährlicher könnte es werden.«

»Großartig. Einfach großartig. Gibt's noch etwas, ehe du mir einen guten Tag wünschst?« fragte Cottel.

»Ja. Hast du irgendeine Ahnung, woher das Zenit-Signal kommt?«

»Aus Washington D. C.«

In Beaurains Augen erschien ein starrer Blick, während er den Hörer wieder hinlegte. Ein Gedanke kam ihm. Kellermann schaute aus dem Fenster hinab in die Straße, wo ganze Herden von Radfahrern sich den Autos zugesellt hatten, und wo die Fußgänger über die Bürgersteige eilten. In Dänemark schienen die Leute ganz wild darauf zu sein, zur Arbeit zu kommen. Beaurain nahm den Hörer wieder hoch, und fast sofort wurde er mit Monique in Brüssel verbunden.

»Monique. Prüfen Sie doch bitte etwas für mich nach. Nehmen Sie Kontakt mit Goldschmidt in Brügge auf und fragen Sie ihn, ob er weiß, ob Dr. Otto Berlin hier oder in Brüssel gesehen worden ist. Und zwar, seit Louise und ich bei ihm waren. Ich ruf' Sie später zurück.«

Er zog seine Jacke an und wandte sich Kellermann zu. »Wir lassen den zweiten Wagen, den ich gemietet habe, auf dem Parkplatz und gehen durch den Haupteingang hinaus. Es sind nur ein paar Minuten zu Fuß, und ein bißchen Sport könnte ich brauchen.«

Der Vordereingang des Hotel Royal öffnet sich auf eine Seitenstraße. Beaurain und Kellermann gingen durch diesen Eingang hinaus, wandten sich nach rechts und gingen auf die Hauptstraße zu, die zum nahegelegenen Radhuspladsen führte, dem größten Platz im Zentrum von Kopenhagen. Auf der anderen Seite der Straße vor dem Hotel Royal, das sich an einer Ecke in den Himmel hebt, liegt der Hauptbahnhof. Das Bahnhofsgebäude stand ein Stückchen zurückversetzt von der Straße.

Kellermann hatte sich die Lage der Örtlichkeit vom Schlafzimmerfenster aus genau angesehen, während der Belgier telefonierte. Als sie die Straße erreichten, blieben sie am Fußgängerüberweg stehen.

»Hier gehen wir hinüber«, erklärte Beaurain. »Gehen Sie die Straße da drüben hinunter, und der Komplex des Polizeihauptquartiers ist zehn Minuten Fußweg von hier entfernt, wenn überhaupt soviel. Was ist denn los, Max?«

Die Fußgängerampel stand noch auf Rot. Auch andere Fußgänger warteten darauf, daß sie umsprang. Kellermann hatte die Hand in der Jackentasche, und sein Gesicht war jetzt angespannt. Beaurain folgte seinem Blick und sah nur die Menschenmenge, die auf der anderen Seite der Kreuzung wartete.

»Zwei Männer«, sagte Kellermann. »Einer mit einer Aktentasche, die eine Waffe enthält. Hat der kleine Junge so nicht die Männer beschrieben, die den Schiffsbesitzer Frans Darras und seine Frau Rosa ermordet haben?«

Günther Baum war zu dem Schluß gekommen, daß sowohl der Belgier Beaurain als auch der Deutsche Kellermann Profis waren. Am aufmerksamsten würden sie sein, wenn sie auf verlassenen Seitenstraßen und einsamen Landstraßen waren – am wenigsten aufmerksam waren sie dagegen auf einer belebten Straße zur Hauptverkehrszeit früh am Morgen nach einem guten Frühstück, wenn die Sonne schien und sie Aussicht auf einen weiteren schönen Tag hatten . . .

Baum war ein außergewöhnlich guter Psychologe – aber er hatte nicht begriffen, daß er es bei der Gruppe Telescope mit außergewöhnlichen Menschen zu tun hatte. Er wäre entsetzt gewesen, hätte er gewußt, daß sein Landsmann schon einen falschen Unterton im Benehmen der beiden Männer bemerkt hatte, die noch immer die große Straßenkarte von Kopenhagen studierten. Schon vom zehnten Stock, vom Schlafzimmer im Hotel Royal, war ihm etwas Merkwürdiges in ihrer Haltung aufgefallen. Aber zu der Zeit, während er darauf wartete, daß Beaurain mit seinem Telefonanruf fertig war, hatte Kellermann nur beobachtet, wo die beiden standen.

Einer mit einer Aktentasche, die die Waffe enthält . . .

Die Ampel sprang um, die Fußgänger schwärmten über die Kreuzung. Beaurain und Kellermann wurden von diesem Gewühl umschlossen. Beaurain begriff sofort, wen Kellermann meinte, und musterte die herankommende Menge. Zenit! Verzweifelt musterte Beaurain weiterhin Gesichter, und Kellermann war einen Schritt oder zwei vor ihn, als ob er etwas Dringendes zu tun hätte. Beaurain lenkte den Deutschen in keiner Weise ab. Er hatte es gelernt, seinen ausgebildeten Scharfschützen den Kopf freizugeben, wenn die Situation brenzlig wurde. Er hatte schon fast den Bürgersteig erreicht, die Menschenmenge wurde dünner, dann sah er . . .

Ein Mann mittlerer Größe, der einen amerikanischen Anzug und einen Strohhut trug – angemessen bei diesem Wetter – und außerdem eine gutgeformte Sonnenbrille. Er hatte die Hand schon in der Aktentasche, die ihm sein Begleiter hinhielt. Die beiden tauchten hinter der Karte auf, die an zwei hohen Holzpfosten angebracht war. Darunter war eine Lücke. Durch diese Lücke hatte Kellermann zuerst die zwei Paar Beine beobachtet, und dann war ihm das seltsame Pärchen wieder eingefallen, das er vom zehnten Stock aus gesehen hatte. Der Deutsche hatte aufgepaßt, und Sekunden, ehe er über die Kreuzung ging, hatte er sie kommen sehen.

Wie immer, so hatte Baum auch diesmal einen perfekten Zeitplan. Man wußte, daß er seine Exekutionen mit der Stoppuhr plante. Hinter der Straßenkarte auftauchen, kurz bevor die Ampel umspringt. Für die Zielperson bereit sein, wenn sie den Bürgersteig erreicht. Zwei Schüsse aus der Null-acht mit Schalldämpfer, in der Verwirrung des Morgenverkehrs, und Minuten konnten vergehen, ehe den Leuten überhaupt klar wurde, was passiert war.

Beaurain war nicht bewaffnet. Er wußte, daß auch Kellermann keine Waffe trug. Er sah Baum, der dünne braune Handschuhe trug, und der jetzt seine rechte Hand aus der Aktentasche herauszog. Diese Hand umklammerte den Griff einer Null-acht mit Schalldämpfer. Baum und sein Begleiter waren noch ungefähr zehn Meter von ihren beiden Zielpersonen entfernt.

Kellermann ging noch immer ein paar Schritte voraus. Er schritt jetzt weiter aus, nachdem die Menschenmenge ihm nicht mehr die Richtung versperrte. Mit seinen langen Beinen legte er die Entfernung mit erstaunlicher Geschwindigkeit zurück, obwohl es nicht so aussah, als ob er sich beeilte. Und er schritt direkt auf Baum zu, der den linken Arm im rechten Winkel ausstreckte, die andere Hand darauflegte und zielte. Max sollte kaltblütig niedergeschossen werden, und es gab nichts, was Beaurain zu seiner Rettung unternehmen konnte.

Plötzlich zischte Kellermanns rechte Hand aus der Tasche. Er hielt das Messer, das er schon die ganze Zeit gehalten hatte. Beaurain sah, wie Kellermann mit blitzschneller Bewegung den Arm nach hinten schleuderte, und dann segelte das Messer durch die Luft. Der Deutsche hatte es mit all seiner beträchtlichen Kraft geworfen. Die Klinge steckte in Baums rechter Schulter; er riß Arm und Ellenbogen hoch und drückte unwillkürlich den Abzug durch.

Volltreffer! Das Geschoß aus dem Schalldämpfer traf eine Straßenlaterne, die hoch über der Kreuzung hing. Ein Sprühregen aus zerschmettertem Glas fiel auf die Fußgänger, und verärgerte oder überraschte Ausrufe waren zu hören. Baum hielt sich noch immer an der Null-acht fest und ließ einen weiteren Schuß los. Seine Kugel verfehlte Kellermann kilometerweit, sie zerschmetterte die Windschutzscheibe eines vorüberfahrenden Volvo. Der Wagen schwenkte ab, überfuhr die weiße Trennungslinie und rollte in den Gegenverkehr. Er landete im Schaufenster eines Juwelier-Geschäftes. Jetzt wurde ernsthaft überall geschrien.

Während Baum das Messer aus der Schulter zog, ließ er die Null-acht in die Aktentasche fallen, die sein Begleiter ihm noch immer offenhielt, und dann drehten sie sich um und rannten. Kellermann sprintete vorwärts, um sie aufzuhalten, prallte mit einem fränzösischen Touristen zusammen, der aus dem Nichts plötzlich auftauchte, und beide fielen hin. Kellermann entschuldigte sich und war schon wieder auf den Beinen, als Beaurain ihn erreichte.

»Wo sind sie hin?«

»Zum Bahnhof«, erwiderte Beaurain, und dann rannten sie beide. Sie hatten gerade noch Zeit, um zu sehen, wie Baum und sein Begleiter, der noch immer die Aktentasche trug, im Haupteingang des alten Bahnhofsgebäudes verschwanden. Hinter ihnen war der Verkehr in beide Richtungen blockiert, denn mehrere Wagen waren zusammengestoßen, als der Volvo über ihre Fahrspur gerollt war. Eine wachsende Menschenmenge aus Touristen und Einheimischen hatte sich gebildet, und keiner von diesen Leuten hatte auch nur die leiseste Ahnung, was da passiert war.

»Diesen amerikanischen Schweinehund in der Ausrüstung können wir gar nicht verpassen. Verdammt große Karos.«

»Der ist so auffällig, daß man ihn nie für etwas anderes als für normal halten könnte. Jetzt passen Sie mal auf – Ihr Messer haben Sie jetzt nicht mehr.«

Sie gingen lässig zu einer Stelle in der Halle, wo es Snack-Bars, Bücherstände, Reihen von Telefonzellen und Reihen von Fahrkartenschaltern gab. Nachdem Beaurain einen schnellen Blick um sich geworfen hatte, ging er direkt auf eine Treppe zu, die zu den Bahnsteigen führte. Die Treppe war voller Leute.

»Da sind sie, Max!«

»Verdammt, dann lassen Sie uns doch hinter den Schweinen hergehen!«

»Zu spät.«

Die beiden hatten gerade einen roten Zug bestiegen, der sich eben in Bewegung setzte. Kellermann war wütend und frustriert, und dieses Gefühl steigerte sich noch angesichts der äußerlich kühlen und resignierten Haltung des Belgiers.

»Was ist mit Ihrem Freund, Bodel Marker, den wir besuchen wollten? Rufen Sie ihn um Himmels willen an und sorgen Sie dafür, daß die Polizei den Zug durchsucht.«

»Überlegen wir doch mal, ob das Sinn hat, Max.«

»Wie sollen wir denn das feststellen?«

»Indem wir uns den Fahrplan ansehen.«

Beaurain führte den Deutschen zu einer Reihe von Fahrplänen an der Wand. Nachdem er auf die Uhr geschaut hatte, fuhr sein Blick einen der Fahrpläne entlang, dann schüttelte er den Kopf und zeigte mit dem Finger auf etwas.

»Die fahren in dieser Minute schon ab. Das ist der Zug, in den sie eingestiegen sind. Nahverkehr. Hier können Sie sehen, wo er das nächste Mal hält – genau auf der anderen Seite vom Hotel Royal. Da schaffen wir es nie rechtzeitig hin, und ich glaube, mit der Polizei zu reden hat nach dem, was eben auf der Straße passiert ist, wenig Zweck.«

»Ich glaube, ich höre schon die Sirenen der Streifenwagen.«

»Dann gehn wir jetzt mal ganz ruhig zum Ausgang«, schlug Beaurain vor. »Wir wollen mal den Eindruck erwecken, als seien wir gerade in Kopenhagen angekommen. Vielleicht hat nämlich jemand gesehen, wie wir hier reingerannt sind.«

Während die beiden dann ruhig hinausgingen, wobei sie ihre Jakken auf links gedreht über den Arm trugen, hielten vor dem Bahnhof zwei Polizeiwagen mit kreischenden Bremsen an, und Uniformierte strömten ins Innere des Gebäudes.

Das Polizeipräsidium von Kopenhagen ist als Politigarden bekannt. Es ist ein finsteres Gebäude aus grauem Beton und hat einen dreiekkigen Grundriß. Es sieht auf einen Platz hinaus, der Politiet Orved heißt. Beaurain und Kellermann sahen sich das Gebäude von außen an, bevor sie schließlich hineingingen.

»Sieht wie ein Gefängnis aus«, bemerkte Kellermann. »Höchst einladend.«

»Nun, ein Ferienlager ist ja auch nicht gerade darin«, entgegnete Beaurain.

»Und ich sehe, die haben einen Sendemast auf dem Dach.«

»Und genau auf diesen Sendemast zähle ich, darauf und auf Superintendent Marker von der politischen Polizei. Am Telefon hat er schließlich ganz freundlich geklungen – nur, da wußte er ja auch nicht, was ich ihn jetzt fragen will.«

Die beiden näherten sich den fünf Eingangsbögen unter dem Flachdach. Während sie noch dabeiwaren, den Platz zu überqueren, hielt ein Streifenwagen am Bordstein an, und dann trug ein uniformierter Polizist sehr eilig ein kleines Päckchen in das Gebäude, während sein Gefährte am Lenkrad zurückblieb.

Beaurain ging bis zu einer Seitentür voraus, die die Inschrift Kriminalpolitiet trug. Er drückte die Tür auf und betrat ein nüchternes Büro, wo ein hemdsärmeliger Polizist hinter einem Pult saß.

»Ich bin . . . Jules Beaurain . . . Superintendent Bodel Marker.«

Er sprach leise, denn ein zweiter hemdsärmeliger Mann war noch im Raum. Der war direkt vor ihm hastig ins Zimmer getreten. Der Polizist hinter dem Schreibtisch schien zu kapieren, daß es notwendig war, leise zu sprechen.

»Und derjenige, der bei Ihnen ist?« Der Polizist formte lautlos die Worte.

»Mein Assistent – leitet eine Abteilung des Geheimdienstes. Marker wird besonders von ihm Einzelheiten über gewisse Dinge wissen wollen, bei denen er Zeuge war. Der Name ist Foxbell.«

Es folgte eine kurze Unterhaltung über den Hausanschluß des Polizisten. Beaurain konnte kein Wort verstehen, denn er sprach Dänisch. Der Deutsche stupste ihn in den Rücken, während der Polizist auf den Schreibtisch starrte. Als Beaurain einen Blick nach hinten warf, deutete Kellermanns Blick auf den Mann, der vor ihnen den Raum betreten hatte: Der studierte einen Anschlag an der Wand. Der Polizist hinter dem Schreibtisch beendete sein Gespräch, hängte den Hörer ein und begann mit dem Ausfüllen eines Formblatts.

»Er wartet auf Sie«, sagte er zu Beaurain. Der Mann, der den Anschlag angeschaut hatte, ging zur Tür hinüber. Kellermann paßte alles perfekt ab. Ein Fuß streckte sich im richtigen Moment vorwärts, der Mann stolperte und fiel und rettete sich halb dadurch, daß er die Schreibtischkante packte.

»Ich komme später wieder. Muß mal dringend wohin – hab' wohl heute morgen was gegessen, was mir nicht bekommen ist.«

Ein kleiner, wieselgesichtiger Mann mit einer ledrigen Gesichtshaut und der Behendigkeit eines Affen. Ehe jemand etwas unternehmen konnte, hatte er das Büro verlassen. Kellermann riß die Tür auf und rannte in jemanden hinein. Er hatte gerade noch Zeit, um zu sehen, wie der Streifenwagen, in dem sie gekommen waren, wegfuhr. Von dem Wiesel keine Spur mehr. Der Mann war verschwunden. Kellermann schaute die geschwungene Treppe hinauf, die zu den verschiedenen Abteilungen des Gebäudes führte. Er ging zu Beaurain hinüber, der herauskam und das Formblatt in der Hand hielt.

»Hat sich einfach in Luft aufgelöst, Jules. Über den Platz hätte er nicht entkommen können – ich war zu schnell draußen. Er muß da hinaufgegangen sein.«

Kellermann deutete auf die Wendeltreppe mit den Steinstufen, die sich um eine Ecke herumwand und dort nicht mehr zu sehen war. Von früheren Besuchen beim Politigarden wußte Beaurain, daß die Treppe zu allen größeren Polizeiabteilungen führte. Er wußte außerdem, daß man bei jeder Abteilung, ehe man sie betreten durfte, erst einmal eine Polizeikontrolle passieren mußte. Die einzige Erklärung, die noch übrigblieb, daß der wieselgesichtige Mann ein Mitglied einer der vielen Abteilungen war. Beaurain erklärte das kurz.

»Er muß hier offiziell einen Posten haben. Ist das Syndikat etwa bis hierher durchgedrungen?« spekulierte Kellermann.

»Warum müssen wir ihn im Verdacht haben?« fragte Beaurain.

»Weil ich ihm absichtlich ein Bein gestellt habe. Er hat nicht protestiert, sondern nur dafür gesorgt, so schnell ihn seine Beine tragen konnten, aus dem Zimmer rauszukommen.«

»Sie haben ganz recht. Wir wollen nach oben gehen und Marker besuchen.«

Sie kletterten die Spirale hinauf und erreichten den ersten Stock. Dort war eine Sperre, und ein Polizist in Uniform saß hinter dem Schreibtisch. Das Formblatt war wichtig: Es wurde sorgfältig überprüft, und dann sagte man ihnen, sie könnten weiter zum zweiten Stock gehen. Sie müßten dann nach rechts, den inneren Korridor entlang, bis zu Raum 78.

»Worüber machen Sie sich Sorgen?« fragte Kellermann ruhig, als sie auf der zweiten Spirale weiterstiegen. Die war wie die erste völlig von einer geschwungenen steinernen Wand eingeschlossen.

»Das Syndikat hat gewußt, daß wir kamen«, sagte Beaurain grimmig. »Ihre Organisation, ihre Gründlichkeit ist einfach unglaublich – gegen so etwas haben wir noch nie gearbeitet. Irgendwie ist das Ausmaß ihres Einflusses beängstigend. Die einzige Antwort ist die: in die Offensive gehen und sie aus der Balance bringen.«

Beaurains Reaktion war charakteristisch. Kellermann war sich über die Gründe für seinen Kommentar nicht ganz klar.

»Warum ist die Organisation und die Gründlichkeit so unglaublich? Ist mir irgendwas entgangen?«

»Erstens hatten sie, wie ich gerade sagte, einen Mann hier sitzen, der auf uns wartete. Aber wir sollten überhaupt nicht ankommen, Max. Wir sollten tot sein – niedergeschossen am Bahnhof, durch das hübsche Pärchen mit der Aktentasche. Und das bedeutet, daß der Mann unten an der Treppe einfach eine Rückversicherung war – er sollte aufpassen, nur aus der Möglichkeit heraus, daß es mit unserer Ermordung nicht klappte. Als nächstes: Woher wußten sie, daß wir auf dem Weg waren, um Marker zu besuchen? Dafür gibt es nur zwei Antworten – entweder sie haben jemanden in der Telefonvermittlung im Hotel Royal, oder – noch schlimmer – jemand sitzt hier im Politigarden in der Zentralvermittlung. Diese verdammte Zenit-Angelegenheit fängt an, uns zu umzingeln und abzuwürgen.«

Sie waren im zweiten Stock angekommen. Beaurain drückte noch eine schwere Tür auf, und dann befanden sie sich draußen im Freien, auf einem terrassenartigen Korridor, an dessen Innenseite ein Geländer war. Kellermann hielt diese Anlage für merkwürdig: Von draußen hatte das Gebäude dreieckig ausgesehen; und jetzt war der Mittelteil zu einem riesigen kreisförmigen Hof ausgehöhlt, der völlig von der Außenwelt abgeschnitten war und unter freiem Himmel lag.

Der Hof, der wie das Innere eines Amphitheaters aussah, lag unheimlich und verlassen. Sie wandten sich nach rechts, und an ihrer rechten Seite schwang sich der Terrassenaufgang weiter kreisförmig in die Höhe, und im gleichen Abstand kamen mehr schwere Türen.

»Eigenartiges Gebäude«, bemerkte Kellermann.

»Meiner Erfahrung nach ist es einzigartig«, stimmte Beaurain zu.

»Ich bin froh, wenn wir von dieser verdammten Plattform runter sind. Jeder könnte uns hier für Zielübungen benutzen, und wir sind beide unbewaffnet.«

»Zimmer 78. Nur die Ruhe, Max. Sie werden Marker gleich mögen.« Beaurain drückte die Klinke herunter und ging in das große Zimmer, das hinter der Tür lag. Kellermann war direkt hinter ihm. Sie schauten beide durch einen offenen Durchgang in das nächste Zimmer, und zwar auf ein einziges Objekt, das auf einem großen Schreibtisch lag. Ein Messer.

»Heroin im Wert von vierzig Millionen Schwedenkronen.«

Der Mann, der die Worte gesagt hatte, war Mitte Fünfzig. Er war mittelgroß und hatte einen runden Bauch, und sein Haar und seine Augenbrauen waren grau und buschig. Seine rosige Gesichtsfarbe und seine runden Wangen und das strahlende Funkeln in seinen sehr blauen Augen deuteten darauf hin, daß er oft und gern spazierenging oder radfuhr. Er strahlte Liebenswürdigkeit aus. Dies war Superintendent Bodel Marker, der Chef der Spionageabwehr und der Mann, der verantwortlich war für einige der größten Leistungen der Kopenhagener Polizei.

Seine Gäste, Beaurain und Kellermann, der als »Foxbell« angekündigt worden war, hatten sich in bequeme Sessel gesetzt. Sie rauchten ausgezeichnete Zigarren und tranken hervorragenden Kaffee. Kellermann zwang sich, nicht dauernd das Messer anzustarren, das noch immer mitten auf Markers Schreibtisch lag. Niemand hatte diesen Gegenstand bisher mit einer Bemerkung bedacht. Die Tür zum äußeren Büro war geschlossen, und nur die drei Männer saßen im Raum.

»Es war eine der größten Lieferungen an Heroin, die je in diesen Teil der Welt verschoben wurden«, fuhr Marker in seinem ausgezeichneten Englisch fort. »Jetzt, genau in diesem Moment, wird es weitergeleitet – auf der gleichen Route wie immer, so sagte man mir.«

»Wäre Heroin im Werte von vierzig Millionen Kronen in einem Koffer unterzubringen, der ungefähr so groß ist?« Kellermanns geschickte Hände zeigten in der Luft grob die Ausmaße des Koffers, den Louise bei dem Mann beschrieben hatte, der im Lieferwagen von Nyhavn nach Elsinore gefahren war. Marker schaute Beaurain an, ehe er antwortete.

»Bodel, Max arbeitet eng mit mir zusammen und ist mein Freund, ich würde ihm sogar mein Leben anvertrauen«, erwiderte Beaurain schnell.

»Genau wie heute morgen!«

»Was?« Beaurain schaffte es, genau den richtigen fragenden Ton in seine Stimme zu legen.

»Ich glaube, das gehört Ihnen, Mr. Foxbell.«

Marker nahm das Messer, warf es über den Schreibtisch, so daß es über den Rand fiel, und Kellermann war gezwungen, es aufzuheben. Er schaute das Messer mit leerem Gesichtsausdruck an, starrte dann zu dem Dänen hinüber und dann zu Beaurain. Markers Liebenswürdigkeit verschwand, seine Stimme donnerte.

»Vor weniger als einer Stunde! Ehe ihr beiden ankamt, haben wir hier Ruhe und Frieden gehabt, und ...« Er hielt inne, und seine Faust krachte auf den Schreibtisch. »... ich habe gehört, daß wir jetzt, innerhalb von weniger als vierundzwanzig Stunden nach eurer Landung am Flughafen Kastrup einen Mord an der Hand haben!«

»Wer ist getötet worden, Bodel?« fragte Beaurain, der in keiner Weise beunruhigt wirkte.

»George Land. Ein professioneller Attentäter, nach Meinung von Interpol. Ein dicker Fisch. Hat einen britischen Paß. Als man ihn fand, lag er halb in einer Telefonzelle, getötet von seiner eigenen Lieblingswaffe – einem Schirm mit eingebautem Auslösemechanismus für ein Messer.« Marker beugte sich über den Schreibtisch nach vorn und starrte jeden seiner Besucher abwechselnd scharf an. »Mr. Foxbell ... so heißen Sie doch, oder? Haben Sie irgend etwas Ungewöhnliches bemerkt, als Sie einflogen?«

»Nein«, erwiderte Kellermann knapp.

»Das regt Sie natürlich auf – weil es vor Ihrer eigenen Schwelle passiert ist«, sagte Beaurain mitfühlend zu dem Dänen.

»Ich hab' noch mehr zu erzählen«, sagte Marker grimmig. »Vor weniger als einer Stunde – während Sie beide vom Hotel Royal auf dem Weg hierher waren – wurden zwei Männer fast von zwei professionellen Killern getötet, mitten im Zentrum unserer schönen Stadt. Verdammt! Wie haben die Opfer in spe sich wohl gerettet? Einer von ihnen schleudert dieses Messer mit großer Genauigkeit und nimmt damit dem Mordschützen das Ziel.«

»Und die Beschreibungen der beiden Opfer in spe passen mit bemerkenswerter Genauigkeit auf uns?« meinte Beaurain.

»Wir haben Ihre Beschreibungen«, gab Marker zu. »Und bis jetzt kann uns noch keiner eine klare Beschreibung von den verhinderten Mördern geben.« Er lächelte breit. »Ich bin froh, daß Sie dem Anschlag entgangen sind.« Er hob das Messer auf, das Kellermann wieder auf den Schreibtisch gelegt hatte, und hielt es ihm hin. »Das ist, glaube ich, Ihr Eigentum, Mr. Foxbell.«

»Nehmen Sie es«, sagte Beaurain schnell. »Ich bin hierhergekommen, um Sie zu fragen, was Sie über einen gewissen Dr. Benny Horn wissen. Er besitzt ein Haus in Nyhavn.«

»Ein hochrespektabler Buchantiquar«, sagte Marker prompt. »Das Haus in Nyhavn ist sowohl sein Laden als auch seine Wohnung. Er reist in der ganzen Welt umher und sucht nach seltenen Büchern, so sagte man uns. Ich glaube, Jules, Sie sollten vorsichtig sein – wenn Sie Nachforschungen über das Stockholmer Syndikat anstellen.«

Kapitel 11

Die Unterhaltung, die diesen Worten folgte, war so schreckerregend, daß Beaurain sie noch Jahre später Wort für Wort aus dem Gedächtnis wiederholen konnte.

»Warum sollten wir das Stockholmer Syndikat zum Thema nehmen?« fragte Beaurain.

»Weil Sie Dr. Benny Horn erwähnt haben. Nichts kann ihm bewiesen werden, aber ich bin überzeugt davon, daß er zum Direktorium gehört, das diese üble Organisation leitet. Bis jetzt haben sie zweimal versucht, mich umzubringen«, fügte er lässig hinzu.

»Und was ist mit Ihrer Familie?« fragte Beaurain langsam, während er Marker genau beobachtete. Er achtete auf jede noch so leichte Veränderung seines Gesichtsausdrucks.

»Sie haben gedroht, meiner Frau die Augen auszustechen und meinem zehnjährigen Jungen die Beine unterhalb der Knie abzuschneiden. Ich habe dann die beiden aufs Land geschickt, an einen Ort, den ich noch nicht einmal Ihnen gegenüber erwähnen werde.«

Beaurain war erschüttert. Er kannte Marker, seit der Superintendent geworden war, und er wußte, Marker hatte Courage. Aber das, was er jetzt erzählte, war entsetzlich. Beaurain stand auf, zündete sich eine Zigarette an und holte einen Aschenbecher, um Zeit zum Nachdenken zu gewinnen. »Wer sind ›sie‹?« fragte er schließlich.

»Stimmen am Telefon – oft ein Mädchen, verdammt. Sie war auch diejenige, die mir Details von dem, was meiner Familie passieren würde, beschrieben hat.«

Beaurain schaute zu der geschlossenen Zwischentür hinüber. »Es ist doch sicher, zu reden, oder?«

»Auf der anderen Seite dieser Tür steht seit dem Moment, als Sie beide den Raum betreten haben, ein bewaffneter Posten. Und ich trage im Augenblick eine schußsichere Weste, die ich jeden Morgen anziehe, ehe ich meine Wohnung verlasse. Das neue System, das vom Syndikat angewendet wird, beruht auf heimlicher Einschüchterung von der übelsten Sorte – nehmen Sie mich zum Beispiel.«

»Die Drohung muß aber doch mit irgendeiner Forderung verbunden gewesen sein?«

»Aber natürlich!« Marker schaute wild drein. »Geben Sie mir eine von Ihren Zigaretten, verdammt nochmal. Danke.« Er hielt einen Augenblick inne und studierte den Belgier, als ob er einen größeren Entschluß fassen müsse. Dann sprach er mit großer Heftigkeit weiter. »Ich erwarte nicht, daß Sie auf meine Feststellungen eine Bemerkung machen – aber es ist lebensnotwendig, daß die Gruppe Telescope das Syndikat zerschlägt. Kein Dienst der Regierung, den ich kenne, kann oder will das tun – die Geheimdienstleute benehmen sich alle wie angebundene Ziegen, die darauf warten, daß der Tiger kommt.«

Beaurain schaute gedankenvoll drein. Marker setzte sich auf die Kante seines Schreibtischs, dicht an die beiden Männer, als ob er die Sicherheit ihrer Nähe brauchte. »Kein einziger offizieller Geheimdienst?« fragte Beaurain.

»Dieser Mann, der eines Nachts aus dem zehnten Stock stürzte, von einem Balkon.« Marker nahm ein kleines Notizbuch aus der Tasche, kritzelte einen Namen darauf, riß das Blatt heraus und gab es Beaurain, so daß Kellermann es nicht sehen konnte. »Nur für Ihre schönen Augen«, sagte er mit freudlosem Lächeln. »So sagen ja wohl die besten Agenten. Aber das hier, das ist nicht James Bond, mein Freund. Das hier ist ernst.«

Beaurain warf einen Blick auf den Namen, faltete das Stück Papier wieder und reichte es Marker zurück, der es sich in die Tasche stopfte. Der Name eines der bekanntesten europäischen Politiker stand darauf, der Name eines Mannes, der vor seinem »Unfall« die Spitzenposition in der Europäischen Gemeinschaft innegehabt hatte.

»Wie wollen Sie wissen, daß das Syndikat daran beteiligt war?«

»Als sie mir drohten, sagten sie mir auch, dieser Mann würde innerhalb von sieben Tagen sterben. Die meisten hätten wohl darüber gelacht, hätten es absolut lächerlich gefunden. Ich habe sie ernst genommen, ich habe in der betreffenden Hauptstadt meinen Amtsgenossen angerufen. Der dachte, ich hätte nicht mehr alle Tassen im Schrank. Wenigstens hat er das gesagt.«

»Was heißt das?« warf Beaurain ein.

»Ich sag's Ihnen in einer Minute.« Marker fuhr wild fort: »Ich hab' mich per Telefon zu dem Mann selbst durchgearbeitet. Ich habe ihn gewarnt, ich habe ihm gesagt, er soll sich sofort eine Leibwache zulegen. Er dachte auch, ich sei verrückt. Achtundvierzig Stunden später haben sie ihn vom Balkon geworfen, und zehn Stockwerke weiter unten konnten sie ihn dann vom Pflaster kratzen. Die verdammten Schweine!« Markers Gesicht war gerötet, und Beaurain hatte es noch nie erlebt, daß er soviel Gefühle zeigte.

»Der Mann, von dem er redet, hinterläßt eine Frau und mehrere Kinder«, informierte Beaurain Kellermann.

»Nur eine unsichtbare Organisation wie Telescope kann das Stockholmer Syndikat zerschlagen«, sagte Marker. Es war das zweite Mal, daß er den Namen »Telescope« offen ausgesprochen hatte.

»Verläßt sich das Syndikat allein auf Drohungen?« fragte Beaurain.

»Die Schweine haben mir ein Vermögen in Bargeld angeboten, wenn ich kooperiere. Alle großen Kanäle, durch die Drogen geleitet werden, laufen durch Kopenhagen, aus dem Fernen Osten nach Stockholm. Ich sollte dabei ein Auge zudrücken – das ist nur ein Beispiel.«

»Welches ist ›dieselbe Strecke wie immer‹? Diesen Satz haben Sie, glaube ich, vorhin benutzt«, fragte Kellermann. »In Verbindung mit der großen Heroin-Lieferung.«

»Von Amsterdam nach Kopenhagen«, sagte Marker prompt. »Von Kopenhagen per Zug weiter an die Küste, und mit der Fähre von Elsinore über den Öresund nach Schweden. Die letzte Etappe wird dann mit dem gleichen Zug zurückgelegt, bis zur Endstation –

Stockholm. Die Zugfähren in Elsinore sind ein verdammtes Ärgernis. Wenn das Rauschgift mit Linienflugzeugen befördert würde – oder per Auto oder Laster –, dann hätten wir früher oder später Glück bei unseren Durchsuchungen. Aber man kann keinen ganzen Zug durchsuchen – und ganze Züge setzen von Elsinore auf den Riesenfähren über.«

»Danke«, sagte Kellermann und zog sich aus der Unterhaltung zurück.

»Sie sagten, Ihr Amtskollege, den Sie angerufen haben, weil dieser Staatsmann in Lebensgefahr war, hätte Sie für verrückt gehalten. Wenigstens hätte er das gesagt, fügten Sie hinzu. Was haben Sie damit gemeint?«

»Ich bin vollkommen sicher, daß er sich schon an das Stockholmer Syndikat verkauft hatte.« Marker stand auf und ging langsam um seinen Schreibtisch herum. »Es ist ja so leicht, oder nicht? Man nimmt ein großes Bestechungsgeld, legt es sich auf ein Nummernkonto, und hebt damit jeweils die schreckliche Drohung auf, die gegen Frau, Familie, Geliebte oder irgendeinen anderen ausgesprochen worden ist. Sie bieten dir Himmel oder Hölle an. Es ist so überraschend, daß viele in zahllosen verschiedenen Ländern das erstere wählen und zu einem Rädchen im System des Stockholmer Syndikats werden – und wenn auch nur als Informanten. Minister haben den Handel schon abgeschlossen. O ja, Mr. Foxbell. Sie sollten nicht so ungläubig dreinschauen – ich habe es den Leuten an den Augen angesehen, als gewisse Themen angeschnitten wurden.«

»Es ist wie eine Art Aussatz«, murmelte Beaurain. »Wir werden es ausbrennen müssen, mit rotglühendem Brandeisen.«

»Unterschätzen Sie sie nicht«, warnte Marker.

»Tun Sie mir doch bitte einen Gefallen.« Beaurains Benehmen hatte sich plötzlich verändert, als er sich von dem Schrecken darüber erholte, daß Marker der absoluten Verzweiflung so nah gewesen war. »Überprüfen Sie einmal Dr. Benny Horns Hintergrund – woher er kommt, und wie er in diesem Haus in Nyhavn wohnt.«

»Das kann ich Ihnen jetzt schon sagen. Er ist in Elsinore geboren – oder in unmittelbarer Umgebung der Stadt. Er hat sich sein Geschäft als Buchhändler-Antiquar langsam aufgebaut, und vor zwei Jahren ist er nach Kopenhagen gezogen.«

»Ich brauche mehr als das, Marker!« Beaurain wurde brüsk. »Ich brauche Männer – ein ganzes Team –, ich will, daß die nach Elsinore geschickt werden und jeden verhören, der Benny Horn je gekannt hat.«

»Er war so etwas wie ein Eigenbrötler, ein Einsiedler – und er hat von Berufs wegen viele Reisen gemacht.«

»Ich will, daß er festgenagelt wird! Wie ein Schmetterling in einer Schmetterlingssammlung! Haben Sie ein Foto?«

»Nur ein einziges – es ist schwierig, den Kerl mit der Kamera zu erwischen. Das Bild ist nicht gut – es ist aus großer Entfernung mit einem Teleobjektiv aufgenommen.« Marker schloß einen stählernen Aktenschrank auf, holte einen Umschlag heraus und entnahm ihm ein Foto. Beaurain warf einen Blick darauf und schob es dann zu Kellermann hinüber. Der reichte es ohne Kommentar zurück.

»Zeigen Sie dieses Bild jedem, der Horn in Elsinore kannte. Finden Sie heraus, ob er seit damals, als er vor zwei Jahren in Kopenhagen ankam, jemals von einem gesehen worden ist, der ihn aus Elsinore kannte. Finden Sie auch heraus, ob jemand von dort mit ihm geredet hat. Bei Benny Horn habe ich ein komisches Gefühl. Kann ich Sie hier anrufen?« fragte Beaurain.

»Besser rufen Sie nach acht Uhr abends in meiner Wohnung an. Hier ist die Nummer. Sagen Sie am Telefon, Sie sind Krantz, und geben Sie mir die Telefonnummer, von der Sie anrufen. Benutzen Sie immer eine Telefonzelle. Und dann warten Sie darauf, daß ich Sie von der Zelle in meiner Straße anrufe.«

Beaurain verstummte. Zenit. Der Terror, der mit diesem Wort verbunden war, verbreitete sich über den ganzen Kontinent. Und das Ausmaß des Terrors war noch größer, als ihm klargewesen war. Wie viele Männer gab es noch vom Kaliber des Bodel Marker? Männer, die allein in ihrer privaten Festung lebten, und deren Familien zur Sicherheit vielleicht Tausende von Meilen weit weggeschickt wurden? Still und heimlich wurde Macht ausgeübt, um ganze Nationen zu versklaven und zu manipulieren. Und das Schrecklichste war, daß oberflächlich gesehen das tägliche Leben weiterlief, als ob nichts Ungewöhnliches passierte.

»Vor allen Dingen nehmen Sie Kontakt mit Henderson auf, Monique. Sagen Sie ihm, Elsinore ist im Augenblick das Zentrum der Beobachtungen. Ich will, daß innerhalb von zwei Stunden die Stadt von seinen Leuten wimmelt, die einen Mann und ein Mädchen suchen. Hier sind die Beschreibungen.«

Beaurain rief von einer Telefonzelle auf der Straße in der Nähe des Hotel Royal an. Er gab in ein paar Worten die vage Beschreibung des Dr. Benny Horn weiter, die er von dem Foto in Markers Büro bekommen hatte. Die zweite Beschreibung war präziser und beruhte auf Kellermanns bildhafter Beschreibung vom »Schwarzhelm«. Die

Anweisung an Jock Henderson lautete darauf, das Pärchen schnell zu finden, die beiden rund um die Uhr beobachten zu lassen und vor allem dafür zu sorgen, daß sie ihre »Schatten« nicht bemerkten.

»Als nächstes, Monique, rufen Sie bitte Dr. Henri Goldschmidt in Brügge an und bitten Sie ihn dringend darum, alles über die Herkunft und den Hintergrund von Dr. Otto Berlin weiterzugeben. Und dann rufen Sie für mich persönlich unter dem Codewort ›Leuven‹ Chief-Inspector Willy Flamen von der Mordkommission an, mit der gleichen Bitte. Er soll mir alles liefern, was er über Otto Berlin ausgraben kann. Woher er kommt, und seine ganze Geschichte bis in seine Kindheit hinein. Okay? Ich ruf' Sie zurück, wenn ich kann. Wir ziehen weiter, das Hotel Royal spielt also keine Rolle mehr.«

Beaurain verließ die Telefonzelle und schloß sich Kellermann an, der draußen hin und her geschlendert war, als ob er darauf wartete, daß die Zelle wieder frei wurde. Er gab das Wichtigste seines Telefongesprächs an den Deutschen weiter, während sie eilig zurück zum Hotel gingen.

»Monique wird über Funk sofort Henderson an Bord der Firestorm erreichen.«

»Liegt die noch immer nördlich von Elsinore? Es hört sich so an, als ob Sie eine Invasion auf einen von Dänemarks Schlüsselhäfen starten wollen.«

»Ja, so ist es wohl auch fast«, stimmte Beaurain energisch zu. All sein früherer Ärger, all seine Frustration waren jetzt verschwunden, weil er in der Lage war, die Räder in Bewegung zu setzen.

Zwei Boote mit Außenbordmotor hatten die Küste nördlich von Elsinore erreicht, wo Louise in der vergangenen Nacht den Citroën zurückgelassen hatte. Im führenden Boot saßen Louise, Henderson und zwei Wachposten, die Maschinenpistolen bei sich hatten. Im zweiten Boot waren vier Männer, die mit den gleichen Waffen und verschiedenen anderen Geräten ausgerüstet waren und den Wagen beobachteten, der noch genauso dastand, wie Louise ihn verlassen hatte. Die Scheinwerfer deuteten auf die See hinaus.

Es war elf Uhr, an einem herrlichen Morgen. Die Sonne leuchtete aus klarblauem Himmel. Es war schon sehr warm, und die Reflexe auf den kleinen Wellen glitzerten und taten den Augen weh. Louise ging zu dem Citroën hinüber, die Schultertasche über dem Arm, den Zündschlüssel in der Hand. Henderson folgte dicht hinter ihr, während zwei der Wachposten zum Wald ausschwärmten und zum Fahrweg. Sie hielten die Waffen schußbereit.

»Sie fahren direkt nach Elsinore hinein und suchen nach diesen beiden von Nyhavn?« fragte Henderson, als sie den Wagen erreichte.

»Ja, Jock.« Sie drehte sich um, und er stand sehr nah bei ihr. »Aber erst, nachdem wir den Wagen ganz fein nach Sprengkörpern durchkämmt haben.«

»Warum?«

»Weil mir aus Elsinore ein Porsche gefolgt ist. Und weil ich glaube, daß derjenige in dem Porsche früher oder später, nachdem er mehrere Seitenstraßen überprüft hatte, diesen Citroën gefunden hat. Und weil sie ab da reichlich Zeit hatten, meinen Wagen in eine Todesfalle zu verwandeln.«

»Goldrichtig!« Jock wandte sich den Männern im zweiten Boot zu, die grinsend dastanden und warteten und kleine Werkzeugtaschen in der Hand hatten. »Los«, sagte er ihnen. »Und um Himmels willen, seid vorsichtig!«

Louise ließ sich von Henderson am Arm wegführen, in sicheren Abstand zum Citroën. Dann begannen die Sprengkörperspezialisten zu arbeiten. Sie legten schnell ihr Werkzeug aus, darunter auch einen runden Spiegel an einem langen Griff, mit dem man unter den Wagen schauen konnte. Louise warf dem Schotten einen amüsierten Blick zu.

»Sie haben wirklich gedacht, ich würde einsteigen und den Motor anlassen? Und wenn Sie's nicht gedacht haben: Warum haben Sie mich praktisch umarmt, als wir beim Wagen angekommen waren?«

»Verdammt, weil Sie es geschafft haben, mich wirklich fast in die Irre zu leiten. Deshalb! Diese zuversichtliche Art, in der Sie mit dem Schlüssel in der Hand zum Wagen gegangen sind! Ich muß zugeben – ich war darauf gefaßt, Sie so schnell wie möglich zurückzureißen, wenn Sie versucht hätten, den Schlüssel ins Schloß zu stecken.«

»Warum haben Sie mich nicht früher getestet?«

»Ich höre nie auf, die Bereitschaft der Leute zu testen – besonders bei einem größeren Unternehmen. Ich glaube, die Sache steht kurz vor dem Hochfliegen, und in Elsinore fängt alles an.«

»Haben Sie es geschafft, der Bahnpolizei aus dem Weg zu gehen? Sind Sie sicher, daß niemand gesehen hat, wie Sie die Lieferung versteckten?« fragte Dr. Benny Horn, während er sich die randlose Brille polierte und sie dann wieder auf die Nase setzte.

Er sprach mit Sonia Karnell, die gerade in sein Zimmer im neuen Hauptquartier in Elsinore eingetreten war. Es lag im Hotel Skandia.

Der Schwarzhelm war wie ein Mann gekleidet und trug eine schwarze Matrosenmütze. Aus einer Tragetasche aus Papier nahm sie die Mütze eines Bahnbeamten und warf sie aufs Bett. Sie war völlig schwarz gekleidet.

»Von dem verdammten Ding hab' ich Kopfschmerzen – es sitzt zu eng. Glauben Sie, ich wäre hier, wenn ich der Bahnpolizei nicht entgangen wäre, zum Donnerwetter? Was die Lieferung betrifft, das ganze Heroin steckt jetzt in dem Waggon, der das Packmaterial enthält.«

»Es ist nicht nötig, daß Sie sich aufregen, meine Liebe«, erwiderte Horn milde. »Ich habe ja nur . . .«

»Sie haben ja nur in diesem Hotelzimmer gesessen und Kaffee getrunken. Sie haben sich entspannt, während ich Gefängnis riskierte, Gott weiß wie viele Jahre, weil ich diesen verdammten Koffer im Frachthof herumgerollt und ihn heimlich in den richtigen Waggon gehievt habe. Hier ist die Nummer.«

Sie machte den Reißverschluß an ihrer Brusttasche auf, nahm ein zusammengefaltetes Stück Papier heraus und warf es Horn zu. Während sie sich abwandte, packte er sie am Ellbogen, wirbelte er sie herum und warf sie rückwärts aufs Bett. Dann war Horn auf ihr. Seine Augen blickten hochmütig und völlig ausdruckslos, während er sie von oben her wie ein Exemplar aus seiner Sammlung seltener Ausgaben anstarrte, das er für eine Fälschung hielt.

»Sie werden nie wieder so mit mir reden, oder ich sorge dafür, daß ein gewisser Günther Baum Ihnen den Hals bricht.«

»Fahren Sie wie der Teufel nach Elsinore. Zum Hauptbahnhof. Benutzen Sie die Sirene, oder drängen Sie die anderen Wagen einfach in den Graben, wenn es sein muß!«

Der uniformierte Polizist, der Bodel Marker, den Chef der Spionageabwehr, fuhr, sprang hinter das Lenkrad des Wagens, den er vor der Front des Politigarden geparkt hatte. Marker hatte sich schon im Fond hingesetzt, und sein rundliches Gesicht war noch immer wütend gerötet. Der Fahrer schaute in den Rückspiegel und bemerkte den Ausdruck, der in Markers Augen lag, einen Ausdruck reiner Mordlust. Er konzentrierte sich darauf, aus Kopenhagen hinaus auf die Autobahn zu kommen, von wo er schneller nach Elsinore kam.

Es war passiert, sobald Marker in sein Büro zurückgekehrt war. Zu seinem außerordentlichen Ärger hatte Marker festgestellt, daß sein Vorgesetzter sich mit dem Schlüssel des Hausmeisters das private Heiligtum aufgeschlossen hatte. Marker war um seinen Schreibtisch herumgegangen, hatte sich in seinen eigenen Sessel gesetzt und den Mann angestarrt, der im Besuchersessel saß. Marker sagte kein Wort, sondern zwang den anderen, die Initiative zu ergreifen.

»Es tut mir leid, sozusagen hier einzubrechen, Marker.«

»Na, jetzt sind Sie schon mal drin ...« Absichtlich kein »Sir«.

»Diese riesige Lieferung Heroin, von der die Gerüchte umgehen, kommt auf dem Weg nach Schweden hier durch. Sie wissen, wovon ich rede, Marker?«

»In einer Minute werde ich das wohl wissen«, gab der normalerweise liebenswürdige Chef der Spionageabwehr zurück.

»Vergessen Sie, daß Sie je davon gehört haben, Marker.«

»Ich brauche das schriftlich. Sofort. Ich rufe eben meine Sekretärin.«

»Moment mal.« Der dünne Mann mit den eingerollten Lippen und der überheblichen Art hielt abwehrend die Hand hoch. Markers Hand schwebte schon über dem Knopf der Sprechanlage, der seine Sekretärin rief. »Es handelt sich um etwas, das wir nicht schriftlich festhalten wollen, wenn Sie mich verstehen.«

»Nein, ich verstehe Sie nicht. Von wo geht diese Anweisung aus? Ich will wissen, woher sie kommt.«

»Das geht Sie wohl kaum etwas an, Marker.« Die Worte klangen scharf, sie stellten einen Versuch dar, die Initiative dem Untergebenen wieder zu entreißen.

»Na, wenn das so ist, dann brauche ich meine Sekretärin nicht.« Marker lehnte sich in seinem Sessel zurück und lächelte zum ersten Mal, seit er sein Büro betreten hatte. Er war eine Seele an Liebenswürdigkeit. »Sehen Sie, als ich mich hinsetzte, habe ich automatisch den Knopf betätigt, der meinen Kassettenrekorder einschaltet.«

»Sie!« Unkontrollierte Wut – oder eine erschütternde Angstreaktion? Marker konnte sich, obwohl er das Benehmen seines Vorgesetzten genau beobachtet hatte, nicht entscheiden, welches Gefühl vorherrschte. Eins allerdings war ganz sicher. Es dauerte eine volle Minute, ehe sein Besucher wieder in der Lage war, etwas zu sagen. Er zog ein seidenes Taschentuch aus der Brusttasche und tupfte sich ganz offen die Stirn ab, die von Schweißperlen besetzt war.

»Ich kann Sie nicht überreden, das Ding ...«

»Das Tonband zu löschen, meinen Sie?« vollendete Marker den Satz für ihn. »Im Gegenteil. Zuallererst werde ich die Kassette an eine gewisse Person weitergeben, mit dem Befehl, es sofort einem Journalisten weiterzureichen, der in Deutschland für den ›Spiegel‹ arbeitet. Falls ein dritter Anschlag auf mein Leben Erfolg hat. Ich bezweifle, daß das Stockholmer Syndikat schon Drähte zum ›Spiegel‹ hat«, fügte Marker hinzu.

»Ich verstehe Sie nicht, Marker. Ich muß jetzt gehen. Was mich betrifft, so hat diese Unterhaltung nie stattgefunden«, schloß er steif und verließ das Büro. Innerhalb von sieben Minuten hatte Marker auch das Büro verlassen und war auf dem Weg zu dem Wagen, den er hatte kommen lassen. Ein Tonband existierte überhaupt nicht; aber Marker würde nie den Ausdruck auf dem Gesicht seines Vorgesetzten vergessen, als er ihn damit geblufft hatte.

Sämtliche Zugreisenden steigen normalerweise in Elsinore aus. Es sei denn, sie säßen in einem internationalen Schnellzug, der weiter nach Schweden geht. Die Schienen enden hier. Weiter geht es nur noch zum Hafen – quer über eine Straße hinüber und dann die Rampe hinauf in den Leib einer der gigantischen Eisenbahnfähren, die unablässig über den Öresund hin- und herpendeln.

Im Juni ist die engste Stelle des Öresunds – hier sind es nur vier Meilen bis zum schwedischen Hafen Hälsingborg – von gewaltigen Zug- und Autofähren dicht befahren. Allein der Hafen Elsinore hat verschiedene Anlegestellen. An dem Morgen, als Beaurain und Kellermann in ihrem Mercedes ankamen, verstärkten Segeljachten den Verkehr noch. Sie kreuzten auf dem Wasser und versuchten dabei, den gewichtigen Fähren rechtzeitig aus dem Weg zu gehen.

Beaurain fühlte sich ohne seinen 280 E immer verloren. Deshalb hatte Albert, der englische Chauffeur, der es immer noch irgendwie schaffte, seine Aufträge rechtzeitig zu erledigen, den Wagen von Brüssel nach Kopenhagen gefahren. Er kam fünfzehn Minuten, bevor Beaurain sich auf den Weg nach Elsinore machen mußte, am Hotel Royal an. »Warum Elsinore?« hatte Albert gefragt, während er die dritte Tasse von dem Tee trank, den der Etagenservice in Beaurains Zimmer gebracht hatte. »Ist da nicht das Schloß von Hamlet?«

»Weil«, erklärte Beaurain, während er zu Ende packte, »weil einer von den hohen dänischen Polizeibeamten, mit denen wir eben gesprochen haben, bestätigt hat, daß eine beachtliche Heroin-Sendung für das Syndikat auf dem üblichen Weg nach Stockholm unterwegs ist. Der übliche Weg? Von Amsterdam nach Kopenhagen und weiter nach Elsinore – und von da aus über das Wasser nach Schweden.«

»Deutlich das schwächste Glied in der Kette«, bemerkte Albert zwischen zwei Schlucken von dem schwarzen Tee. »Diese Fahrt übers Wasser, meine ich. Das bedeutet ja schließlich eine Schiffsreise. Und wie schaffen die ihre Sendung überhaupt in den Zug?«

»Albert hat seinen Finger mal wieder wie üblich auf den springenden Punkt gelegt«, bemerkte Beaurain. Er erzählte dem Engländer kurz von dem Koffer, und wie Louise Hamilton beobachtet hatte, daß er nachts zu einem Haus in Elsinore gebracht worden war, dessen Rückfront am Bahndamm lag.

Albert Braun, ein kleiner, drahtiger Mann von zweiundvierzig Jahren, der sein Gesicht ständig in angestrengte Falten gezogen hatte, war ein früherer Autorennfahrer – ein Londoner, ein Mann, der erst einmal nichts für gegeben hinnahm. Er war, kurz nachdem ein irrer Mörder, der aus der Anstalt von Broadmoor entlassen worden war, seine Frau auf brutale Weise umgebracht hatte, zu Telescope gestoßen.

»Dann kann es also sein«, schloß er, nachdem er Beaurain zugehört hatte, »daß das Syndikat diese Supersendung immer noch erst einmal in einem der internationalen Schnellzüge verstauen müßte, die über den Öresund nach Schweden hinübergeschippert werden?«

»Falls das Heroin wirklich in diesem Koffer ist«, schränkte Beaurain ein.

»Aber wenn es das ist, und wir die Ladung entdecken, dann hätten wir dem Syndikat einen hübschen Stich in die Halsschlagader versetzt.«

»Wir tun sogar noch mehr«, sagte Beaurain und machte Anstalten, das Zimmer zu verlassen. »Wir werden eine solche Panik hervorrufen, daß wir damit das Syndikat zu einem größeren Schlag gegen Telescope reizen. Und genau das will ich. Einen frontalen Zusammenstoß, wie Goldschmidt das genannt hat. Das Ziel ist dann, diesen üblen Verein schlicht auszulöschen.«

»Und wir sind vielleicht die einzigen, die das überhaupt fertigbringen können«, sagte Albert nüchtern. Der Ton war so eindringlich, daß Beaurain, der gerade seinen Koffer aufnehmen wollte, innehielt und noch einmal zu Albert hinübersah. Er hatte gar nicht gewußt, daß dieser Mann, der normalerweise so kregel wirkte, zu einem solchen Ernst fähig war. »Bevor ich zu meiner Rallye hierher gestartet bin, habe ich mit Monique gesprochen«, fuhr Albert fort. »Sie hat mir eine Botschaft mitgegeben, von der sie nicht gewagt hat, sie zu einem früheren Zeitpunkt übers Telefon durchzugeben. Der Typ, von dem sie das hatte, war ein Dr. Goldschmidt aus Brügge. Der Kerl, der das Syndikat leitet, hört auf den Namen Hugo.«

»Goldschmidt hat mir von Hugo erzählt – einer von dem Dreier-Direktorium des Syndikats.«

»Das scheint der Punkt zu sein. Ich glaube, Goldschmidt war über dieses Detail eben erst gestolpert – Monique hat gesagt, er wäre die ganze Zeit wie ein Biber an der Arbeit gewesen, um noch Einzelheiten für Sie auszugraben. Es wäre möglich, daß dieser Hugo – niemand hat auch nur die geringste Ahnung, wer er sein könnte – Goldschmidts letzten Informationen zufolge überhaupt nicht zu dem Dreier-Direktorium gehört. Goldschmidt meint, es könne da einen vierten Mann geben.«

Beaurain saß hinter dem Steuer, Kellermann auf dem Beifahrersitz, und hinten schlief Albert. So überholten sie auf der Schnellstraße nach Elsinore den Polizeiwagen, in dem Bodel Marker saß.

Marker hatte von Beaurains 280 E gehört und auch von der Art, wie er ihn fuhr, wenn es nötig wurde. Die Hälfte der Polizeichefs von ganz Europa hatte davon gehört. Ein bißchen fürchtete er einen dritten Anschlag auf sein Leben, als Beaurain ihm durch die Scheibe zuwinkte. Erstaunt ließ sich der Chef der dänischen Kriminalpolizei in seinen Sitz zurücksinken.

»Wieso nimmt denn Marker denselben Weg wie wir?« fragte Kellermann.

»Auf dem Weg zurück ins Büro ist ihm wahrscheinlich irgend etwas eingefallen – oder es ist sonstwas passiert. Aber wir werden jedenfalls vor ihm in Elsinore ankommen. Lehnen Sie sich zurück und entspannen Sie sich.«

Danach fühlte sich Kellermann allerdings überhaupt nicht. Inzwischen schoß der Polizeiwagen mit Marker seinerseits vorbei. Der Fahrer hatte die Polizeisirene angestellt und ließ sie heulen. Beaurain gab noch mehr Gas und hielt sich dicht hinter Markers Fahrzeug. Der Polizeiwagen schaffte ihm freie Bahn.

Die Wagen vor ihnen waren beim Klang der Sirene rechts rangefahren und hatten angehalten. Markers Wagen schoß über die freie Schnellstraße, und mit Beaurains Mercedes dicht dahinter bildeten die beiden Fahrzeuge einen kleinen Konvoi. Die Geschwindigkeitsbeschränkung war längst himmelweit überschritten. Als Marker den Kopf drehte und durch das Rückfenster nach hinten schaute, begegnete Beaurain seinem Blick mit felsenfest zuversichtlicher Miene.

Beide Fahrzeuge kamen vor dem Haupteingang des Bahnhofs Elsinore mit kreischenden Bremsen zum Stehen. Beaurain hatte gerade den Motor abgestellt, als Marker schon aus dem Fond seines Wagens herausgeschossen kam und mit finsterer Miene auf den Mercedes zuschritt. Der Belgier drückte auf den Knopf, der das Seitenfenster automatisch hinuntergleiten ließ und lächelte zu Marker hinauf.

»Was zum Teufel haben Sie sich da eigentlich eingebildet?« fragte Marker. »Ich könnte Sie wegen rücksichtslosen Fahrens einsperren lassen.«

»Dann wohl zusammen mit Ihrem eigenen Fahrer, was?«

»Verdammt nochmal! Das hier ist eine Notsituation.«

»Wenn's um das Heroin geht, dann kann ich vielleicht helfen. Blicken Sie sich nicht um, Bodel. Jedenfalls nicht allzu offensichtlich. Im Bahnhofseingang steht das dunkelhaarige Mädchen namens Louise und sieht sehnsüchtig der Fähre entgegen, die gerade in den Hafen einläuft. Sie ist in Blau gekleidet und hat eine Schultertasche umgehängt. Könnte sein, daß sie weiß, wo sich das Heroin im Augenblick befindet. Aber wo wir schon mal dabei sind, uns gegenseitig Fragen zu stellen, was hat Sie denn so plötzlich bewogen, sich für den schönen alten Hafen von Elsinore zu interessieren?«

»Heroin«, gab Marker gepreßt zur Antwort. Seine Lippen bewegten sich beim Sprechen kaum. Er lehnte sich mit beiden Ellbogen in die Fensteröffnung des Mercedes und blickte unauffällig zu Louise Hamilton nach hinten. Die sah sich die endlose Eimerkette der gewichtigen Fähren an, die den Öresund überspannte und von grellbemalten kleinen Segeljachten umschwärmt wurde. Weit hinten war Schweden als flacher Küstenstreifen zu erkennen. Ein paar Lagertanks für Öl und ein bißchen Rauch war eben noch wahrzunehmen.

»Warum Elsinore?« fragte Beaurain und zündete sich eine Zigarette an. Marker nahm ihm die Zigarette weg, bevor er zum erstenmal richtig daran ziehen konnte. »Ich dachte, Sie hätten aufgegeben?« fuhr der Belgier fort und ließ einen neuen Sargnagel aufglimmen.

Das rundliche Gesicht des Dänen zeigte einen gespannten Ausdruck, seine Augen blickten eisig und hart. Er rauchte, während er Louise Hamilton beobachtete und dabei die ganze Hafengegend im Auge behielt. Ein Volvo-Kombiwagen hielt mehr als zehn Meter hinter dem Mercedes am Bordstein an, und Beaurain beobachtete ihn im Rückspiegel. Als Marker dann wieder etwas sagte, sah es so aus, als ob er in die entgegengesetzte Richtung blickte:

»Der Mann am Steuer des Volvo ist Dr. Benny Horn, ein Antiquar mit einem Buchladen am Nyhavn in Kopenhagen. Und außerdem, wie ich Ihnen schon gesagt habe, ist er vielleicht einer der drei mächtigsten Männer im heutigen Westeuropa. Ich frage mich, warum er da hinter Ihnen angehalten hat. Hat der Polizeiwagen oder der Mercedes das bewirkt?«

»Schwarzhelm!«

Kellermann stieß das Wort fast unwillkürlich hervor. Er hatte eben angefangen, die Observierung in dem Rückspiegel auf seiner Seite ebenfalls aufzunehmen, und da stand sie klar und deutlich vor ihm – die junge Frau, die er zum erstenmal gesehen hatte, als sie mit dem Empfangschef des Hotel Royal redete, während er selbst vom Schnellbedienungsrestaurant aus zusah.

Schwarzhelm. Der Name paßte wunderbar zu ihr, und es fiel Kellermann auf, daß sie höllisch sexy war – ihr Helm von kurzen schwarzen Haaren glänzte, und sie war mit einer schwarzen Hose und einem schwarzen Anorak bekleidet. Die Kleidung entsprach exakt der von Louise Hamilton – nur die Farbe war anders. Der Schwarzhelm trug sogar eine ähnlich aussehende Schultertasche.

»Was war denn das, Foxbell?« fragte Marker schnell. »Schwarz was? Sie kennen die Dame?«

»Wir vermuten, daß sie in enger Verbindung zu Benny Horn steht«, gab dieser Marker zur Antwort. »Wir haben die beiden nie zusammen gesehen, aber einer von unseren Leuten hat uns die Beschreibung von zwei Personen gegeben, die letzte Nacht mit einem Koffer nach Norden auf dem Weg nach Elsinore waren.«

»Ein Koffer von der Art und Größe, wie Sie ihn in meinem Büro beschrieben haben?« warf Marker schnell ein.

»Ganz genau derselbe. Und die beiden Personenbeschreibungen passen genau auf Benny Horn und die junge Frau, die eben an dem Volvo hinter uns vorbeigeht.«

»Horn hat ihr ein Zeichen gemacht, weiterzugehen und bei dem Volvo nicht stehenzubleiben«, bemerkte der Däne. Nicht ein einziges Mal hatte Marker sich in diese Richtung umgesehen, seit der Volvo hinter ihnen herangefahren war. Marker schien im Hinterkopf Augen zu haben. Und er hatte recht, dachte Kellermann: Der Schwarzhelm wollte schon in den Volvo einsteigen, als Horn ihr das Warnsignal – eine kurze Handbewegung – gegeben hatte.

Der Schwarzhelm war danach schneller gegangen. Sie passierte den parkenden Mercedes, ohne einen Blick daran zu verschwenden. Als sie die Ecke erreichte, konnte sie den Bahnhofsausgang sehen und bemerkte Louise Hamilton, die dort stand. So, die junge Frau, der sie in aller Frühe gefolgt war, hatte sich also wieder in Elsinore eingefunden. Vernünftigerweise hätte man denken sollen, daß sie den Citroën mit der Bombe benutzt hätte. Louise Hamilton hätte tot sein sollen. Schwarzhelm reagierte instinktiv. Sie ging schnell an der Front des Bahnhofs entlang, als ob sie auf dem Weg in die Schalterhalle wäre. Sie schwenkte aus, wechselte plötzlich die Richtung und kam leise hinter der Engländerin heran.

Ihre rechte Hand hing jetzt bewegungslos an der Seite. Die Hand war steif, die Handkante hart. Sie hatte vor, die Engländerin anzurempeln, ein paar Schritte an ihr vorüberzugehen, herumzuschwingen und dann zu schreien: »Diebin! Du hast mir meine Handtasche geklaut!« In dem danach folgenden Handgemenge genügte ein schneller Schlag an die Seite des Halses, und ihr Opfer war bewußtlos. »Was zum Teufel geht denn da vor?« rief Marker aus. Er hatte gesehen, wie der Volvo wegfuhr, und zwar so unerwartet, daß keine Zeit blieb, ihn aufzuhalten. Sekunden später hatte Schwarzhelm sich zum Bahnhof gewandt und dann die Richtung gewechselt, so daß sie hinter Beaurains Freundin ankam. Marker war darauf nicht gefaßt gewesen.

Alle Beteiligten nahmen an, daß Louise Hamilton so aufmerksam die herankommende Zugfähre beobachtete, daß ihr die Karnell nicht aufgefallen war, die sich mit der Geschwindigkeit einer Kobra bewegte. Aber sie irrten sich alle. Genau in dem Augenblick, als die Karnell sich an ihr vorüberdrängte und umdrehte, um das Wort »Diebin!« zu schreien, hatte sich Louise Hamilton blitzschnell auf dem Absatz umgedreht. »Dich krieg' ich jetzt, du Flittchen!« zischte sie. Ihr rechtes Bein zischte blitzartig nach vorn, und ihre Schuhspitze zielte auf Karnells Kniescheibe. Wäre der Tritt voll ins Ziel gegangen, die Schwedin hätte sich auf keinen Fall mehr bewegen können, wenn sie erst einmal am Boden war. Aber Karnell sah den vorschießenden Schuh und drehte sich selbst herum. Die Schuhspitze hinterließ einen Kratzer an ihrer Wade, aber sie war nur verletzt, nicht ausgeschaltet. Während sie zurück an den Straßenrand stolperte, wühlte sie mit der rechten Hand in ihrer Schultertasche nach ihrer Pistole. Ein wildes Geräusch schwoll an, als ein Motorrad den Klang der kraftvollen Maschine hören ließ. Das Motorrad hatte kurz vor dem Landeplatz der Fähre am Straßenrand geparkt, und der Mann, der darauf saß, trug einen Helm, eine Motorradbrille und eine Lederjakke und beobachtete offenbar den belebten Öresund. Jetzt raste er über die Straße, über die Schienen und auf Karnell zu.

Louise versuchte, die beiden zu erreichen und die Maschine seitwärts umzustoßen, aber Karnell war um Sekunden zu schnell. Trotz ihrer Verletzung schaffte sie es zum Rand des Bürgersteiges, schwang ein Bein über den Sozius der wartenden Maschine und umklammerte die Hüfte des Motorradfahrers. Dann rasten die beiden mit Donnergetöse in die Richtung davon, die der Volvo genommen hatte.

Beaurain streckte noch nicht einmal die Hand aus, um den Zündschlüssel umzudrehen. Er beobachtete Louise, sie starrte jetzt in eine andere Richtung – zu den Schienen hinüber, wo die Transeuropa-Expresse darauf warteten, daß sie auf den Schienen über die Straße, die Rampe hinauf und dann auf eine Fähre rollen konnten, die sie nach Schweden brachte.

»Bodel, ich glaube, sie haben ein Ablenkungsmanöver versucht – wenigstens das Mädchen, das auf dem Motorrad entkommen ist. Sie reagierte so, weil sie erschrocken war – darüber, daß sie einen meiner Kollegen gesehen hat, den sie wiedererkannte, und der den Landeplatz der Fähre beobachtete. Wir können keinen schnellen Motorrädern nachjagen – obwohl sie das wahrscheinlich sehr gern hätten.«

»Warum?« wollte Marker verärgert wissen.

»Na«, meinte Beaurain grimmig und sprach seine Worte absichtlich langsam aus, »weil der Ablenkungsversuch für mich darauf hindeutet, daß das, was Sie suchen, direkt vor Ihrer Nase ist.« Er stieg aus dem Mercedes aus und knallte die Tür zu.

»Aber sie würden doch Wachposten aufgestellt haben, Beobachter«, protestierte Marker.

»Hatten sie auch«, deutete Beaurain an. »Der große Mann selbst saß im Volvo. Und sein Mädel wollte einen Kontrollgang um den Bahnhof herum machen. Dann war da noch ein drittes Mitglied des Syndikats – der Mann auf dem Motorrad. Und es werden wohl noch mehr dasein.«

»Ich habe das Gefühl, daß ich jetzt schon beobachtet werde«, sagte Marker und schob die Hände tief in die Jackentaschen.

»Werden Sie auch – ich habe mindestens ein Dutzend Männer in Schußweite von hier, wo wir jetzt gehen.«

»Ich hatte ja schon mal gesagt, daß Telescope die einzige Organisation ist, die es überhaupt schaffen kann, das Stockholmer Syndikat zu vernichten«, murmelte Marker leise in sich hinein. Sie blieben stehen, als sie Louise erreichten.

»Kann ich frei reden?« fragte sie und bedeckte ihren Mund mit der Hand, während sie sich eine ihrer seltenen Zigaretten anzündete. Sie schaute die Männer noch nicht einmal an. Neugierig warf Marker einen schnellen Blick in die Richtung, in die ihre Blicke gingen. Alles, was er sehen konnte, waren zwei große Güterwagen, deren Seiten offen waren. Hinter ihnen rollte eine Lokomotive die Schienen entlang, damit sie angekoppelt wurden. Ein Mann von der Bahn, der eine Flagge trug, gab dem Lokführer Anweisung. Das alles wirkte auf Marker völlig normal.

»Da ist es«, sagte Louise, nachdem Beaurain ihr bestätigt hatte, daß sie vor Marker offen reden konnte. Der war noch immer verblüfft. Er schaute sich sorgfältiger um und bemerkte plötzlich, daß die vorhin noch fast verlassene Gegend vor dem Bahnhof sich belebt hatte. Mehrere Passagiere waren aus der Bahnhofshalle nach draußen gekommen. Touristen mit Rucksäcken auf dem Rücken, zwei Männer, die Angelruten bei sich hatten. Wenigstens glaubte Marker, daß es Angelruten waren.

Andere Männer wanderten jetzt über die Straße zum Fährenhaltepunkt. Einer von ihnen, ein hochgewachsener Mann mit sandfarbenen Haaren, hatte einen großen Sportbeutel bei sich, und sein Gang wirkte deutlich militärisch.

Während er die Straße überquerte, ging er ein kleines Stück weiter als bis zum Landeplatz der Fähre. Markers Augen wurden schmal, während er zusah, wie der Mann den Seesack auf den Boden stellte und ein kleines, kompaktes Objekt wie eine Kamera an die Augen hob, während er den Hafen mit dem Eifer eines leidenschaftlichen Fotografen absuchte, der immer wild auf neue Motive ist. Marker kam der Gedanke, daß die Kamera leicht ein getarntes Walkie-talkie sein konnte. Beaurains Gesicht war ausdruckslos, während auch er zusah, wie Jock Henderson zur Beobachtung des Fährenlandeplatzes, seiner Anfahrtswege, des Bahnhofs und der beiden Waggons den besten strategischen Punkt einnahm. Die beiden Güterwagen sollten an Bord der nächsten Fähre gebracht werden, die jetzt in den Hafen einlief und leicht beidrehte, um anzulegen. Alles völlig normal. Die Sonne knallte vom Himmel, der klare Himmel strahlte Wärme aus. Das gleichmäßige Stampfen der Lokomotive, die sich den beiden Waggons näherte, war zu hören. Die Lok würde die Wagen über die Straße schieben, und dann hinein in den Laderaum der Fähre, die für die neue Fracht bereitlag.

»Sie sagten, ›da ist es‹. Ich sehe nichts Ungewöhnliches«, sagte Marker.

»Das sollen Sie auch nicht.«

»Der Mann mit der Flagge, der die Lok einweist«, sagte Louise. »Der hat schon seit fünfzehn Minuten dort gewartet. Hat immer zu dem Mann auf dem Motorrad hinübergeschaut, der das Mädchen abholte.«

Klonk! Die langsam rollende Lok traf auf den hinteren der beiden Waggons auf, und der Bahnbeamte ließ die Flagge sinken, um anzudeuten, daß die Lok stoppen sollte. Ein Ideechen zu spät, bemerkte Beaurain. Der Bahnbeamte rollte seine Flagge zusammen. Hinter ihnen war ein gewaltiges Sprudeln und Zischen zu hören, als die hereinkommende Zugfähre das Hafenwasser aufwühlte. Die Schrauben des Schiffes schoben schon rückwärts, um die Fahrt wegzunehmen und den Kontakt mit der dänischen Küste sanft zu machen. Zollbeamte und Männer von der Einwanderungsbehörde mit Aktentaschen gingen rastlos in der Nähe des Anlegeplatzes umher. Alles völlig normal.

»Haben Sie ein paar Leute bei sich?« fragte Beaurain plötzlich.

»Nein«, gab Marker zögernd zu. »Ich soll ja gar nicht zugegen sein, wissen Sie noch?« Er warf einen Blick auf Louise, aber die starrte in Richtung des Rangierbahnhofs und hörte offenbar nicht zu. »Ich konnte keine Mannschaft mitbringen – das hätte meinen Vorgesetzten alarmiert. Wenn also das Syndikat hier mit vielen Leuten vertreten ist . . .«

»Wir werden mit denen schon fertig – und Sie verschwinden«, sagte Beaurain ihm energisch. »Offiziell sind Sie nie dabei gewesen.«

»Verdammt nochmal, das war ich doch – das bin ich noch immer! Wenn es zu einer Schießerei kommt, dann brauchen Sie vielleicht offizielle Hilfe. Wo sind die Drogen?«

»In dem ersten Waggon, der voller Packpapier ist«, sagte Louise ruhig. »Große Bogen, die aufrecht stehen. Der Bahnbeamte, der mit der Flagge die Lok hierhergewinkt hat – ehe sie ankam, ist dieser Beamte neben dem ersten Waggon hin und her gegangen, und während der Nacht haben die beiden Waggons weiter unten auf den Schienen gestanden – hinter dem Haus, zu dem ich Horn gefolgt bin. Den Rest können Sie sich selber denken.«

»Packmaterial?« wiederholte Marker.

»Das ist doch ideal dafür geeignet, um eine Höhlung auszuschneiden, in die ein Koffer mit Heroin paßt. Genauso einen Koffer hat Horn in der vergangenen Nacht aus seinem Haus in Nyhavn herausgetragen – wenn das Horn war, der hinter dem Lenkrad des Volvos saß.«

»Das war Horn«, stimmte Marker zu. »Und dieser Koffer . . .«

». . . wurde nach Elsinore gefahren, von dem schwarzhaarigen Mädchen, das versucht hat, mich niederzuschlagen.«

Die Zeit wurde knapp. Schon jetzt hatte die Zugfähre, die aus Schweden kam, alle Maschinen gestoppt, und die Rampe wurde heruntergelassen und an die Schienen auf dem Kai angeschoben.

»Sie hat versucht, mich regelrecht zu fällen«, fuhr Louise angespannt fort. »Denn ich stand genau richtig, um das mit dem Heroin zu beobachten – daß sie riskiert hat, mich aus dem Weg zu räumen, deutet darauf hin, daß ich ausgesprochen günstig gestanden habe.« Louise verlor die Geduld, als Marker immer noch nicht überzeugt aussah. »Verdammt, muß ich Ihnen noch ein Bild davon malen? Warum zum Teufel hat sich Horn wohl in dieser Gegend gezeigt? Weil er dafür verantwortlich ist, daß die Lieferung durchkommt. Sie müssen ein enormes Geld und einen enormen Aufwand in diese Lieferung investiert haben. Wenn wir ihnen das Heroin wegnehmen können, ist das sicher ein schrecklicher Schlag für das Syndikat.«

»Und möglicherweise auch noch kurz vor dem Zeitpunkt, zu dem das erste Treffen des gesamten Syndikats stattfindet«, murmelte Beaurain. Laut sagte er: »Wie soll also unser erster Schritt aussehen, Louise?«

»Wir sollten den Bahnbeamten mit der Flagge zu Tode erschrekken«, erwiderte Louise sofort. »Ich bin davon überzeugt, daß er genau weiß, wo das Heroin versteckt ist. Er hat es bewacht, und er soll dafür sorgen, daß es sicher auf dem Weg nach Schweden ist. Möglicherweise haben wir nur noch Minuten, um ihm diesen Schrecken zu verpassen. Irgendwelche Vorschläge, Max?« Sie schaute den Deutschen an, und der nickte und ging los.

Beaurain ging auch ein paar Schritte weit und winkte Louise zu sich. Sie blieben stehen und schauten sich den regattaähnlichen Anblick auf dem glitzernden Öresund an.

»Wir sind noch aus einem anderen Grund hier in Elsinore – wir wollen unseren wichtigsten Mann in Stockholm treffen, Peter Lindahl. Seit einem Jahr besteht seine ganze Aufgabe darin, den führenden Kopf hinter dem Stockholmer Syndikat ausfindig zu machen. Vergangene Nacht hat er mich im Hotel Royal angerufen, von einem Ort irgendwo zwischen Stockholm und Hälsingborg. Er weiß, wer ›Hugo‹ ist.«

»Warum hat er es dir am Telefon denn nicht gesagt?«

»Du mußt müde sein«, tadelte Beaurain. »Glaubst du denn, Lindahl vertraut einem Menschen an einer Telefonvermittlung im Hotel? Unsere Unterhaltung war gut verpackt, aber es ging um Hugo. Er fährt jetzt nach Hälsingborg, und dann wird er bald herüberkommen. Er sagte mir, er hat auf der Delfin II für heute mittag Platz für ein Auto reservieren lassen.«

»Dann kennen wir also innerhalb einer Stunde das Ungeheuer, das für soviel Terror und für so viele kaltblütige Morde verantwortlich ist.«

Kapitel 12

»Bodel«, begann Beaurain herzlich und legte einen Arm um die Schultern des Dänen. »Sie sagten, nur Telescope hätte eine Chance, das Stockholmer Syndikat zu besiegen. Ich will Sie nicht aus dem Weg haben, in irgendeiner Bar. Sie sollten vielleicht einfach hier am Bordstein stehen, so daß Sie uns aushelfen können, wenn die Polizei kommt.«

»Ich bleibe.« Markers rundliches Gesicht wurde grimmig und hart, während er sich daran erinnerte, wie sein Vorgesetzter einfach in sein Büro beim Politigarden in Kopenhagen eingedrungen war. Es fiel ihm wieder ein, wie sein Vorgesetzter ihm befohlen hatte, diesen Fall ruhenzulassen, und er erinnerte sich auch daran, welche Drohungen das Syndikat gegen seine Frau und seinen Sohn ausgesprochen hatte. »Und ich bin bewaffnet«, sagte er.

»Eine Menge Leute in dieser Gegend sind bewaffnet«, versicherte ihm Beaurain.

Aufgerüttelt blickte sich Marker überall um. Kellermann hatte, ehe er hinter den Bahnhof zu der Stelle ging, wo die Waggons warteten, Henderson ein kurzes Handzeichen gemacht. Decken Sie mir den Rücken. Der Schotte hatte wieder das kameraähnliche Walkietalkie gehoben und den Befehl gegeben.

»Max muß gedeckt werden. Umzingelt die ganze Gegend. Sofort.«

Fasziniert sah Marker zu, wie ein paar von den »Wandervögeln« mit Rucksäcken auf dem Rücken zurück in den Bahnhof gingen. Er nahm an, daß es innen im Bahnhofsgebäude Ausgänge zumRanigergelände gab, wohin Foxbell verschwunden war. Andere »Touristen« näherten sich von vorn dem Bahnhof zwischen dem Anlegeplatz der Fähre und dem Rangiergelände. Henderson selbst nahm seinen Seesack auf und öffnete den Reißverschluß. Jetzt konnte er sekundenschnell seine Maschinenpistole schußbereit haben. Hendersons größte Angst bestand darin, daß Leute vom Syndikat, die jetzt noch verborgen waren, jeden Augenblick in größeren Mengen auftauchten. Alles hing von Kellermann ab.

Der dänische Bahnbeamte, der die Lok mit seiner Flagge geleitet hatte, ging an der Seite des ersten Waggons auf und ab, als Kellermann auftauchte. Der Deutsche begriff sofort, daß das Hauptproblem der Lokführer war, der darauf wartete, die beiden Wagen an Bord der Fähre zu schieben. Kellermann war erleichtert, als er zwei von Hendersons Männern sah, die wie Zeltwanderer aussahen. Sie erschienen hinter dem Bahnhofsgebäude auf der anderen Seite der Lok. Mit einer schnellen Geste deutete er auf den Lokführer und ging dann weiter auf den Mann mit der Flagge zu, der irgend etwas auf dänisch rief.

»Ich versteh' Ihre Sprache nicht!« rief Kellermann auf englisch zurück. Er ging noch immer auf ihn zu und lächelte breit. Es war erstaunlich, wie ein Lächeln die Leute verwirren konnte, wenn auch nur für ein paar lebenswichtige Sekunden. Der Bahnbeamte sagte wieder etwas, diesmal auf englisch.

»Sie sind auf einem privaten Grundstück und müssen sofort weg. Gehen Sie hier raus! Gehn Sie den Weg zurück, den Sie gekommen sind, oder ich rufe die Bahnpolizei!«

»Gute Idee. Rufen Sie sie nur. Jetzt! Ehe diese Waggons verschoben werden!«

Das Team, das ihn decken sollte, hatte sich mit der gewohnten Geschwindigkeit bewegt. Schon hatte einer den Lokführer in ein Gespräch verwickelt, während der zweite hinter der Lok verschwand. Dann tauchte er ganz leise wieder auf. Er kletterte hinauf in den Führerstand der Lok, hinter den Lokführer, der abgelenkt war. Eine Hand, die ein Tuch mit Chloroform hielt, preßte sich über den Mund des Lokführers. In weniger als dreißig Sekunden lag er bewußtlos auf dem Fußboden des Führerstands.

»Sie verschwinden jetzt von diesem Gelände!« Der Bahnbeamte mit dem mageren Gesicht ließ die Hand in die Jackentasche gleiten, und Kellermann sprang zwei Schritte vorwärts. Seine rechte Hand schloß sich um das Handgelenk des Dänen, zerrte die Hand hervor. Eine Pistole war darin. »Dienstwaffe der dänischen Staatsbahn?« fragte der Deutsche. Während er noch redete, drehte er das Handgelenk um und brach es. Die Pistole fiel zu Boden. Der Mund des Bahnbeamten öffnete sich zum Schreien, aber der Schrei wurde schnell von Kellermanns anderer Hand erstickt. Der Deutsche drückte den Dänen nach hinten und trat ihm plötzlich die Beine unter dem Bauch weg. Der Bahnbeamte stürzte nach hinten, und nur, weil Kellermann ihn noch packte, spaltete er sich nicht den Schädel auf den Schienen. Der Deutsche ließ ihn sanft sinken, bis er mit dem Hals auf den Schienen lag. Der Beamte versuchte, den Kopf zu heben, aber etwas Scharfes berührte seine Kehle. Sie Spitze von Kellermanns Messer.

»Versuch zu brüllen, und ich schneide dir die Kehle durch«, zischte Kellermann.

»Der Waggon . . .«

»Rollt jetzt jeden Moment an«, versicherte ihm Kellermann. »Er wird dir säuberlich den Kopf abschneiden, wie eine Guillotine. Direkt über den Hals. Nur dein Kopf liegt dann zwischen den Schienen, und dein Körper bleibt auf dieser Seite«, beschrieb er brutal.

»Das können Sie nicht machen!«

»Kann ich doch – und werde ich auch. Und wenn du den Kopf hebst, um ihn von den Schienen zu nehmen, dann erstech' ich dich. Ist also genau das gleiche, nicht? Wo ist das Heroin?«

»Was für Heroin?«

Die Worte wurden abgeschnitten durch Kellermanns Messer, das sich gegen die Kehle drückte. Der Bahnbeamte lag ausgestreckt da, die Eisenschiene preßte sich ihm in den Nacken, und als er nach links schaute – in die Richtung, aus die der Tod kommen würde –, sah er den Rand der Räder, die jetzt in seinem Gehirn gewaltige Dimensionen annahmen.

»Das Heroin, das für Schweden eingepackt worden ist«, meinte Kellermann müde. »Ich glaube wirklich, du bist blöd genug, es mir nicht zu sagen – und in diesem Fall, in wenigen Sekunden – knirsch!«

»Sie bringen mich um, wenn ich rede.«

»Das Stockholmer Syndikat?«

»Um Himmels willen, haben Sie doch Erbarmen!«

»Soll ich etwa das ganze Heroin herauslassen? Eher lasse ich dich köpfen.«

Obwohl Kellermann keine Gefühle mehr hatte, nachdem seine Frau ermordet worden war, beeindruckte ihn doch der Schrecken dieses Mannes – der Schrecken vor dem Stockholmer Syndikat, selbst in dieser furchtbaren Situation. Das magere Gesicht des Mannes war regelrecht gealtert, seit Kellermann ihm gedroht hatte; der Gestank vom Schweiß des Mannes hing in der Luft, vom Angstschweiß, der ihm in kleinen Bächen über Gesicht und Hals strömte. Er war jetzt schon schmutzig vom Rost der Schienen. Trotzdem sagte er nichts, und der Deutsche wußte nicht, was er als nächstes tun sollte. Eine Glocke begann zu läuten, ein gleichmäßiges Ding-Ding-Ding, ganz langsam, irgendwo unten am Fährenlandeplatz.

»Das Heroin ist . . . direkt über Ihnen . . . im zweiten Packen . . . Lassen Sie mich los, der Zug rollt an!«

Der Bahnbeamte riß wild den Kopf hoch und starrte in zitterndem Schrecken den Rand des Rades zu seiner Linken an. Eine Sekunde, ehe der Däne sich auf Kellermanns Messer aufspießen konnte, zog Kellermann es zurück. » . . . der Zug rollt an!« In einer Reflexbewegung packte Kellermann die Krawatte des Mannes, riß den Kopf zur

Seite, weg vom Rad und weg von der Schiene. Ihm strömte selbst der Schweiß über den Körper. Und dann wurde ihm klar, was passiert war.

Das gleichmäßige Läuten der Glocke war weiterhin zu hören, es warnte den herankommenden Verkehr, daß ein Zug über die Schienen rollte. Aber dieser Zug würde nicht rollen, denn der Lokführer war mit Chloroform betäubt worden. Eine schreckliche, winzige Sekunde lang hatte Kellermann das vergessen, als die Glocke anfing zu läuten. Kein Wunder, daß der Däne ohnmächtig geworden war und jetzt unbeweglich neben den Schienen lag. Kellermann hörte laufende Füße und hoffte, daß es die Füße von Freunden waren.

»Hat er geredet?«

Hendersons Stimme. Kellermann, dessen Gesicht Streß zeigte, blickte auf. Zu seiner Rechten glitten die beiden »Zeltwanderer«, die sich um den Lokführer gekümmert hatten, ruhig vom Zug und gingen zum Bahnhofsgebäude. Schützen, die als Touristen verkleidet waren, blockierten die Strecke, die von der Fähre hierherführte.

»Der Zug fährt nicht – die Glocke soll aufhören zu läuten«, sagte er.

»Und das Heroin?«

Das war Markers Stimme. Eine Mischung aus Eifer und Angst. Kellermann wischte sich mit dem Ärmel den Schweiß ab, der von seiner Stirn tropfte. Er war erschüttert, und es machte ihm nichts aus, das zuzugeben. Ein paar Sekunden lang hatte er die Vision eines Kopfes gehabt, der frei zwischen den Schienen hin und her rollte.

»Wir haben es«, sagte er ihnen, »wenn der Kerl mir die Wahrheit gesagt hat – und ich glaube, das hat er schon. Ich hätt's wenigstens gesagt. In diesem Wagen direkt über mir – im zweiten Teilstück – ›Pakken‹ hat er es, glaube ich, genannt.«

Kellermann stand auf und versteifte die Beine, damit er nicht mehr schwankte. Nur Louise sah, wie er sich wiederholt die feuchten Handflächen an der Hose abwischte. Er zwinkerte ihr zu, und sie lächelte mitfühlend zurück. Immer in den Augenblicken, in denen man es am wenigsten erwartete, traf sie der schreckliche Streß ihrer Arbeit wie ein Vorschlaghammer. Und oft genau dann, wenn sie am wenigsten darauf vorbereitet waren.

Alles wurde wieder einmal mit der typischen Gründlichkeit der Gruppe Telescope erledigt. Henderson war schnell über die Schienen zurückgegangen, und er wies die Schützen an, einen Verteidigungsring zu bilden. Beaurain war mit Marker in den Waggon geklettert und rief zu Kellermann herunter, er solle ihm sein Messer leihen. Es wurde ihm hinaufgereicht.

»Der Bahnbeamte steckt bis zum Hals drin.« Kellermann machte eine Pause, während ihm auffiel, daß er den Satz unglücklich formuliert hatte. Dann, während er Louise anschaute, fuhr er fort: »Der Lokführer steckt vielleicht auch drin, aber es könnte sein, daß er vollkommen unschuldig ist. Im Augenblick liegt er ...« Er legte die Hand über den Mund und deutete damit an, daß der Lokführer außer Gefecht sei. Und dann war in kurzer Entfernung das einzige Geräusch zu hören, das Beaurain nicht hören wollte. Es wurde jede Sekunde lauter. Es war das Heulen einer Streifenwagensirene.

Es war eine Situation, die Gefahr in sich barg. Marker sprang vom Wagen herab, überließ es Beaurain, sich mit dem gepreßten Papier abzumühen, und ging auf die drei uniformierten Polizisten zu, die an der Seite des Waggons heranliefen. Er hielt ihnen seine Polizeimarke vors Gesicht und machte ihnen aufgeregte Handzeichen, sich zurückzuziehen. In dieser schwierigen Situation benahm sich der rundliche Däne ganz großartig. Er redete nonstop auf dänisch und scheuchte die drei Männer zurück zum Fährenanlegeplatz wie ein Schäfer, der Schafe treibt.

»Zurück aus diesem Gelände! Überall wimmelt es von Männern der Spionageabwehr! Kommen die hier herein, mit heulender Sirene, verdammt – möglicherweise habt ihr eine internationale Aktion ruiniert, die seit Monaten geplant war! Was zum Teufel hat euch überhaupt hierhergelockt?«

»Wir haben eine Nachricht bekommen, im Gelände dieses Fährenlandeplatzes seien terroristische Aktivitäten beobachtet worden.«

»Und der Anrufer hat euch natürlich Namen und Adresse hinterlassen, was?« wollte Marker mit bitterem Sarkasmus wissen.

»Nun ... nein, Sir«, gab der Fahrer des Wagens zu, während er sich mit seinen zwei Kameraden zurückzog. Sie hatten jetzt fast die Straße erreicht. »Der diensttuende Inspektor hat es gemeldet – hat gesagt, wir sollten so schnell wir könnten hierherfahren –, wir waren gerade auf Streife, als er uns anrief.«

»Der diensttuende Inspektor!« Manchmal traf ein Querschläger genau ins Schwarze, dachte Marker mit einem Kribbeln der Aufregung. Solch ein Befehl würde normalerweise nie vom Inspektor auf der Wache weitergegeben. Das Stockholmer Syndikat saß hier in Elsinore, und seine korrupten Finger reichten sogar bis in die örtliche

Polizeiwache. Denn eins wußte Marker jetzt ganz genau: Der Streifenwagen war hergeschickt worden, um abzulenken und Telescope dabei zu hindern, nach der riesigen Heroinladung zu suchen.

»Habt ihr jemals über Funk einen direkten Befehl vom diensttuenden Inspektor bekommen?« fragte er, ganz sicher, daß er in seiner unglaublich weithergeholten Annahme recht hatte.

»Während meiner Dienstzeit ist das jetzt zum erstenmal passiert«, sagte ihm der Mann. »Und ich fahre seit fünf Jahren Streifenwagen. Hab' auch meinem Kameraden gesagt, das wäre komisch.«

»Ich sage euch jetzt genau, was ihr tun sollt«, sagte Marker grimmig zum Fahrer. »Ihr werdet meinen Befehl buchstabengenau ausführen, oder ihr könnt eine weitere Karriere bei der Polizei vergessen. Wartet in eurem Fahrzeug. Wenn ihr von diesem Inspektor irgendwelche weiteren Befehle oder Fragen hört, dann sagt ihm, euer Wagen hat den Geist aufgegeben, und ihr hättet bei der Fähre nichts Ungewöhnliches vorgefunden, selbst nach gründlicher Suche. Und dann, in ein paar Minuten, fahrt ihr mich zu eurer Wache.« Er schaute sich um, wo Beaurain noch immer in dem Güterwagen war, und sah nichts. Lieber Gott, was ging er für ein Risiko ein!

»Wie heißt eigentlich dieser Inspektor?« fragte er.

Die Männer nannten ihm einen Namen, und dann kehrte das Trio der Polizisten zum Streifenwagen zurück. Jetzt hing es von Beaurain ab, ob das Heroin gefunden wurde. Marker ging wieder zurück zum Güterwagen, wo der Mann, den er als Foxbell kannte, mit der jungen Frau Wache stand. Am Fuß des Waggons angekommen, starrte er zu dem Belgier hinauf, dessen Kopf über einem riesigen Bogen Packmaterial eben noch zu sehen war.

»Kommen Sie mal schnell herauf, Bodel«, rief Beaurain herunter.

»Sie haben doch nicht . . . jetzt schon?« begann Marker.

»Ich habe gesagt, kommen Sie hier herauf, um Himmels willen. Das richtige Timing ist alles.«

Es war so einfach, daß Marker von einer Mischung aus Unglauben und Erleichterung überwältigt wurde. In der dämmrigen Enge des Güterwagens starrte er auf das hinab, was Beaurains Taschenlampe ihm zeigte. Und dann erfüllte ihn die pure Wut, als ihm wieder einfiel, daß man ihm noch vor weniger als drei Stunden befohlen hatte, seine Nachforschungen nicht weiterzuführen. Einer der mächtigsten Männer der dänischen Polizei hatte ihm das aufgetragen.

Beaurain hatte sich von Louise eine Nagelfeile geborgt und sie benutzt, um die Schlösser des Koffers zu öffnen. In dem Koffer, der in einer engen Lücke zwischen Mauern aus Packpapier lag, war eine

Sammlung von durchsichtigen Plastikbeuteln, die ein Pulver enthielten. Der Koffer war ganz voll, die Lieferung gewaltig.

»Da drin? Einfach so da drin?«

»Ja, genauso einfach. Ich habe aufgepaßt, daß ich die Versiegelung nicht aufbreche.«

Das Loch war sorgfältig aus dem zweiten Packen Papier ausgehöhlt worden – genau an der Stelle, die der Bahnbeamte Kellermann genannt hatte. Vor dem Packen war eine dicke, flache Schicht aus dem gleichen Material, die in Rillen hineingeschoben war, und die man dann mit transparentem Klebeband fest angeheftet hatte.

»Einfach, aber effektiv«, fuhr Beaurain fort. »Das Klebeband sieht zufällig genauso aus wie der Klebestreifen, mit dem die Etiketten angeklebt sind, auf denen der Bestimmungsort der Ware steht. Wir müssen eine sehr schnelle Entscheidung treffen, Bodel, mein Freund. Nur Sie und ich und die beiden Leute, die draußen Wache stehen, wissen bis jetzt, daß wir die Ladung tatsächlich entdeckt haben.«

»Die jetzt offenbar auf dem Weg nach Stockholm ist. Wenn wir sie durchlassen, können Ihre Leute sie dann wirklich genau genug beobachten?«

»Wir werden Hilfe von Harry Fondberg brauchen, dem Chef der SÄPO in Stockholm.«

SÄPO war die schwedische Geheimpolizei, eine Abteilung, die ganz separat von der normalen Polizei operierte. Die Luft im Waggon war erstickend, und auch der Gestank nach etwas Unangenehmem wie starkem Leim wuchs immer mehr. Beaurain nahm an, daß es der Leim im Papier war.

»Wer nimmt Kontakt mit Fondberg auf – Sie oder ich?« fragte Marker einfach.

Beaurain brauchte einen Augenblick, um die Bedeutung dessen zu begreifen, was Marker gesagt hatte. Dann schloß er sorgfältig den Koffer und rief Louise zu, sie solle herauf in den Wagen steigen, damit er ihr Anweisungen geben konnte.

»Ich höre Ihnen am besten die nächsten paar Minuten nicht zu«, sagte Bodel. »Wenn dann irgend etwas schiefgeht, dann wissen Sie wenigstens, daß ich Sie nicht verraten habe – wissen Sie, Verrat, der ist doch irgendwie gang und gäbe geworden.«

»Du willst wirklich diese gewaltige Ladung hier zurücklassen?« fragte Louise, als der Chef der Spionageabwehr gegangen war. Der Belgier hatte den Koffer abgeschlossen und schob ihn jetzt vorsichtig wieder zurück in sein Versteck. Dann setzte er die Deckplatte auf und drückte das Klebeband wieder an, mit dem er so vorsichtig hatte sein müssen, damit es nicht zerriß.

»Woher weißt du, daß du Marker trauen kannst?« flüsterte sie.

»Ich weiß es nicht – das Risiko müssen wir eingehen.«

»Er hat diese Polizisten aus dem Streifenwagen weggescheucht – vielleicht, um die Lieferung zu schützen.«

»Deshalb erzählen wir ja auch nichts von dem, was wir planen. Und jetzt gib all diese Anweisungen an Henderson weiter, sobald du kannst.« Während er redete, arbeitete er noch immer an der schwierigen Aufgabe, den Koffer wieder in sein Versteck zurückzulegen, ohne Hinweise zu hinterlassen, daß die Ladung berührt worden war.

»Henderson muß der Firestorm ein Funksignal geben. Ich will, daß Anderson mit seinem Sikorsky-Hubschrauber dem Zug folgt, der diese beiden Wagen nach Stockholm bringt. Er soll zwei Männer an Bord nehmen, die er, falls notwendig, landen kann. Anderson ist vorzuwarnen, daß der Koffer wahrscheinlich irgendwo auf der Strecke zwischen hier und Stockholm ausgeladen wird.«

»Und wie soll Anderson das alles im Dunkel sehen?«

»Wahrscheinlich handelt es sich beim Ausladeplatz um irgendeinen Ort draußen im Gelände, und das bedeutet, daß zwischen dem Mann im Wagen und den anderen, die an der Strecke warten, irgendein Signal ausgetauscht werden muß – eine Leuchtkugel, blinkende Scheinwerfer eines geparkten Wagens, irgend etwas. Anderson wird es aus der Luft sehen können.«

»Noch etwas?«

»Noch viel. Anderson muß sich eine Kommunikationsmöglichkeit mit Fondberg von der SÄPO ausdenken. Ich rufe Fondberg selbst an, sobald wir aus diesem verdammten Wagen heraus sind. Er besitzt ein Funkgerät, und wir könnten Anderson eine zweite Nachricht senden und ihm Bescheid geben, wie er Signale per Funk nach Stockholm weitergeben soll. Da, fertig. Ich glaube wirklich nicht, daß jetzt noch einer sehen könnte, daß wir an ihrem Geheimfach herumgefummelt haben. Was gibt's denn, Max?«

»Ein Vorschlag. Ich fahre in diesem Wagen mit.« Kellermann, der direkt unter ihnen gestanden und der Unterhaltung zugehört hatte, war heraufgeklettert und zu ihnen hereingestiegen. »Es gibt hier reichlich Verstecke«, sagte er und schaute sich im dämmrigen Innern des Wagens um. »Auf diese Weise wird die Lieferung von Telescope genau bewacht. Henderson hat mir seine Wasserflasche gegeben.«

»Nur ein einziger Mann allein? Das könnte gefährlich werden«, kommentierte Beaurain zweifelnd.

»Ich habe nie geglaubt, daß ich in einen Kindergarten komme«, meinte der Deutsche trocken.

»Sie haben recht«, murmelte Beaurain. »Und auch davon erzählen wir Marker nichts«, meinte er fest.

»Eine Waffe, Max?« Louise bot ihm die Pistole an, die sie von Bord der Firestorm mitgenommen hatte. Kellermann schüttelte den Kopf. Er zog sein rechtes Hosenbein hoch und zeigte ihnen das Messer, das in seiner Socke steckte. »Wenn ich etwas brauche, dann muß es leise sein, nehme ich an. Was ist das Wichtigste?« fragte er Beaurain. »Soll ich das Risiko eingehen, die Lieferung zu verlieren, oder soll ich versuchen, um jeden Preis dem Syndikat nachzuspüren?«

»Das wichtigste, Max«, sagte Beaurain ruhig, »ist, daß du am Leben bleibst. Du wirst ohne Rückendeckung arbeiten müssen.«

»Gibt es noch weitere Anweisungen für Henderson?« fragte Louise.

»Er soll auf der Karte im Bahnhof die genaue Route dieses Zuges feststellen – ich glaube, er fährt durch Hasselholm, Nassjö, Mjolby, Norrköping nach Stockholm. Er soll an Anderson nicht nur die Route, sondern auch den Zeitplan weitergeben. Und jetzt haben wir noch ein, zwei Kleinigkeiten zu erledigen.«

»Max aber nicht.«

Beaurain hatte sich umgedreht, um dem Deutschen viel Glück zu wünschen, aber der war schon spurlos in den höhlenartigen Tiefen des Waggons verschwunden. Beaurain konnte sich kaum vorstellen, wie Kellermann den Gestank des Leims ertragen konnte. Er sprang neben den Schienen hinunter. Marker kam von dem Streifenwagen zurück, der noch immer in der Ferne, dicht am Anlegeplatz der Fähre, am Straßenrand parkte. »Ist alles organisiert?« fragte der Däne.

»Ihr Heroin ist noch immer an Bord.«

Das Ding-Dong der Glocke, die den herankommenden Verkehr an den Schienen warnte, war weiterhin zu hören, und an der Zugfähre ging alles sehr schnell. Er verlangte sehr viel von Marker. Keine zehn Meter von der Stelle entfernt, wo er stand, war die größte Heroinladung, die jemals Dänemark durchlaufen hatte. Falls Marker diese Ladung konfiszierte, dann war sein Stand in Kopenhagen felsenfest. Damit löste er jedes Problem, das vielleicht im Kampf mit seinen Vorgesetzten auftauchte. Es war ziemlich wahrscheinlich, daß er sogar den Posten seines Vorgesetzten bekam.

»Wir könnten die Lieferung auf der Strecke verlieren«, meinte Marker vorsichtig. Er studierte genau das Gesicht des Belgiers.

»Ich habe gewisse Vorsichtsmaßnahmen ergriffen.«

»Von denen ich nichts wissen will.«

»Die ich auch nicht die Absicht habe, Ihnen zu erzählen«, versicherte ihm Beaurain.

»Sie glauben, Sie haben eine gute Chance, damit durchzukommen?«

»Vorausgesetzt, Sie verhaften persönlich diesen Bahnbeamten und den Lokführer und halten die beiden drei Tage unter Verschluß. Können Sie sie irgendwo in Kopenhagen einsperren – nicht hier in Elsinore? Und dann brauchen Sie natürlich noch einen Fahrer.«

»Aber sicher«, stimmte Marker begeistert zu. »Die Männer im Streifenwagen könnten helfen. Sie legen den beiden Handschellen an und transportieren sie zur Polizeiwache. Von dort verschwinden sie einfach für die notwendigen drei Tage. Sie lassen mich doch wissen, wo das Heroin letzten Endes landet? So bald wie möglich brauche ich einen offiziellen Bericht vom SÄPO-Chef Fondberg in Stockholm.«

Beaurain und Louise warteten im Mercedes und sahen zu, wie der Güterwagen an den Stockholmer Expreß angehängt wurde. In wenigen Minuten wäre er an Bord der Fähre, auf dem Weg nach Hälsingborg – und dort würde der Expreß auf schwedischem Gebiet weiterrollen, auf seiner Reise nach dem fernen Stockholm.

»Glaubst du, mit Max geht alles in Ordnung?« fragte Louise, während sie ein paarmal an Beaurains Zigarette zog. »Mir sieht der Wagen sehr gründlich versiegelt aus.«

»Es ist ein gewaltiges Glücksspiel«, gab der Belgier zu, »aber außerdem ist es unsere einzige wirkliche Verbindung mit dem Stockholmer Syndikat. Max muß demjenigen folgen, der das Heroin abholt, und wir werden ja sehen, wohin es ihn führt. Vielleicht zu Hugo selbst – wenn Max Glück hat.«

»Gibt es keine Möglichkeit, Max zu schützen?«

»Wir tun, was wir können«, erwiderte Beaurain mit leicht verärgertem Unterton. »Ich gebe zu, ich mache mir selber Sorgen darüber, daß er sich selbst in diesem Waggon ganz allein eingeschlossen hat. Und es besteht die Möglichkeit, daß Horn die Angelegenheit auf uncharakteristische Weise behandelt. In Elsinore ist das ja passiert.«

»Da komme ich einfach nicht mit«, sagte Louise. »In Elsinore wurden wir doch nur vom Syndikat beobachtet. Wieso war das uncharakteristisch?«

»Horn hatte keine ganze Kompanie von Männern, die über die Einschiffung an der Fähre wachten. Und wenn er das nächste Mal die gleiche Methode benutzt – und es ist tatsächlich die effektivere Methode –, dann wird nur eine minimale Anzahl von Leuten damit beschäftigt sein, die Lieferung aus dem Zug zu nehmen, wenn die Zeit kommt. Vielleicht schickt Horn nur einen einzigen Mann. Was er zahlenmäßig an Durchschlagskraft verliert, das gewinnt er wieder dadurch, daß er die Gefahr der Entdeckung fast auf Null reduziert. Und diese Methode wird normalerweise immer angewendet, wenn es um große Drogenlieferungen geht. Nur wenige Leute, aber dafür eine gründliche Organisation.«

»Welchen Schutz hat Max eigentlich wirklich? Ich habe gehört, wie du mit Jock Henderson geredet hast.«

Beaurains Gesicht, das durch die Müdigkeit ungewöhnlich faltig wirkte, wurde grimmig, während er auf die Uhr schaute. »Jede Stunde, die vergeht, während Max in diesem Waggon sitzt und nichts passiert, verbessert seine Chancen. Henderson bringt per Wagen Männer von Stockholm her, die an jeder Haltestelle des Zuges einsteigen. Anderson läßt von seinem Sikorsky aus den Zug aus der Luft beobachten, soweit das möglich ist. Sowohl Harry Fondberg als auch ich erwarten, daß die Lieferung aus dem Zug ausgeladen wird, ehe er Stockholm erreicht.«

»Aber ist nicht Stockholm das Ziel? Ist nicht dort, im Zentrum des Spinnennetzes, auch das Zentrum des Verteilersystems?«

»Doch. Aber Transeuropa-Züge, die in der schwedischen Hauptstadt ankommen – besonders solche, die Dänemark durchfahren –, werden sorgfältig vom Zoll und vom Drogendezernat überwacht. Es ist viel leichter, den Koffer bei einem Zwischenstopp herauszunehmen und ihn den Rest des Weges per Flugzeug oder Auto weiterzutransportieren.«

Meldung von Harry Fondberg, SÄPO, an alle Einheiten im Südgebiet. Sikorsky-Hubschrauber, bisher bezeichnet als Dragonfly, Flugroute in etwa der Achse Hälsingborg-Stockholm entsprechend, hat freien Durchflug und ist unter keinen Umständen – wiederhole: unter keinen Umständen – aufzuhalten. Regelmäßige Berichte über den Weiterflug von Dragonfly sind an dieses Büro zu Händen Fondberg zu richten und unterliegen der Geheimhaltungsstufe eins. Alle Versuche anderer Institutionen, den Kurs von Dragonfly in irgendeiner Weise zu beeinflussen, sind persönlich und sofort an Fondberg zu melden. Im Notfall sind alle SÄPO-Einheiten gehalten, Dragonfly mit allen Kräften und Mitteln zu unterstützen. Fondberg. SÄPO-Hauptquartier, Stockholm. Sechzehn Uhr vierzig.

Die Meldung war für die örtlichen SÄPO-Kommandeure in Südschweden eine Sensation. Der Weg des Schnellzuges mit der Heroinsendung teilte dieses Gebiet in etwa zwei Hälften. Als Beaurain später eine Kopie der Meldung, die die SÄPO-Einheiten in dem bezeichneten Gebiet aufgescheucht hatte, erhielt, fand er, es sei mal wieder ein typisches Stückchen von Harry Fondberg gewesen – klug, einfallsreich und völlig in die Irre leitend. Wichtig war nämlich eigentlich nur das, was die Meldung nicht enthielt.

Chief-Inspector Harry Fondberg von der SÄPO war einer der besten Freunde von Jules Beaurain. Harry Fondberg hatte Beaurain während seiner Zeit bei der Brüsseler Polizei kennengelernt – er selbst kannte jeden leitenden Polizeibeamten in Westeuropa persönlich, von den Beamten der Gegenspionage und von seinen Kontaktleuten in den USA gar nicht zu reden.

Fondberg war genau vierzig Jahre alt. Hätte man eine Abstimmung veranstaltet, dann wäre er von allen politischen Figuren Schwedens zur unbeliebtesten Persönlichkeit des Jahres gewählt worden. In diesem Land, das so stolz auf seine traditionelle Neutralität in allen Punkten war, war Fondberg ein Mensch, der diese Neutralität am allerwenigsten verkörperte.

»Ich habe es nicht mit Gentlemen zu tun«, hatte er einmal gesagt. »Also muß ich mich mit meinen Methoden nach meiner Kundschaft richten.«

»Davon will ich nichts weiter hören«, hatte der Justizminister entgegnet. Aber bevor er das Büro des Chefs der SÄPO verließ, hatte er hinzugefügt: »Für mich zählen einzig Resultate.«

Jetzt, genau in dem Moment, wo Beaurain und Louise darauf warteten, daß Peter Lindahl aus Stockholm eintraf, begann für Fondberg in seinem Büro die lange Wartezeit. Er war darauf eingestellt, notfalls die ganze Nacht auf irgendeine Entwicklung zu warten. Da er ein methodischer Mann war, saß er einer Wandkarte von Südschweden gegenüber, auf der mit Stecknadeln und Fäden der genaue Weg des Schnellzuges eingezeichnet war. Ebenfalls war – wenigstens ungefähr – die Flugroute des Sikorsky-Hubschraubers, der Dragonfly, markiert. Das Telefon läutete. Es war sein Assistent, Erik Lebert.

»Der Amerikaner hat Gamla Stan wieder betreten. Dieselbe Adresse. Immer noch niemand da. Er hat sich eine Weile umgesehen und ist dann zu seinem Hotel zurückgekehrt. Ich spreche hier aus der Halle. Soll ich die Überwachung fortsetzen?«

»Ja. Sie werden später abgelöst.«

Fondberg legte auf, befingerte sein Kinn und starrte ins Leere –

seine typische Geste, wenn er sich konzentrierte. Das sorgfältig formulierte Telefonat setzte ihn davon in Kenntnis, daß Ed Cottel, der amerikanische CIA-Beamte, noch einmal die Wohnung in der Nähe der St.-Gertrud-Kirche in Gamla Stan, der alten Innenstadt, unter Beobachtung genommen hatte. Gamla Stan lag auf einer Insel, die mit der eigentlichen Stadtmitte von Stockholm durch eine Brücke in der Nähe des Grand Hotel verbunden war.

Cottel versuchte, Dr. Theodor Norling ausfindig zu machen. Norling war Antiquar und Mitglied des Dreier-Direktoriums, dieser immer bedeutenderen kriminellen Vereinigung, des Stockholmer Syndikats. »Washington in der Leitung, Sir«, informierte die Telefonistin Fondberg.

Der wollte die Frau gerade fragen, wer denn eigentlich aus Washington anrief, als ihm einfiel, daß sich ja vielleicht jemand entschieden haben könnte, ihm die Ankunft von Ed Cottel zu melden. Er sagte der Telefonistin, daß sie durchstellen sollte, und meldete sich, sobald die Verbindung hergestellt war.

»Hier spricht Joel Cody, Mr. Fondberg. Wissen Sie, wer ich bin?«

Der Anrufer war der wichtigste Berater des amerikanischen Präsidenten! Der Anrufer hatte seine Stimme am Ende der Frage gehoben, und Fondberg überlegte, ob jetzt von ihm erwartet wurde, daß er das Gespräch in Habtachtstellung entgegennehmen sollte. Er sollte sich wohl geschmeichelt fühlen, daß jemand so Bedeutendes ganze Minuten seiner kostbaren Zeit dafür opferte, einen derart Rangniedrigeren anzurufen.

»Was wollen Sie von mir, Cody?« fragte Fondberg mit kühler Stimme und stellte gleichzeitig das Bandaufnahmegerät an.

Eine kurze Pause entstand. Zweifellos versuchte Cody mühsam, seine Würde zu wahren. Aber er fing sich schnell, hielt seinen Ton liebenswürdig und gab sich, als wären die beiden seit Jahren die dicksten Freunde. In Wirklichkeit war es das erste Mal, daß sie miteinander in Kontakt kamen.

»Zuerst einmal möchte ich Ihnen für Ihre wirklich großartige Zusammenarbeit mit Washington danken – das war für uns ein sehr beruhigendes Gefühl. Ich darf sagen, daß dieses Gefühl von äußerst maßgebenden Persönlichkeiten der Vereinigten Staaten geteilt wird, wenn Sie wissen, was ich meinte.«

Der dämliche Hund meinte den Präsidenten. Der brauchte zwanzig Wörter, wo fünf gereicht hätten. Und am Ende jedes Satzes kam wieder das irritierende Anheben der Stimme – wahrscheinlich, damit Fondberg sich jedesmal noch kleiner und häßlicher vorkam.

»Mr. Cody, was ist der genaue Grund Ihres Anrufes?« fragte Fondberg grob.

»Wir wollen uns an die Gepflogenheiten des diplomatischen Verkehrs halten, und obwohl die Presse einiger Länder behauptet, daß wir Geheimniskrämerei betreiben und unsere Verbündeten nicht über das auf dem laufenden halten, was wir auf ihrem Territorium vorhaben . . .«

»Bitte, Mr. Cody!«

Fondberg verlor die Geduld. Mit seiner freien Hand öffnete er die untere Schublade, nahm ein Päckchen Zigaretten heraus, jonglierte eine davon zwischen seine Lippen und ließ ein Feuerzeug aus der gleichen Schublade aufflammen.

»Wir meinen, daß Sie vorher informiert werden sollten . . .« Die Stimme in Washington bekam einen harten Ton. » . . . und nicht erst, nachdem das Ereignis bereits stattgefunden hat, daß einer unserer Leute Ihrem Land in Kürze einen Besuch abstatten wird.«

Fondberg wußte, irgend etwas war hier nicht in Ordnung. Er konzentrierte sich jetzt voll auf das Gespräch und achtete auf die Betonung eines jeden Wortes, das der Adlatus des Präsidenten da von sich gab.

»Die Person, von der ich spreche, genießt hier außerordentliche Wertschätzung, und wir würden es begrüßen, wenn Sie ihm jede normale Zusammenarbeit gewähren könnten. Sein Name ist Harvey Sholto, und sein Aufgabenbereich sind Sicherungsmaßnahmen.«

»Von welcher Abteilung?«

»Also, Mr. Fondberg, ich nehme an, daß Sie auch der Meinung sind, daß das Telefon in der Welt, in der wir nun einmal leben, nicht mehr das Instrumentarium ist, das es einmal hatte sein sollen. Darf ich vorschlagen, daß Harvey sich nach seiner Ankunft bei Ihnen meldet und ein für beide Seiten vorteilhaftes Treffen vorschlägt – sagen wir in der amerikanischen Botschaft in Stockholm?«

»Er kann anrufen und dann zu mir hier ins Büro kommen. Geben Sie mir bitte die Flugnummer und die voraussichtliche Ankunftszeit dieses Mr. Sholto.«

»Alles was ich sagen kann, ist, daß er innerhalb der nächsten drei Tage in Stockholm eintreffen wird. Ich werde ihm durchgeben, daß Sie seinen Anruf erwarten, sobald er sich in Schweden eingerichtet hat. Wenn Sie mich jetzt entschuldigen wollen, Mr. Fondberg, auf meinem Schreibtisch leuchtet eben ein gewisses Lämpchen auf, und, Sie werden verstehen, es handelt sich um das gewisse Lämpchen, dem ich unbedingt Beachtung schenken muß.«

Fondberg dachte mehrere Minuten lang nach und ließ sich dann per Blitzgespräch mit dem Mann verbinden, den er bei Interpol am besten kannte. Während er noch auf das Gespräch wartete, alarmierte er die Sicherheitsbeamten auf dem Flughafen von Arlanda. Sie sollten nach einem Reisenden Ausschau halten, der einen amerikanischen Paß auf den Namen Harvey Sholto bei sich trug. Als zurückgefragt wurde, wie rasch denn die Überwachung aufgenommen werden sollte, antwortete er: »Sofort.« Es wäre typisch für die Codys dieser Welt, wenn man ihn raffinierterweise erst eine Stunde vor der Landung Sholtos in Schweden informiert hätte.

Als der Anruf zur Interpol durchgestellt wurde, gab Fondberg seinem Kontaktmann den Namen Sholto, Harvey, und erhielt das Versprechen, daß etwaige vorhandene Angaben noch am selben Tag durchgegeben würden. Fondberg blickte wieder auf die Wandkarte, auf der die langsam vorrückende Position des Schnellzugs mit der Heroin-Sendung angegeben war. Er fragte sich plötzlich, ob es zwischen diesem Schnellzug und dieser plötzlichen Nachricht über Harvey Sholto irgendeine Verbindung gab.

Harry Fondbergs Kontaktmann der Interpol rief um zehn Uhr abends aus Paris an. Der schwedische Chef der SÄPO wartete immer noch in seinem Büro, überzeugt davon, daß irgend etwas geschehen würde, daß es schnell geschehen würde und daß es – so Gott wollte – ihm den so dringlich herbeigesehnten Ansatzpunkt geben würde, der ihm endlich die Tür ins Stockholmer Syndikat aufstoßen würde.

»Harvey Sholto«, informierte der Franzose den Schweden lakonisch, »ist ein bestens ausgebildeter Killer. Die Amerikaner stufen ihn als X-1 ein. Das heißt, ich persönlich würde es vorziehen, nicht gerade persönlich im Fadenkreuz des Zielfernrohrs seines Scharfschützengewehrs aufzutauchen.«

»Wenn Sie eine Beschreibung haben . . . Einen Moment, ich notiere mir das.« Fondberg hatte das Bandgerät diesmal absichtlich nicht eingeschaltet, denn es gehörte sich in diesem Fall, daß einer den anderen von jeder Art der Aufzeichnung vorher informierte. Und gerade jetzt war Fondberg nicht daran gelegen, daß irgendein Tonband aufgenommen wurde, das vielleicht von einem anderen abgehört werden konnte. Er kritzelte die Personenbeschreibung Sholtos in einer Art aufs Papier, die höchstens noch er selbst würde entziffern können.

»Und da gibt es noch etwas über diesen Sholto«, fuhr der Franzose fort. »Er hat für Washington Mordaufträge in Vietnam, in Afrika und in Mittelamerika erledigt, aber wir haben bisher nicht feststellen können, daß er für irgendeine Bundesbehörde im besonderen arbeitet. Er hat großen Einfluß bei höchsten Stellen in Washington – und diesen Einfluß hat er sich bei seinen Mordaufträgen nutzbar gemacht.«

»Ich danke Ihnen«, sagte Fondberg. Die üblichen höflichen Schlußfloskeln gingen ihm automatisch über die Lippen. Dann legte er auf, stützte das Kinn in die Hand und blickte wieder finster ins Weite. Es war doch immer dasselbe Problem: Zuviel passierte zur gleichen Zeit. Aber was Fondberg am meisten beunruhigte, war die Frage, die ihm nun andauernd im Kopf herumging.

Wer sollte Harvey Sholtos neues Opfer sein?

Kapitel 13

»Senden Sie sofort eine Nadir-Meldung an den Polizeiinspektor und an die Bahnpolizei.«

Nadir. Mehr noch als Zenit verursachte eine solche Meldung feuchte Handflächen bei all den Männern, die sie weitergaben. Sie konnten den Gedanken nicht verdrängen, daß das Syndikat eines Tages eine Nadir-Meldung mit ihren eigenen persönlichen Angaben aussandte. Und sobald diese Meldung einmal hinaus war, gab es keinen Ort mehr, an den man fliehen konnte. Nirgendwo war man vor den Fangarmen dieses Kraken aus Stockholm mehr sicher.

Den Befehl hatte Benny Horn Sonia Karnell gegeben, als sie nebeneinander in der BMW-Limousine saßen. Innerhalb von Minuten, nachdem sie in dem Volvo vom Bahnhof Elsinore weggefahren waren, hatten sie das Auto gewechselt. Es war Horns Regel, nie länger als zwei Stunden im selben Wagen zu bleiben. Der BMW war in einer Hafengegend geparkt, die von den Fähranlegestellen und vom Bahnhof ein ganzes Stück entfernt lag. Sonia Karnell stieg aus dem Wagen und ging über die Planke an Bord eines größeren Fischerbootes, das am Kai festgemacht hatte. Für ein Schiff, das man kaum hätte modern nennen können, war die Ausrüstung bemerkenswert auf dem letzten Stand.

Auf der Südbrücke war das neue Radargerät installiert, und in der Kajüte, in die Sonia Karnell nun hinunterstieg, war ein starkes Sende- und Empfangsgerät eingebaut. Die Art des Verstecks hinter hölzernen Planken war der Methode sehr ähnlich, die Frans Darras auf seinem Boot am Stadtrand von Brügge angewendet hatte.

»Woll'n Sie was, junge Frau? Das hier ist Privatbesitz.«

Arnold Barfred, der dänische Eigentümer des Bootes, sprach absichtlich sehr laut, und für den Fall, daß draußen jemand vorbeiging und zuhörte, redete er englisch.

Sein Blick wurde undurchdringlich, als Sonia ihm mit leiser Stimme die Meldung weitergab und ihm befahl, sich zu beeilen. »Das ist eine Nadir-Meldung. Jeder von uns, der eine erhält, gibt sie auf der Stelle weiter. So etwas sollte man eiligst loswerden – und wieder vergessen.«

Die Karnell entgegnete darauf nichts, sondern begab sich eilig wieder an Land. Sie hörte, wie sich hinter ihr der Niedergang schloß und der Riegel einschnappte. Die Kajüte war jetzt von der Außenwelt abgeschlossen. Barfred tat in diesem Augenblick genau das, was er angekündigt hatte.

Und noch in anderer Hinsicht hatte er präzisen Befehlen gehorcht: Er hatte unter Deck darauf gewartet, daß der Wagen ankam – Barfred hatte keine Ahnung von der Anwesenheit Dr. Benny Horns, genausowenig wie das Ehepaar Darras in Brügge auf seinem Boot Dr. Otto Berlin nicht gesehen hatte.

Sonia Karnell rückte sich wieder in dem BMW zurecht, schaltete die Zündung ein und war darauf bedacht, so schnell wie möglich zu verschwinden. Neben ihr drehte sich Horn zu dem Fischerboot um. Ohne Zweifel wollte er sich vergewissern, daß Barfred nicht auftauchte, bevor sie beide verschwunden waren.

»Wir wollen nur sicherstellen, daß sich jemand um Beaurains Mann aus Stockholm kümmert. Anschließend können Sie mich nach Nyhavn zurückfahren. Dann packen wir ein paar Sachen und fliegen geradewegs nach Stockholm.«

»Lindahl? Kommt der hierher?«

»Ja, meine Liebe, er kommt nach Elsinore, und das so schnell er kann. Er ist dabei, per Auto aus Schweden zu flüchten, als seien sämtliche Höllenhunde hinter ihm her. Was er nicht weiß, ist, daß die Hunde schon auf ihn warten.«

Die riesige Motorfähre bewegte sich kaum auf den sanften Wellen des Öresunds, als sie in Hälsingborg an der schwedischen Küste angelegt hatte.

Ein ständiger Strom von Wagen, die nach Elsinore wollten, fuhr die Rampe hinauf und verschwand in der breiten, offenen Laderaumluke der Delfin II.

An Bord nahmen die Passagiere schon auf dem Oberdeck ihre

Plätze ein, von wo sie Dänemark gut sehen konnten. Es lag nur wenige Meilen entfernt auf der anderen Seite der Meerenge. Durch ein starkes Fernglas schaute ein schwedischer Tourist zum Schloß Kronborg hinüber, das sich auf dem anderen Ufer erhob. Kinder hingen an der Reling des Schiffes.

Es war schwierig, sich eine friedlichere Szene vorzustellen, eine Atmosphäre, die weniger mit Gewalt zu tun hatte. Auf den funkelnden Kämmen der blauen, sonnenglitzernden Wellen tanzten unzählige Jachten, und ihre farbigen Segel waren winkende Dreiecke, die in der milden Brise flatterten.

Ein grauer Volvo verschwand im riesigen Ladedeck. Beaurains Agent rangierte sein Fahrzeug an die Stelle, die ihm von dem Beauftragten auf der Fähre angedeutet wurde. Lindahl schaltete die Zündung ab, lehnte sich in den Sitz zurück und griff automatisch nach einer Zigarette. Dann sah er das Nichtraucherschild, das ihm direkt in die Augen stach.

Eigentlich machte es ihm nichts aus. Zum erstenmal seit Tagen konnte er sich entspannen. Innerhalb weniger Minuten hätte er Schweden verlassen. In weniger als einer Stunde würde er in Elsinore mit Jules Beaurain reden.

Lindahl kletterte aus seinem Auto, schloß es sorgfältig ab, überzeugte sich, daß alle Fenster geschlossen waren und stieg dann die Treppen hinauf, die zu den höheren Decks führten. Ja, Gott sei Dank, bald wäre alles vorüber – wenn erst einmal die tödliche Information, die er mit sich herumschleppte, an Beaurain weitergegeben war. Dann wäre er wieder sicher.

Unter dem Kiel der Motorfähre Delfin II arbeiteten Karl Woltz und sein Team aus drei Froschmännern schnell und fachkundig. Sie hatten vor zehn Minuten das große Dampfboot verlassen, das ein paar hundert Meter von der Fähre entfernt vor Anker auf den Wellen schaukelte. Woltz hatte seinen drei Untergebenen eingeschärft: »Der Zeitplan ist lebenswichtig. Die Fahrt der Fähre dauert nicht lange, und kurz vor dem Anlegen muß schon alles gelaufen sein.«

»Warum genau da?« fragte einer der Männer.

»Das weiß ich nicht, und es ist mir auch egal!« hatte Woltz ungeduldig geknurrt. »Ich weiß nur, daß sie uns ein kleines Vermögen dafür zahlen.«

Ehe sie über die Reling des Dampfbootes ins Wasser geglitten waren, hatten sie laut Anweisung gewartet, bis die Delfin II aus Elsinore angekommen, seine menschliche und vierrädrige Ladung von Dänemark ausgespien und angefangen hatte, die Wagen und Passagiere an Bord zu nehmen, die in Hälsingborg warteten. Woltz selbst hatte die Fähre durch einen Feldstecher beobachtet. Er hatte aber nur den Fahrer des blauen Mercedes gesehen, der seinerseits die Kavalkade der Fahrzeuge beobachtete, die die Rampe zur Delfin II hinauffuhren.

Woltz hatte keine Ahnung, wer dieser Mann war oder was er suchte. Er würde ihn auch nicht wiedererkennen. Der Mann, der bei dem Mercedes stand, trug einen hellen Trenchcoat mit hochgestelltem Kragen und einen weichen Filzhut, den er tief ins Gesicht gezogen hatte. Dann gab er das Signal. Er benutzte eine fest zusammengerollte Zeitung wie einen Stab und tippte damit fünfmal wie geistesabwesend auf die Motorhaube des Wagens. Woltz zählte die Schläge der Zeitung, ließ dann den Feldstecher sinken und wandte sich den anderen zu, die im Dampfboot warteten.

»Los! Und um Himmels willen, geht vorsichtig mit der Ausrüstung um.«

Woltz hätte nicht wissen können, daß der Fahrer des Mercedes das »Los«-Signal nur gegeben hatte, nachdem er Peter Lindahl gesehen hatte. Der war mit seinem grauen Volvo die Rampe hinauf in die Delfin II hineingefahren.

»Wir wollen, daß die ganze Fähre innerhalb von fünf Minuten sinkt. Überlebende darf es nicht geben.«

Diese fürchterliche Anweisung war Woltz in einem leeren zweistöckigen Haus außerhalb der schwedischen Stadt Malmö gegeben worden. Die Organisation derjenigen, mit denen er es zu tun hatte, rang Woltz mehr und mehr eine heimliche Bewunderung ab. Die Leute hatten sich sogar die Mühe gemacht, ein Feldtelefon in dem Haus anzubringen. Nach vorhergehender Anweisung hatte er den Anruf in einem der unteren Räume im Haus angenommen, und er wußte, daß der Mann, mit dem er sprach, über ihm im ersten Stock saß. Aber nichts auf der ganzen Welt hätte Woltz dazu verführen können, sich die Treppe hinaufzuschleichen.

»Warum sollen wir sie nicht mitten im Öresund versenken? Warum warten wir, bis sie dicht vor der dänischen Küste ist?« hatte Woltz eingeworfen.

»Das ist nicht Ihr Problem. Sie tun nur das, was wir Ihnen sagen. Man wird Sie natürlich beobachten. Wenn Sie den Rest des Geldes haben wollen, anstatt eine Kugel ins Genick, dann fangen Sie besser an, alles so zu machen, wie wir es wollen.«

Es war unheimlich gewesen – die Stimme und die Atmosphäre in dem verlassenen Haus. Woltz war erleichtert gewesen, als er endlich von dort wegkonnte. Und jetzt, während er unter dem Kiel der Fähre versteckt lag und sein Team durch das Perspex-Fenster seiner Tauchermaske beobachtete, hatte er keinen Grund, etwas anderes zu verspüren, als professionelle Zufriedenheit über eine gute Arbeit.

Sechs Haftminen waren an verschiedenen Teilen des Rumpfes der Delfin II angebracht worden. »Vergeßt nicht, daß drei der Minen unter dem Wagendeck sitzen müssen«, hatte die Stimme im Haus in der Nähe von Malmö ihm gesagt. Unterhalb der verschwommenen Silhouette der Delfin versuchte Woltz, sich auf das zu konzentrieren, was er tat, und nicht auf die Konsequenzen seiner Arbeit, die schnell eintreffen und sich grauenhaft auswirken mußten.

Die Haftminen hatten magnetische Klammern – das Anbringen war also einfach. Man hielt die Mine an die richtige Stelle, drückte den Schalter, und die magnetischen Füße sprangen dann heraus und drückten sich an wie Saugnäpfe. Jetzt mußte man nur noch warten, bis alle sechs Minen wie ekelhafte, metallische Beulen auf dem Rumpf saßen, und dann schwamm Woltz selbst unterhalb der Fähre am Rumpf entlang und hielt kurz bei jeder Mine, um noch einen Knopf zu drücken. Der aktivierte den Zündmechanismus.

Sobald der letzte Mann wieder sicher an Bord des Dampfschiffes war, befahl Woltz einem Matrosen, das Signal auszusenden – das Signal, mit dem bestätigt wurde, daß die Minen angebracht waren, daß die Zündung aktiviert war, und daß jetzt nur noch derjenige, der die Fernsteuerung betätigte, einen Knopf drücken mußte. Dann detonierten alle sechs Minen.

Das Signal bestand darin, daß die dänische Flagge am Heck einmal auf und ab gezogen wurde. Woltz borgte sich einen Feldstecher und richtete ihn auf den blauen Saab, der eben aufgetaucht war und jetzt an der Stelle parkte, wo vorher der Mercedes gestanden hatte. Zu seiner Enttäuschung trug der Fahrer hinter dem Lenkrad einen Helm und eine Fahrerbrille.

Woltz konnte nicht wissen, daß er in die falsche Richtung schaute – der Saab war einfach dazu da, ihn von einem sehr stark motorisierten weißen Motorkreuzer abzulenken, der hinter ihm lag. Das Fahrzeug fuhr nach Süden – fort von der Autofähre – und es trieb so langsam mit der Flut, daß es sich kaum bewegte. Der bärtige Mann auf der Brücke, der eine Seemannsmütze trug, senkte den Feldstecher, den er auf Woltz' Boot gerichtet hatte.

»Das ist das Signal«, sagte er.

»Jetzt wissen wir, daß Lindahl an Bord ist – und die Delfin ist eine schwimmende Bombe«, erwiderte Dr. Benny Horn, der neben dem Kapitän stand.

Die Delfin II hatte schon zwei Drittel des Weges über den Öresund zurückgelegt. Drei weitere Fähren waren unterwegs; zwei kamen von Schweden herüber, die dritte näherte sich dem Fährenanlegeplatz vor dem Bahnhof von Elsinore.

Tief in den Eingeweiden der Fähre saß Peter Lindahl jetzt hinter dem Lenkrad seines Volvo. Er wartete ungeduldig darauf, daß er an Land gehen konnte. Lindahl musterte trotz seiner Erleichterung darüber, daß er aus Schweden heraus war, die anderen Fahrer sehr sorgfältig. Niemand schien ein ungewöhnliches Interesse an ihm zu finden.

Beim Anlegeplatz der Autofähre beobachtete Beaurain einen schlanken weißen Motorkreuzer, der südlich vom Hafen auf dem Wasser trieb. Dieses Dahintreiben hatte anfangs seine Aufmerksamkeit auf das Schiff gezogen. Normalerweise ließ man ein Schiff einfach nicht so herumtreiben. Er reichte Louise den Feldstecher.

»Sieh dir mal das weiße Boot an. Zwei Männer stehen auf der Brücke. Schau dir die auch mal an.«

Sie richtete das Fernglas ein und schaute scharf hin. Dann bewegte sie den Feldstecher ein bißchen, und Beaurain hörte, wie sie laut Luft holte.

»Was ist denn?«

»Der andere Mann da – der mit der Mütze – sieht aus wie der Kerl, den ich an dem Haus in Nyhavn mit dem Koffer in den Lieferwagen hab' klettern sehen. Er sieht aus wie Dr. Benny Horn.«

Auf der Brücke des Kabinenkreuzers schaute Horn mit starrem Blick zu der Fähre hinüber, die Peter Lindahl nach Dänemark brachte. Er schätzte die Entfernung, die noch zwischen der Fähre und der dänischen Küste lag.

»Jetzt!«

Der bärtige Kapitän, der den Funkauslösemechanismus hielt, drückte einen Knopf, und in der gleichen Sekunde gab er Gas. Während er das Gerät in die Tasche steckte, gab er noch mehr Gas. Der Bug des Kreuzers hob sich aus dem Wasser wie die Schnauze eines Hais, und das Schiff sprang über die Wellen. »Sie verdammter Narr, Sie ziehen noch alle Aufmerksamkeit auf uns«, fluchte Horn, aber seine Worte wurden ausgelöscht vom Brüllen der Explosionen.

Als der bärtige Kapitän den Knopf drückte, ging der Funkimpuls, der dadurch ausgelöst wurde, im Bruchteil einer Sekunde an die Empfänger weiter, die in jede der sechs Haftminen am Rumpf der Delfin II eingebaut waren. Wie die anderen Opfer hörte Peter Lindahl nichts. Da er genau über einer der Minen saß, war er augenblicklich tot.

»Lieber Gott, Jules!«

Louise packte ihn am Arm und preßte eine Hand auf den Mund. Die riesige Fähre war in Stücke gesprengt worden. Eine starke Druckwelle drückte das Wasser in einer kleinen Flutwelle in den Hafen, und während sie vorbeirollte, versenkte sie zahllose kleine, vor Anker liegende Boote, bevor sie gegen die Hafenmauer donnerte.

Louise war erstarrt vor Schrecken. Sie hatte den schrecklichen Eindruck, daß sie Einzelteile von Autos sehen konnte – Räder und Fahrwerkteile. Sie wirbelten in der riesigen Wolke aus schwarzem Rauch durch die Luft, die jetzt schnell in den Himmel stieg. Louise drehte sich um und sah, daß auch alle anderen wie Statuen dastanden. Das einzige, was sich bewegte, war Bodel Markers Wagen, der schnell heranrollte. In der Ferne begannen Sirenen zu heulen, und Boote legten ab und fuhren zur Unglücksstelle.

»Was zum Teufel ist denn da draußen passiert?«

Beaurain schaute Marker an und beobachtete genau dessen Gesichtsausdruck, als er antwortete. Seine Stimme klang hart und knapp und sehr gepflegt, wie Louise bemerkte.

»Das Syndikat hat soeben eine Autofähre in die Luft gesprengt. Die Liste der Opfer wird lang sein. Ich möchte bezweifeln, ob ein Mann, eine Frau oder ein Kind an Bord das überhaupt überlebt hat. Wahrscheinlich wird die Angelegenheit als ›Massaker von Elsinore‹ bekannt werden, und morgen steht die Schlagzeile in jeder Zeitung auf der ganzen Welt. Und all das nur, um einen einzigen Mann auszuschalten, nur einen einzigen Mann.«

Louise wußte, daß sich unter dem glatten, neutralen Benehmen eine schreckliche, rasende Wut verbarg. Beaurains Augen, die immer eindringlich blickten, wirkten jetzt fast hypnotisch, während er Marker betrachtete. Und die Reaktion des Dänen schockierte sie völlig.

»Und ich hatte schon gedacht, ich hätte schlechte Nachrichten. Das Syndikat hat einfach die Notwendigkeit, einen Ihrer Männer zu liquidieren, dazu benutzt, eine Demonstration seiner Macht zu bieten. Übrigens, wegen dieses Mannes spreche ich Ihnen mein tiefes Mitgefühl aus.«

Jetzt wehte von der See eine Brise herein, ein schwacher Geruch nach Benzin, gemischt mit etwas ungheuer Unangenehmem. Instinktiv gingen die drei ein Stückchen vom Wasser weg. Marker fuhr fort: »Das Stockholmer Syndikat hat demonstriert, wie unendlich mächtig und gewissenlos es ist. Es war eine Demonstration, bei der mindestens soviel herauskommt wie bei dem Mord an dem führenden Politiker gemeinsamen Marktes.«

»Wenn Sie das nur sagen, um die Stimmung ein bißchen zu verbessern . . .«

»Nein, alter Freund«, warf Marker mit fester Stimme ein. »Ich will nicht versuchen, Ihnen den Schmerz über diese Sache zu erleichtern, die Sie irrtümlicherweise für Ihre Schuld halten. Ich habe Ihnen vorher nichts gesagt, weil ich bei Ihnen noch nicht sicher war – so mißtrauisch machen die Aktionen des Syndikats all diejenigen, die davon berührt sind. Aber erst heute morgen habe ich einen Anruf bekommen.«

»Von einer Frau?« fragte Louise ruhig.

»Ja, meine Liebe, von einer Frau, wie vorher. Wieder hat sie mich gewarnt, daß man früher oder später dahinterkommen würde, wo ich meine Frau und mein Kind verstecke, und daß sie mir schon dicht auf den Fersen wären. Das letzte sagte sie natürlich nur in der Hoffnung, mir angst zu machen. Möglicherweise würde ich mich dann mit meiner Familie in Verbindung setzen, und das Syndikat könnte sie entdecken. Die Frau beendete das Gespräch, indem sie mir sagte, eine neue Demonstration der Macht ihrer Organisation stände bevor – ich würde schon wissen, über was sie spräche, wenn ich morgen in der Weltpresse von der Katastrophe lese.«

Beaurain schob beide Hände in die Jackentasche; er tat das immer, wenn er tief gerührt war. »Und ich nehme an, andere Leute in Spitzenpositionen wurden auch angerufen und bekamen die gleiche Nachricht?«

»Ja, ich weiß es. Ehe Sie und Miss Hamilton in meinem Büro ankamen, hatte ich gerade eine Anzahl von diskreten Anrufen erledigt.«

»Ein weißer Kabinenkreuzer«, fing Beaurain mit monotoner Stimme an, »der das letzte Mal, als wir ihn sahen, unter dänischer Flagge fuhr, bewegt sich mit großer Geschwindigkeit auf südlichem Kurs etwa eine Meile vor der dänischen Küste auf Kopenhagen zu. Wir glauben, wir haben Benny Horn an Bord gesehen. Der Kreuzer zischte wie der Teufel los, fast genau im gleichen Augenblick, als die Fähre explodierte.«

»So«, erwiderte Marker, »dann wird der Kreuzer also jetzt bei irgendeinem aus einem Dutzend Anlegeplätzen an der Küste angelegt haben, und ein wartender Wagen hat Benny Horn abgeholt – es sei denn, er hat den Sund überquert und ist nach Schweden gefahren, nachdem man ihn von Elsinore aus nicht mehr sehen konnte. Trotzdem gebe ich Alarm. Entschuldigen Sie mich einen Augenblick.«

Marker ging hinüber zu seinem Wagen, der in der Nähe parkte, nahm das Mikrofon drinnen vom Armaturenbrett und lehnte sich gegen den Wagen, während er über Funk seinen Bericht weitergab. Der Fahrer starrte die Menschenmenge an, die aus dem Nichts zusammengelaufen war und immer dichter wurde. Die Leute starrten auf die See hinaus, wo nutzlose Rettungsarbeiten durchgeführt wurden.

»Du glaubst, daß es wirklich Benny Horn war?« fragte Louise, nachdem die Stille mehrere Minuten gedauert hatte.

»Ich glaube, er war möglicherweise das Werkzeug. Ob er die Sache geleitet hat, das ist eine ganz andere Frage«, sagte er ihr abrupt und wandte sich dann zu Marker um, der zurückgekehrt war. »Bodel, als Sie hier ankamen, sagten Sie, Sie hätten geglaubt, Sie hätten schlechte Nachrichten – als ob Sie uns etwas anderes sagen wollten, bevor die Fähre in die Luft flog.«

»Vor dieser Katastrophe schien es mir auch schrecklich zu sein.« Marker machte eine resignierte Handbewegung zu den Trümmern hinüber, die auf der See schwammen. Beaurain beobachtete ihn genau. »Ich hatte Ihnen gesagt, ich würde mal mit dem Inspektor sprechen, der per Funk den Streifenwagen zum Fährenanlegeplatz am Bahnhof geschickt hat. Ich stellte fest, daß ich ein bißchen zu spät kam. Ein Unfall.«

»Was für ein Unfall?«

»Er hatte einen Telefonanruf bekommen, angeblich von seiner Frau. Nachdem er eingehängt hatte, ist er allein mit dem Wagen von der Polizeiwache weggefahren. Sie haben den Wagen eben aus dem Meer gezogen – der Inspektor saß drin. Er ist ermordet worden. Ich weiß, daß er ermordet wurde, weil auch den beiden dänischen Bahnbeamten etwas passiert ist, die ich Ihrer Anweisung nach drei Tage aus dem Umlauf ziehen sollte. Sie haben die Polizeiwache nie erreicht.«

»Was ist passiert?« fragte Louise. Sie spürte, wie ihr das Haar zu Berge stand. Beaurain betrachtete weiterhin seinen alten Amtskollegen, während der Däne mit seiner Geschichte fortfuhr.

»Die beiden waren mit den Polizisten im Streifenwagen. Auf dem Weg zur Wache wurden sie vor einer Tiefgarage von einem Mann mit einer Flagge angehalten. Zufällig hat eine Frau das gesehen, aus einer Entfernung von fünfhundert Metern – zum Glück für sie. Der Mann, der den Wagen angehalten hatte, ging in die Tiefgarage, um jemanden zu holen, und dann kam eine mächtige Explosion. Der Wagen hat sich einfach aufgelöst – einfach so . . .« Wieder machte er eine resignierte Geste aufs Meer hinaus.

In verräterisch abwesendem Tonfall sagte Beaurain: »Sie bringen jeden um, der von dem Heroin weiß. Zuerst den Inspektor, den sie gekauft – oder eingeschüchtert haben. Dann die beiden Bahnbeamten, die wohl alle beide die ungefähre Stelle gekannt haben, wo der Koffer versteckt war. Das ist die Methode des Syndikats, ihre Investierungen zu schützen. Effektiv, das müssen Sie doch zugeben.«

»Zu effektiv.«

»Geben Sie's zu, Marker – das Syndikat besitzt eine der effektivsten Mordmaschinerien, die die Geschichte kennt – und jeder Todesfall wird dazu ausgenutzt, die größtmögliche Anzahl von Menschen zu terrorisieren, die dem Syndikat in der Zukunft nützen können. Jemand hat sich da ein narrensicheres System ausgedacht. Louise und ich, wir müssen jetzt weg«, schloß er kühl.

»Ich fahre Sie bis zum Bahnhof.«

Während der Fahrt sagte Beaurain nur einmal etwas. Er saß mit Louise im Fond des Wagens. Sie schaute zum Meer hinaus, als er sie um eine Zigarette bat. Leichenteile schwammen jetzt im Hafeneingang, und er wollte nicht, daß sie noch öfter solche entsetzlichen Anblicke ertragen mußte. Während der Fahrt zum Bahnhof verfiel Marker in finsteres Schweigen. Er starrte durch die Windschutzscheibe, ohne etwas zu sehen. Beaurain war erleichtert, als der Däne dem Fahrer sagte, er solle sie in einiger Entfernung vom Bahnhof absetzen und dann auf ihn warten. Die drei gingen langsam zu der Stelle, wo alles angefangen hatte – dem Ausgang des Bahnhofs Elsinore.

»Es ist so eine hübsche Stadt«, sagte Louise. »All die alten, frischgestrichenen Häuser . . .«

Mitten im Satz hielt sie inne, und Beaurain preßte beruhigend ihren Ellbogen. Sie hatte etwas wie: »zu hübsch, als daß hier solch ein Schrecken herrschen könne« hinzufügen wollen. Beaurain bemerkte, daß seine beiden Begleiter es eifrig vermieden, nach links zu schauen, in den Hafen und auf das Meer. Auch unter den Leuten, die dort aufs Meer starrten und herumgingen, herrschte eine unnatürlich stille Atmosphäre. Möglicherweise fuhren viele von ihnen immer mal wieder nach Schweden hinüber, auf der Autofähre.

»Als ich auf der Polizeiwache war, habe ich mich wegen der Nachforschungen erkundigt, die über Dr. Benny Horn angestellt wurden«, sagte Marker mit dumpfer Stimme. »Über seinen Hintergrund und seine Lebensgeschichte, und wie er war, als er noch hier in Elsinore lebte. Ich muß sagen, die Leute sind meiner Bitte sehr schnell nachgekommen. Sie hatten auch das Foto herumgezeigt, das ich in Kopenhagen von Horn gemacht hatte – ich habe es per Kurier ausgeschickt, ehe ich die Stadt verließ.«

»Und was haben Sie herausgefunden?«

»Ein paar Leute, die ihn kannten, als er noch hier wohnte, haben das Foto wiedererkannt. Andere aber nicht.«

»Wie viele?« In Beaurains Stimme und Haltung lag eifrige Aufmerksamkeit.

»Fünfzig Prozent. Das ist normal«, erwiderte Marker mit der gleichen dumpfen Stimme. Er stand, das begriff Louise, noch immer halb unter Schock, überwältigt durch die Macht und Skrupellosigkeit des Stockholmer Syndikats. »Horn hat in Elsinore das gleiche einsiedlerhafte Leben geführt wie in Kopenhagen«, fuhr Marker fort. »Er war unverheiratet, hatte keine Verwandten und verbrachte viel Zeit auf Reisen – angeblich, um seltene Buchausgaben zu kaufen und zu verkaufen.«

»Wie lange hat er denn in Elsinore gewohnt?« drängte Beaurin.

»Ungefähr zwanzig Jahre. Und sein Haus lag ein Stückchen außerhalb der Stadt in einer sehr ruhigen Gegend. Mehr konnte ich nicht herausfinden.« Er blieb plötzlich auf dem Bürgersteig stehen und wandte sich zu Beaurain um. Seine Augenbrauen runzelten sich verwirrt und frustriert. »Es ergibt überhaupt keinen Sinn, nicht wahr?« brach es aus ihm heraus.

»Nein.«

»Was ergibt keinen Sinn? Bin ich schwer von Begriff?« wollte Louise wissen.

»Nein«, antwortete Beaurain, »aber ich glaube, Bodel meint folgendes: Seit mindestens zwanzig Jahren führt der Mann offenbar ein respektables, nüchternes Leben. Na, er hält sich eben für sich. Und dann zieht dieser gleiche Mann nach Kopenhagen – wann hatten Sie gesagt, Bodel?«

»Ungefähr vor zwei Jahren.«

»Er zieht also vor zwei Jahren nach Kopenhagen«, fuhr Beaurain fort, »und was passiert – fast über Nacht? Er wird einer von den drei Männern, die wir für die Führer des Stockholmer Syndikats halten.«

»Ich sehe, was du meinst«, sagte Louise langsam. »Nein, das ergibt allerdings keinen Sinn.«

Sie hatten den Platz vor dem Bahnhof erreicht, wo sie den 280 E zurückgelassen hatten. Marker zwang sich, mit falscher Fröhlichkeit zu sprechen. »Na, was werden Sie denn jetzt machen, Jules? Gibt es irgendeine Möglichkeit, wie ich Ihnen helfen kann?«

»Fahren Sie zurück nach Kopenhagen, wenn wir zu Mittag gegessen haben, und überdenken Sie die ganze Sache noch einmal. Danke für Ihre Hilfe, und ich weiß ja, wo ich Sie finden kann. Ich nehme an, Sie bleiben hier noch eine Weile.«

Beaurain nickte in die Richtung, wo eine Flotte von Rettungs- und Polizeibooten im Hafenbecken zwischen den rapide versinkenden Wrackteilen herumsuchte. Marker sagte ja, er würde in Elsinore bleiben, schüttelte dann beiden ernst die Hände und ging langsam weg. Sein Wagen wartete schon.

»Was sollen wir denn wirklich tun?« fragte Louise. »Ich weiß, du hast Marker nicht die Wahrheit gesagt. Und wo sind Henderson und sein Team von Schützen?«

»Jetzt wieder an Bord der Firestorm. Ich hab' ihm gesagt, er soll sofort losfahren, wenn wir gesehen hätten, daß die Fähre mit dem Heroin abgelegt hat. Und Captain Buckminster hat neue Instruktionen – er soll den Öresund durchfahren und vor Kopenhagen ankern. Was uns angeht, da hast du natürlich recht. Ich war Marker gegenüber gar nicht offen – und nicht etwa, weil ich ihm nicht traue. Aber nimm einmal an, das Syndikat findet wirklich heraus, wo er seine Familie versteckt hat. Wie lange glaubst du würde er dem Druck des Syndikats dann noch widerstehen?«

»Wie lange könnte man das von ihm erwarten?« Louise schauderte, und sie zwang sich, doch hinaus auf die See zu schauen, wo die Herde von Booten ziellos umherfuhr. Ein großes Schiff schleppte etwas, das für Louise wie ein flaches Netz aussah. »Was ist das für ein Ding, Jules? Das Boot mit dem Lautsprecher, das die anderen Boote zum Abstandhalten auffordert?«

»Das ist wohl die Spurensicherung. Sie sammeln Trümmerstücke, die später im Labor untersucht werden. Auf diese Weise finden sie möglicherweise heraus, welcher Sprengstoff benutzt wurde.«

»Laß uns zurück nach Kopenhagen fahren. Aber danach . . .?«

»Nach Stockholm.«

Beaurain hielt inne, während er noch einen letzten Blick auf die wirre Armada im Hafenbecken warf, als ob er sich die Szene besonders einprägen wolle. Sein Gesichtsausdruck wirkte entschlossen. Er schien auf eine merkwürdige Weise jünger geworden zu sein, er strahlte eine Jugendlichkeit aus, gemischt mit gnadenloser Wildheit.

Beaurain machte noch einen Telefonanruf, ehe er das Hotel Royal verließ. Louise reservierte währenddessen am Schalter der S.A.S. in der Halle neben dem Empfang im Hotel zwei Flugtickets. Beaurains Anruf ging an Chief-Inspektor Willy Flamen von der Mordkommission in Brüssel.

Wie erwartet stand Flamen mit der Information, die er brauchte, schon bereit. In ganz kurzer Zeit hatte er den Hintergrund und die Lebensgeschichte des Dr. Otto Berlin, eines Antiquars, gründlich untersucht.

Berlin kam aus Lüttich, einer der größten Städte Belgiens, wo er sich als Briefmarkenhändler ein kleines, aber offensichtlich lukratives Geschäft aufgebaut hatte. Ein Teil seines Erfolges lag in der Tatsache, daß er im Gegensatz zu einigen seiner europäischen Konkurrenten gewillt war, immer wieder zu reisen, wenn das Geschäft der Mühe wert war.

»Hast du ›Briefmarkenhändler‹ gesagt, Willy?« fragte Beaurain. »Aber jetzt verkauft er doch sicher seltene Bücher?«

»Ganz richtig. Unmittelbar nach seiner Ankunft in Brügge – das war vor etwa zwei Jahren – hat er von Briefmarken auf Bücher umgestellt.«

Goldschmidts Foto von Otto Berlin war den wenigen Leuten gezeigt worden, die Berlin in Lüttich gekannt hatten. Flamen erklärte, Berlin sei Junggeselle, und offenbar ginge er völlig darin auf, sein Geschäft zu expandieren. Enge Freunde habe er auch nicht. Als man den wenigen Leuten, die ihn gekannt hatten, das Foto zeigte, konnte man sie grob in zwei Gruppen teilen – in die, die ganz fest meinten, das Bild zeige Otto Berlin, und in die anderen, die sagten, sie könnten ihn nicht erkennen.

Flamen erklärte weiter, daß Otto Berlin fünfzehn Jahre lang in Lüttich gelebt hätte, ehe er nach Brügge gezogen sei. Das war alles, was Flamen bisher herausgefunden hatte. In seiner Stimme lag ein bedauernder Ton, aber dahinter entdeckte Beaurain auch noch irgendeinen anderen, unausgesprochenen Zweifel. Er sprach Flamen direkt darauf an.

Die einzige andere Tatsache hatte Flamen dadurch herausbekommen, daß er einen Bekannten von Otto Berlin angerufen hatte. Offenbar war Berlin aufgeregt gewesen, kurz bevor er nach Brügge zog, und seine Aufregung hatte sich übers Telefon übertragen, ohne daß er den Grund dafür erklärt hatte. Nein, der Mann, der Berlin angerufen hatte, hätte Berlin von dem Tag an nie mehr wiedergesehen.

Beaurain dankte Flamen, und der drückte sein Entsetzen über das

Massaker von Elsinore aus, das man in der ganzen Welt verspürte. Die Tatsache, daß es keinen einzigen Überlebenden gegeben hatte, verstärkte den dramatischen Eindruck noch, und die Fernsehstationen und das Radio überall schlachteten diesen Eindruck voll aus. Louise kehrte zurück, gerade als Beaurain den Hörer einhängte. Sie hielt in der Hand die Mappe mit den Flugtickets. Er erzählte ihr in wenigen Worten, was Flamen herausgefunden hatte.

»Also nichts«, meinte Louise, nachdem sie Beaurains Bericht von dem Anruf gehört hatte.

»Bemerkst du denn kein Muster bei der ganzen Angelegenheit?« wollte der Belgier wissen.

»Na, Berlin ist fast ein genaues Gegenstück von Benny Horn in Elsinore. Keine engen Freunde, keine Familie. Nicht sehr oft zu Hause, denn er verbringt zuviel Zeit auf Geschäftsreisen. Jules, es ist fast, als ob diese Leute nie wirklich existiert hätten!«

»Genau!« Beaurain machte eine Pause. »Aber sie haben existiert, sie existieren noch. Wir haben Beweise von zweien der besten Polizisten in Europa – von Marker hier und von Willy Flamen in Brüssel. In Lüttich hat einer dieser Männer, Otto Berlin, fünfzehn Jahre lang gelebt. In Elsinore gibt es Leute, die ohne Zweifel bestätigen können, daß Dr. Horn hier zwanzig Jahre lang gewohnt hat. Und dann wechseln beide plötzlich die Adresse und tauchen in Kopenhagen und Brügge auf.«

»Und fast zur gleichen Zeit«, deutete Louise an. »Beide Männer sind offensichtlich erst vor zwei Jahren in ihrem neuen Leben aufgetaucht. Ist es wichtig, daß das Muster auf einer Seite nicht ganz stimmt? Willy Flamen sagte, Berlin sei in Lüttich Briefmarkenhändler gewesen und hätte dann, sobald er in Brügge auftauchte, auf seltene Bücher umgestellt.«

»Möglicherweise ist es wichtig.«

»Wer, glaubst du, steckt wohl hinter diesem Ungeheuer?« fragte Louise, während sie sich aufs Bett setzete. »Man hat das Gefühl, daß es keinen mehr gibt, dem man noch vertrauen kann – es könnte ja sein, daß er oder sie möglicherweise ein Mitglied des Syndikats ist, freiwillig oder unter Druck.«

»Ich habe den Verdacht, das gehört auch zu ihrer Technik. Der Terror verbreitet sich dann noch weiter und zieht mehr und mehr Schlüsselfiguren des Westens in die Spinnweben hinein. Und wer hinter dem Ungeheuer steckt . . . Das müßte Hugo sein, wer immer der ist.« Beaurain blickte auf und reichte ihr das Ticketmäppchen zurück. »Ich bin überzeugt davon, daß es nur eine Möglichkeit gibt, das herauszufinden – wir müssen tun, was wir sowieso tun wollten. Wir fliegen nach Stockholm und finden heraus, wo demnächst die Konferenz des gesamten Syndikats stattfinden soll. Und wir haben Harry Fondberg von der SÄPO auf unserer Seite. Der könnte uns möglicherweise von ungeheurem Nutzen sein.«

»Können wir ihm vertrauen?« fragte Louise.

Beaurain paßte gut auf, daß sein Gesicht nichts verriet. Sie sollte nicht sehen, daß sie gerade die Frage gestellt hatte, die er für eine der Schlüsselfragen hielt, und die eine finstere Antwort haben konnte.

Kapitel 14

Der Expreß hatte schon seit über einer Stunde gestanden. Kellermann hatte keine Zweifel, daß der Waggon auf einem Nebengleis am Stockholmer Hauptbahnhof stand: Nachdem der Expreß gehalten hatte, war rangiert worden, und Max hatte aus der Ferne die Schritte von Passagieren gehört, die über einen steinernen Bahnsteig tappten. Bis jetzt war noch niemand gekommen, um das Heroin abzuholen.

Bei Kellermann war jeder Muskel verkrampft, und er war ausgetrocknet vor Durst. Er schraubte den Deckel von seiner Wasserflasche und schluckte eine kleine Portion von dem Wasser, das noch da war. Dann verschloß er die Flasche wieder und erstarrte. Er hörte ein seltsames, zischendes Geräusch, das er nicht sofort identifizieren konnte. Er spürte einen ganz schwachen Geruch und sah eine weißliche Wolke, die aus dem Ritz zwischen den Türflügeln hereindrang. Die Schweine füllten den Waggon mit irgendeinem Gas.

Kellermann riß das Taschentuch aus der Tasche, öffente die Wasserflasche wieder und weichte das Taschentuch ein. Er fühlte sich jetzt schon schwindlig, während er das feuchte Tuch über die Nase preßte, damit das Gas nicht so stark wirken konnte. Sie konnten nicht wissen, daß jemand im Waggon war: Wieder einmal ein Beispiel davon, daß das Syndikat peinlich genau auf jedes Detail achtete. Eine Vorsichtsmaßnahme, falls drinnen doch jemand auf sie wartete.

Alles begann zu verschwimmen. Eingeklemmt zwischen gepreßtem Packpapier am Ende des Wagens war Kellermann nicht zu sehen. Die Türen öffneten sich, und zwei Männer mit Gasmasken kletterten herein. Durch den verschwimmenden Nebel konnte Kellermann so eben noch die Silhouetten der Masken ausmachen, und sie sahen widerlich aus.

Er lehnte sich gegen die Wand des Güterwagens, unfähig, irgend etwas zu unternehmen. Er mühte sich nur, ruhig zu bleiben. Er hörte ein reißendes Geräusch, und er nahm an, sie benutzten ein Messer, um an das Geheimfach mit dem Heroin-Koffer heranzukommen. Es gab nichts, aber auch gar nichts, was er tun konnte, um sie aufzuhalten. Er wußte: jeden Moment konnte er bewußtlos werden. Wenn das passierte, würde er umfalllen und ein Geräusch machen. Und dann würden sie dafür sorgen, daß er nie mehr aufwachte.

Einer der Männer tauchte kurz auf. Er hielt den Koffer in der Hand. Er stellte sich in die Öffnung und riß die Gasmaske ab. Kellermann sah das alles, als ob er träumte. Der Mann mit dem Heroin sprang aus dem Waggon, dann war kurze Zeit lang kein Geräusch mehr zu hören außer dem gedämpften Brummen des Verkehrs auf der nahegelegenen Straße, schließlich hörte er das heulende Brüllen eines starken Motorrads, und auch dieses Geräusch riß plötzlich ab, als ob die Maschine um eine Ecke gebogen wäre. Kellermann nahm vorsichtig das Taschentuch von der Nase und stellte fest, daß er atmen konnte. Das Gas war durch die offenen Türen hinausgeweht. Er fühlte sich langsam wieder besser. Dann gefror er wieder, während im klar wurde, daß etwas nicht in Ordnung war. Der zweite Mann war noch immer im Waggon.

Kellermann stopfte das Taschentuch zurück in die Tasche und begann, sich ganz vorsichtig zwischen den Mauern aus gepreßtem Papier den Mittelgang entlangzudrücken. Die Luft war erträglich, aber der Deutsche bemerkte mit Entsetzen, daß er beim Vorwärtsgehen Geräusche machte. Sein Ärmel kratzte am Papier entlang – nur ein leises Geräusch, aber mehr als genug, um den Mann zu alarmieren, der noch im Wagen war. Und der war sicher ein Profi. Warum zum Teufel wartete der eigentlich noch?

Kellermann fand ihn vorn an den Türen. Der vierschrötige schwergebaute Mann war dort zusammengebrochen. Er trug noch immer die Gasmaske. Und auf der Uniformjacke, auf der Brust, breitete sich mehr und mehr ein rötlicher Fleck aus. Was das für eine Uniform war, das wußte Kellermann nicht genau – sah aus wie eine Polizistenuniform. Aber er riß die Gasmaske ab und schaute in ein rundes Gesicht, dessen Augen offenstanden. Ein bekanntes Gesicht, um Himmels willen. Das Gesicht von Serge Litow. Jemand hatte eine Pistole mit Schalldämpfer benutzt, um ihn zu erschießen. Aber er lebte noch ein bißchen.

»Heroin ... Norling ... Verräter«, waren seine letzten Worte.

Der Passagier, der mit Flug SK 407 von Kopenhagen am Flughafen Arlanda gelandet ist, wurde mit anliegendem Foto als Günther Baum identifiziert. Stammt aus Ostdeutschland. Gibt sich als Wirtschaftsmanager aus, ist aber unabhängiger professioneller Attentäter, der aufgrund seines Rufs, seine Aufträge immer zu erfüllen, riesige Bezahlungssummen verlangt. Augenblicklicher Aufenthaltsort unbekannt.

Chief-Inspector Harry Fondberg von der SÄPO musterte den Funkspruch, der gerade von Interpol angekommen war. Er schäumte wegen des Zwischenfalls am Hauptbahnhof Stockholm – jemand, der als Polizeikurier verkleidet gewesen war, hatte ihm die Lieferung Heroin unter der Nase weggeschnappt, und seinen eigenen Komplizen, sozusagen als Bonus, niedergeschossen. Dann klingelte das Telefon, und er hörte, daß Jules Beaurain angekommen sei.

Der Belgier wurde ins Büro geführt, und man bot ihm einen Sessel an. Beaurain musterte den Schweden, während sie sich die Hände schüttelten; keine Anzeichen von Nervosität hier in Stockholm. Und sein Gastgeber sah noch genauso aus, wie der Belgier ihn von vorhergehenden Treffen in Erinnerung hatte.

Das Haar, das schon dünn wurde, war über einem wohlgeformten Schädel zurückgekämmt. Der Schwede hatte die blauen Augen der Skandinavier, und – bei Fondberg wenigstens – hatten diese Augen etwas Hypnotisches. Seine Nase war kräftig geformt, sein Mund fest, und sein Kinn deutete auf Charakter. Der Chef der SÄPO, dessen Vorgesetzter nur noch dem Justizminister gegenüber verantwortlich war, zeigte seinem Gast den Funkspruch von Interpol. Angeheftet war ein Foto.

»Das ist eine Kopie des Fotos, das wir ihnen per Funk zugeleitet haben«, erklärte Fondberg.

Es waren noch mehrere Leute darauf, die der Fotograf mit seiner Kamera eingefangen hatte, und offensichtlich hatten diese Leute überhaupt keine Ahnung, daß ihre Ankunft aufgenommen wurde. Beaurain gab das Foto an Fondberg zurück.

»Er hat versucht, mich in Kopenhagen umzubringen – am hellichten Tag, dicht am Tivoli-Park. Sein Komplize ist bei ihm.«

»Komplize!« Fondberg nahm das Bild hastig vom Tisch und starrte es an. »Diese verdammten Narren bei der Interpol haben mir nichts davon gesagt – und wir haben ihnen das vollständige Bild übermittelt. Es wurde in Arlanda aufgenommen. Der Komplize ist wer?«

»Dieser nichtssagend aussehende Mann hinter Günther Baums

rechter Schulter. Man kann eben noch sehen, daß er eine Aktentasche bei sich hat. Darin steckt normalerweise die Pistole – er ist Baums Waffenträger, und ich habe den Verdacht, daß er ihm die Waffe erst im letzten Moment zureicht. Baum organisiert alles ungeheuer genau. Wann ist er hier angekommen?«

»Mit dem ersten Flug heute morgen, aus Kopenhagen – ein sogenannter Geschäftsflug. Die Strecke ist so kurz, daß viele den Tag in Stockholm verbringen, ihre Geschäfte abschließen und abends wieder zurück in Kopenhagen sind.«

»Stockholm hat noch mehr Attraktionen, Harry.«

Fondberg lächelte. »Ja, wirklich. Aber sehen Sie, das wissen die Frauen der Geschäftsleute auch. Wenn sie also vor Mitternacht nicht wieder in ihren gemütlichen kleinen dänischen Häusern sind, dann kriegen Sie eins mit der Bratpfanne!«

»Wie kam es, daß Sie das Bild machen konnten?« Beaurain deutete auf das Funkbild von Baum und seinem Genossen.

»Wie Sie wissen, haben wir rund um die Uhr Männer in Arlanda stationiert, die nach gesuchten Verbrechern Ausschau halten. Wenn der Beobachter vom Dienst auf Draht ist, dann schafft er es manchmal, Fotos von einem Passagier zu machen, der ihm nicht ganz koscher vorkommt. Baum wurde aus genau diesem Grund fotografiert. Ich habe das Bild an Interpol weitergegeben, und hier sehen Sie ja die Antwort.«

»Haben Sie Baums Adresse?«

Der Schwede verzog gequält das Gesicht und zündete sich erst eine Zigarre an, ehe er antwortete: »Das Bild wurde nur zur Stichprobe gemacht, wie ich schon sagte. Und seit der Funkspruch hereinkam, habe ich Leute ausgeschickt, die alle Hotels überprüfen. Aber es ist noch zu früh.«

»Sie finden sowieso nichts. Wo immer er bleibt, trägt er sich mit falschen Papieren ein. Wie Sie wissen, ist er ein Spitzenprofi. Das ist also der Mann, der speziell aus dem Grund angereist ist, mich umzubringen – oder den Verdacht haben Sie wenigstens.«

»Ich weiß es nicht«, erwiderte Fondberg mit leerem Blick. »Es gibt auch noch andere mögliche Kandidaten dafür. Diesen Mann zum Beispiel.«

Es war wie in den alten Tagen, als sie noch zusammengearbeitet hatten – mit oder ohne Zustimmung ihrer jeweiligen Vorgesetzten. Beaurain starrte das glänzende Foto an, das ihm jetzt über den Schreibtisch geschoben wurde. Wieder am Flughafen aufgenommen, ohne Zweifel in Arlanda. Dies hier war ein ausgezeichnetes

Bild, von einem erstklassigen Fotografen mit einer erstklassigen Kamera aufgenommen. Der Mann wußte offenbar auch nicht, daß man seine Ankunft festhielt.

Es war ein großer Mann, so um die einsneunzig, breitschultrig, mit einem großen, runden Kopf und kalten Augen. Wie bei Fondberg waren die paar Strähnen dünnen Haars sorgfältig über dem glänzenden Schädel zurückgebürstet – aber im Gegensatz zu Fondberg war der Mann fast kahlköpfig. Selbst in dem Augenblick, als er nicht bemerkte, daß er fotografiert wurde, war seine Haltung aggressiv. Der völlige Mangel an Gefühlen in den leeren Augen reflektierte sich in dem schmallippigen, fest zusammgepreßten Mund. Die Art, wie dieser Mann sich hielt, sagte Beaurain, daß er auf der Höhe seiner physischen Kraft war, obwohl er die Fünfzig überschritten hatte. Wahrscheinlich spielte er jeden Morgen vor dem Frühstück eine Stunde lang Squash – und wenn er nicht gewann, dann würde er für den Rest des Tages übel gelaunt sein.

»Wer ist dieser Kandidat, wann ist er angekommen, und von wo?« fragte Beaurain. Seine Augen waren noch immer auf das Bild geheftet, und er prägte sich die Gesichtszüge und die allgemeine Haltung des Mannes ins Gedächtnis ein.

»Er ist natürlich Amerikaner. Das sieht man an der Kleidung. Man kennt ihn unter dem Namen Harvey Sholto. Er ist mit dem Nachtflug von Washington in Arlanda angekommen. Kein Geringerer als Joel Cody hat mich von seiner bevorstehenden Ankunft unterrichtet – persönlich am Telefon. Und der Schweinehund hat versucht, mich irrezuleiten.«

»Cody? Die rechte Hand des Präsidenten? Der Mann, der ›Finesse‹ für ein französisches Gebäck hält? Wie hat der denn versucht, Sie auszutricksen?«

»Indem er mich offiziell darüber informiert hat, daß Sholto innerhalb der nächsten paar Tage hier ankommen würde. In Wirklichkeit war er aber schon in Stockholm. Aber er hat nicht bedacht, daß wir alle ankommenden Passagiere in Arlanda gründlich beobachten. Sholtos Auftauchen hat bei einem der Beobachter Aufmerksamkeit ausgelöst, und er hatte eine Kamera. Also hat er das Bild gemacht. Die Leute, die die Gästebücher in den Hotels nach Günther Baum absuchen, suchen auch nach Harvey Sholto, dem zweiten Killer, der kurz vor Ihnen hier angekommen ist.«

Fondberg fügte die letzte Bemerkung ganz lässig hinzu und paffte an seiner Zigarre, während er zur Decke starrte. Es war das gleiche Spiel, das sie in der Vergangenheit so oft gespielt hatten, und es war auch einer der vielen Gründe, warum Jules Beaurain Fondberg genausogern mochte wie jeden anderen der internationalen Kollegen, die er über die Jahre kennengelernt hatte.

»Sie sind sicher, daß das Harvey Sholto ist?« forschte Beaurain und tippte auf das Foto. »Er ist also auch ein Killer.«

»Einer der gefährlichsten. Unser Agent in Bangkok hätte das beschwören können. Nur, er ist jetzt tot. Er war sehr erfahren und sehr gut.« Ein bißchen von der Härte verschwand kurz aus Fondbergs Gesicht. »Er hat eine nette schwedische Frau und drei Kinder zurückgelassen. Sie fanden ihn in einem der Klongs – in den Kanälen. Seine Kehle war von Ohr zu Ohr durchgeschnitten. Das Stockholmer Syndikat macht keine Arbeit halbherzig, mein Freund.«

Es war das erste Mal, daß Harry Fondberg das Syndikat mit der schwedischen Hauptstadt in Zusammenhang gebracht hatte. Während er mit zusammengebissenen Zähnen seine Zigarre rauchte, starrte er seinen Besucher hart an. »Wollen Sie irgend etwas dagegen unternehmen?« fragte er leise.

»Ja. Ich will es auslöschen.«

»Sie haben weder die Kenntnisse noch die Macht. Vor allem haben Sie nicht die Kenntnisse. Wie zum Beispiel funktioniert ihr Kommunikationssystem? Sagen Sie mir das doch mal. Eine Organisation, die den größten Teil von Skandinavien und den Niederlanden schon kassiert hat und sich jetzt schnell nach Deutschland hinein verbreitet, muß ein erstklassiges Kommunikationssystem haben.«

»Das Wasser.«

»Wie bitte?«

»Das Wasser«, wiederholte Beaurain. »Der Gedanke kam mir schließlich, als ich auf der Terrasse des Grand Hotel saß und hinaus über den Strommen schaute. Harry, ist in den letzten Monaten der illegale Funkverkehr angewachsen?«

»Hier in Stockholm? Ja.« Fondbergs Augen waren wachsam. »Ich weiß außerdem, daß wir keinen einzigen der Sender haben finden können – und ich habe den Verdacht, daß die Sender sehr stark sind.«

»Wie lange dauert das schon an?«

»Man sagte mir, es hätte vor zwei Jahren etwa angefangen.«

»Das Gründungsdatum des Stockholmer Syndikats«, meinte Beaurain grimmig. »Hat jemand eine Liste der Gebiete aufgestellt, in denen diese illegalen Funksprüche ausgestrahlt werden?«

»Ja. Aber ich sehe nicht, wie das helfen soll.« Fondberg brach ab, sprach auf schwedisch in die Sprechanlage und schaltete dann wieder ab. »Unsere Funküberwachungswagen waren nie in der Lage, den Ausgangspunkt eines Funkspruches festzuhalten. Wir glauben, derjenige, der die Funksprüche ausschickt, benutzt auch einen Wagen und fährt während des Sendens damit herum.«

Der Schwede hörte auf zu sprechen, als eine junge Frau mit einem eingerollten Blatt ins Zimmer trat. Sie legte es auf den Schreibtisch des SÄPO-Chefs und ging wieder. Beaurain stand auf und stellte sich hinter Fondberg, während der eine Karte von Stockholm ausrollte, die im großen Maßstab gehalten war. Die Karte war mit roten Kreisen markiert. Fondberg schnaufte angeekelt.

»Daraus kann ich nichts entnehmen, verdammt!«

»Sie können daraus nichts entnehmen«, korrigierte ihn Beaurain. »Aber für mich ist das die letzte Bestätigung, daß ich recht habe. Schauen Sie sich doch alle Kreise mal an.«

»In so vielen verschiedenen Bezirken? Daraus ergibt sich kein Muster.«

»Sie sind nicht mehr so auf Draht wie früher. Das Muster schreit Ihnen doch geradezu entgegen. Alle Straßen und Bezirke, die eingekreist sind, enthalten Wasserwege.«

Beaurains Tonfall wurde leidenschaftlicher. »Willy Flamen in Brüssel hat mir eine ähnliche Karte gezeigt, auf der illegaler Funkverkehr markiert war – und der sah auch kein Muster. Ich damals übrigens auch nicht – aber all diese markierten Bezirke in Belgien lagen dicht an Kanälen. Das gleiche war in Kopenhagen der Fall, wo Marker von der Spionageabwehr mir seine Karte zeigte. Die Aktivitäten fanden immer dicht am Öresund statt.«

»Sie meinen . . .«

»Die Schweine haben ihre Funkstationen auf dem Wasser. In Belgien auf Schiffen, die auf dem Kanal fahren, während sie senden. Deshalb hat man sie auch nie erwischt. Und in Dänemark liegen sie an Bord von Fischerbooten oder Kabinenkreuzern, wieder auf Fahrt, kurz vor der Küste, wenn sie einen Funkspruch ausgeben. Hier sind sie auf dem Strommen, auf dem . . .« Beaurains Hände tippten auf der Stadtkarte herum, während Fondberg sie noch einmal studierte.

»Ich glaube, Sie könnten da recht haben«, meinte Fondberg langsam. »Wenn wir ihnen das Kommunikationssystem zerschlagen könnten, durchtrennen wir die Nervenbahnen des Syndikats.«

»Aber der Zeitplan muß stimmen«, schlug Beaurain vor. »Ich will, daß zur gleichen Stunde, wenn die Sender überall in Betrieb sind, in ganz Europa ein zerschmetternder Hammerschlag ausgeteilt wird. Überall soll das gleichzeitig geschehen, auch auf den Frachtschiffen in Belgien, wo übrigens zwei Funker vom Syndikat, ein Mann und seine Ehefrau, kürzlich ermordet wurden. Jeder bekam eine Kugel ins Genick.«

»Was?« Fondberg richtete sich auf, und seine intelligenten Augen glänzten. »Das ist eine alte Nazi-Technik. Das ergibt ja eine widerliche neue Möglichkeit – die Männer hinter dieser üblen Organisation sind vielleicht Neo-Nazis! Lieber Gott, waren wir blind!«

Harry Norsten saß am Steuerknüppel seiner Cessna, bereit, im Zentrum von Stockholm zu landen. Er hatte gerade Landeerlaubnis bekommen, und auf den beiden Passagiersitzen bewegten sich der Mann und die junge Frau, wie Reisende das tun, wenn sie sich ihrem Reiseziel nähern. Norsten kam nicht in Arlanda herein, dem großen internationalen Flughafen, der viele Meilen außerhalb der Stadt lag. Der schwedische Pilot landete sein winziges Flugzeug auf dem Flughafen Bromma, eine kurze Autofahrt vom Grand Hotel entfernt.

Der männliche Passagier schaute aus dem Fenster. Er war kaum an der wohlbekannten Aussicht interessiert. Er war mittelgroß, sein blondes Haar hatte lange Koteletten, und eine dicke Mähne hing ihm in den Nacken. Der Passagier trug eine große Hornbrille. Dr. Theodor Norling drückte die Hand seiner Begleiterin und sprach Französisch mit ihr. »Sind Sie froh, daß Sie wieder zu Hause sind? Sie hatten aber auch viel Arbeit.«

Viel Arbeit. Die junge Frau, deren jettschwarzes Haar ganz kurz geschnitten war, schauderte bei diesen Worten. Sie erinnerte sich an das, was sie in der Morgenzeitung gelesen hatte. Es war schnell auf der ganzen Welt als »Elsinore-Massaker« bekanntgeworden. Und dann bekam sie plötzlich Angst, denn ihr wurde klar, daß sich ihr kurzes Schaudern auf Norling übertragen hatte, der noch immer ihre Hand hielt. Der blonde Kopf drehte sich langsam um. Sonia Karnell starrte geradeaus auf Stockholm, das heraufkam, um sie zu begrüßen, und sie kämpfte um Beherrschung. Was immer sie tat, wie auch immer sie reagierte, sie durfte nie Schrecken, Furcht oder Abneigung zeigen. Er schätzte solche Emotionen nicht, er betrachtete sie als unwichtig bei der Aufgabe, an der sie arbeiteten.

»Soll ich in Bromma auf Sie warten oder nach Hause fahren?« fragte Norsten, während er geschickt den Steuerknüppel handhabte und perfekt landete. Er sprach auch Französisch. Der schweigende Dr. Theodor Norling hatte ihm einmal gesagt, er spräche diese Sprache gern.

»Sie fahren nach Hause und warten auf meinen Anruf. In ganz kurzer Zeit brauche ich Sie vielleicht noch einmal.«

Das war alles. Ein typischer Norling-Befehl. Klar und knapp bis zur Unfreundlichkeit, kein verschwendetes Wort. Wer zum Teufel war der eigentlich? Obwohl Norsten schon seit über einem Jahr als Pilot für ihn arbeitete, wußte er noch immer so wenig über ihn wie am ersten Tag, nachdem er eingestellt worden war – abgesehen davon, daß Norling von ihm erwartete, sich zu allen Tages- und Nachtstunden zur Verfügung zu halten. Norling zahlte dafür unglaublich großzügige Summen, für die Dienste des Piloten und für sein Schweigen. Dr. Norling flößte Norsten eiskalte Furcht ein.

»Und noch eins, Mr. Norsten«, hatte ihm der Schwede gesagt, als sie sich zum erstenmal in Bromma trafen und ihren Vertrag schlossen. »Es wäre nicht ratsam für Sie, meine Aktivitäten per Funk weiterzugeben – oder auch nur zu erwähnen, daß ich existiere oder Ihr Kunde bin.«

Er hatte innegehalten, sein blonder Kopf war bewegungslos geblieben, und die Augen hinter den getönten Brillengläsern wirkten genauso starr, während sie den Piloten konzentriert und intensiv angestarrt hatten.

»Sie müssen wissen, Mr. Norsten, daß Erfolg in meinem Geschäft oft davon abhängt, daß meine Konkurrenten nicht wissen, was ich tu – sie dürfen noch nicht einmal wissen, wann ich in Stockholm anwesend bin. Wirklich, es ist ein halsabschneiderisches Gewerbe, das ich treibe.«

Halsabschneiderisch . . . Norling hatte die Kehle des Piloten angestarrt, als er diesen Satz aussprach. Und Norsten hatte es auch in dieser Gegend unangenehm gekribbelt. Lächerlich! Aber genauso war seine Reaktion gewesen, als er zugestimmt hatte, mit dem Buchhändler Geschäfte zu machen. Furcht.

Sie waren ein paar verdammte Pendler, dachte er, während er sein Flugzeug weiter sinken ließ – die Sonne glitzerte auf dem Labyrinth aus Wasserwegen. Pendler zwischen Stockholm und Kopenhagen. Oft auch zu merkwürdigen Tageszeiten – sie flogen die Nacht durch und landeten noch vor Sonnenaufgang.

Er war ziemlich zuversichtlich darüber, daß sie von Zeit zu Zeit auch von Kopenhagen in die Vereinigten Staaten flogen. Einmal hatte Norling das Ticketmäppchen einer Fluggesellschaft auf den Fußboden der Cessna fallen lassen, als sie in Kastrup niedergingen. Norsten hatte die Tickets sehen können, die herausrutschten, ehe die junge Frau sie wieder aufraffen konnte. Bestimmungsort New York.

Warum also nicht mit einem normalen Linienflug direkt von Stockholm losfliegen, anstatt mit der Cessna das erste Stück von Kopenhagen nach Stockholm zurückzulegen?

Irgendwie war das sinnlos. Aber Norsten, ein vorsichtiger Mann, hatte sich schon vor langer Zeit entschieden, keine der Aktivitäten des Buchhändlers in Frage zu stellen oder irgendwie Nachforschungen über ihn anzustellen.

Während er landete, sah er, daß wieder der leere, beigefarbene Kombi auf sie wartete. Wie gewöhnlich. Ein sehr methodischer Mann, dieser Dr. Theodor Norling. Norsten hatte keine Ahnung, wer den Volvo zum Flugplatz brachte, aber wer immer das war, er paßte jedenfalls gut auf, daß er von der Szene verschwunden war, ehe seine Passagiere landeten. Es sah fast so aus, als ob niemand Dr. Theodor Norling sehen dürfe, es sei denn, es bestand die Notwendigkeit. Dadurch, daß Norsten genau wußte, wie Theodor Norling aussah, wachte er manchmal in der Nacht schweißgebadet auf.

»Der Pilot Harry Norsten entwickelt eine gefährliche Neugier auf meine Identität und meinen Lebensstil.«

Dr. Theodor Norling machte diese Bemerkung Sonia Karnell gegenüber, als sie von Bromma wegfuhren. Sonia saß hinter dem Lenkrad des Volvo und fuhr den Wagen in die Stadt. Norling nahm seine getönte Brille ab und setzte sich eine Goldrandbrille auf. Aus seinem Koffer holte er einen dunklen Filzhut und setzte ihn sich auf den Kopf, trotz der flammenden Sonne, die Karnell dazu brachte, mit zusammengekniffenen Augen zu lenken. Die leichte Veränderung seines Äußeren verlieh Norling das Aussehen eines Geschäftsmannes. Er nahm eine Pfeife aus der Tasche, klemmte sie sich in die Zähne und vervollständigte damit seine Verwandlung.

»Unternehmen Sie irgend etwas?« fragte Karnell.

»Ich habe schon alle notwendigen Vorkehrungen getroffen, um ihn zur passenden Zeit herauszunehmen.«

Die Beobachter, die am Flughafen Bromma stationiert waren, folgten dem Volvo fachmännisch. Sie benutzten die Froschtechnik. Norling, ein Experte im Beschatten, schaute dauernd in den Seitenspiegel, aber er konnte keine Anzeichen dafür entdecken, daß man ihnen folgte.

Ironischerweise war Harry Norsten derjenige, nach dem der Schwede suchte. Obwohl Norling die Froschtechnik kannte, bemerkte er nichts. Sie war ideal für die Beobachter in ihren Fahrzeugen – im dichten Stadtverkehr war es sehr unwahrscheinlich, daß man sie ausmachte, denn sie benutzten für diese Verfolgungstechnik drei Wagen und einen Lieferwagen.

Es gab noch einen zweiten Faktor, der es dem ewig mißtrauischen Norling unmöglich machte, herauszufinden, was passierte. Die Entfernung von Bromma bis zu ihrem Bestimmungsort war verhältnismäßig kurz. Selbst in dichtem Verkehr hätte Norling auf einer längeren Fahrt mit der Zeit entdeckt, wie die vier beschattenden Fahrzeuge ihr »Bäumchen-wechsle-dich« spielten.

»Setze ich Sie auf dieser Seite des Apartments ab?« fragte Karnell.

»Natürlich. Die übliche Vorsichtsmaßnahme.«

Sie waren in die Radmansgatan eingefahren, eine bessere Wohnstraße, die aus alten vier- oder fünfstöckigen Gebäuden bestand. Alle waren zu Mietshäusern umgebaut worden. Die Straße war außerdem ruhig und verlassen, als Sonia, gute zwei Minuten Fußweg von ihrem Apartment in der Radmansgatan 490, an den Straßenrand heranfuhr. Norling schlüpfte aus dem Wagen und ergriff seine Tasche, und innerhalb von Sekunden fuhr Sonia weg, um zu parken. Ein Saab rollte ruhig vorüber.

Ohne den Kopf zu wenden, registrierte Norling jede Kleinigkeit. Das Nummernschild, die beiden Männer, die vorne saßen, von denen einer gähnte, während der andere geradeaus starrte und sich auf das Fahren konzentrierte. Beide trugen lässige Kleidung, und Norling bemerkte nichts Ungewöhnliches an dem Wagen, der um die Ecke verschwand.

»Sonia wird mir bestätigen können, ob sie ihr zur Tiefgarage gefolgt sind«, murmelte er in sich hinein, überquerte dann die Straße und schlenderte zum Eingang hinüber.

»Ich setze Sie hier ab, Louise«, sagte Stig Palme. »Mensch, in Bromma haben wir aber Glück gehabt.«

Louise Hamilton lag höchst unbequem auf dem Rücksitz zusammengekrümmt und war deshalb für jemanden, der von der Straße aus das vorüberfahrende Auto betrachtete, nicht zu sehen. Sie setzte sich auf und streckte ihre schmerzenden Beine, während Palme an den Straßenrand fuhr.

»Das war kein Glück, Stig«, bemerkte sie und schaute sich schnell ihre Frisur im Handspiegel an. »Jules kann einfach großartig organisieren. Und ich kann den Schwarzhelm wieder erkennen – ich müßte das Biest eigentlich jetzt sehen können.«

»Seien Sie vorsichtig«, warnte Palme.

Dann war sie fort. Sie ging die Radmansgatan hinunter. Sie hatte einen Einkaufsbeutel bei sich, auf dessen Seite »NK« aufgedruckt war, der Name eines führenden Stockholmer Warenhauses. Außerdem hing über ihrer Schulter die Tasche, in der die Automatik steckte, die man ihr bei der Ankunft am Flughafen Arlanda übergeben hatte. Herrgott, was für eine Hetzerei, bis sie in Bromma gewesen waren! Louise bog um die Ecke, die den Rest der Straße verbarg – und dann stand sie dem blonden Mann mit der Goldrandbrille gegenüber, der den Volvo gerade verlassen hatte.

Das war das Risiko, das sie vorausgesehen hatten – daß sie ihm tatsächlich gegenüberstehen würde. Darum hatte Louise auch ihr Bestes getan, um ihr Aussehen zu verändern. Sie hatte die Hose und den Blouson ausgezogen, und sie trug jetzt ein hellgelbes Sommerkleid. Ihr Haar war unter einem Seidentuch versteckt. Ihr halbes Gesicht war verborgen hinter einer gewaltigen Sonnenbrille. Norling stand nur wenige Schritte entfernt von ihr vor dem Eingang eines Mietshauses. In seiner freien Hand hielt er ein Bündel Schlüssel, und einer davon ragte heraus, bereit, ins Schlüsselloch gesteckt zu werden. Hinter der Goldrandbrille starrten Louise zwei hochmütige Augen direkt an.

An ihrer Seite des Apartmenthauses war eine Ladentür. Louise betete, daß der Laden schon geöffnet war und packte die Klinke. Sie drückte sie hinunter und ging nach drinnen. Sie schloß die Tür, ohne sich umzuschauen.

Norling schloß die Haustür auf, die ins Gebäude führte, und warf dann einen schnellen Blick in den Laden. Die junge Frau mit der ungeheuer großen Sonnenbrille stand mit dem Rücken zu ihm und bestellte irgend etwas bei der Frau, die hinter der Theke stand. Er runzelte die Stirn, ging schnell hinein und schloß die Haustür. Drinnen führte eine steinerne Treppe zum ersten Stock. Sie war sehr still und offenbar verlassen. Norling blieb stehen. Ein Fuß auf der unersten Stufe. Er hielt den blonden Kopf auf die Seite gelegt. Er horchte auf das leiseste Geräusch.

Befriedigt rannte er mit leichten Schritten die Treppe hinauf. Er machte kaum ein Geräusch. Als er im ersten Stock ankam, blieb er wieder stehen, diesmal, um durch ein Doppelfenster hinauszuschauen, das den Blick auf ein merkwürdiges terrassenartig eingeschlossenes Dach freigab. Norling wußte, von einer anderen Treppe aus konnte man dieses Dach betreten.

Wieder war er befriedigt, und er schloß die Tür auf, wobei er zwei verschiedene Schlüssel für zwei verschiedene Schlösser benutzte. Er betrat ein schönes, geräumiges Apartment und schloß die Tür hinter sich.

Das Wohnzimmer, das nach vorn zur Radmansgatan lag, hatte einen polierten Parkettfußboden, auf dem bunte Teppiche lagen. Eine eigentümliche orientalische Laterne hing von der Decke herab. Norling setzte sich in seinen Sessel, nahm das Telefon und wählte eine Stockholmer Nummer.

Er hatte gerade den Hörer wieder hingelegt, als Sonia Karnells Schlüssel in den Schlössern klapperten. Norling überließ nichts dem Zufall: Als sie die Tür öffnete, stand er ihr direkt gegenüber, beide Hände waren gehoben, und er umklammerte eine Null-acht. »Was ist los?« fragte sie.

»Arlanda meldet, daß Jules Beaurain mit seiner Geliebten in Stockholm angekommen ist.«

In der Patisserie, in die Louise Hamilton hineingeschlüpft war, um von dem blonden Mann nicht erkannt zu werden, bestellte sie jetzt langsam eine Auswahl von Kuchen und Kleingebäck. Es war ein erstklassiger Laden, und die Frau hinter der Theke erwartete offenbar von ihren Kunden, daß sie wählerisch waren. Louise wollte dem blonden Mann reichlich Zeit geben, um von der Straße zu verschwinden, ehe sie wieder auftauchte.

Dann passierte es. Sonia Karnell erschien auf dem Pflaster vor dem Fenster und blieb stehen, um in ihrer Handtasche nach den Türschlüsseln zu suchen. Wie Louise den blonden Mann deutlich hatte sehen können, so sah sie jetzt auch das dunkelhaarige Mädchen ganz genau – im Spiegel, der an der Wand hinter der Theke hing.

Aber die junge Frau draußen mußte nur in den Laden schauen und erkannte vielleicht die einzelne Kundin: Louise wußte instinktiv, daß sie dann erkannt werden würde. Sie hielt sich ganz ruhig. Die leiseste Bewegung wäre von der dunkelhaarigen jungen Frau aus dem Augenwinkel aufgefangen worden. Suchte sie so frenetisch in der Handtasche, weil sie Louise schon erkannt hatte? Die Engländerin bemerkte, daß die Frau hinter der Theke sie komisch anschaute. Sie hatte seit einer halben Minute nichts mehr gesagt.

»Ich nehme noch etwas von dem Schokoladenkuchen, dem mit den Kirschen. Ungefähr zwei Stücke – ich sehe, er ist schon geschnitten . . .«

Ein klarer und direkter Blick in den Spiegel hätte Louise genau gesagt, wie die Situation war – und das war das einzige, was sie nicht tun durfte. Ihr Kopf war über die Theke gebeugt, und sie betrachtete die

Auslagen, während die Frau das, was sie bestellt hatte, in eine Tragetasche packte. Der Schwarzhelm verschwand, ging am Fenster vorüber zum Eingang des Wohnblocks. Louise tat so, als ob sie Schwierigkeiten mit der fremden Währung hätte, um dem Mädchen Zeit zu geben, das Gebäude zu betreten. Dann verließ sie den Laden.

Ehe sie ging, achtete sie darauf, daß sie die Tragetasche mit dem Kuchen, den sie gekauft hatte, in die linke Hand nahm. Ihre rechte Hand schwebte über der aufgeknöpften Klappe ihrer Schultertasche – über dem Fach, das die Neun-Millimeter-Pistole enthielt. Sie trat auf die Straße.

Die war leer. Ganz leer.

Sie ging zum Eingang des Apartmenthauses. Schnell ließ sie ihre Blicke über die kleinen Metallschilder mit den Namen der Bewohner wandern. Nur eine Frau. Apartment zwei, Sonia Karnell. Sie ging wieder auf die Straße hinaus, wo der Saab mit Stig Palme am Steuer parkte. »Bringen Sie mich zurück zum Grand Hotel«, sagte sie zu ihm, während sie steifbeinig auf den Rücksitz kletterte und die Tür zuknallte. Steifbeinig vor Anspannung, verdammt noch mal.

Ohne daß ihm das gezeigt werden mußte, wählte Palme eine andere Route, bei der er den Apartementblock nicht wieder passieren mußte – so daß jemand, der von einem Fenster die Straße überblikken konnte, den Saab nicht noch ein zweites Mal vorüberfahren sah. Im Spiegel erhaschte Louise Palmes Blick, und der Schwede zwinkerte. Er hatte entdeckt, daß sie sich Mühe gab, ihre Anspannung zu beherrschen. Sie begann knapp mit Palme und seinem Begleiter zu sprechen, als ob sie einen Bericht abgäbe.

»Wenn mir etwas passiert, die Adresse ist Radmansgatan 94. Ich bin ziemlich sicher, das Versteck ist in Apartment zwei – bewohnt von einer Sonia Karnell. Die einzige Frau, die dort ein Apartment bewohnt. Natürlich nicht sicher – die Wohnung könnte auch im Namen eines Mannes gemietet sein.«

»Sie hat den Volvo geparkt«, bemerkte Stig. »Ist auch nichts Genaues, aber ich glaube, Sie haben recht. Wir kreisen sie ein.«

»Oder sie kreisen uns ein.« Teufel nochmal, sie sprach noch immer mit zusammengebissenen Zähnen. Die Episode in der Patisserie war der reine Mord gewesen. Im gleichen knappen Ton gab sie auch Beaurain ihren Bericht ab. »Männlicher Passagier, blondhaarig, Koteletten, langes Haar im Nacken. Trägt eine Goldrandbrille. Ein bißchen größer als Dr. Benny Horn oder Otto Berlin. Könnte Theodor Norling sein, aber da rate ich nur. Dieses Apartement verlangt Beobachtung rund um die Uhr.«

Während Louise Hamilton und ihre beiden Begleiter dem Volvo vom Bromma-Flughafen hierher gefolgt waren, saß Beaurain noch immer mit dem SÄPO-Chef Harry Fondberg im Polizeihauptquartier. Der Belgier hatte gerade London angerufen und redete mit Detective Chief-Inspector Swift von der Sondereinheit.

Swift kannte Beaurain seit Jahren und behandelte den Belgier wie viele seiner internationalen Kollegen noch immer so, als ob er die Brüsseler Terroristenabwehr leitete. Seine Neuigkeiten waren wie ein Lebenselixier für Beaurain – denn auf seinen Vorschlag hin hatte Swift ein Spezialteam in die Gegend von Woking-Guildford in Surrey geschickt. Sie hatten eine anscheinend seltsame Aufgabe gehabt – sie waren mit normalen Reisebussen hin- und hergefahren in der Hoffnung, verdächtige fremde Besucher zu entdecken.

»Jules, bis jetzt haben wir fünfzehn – alle mit falschen Pässen, und alle mit versteckten Waffen. Manche davon sehen uns wie ziemlich harte Burschen aus.«

Der Streich, den man Litow gespielt hatte, war zweischneidig gewesen. Erstens sollte er Beaurain zur Operationsbasis des Syndikats führen, und zweitens hatte man die Hoffnung gehabt, eine Anzahl der Spitzenleute des Syndikats nach England zu locken – die dann nicht zur Verfügung standen, wenn der große Zusammenstoß stattfand. Die Spezialeinheit hatte alles durchkämmt.

»Es läuft alles verkehrt herum!« Fondberg schenkte sich mehr Kaffee ein, während er den Kopf schüttelte. »Ich kriege diesen schmierigen Hundesohn von einem Ratgeber des Präsidenten, diesen Joel Cody, ans Telefon, und er redet mit mir, als ob er mich in einen exklusiven Klub einführt. Er sagt mir, Harvey Sholto ist auf dem Weg nach Stockholm, und in Wirklichkeit ist er schon da – meine Leute in Arlanda haben ihn gesehen.«

»Was macht Ihnen eigentlich wirklich Sorgen, Harry?«

»Normalerweise haben wir gute Verbindung mit dem CIA. Aber Ed Cottel kommt ohne ein Wort von Washington hier an. Ich wiederhole, es läuft alles falsch herum. Die erzählen mir von Sholto, einem sehr gefährlichen und verdächtigen Burschen. Warum alle Aufmerksamkeit auf Sholto ziehen und Cottel verstecken?«

»Sie nehmen an, daß man dort weiß, daß Cottel hier ist«, kommentierte Beaurain.

»Sie meinen doch nicht . . .?«

»Ich bin nicht sicher, was ich meinen soll, Harry. Besitzen Sie ein Foto von Sholto? Ein älteres, aus seinen Tagen in Fernost?«

Fondberg langte in eine Schublade, nahm einen Aktenhefter heraus und entnahm ihm zwei Fotos. Eins davon zeigte Sholto, wie er in Arlanda ankam. Der große, breitschultrige Mann mit dem großen, runden, fast kahlen Schädel und den kalten Augen.

Es war das zweite Foto, das Beaurain interessierte. Es hatte zerknitterte Kanten und Falten, und es zeigte den Mann vor einer Hütte im Dschungel. Der Körperbau war der gleiche, wie auch die Form des Kopfes, aber es war schwierig zu glauben, daß er derselbe Mann war. Denn er hatte dichtes Haar und einen Schnurrbart.

»Vor wie langer Zeit ist das aufgenommen, und wer hat es gemacht, Harry?«

»Es wurde vor zwei Jahren geschossen. Ein Zufallstreffer, gelandet von unserem Mann in Bangkok. Er hätte einer der europäischen Spitzenkontaktleute im Drogenschmuggel sein können, der vom Goldenen Dreieck ausgeht. Drogen, die irgendwann einmal in den Straßen von Stockholm, Malmö, Göteborg und so weiter auftauchen.«

»Und dieses Bild aus dem Fernen Osten zeigt hundertprozentig Sholto?«

»Das ist der Name, den uns unser Mann in Bangkok dazu nannte. Und es gibt noch etwas, das mir Sorgen macht bei dem Gedanken, daß Harvey Sholto frei auf der Straße herumläuft. Ich sagte Ihnen ja, daß unser Mann in Bangkok in einem der Klongs gefunden wurde?«

»Ja.«

»Nun, ich habe jemand anders in Bangkok angerufen, der immer alle Gerüchte hört. Denken Sie dann«, meinte Fondberg, »ich habe das Wort ›Gerüchte‹ benutzt. Da draußen sagt man, der Mann, der unseren Agenten umgebracht hat, sei von Manila eingeflogen. Er war einer von Harvey Sholtos Kontaktleuten, als der damals noch draußen war.«

»Sie wollen doch nicht andeuten, daß die Amerikaner . . .«

»Ich bin nicht sicher. Aber derjenige, der diese Stadt von oben bis unten beobachtet, ist Ed Cottel.«

»Darf ich diese Fotos von Sholto mitnehmen? Haben Sie Kopien? Gut.« Beaurain nahm den Umschlag, in den der Schwede die Fotos hatte gleiten lassen, und steckte ihn in die Tasche, ehe Fondberg es sich anders überlegen konnte. Erst jetzt schnitt er das Thema an, das den SÄPO-Chef in gewaltige Verlegenheit stürzen würde. »Danke, daß Sie meinen Mann am Stockholmer Hauptbahnhof so schnell freigelassen haben. Die Drogenlieferung aus Elsinore war . . .«

»Junge, haben wir das Ding vermasselt!« Fondberg knallte mit der Hand auf die Schreibtischplatte, um seinen Ärger noch zu unterstreichen. »Ich umzingele die ganze Gegend mit Polizei. Ich spiele den Schlauen und sag' den Leuten, sie sollen sich schön von dem Waggon mit den Drogen zurückhalten. Das Syndikat schickt zwei Männer in schwedischen Polizeiuniformen. Jules, ich hab' sie mir durch die Finger sausen lassen – die vierzig Millionen Kronen. Und was hab' ich dafür vorzuweisen?«

»Eine ganze Menge, Harry«, sagte Beaurain beruhigend. »Eine direkte Verbindung zwischen Norling und den Drogen – und deshalb mit dem Stockholmer Syndikat. Erinnern Sie sich an Serge Litows geheimnisvolle Worte – Heorin . . . Norling . . . Verräter. Endlich haben wir Norling mit dieser ganzen unglaublichen Angelegenheit in Verbindung gebracht.«

»Nur, wir haben keine Beweise«, sagte Fondberg mit ungewöhnlicher Bitterkeit. »Die letzten Worte eines jetzt toten Russen. Warum ausgerechnet ein Russe? Und obendrein ist auch noch die Drogenlieferung weg.«

»Harry, haben Sie irgendwelche Informationen über Norling?«

»Ja. Angeblich handelt er mit seltenen Büchern.«

»Angeblich?«

»Möglicherweise ist er wirklich ein echter Buchhändler, um seine wirklichen Aktivitäten zu verschleiern. Damit jedenfalls erklärt er seine häufige Abwesenheit von Stockholm, denn ein internationaler Händler reist sehr viel. Er hat ein Apartment in der Gamla Stan – der Altstadt. Sehr nah an der Gertruden-Kirche.« Der Schwede nahm aus einer anderen Schublade eine Straßenkarte von Stockholm. »Hier, ich zeig' es Ihnen.« Er zeichnete ein Kreuz auf den Plan. »Ich habe außerdem gehört, daß die wirkliche Macht hinter der Organisation eine schattenhafte Gestalt namens Hugo ist.«

»Hugo?«

»Ja. Seine Identität ist absolut unbekannt. Aber man sagt, selbst die Mitglieder des Syndikats zittern vor ihm.«

Das Telefon klingelte. Fondberg, der sich normalerweise langsam und ruhig bewegte, grapschte nach dem Hörer. Er horchte, sagte mehrmals etwas auf schwedisch, knallte dann den Hörer hin und stand hinter seinem Schreibtisch auf.

»Norling ist in Stockholm gesehen worden. Er sitzt in einem Renault und fährt in Richtung der Straße, die wir Diplomaten-Allee nennen – wo all die ausländischen Botschaften sind. Nicht weit davon liegt ein großer Jachthafen mit einer ganzen Flotte von Segelbooten. Ein Wagen wartet schon auf uns.«

Im Wohnzimmer in Sonia Karnells Wohnung im ersten Stock des Hauses in der Radmansgatan überprüfte der blonde Mann den Mechanismus einer Walther sieben-sechs-fünf Automatik. Die junge Frau beobachtete ihn mit ironischem Gesichtsausdruck, denn die Waffe war eine Polizeipistole. Zum dritten Mal knallte der Blonde das Magazin in die Pistole und ließ sie dann in seinen Schulterhalfter gleiten.

»Wie ich schon sagte, meine Liebe, Beaurain und Hamilton sind in Stockholm – gerade jetzt, wo die ersten unserer hochverehrten Besucher aus den Staaten zur Konferenz einfliegen.«

»Was wollen Sie deswegen unternehmen?«

»Ich sorge dafür, daß man ihnen innerhalb von ein paar Stunden, gleichgültig, wohin sie gehen, einen Besuch abstattet.«

»Soviel Blutvergießen.«

»Ihr Lieblingsstück ist doch Macbeth, oder?« fragte Norling fröhlich. Er hob eine Hand, als er sah, daß sie sich darauf vorbereitete, mit ihm zu gehen. »Diesmal gehe ich allein. Solange wir in Stockholm sind, dürfen wir nicht öfter als nötig zusammen gesehen werden. In San Francisco wird das anders sein, aber ich bin ein bißchen nervös, solange das hier in meinem Besitz ist.« Er hob den Koffer auf, der in der Wohnung schon auf ihn gewartet hatte. »Schließlich sind vierzig Millionen Kronen keine Kleinigkeit, meine Liebe.«

»Und Sie gehn wohin?«

»Zuerst hol' ich den Renault ab. Er steht doch in der Garage neben dem Volvo? Gut. Die Zeit ist da – und das mache ich persönlich – um das Nadir-Signal für Louise Hamilton und Jules Beaurain auszugeben. Sie sind zu erschießen, sobald sie gesehen werden.«

Sonia Karnell verschränkte schnell die Arme und zwang sich zu entspannen und nicht zu zeigen, daß die Spannung in ihr wuchs. Anspannung bedeutete für Norling, daß ein Mensch möglicherweise die Nerven verlor – wie das seiner Meinung nach auch im Fall seines Piloten Harry Norsten der Fall sein konnte. Und um die Sicherheit des Syndikats nicht zu gefährden, zögerte Norling nicht, ein Nadir-Signal auszugeben. Die genannte Person konnte ihrem Schicksal nicht entgehen – oft bestand die schlechteste Lösung für das Opfer darin, Polizeischutz zu suchen.

»Der Renault hat einen vollen Tank«, versicherte Sonia, als seine linke Hand schon auf der Türklinke lag. »Sie haben mir noch immer nicht gesagt, wohin Sie fahren.«

»Natürlich zum Jachthafen. Dem in der Nähe der Diplomaten-Allee.«

Kapitel 15

In dem Augenblick, als Harry Fondberg gemeldet wurde, daß Dr. Theodor Norling am Steuer eines Renault gesichtet worden war, steigerten sich die Aktivitäten in Stockholm in vielen Bezirken beständig.

Unauffällige Wagen, die Beaurain, Fondberg und andere Polizeioffiziere beförderten, verließen das Hauptquartier und fuhren schnell durch die Stadt. Sie schwenkten rechts und links aus den Kolonnen aus und brachten die Fahrer dazu, notzubremsen und zu fluchen. Die Wagen fuhren in Richtung des Königlichen Motorboot-Klubs, des Jachthafens im Bezirk Djurgardsborn. Im ersten Wagen saß Fondberg. Er fuhr selbst. Er erklärte Beaurain: »Wir haben eine schriftliche Beschreibung von Norling und ein Foto, das mit einem Teleobjektiv aufgenommen worden ist. Beides ist an Polizisten verteilt worden, denen ich hoffentlich trauen kann.«

»Können Sie nicht jedem bei der Polizei vertrauen?« fragte Beaurain ruhig.

»Um Gottes willen«, erwiderte Fondberg. »Meine Abteilung steht natürlich letzten Endes unter der Kontrolle des Justizministers. Um frei handeln zu können, müßte ich über den Kopf meines Vorgesetzten hinweggehen. Können Sie erraten, was der Minister von mir verlangen würde, wenn er zustimmte, daß ich in aller Stille dem Stockholmer Syndikat nachforsche?«

»Das möchte ich lieber nicht erraten.«

»Ich müßte sein Haus rund um die Uhr von SÄPO-Leuten bewachen lassen. Und heutzutage reist der Minister nur noch in einer kugelsicheren Limousine mit einem Begleitschutz aus Motorradfahrern der SÄPO. Das war der Preis dafür, daß ich im Geschäft bleiben durfte.«

»Es passiert auch in anderen Ländern.«

Fondbergs normalerweise beherrschte Stimme wurde hoch vor Wut. »Mir ist das gleich. Es ist Zeit, daß das aufhört!«

»Darum bin ich ja hier. Seien Sie bereit, ein Auge zuzudrücken. Sind wir nicht schon dicht am Grand Hotel? Gut. Können wir dort ein paar Minuten lang anhalten? Möglicherweise ist dort jemand, den ich abholen will.«

Hinter dem Lenkrad seines Renault fuhr Dr. Theodor Norling langsamer, als er gehofft hatte. Aber er fuhr vorsichtiger als Fondbergs Kavalkade, die durch die Stadt donnerte. Er hatte nicht den Wunsch, wegen Ordnungswidrigkeit von einem Polizeiwagen angehalten zu werden – wenn man bedachte, was in dem Koffer an seiner Seite war.

Trotzdem war er schon dicht an der Diplomaten-Allee, der Straße mit den ausländischen Botschaften, die seinem Ziel so nah lag – dem Jachthafen, in dem eine ganze Anzahl von Schiffen vor Anker schaukelte. Er sah auf die Uhr. Mit etwas Glück wäre er in ungefähr zehn Minuten da.

Louise saß im Fond des Saab, den Stig Palme zurück zum Grand Hotel fuhr. Sie betrachtete die mit einem Tuch verhüllte Waffe zu ihren Füßen. Es war Stig Palmes Lieblingspistole, sie wurde bei der schwedischen Armee durchweg benutzt. Das Modell fündundvierzig, eine Neun-Millimeter-Maschinenpistole, war ausgerüstet mit einer beweglichen Schulterstütze und konnte bei sanftem Druck auf den Abzug auch für einzelne Schüsse benutzt werden – desgleichen feuerte sie eine tödliche, fortlaufende Salve von sechsunddreißig Kugeln in sechs Sekunden.

Telescope hatte nach und nach geheime Waffen- und Munitionslager in ganz Europa aufgebaut. Es war zu gefährlich, mit Waffen über die Grenze zu gehen – obwohl die Jacht Firestorm, die von einem griechischen Millionär gekauft worden war, sinnreich umgebaut und mit vielen Verstecken zu einem schwimmenden Waffenlager gemacht worden war. In Schweden lag Stig Palmes Waffenlager im Keller eines Hauses auf dem Land – direkt neben der E 3, die nach Strängnäs führte.

»Da sind wir schon«, rief Palme fröhlich aus. »Da ist das Grand Hotel.«

»Halten Sie hier!«

Der Schwede reagierte gekonnt und auf der Stelle. Er ließ den Wagen an den Straßenrand rollen, ehe er den Haupteingang erreichte. Zur Rechten parkte die übliche Reihe von Mercedes und Citroëns, deren gutgewachster Lack glänzte. Zur Linken leuchteten in den Blumenkästen strahlendrote Geranien, und ein Gärtner stutzte sie energisch.

»Beaurain wartet auf uns«, sagte Louise.

Sie hatte gerade den Satz zu Ende gebracht, als der Belgier die hintere Tür öffnete, seinen Kopf hereinschob und schnell sagte: »Im Hotel sagte man, du wärst aus – ich hatte das Gefühl, daß du jede Minute zurück sein müßtest. Wir haben einen Notfall – Theodor Norling ist in einem Renault gesichtet worden.«

»Zum Flughafen Bromma kam er in einer Cessna, zusammen mit

Schwarzhelm! Die scheint überall aufzutauchen. Ihr Name könnte Sonia Karnell sein. Sie wohnt in der Rodmansgatan 94. Norling hatte einen Koffer bei sich. Er hielt ihn liebevoll im Arm.«

»Herrgott! Hat er uns an der Nase herumgeführt? War der Koffer ungefähr so groß wie . . .«

»Wie der, der im Versteck an Bord des Güterwagens in Stockholm war? Ja, genauso groß.«

»Siehst du den Saab dahinten, mit dem Mann hinter dem Lenkrad, der sich große Mühe gibt, uns nicht zu bemerken? Das ist Harry Fondberg. Halt dich an ihn, Stig. Verlier den Wagen nicht aus den Augen. Wir glauben, Norlings Ziel könnte der Jachthafen in der Nähe der Diplomaten-Allee sein.«

»Ich weiß.«

Beaurain zwang sich, das kurze Stück bis zu Fondbergs Wagen lässig zurückzuschlendern, obwohl seine Beine ihm zuschrien, er solle laufen. Beaurain stieg hinein, schloß die Tür und zündete sich eine Zigarette an. »Norling hat einen Koffer bei sich, der nach der Beschreibung genauso aussieht wie der Koffer, der euch am Stockholmer Hauptbahnhof unter der Nase weggeschnappt worden ist. Norling ist von irgendwoher am Flughafen Bromma gelandet.«

»Allmächtiger!« Fondberg hatte den Wagen schon gestartet, und das war das Zeichen für die anderen beiden Wagen, die weiter hinter ihnen parkten. Sie fuhren jetzt los. »Sie meinen, er könnte die große Lieferung bei sich haben, die Lieferung, für die mein Mann in Bangkok gestorben ist? Jetzt halten Sie sich aber am Sicherheitsgurt fest!«

Der Amerikaner hinter dem Lenkrad des gemieteten Citroën trug eine schwedische Seemannsmütze. In seinem Spiegel hatte er alles beobachtet – Beaurain, der unauffällig auf dem Bürgersteig wartete, nachdem er kurz im Hotel gewesen war; die Ankunft des Saab, in dem hinter Louise Hamilton und vorn zwei unbekannte Männer saßen. Er hatte die eindringliche Unterhaltung zwischen Beaurain und Louise verfolgt, er hatte gesehen, wie der Belgier vorsichtig zu einem anderen Saab zurückgeschlendert war, hinter dessen Lenkrad Harry Fondberg wartete. Der Amerikaner wartete, bis der Wagenkonvoi abfuhr – der zweite Saab, in dem Louise saß, bildete das Ende –, und dann schwenkte er aus der Reihe aus und folgte. Ed Cottel vom CIA erkannte eine Krise, wenn er eine sah.

Von dem Augenblick an, als sie das Polizeihauptquartier verlassen hatten, hielten sie Funkstille. Fondberg hatte aus Vorsicht eine Nachricht an den Mann weitergegeben, der Norling gesehen hatte. Dieser

Mann sollte nur dann einen kurzen Funkspruch weitergeben, wenn die Zielperson nicht zum Jachthafen fuhr.

Es war noch kein Funkspruch durchgekommen, als der Konvoi das Grand Hotel verließ. Der Konvoi bestand aus zwei unauffälligen Polizeiwagen, gefolgt von Stig Palme und Louise Hamilton, denen ihrerseits Ed Cottels Citroën dicht auf den Fersen folgte. Cottels Wagen war mit einem Funkgerät ausgerüstet, das nach der Anmietung des Fahrzeugs sorgfältig angebracht worden war. Über Funk hielt Cottel Kontakt mit den Leuten, die Fondberg seine »Augen« genannt hatte. Cottel blieb ein Fahrzeug hinter Stig Palmes Saab und benutzte seine Radioverbindung.

»Hier ist Carmel. Können Sie mich verstehen? Gut. Schon etwas von Ozark zu sehen?«

»Hier ist Monterey, Carmel. Kein Zeichen von Ozark, ich wiederhole, kein Zeichen von Ozark. Ich führe die Überwachung fort und warte auf weitere Instruktionen.«

»Okay, tun Sie das.«

Mit einem Ausdruck der Resignation hängte der hakennasige Amerikaner das Mikrofon wieder ein und konzentrierte sich darauf, den Saab nicht zu verlieren. Seit Tagen ging das jetzt schon so, und das einzige, was man tun konnte, war dranbleiben. Früher oder später mußte etwas passieren.

Ozark war der Codename für Viktor Raschkin, den Ersten Sekretär der sowjetischen Botschaft in Stockholm. Das Seltsame an ihm war nur, daß er anscheinend von der Erde verschwunden war.

»Geben Sie mir die Pistole – legen Sie sie neben mir auf den Sitz.«

Stig Palme bat Louise um diese Handreichung,während sie im Kielwasser der beiden unauffälligen Polizeiwagen weiterfuhren. Palme wußte, daß sie sich der Diplomaten-Allee näherten, und das bedeutete, sie waren auch nah am Jachthafen. Ohne zu fragen warum, hob Louise die Waffe, die in Öltuch eingeschlagen war, und legte sie vorsichtig auf den leeren Sitz vor sich.

»Ich brauche Christine vielleicht noch«, bemerkte Stig. Es war typisch, daß Palme seiner Lieblingswaffe einen Mädchennamen gab. Wenn er diese Waffe benutzte, dann benutzte er gewohnheitsmäßig auch eine ziemlich blumenreiche Sprache. »Wir werden verfolgt. Nicht hinschauen. Er fährt einen cremefarbenen Citroën.«

»Wissen Sie, seit wann?«

»Er hatte mit dem Rücken zu uns vor dem Grand Hotel geparkt. Und er benutzt die normale Technik, die ganze Zeit ein Fahrzeug zwischen uns zu lassen. Ein Team vom Syndikat beobachtete offenbar das Grand Hotel.«

»Nur ein Mann, sagten Sie?«

»Wenn es ein gut ausgebildeter Killer ist, dann brauchen sie auch nur einen Mann. Der kommt besser weg, nachdem er die Arbeit erledigt hat. Beaurain könnte das Ziel sein«, sagt er und verfiel wieder in Schweigen..

Fasziniert sah Louise zu, wie Palme mit einer Hand lenkte und mit der anderen das Öltuch zurückschlug und Christine auspackte. Die Maschinenpistole war schon geladen. »Wir sind jetzt im möglichen Zielgebiet«, warnte Palme und hielt dann den Wagen an.

Dr. Theodor Norling hielt an der Landebrücke. Der Jachthafen war riesig. Vom Wasser wehte eine Brise herein, die die Luft frisch machte und gegen die flammende Sonne anwirkte, die vom wolkenlosen Himmel herniederbrannte. Ein paar Sekunden lang blieb Norling stehen, nachdem er den Wagen abgeschlossen hatte; er stand ganz still, den Koffer in der Hand.

Arne, verläßlich wie gewöhnlich, kam auf ihn zu. Norling versuchte, irgend etwas Ungewöhnliches an der Szene zu entdecken, ehe er sich dem Wasser übergab. Eine ganze Flotte von Booten der verschiedensten Typen und Größen lag hier vor Anker, vibrierende Farben im intensiven Glanz der Sonne. Schon jetzt spürte Norling ihre Hitze im Nacken. Teure Kabinenkreuzer waren da, ausgerüstet mit den neuesten elektronischen Geräten, kleine Motorboote, größere Boote, eine ganze Auswahl von Jachten, von denen manche farbige Segel hatten.

»Das Motorboot liegt bereit, um Sie hinauf zur Ramsö zu bringen«, informierte Arne seinen Arbeitgeber.

»Ich hab's eilig«, erwiderte Norling knapp.

Hinter ihm, verborgen hinter Gebüschen und Bäumen auf der anderen Seite der unsichtbaren Straße, erhoben sich die Gebäude der amerikanischen Botschaft. Eine Treppe führte zu ihnen hinauf. Am Flaggenmast flatterten die Sterne und Streifen in der Brise. Ehe Norling das Motorboot bestieg, in dem Arne auf ihn wartete, dreht er sich noch einmal um und salutierte der Flagge ganz kurz. Ein Zuschauer hätte es unmöglich gefunden, zu sagen, ob diese Geste ironisch oder ernst gemeint war.

»Verdammt, das ist er – und er geht uns durch die Lappen!«

Drei Wagen waren am Anlegeplatz angekommen. Louise sprang

aus dem dritten Wagen und rannte zu der Stelle, wo Beaurain und Fondberg standen. Sie bestätigte das Schlimmste. Ehe sie Stig Palme verlassen hatte, der vorsichtig den Wagen ein Stück entfernt von den Polizeifahrzeugen parkte, hatte sie einen Feldstecher aus dem Handschuhfach herausgenommen und sich fast den Arm verrenkt, während sie sich über den Sitz beugte. Als sie dann den Feldstecher auf das davonfahrende Motorboot richtete, sah sie die zwei Gestalten an Bord nur allzu deutlich.

Den Mann, der das Boot auf einen vor Anker liegenden großen Kreuzer zusteuerte, hatte sie nicht erkannt. Der zweite Mann, der wie eine Amme einen Koffer in den Armen hielt, war nur allzu grauenhaft bekannt. Louise fiel die Begegnung vor dem Laden in der Rodmansgatan wieder ein, wo der Mann sie durch seine Goldrandbrille angestarrt hatte. Eine kurze Sekunde lang blitzte jetzt durch den Feldstecher in der Sonne ein dünner Goldglanz an der gleichen Brille.

»Er ist es«, sagte sie Palme und rannte zu Beaurain hinüber, um die Warnung zu wiederholen.

»Bist du ganz sicher?« fragte Beaurain und schaute unsicher zu Palme hinüber.

»Verdammt nochmal, meinst du denn, ich bin blind?« schrie sie ihn an. »Ich hab' so dicht vor ihm gestanden, wie ich jetzt vor dir stehe!«

»Harry, kannst du den Kreuzer hochnehmen lassen – wenn er dort hinwill?«

Fondberg schüttelte zweiflend den Kopf, und ein grimmiger Ausdruck lag auf seinem Gesicht. »Erstens habe ich weder die Autorität noch einen Grund, mich da einzumischen. Ich könnte zwar immer sagen, ich hätte nicht gewußt, daß es Norling war, aber . . . zweitens: Das Schiff kann sich wirklich bewegen, wenn es sein muß – und die Wasserpolizei ist nie da, wo man sie braucht.«

»Dann ist das jetzt die Stelle, Harry, wo du wegschauen mußt.«

Das Motorboot, in dem Dr. Norling saß, war jetzt längsseits des Kreuzers angekommen. Durch den Feldstecher beobachtete Louise den Schweden, wie er geschickt an Bord kletterte und den Koffer in der linken Hand hielt. Leute von der Mannschaft waren auf der Brücke des Schiffes aufgetaucht, das deutlich im Begriff war, die Anker zu lichten.

»Heroin im Werte von vierzig Millionen Kronen ist in diesem Koffer«, hämmerte der Belgier. »Bald wird es die Straßen Stockholms überfluten, und noch mehr unsagbares Elend wird entstehen.«

»Um Gottes willen!« protestierte der Schwede gequält. »Meinen Sie nicht, daß ich mich hilflos genug fühle?«

Louise musterte den sogenannten Antiquar durch den Feldstecher. Beaurain stand neben ihr, hinter Fondbergs Rücken. Sie senkte das Glas und sah, wie er eine kurze Handbewegung machte – die Umrisse eines Koffers. Plötzlich schaute sie hinter sich, hinüber nach rechts, wo Stig Palme den Saab geparkt hatte.

Palme lehnte am Wagen, um einen festen Halt zu bekommen. Er hielt die Maschinenpistole in Schulterhöhe. Die Mündung war über das Wasser auf den Kreuzer gerichtet, der immer noch bewegungslos dalag. Dann zerriß auf einmal die Stille des Morgens.

Es dauerte sechs Sekunden – das war die Zeit, die Stig brauchte, um 36 Neunmillimeter-Geschosse hinauszujagen. Und Palme war ein hervorragender Schütze. Louise hielt ihren Feldstecher vor die Augen gepreßt. Norling hielt immer noch den Koffer umklammert, als dieser von dem Geschoßhagel getroffen und samt Inhalt in kleine Fetzen zerrissen wurde. Der Koffer wurde buchstäblich über die Reling des Kreuzers ins Wasser gefegt. Tausend winzige Fragmente trieben mit den Wellen langsam fort. Der Schwede hatte so akkurat gezielt, daß, soweit Louise es erkennen konnte, Norling von keiner einzigen Kugel getroffen worden war.

»Was zum Teufel . . .!«

Fondberg griff unter sein Jackett zum Schulterhalfter, als er Beaurains Hand auf seinem Arm spürte: »Verdammt noch mal, Harry, ich habe Dir doch gesagt, Du sollst mal in die andere Richtung schauen. Jetzt ist es soweit!«

»Tut mir leid. Instinktive Reaktion. Ich hoffe, daß Ihr Mann sich jetzt ein bißchen beeilt.«

Er rief seinen eigenen Leuten ein kurzes Kommando zu, und die blieben auch sofort stehen und drehten sich dann nach dem weißen Kreuzer um. Palme war schon wieder hinter dem Steuerrad seines Wagens. Die Waffe war verschwunden. Ohne Eile setzte er den Saab zurück und fuhr dann rasch davon. Ein Schwarm Vögel, den die Kanonade aufgescheucht hatte, war flatternd in die Luft gestiegen und flog jetzt auf das Wasser hinaus. In der plötzlichen Stille war das Geräusch der Flügel deutlich zu vernehmen. Und dann wurde es wieder übertönt, als der weiße Kreuzer anfing, Fahrt zu machen.

»Der muß doch total wahnsinnig sein, würden Sie das nicht auch sagen?« beobachtete Beaurain.

An Bord der Ramsö hatte Norling den Befehl zum Auslaufen gegeben! Wieder schaute er die Hand an, mit der er den Koffer gehalten hatte, und er konnte noch immer nicht glauben, daß er völlig unverletzt war. Als die Kugeln geflogen kamen, hatte er einen harten Riß verspürt, als ob übernatürliche Kräfte ihm den Koffer entwanden. Dann kam eine Kaskade aus kleinen Stückchen, eine Wolke von kostbarem Pulver. Alles verloren! Während der Kreuzer anfing, sich zu bewegen, konnte Norling tatsächlich einen weißen Belag auf dem Wasser sehen. Hastig ging er unter Deck in seine Kabine und ließ sich in seinen Sessel sinken. Er zitterte vor unbeherrschbarer Wut. Allein in seiner luxuriös eingerichteten Kabine saß er da und umklammerte mit beiden Händen die Armlehnen seines Sessels.

»Beaurain! Zuerst in Brüssel, dann in Kopenhagen und Elsinore – und jetzt hier in Stockholm selbst!«

Er redete mit sich selbst, eine Angewohnheit, deren er sich völlig bewußt war, und die er gelegentlich als Sicherheitsventil benutzte. Es hatte vor langer Zeit mit einem angefangen, das weit weg lag von Schweden. Hinter den Linsen seiner Goldrandbrille blickten seine Augen distanziert und grausam. Er schaute auf, als ein Mann die Treppe herunterkam und die Kabine betrat. Es war Olof Kronvall, der Funkoffizier.

»Tut mir leid, Sir.« Kronvall, ein kleiner, nervöser Mann mit zerknittertem Gesicht, trat einen Schritt zurück, als er Norlings Blick sah. Er war angsterregend. »Ich hatte nicht vor, Sie zu stören – aber normalerweise gibt es immer Funksprüche auszusenden, wenn Sie an Bord kommen.«

»Bleiben Sie, wo Sie sind, verdammt nochmal!« Daß Norling seine Wut zeigte, war höchst ungewöhnlich. Normalerweise war sein Benehmen eiskalt. »Sagen Sie dem Kapitän, ich will sobald wie möglich auf ein anderes Schiff umsteigen.«

»Ich sage es ihm sofort.«

»Gehn Sie noch nicht! Ich bin noch nicht fertig.« Norling machte eine Pause, zwang sich, seine verkrampften Hände von den hölzernen Armlehnen des Stuhls zu lösen, damit seine Wut verschwand. Jetzt beherrschte er sich wieder völlig. Seine Stimme wurde geistesabwesend, distanziert wie bei einem Schachspieler, der sich den nächsten Zug schon überlegt hat.

»Sie senden sofort Nadir-Signale auf Jules Beaurain aus.

Der andere Empfänger ist seine Geliebte, Louise Hamilton. Lassen Sie das Wort ausgeben. Und Hamilton allein soll als erstes zu einer Demonstration dritten Grades dienen. Jetzt können Sie gehen.«

»O Gott, wie schrecklich!«

Louise erstarrte vor Schrecken und Ekel, sie hielt den Schlüssel zu ihrer Schlafzimmertür noch in der Hand. Wie die meisten Menschen in einem Hotel war sie einfach hineingegangen und hatte die Tür hinter sich geschlossen in der irrigen Ansicht, daß das Hotelzimmer – wenigstens zeitweise – ein sicheres Refugium war.

»Herrgott! Ich glaube – mir wird schlecht!«

Sie lehnte sich gegen die Tür zurück und zwang sich zur Beherrschung. Der Magen gehorchte ihr, dann sah sie sich im Spiegel und war schockiert durch ihren eigenen Anblick. Ihre Lippen waren über den Zähnen zurückgezogen, in einem Ausdruck mörderischer Wut – und sie wußte in dieser Sekunde, daß sie denjenigen, der für das Grauenhafte verantwortlich war, getötet hätte, wenn er noch im Zimmer gewesen wäre. Jemand klopfte an die Tür, die ein Schnappschloß hatte.

Sie trat zur Seite und drehte den Türgriff. Palme kam ins Zimmer und starrte auf die Pistole, die direkt auf ihn zielte. Dann wanderte sein Blick im Zimmer herum. Er schloß die Tür.

»Ist das nicht widerlich?« sagte Louise so oberflächlich sie konnte. Aber sie konnte den Schweden nicht täuschen, während sie die Pistole wieder in die Schultertasche gleiten ließ. Er sagte das einzige, das die Atmosphäre hätte verbessern können.

»Ich glaub', das Management wird Ihnen gern ein anderes Zimmer geben.«

Es klopfte ein zweites Mal an der Tür. Stig Palme deutete Louise mit einer Handbewegung an, sie solle ins Badezimmer gehen, aber das war ein Fehler. Denn dort sah es noch widerlicher aus als im Schlafzimmer. Sie knirschte mit den Zähnen, und dann hörte sie voller Dankbarkeit Beaurains Stimme. Er sagte in scharfem Tonfall: »Wo ist Louise? Hat sie gesehen . . .?«

»Sie ist im Badezimmer. Ich hab' sie da hineingeschickt, als ich . . .«

Beaurain fand Louise auf dem Badezimmerhocker sitzen. Sie hatte die Beine übereinandergeschlagen und die Arme verschränkt. Sie schaute ihn direkt an und rauchte ruhig die Zigarette, die sie sich gerade angezündet hatte. Das war die einzige Konzession an die üble Erfahrung, die sie soeben gemacht hatte.

»Nur ein krankes Gehirn . . .« begann sie.

Es war – wenn überhaupt möglich – im Badezimmer noch schlimmer. Eine Sprühdose mit Farbe war die Waffe, die benutzt worden war – mit so teuflischer Kunstfertigkeit, daß Beaurain den Verdacht bekam, der Täter müsse ein Künstler gewesen sein. Aufgesprüht auf allen glatten Oberflächen im Badezimmer waren obszöne Bilder, in denen eine Frau sich allen nur vorstellbaren Arten von Perversionen hingab. Und auf jedem Bild war das Gesicht der dargestellten Frau eine Karikatur von Louise Hamilton, deutlich und unverkennbar.

Die Wände des Schlafzimmers und alle anderen vorhandenen Oberflächen waren ähnlich beschmiert. Beaurain sah zu, wie Louise die Zigarette rauchte, und tat dann genau das Richtige.

»Wir müssen sofort ein anderes Zimmer in einem anderen Stockwerk reservieren, das auch noch völlig anders geschnitten ist. Genauer gesagt, solange wir hierbleiben, schlage ich vor, daß du jede Nacht in meinem Zimmer schläfst. Weiß Gott, das Bett ist groß genug.«

»Danke«, sagte sie erleichtert.

»Kann ich gleich mal kurz mit Ihnen sprechen?« fragte Palme Beaurain.

»Wenn wir die Sache mit dem Zimmer besprochen haben.«

»Was wirst du denn dem Direktor sagen?« fragte Louise.

Beaurain wußte sofort, was ihr Sorgen machte – der Manager würde sich mit Sicherheit fragen, was für Leute sie wohl kannte, die so etwas taten. Louise fühlte sich beschmutzt durch diese ekelhaften Obszönitäten. Wieder wußte Beaurain genau die richtige Antwort. »Ich sage ihm, meine Exfrau ist wahnsinnig eifersüchtig und hat schon in einem anderen Land wegen einer ähnlichen Sache vor Gericht gestanden. Außerdem«, er hielt inne und lächelte, »außerdem hätte sie jetzt schon Schweden verlassen, um der Polizei zu entgehen.«

Fünfzehn Minuten später war Louise in einem ganz anderen Zimmer untergebracht, diesmal im zweiten Stock. Man konnte von dort auf die Straße schauen, auf der die berittene Garde nach dem Wachwechsel am königlichen Palast zurückzog. Das erzählte der Hotelmanager, der sich offensichtlich große Mühe gab, damit Louise das Schreckliche vergaß. Bevor er ging, blieb er noch einmal an der Tür stehen.

»Darf ich annehmen, daß Madame die Tür nicht für kurze Zeit hat offenstehen lassen, während sie nicht im Zimmer war?«

Louise lächelte. Ihr Gesicht wirkte noch immer blutleer. »Nein, ich hatte die Tür mit Sicherheit nicht irgendwie offenstehen.«

»Natürlich. Ich hoffe, Madame hat nichts dagegen, wenn ich frage? Danke. Ah, da ist ja die Flasche Champagner. Bitte, akzeptieren Sie sie als ein kleines Geschenk von der Direktion.«

Stig Palme beriet sich mit Beaurain, während sie zusammen in dem Saab des Schweden saßen, der vor dem Hotel parkte. Palme hatte diesen Ort für ihre Unterhaltung ausgesucht.

»Auf diese Weise wissen wir wenigstens, daß man uns nicht belauscht. Sie haben ja gesehen, wie die Schlafzimmertüren schließen, daß man von draußen den Schlüssel umdrehen muß, ehe man den Raum betreten kann? Ich glaube«, fuhr Palme fort, »möglicherweise hat das Stockholmer Syndikat den ersten großen Fehler begangen – es hat mir eine Spur geöffnet, der ich folgen kann. Vielleicht kann ich durch diese Lücke die Organisation aufsprengen.«

»Es wird ein Rennen gegen die Uhr«, warnte Beaurain. »Ich habe das starke Gefühl, daß Hugo eine umfassende Offensive einleiten wird, um uns auszulöschen.«

»Weil wir ihn gerade seiner größten Heroin-Lieferung beraubt haben?«

»Teilweise – aber vielleicht noch eher dadurch.« Beaurain nickte zu einem großen Mercedes hinüber, der gerade glatt und geräuschlos vor dem Grand Hotel gehalten hatte. Aus der hinteren Tür tauchte ein vierschrötiger, breitschultiger Mann auf, der einen Aktenkoffer bei sich hatte. Zwei andere Männer, die Sekunden früher den Wagen verlassen hatten, nahmen Positionen am Fuß der Treppe ein und starrten in alle Richtungen.

»Wer ist der kleine Dicke, der eine bewaffnete Leibgarde braucht?« fragte Stig.

»Das ist Leo Gehn, der Präsident der International Telecommunications and Electronics Corporation of America. Einer der reichsten und mächtigsten Industriebosse der Vereinigten Staaten – man sagt, er hat der Wahlkampagne des Präsidenten eine Million Dollar beigesteuert. Vielleicht steuert er dem Stockholmer Syndikat noch größere Summen bei.«

»Ich kann Ihnen nicht folgen, Jules.«

»Nachdem wir den Jachthafen verlassen hatten, sind wir zum Polizeihauptquartier zurückgekehrt – um zu sehen, ob Fondbergs SÄPO-Leute schon weitere Informationen hatten. Sie hatten. Eine ganze Liste von Spitzenleuten der europäischen und amerikanischen Geldelite, die an Bord einer ganzen Flotte von Flugzeugen ankommen – manche mit Linienflügen, manche in Privatjets – und sie landen alle in Arlanda. Anscheinend wohnen sie in zwei Hotels – dem Saltsjöbaden-Hotel und hier im Grand Hotel. Bis jetzt sind, abgesehen von Leo Gehn, die Präsidenten oder Direktoriumsmitglieder von fünf der größten amerikanischen Gesellschaften eingeflogen –

ganz zu schweigen von Männern wie Eugène Pascal aus Paris und einer Menge anderen. Fondberg hat den Verdacht, daß sie zu einem geheimen Treffen des Stockholmer Syndikats hier ankommen – daß es alles Männer sind, die entweder freiwillig Geld gegen riesige Profite beigesteuert haben, die sie aus internationalen Kapitalverbrechen ziehen werden – oder man hat sie auf die widerlichste Weise eingeschüchtert. Und ich brauche nur einen, den ich knacken kann, Stig – nur einen.«

Beaurain nahm die Zigarette aus dem Mund und starrte durch die Windschutzscheibe die Gestalt an, die am Eingang zum Grand Hotel aus einer weiteren Limousine mit Chauffeur ausstieg. Aus der hinteren Tür stieg eine der elegantesten und attraktivsten Frauen aus, die Palme je gesehen hatte. Ihr pechschwarzes Haar war hoch auf dem Kopf aufgetürmt.

»Ich sagte doch, ich brauche nur einen! Das, Stig, ist die Contessa d'Arlezzo.«

»Aber sicher ist doch ihr Mann derjenige, der die Geschäfte leitet?«

»Ihr Mann, Luigi d'Arlezzo, ist von Erika gekauft worden, wegen seiner Verbindungen zur Aristokratie. Sie leitet persönlich das Bank-Empire, das sie von ihrem Vater geerbt hat. Warten Sie hier.«

Die Contessa hielt sich noch auf dem Bürgersteig am Fuß der Treppe auf und winkte alle Versuche, sie zum Eintreten zu bewegen, mit einer lässigen Bewegung ihrer schlanken Hand ab. Sie genoß den Anblick des königlichen Palastes und des Parlamentsgebäudes. Beaurain grinste in sich hinein, als er die Handbewegung bemerkte. Das sah Erika ähnlich. Er war nur noch wenige Schritte von ihr entfernt, als ein vierschrötiger Mann in einem dunklen Anzug sich ihm in den Weg stellte.

»Zurück, los, zurück. Blei'm Se, wo Se sind«, befahl er.

»Aus dem Weg, oder ich breche Ihnen den Arm«, sagte Beaurain höflich und lächelte.

»Jules!« Die Frau, die Anfang Vierzig war, hatte sich beim Klang seiner Stimme umgedreht und kam auf ihn zu. Leidenschaftlich umarmte sie ihn, während der Leibwächter sie verwirrt anstarrte.

»Du mußt mit hinaufkommen in meine Suite«, fuhr sie fort und hängte sich bei ihm ein. »Luigi? Ich nehme an, er hat ein Rendezvous mit seiner Flasche – wußtest du das nicht? Heutzutage ist er kaum noch nüchtern.«

Als ihre Koffer heraufgebracht worden waren und sie sich allein im Zimmer befanden, nahm sie ihn bei der Hand und wollte ihn ins

Schlafzimmer führen. Er schüttelte den Kopf, drehte das Radio lauter, um irgendwelche versteckten Mikrofone auszuschalten, und schaute sie an, während er ihr die Frage ins Gesicht schleuderte.

»Ich habe gehört, deine verschiedenen Banken haben Geld zur Unterstützung des Stockholmer Syndikats beigetragen?«

»Ja, eine Summe von mehreren Millionen Pfund«, antwortete sie ohne das leiseste Zögern. »Es soll ein Darlehen sein, aber ich betrachte Hugo nicht als einen Menschen, der besonders kreditwürdig ist.«

Er studierte sie einen Augenblick. Sie stand sehr aufrecht und steckte sich, während sie sprach, eine Zigarette in eine lange Zigarettenspitze. Er gab ihr Feuer. Von all den Menschen, die sich im Labyrinth des Syndikats gefangen hatten, war sie möglicherweise die einzige, die Nerven genug hatte, um ihm ohne eine Sekunde des Zögerns die Wahrheit zu sagen. Warum hatte sie dann dem Syndikat eigentlich nachgegeben?

»Ich war eine von den Menschen, denen man am Telefon vom Tod des Spitzenmannes der Europäischen Gemeinschaft erzählte. Das war eine Woche, ehe er seinen sogenannten ›Unfall‹ hatte. So hat es angefangen.«

»Und wie ging es weiter?« drängte Beaurain.

»Man sagte mir, das gleiche würde auch mir widerfahren, wenn ich mich weigerte, Mittel nach Stockholm zu transferieren. Der Mord an dem Politiker hat mich davon überzeugt, daß sie es mit der Drohung ernst meinten. Ich bin ein Feigling, also gab ich nach.«

»Womit haben sie denn dir gedroht?« wollte der Belgier wissen.

»Ich kann mich nicht mehr genau an den Wortlaut erinnern – man würde mich finden . . . aufgehängt und verdreht wie eine Schweinehälfte im Schlachthaus, die am Haken baumelt. Und darauf war ich nicht so wild, Jules.«

»Warum bist du hier?«

»Natürlich, um am Treffen teilzunehmen. An der Konferenz des Syndikats, wenn dir das lieber ist. Ich nehme an, Hugo oder sein Stellvertreter wird die Beute teilen und verschiedenen Gruppen Gebiete angeben, in denen sie operieren können. Die Profite daraus werden dann, je nach Anteil der zur Verfügung gestellten Mittel, an diejenigen abgegeben, die investiert haben. Investoren, so nennt er uns«, bemerkte sie mit bitterem Gesichtsausdruck. »Investoren – als ob wir ein legitimes Geschäft betrieben.«

»Und was für ein Geschäft betreibt ihr?«

»Prostitution, Glücksspiel, Drogenhandel, Erpressung, Nötigung, nenn mir mehr, wir stecken drin – bis zum Hals.« Die Bitterkeit in ihrem Benehmen wuchs, während sie die Zigarette zerquetschte, eine neue in die Spitze steckte und wieder wartete, bis Beaurain sie angezündet hatte. Sie standen noch immer dicht zusammen in dem wunderschön möblierten Raum, und die Anspannung, mit der sie ihre Unterhaltung führten, schien es auszuschließen, daß sie sich hinsetzten.

»Danke«, sagte sie, nachdem er ihre Zigarette angezündet hatte. Dann fuhr sie mit leiser, heftiger Stimme fort, was ihr gar nicht ähnlich sah. In der Vergangenheit hatte Beaurain immer ihre Fähigkeit bewundert, distanziert zu bleiben. »Und ein Verbrechen ist schlauerweise noch hinzugefügt worden, damit ein anderes besser funktioniert.«

»Wie meinst du das?« fragte er scharf.

»Oh, die erstklassigen Prostituierten – und sie gehören zu denen in Europa, die am teuersten sind und die meiste Klasse haben – werden dazu benutzt, führende Politiker zu kompromittieren. Sie müssen dann tun, was das Syndikat verlangt, oder sie werden öffentlich ruiniert. Du erinnerst dich doch sicher noch an den Mann in Mailand.«

»Ich weiß, was du meinst, Erika. Du hast ihn ziemlich gern gemocht.«

»Nicht so sehr wie dich, aber ich konnte ihn gut leiden, Jules. Eine Woche, ehe der Skandal kam, wurde ich angerufen, und man sagte mir, man würde diesen Mann ruinieren. Ich hab' ihn angerufen, um ihn zu warnen, aber es gab nichts, was er tun konnte – die Fotos waren schon gemacht, man hatte die Bilder an die Zeitungen und ans Fernsehen weitergegeben. Er hat sich dann erschossen – oder so sah es wenigstens aus.«

»Was soll das heißen?« Beaurain war erschrocken. Er hatte die Angelegenheit immer so verstanden, daß der Mailänder Politiker Selbstmord begangen hatte.

»Er wurde vom Syndikat ermordet, und seinen Tod stellte man dann so dar, als ob es Selbstmord gewesen wäre. In Regierungskreisen in Rom hat man deutlich verstanden, daß dies nur eine von den ›Demonstrationen‹ gewesen war, die das Syndikat organisiert hatte – wie der tödliche Fall des EG-Mannes. Kannst du dir vorstellen, wie entsetzlich das alles war? Selbst wir, die wir soviel Geld haben und einmal das internationale Geschäft beherrschten, wir sind jetzt Marionetten dieser üblen Organisation, des Stockholmer Syndikats.«

»Mit wem hast du persönlich eigentlich zu tun? Mit Hugo?«

»Nein. Ich hab' keine Ahnung, wer Hugo ist. Bei den seltenen Gelegenheiten, wenn man Kontakt mit mir aufnimmt, ist es immer ein Mitglied des Direktoriums, das den Sektor Mittelmeer zu betreuen hat – Dr. Otto Berlin.«

»Und jetzt meine letzte Frage: Wo soll dieses sogenannte Gipfeltreffen abgehalten werden?«

»Darüber sind wir noch nicht informiert worden – aber man sagte mir, ich solle mich bereithalten, zur Südküste von Schweden zu fliegen, sobald die Anweisung kommt.« Wieder der bittere Unterton. »Ja, so etwas kriegen wir – Anweisungen. In Rom habe ich wenigstens versucht, mich dagegen zu wehren.«

»Du darfst dir keine Vorwürfe machen. Weiß Luigi . . .?«

»Ob er etwas weiß? Natürlich nicht! Kannst du dir vorstellen, was mir dieses zerbrochene Schilfrohr für eine Hilfe bieten könnte? Innerhalb eines Tages, nachdem man es ihm gesagt hätte, würde er wahrscheinlich in seiner Betrunkenheit alles herausplaudern. Jules . . .« Sie trat sehr nah an ihn heran, so nah, daß er den zarten Duft des Parfüms genießen konnte, das sie trug. »Jules, kannst du nicht etwas unternehmen?«

»Doch. Aber als erstes will ich dich unter meinem Schutz wissen. Du ziehst dir jetzt einen Mantel an und verläßt sofort mit mir dieses Hotel. Laß alles hier zurück und komm sofort mit mir. Ich habe Leute draußen, und wir verstecken dich, bis alles vorbei ist.«

»Das kann ich nicht, Jules.«

»Zum Teufel, warum denn nicht?« Sein Ärger war echt. Das sah Erika nicht ähnlich.

»Wegen Luigi. Wenn ich verschwinde, dann bringen sie ihn um. Er ist jetzt in Rom.«

»Ein Telefonanruf, und ich lass' ihn einfach aufgreifen und aus Italien ausfliegen.«

»Nein, Jules!« Sie legte den Zeigefinder auf seinen Mund und nahm ihn wieder weg, als er in Schweigen verfiel. Dann küßte sie ihn voll auf die Lippen. Er stellte fest, daß er sich sogar daran erinnern konnte, wie sie schmeckte. »Ich muß mich normal benehmen, zum Treffen gehen – aber wenn du mir eine Telefonnummer gibst, dann ruf' ich dich an und sage dir, wo das Treffen stattfindet, sobald ich es weiß.«

Beaurain gefiel das nicht. Er hatte ein ungemütliches Gefühl, aber er konnte sie nicht vor den Kopf stoßen. Schließlich gab er ihr Harry Fondbergs Privatnummer und das Codewort Champagner, das sie benutzen mußte, wenn es für sie unmöglich war, Beaurain zu erreichen. Unter diesem Wort konnte sie eine Nachricht hinterlassen. Als er ihr Zimmer verließ und die Tür zuzog, kam er an einem Mann vorüber, der langsam einen Teewagen über den Korridor schob. Das, was auf dem Teewagen lag, war unter einem großen weißen Tuch verborgen. Erst später erkannte er den Mann. Zu spät.

Stig Palme fuhr seinen kompakten Wagen die steile Straße hinauf, die neben dem königlichen Palast entlangführte. Er bog in den Storturet ein, den größten Platz, auf dem eine uralte steinerne Pumpe stand, geschützt durch große Prellsteine. Ein paar Minuten später parkte er den Saab dicht an der Einfahrt in einem von den vielen Gäßchen in diesem mittelalterlichen Teil von Stockholm.

Der winzige Laden, den er besuchen wollte, lag mitten an der verlassenen Gasse. Das Sträßchen war mit Kopfsteinen gepflastert und so schmal, daß er leicht beide Seiten hätte berühren können, wenn er die Arme ausstreckte. Palme betrat den Laden ohne weiteres. Er bemerkte, daß außer dem Besitzer niemand drinnen war und schloß die Tür. Dann drehte er die Karte um, die vor der Glasscheibe hing, und auf der »Geschlossen« geschrieben stand.

Draußen vor dem Laden hing über der Tür ein riesiges Schlüsselschild. Und der Mann, der Dietriche für Stockholm machte, hieß Tobias Seiger. Der Preis war verschieden, je nachdem, welchen Status das Hotel hatte, und je nachdem, wieviel Seiger glaubte, aus dem Käufer herausholen zu können. Als Gegenleistung garantierte er für absolute Diskretion. Es war diese Mauer aus Diskretion, die Stig Palme durchdringen mußte.

Seiger kannte Palme und mochte ihn nicht. Das half nicht besonders bei der Angelegenheit. Seiger war ein kurzer, untersetzter Mann mit breitem Kopf, und in seinem rechten Auge klemmte eine Juwelierslupe, als Palme eintrat. Seiger beobachtete Palme genau, als er die Ladentür schloß. Und dann nahm er sorgfältig die Juwelierslupe aus dem Auge und legte sie in eine offene Schublade, die Palme nicht mehr sehen konnte. Palme bewegte sich blitzschnell. Seine linke Hand schoß über die Theke, ergriff die Pistole, nach der Seiger getastet hatte, und steckte sie in die Tasche. Seiger konnte nur noch in die Mündung von Palmes eigener Pistole starren.

»Ich habe nur sehr wenig Geld im Laden«, begann er.

»Wir wollen uns unterhalten, Tobias.« Der Schlosser stand immer gebückt, durch die vielen Jahre, die er mit dem Herstellen von Schlüsseln verbracht hatte. Sein Verhalten war eine Mischung aus Aggressivität und schmieriger Freundlichkeit. Er hatte die Moral eines Bordellbesitzers. »Das Grand Hotel . . .«

»Sagten Sie, das Grand Hotel?«

Der Laden war überfüllt von Schränken, und überall waren Staub und Schmutz. Außerdem war auch auf den Außenfenstern ein schmieriger Schleier – also war es sehr dunkel. Aber selbst unter diesen Umständen bemerkte Palme mit scharfem Blick das kurze Flakkern eines veränderten Ausdrucks, das, fast ehe es erschienen war, wieder von Seigers schlafflippigem Gesicht verschwand. Sorge. Oder Schrecken? Es würde schwieriger werden, als Palme sich gedacht hatte.

Um Seigers Angst auszuräumen, würde er eine Atmosphäre wahnsinnigen Schreckens aufbauen müssen, damit der schmierige Schweinehund den Mund aufmachte. Palme preßte die Mündung seiner Pistole an Seigers linkes Ohr.

»Ich kann Ihnen einen Schlüssel machen – einen Dietrich«, babbelte Seiger.

»Werd nicht komisch mit mir, Tobias. Du weißt genau, hinter was ich her bin – ich hab's dir an den Augen angesehen. Ich will wissen, wer dich in letzter Zeit um genau so etwas gebeten hat – ihn mit einem Dietrich für das Grand Hotel zu versorgen.«

Als Beaurain und Palme die ekelhaften Schmiereien in Louises Zimmer besprochen hatten, war ihnen beiden klargeworden, daß es dafür nur eine Erklärung gab. Der Täter hatte eine Kopie vom Nachschlüssel für alle Räume des Hotels, und wahrscheinlich stammte dieser Dietrich aus einer nahe gelegenen Quelle. Und, so dachte Palme für sich, was konnte näher liegen als der Laden von Tobias Seiger in der Gamla Stan, direkt auf der anderen Seite des Hotels?

»Ich kann es Ihnen nicht sagen! Es würde mich das Leben kosten. Die Leute, die darin verwickelt sind, haben keine Skrupel. Sie sind vollkommen skrupellos.«

Jetzt lag Schrecken in Seigers Augen und in seiner Stimme, und auch in der Art, wie er sich vor Palme zurückzog, bis die Wand ihn daran hinderte, noch weiter auszuweichen. Palmes linke Hand schloß sich um Seigers Krawatte und zog sie straff. Seine Knöchel preßten sich auf den Adamsapfel des Schlossers.

Seiger hätte vor Schmerz aufgeschrien, aber der Druck der Knöchel machte es ihm unmöglich, einen Laut von sich zu geben. Die Pistolenmündung preßte sich leicht auf sein rechtes Auge, und der große Schwede ragte drohend über dem krummschultrigen Ladenbesitzer auf.

»Du kannst ja immer noch Stockholm verlassen, bis der Ärger vorbei ist«, sagte er mit liebenswürdigem Lächeln. »Wann hast du denn zum letztenmal richtig Urlaub gemacht? Das ist schon ewig lange her, nehme ich an. Ein ehrlicher Mann wie du, der seinem Handwerk nachgeht, verdient doch einmal Ferien.«

Er ließ die Krawatte los, und das so plötzlich, daß Seiger gegen die Wand taumelte. Er spreizte die Beine in einem merkwürdigen Winkel auf dem steingepflasterten Fußboden. Mit einer Hand massierte er seine wunde Kehle und starrte zu dem Eindringling auf. Und dann, als er sah, was Stig Palme machte, veränderte sich sein Gesichtsausdruck. Er hielt die Hand hoch, als ob er einen Schlag abwehren wolle. Was Worte nicht vollbracht hatten, das erreichte eine Geste. Terror!

Stig Palme stand über der zusammengebrochenen Gestalt und tat das, was er tat, mit großer Gründlichkeit und ohne einen Blick an den Schlosser zu verschwenden. Er schraubte einen Schalldämpfer auf die Mündung seiner Null-acht.

Die Atmosphäre in dem winzigen Laden war ekelerregend. Als Palme eingetreten war, hatte er einen dumpfen, feuchten Geruch bemerkt – einen Geruch, den man mit einem Ort in Verbindung bringt, der niemals die Sonne sieht, und wo die Lüftung viel zu wünschen übrig läßt. Dazu kam jetzt noch der Gestank von Schweiß, der über Seigers Körper strömte, der Flecken unter seinen Achselhöhlen bildete, der sein Gesicht feucht machte. Es war der Geruch, den Palme schon mehr als einmal kennengelernt hatte. Der Geruch von Terror.

»Diese Leute töten!«

»Wir wissen, daß es das Stockholmer Syndikat ist. Ich brauche einen Namen, eine Adresse«, sagte Palme nüchtern.

Auf das letztere hatte er keine Hoffnung – das höchste, was er bekommen konnte, war ein Name, und das mindeste war eine Beschreibung, die er in der Stockholmer Unterwelt herumgehen lassen konnte in der Hoffnung, daß etwas dabei herauskam.

»Du hast die Wahl. Entweder ich höre was von dir, oder ich puste dir eine Kugel in den Leib.«

Und Tobias Seiger, der den größten Teil seines Lebens in diesem halbdunklen Loch verbrachte, spuckte es aus.

»Ein blondhaariger Mann – den Namen kann ich Ihnen nicht geben. Es war natürlich Bargeld ... Er hatte blondes Haar und lange Koteletten. Langes Haar im Nacken ... Und er trug eine Goldrandbrille. Er war ein bißchen kleiner als Sie selbst – aber nicht klein ... so einsfünfundsiebzig. Wir haben Französisch gesprochen. Ich habe ihn schon zweimal gesehen ... Ich weiß, wo er wohnt.«

Stig Palme achtete sorgfältig darauf, völlig ausdruckslos dreinzuschauen. Er drückte noch ein bißchen fester, während er unbeteiligt aussah und weiter den Schalldämpfer anschraubte. Gott im Himmel, Seiger beschrieb doch tatsächlich Dr. Theodor Norling, einen der drei Männer, die das Direktorium des Stockholmer Syndikats ausmachten. Warum hatte der nicht irgendeinen Lakaien ausgeschickt, um den Dietrich abzuholen? Dann fiel ihm wieder ein, daß Beaurain ihm gesagt hatte, Norling besäße ein Apartment nicht weit von hier, in der teuren Wohngegend in der Nähe der St.-Gertrudis-Kirche. Als Seiger sagte: »Ich weiß, wo er wohnt«, zwang Palme sich, weiter zu schweigen. Bei Verhören bestand die ganze Kunst oft daraus, zu wissen, wann man den Mund halten mußte.

» . . . es war ein komischer Zufall«, babbelte der Schlosser weiter, »ich konnte es selbst kaum glauben, als ich ihn auf dem Weg zur Arbeit gesehen habe . . . Ich verbringe oft die Nacht bei meiner Schwester, die in Strängnäs wohnt . . . Als ich auf der E 3 hergefahren bin, hatte ich ein dringendes natürliches Bedürfnis. Ich hab' an der Straße angehalten . . . Kann ich was trinken?«

»Nein!« Es war eine sehr wackelige Sache: Jede Pause konnte den Fluß der Worte anhalten, wenn Seiger sich besser überlegen konnte, was er da tat. Und was zum Teufel sollte dieses Gerede über die E 3 draußen auf dem Land? Norlings Apartment lag in der Gamla Stan. Da ihm das Trinken verboten worden war, rumpelte Seiger jetzt mit rauher Stimme weiter.

»Als ich hinter dem Baum stand, sah ich diesen Mann, der weit hinten aus einem Haus kam . . . Ich habe immer einen kleinen Feldstecher in der Tasche . . . mein Hobby ist das Vogelbeobachten. Und er war es! Ich hab' gewartet, während er seinen Wagen rausholte und in Richtung Stockholm wegfuhr, wo ich auch hinwollte. Ich folgte ihm in meinem eigenen Wagen, bis der Verkehr dichter wurde, und dann hab' ich ihn eingeholt. Er hat mich nicht gesehen! Der Volvo, den er fuhr, hatte ein amerikanisches Diplomatenkennzeichen.«

Palme begriff schnell, aber er behielt einen klaren Kopf. Monoton fragte er nach der Lage des Hauses. Das bedeutete, daß detailliert erklärt wurde, obwohl Palme die Route nach Strängnäs kannte. Er mußte einfach genau wissen, wo das Haus lag, das offensichtlich nicht direkt an der Autobahn stand, sondern ganz einsam in Sichtweite der Autobahn.

»Es ist eins von diesen altmodischen Häusern«, quasselte Seiger weiter. »Giebel und vorgebaute Fenster, wie das früher mal üblich war. Es muß mindestens fünfzig Jahre alt sein.«

»Bleib, wo du bist!«

Palme gab den Befehl mit kalter Stimme, und Seiger blieb auf dem Fußboden hinter der Theke. Palme ging langsam zur Tür, drehte leise den Schlüssel um und trat nach draußen. Dabei bewegte er sich nach links, glitt am Glas des Schaufensters vorbei – das letzte, das jemand erwartete, der draußen auf ihn lauerte. Und es lauerte auch jemand auf ihn. Sogar zwei. Mittelgroß, breitschultrig. Mit Sonnenbrillen. Und mit ihren Schuhen stimmte etwas nicht. Sie waren mit Sicherheit nicht aus Schweden.

Der Mann zur Linken schoß vorwärts. Ein Messer blitzte in seiner Hand. Sie hatten nur zwei Fehler gemacht. Sie hatten nicht bemerkt, daß Palme die Silhouette des einen Mannes aus dem Laden gesehen hatte, während er sich langsam am Fenster vorüberschob. Und der andere Mann hatte ganz vorsichtig versucht, die geschlossene Tür zu öffnen. Dabei hatte er ein winzigkleines Geräusch gemacht.

Der zweite Fehler bestand darin, daß sie auch nicht bemerkt hatten, daß Palmes rechte Hand an der Seite hing, als er aus dem Laden auftauchte. Es war die Hand, die noch immer die Null-acht mit dem Schalldämpfer hielt. Als der Killer auf Palme zuschoß, hob Palme die Null-acht und feuerte. Patsch! Ein kleines Loch erschien im Schädel des Mörders, zwischen den Augen. Der zweite Mann hatte die Chance ergriffen, in den Laden zu stürzen. Er vertraute darauf, daß sein Kamerad Palme schon ausschaltete. Der Schwede folgte ihm durch die offene Tür, gerade noch rechtzeitig, um zu sehen, wie er sich über die Theke lehnte.

Hätte Seiger Palme nicht dazu gebracht, ihm seiner Walther-PP-Automatik wegzunehmen, er hätte sich retten können. Palme war kaum wieder im Laden, als der Mörder das Messer tief in Seigers Brust stieß. Ein würgender Schrei war zu hören, ein gleitendes Geräusch, und Seiger sank wieder auf den Fußboden. Er war nicht mehr zu sehen. Palme drückte die Mündung seiner Null-acht in das Genick des Killers. Rauhe Gerechtigkeit: Diese Schweine liebten ja diese alte Nazi-Methode der Exekution so sehr.

Der Mann erstarrte, wollte etwas auf deutsch sagen. Palme drückte den Abzug einmal. Patsch! In der Stille des unappetitlich riechenden Ladens hörte sich das Geräusch nicht lauter an als Ausatmen. Der Mörder warf die Arme über die Theke, als ob er sich aufrecht halten wolle. Palme trat zurück, während der Mann zusammenknickte und auf den Boden stürzte. Dann nahm Palme Seigers Automatik aus der Tasche, wischte schnell alle Fingerabdrücke ab und ließ sie in die Schublade fallen, die noch immer offenstand.

Er verließ den Laden vorsichtig. Er benutzte sein Taschentuch, um die Türklinke abzuwischen. Die dämmrige Gasse war noch immer verlassen – abgesehen von der zusammengekrümmten Gestalt des ersten Mörders am Fuß des Schaufensters. Palme versteckte seine Null-acht im Gürtel unter der Jacke. Er ging schnell durch die Gasse zurück zur Straße, wo er seinen Saab geparkt hatte, kletterte hinter das Steuerrad und fuhr langsam weg.

Kapitel 16

Die russische Botschaft in Stockholm ist ein moderner Gebäudekomplex in Gelb und Ocker. Aller Kontakt mit der Außenwelt wird abgeschnitten durch Mauern und Drahtzäune, an denen rund um die Uhr Wachposten patrouillieren. Merkwürdigerweise werden diese Wachposten vom A.B.A.B. gestellt, einem der führenden Sicherheitsdienste in Stockholm. Innen sieht alles anders aus. Dort werden alle Eingänge vom KGB kontrolliert. Die Wände des Komplexes sind über und über besetzt von den Linsen der Fernsehkameras, die jeden beobachten, der sich nähern will. Die Linsen schauen hinaus auf die Außenwelt wie feindliche Kanonen.

Nur eine privilegierte Elite hat die Erlaubnis, jemals die Geschlossenheit der Botschaft zu verlassen. Und von draußen sieht man möglicherweise eine Russin, die ihr Haar in einem Knoten trägt und hinter dem Zaun spazierengeht – die Ehefrau eines Angestellten der Botschaft. Sie dient hier ihre Zeit ab und kehrt dann nach Rußland zurück, ohne jemals etwas von der wunderschönen schwedischen Hauptstadt gesehen zu haben. Keine dieser Einschränkungen galt natürlich für Viktor Raschkin.

»Willkommen daheim, Genosse Sekretär«, grüßte sein Assistent Gregorij Semjonow, als sein Chef das Büro betrat.

»Gibt es was zu berichten?« fragte Raschkin knapp, während er sich in seinen großen ledernen Drehstuhl hinter dem gewaltigen Schreibtisch setzte. An die herrliche Aussicht hinter dem kugelsicheren Fenster, das hinter ihm lag, hatte er keinen einzigen Blick verschwendet. Schwere Netzvorhänge verhüllten die Fenster und machten es jedem unmöglich, aus einem Wohnblock in der Nähe in dieses Zimmer hineinzuschauen. Von diesem Fenster der russischen Botschaft aus konnte man ein gepflegtes Rasengelände sehen, und dahinter glitzerten die Wasser des Riddarfjärden in der Mittagssonne. Raschkin war angespannt. Semjonow spürte das.

»Ein Funkspruch ist angekommen, in dem dringend Ihre Anwesenheit in Leningrad verlangt wird. Sie sind gerade noch rechtzeitig in Stockholm angekommen – der Erste Sekretär besucht morgen die Stadt und wünscht mit Ihnen zu sprechen, solange er da ist.«

Semjonow reichte seinem Chef den entschlüsselten Funkspruch. Er beobachtete ihn, während der Russe das Papier mit halbgeschlossenen Augen studierte.

Raschkin war erst vierzig Jahre alt. Er war von mittlerer Größe, nicht besonders kräftig gebaut, und sein dunkles Haar war sehr kurz geschnitten. Seine Augen hatten einen durchdringenden, stechenden Blick. Als junger Mann hatte er zwei Jahre lang eine Schauspielausbildung gemacht, ehe ein Talentsucher vom KGB bemerkte, daß Raschkin ein scharfes, analytisches Denkvermögen besaß. Er wurde also sofort in die Eliteeinheit des KGB eingezogen und lernte schnell, daß es weise war, sein Talent zur Schauspielerei zu unterdrücken.

Trotz der Tatsache, daß sein erstklassiges Gehirn schnell die Flut von Informationen und das viele Training aufnahm, das man ihm zukommen ließ, fühlte sich Viktor Raschkin beim KGB nicht zu Hause. Aber als er dann Leonid Breschnew bei einer Gesellschaft im Kreml kennenlernte, sprach er außerdem bereits sechs Sprachen fließend. Das Treffen war ein entscheidender Augenblick für Viktor Raschkin, ein Augenblick, der niemals wiederkehrte, wenn man ihn falsch nutzte.

Die meisten wären auf Nummer Sicher gegangen. Sie hätten versucht, den Herrn aller Sowjetrussen zu beeindrucken, und sie hätten darauf geachtet, allem zuzustimmen, was er sagte. Aber Raschkin setzte alles auf eine Karte. Er befreite sich von der geistigen Zwangsjacke, die ihm der KGB angelegt hatte, und zum erstenmal nach drei langen Jahren benahm er sich wieder seiner Natur entsprechend. Die Leute, die in der Nähe standen und Zeuge dabei waren, wie Raschkin sich aufführte, waren entsetzt.

Raschkin ließ seine natürliche Gabe der Schauspielerei wieder durchkommen. Er imitierte Mitglieder des Politbüros, die tatsächlich im Raum waren, unter den glitzernden Kronleuchtern. Nach und nach wurde es still in der großen Halle im Kreml. Nur zwei Geräusche waren zu hören – Viktor Raschkin, wie er weltbekannte Personen von beiden Seiten des Eisernen Vorhangs imitierte, und das brüllende Gelächter von Leonid Breschnew, der vor Belustigung über solch einen wunderbaren Kontrast zu den finsteren Mienen der Politbüro-Mitglieder kaum an sich halten konnte.

Von dieser Nacht an war Viktor Raschkins Zukunft gesichert – von einem obskuren, aber vielversprechenden Rekruten des KGB wurde er zu Breschnews vertrautem und geheimem Faktotum. Die Tatsache, daß er ein natürliches Sprachgefühl besaß – und daß sein Talent zur Schauspielerei ihn zu einem brillanten Diplomaten machte – half ihm, bis in die höchsten Spitzen aufzusteigen.

Das Dossier über Viktor Raschkin, das in Washington gehalten wurde, wurde dicker und dicker. Aber die paar Privilegierten, die es lesen durften, beklagten sich darüber, daß trotz der Menge an Daten die Qualität doch sehr viel zu wünschen übrigließe. »Es ist alles so verdammt vage«, grummelte der US-Präsident. »Mal sieht man ihn, mal sieht man ihn nicht.«

April ... Angeblich hat er drei Tage in Addis Abeba verbracht. Grund des Besuchs: angeblich eine Diskussion über weitere Militärhilfe an das augenblickliche äthiopische Regime.

Mai ... Es wurde berichtet, er habe einen Blitzbesuch in Angola gemacht. Das Datum des Besuchs ist unsicher. Nach den Gerüchten hat er mit der angolanischen Regierung ein Übereinkommen getroffen.

Juli ... Bericht über seine Anwesenheit in Havanna. Aber keine positive Bestätigung des Besuchs. Eine bisher verläßliche Kubanerin, eine Agentin mit dem Codenamen Dora, hat die Ankunft einer wichtigen Persönlichkeit in der kubanischen Hauptstadt durchgegeben. Es besteht der starke Verdacht, daß Castros Besucher Viktor Raschkin war.

Dezember ... Anwesenheit Viktor Raschkins in Stockholm bestätigt. Er hat dort die Stellung des Ersten Sekretärs der sowjetischen Botschaft. Dieses offizielle Amt soll wahrscheinlich seine wirklichen Aktivitäten verdecken. Er wurde beobachtet, als er an einem königlichen Empfang im Stockholmer Schloß teilgenommen hat. Am nächsten Tag hat er, soweit wir wissen, Schweden wieder verlassen. Zielort unbekannt.

Für den CIA und den Nationalen Sicherheitsdienst war das frustrierend. Wie einer von den Analytikern nach dem Durchlesen der Auszüge aus Agentenberichten und einer Menge anderem Material einmal gesagt hatte: »Ich bin noch nicht einmal sicher, ob Viktor Raschkin überhaupt existiert. Man glaubt ... man nimmt an ... den Berichten zufolge hat er ... es gehen Gerüchte, daß er ... der Besuch kann nicht positiv bestätigt werden ... es besteht der starke Verdacht ... Was ist das eigentlich für ein Dossier?«

Der Mann war wie ein Irrlicht, ein Schatten, der sich in der Nacht bewegte. Für seinen Assistenten Gregorij Semjonow, einen Offizier des KGB, existierte der Chef. Aber er war fast so schwer zu finden wie der Mann vom Sicherheitsdienst in Washington gesagt hatte. Während sie in Raschkins Büro in der sowjetischen Botschaft in Stockholm miteinander redeten, hatte der vierschrötige Ukrainer keine Ahnung, von wo sein Chef angekommen war.

»Ich habe Ihnen auf Flug SK 732 um dreizehn Uhr dreißig morgen von Arlanda nach Leningrad einen Platz reserviert. Normalerweise geht dieser Flug von Flugsteig sechs«, fuhr Semjonow pedantisch fort. »Das Ticket liegt in der rechten oberen Schublade.«

»Ein Rückflugticket hoffentlich?«

Raschkin musterte den Inhalt einer Mappe aus einer anderen Schublade, zu der er allein den Schlüssel besaß. Wie erwartet hörte der dumme, bäurische Semjonow die Ironie in seiner Frage überhaupt nicht heraus.

»Wo befindet sich im Augenblick das Luftkissenboot Kometa?«

»Kapitän Liwanow wartet in Saßnitz, bis Sie ihm den Befehl geben, zu dem verabredeten Punkt vor dem schwedischen Hafen Trelleborg weiterzufahren. Ich nehme an, er hat sich wieder beklagt, daß wir sein Schiff riskieren, wenn wir ihn darum bitten, die Ostsee zu überqueren.«

»Ich habe ihm befohlen, nach Trelleborg weiterzufahren, wenn ich das Signal gebe. Ich habe ihn keineswegs darum gebeten. Wir müssen daran denken, ihm zu sagen, er soll das Schiff unter dem Horizont halten, so daß man ihn von der Küste nicht sehen kann. Und das schwedische Linienschiff Silvia ist auch in Position gerückt?«

»Ja, Genosse Sekretär.« Semjonow hielt inne, und Raschkin wartete auf das nächste Stück bürokratische Idiotie. Er wurde nicht enttäuscht. »Ich kann nicht verstehen, warum wir die Silvia angeheuert haben und dann nur eine Skelettmannschaft an Bord setzen. Auf diese Weise kann sie keine lange Fahrt machen.«

»Wenn Sie nur meine Anweisungen ausgeführt haben. Sie können jetzt gehen.«

Raschkin hatte nicht die Absicht, seine Strategie einem Mann zu enthüllen, der schließlich nur die Marionette von Juri Andropow war, dem Leiter des KGB, einem mächtigen Mitglied des Politbüros. Aber Raschkin war völlig klar, daß Semjonows vornehmliche Aufgabe darin bestand, Andropow über jede einzelne von Viktor Raschkins Aktivitäten zu berichten. Es war eine Aufgabe, die zu vereiteln Raschkin sich große Mühe gab. Er ließ den Ukrainer niemals auch nur das Geringste an wichtigen Angelegenheiten wissen.

Semjonow, dessen Haar so kurz geschnitten war, daß Raschkin ihn insgeheim »Drahtbürste« nannte, brachte es nicht fertig, das Zimmer ohne einen weiteren Kommentar zu verlassen. An der Tür drehte er sich um und sagte in seiner gemessenen, umständlichen Redeweise: »Ich werde bestätigen, daß man Sie morgen an Bord des Fluges SK 732 aus Arlanda in Leningrad erwarten kann.«

Als sich die Tür schloß, klappte Raschkin die Mappe zu, auf der zum Zeichen, daß es um höchst geheime Dokumente ging, ein kleiner goldener Stern eingeprägt war. Er schob seinen Stuhl zurück und fluchte laut. »Nur fünf Minuten in diesem verdammten Gebäude, und ich sehne mich wahnsinnig danach, wieder hinauszukommen.«

»Mehr kann ich nicht tun, Jules. Ich habe ausdrücklich den Befehl, daß unsere verehrten Gäste in keiner Weise behindert werden dürfen – im Gegenteil, solange sie dieses Land besuchen, soll man ihnen jede Höflichkeit, jede Rücksicht erweisen. Ärgerlich ist nur, daß Schweden einen ziemlichen Anteil am internationalen Geschäft bekommen kann, solange es Gastgeber für diese Konferenz spielt.«

»Sie geben zu, daß eine Konferenz stattfindet?«

Harry Fondberg und Beaurain waren wieder im Büro des schwedischen Sichrheitschefs im Polizeihauptquartier. Aber bei diesem zweiten Mal war die Atmosphäre ganz anders. Zu Beaurains Erstaunen benahm sich Fondberg sehr förmlich, als ob er damit ein tiefes Gefühl der Verlegenheit verbergen müsse.

»Es ist eine Bemerkung gefallen über eine Konferenz«, gab Fondberg zu.

Beaurain stand auf. »Ich nehme an, das bedeuet, daß ich mich nicht länger auf Ihre Hilfe verlassen kann? So sieht es doch aus, nicht wahr?«

Der rundliche, integre Schwede machte eine Pause. Er zögerte deutlich, seinen alten Freund einfach so gehen zu lassen. »Übrigens, für Sie war eine Nachricht gekommen«, sagte er. »Kurz bevor Sie ankamen, wurde sie mir per Telefon durchgegeben. Ich war nicht in der Lage, sie dazu zu bringen, ihren wirklichen Namen anzugeben.«

»Ihren Namen?«

»Ja, es war eine Frau. Die Nachricht für Sie war einfach. Vor der Küste von Trelleborg. Ein Luftkissenboot. Champagner.«

Fondberg entschuldigte sich – das Telefon klingelte. Er hörte zu, sprach ein paar Worte und legte dann den Hörer wieder in die Gabel. Sein Gesichtsausdruck war ernst. »Im Grand Hotel hat es einen Todesfall gegeben. Eine sehr wichtige Dame.«

»Die Contessa d'Arlezzo.«

Beaurain machte eine Feststellung daraus, und Fondbergs sensibles Ohr überhörte den Unterton nicht. Er stand hinter seinem Schreibtisch auf, seine Augen blickten sehr aufmerksam, und sein Mund war hart, als er dem grimmigen Blick des Belgiers begegnete. Beaurain fuhr fort: »Heute morgen habe ich mit Erika – der Contessa – geredet, in ihrer Suite im Grand Hotel. Ich habe sie sehr lange gekannt. Sie hat mir gesagt, das Stockholmer Syndikat hätte ihr gedroht. Der Telefonanruf sagt mir ungefähr, wo die Konferenz des Syndikats stattfinden wird. Wir hatten ausgemacht, sie sollte das Codewort Champagner benutzen, um sich zu identifizieren. Ich glaube, ich bin an demjenigen vorbeigekommen, der sie für das Syndikat im Auge behalten hat. Es war ein Kellner, der einen Teewagen schob.«

»Einer vom Stab des Grand Hotels – ein Kellner – ist aufgefunden worden. Man hatte ihn verschnürt und in einen Besenschrank gestopft.«

»Wie ist sie gestorben?«

Beaurain ging zum Fenster hinüber. Er hatte die Hände hinter dem Rücken verschränkt, während er auf die Antwort wartete. Er starrte hinaus in das Sonnenlicht, das Erika nie mehr sehen würde. Sein Blick war ganz still.

Fondberg bekam langsam ein sehr ungemütliches Gefühl. Er räusperte sich, ehe er sprach: »Sie hing in der Brause, in ihrem Badezimmer. Man hatte sie am Gürtel ihres Bademantels aufgehängt, eine allgemein gültige Methode . . .«

»Man würde mich finden . . . aufgehängt wie ein halbes Schwein im Schlachthof, das sich am Strick im Wind dreht.« Beaurain wiederholte für Fondberg die Worte, die Erika ausgesprochen hatte. Der Schwede saß in seinem Sessel hinter dem Schreibtisch und starrte mit leerem Blick vor sich hin. Er trommelte mit den kurzen Fingern seiner rechten Hand auf der Schreibtischplatte, ein sicheres Zeichen dafür, daß er tief verstört war. Er hörte zu, während Beaurain ihm die ganze Unterhaltung mit der Frau berichtete, die eine der mächtigsten Gestalten in Westeuropa gewesen war.

Die Stimme des Belgiers wurde rauher, während er sein letztes Treffen mit Erika schilderte. »Das sind also die Leute, gegenüber denen Sie jede Höflichkeit und jede Rücksicht walten lassen wollen – so lautete doch der Satz, oder? Und diese Leute – all diese Mitglieder des Stockholmer Syndikats – sind so schuldig an Erika d'Arlezzos Tod, als ob sie ihr persönlich den Gürtel des Bademantels um den Hals gelegt und sie in der Brause aufgehängt hätten.«

»Von Mord war nicht die Rede.« Fondberg bewegte sich ungemütlich hinter seinem Schreibtisch, und zum ersten Mal in ihrer langen Freundschaft war er unfähig, Beaurains Blick zu begegnen.

»Himmelherrgottnochmal!« Beaurains Faust knallte auf den Schreibtisch. »Sie wollen doch nicht so tief sinken, daß Sie es den Kerlen auch noch erlauben, mit einem falschen Selbstmord davonzukommen?«

»Nein!« Fondberg kam wieder zu sich und starrte Beaurain direkt an. »Natürlich weiß ich, daß es kein Selbstmord war! Hätten Sie Schwedisch verstanden, dann hätten Sie gewußt, daß ich mit dem Spurensicherungsexperten gesprochen habe, der schon im Grand Hotel ist. Ich habe ihm gesagt, er soll mir so früh wie möglich persönlich seinen Bericht abgeben. Niemand außer mir wird die Erlaubnis bekommen, ihn zu sehen. Ich selbst werde die Ergebnisse der internationalen Presse bekanntgeben, den Journalisten, die sich jetzt hier versammeln und auf Neuigkeiten von der ›Geschäfts‹-Konferenz hoffen. Der Bericht wird wie eine Bombe einschlagen!«

»Dann haben Sie das Syndikat auf dem Hals«, warnte Beaurain seinen alten Freund. Aber, so gab er sich selbst gegenüber zu, er prüfte ihn auch. Solche unsichere Atmosphäre des Verrats und der Furcht verbreitete die unsichtbare Organisation. Die Art, wie Fondberg reagiert hatte, beschämte ihn ein bißchen.

»Falsch, mein Freund. Ich komme dem Stockholmer Syndikat auf den Hals! Mit diesem Mord haben sie einen großen Fehler begangen. Sie hatten gehofft, ihr Einfluß wäre stark genug, um jeden Versuch zu vernichten, die Sache legitim aufzuklären. Aber sie haben die Tatsache übersehen, daß ich mich vielleicht persönlich einschalte.«

Während der nächsten paar Tage folgten die Ereignisse einander mit verwirrender Geschwindigkeit. Kapitän »Bucky« Buckminster lichtete vor Kopenhagen die Anker und setzte seine Fahrt nach Südosten in die Ostsee hinein fort, nachdem er Beaurains dringenden Funkspruch erhalten hatte, der von Stig Palme über einen Sender im Keller eines Hauses in Strängnäs ausgesendet worden war.

»Wir müssen vor der Küste in der Nähe von Trelleborg warten«, sagte er Andersen, dem Chefpiloten des riesigen Sikorsky-Hubschraubers, der auf dem Schiff mitfuhr. »Wir bleiben unter dem Horizont, so daß man uns von der schwedischen Küste aus nicht so leicht sehen kann.«

»Irgendwelche Übungen, wenn wir dort sind?« wollte Andersen wissen.

»Ja. Intensiv-Training mit den Motorbooten und Dingis, die Außenbordmotoren haben – mit der ganzen Flotte von Booten, die im Laderaum sind. Eine weitere Aktivität, die Beaurain aufgenommen wissen will, besteht darin, daß Froschmänner Kriegführung unter Wasser durchexerzieren sollen.«

»Die Contessa d'Arlezzo, Präsidentin der wohlbekannten Bankengruppe, wurde erhängt in der Duschkabine ihrer Suite im Grand Hotel aufgefunden. Nach Meinung des bekannten Pathologen Professor Edwin Jacoby wurde die Gräfin . . .«

Harry Fondberg, der ganz unerwartet eine Pressekonferenz einberufen hatte, besaß ein gewisses dramatisches Talent, das er jetzt voll ausnutzte. Andere Reporter drängten noch immer herein, quetschten sich in den überfüllten Raum. Beaurain beobachtete Fondberg aus dem hinteren Teil des Zimmers. Köpfe reckten sich, während die Pause sich hinzog. Die meisten führenden Zeitungen, Fernsehsender und Illustrierte der westlichen Welt waren vertreten.

» . . . ermordet!«

Ein Tumult erhob sich. Der kleine, rundliche Chef der SÄPO wartete, während Männer und Frauen im Saal umeinanderwirbelten – einige rannten schon zu den Telefonen, um die ungeheuerliche Nachricht noch in Ausgaben hineinzukriegen, die schon im Druck waren. Die Schönheit der Contessa d'Arlezzo war mit der Schönheit Sophia Lorens verglichen worden und ihr Einfluß mit dem Einfluß von Onassis. Als die erste Unruhe nachließ, verstärkte Fondberg das Drama noch. Jetzt war es zu spät – niemand konnte mehr versuchen, diesen Fall unter den Tisch rutschen zu lassen. Es war Fondbergs erster versprochener Schlag gegen das Stockholmer Syndikat.

»In wenigen Minuten wird Ihnen Professor Jacoby seine Gründe dafür nennen, daß er den angeblichen Selbstmord für vorgespielt hält. Seiner Meinung nach hätte ein Selbstmord so überhaupt nicht stattfinden können. Man wollte damit nur die Polizei zum Narren halten. Oder, sollen wir sagen, daß gewisse mächtige kriminelle Gruppen mit internationalen Verbindungen geglaubt haben, ihr Einfluß sei so groß, daß es niemand wagen würde, die Wahrheit zu enthüllen?«

Louise flüsterte Beaurain: »Lieber Gott! Jetzt ist der Fall wirklich öffentlich. Wer immer Hugo ist, er wird wahnsinnig werden!«

»Das ist Harrys Taktik«, murmelte Beaurain. »Er hofft, daß er Hugo dadurch, daß er ihn aus der Fassung bringt, dazu provoziert, noch einen weiteren Fehler zu begehen. Und jetzt hör mal zu!«

Die Reporter kämpften darum, Fondbergs Aufmerksamkeit zu erlangen. Die Fragen schwirrten durcheinander wie Pistolenkugeln. Fondberg, der hoch auf einem Podium stand, suchte sich die Fragesteller danach aus, wie hoch ihr Einfluß war. Jemand rannte mit einem Zettel auf die Plattform – ohne Zweifel eine Nachricht von irgendeinem Minister. Fondberg verscheuchte den Boten mit einer Handbewegung und stopfte das Papier ungelesen in die Tasche.

»Wollen Sie damit sagen, daß die Gräfin in kriminelle Aktivitäten verwickelt war?« fragte ein Journalist vom SPIEGEL.

»Ich will damit sagen, daß sie auf eine Weise erpreßt und eingeschüchtert worden ist, die nur Kriminelle benutzen. Ich habe einen höchst verläßlichen Zeugen dafür, daß man der Gräfin mit genau dem Tod gedroht hat, den sie auch gestorben ist.«

»Und wie heißt dieser Zeuge?«

»Wäre Ihnen der ehemalige Chief-Superintendent Jules Beaurain von der Terroristenabwehr Brüssel recht?«

»Ja, danke!« sagte der Mann vom SPIEGEL.

»Herrgott!« flüsterte Louise. »Er schmeißt die ganze Angelegenheit.«

»Und das einzige, was das Syndikat nicht brauchen kann, ist Publicity«, flüsterte Beaurain zurück. »Das Syndikat ist wie ein böses Wesen, das nur in der Dunkelheit leben und gedeihen kann.«

»Würden Sie uns wohl die Struktur dieser mächtigen kriminellen Vereinigungen, von denen Sie sprachen, etwas genauer erklären?« The Times – von London.

»Prüfen Sie ein paar Persönlichkeiten, die sich im Augenblick in Stockholm aufhalten.«

»Namen! Wir brauchen Namen!« Das war die New York Times.

»Sie sind ja hier! Darf ich vorschlagen, daß Sie selbst ein bißchen Detektivarbeit leisten!«

»Leo Gehn ist, glaube ich, gerade in der Hauptstadt angekommen.« Das war wieder die New York Times.

»Das habe ich auch gehört«, erwiderte Fondberg ausdruckslos. »Die nächste Frage, bitte.«

»Wer sitzt an der Spitze dieser internationalen kriminellen Vereinigung, auf die Sie sich eben bezogen haben?« Der Mann von Le Monde aus Paris.

Es entstand eine längere Pause. Die Spannung stieg in dem überfüllten Raum, während Fondberg die Arme verschränkte, dann das Kinn in die Hand stützte und überlegte, ob er die Frage beantworten sollte. Eins war ganz klar und erhöhte die Spannung und sorgte für eine elektrische Atmosphäre: Der Chef der SÄPO wußte die Antwort . . .

»Es ist eine Führungsspitze von drei Männern.« Fondberg sprach langsam und sehr deutlich. Während er eine Pause machte, wurde neben Beaurain die Tür aufgerissen. Ein Mann machte drei Schritte vorwärts und blieb stehen. Er hielt eine Smith & Wesson in beiden Händen. Er hob die Waffe und zielte genau auf Harry Fondberg.

Louise sah ganz vage einen kurzgewachsenen, vierschrötigen Mann in einem blauen Arbeitsanzug. Beaurain packte den Mann an Handgelenk und Ellbogen. Ein einzelner Schuß knallte. Die Kugel, die sich löste, hätte Fondberg genau getroffen. Aber jetzt steckte sie in der Decke. Es entstand ein schockiertes, ungläubiges Schweigen, das mehrere Sekunden dauerte. Nur scharrende Füße waren zu hören, während Beaurain den Pistolenschützen überwältigte. Uniformierte Wachen tauchten in der Halle hinter der offenen Tür auf. Beaurain schleuderte den verhinderten Mörder mit all seiner Kraft zurück in die Arme der Polizisten.

»Durchsucht ihn nach anderen Waffen!« schnappte er. »Oder muß ich diese ganze verdammte Arbeit für euch erledigen? Fast hätte er euren Chef umgebracht.«

Chaos entstand. Der Mob der Reporter stürzte zu den Türen. Beaurain riß Louise aus dem Pfad der wogenden Menge und preßte sie mit dem Rücken an die Wand. In dreißig Sekunden waren nur noch drei Menschen im Raum: Beaurain, Louise und Harry Fondberg.

Der Schwede sprang elastisch vom Podium herunter und rannte auf den Belgier zu. Er hielt ihm die Hand hin. »Dafür, daß Sie mir das Leben gerettet haben, kann ich nur danke sagen.«

»Na, die Szene haben wir doch ganz gut gespielt. Vielleicht sollten wir ins Showgeschäft gehen«, flüsterte Beaurain.

»Ich habe die Information, um die Sie mich gebeten haben. Ich sollte Dr. Theodor Norlings Vergangenheit ausforschen, ehe er nach Stockholm kam. Aber dabei ist nichts herausgekommen«, informierte Fondberg seine Zuhörer.

Beaurain und Louise saßen an einem runden Tisch im Büro des SÄPO-Chefs und aßen hungrig von einer Auswahl Speisen, die Fondberg aus einem nahegelegenen Restaurant hatte kommen lassen. Beaurain nickte bei Fondbergs Bemerkung, während der Schwede den Bericht ohne Begeisterung studierte.

»Bei diesen Provinzpolizisten ist es doch immer dasselbe – die denken, wir führen hier ein tolles Leben, und selber können sie noch nicht mal 'ne zivile Frage beantworten, ohne darüber zu meckern, wie beschäftigt sie sind.«

»Sagen Sie uns, was es über Norling zu wissen gibt«, schlug Beaurain vor.

»Er ist in Göteborg geboren. Seine Eltern zogen nach Ystad, als er sieben Jahre alt war.« Fondberg schaute Louise an. »Das ist eine mittelalterliche Hafenstadt an der Südküste der Provinz Skane. Die Leute in Skane unterscheiden sich sehr von den anderen Schweden.«

Er hätte auch vom Ende der Welt reden können, so, wie gewisse New Yorker von den Südstaaten reden. Fondberg las weiter aus seiner Akte vor.

»Wenn ich Ystad sage, dann meine ich einen kleinen Ort, der nahe bei dieser Stadt liegt. Als Theodor Norlings Eltern aus Göteborg zuzogen, trennten sie sich als erstes. Seine Mutter brannte mit einem Schiffsingenieur durch, während sein Vater ein paar Wochen später bei einem Verkehrsunfall ums Leben kam. Der junge Norling wurde von irgendeiner Tante aufgenommen, die Geld hatte, und einen Teil seiner Schulzeit verbrachte er im Ausland. Als er zwanzig war, kehrte er nach Skane zurück, nahm an der Beerdigung seiner Tante teil, die gerade gestorben war, und benutzte prompt das Erbe, das sie ihm hinterlassen hatte, um als Sammler ins Geschäft zu gehen.«

»Lassen Sie mich mal raten«, warf Beaurain ein. »Sammler – von seltenen Büchern?«

»Falsch!« Fondberg kicherte entzückt, als er Beaurains Gesichtsausdruck sah. »Als Sammler und Münzhändler.«

»Und für sein Geschäft«, drängte Beaurain, »war er viel auf Reisen?«

»Ja«, gab Fondberg zu.

»Und der größte Teil seiner Geschäfte wurde im Ausland abgewickelt, und am Ort kannte man ihn als eine Art Einsiedler, und er hat nie geheiratet?«

»Ja«, stimmte Fondberg fast zögernd zu. »Es ist Zeitverschwendung, daß ich diese Akte vorlese, denn Sie kennen ja anscheinend den Inhalt. Er ist wirklich ein Einsiedler gewesen – und deshalb mochte man ihn nicht, denn er machte immer den Eindruck, als ob er sich den Einheimischen überlegen fühlte.« Der Schwede kicherte wieder. »Wahrscheinlich war er ihnen sogar sehr überlegen! Noch irgendwelche Voraussagen?«

»Nur noch eine. Ungefähr vor zwei Jahren ist er dann plötzlich in Stockholm aufgetaucht und hat sich als Händler für seltene Bücher niedergelassen.«

»Richtig!« Fondberg machte sich noch nicht einmal die Mühe, in die Akte zu schauen.

»Um das Ganze noch einmal zusammenzufassen«, meinte Beaurain, »Theodor Norling hat also unseres Wissens keine lebenden Verwandten. Korrekt? Und haben Ihre Leute unten im finstersten Skane irgendwelche engen Freunde gefunden, die er zurückgelassen hat, und die ihn auf einem Bild identifizieren konnten?«

»Ja und nein. Wie Sie vorgeschlagen hatten, habe ich das Bild von Norling hingeschickt, das wir besitzen. Es ist ein Foto, das heimlich gemacht werden mußte, auf Anweisung von höherer Stelle. Die Polizei in Ystad hat es den wenigen Leuten gezeigt, die Theodor Norling kannten, als er noch dort unten sein Geschäft hatte. Einige haben ihn sofort auf dem Foto erkannt. Andere sagten, sie glaubten nicht, das sei der Mann, den sie als Theodor Norling gekannt hätten.«

»Den Mann, den sie als Theodor Norling gekannt hätten.« Beaurain wiederholte die Worte langsam, als ob er jede Silbe genösse. Der Chef der SÄPO sah jetzt ziemlich pikiert aus. Louise tat nichts, um ihn wieder aufzumuntern.

»Es ist verdammt unheimlich«, war ihre nicht sehr ladylike Bemerkung.

»Was ist unheimlich?« fragte Fondberg verärgert.

»Daß wir diese Geschichte schon einmal gehört haben. Zweimal, um genau zu sein.« Sie schaute Beaurain an, und der nickte und gab ihr damit die Erlaubnis, weiterzureden. »Was Sie uns da über die Vergangenheit und die Herkunft von Theodor Norling erzählt haben, ist fast identisch mit der Vergangenheit der beiden anderen Mitglieder des sogenannten Direktoriums, das das Stockholmer Syndikat leitet – bis auf ein paar unwichtige Abweichungen.«

»Sie meinen, diese Leute sind Hintergrundpersonen, die man jetzt aktiviert hat?«

»Nein, komischerweise ist es anders herum.« Das sagte Beaurain.

»Sie meinen, jemand hat hier falsche Persönlichkeiten aufgebaut?« forschte Fondberg.

»Noch nicht einmal das, Harry. Dr. Berlin hat mit Sicherheit existiert, er ist nachweislich in Lüttich aufgewachsen und machte dort auch sein Geschäft als Buchhändler auf. Es gibt noch Leute, die sich an ihn erinnern können. Wenigstens ganz schwach.«

Fondberg schüttelte den Kopf und zündete sich eine Zigarre an. »Ich komm' nicht mit. Und das hatten Sie wahrscheinlich auch vor, Sie gemeiner Kerl.« Er wandte sich an Louise und verbeugte sich förmlich. »Bitte, entschuldigen Sie, daß ich so ausfallend werde, aber Sie arbeiten ja mit ihm, und deshalb . . .«

»Ich stimme Ihnen zu«, versicherte ihm Louise.

»Wir wollen sehen, ob wir Ihnen wieder auf die Sprünge helfen können, Harry«, fuhr Beaurain ungestört fort. »Dr. Theodor Norling hat einen so undurchsichtigen Hintergrund, weil die Eltern so früh aus seinem Leben verschwunden sind. Er führte ein Leben wie ein Eremit, er reiste geschäftlich sehr viel, und man sah ihn sehr selten, ehe er sein dauerndes Domizil in Stockholm aufschlug. Vor zwei Jahren.«

»All das steht doch in der verdammten Akte«, sagte Fondberg noch einmal.

»Die Vergangenheit Dr. Otto Berlins ist undurchsichtig, weil Lüttich eine große Stadt ist. Er hatte keine Verwandten und nur wenige Bekannte, und er reiste ebenfalls sehr viel, wegen seines Geschäfts. Auch er hatte einen einzelgängerischen Charakter. Vielleicht hängt das mit dem Beruf zusammen. Wieder einmal sagen also alte Bekannte, wenn man ihnen ein Foto zeigt – wie bei Norling: ›Ja, das ist er‹, oder ›Nein, sieht nicht so aus, als ob er's wäre.‹ Von Berlin gibt es nur ein einziges Foto. Diese Männer scheinen auch noch sehr kamerascheu zu sein.«

»Ich komme noch immer nicht mit«, grollte Fondberg.

»Der dritte Mann war – ich benutze ausdrücklich die Vergangenheit – Dr. Benny Horn, der jetzt in Kopenhagen wohnt, ursprünglich aber aus Elsinore kommt. Und, weil's mir gerade einfällt, warum ist Dr. Otto Berlin wohl von Lüttich nach Brügge gezogen? Ungefähr vor zwei Jahren!«

»Es fängt an, interessant zu werden«, mußte Fondberg zugeben. Er warf einen Blick auf Louise. »Dieser unehrliche, betrügerische Mann, mit dem Sie zusammenarbeiten, spielt jedesmal dieses Spielchen mit mir, wann immer er Gelegenheit dazu kriegt. Ich glaube, in England nennt man so was ›zappeln lassen‹.«

»Benny Horns Vergangenheit ist genauso vage, wenn man sie mit skeptischem Auge betrachtet«, fuhr Beaurain fort. »Fünfzehn Jahre lang war er Buchhändler in Elsinore, und dann zog er plötzlich nach Kopenhagen. Und seit damals hat ihn in Elsinore niemand mehr gesehen – nicht, daß etwa viele daran interessiert gewesen wären.«

»Noch ein Einsiedler?« wollte Fondberg wissen.

»Wie ich schon sagte, es hängt wahrscheinlich mit dem Geschäft zusammen. Obwohl Horn also fünfzehn Jahre lang in den Außenbezirken von Elsinore gewohnt hat, lassen sich trotzdem nicht viele

Leute auftreiben, die ihn wirklich kannten – und wenn man doch welche findet, dann haben sie ihn nur oberflächlich gekannt. Die Polizei in Elsinore zeigt sein Foto herum, und alles wiederholt sich. Manche sagen ›ja‹ und manche sagen ›nein‹, wenn man sie fragt, ob sie Horn darauf erkennen können. Es ist ganz normal, wie Sie schon wissen.«

»Ich verstehe es trotzdem nicht«, beklagte sich Fondberg. »Sie sind keine Hintergrundmänner, und sie sind auch keine Strohmänner.«

»Jemand hat sich in Belgien, in Dänemark und hier in Schweden eine Menge Mühe gemacht, genau diese Männer auszusuchen, Harry. Das Ganze ist ziemlich finster und unheimlich – ausgearbeitet von einem superintelligenten Hirn, und teuflisch genau durchgeführt. Derjenige, den wir wirklich suchen, ist der vierte Mann.«

»Der vierte Mann?«

»Denjenigen, den sie Hugo nennen, den Mann, dessen Name allein schon Terror auslöst, den reinen Terror.«

Kapitel 17

Die Temperatur war verhältnismäßig angenehm, ein Ostwind fegte über den Flughafen und ließ die Gesichter eiskalt werden, und die Angehörigen des Flughafenpersonals schauten ernst drein. Ein pessimistischer Zuschauer hätte sogar das Wort »sauer« benutzt. So weit das Auge schauen konnte, wirkten Landschaft und Gebäude deprimierend. Flug SK 732 aus Stockholm war gerade in Leningrad gelandet.

Viktor Raschkin verschwendete keinen Blick an die Stewardessen, die am Ausgang warteten, und stieg aus dem Flugzeug. Er ging mit energischen Schritten zu der wartenden schwarzen Zil-Limousine hinüber. Der Posten vom KGB salutierte, hielt die Tür auf, während Raschkin einstieg, schloß sie wieder und gab dem Chauffeur ein Zeichen. Der ließ sofort den Motor an. Raschkin war für seine Ungeduld bekannt.

Der Konvoi – ein Wolga voller KGB-Agenten, dann die Zil-Limousine, dann noch ein weiterer Wagen – fuhr mit hoher Geschwindigkeit vom Flughafen los, und Raschkin schaute leidenschaftslos aus dem Fenster. Warum zum Teufel mußte Breschnew unbedingt persönliche Berichte über den Fortschritt der Operation Schneegans haben? Raschkin hatte den Verdacht, daß der alte Junge, der ja nur von tatterigen Pensionären umgeben war, einfach ein paar Stunden lang seine Gesellschaft genießen wollte. Er bat ihn dann immer darum, andere Leute zu imitieren, und lachte sich kaputt, wenn Raschkin seine Opfer auf die Schippe nahm.

Raschkin lehnte sich entspannt gegen den weichgepolsterten Sitz und schaute hinaus durch die bernsteinfarbigen Vorhänge, die die Fenster verhüllten. Die Leute auf den Straßen waren neugierig – und ablehnend. Da war wieder irgendein Apparatschik auf dem Weg zu irgendeinem unbekannten Ziel, und vor dem Konvoi stoppte die Polizei den ganzen Verkehr, damit Viktor Raschkin schneller durchkam. Der Fahrer eines Wagens, den man gezwungen hatte, am Straßenrand zu halten, wartete bis die zweite Wagenladung mit KGB-Männern vorübergekommen war, und spuckte dann aus dem Fenster.

»Arrogante Schweine – von unserm Schweiß lebt ihr.«

Raschkin hätte diese Unmutsgefühle auch in den Augen der Fußgänger gesehen – wenn er aufgeblickt hätte. Aber er machte sich nicht die Mühe. Er wußte, was er dort sehen würde. Eines Tages, eines Tages würde diesen Menschen der Kragen platzen. Auch die Geduld dieser blöden Sklaven mußte eine Grenze haben.

Schon vorher, im Hotel Europa, das in der Nähe des Newskij-Prospektes lag, hatte es Unzufriedenheit gegeben. Alle Gäste waren kurzerhand aus ihren Zimmern hinausgesetzt und in andere Hotels verfrachtet worden. Man hatte ihnen keinerlei Erklärung dafür gegeben. KGB-Agenten waren in Scharen eingezogen und ersetzten das Hotelpersonal.

Jetzt glich das Europa mehr einer Festung als einem Hotel. Spezialagenten überprüften die Identität aller Leute, die sich dem Eingang näherten. Wachen patrouillierten auf allen Korridoren, und Bewaffnete stellten aggressiv ihre Anwesenheit zur Schau. Der Erste Sekretär, Genosse Breschnew, war in der Stadt. Der angegebene Grund: ein Besuch in Leningrad. Der wirkliche Grund: ein Gespräch mit seinem Protegé, Viktor Raschkin.

»Man kann also sagen«, fuhr Breschnew fort, »daß das Stockholmer Syndikat gedeiht?«

»Mehr als das«, verkündete Raschkin zuversichtlich. In seinem Benehmen fehlte völlig die Unterwürfigkeit, die man dem Herrn der Sowjetunion gewöhnlich zeigte. »Wir können sagen, daß jetzt Marionetten, die wir kontrollieren, in den meisten Schlüsselpositionen in Westeuropa sitzen – als Verwaltungsratsmitglieder riesiger Industriekonzerne, als Leiter der Transportsysteme, als Direktoren einiger der größten Banken und vor allem gewisse Minister. Dadurch, daß wir diese Minister durch die eine oder andere Methode mit dem Syndikat in Verbindung gebracht haben, haben wir sie so kompromittiert, daß sie nur noch unseren Anweisungen gehorchen können.«

»Übernahme ohne einen Krieg, ein unsichtbarer Sieg, von dem noch nicht einmal die Massen erkennen können, daß er stattgefunden hat!« In Breschnews Tonfall lag unendliche Befriedigung über das, was er offensichtlich für einen großen Sieg hielt.

»Ja. Wie bei Hitlers Fünfter Kolonne, nur viel, viel schneller«, bemerkte Raschkin.

»Die drei Männer, die Sie aufgetrieben haben, und die jetzt das Direktorium bilden – Berlin in Brügge, Horn in Kopenhagen und Norling in Stockholm –, warum werden diese Männer gebraucht?«

Raschkin schaffte es gerade noch, einen verärgerten Seufzer zurückzuhalten. Diese schreckliche Angewohnheit, immer wieder aus keinem ersichtlichen Grund das Thema zu wechseln – es war natürlich dem fortgeschrittenen Alter Breschnews zuzuschreiben. Dennoch hatte er merkwürdigerweise ein Talent dafür, eine ungewöhnliche Menge an Details aus einer großen Zahl von Projekten zu behalten. Man mußte sich vor dem alten Knaben in acht nehmen – unterschätzte man ihn, hatte er einen blitzschnell erwischt. Und das, so erinnerte sich Raschkin grimmig, war nur einmal passiert. Er erklärte jetzt in knappen Worten, und er paßte auf, daß er nicht überheblich wirkte.

»Diese drei Männer sind ausschlaggebend. Jedem untersteht ein bestimmter geographischer Sektor – Berlin hat das Gebiet vom Mittelmeer bis zur Rheinmündung, Horn die Vereinigten Staaten . . .«

»Ja, ja. Das weiß ich noch.«

»Jedes Mitglied des Syndikats in diesem Sektor kooperiert also mit dem Befehlshaber des Sektors, der Westeuropäer ist. Dadurch wird die Tatsache verschleiert, daß die Macht in Wirklichkeit in unseren Händen liegt.«

»Wie wollen Sie ihnen erklären, warum die Konferenz an Bord eines sowjetischen Schiffes stattfindet – auf dem Luftkissenboot Kometa?«

Scharf nachgedacht. Aber, zum Teufel, wir haben das doch alles schon einmal durchgekaut! Raschkin lächelte, um sich zu entspannen. »Sie glauben schon, daß ein großer Teil der Profite des Syndikats aus der Zusammenarbeit mit dem kriminellen Untergrund der

Sowjetunion stammt. Sie glauben, daß es sowjetische Mitglieder des Syndikats gibt!«

»Gut, gut, Genosse!« Breschnew lächelte hintergründig, beugte sich nach vorn und drückte Raschkins Schulter. Der Jüngere erriet, was als nächstes kommen würde, und er wurde nicht enttäuscht. »Und wie wär's jetzt mit ein paar Personenimitationen, um einen alten Kommunisten aufzuheitern, der den ganzen Tag herumsitzen und sich saure Gesichter ansehen muß? Und warum nicht als ersten unsern verehrten Verteidigungsminister Dimitrij Ustinow?«

Einen Augenblick später begann er laut zu lachen. In dieser kurzen Zeitspanne war Raschkin durch sein schauspielerisches Genie zu einem anderen Menschen geworden. Er war jetzt Marschall Dimitrij Ustinow.

Anschlag auf das Leben des Chefs des Sicherheitsdienstes fehlgeschlagen.

»Verdammt nochmal! Welcher hirnverbrannte Idiot hat ohne meinen Befehl gehandelt und diesen ungeheuerlichen Blödsinn begangen? Wenn es je eine Zeit geben wird, zu der wir so etwas nicht brauchen können, dann ist das jetzt! Jetzt! Jetzt, jetzt! Habt ihr kapiert? Na, warum sagen Sie denn nicht was, statt herumzustehen wie eine Nutte an der Straßenecke?« wollte Raschkin wissen. Karnell nahm einen Zierteller von der Wand und schleuderte ihn nach Raschkin. Er zersplitterte an seiner Schläfe, und als er die Hand hob und seinen Kopf anfaßte, war sie blutverschmiert.

Raschkin schaute Sonia Karnell an, und dann nahm er mit der anderen Hand ein Taschentuch aus der Tasche. Er wischte sich das Blut von den Fingern, und er wirkte plötzlich eiskalt. Er hatte getobt wie ein Wahnsinniger und die Schwedin angebrüllt, als ob alles ihre Schuld gewesen wäre.

»Es war ein holpriger Flug von Leningrad hierher«, sagte er ihr. »Die Turbulenzen waren höchst ungewöhnlich.«

»Seit Sie hier sind, sind die Turbulenzen nicht nur ungewöhnlich gewesen«, sagte Sonia bösartig, »sie waren unerträglich. Kapiert, Viktor Raschkin?« schrie sie ihn plötzlich lauthals an. »Und den Teller, den ich Ihnen an den blöden Kopf geschmissen habe, hatten Sie mir einmal geschenkt.«

»Ich weiß.«

»Gut, daß Sie's wissen – es freut mich. Begreifen Sie, Sie Zuhälter? Es freut mich.«

Ihr hübscher Busen hob und senkte sich leidenschaftlich, und ihr weißes Gesicht wirkte wie eine Maske der Wut. Seine Reaktion war wie immer unerwartet und entwaffnend. Er setzte sich auf ein Sofa, zündete zwei Zigaretten an und reichte ihr eine.

»Die Geschichte in der Zeitung hat mich unruhig gemacht«, bemerkte er milde. »Genau jetzt vor der Konferenz, wo alles friedlich sein sollte, damit nichts unsere einflußreichen Gäste stört. Solche Männer und Frauen leben gerne ohne Publicity. Es gibt nur eine Lösung, Sonia.«

Karnell spielte mit dem großen Diamantring, den er ihr geschenkt hatte, und wartete auf seine nächste Ankündigung. Sie hatte dafür gesorgt, daß sie unabhängig blieb; Viktor hatte nur Mißtrauen und Verachtung für diejenigen, die ihm nach dem Mund redeten. Sonia hatte gelernt, wie man mit diesem hochintelligenten, merkwürdigen Menschen umgehen mußte.

»Wir löschen in aller Stille Beaurains Organisation aus. Ab sofort«, entschied er. »Wir haben jetzt reichlich Truppen in Stockholm, auch Günther Baum.«

»Aber wie wollen Sie die Gruppe Telescope finden? Wir wissen: Beaurain und sein Flittchen wohnen im Grand Hotel, aber was ist mit den anderen?«

»Unsere Leute werden diskret allen größeren Hotels in der Stadt einen Besuch abstatten. Sie werden die Neuankömmlinge der letzten Woche überprüfen. Es sollte nicht allzu schwierig sein, die Telescope-Leute zu identifizieren – wir suchen nach Männern mit Autorität, und wir haben den Verdacht, daß eine ganze Anzahl von denen früher zur britischen Terroristenabwehr gehörte.«

»Und die britische Terroristenabwehr«, warf Sonia sarkastisch ein, »ist natürlich viel schlimmer als die Exekutionseinheit des KGB.«

»Ich muß jetzt weg. Sie können unsere Leute alarmieren und dafür sorgen, daß die Suche sofort beginnt. Günther Baum soll sowohl die Suche als auch die anschließenden Liquidationen überwachen – so viele wie möglich sollen wie Unfälle aussehen. Ich gehe jetzt nach Hause, um alle Akten einzusammeln, ehe die Konferenz an Bord der Kometa weitergeführt wird.«

Eins dieser altmodischen Häuser – spitze Giebel und vorgebaute Fenster ... muß mindestens fünfzig Jahre alt sein ...

Stig Palme erinnerte sich an die Beschreibung, die der ermordete Schlosser von dem Haus auf dem Lande abgegeben hatte. Dort hatte er Dr. Theodor Norling damals gesehen.

»Wenigstens nehme ich an, daß er Norling war«, fuhr Palme fort, während Beaurain, Harry Fondberg und Louise Hamilton ihm zuhörten. Sie saßen im Opernhaus-Restaurant und aßen zu Mittag. Es war ein angenehmer Treffpunkt, denn das Restaurant lag nahe beim Grand Hotel und war sehr still. Nirgendwo in der Nähe war ein besetzter Tisch.

»Schon gut, Stig«, versicherte Beaurain dem Schweden, »ich bin hundertprozentig sicher, daß es Norling war. Er hat sich persönlich darum gekümmert, eine weitere Syndikatsdemonstration zu organisieren. Vergessen Sie nicht – die arme Erika sollte ja Selbstmord verübt haben –, aber andere Mitglieder des Syndikats hätten Bescheid gewußt. Und jetzt, Harry, geht es um eine Untersuchung des Hauses auf dem Land, dessen Lage Stig für uns feststellen kann. Könnte die Durchsuchung bald stattfinden? Als kombinierte Operation, mit meinen Leuten und der SÄPO – natürlich ganz inoffiziell?«

»Sie kann schon heute stattfinden!« verkündete Fondberg und paffte an seiner Zigarre; er war zufrieden darüber, daß endlich gehandelt werden sollte.

Sechs Wagen fuhren über die E 3 durch die Außenbezirke von Stockholm hinaus ins offene Land. Palme war ausgewählt worden, um den Angriffskonvoi zu führen, denn er war Schwede und wußte, wo das Haus lag, das der tote Schlosser Tobias Seiger beschrieben hatte. Jules Beaurain steuerte das zweite Fahrzeug. Er saß hinter dem Lenkrad seines Mercedes, den Albert nach Stockholm geholt hatte.

»Glaubst du wirklich, daß dieses Haus das Hauptquartier des Stockholmer Syndikats sein könnte?« fragte Louise, während sie gespannt aus dem Fenster spähte.

»Ich rate nur herum – aber nach dem, was Stig von diesem Gebäude noch weiß, würde es die Grundvoraussetzungen eines Hauptquartiers bieten. Hugo würde sich kein Haus in Stockholm wünschen. Für Theodor Norling ist das ganz in Ordnung, wenn er seine Wohnung in der Gamla Stan hat – ich glaube, Norling trifft dort nur Leute, wie Otto Berlin in Brügge Leute trifft.«

»Dadurch, daß sie so beweglich sind, fühlen sie sich wohl sicher?«

Beaurain machte eine Pause. »Ja, in etwa. Aber ein altes Haus draußen auf dem Land, abgelegen von der Straße, so daß es keine Aufmerksamkeit erregt, und dennoch dicht an der Autobahn, damit man schnell nach Stockholm kommt, das wäre genau das Richtige. Wie ich schon sagte, ich rate nur herum, aber die Grundvoraussetzungen wären bei diesem Haus gegeben.«

»Schönes Ratespiel!«

Louise drehte sich im Sitz um und schaute durch das Rückfenster über die geschwungene Autobahn zurück. Sie konnte wenigstens zwei der vier Wagen sehen, die ihnen folgten – und in jeden Wagen hatte Henderson ein Team von vier Männern gesetzt, die daran gewöhnt waren, in einer Gruppe zusammenzuarbeiten. Plötzlich kam Louise der Gedanke, daß Harry Fondberg der Schlag treffen würde, wenn er wüßte, welche Waffen in diesen Fahrzeugen versteckt waren. Sergeant Jock Henderson, der im dritten Wagen fuhr, war ausgerüstet für einen kleinen Krieg. Und er stand mit allen anderen Fahrzeugen in Funkkontakt. Er benutzte einen vorher abgesprochenen Code, der für Horcher von draußen keinerlei Sinn ergab.

»Natürlich könnte alles für die Katz sein«, bemerkte Louise. »Und wo ist überhaupt Harry Fondberg? Übrigens, ich nehme an, du weißt, daß ein Verkehrshubschrauber über uns die Autobahn entlangfliegt?«

»Mir ist das Ding auch schon aufgefallen«, informierte Beaurain sie ernst. »Ich weiß zufällig, daß Harry Fondberg an Bord ist. Und, wie du gerade so fröhlich vorausgesagt hast, es könnte alles für die Katz sein.«

Die Cessna wartete auf Viktor Raschkin – er konnte sie in der Ferne sehen. Er warf seine Mütze auf den Rücksitz, packte den Pilotenhelm, der neben ihm lag, und kletterte zuversichtlich aus dem Wagen. Er schloß ihn ab und schritt über das Flugfeld.

Im Kontrollturm nahm ein Mann einen Feldstecher auf, richtete ihn auf die Gestalt, die mit elastischen Schritten auf die Cessna zuging und entschuldigte sich dann. Statt aber zu den Waschräumen zu gehen, ging er zur nächsten Telefonzelle und wählte Ed Cottels Nummer. Der Amerikaner, der in seinem Zimmer im Grand Hotel saß, antwortete, indem er die Zimmernummer sagte.

»Hier ist Westerberg«, identifizierte sich der Anrufer. »Ozark zieht gerade los. Angegebenes Ziel wie gewöhnlich Kjula.«

»Verstanden«, erwiderte Cottel lakonisch. »Wiedersehn. Wir wollen hoffen, daß es diesmal klappt.«

Kjula war ein kleiner Militär- und Zivilflughafen, der ungefähr fünfzehn Kilometer von der Stadt Strängnäs entfernt lag. Man erreichte ihn über die Autobahn E 3 – die Strecke, die jetzt Beaurain mit seinen Schützen entlangfuhr.

Ehe Beaurain das Grand Hotel verlassen hatte, um sich dem Konvoi anzuschließen, war er in das Zimmer des CIA-Mannes geschlüpft und hatte ihm gesagt, wie seine Pläne aussahen. Er hatte ihm auch gesagt, wo das seltsame alte Haus lag, in dem der Schlosser einen blonden Mann mit langen Koteletten gesehen hatte. Nur die Tatsache, daß nach dem Bericht des Schlossers der blondhaarige Mann von diesem Haus in einem Volvo Kombi mit amerikanischem Diplomatenkennzeichen nach Stockholm gefahren war, hatte Beaurain Ed Cottel gegenüber nicht erwähnt.

Zwei Minuten später saß Cottel hinter dem Lenkrad seines gemieteten Renault, der vor dem Hotel parkte. Er würde sich beeilen müssen, wenn er Beaurains Konvoi noch einholen wollte.

Sie fuhren auf der E 3 durch die Provinz Södermanland, und Louise war von der Schönheit der Landschaft fasziniert. »Ich hatte keine Ahnung, daß das Land außerhalb von Stockholm so herrlich ist.«

»Ja, ganz attraktiv«, stimmte Beaurain zu.

Begeistert schaute Louise hinaus. Die Sonne leuchtete wieder einmal aus einem makellos blauen Himmel hernieder, und die Autobahn führte durch kleine Schluchten, wo Granitfelsen sich gegen die Straße drängten. Dann öffnete sich die Landschaft wieder und enthüllte sanfte grüne Hügel, auf denen Fichten standen, und Felder mit gelbem Raps. Hin und wieder stand ein hölzernes Bauernhaus, das kräftig rostrot gestrichen war, als deutlicher Kontrast im Grün der Landschaft. Louise warf einen Blick in den Seitenspiegel und erstarrte.

Sie nahm den Feldstecher aus dem Handschuhfach, schwang im Sitz herum und richtete das Glas durchs Heckfenster auf den Renault, der hinter ihnen heranbrauste. Hinter der getönten Scheibe des Renault raste Ed Cottels Gesicht auf sie zu.

»Wir werden verfolgt«, sagte sie angespannt. »Ed Cottel ist direkt hinter uns. Jede Sekunde kommt er durchs Heckfenster.«

»Ich weiß.«

Der Renault war zu dicht dran. Louise fühlte sich ungemütlich. Beaurain gab Cottel ein Handzeichen, den Mercedes zu überholen. Minuten später, als er eine Kurve umrundet hatte, sah Beaurain ein Verkehrszeichen, ein großes weißes »M« auf blauem Grund. Er zeigte es Louise.

»Jetzt kommt bald ein Parkplatz. Wir können dort von der Autobahn herunter und mal nachfragen, worüber Ed sich so aufregt. Ich hab' ihm doch gesagt, wohin wir fahren.«

Beaurain hupte und deutete an, daß er auf den Parkplatz fahren wollte. Als er angehalten hatte, blieb er hinter dem Lenkrad seines

Wagens und wartete, während Cottel, der ein Stückchen weiter vorn geparkt hatte, aus seinem Renault herauskletterte und zu ihnen herüberkam.

»Wär' es nicht netter, auszusteigen und uns zu begrüßen?« schlug Louise vor.

»Erst, wenn wir wissen, was er will«, erwiderte Beaurain.

Sie waren jetzt weit draußen auf dem Land, und auf der E 3 herrschte wenig Verkehr. Weitere grüne Hügel waren zu sehen, die von dunklen Fichtenwäldern bedeckt waren, eine Landschaft, die anscheinend nirgendwo aufhörte. Die Wärme der Sonne lag auf dem Mercedes, als Cottel zu Fuß herankam.

Statt des nüchternen, gutgeschnittenen Anzuges trug Ed Cottel heute alte Jeans, Turnschuhe und einen schäbigen Anorak. Der Amerikaner lehnte sich ans offene Fenster, begrüßte Louise höflich und sagte dann: »Meine Leute sagen mir, Viktor Raschkin ist als Pilot einer Cessna vor einiger Zeit von Bromma gestartet. In seinem Flugplan wurde als Ziel der Flughafen Kjula angegeben.«

»Und was entnimmst du daraus, Ed?«

»Wenn man jemanden an der Nase herumführen will, dann fliegt man vielleicht nach Kjula und fährt dann von Strängnäs aus zurück, als ob man nach Stockholm hineinwollte. Ist nur so ein Gedanke. Macht es euch was aus, wenn ich hinterherzockele?«

»Nein, tu das nur, Ed.«

Während Cottel zu seinem Renault zurückging, fuhr Beaurain vom Parkplatz ab und raste an dem Amerikaner vorüber, um Palmes Saab wieder einzuholen. Im Rückspiegel sah er den Wagen herankommen, den Henderson lenkte. Die anderen drei Wagen mit den Schützen würden nicht allzuweit sein.

»Du warst ziemlich grob zu Ed«, bemerkte Louise.

»Ich habe nur bei unserer Unterhaltung sowenig Worte wie möglich von mir gegeben. Wir arbeiten ja schließlich – falls du's vergessen haben solltest – nach einem Zeitplan, der mit Harry Fondberg abgesprochen ist.«

»Und jetzt sag mir den wirklichen Grund.«

»Nimm mal an, du willst die Aufmerksamkeit eines Menschen aus einer bestimmten Richtung ablenken, wie könntest du das dann am besten tun?«

»Na, ich zeige ihm eine andere Richtung. Du meinst doch nicht, Cottel macht dich immer wieder auf Viktor Raschkins Aktivitäten aufmerksam, um dich von Washington abzulenken, oder?«

Harvey Sholto, der Mann aus Vietnam, der Mann, dessen Vergangenheit und Gegenwart undurchsichtig waren – der Mann, dessen bevorstehende Ankunft Harry Fondberg von Joel Cody, der rechten Hand des Präsidenten, persönlich angekündigt worden war, wohnte im Hotel Reisen.

Er hatte das Hotel sorgfältig ausgewählt. Es stand auf der Insel, auf der auch die Gamla Stan lag. Von den Fenstern an der Front aus konnte man den Strommen sehen. Der hochgewachsene, kräftig gebaute, kahlköpfige Amerikaner konnte mit einem Feldstecher aus dem Schlafzimmerfenster deutlich auf der anderen Seite des Wassers den Vordereingang des Grand Hotel, die draußen geparkten Wagen und alle Personen sehen, die das Hotel betraten oder verließen. Er hatte die ganze Zeit rittlings auf einem Stuhl gesessen und mit dem Feldstecher beobachtet, als er sah, wie Beaurain und Louise das Hotel verließen und in den Mercedes stiegen.

Er rannte nach unten. Er stieg in den Volvo ein, den er gemietet hatte, und fuhr schnell am Fluß entlang über die Brücke zum Festland. Er kam gerade noch rechtzeitig, um sein Fahrzeug kurz hinter dem Mercedes in den Verkehrsstrom einzuordnen.

Er trug einen Strohhut, der seinen kahlen Kopf völlig bedeckte, und eine große Sonnenbrille mit breiten Bügeln. Er hatte sein Aussehen verändert, so daß er nur auf kürzeste Entfernung kenntlich war. Als er nach links schaute, sah er, daß ein Renault kurze Zeit neben ihm fuhr. Die beiden Wagen waren nur ein paar Sekunden lang nebeneinander; aber es dauerte lange genug, so daß Sholto das hakennasige Profil des CIA-Agenten Ed Cottel erkennen konnte.

Sholto spürte, daß Cottel Beaurain folgte. Er entschloß sich, den CIA-Mann zu beschatten. Er beobachtete, wie sich ein Konvoi bildete, der einem Saab folgte. Diesem Saab folgte Beaurains Mercedes. Dann wechselte der Konvoi die Richtung und fuhr innerhalb von Minuten auf der E 3 hinaus, Richtung Strängnäs.

Es war Sholto, der die unsichtbare Nachhut des Konvois bildete. Er achtete sorgfältig darauf, den letzten Wagen im Auge zu behalten, während er sich eine Zigarette nach der anderen anzündete und seine Knopfaugen vor Konzentration glänzten. Während er weiterfuhr und durch die getönte Frontscheibe auf die Autobahn hinausstarrte, spürte er unter seiner Achsel den beruhigenden Druck der Fünfundvierziger Colt-Pistole in ihrem Halfter. Auf dem Sitz neben ihm lag, eingewickelt in eine Wolldecke, ein leichtes Gewehr der Armee. Es sah jetzt so aus, als ob seine Blitzaktion, die in Washington geplant worden war, fast erledigt wäre.

Auf lange Strecken im offenen Land hat die E 3 keine Leitplanken, die das flache Ackerland an ihren Seiten schützen – die Autobahn zieht sich einfach durch das flache Grasland. Palme hatte seinen Saab dadurch versteckt, daß er einfach von der verlassenen Autobahn abbog, über die Weiden rollte und sein Fahrzeug hinter einer Baumgruppe parkte. Als Beaurain auftauchte, winkte er ihm und forderte ihn damit auf, das gleiche zu tun. Er wartete, um auch die anderen Fahrzeuge des Konvois von der Autobahn herunterzuleiten.

»Was macht Ed denn bloß?« fragte Louise, während Beaurain fachkundig und langsam die anderthalb Tonnen Metall hinter die gleiche Baumgruppe manövrierte.

»Er geht wie gewöhnlich eigene Wege«, bemerkte Beaurain lakonisch.

Der Amerikaner fuhr weiter auf der Autobahn entlang und war bald außer Sicht. Über ihnen war wieder der Verkehrshubschrauber aufgetaucht, die Maschine, in der Harry Fondberg saß.

»Runtergehen«, befahl Fondberg, der den Sitz neben dem Piloten hatte. Er stemmte die Ellbogen auf die Armlehnen seines Sitzes, um nicht zu zittern, und richtete dann seinen Feldstecher auf den Renault, der vor ein paar Minuten zu einem kurzen Gespräch mit Jules Beaurain gehalten hatte.

»Ich hab's.« Fondberg hatte sich das Kennzeichen notiert und trug dann dem Piloten auf, wieder zu steigen. Das, was ihn als nächstes interessierte, war der Konvoi, der die Straße verließ, durch das Gras pflügte und sich hinter einer Baumgruppe versammelte. Dem Chef der SÄPO schien es, als ob da unten interessante Entwicklungen stattfinden.

Da Fondberg beobachtete, wie der Konvoi hinter den Bäumen verschwand, entging ihm, daß ein beigefarbener Volvo vorüberfuhr, dessen Fahrer einen Strohhut trug. Nachdem Harvey Sholto sich gemerkt hatte, wo die Fahrzeuge die Straße verlassen hatten, fuhr er mit mäßiger Geschwindigkeit weiter die E 3 entlang, bis er hinter einer Kurve außer Sicht war. Er hatte auch den Verkehrshubschrauber über seinem Kopf bemerkt.

Eins dieser altmodischen Häuser – Spitze Giebel und vorgebaute Fenster, wie das früher üblich war – muß mindestens fünfzig Jahre alt sein . . .

Palme hatte sich mit den anderen hinter einer zweiten Baumgruppe versteckt und kratzte sich mit der linken Hand in seinen kurzgeschnittenen Haaren. Der ermordete Schlosser war sowohl bei der Beschreibung des Hauses als auch des Ortes unglaublich akkurat gewesen. Das Haus war genau da, wo er es erwartet hatte. Es sah ein bißchen wie das Haus in dem Film »Psycho« aus.

Selbst Palme, dem sonst die Atmosphäre nicht soviel ausmachte, hatte das Gefühl, daß mit diesem Haus irgend etwas deutlich nicht in Ordnung war.

»Gefällt mir gar nicht«, sagte er Beaurain, der neben ihm stand. Jock Henderson war dicht hinter ihnen. Der Belgier musterte das Haus mit dem eigenen Feldstecher. Irgendwie mußte er zustimmen. Verdammt, es sah ein bißchen zu ruhig hier aus. Vorhänge an allen Fenstern, halb zugezogen, damit das starke Sonnenlicht draußen blieb. So schützen die Leute Teppiche und Vorhänge. Aber so sieht auch ein Haus aus, das gerade leer ist.

Die Stufen zur offenen Veranda sahen ein bißchen gichtbrüchig aus. Die Farbe blätterte ab. Aber der Rest des Hauses war in gutem Zustand. Die geteerte Einfahrt führte direkt zum Fuß der Treppe und schwang sich dann rechts um das Haus herum. Auf der gleichen Seite war auch die Silhouette eines uralten Klohäuschens zu sehen, das halb von den Bäumen verborgen war.

»Irgendein Zeichen, daß es bewohnt ist?« flüsterte Louise.

Der Ort hatte eine Atmosphäre, die einen dazu brachte, zu flüstern. Die schwere, heiße Stille hing wie eine Wolke über dem seltsamen Gebäude.

»Ich sehe nichts, absolut nichts«, sagte Beaurain, während er sein Fernglas sinken ließ. Aber irgendwie klang seine Stimme nicht überzeugend. »Was meinen Sie denn?« fragte er.

»Es gefällt mir gar nicht«, wiederholte Palme und kratzte sich noch einmal mit der linken Hand am Kopf. In seiner rechten hielt er eine geladene Maschinenpistole.

»Ich schlage vor, wir legen erst mal einen Ring um das Haus herum, Sir«, schlug Henderson energisch vor. »Dann bewegen wir uns zum abgesprochenen Zeitpunkt von allen Seiten darauf zu. Direkt hinter uns liegt ein Dränagegraben, an dem das Gras hoch steht – ein perfekter Weg, wenn wir auf dem Bauch hinter das Haus kriechen und dann einen Kreis bilden.«

»Es gibt hier in der Nähe auch einen See«, bemerkte Palme. »Davon haben wir in dieser Gegend eine ganze Menge. Dieser hier ist ziemlich groß.« Er zeigte Beaurain die Karte, und Beaurain machte eine Bemerkung, die er später noch bedauern sollte.

»Kann nicht wichtig sein. Ich stimme Ihnen zu, Jock. Wir nähern uns mit großer Vorsicht. Wir umzingeln dieses Haus und rücken dann von allen Seiten heran. Jock, Sie übernehmen das – und etwas Bewegung!«

Der »Verkehrs«-Hubschrauber, der Harry Fondberg an Bord hatte, war ein Stück weitergeflogen. Als Louise die Augen beschattete und nach oben schaute, sah sie den Hubschrauber nur noch als kleinen Fleck. Fondberg bewegte sich absichtlich von dem Kampfplatz weg, um den Gegner nicht auf sich aufmerksam zu machen. Louise stand hinter den Bäumen, die sie gegen die Autobahn abschirmten, und starrte wieder durch den Feldstecher zum Haus hinüber.

Henderson und sein Team aus zwölf bewaffneten Schützen, die Walkie-talkies bei sich hatten, waren schon im Dränagegraben verschwunden. Beaurain beobachtete die Gräser über dem Graben, aber er konnte nicht die leiseste Bewegung sehen. Er hoffte nur, daß es unmöglich war, aus einem oben liegenden Fenster des Hauses in den Graben hineinzusehen. Er hörte einen Ausruf von Louise, die ein paar Meter weitergegangen war und immer noch die Umgebung des Hauses beobachtete. Er ging zu ihr hinüber.

»Was ist denn los?«

»Als Stig sich in diesem Laden mit dem Schlosser unterhalten hat, sagte der Schlosser da nicht, er hätte einen Volvo Kombi mit amerikanischem Diplomatenkennzeichen gesehen?«

»Ja. Er hat versucht, den Wagen auf dem Weg nach Stockholm zu verfolgen, und ihn aus den Augen verloren. Warum?« Ein Unterton der Ungeduld lag in Beaurains Stimme.

»Weil hinter dem Haus ein Volvo Kombi steht – nur, er hat ein russisches Diplomatenkennzeichen, kein amerikanisches.«

»Seiger muß so entsetzt gewesen sein, daß er versuchte, ein bißchen von der Wahrheit zurückzuhalten. Und daß der Wagen dasteht, das bedeutet – jemand ist im Haus!«

Kapitel 18

Dr. Theodor Norling stand hinter dem Vorhang am Fenster im ersten Stock. Er starrte nach draußen. In dem Wald aus Gras am Rand des Dränagegrabens waren Lücken, und dann hatte er die Männer gesehen. Sie glitten auf dem Bauch wie Schlangen näher ans Haus heran.

Theodor Norling hatte eben das eingepackt, was er hatte holen wollen – einen Ordner voll roter Aktenmappen, die unter einer Falltür im Erdgeschoß versteckt gelegen hatten. Jetzt steckten sie sicher in seiner Aktentasche, und er mußte weg. Er trug eine lose geschnittene Jagdjacke mit geräumigen Taschen. In der linken Hand hielt er die Aktentasche; die rechte Hand wühlte sich in eine der Taschen und betastete die rundlichen, gerippten Gegenstände – Granaten.

Schnell verließ er das Zimmer und schoß die geschwungene Treppe hinab. Das Haus war fast leer, es war kaum möbliert, und die Absätze seiner Schuhe machten ein hallendes Geräusch.

Die paar Möbel, die dastanden, waren sehr merkwürdig. Unter jedem Fenster stand ein großer Kasten, den man für einen altmodischen Heizkörper hätte halten können. Aber es war nichts in der Art. Ehe Norling das geisterhafte Haus verließ, achtete er darauf, ein kompaktes Gerät mit einem roten Knopf und einem Gleitschalter mitzunehmen. Er hob die Miniaturantenne hoch und schob den Gleitschalter auf »Ein«. Jetzt mußte er sehr gut aufpassen, damit er nicht den roten Knopf zu früh drückte.

Als er draußen war, ging er hinter dem geparkten Volvo in Deckung und rannte dann in den Schatten einiger Bäume; er wollte den Graben überqueren, an der Stelle, wo er den Knick machte und hinter dem Haus weiterlief. Wie er gehofft hatte, war der Graben leer; der erste Mann hatte die Ecke noch nicht erreicht. Norling ließ ein Fäßchen Schießpulver zurück.

Tiefgebückt bewegte er sich jetzt vom Haus und von der Straße weg. Er nutzte jede natürliche Deckungsmöglichkeit – ein bißchen Unterholz, eine Baumgruppe, einen Granitfelsen, der aus der Erde aufragte. Als er diesen Felsen erreicht hatte, hielt er an, kletterte an einem schmalen Riß im Stein nach oben und spähte vorsichtig über den Rand.

In einiger Entfernung hinter ihm bewegten sich glitzernd die Wellen eines Sees. Das Wasser glänzte in der Sonne wie Quecksilber. Das war der See, den Beaurain für nicht wichtig gehalten hatte. Vom Gipfel des Granitfelsens aus konnte Norling so eben im Schilf, das am Ufer stand, noch die Stelle ausmachen, wo sein Wasserflugzeug verborgen war.

Er wandte seine Aufmerksamkeit wieder dem Haus zu, das er von seinem Beobachtungsposten aus deutlich sehen konnte. Er starrte zu dem Gebäude hinüber, dem geparkten Kombi und der Reihe der Männer, die jetzt, nachdem sie das Haus umzingelt hatten, aus dem Graben aufstanden und ihr Ziel anschauten, ohne weiter darauf zuzugehen. Norling umklammerte das Fernzündegerät fest mit der rechten Hand. Sein Zeigefinger schwebte über dem roten Knopf. Ein Druck, und die ungeheure Menge an Sprengstoffen, die im Haus angebracht worden war, würde detonieren.

Ed Cottel fuhr nur ein Stückchen hinter die Einfahrt des Hauses, und dabei fühlte er sich an die alten Gebäude erinnert, die im fernen San Francisco noch erhalten waren.

»Wahrscheinlich um die gleiche Zeit erbaut«, spekulierte er laut – er wußte sofort, daß es ein Zeichen von Anspannung war, wenn er mit sich selbst redete. Da er sein Funkgerät benutzen wollte, lenkte er den Renault von der Straße weg und hielt hinter einem Gebüsch.

Er machte die Klappe auf, legte die Schaltknöpfe frei, spielte mit ihnen herum und rief dann seinen Mann in Kjula an, dem Militär- und Zivilflughafen, der fünfzehn Kilometer von Strängnäs entfernt lag. »Hier ist Sandpfeifer ... Sandpfeifer ...«

»Ich höre Sie, Sandpfeifer. Ich höre Sie. Ozark ist gelandet. Ich wiederhole: Ozark ist gelandet.«

Cottel meldete sich ab und starrte in den schimmernden Hitzenebel, der über den Feldern tanzte. Für Schweden wurde es heute verdammt heiß. So, Viktor Raschkin war also wie gewöhnlich in Kjula gelandet. Das Ganze wiederholte sich.

Die Beobachter in Bromma und Kjula hatten festgestellt, daß der Russe regelmäßig diese Route flog. Er verließ die Cessna, die er selbst geflogen hatte, in Kjula, kletterte dann hinter das Lenkrad eines wartenden Volvo 245 Kombi, und fuhr schließlich über die E 3 zurück, als ob er nach Stockholm wollte – zu dem Ort, den er gerade verlassen hatte. Es war irgendwie widersinnig.

Ärgerlich war, daß Cottel den Volvo immer aus den Augen verloren hatte, lange bevor er die Abzweigung zu dem alten Haus erreichte, wo Beaurain anscheinend gerade seinen eigenen Privatkrieg starten wollte.

Die Cessna, die in Kjula zurückblieb, wurde immer wieder von einem eigens dazu angestellten Piloten nach Bromma zurückgeflogen. Wahrscheinlich wartete das Flugzeug dort auf Raschkins nächsten Flug nach auswärts.

Cottel bemerkte einen Blitz, wo es keinen Blitz hätte geben sollen. Er warf die Tür auf, zog den Kopf ein und rollte sich über den rauhen Boden.

Das erste Hochgeschwindigkeitsgeschoß zerschmetterte die Windschutzscheibe des Renault. Es bohrte ein Loch durch das Glas, genau an der Stelle, wo Cottels Kopf gewesen war. Das zweite und dritte Geschoß traf sein Ziel. Die Kugeln zerstörten beide Vorderreifen. Im Schutz des Renault feuerte Cottel in schneller Folge drei Schüsse ab, so genau er konnte. Denn er hatte das Sonnenlicht auf der Linse eines Zielfernrohrs blitzen sehen. Er wartete und hörte, wie ein Automotor startete. Als er die Straße erreichte, war das Fahrzeug mit dem verhinderten Mörder schon fort.

Harvey Sholto war wütend über sich selbst, weil er sein Ziel verfehlt hatte. So etwas war für ihn fast einzigartig. Irgendwo segelte ein Verkehrshubschrauber herum – Harvey Sholto hatte ihn schon gesehen, und er konnte sehr gut ohne die Einmischung der örtlichen Bullen auskommen. Zugedeckt auf dem Rücksitz seines Volvo lag das Armeegewehr, dessen Lauf von den drei Schüssen, die er abgegeben hatte, noch warm war. Sobald ihm klargeworden war, daß er Cottel mit dem ersten Schuß verfehlt hatte, waren seine Ziele für die nächsten beiden Schüsse die Autoreifen gewesen.

Er lenkte nur mit einer Hand, nahm den Strohhut ab und wischte sich den Schweiß von seinem kahlen Kopf. Zeit, mal alles zu säubern – und alles Überflüssige wegzuräumen. Am Stockholmer Hauptbahnhof war alles gutgegangen. Sholto hatte eine schwedische Polizeiuniform getragen und war mit einem starken Motorrad ausgerüstet, und damit konnte er den Polizeikordon mit dem Koffer voll Heroin auf dem Sozius durchfahren. Er hatte die Lieferung im Apartment in der Radmansgatan abgegeben.

Sholto war auch derjenige gewesen, der mit der schallgedämpften Pistole Serge Litow erledigt hatte, nachdem das Heroin angekommen war. Litow war ein wichtiger Teil des Säuberungsprozesses. Sholto knallte sich den breitrandigen Hut wieder auf den Kopf und zog seine dicken Lippen zusammen. Na, Cottel war jedenfalls noch auf seiner Liste. Und die zweite Chance kam ganz sicher.

»Dahinten sitzt jemand auf dem Granitfelsen, Jules«, sagte Louise eindringlich.

»Wo?«

»Dahinten, auf dem riesengroßen Felsen, der hinter dem Haus aufragt.«

Beaurain mußte sofort eine Entscheidung treffen. Er mußte annehmen, daß Louise wirklich jemanden gesehen hatte. Instinktiv spürte er, daß nur noch Sekunden übrigblieben, ehe etwas passierte ... Ein Mann – oder mehrere Männer – auf dem Felsen hinter dem Haus ... Der konnte Hendersons Männer deutlich sehen, die das Haus umzingelt hatten ... Es bot sich ihm auch ein wunderbares Schußfeld für Automatikwaffen, mit denen man jeden niedermähen konnte ...

»Zurück! Zurück! Henderson, um Gottes willen! Sofort zurück!«

Damit seine Stimme durchdrang, hatte Beaurain mit seinen Händen vor dem Mund eine Art Megaphon gebildet. Er riskierte es damit, die ganze Operation unmöglich zu machen. Wenn das, was er dachte, falsch war, dann riskierte er außerdem, daß die Hälfte seiner Männer getötet wurde – falls Louise sich das alles eingebildet hatte. Sein verzweifelter Ruf hätte alles verraten, hätte Hendersons wichtigste Waffe außer Gefecht gesetzt – das Element der Überraschung.

Henderson handelte augenblicklich. Aber er tat es nach seinem eigenen Ermessen.

»In Deckung! Sofort in Deckung! Ein Angriff steht bevor ...«

Beaurain und Louise sahen das Schreckliche von ihrem fernen Ausguck bei der Baumgruppe.

Die vorgebauten Fenster flogen heraus, lösten sich auf in einem Hagel von Schutt, der über dem ganzen Gelände niederstürzte. Die Stufen, die zur Haustür hinaufführten, flogen in die Luft wie Raketen; eine gewaltige Menge Sprengstoff mußte daruntergelegen haben, für diejenigen, die auf die Veranda klettern wollten. Die Mauern des Hauses schossen in Stückchen wie Schrapnellsplitter durch die Luft, in Tausenden von scharfkantigen Holzstückchen. Das Dach ging hoch, als ob es von einer riesigen Hand in den Himmel gerissen würde. All dies wurde begleitet von einem ohrenzerreißenden Brüllen, und Beaurain war einen Augenblick lang taub.

Harry Fondberg, der im Hubschrauber wieder in die Gegend des Hauses zurückkehrte, starrte in gelähmtem Schrecken auf das, was sich ihm bot. Der Hubschrauber zitterte kurz, als ihn die Druckwelle traf. Fondberg kam jedoch schnell wieder zu sich und gab dem Piloten einen natürlichen und menschlichen Befehl.

»Setzen Sie auf der Straße an der Einfahrt auf«, sagte er ins Mikrofon. »Möglichst schnell!«

Und jetzt kam das Feuer. Wie so viele schwedische Gebäude, so war auch dieses Haus aus Holz gebaut. Eine Zunge aus gelben Flammen stach durch den auseinandertreibenden schwarzen Rauch, eine Zunge, die tanzte und größer wurde. Das unheimliche Knistern der Flammen verbreitete sich schnell, das Feuer verzehrte die Reste des Hauses, das schon so viele Jahre allein dagestanden hatte.

Dr. Theodor Norling hatte nicht auf dem Felsen gewartet, bis er das Resultat sah. Nachdem er den roten Knopf gedrückt hatte, war er schnell auf der dem Haus abgekehrten Seite des Felsens hinabgeklettert und hatte sich dadurch gerettet. Auf der Rückseite des Hauses hatte ein großer Brennholzstapel gestanden, bereit für den nächsten

Winter. Die Explosion hatte diese bereitstehenden Geschosse mit der Gewalt einer Kanone vom Haus weggeschleudert. Norling hörte, wie die Holzscheite mit Donnergetöse auf der anderen Seite des Felsens niederpolterten. Dann war Norling zu seinem Ziel, dem Wasserflugzeug, hinübergewechselt. Er war halb gerannt und halb gerobbt, um nicht entdeckt zu werden.

Der Hubschrauber war bei der Landung beschädigt worden. Das passierte ein einziges Mal bei tausend Landungen, möglicherweise hervorgerufen durch den Schock des Piloten, der zusehen mußte, wie ein ganzes Haus in Stücke flog. Aber als er an der Einfahrt landete, kam das Heck des Hubschraubers ein wenig zu nah an Beaurains geparkten Mercedes heran. Der Schwanz des Hubschraubers streifte den Wagen nur – aber das Teil, das den Wagen berührt hatte, war der Heckrotor gewesen. Der löste sich jetzt vom Hubschrauber ab und rutschte über die Straße weg.

»Wir können nicht weiterfliegen«, bekam Fondberg zu hören. »Tut mir leid – aber ohne Heckrotor können wir nicht steuern.«

»Kein Grund zur Sorge.« Der SÄPO-Chef machte sich eben zum Aussteigen fertig. »Seien Sie bereit, per Funk medizinische Hilfe heranzuholen – aber erst, wenn ich die Situation überprüft habe.«

Beaurain kam gerade die Einfahrt herunter, während Louise in der Nähe der Unglücksstelle blieb und das Land mit dem Feldstecher beobachtete. Beaurain rannte, und sein Gesichtsausdruck war grimmig. Er winkte Fondberg zurück, und der Schwede blieb stehen, bis Beaurain bei ihm war.

»Harry, sorgen Sie dafür, daß der Hubschrauber wieder startet, und fangen Sie an zu suchen.«

»Der Heckrotor ist weg. Der Pilot hat beim Landen Ihren Mercedes angekratzt. Was ist denn dahinten passiert?«

»Das Haus war eine gigantische Falle«, erzählte Beaurain Fondberg. »Kommt Ihnen dabei irgendein Gedanke, Harry?«

»Sollte das so sein?«

Beaurain redete schnell. Er erklärte Fondberg die Lage so knapp und gründlich wie möglich. »Wieviel Zeit ist seit dem Elsinore-Massaker schon vergangen? Diesmal war es wieder eine große Menge Sprengstoff, der per Fernzünder in die Luft gejagt worden ist. Die gleiche Hand hat auch hier den Knopf gedrückt, und dieses Haus damit in einen Haufen Schutt verwandelt. Ich wollte, daß Ihr Hubschrauber in der Luft bleibt und nach dem Massenmörder sucht – dem Wahnsinnigen. Der wird anscheinend immer verrückter.«

»Ihre Männer . . .«; sagte Fondberg ruhig und schaute die Einfahrt hinauf, an der sich ihm eine Szene bot wie auf einem Schlachtfeld. »Wie geht es ihnen? Ich kann eine ganze Schar von Notarztwagen rufen lassen.«

»Nicht nötig, aber danke. Henderson hat für den Mörder um den Bruchteil einer Sekunde zu schnell gehandelt. Er hat sie alle in Dekkung geschickt – also haben sie sich fallen lassen. Dadurch sind Druckwelle und Schrapnellsplitter einfach über sie weggegangen. Einer oder zwei haben vielleicht Schnitte und Beulen, aber es gibt keine Verletzungen, mit denen sie nicht selbst fertig werden können. Sonst würden Sie ja auch nicht Louise sehen, die noch immer dahinten ist und ihre Vögel beobachtet.«

»Ich glaube, sie hat vielleicht ein interessantes Exemplar gefunden«, bemerkte Fondberg. »Ich bleibe mit dem Hubschrauber hier, um Sie zu decken, wenn ein Streifenwagen vorbeikommt. Hin und wieder kriechen die immer mal über die E 3.«

Beaurain drehte sich um und sah, daß Louise ihm winkte. Er rannte wieder die Einfahrt hinauf, und der Gestank nach verkohltem Holz wurde jetzt stärker. Schwarzer Rauch quoll auf, und das Feuer in dem raucherfüllten Nest war wie ein glühendes, knisterndes Inferno. Als er näher an Louise herankam, die von dort, wo sie stand, hinter das Haus sehen konnte, bemerkte er die wohlbekannte Gestalt Hendersons. Er rannte in der Ferne auf einen Granitfelsen zu, der aus dem Boden aufragte.

»Was ist denn, Louise?« wollte Beaurain wissen.

»Norling.«

»Wo?«

»Ich sag' es dir, wenn du zehn Sekunden lang den Mund hältst, verdammt noch mal!«

»Ich bin stumm wie ein Fisch«, sagte er ihr.

»Schau mal rechts neben den großen Felsen, auf den Henderson mit seinen Männern zugeht.« Sie reichte ihm den Feldstecher. »Ich dachte, ich hätte im Gras eine Bewegung gesehen, und dann dachte ich wieder, ich hätte mich geirrt. Aber dann habe ich die Bewegung noch mal gesehen. Nur: Blondes Haar ist in der Landschaft schlecht zu sehen. Und Stig weiß auch nicht Bescheid.«

Palme stand ein paar Meter weiter. Sein Gesicht war rauchgeschwärzt, und sein kurzes Haar war von der Hitze versengt, die das brennende Haus ausstrahlte. Er hielt die Maschinenpistole schußbereit. Jetzt hatte Henderson den Fuß des Felsens erreicht, während Beaurain weiterhin das gelbe Rapsfeld beobachtete, das Louise gemeint hatte. Sicher konnte sich dort kein Mann verstecken geschweige denn ungesehen bewegen. Aber dann sah Beaurain, was Louise hatte sagen wollen. Und fast im gleichen Augenblick passierte noch etwas. Palme empfing eine Nachricht im Walkie-talkie.

Durch das Rapsfeld zog sich ein tiefer Graben, und durch diesen Graben bewegte sich im Laufschritt ein blondhaariger Mann – nicht so schnell, daß man ihn leicht ausmachen konnte, aber schnell genug, so daß er sich schon ziemlich weit vom Haus entfernt hatte, das gerade vernichtet worden war.

»Warum ist Stig so verwirrt?« fragte Beaurain Louise.

»Stig sagt, der blonde Mann – ach, zum Teufel, es muß einfach Norling sein – der blonde Mann hält direkt auf einen Weg zu, der ihm den Weg versperrt.

»Nachricht von Sergeant Henderson, Sir«, warf Palme ein und streckte Beaurain sein Walkie-talkie hin. »Er sagt, er kann einen blonden Mann sehen, der auf einen See zurennt. Er wird ihn in etwa zwei Minuten erreichen. Henderson kann von der Spitze des Felsens das Ziel sehr gut sehen, aber die Entfernung ist zu groß, um das Feuer zu eröffnen. Er schlägt vor, eine Reihe von Leuten loszuschicken, damit sie den Flüchtigen umzingeln – aber erst möchte er mit Ihnen sprechen.«

»Hier Beaurain«, sagte der Belgier in das Gerät. »Ich will diesen Kerl um jeden Preis – am liebsten lebendig, aber wenn es sein muß, auch tot, damit er nicht entkommt.«

»Wir kreisen ihn jetzt ein, Sir«, bestätigte Henderson. »Übrigens, am Fuß dieses Felsens habe ich was Komisches gefunden – zeig' ich Ihnen später.«

Palme packte seine Maschinenpistole fester und sprach mit großer Überzeugung. »Wir können ihn kriegen. Er hat sich in den Graben gedrückt, damit er nicht sichtbar ist, aber der Graben hat Kurven – ich kann es auf der Karte erkennen. Offenbar ein altes Bachbett. Wir gehen geradeaus. Okay?«

»Okay«, stimmte Beaurain zu. Er hatte kaum ausgesprochen, als Palme auch schon im Laufschritt von der rauchgeschwärzten Ruine wegrannte. Er hielt seine Waffe diagonal vor der Brust, bereit, sie sofort zu benutzen. Hinter dem kräftigen Schweden folgten Beaurain und Louise.

Bald sahen sie, daß Palme wußte, wovon er sprach. Aufgrund ihres günstigeren Standpunkts hatten sie einen guten Vorsprung vor Henderson und seinen Männern, die den Kordon bildeten. Das Trio, das Palme anführte, würde den blonden Mann zuerst erreichen. Als sie an dem tiefen Graben ankamen, rutschten sie an der einen Seite hinunter, überquerten den Graben und kletterten auf der anderen Seite wieder hoch. Louise stieß einen Schnaufer aus, als sie sah, was vor ihr lag.

Ohne daß es ihnen klargewesen war, hatten sie vom Haus bis hierher eine kleine Steigung zurückgelegt, und jetzt standen sie auf einem niedrigen Hügel, vor dem das Gelände abfiel. Ein See in der Form eines Bumerangs breitete sich vor ihnen aus; nicht einmal der leiseste Windhauch bewegte seine Oberfläche, und die Sonne brannte herunter auf das erstaunlich blaue Wasser, das von den gelben Blüten des Rapses umgeben war. Norling war ein paar hundert Meter vor ihnen. Sie hatten ihn!

»Da – das Flugzeug – das Wasserflugzeug – es steckt dahinten im Schilf!« Es war Beaurain, der zuerst Norlings Fluchtplan kapiert hatte. Durch den Unfall, den Fondbergs Hubschrauber erlitten hatte, war Norling schon fast erfolgreich damit gewesen. Zur Linken und hinter ihnen schwärmten Hendersons Männer aus, korrekt und militärisch bildeten sie einen fächerförmigen Kordon. Beaurain war der erste, der die schreckliche Gefahr entdeckte.

»In Deckung! Sofort in Deckung, um Gottes willen!«

Der blondhaarige Mann hatte sich umgedreht, das Trio gesehen und sofort gehandelt. Er stand ganz still und fummelte in einer Tasche herum. Dann hielt er etwas in beiden Händen, machte etwas damit, hob den rechten Arm hoch und schleuderte das Geschoß mit gestrecktem Arm von sich. Seine Hand fuhr wieder in die Tasche und holte einen zweiten Gegenstand dieser Art heraus. Die erste Granate segelte durch die Luft – direkt zu der Stelle hinüber, wo Beaurain und seine Begleiter gestanden hatten.

Sie lagen flach im Raps. Sie preßten sich an den Boden. Sie hörten eine ohrenzerreißende Explosion. Erde regnete auf sie herab. Norling hatte die Entfernung richtig geschätzt. Beaurain brüllte eine zweite Warnung. »Liegt still, nicht bewegen. Zeigt ihm nicht, wo wir sind.« Er hatte gerade seine Warnung ausgestoßen, als die zweite Granate explodierte. Wieder flog Erde überall um sie herum.

Ein drittes Mal mußte Beaurain nicht rufen. Sowohl Louise als auch Palme lagen vollkommen still. Sekunden später detonierte die dritte Granate. Dann eine vierte . . . eine fünfte . . . eine sechste . . .

Die Granaten landeten weiter und weiter entfernt von der Stelle, wo sie lagen. Norling rannte zum See. Er blieb nur kurz stehen, um eine weitere Granate zu schleudern, und rannte dann wieder. Beaurain stand vorsichtig auf. Seine Vorsicht war überflüssig.

Norling hatte schon das Wasserflugzeug erreicht und war in die Kabine eingestiegen. Der Motor sprang an. Als Louise und Palme aufstanden, zielte Beaurain mit seiner Smith & Wesson und feuerte zwei Schüsse ab. Es war ganz hoffnungslos. Das Flugzeug war außer Schußweite. »Benutzen Sie die Maschinenpistole!« brüllte er Palme zu.

Palme hatte den Schaft schon an die Schulter angelegt, aber genau in diesem Augenblick zischte das Wasserflugzeug über den See, und er machte sich nicht mehr die Mühe, den Abzug durchzudrücken. Während Henderson, gefolgt von zweien seiner Männer, herangelaufen kam, zuckte Beaurain die Achseln und zündete sich eine Zigarette an. Er sah zu, wie das Wasserflugzeug abhob und in niedriger Flughöhe weiterflog. Dann verschwand es hinter dem Gipfel eines Hügels.

»Da wäre noch Fondbergs Hubschrauber«, schlug Henderson vor. »Wenn wir den schnell in die Luft kriegen . . .«

»Was wir nicht können – denn er hat beim Landen seinen Heckrotor verloren.« Beaurain rauchte seine Zigarette und schaute hinunter zum See, wo das Wasserflugzeug halb verborgen im Schilfgürtel gelegen hatte.

»Stig, er ist unheimlich schnell abgehauen. Gehen Sie hinunter, dorthin, wo das Flugzeug war, und sehen Sie mal, ob Sie nichts finden können. Wir sehen uns dann oben an der Einfahrt wieder.«

Als sie wieder an der Straße waren, erzählte Beaurain Fondberg die schlechten Neuigkeiten. Der SÄPO-Chef gab über sein Funkgerät eine Beschreibung des Wasserflugzeugs weiter. »Nicht, daß dabei viel herauskommen könnte«, warnte er Beaurain. »Wir haben nämlich dummerweise jede Menge von diesen Maschinen bei uns herumfliegen – besonders weiter im Süden, wo das Land regelrecht übersät ist mit Seen. Was haben wir also jetzt entdeckt?«

»Sagen Sie es mir«, schlug Beaurain vor.

»Das Sprengstofflager des Syndikats – wahrscheinlich ein Vorrat für Banküberfälle – und das provisorische Hauptquartier, das jetzt nur noch ein Haufen rauchender Trümmer ist. Mehr nicht.«

»Aber sehen Sie mal, wer da die Straße herunterkommt.«

Ed Cottel war zu Fuß gegangen. Seit der unbekannte Schütze ihm die beiden Vorderreifen zerschossen hatte, war er die Autobahn zurückgewandert. Und Cottel hatte etwas gegen Fußmärsche. Er sah einfach nicht ein, warum er laufen sollte, wenn sogenannte Automobile zur Verfügung standen. Er gab Fondberg und Beaurain einen knappen Bericht von seinen üblen Erfahrungen, während Louise zuhörte. Dann nahm er in sich auf, was Beaurain seinerseits ihm von den Ereignissen erzählte, die hier stattgefunden hatten.

»Du sagst, ein Volvo 245 hätte hinter dem Haus geparkt?« fragte er noch einmal nach, als Beaurain mit seiner Geschichte fertig war. Jetzt kapier' ich überhaupt nichts mehr. Einer meiner Beobachter hat berichtet, Viktor Raschkin wäre von Bromma nach Kjula geflogen. Das stand wenigstens in seinem Flugplan. Und Raschkin saß selbst am Steuerknüppel. In Kjula hätte er sich in einen Volvo 245 gesetzt und wäre in diese Richtung gefahren. Und dann stellt sich heraus, daß hier, hinter diesem Haus versteckt, ein Volvo 245 geparkt hat. Und du sagst mir, der Kerl, der euch Granaten an den Kopf gepfeffert hat, ehe er mit seinem Flugzeug abgehauen ist, wäre Dr. Theodor Norling gewesen. Bist du da sicher?«

»Mit meinen Augen ist alles in Ordnung«, schlug Louise zurück.

»Ed, mich interessiert viel mehr«, warf Beaurain ein, »wer vielleicht der Mörder war, der versucht hat, dich auszulöschen, als du neben der Autobahn in deinem gemieteten Renault gesessen hast.«

»Keine Ahnung«, sagte Cottel brüsk.

»Und wer sind all diese Beobachter, die für dich über jede Bewegung wachen, die Viktor Raschkin macht?« fragte Beaurain. »Du scheinst es aber wirklich mit den Russen zu haben.«

»Nur mit einem Russen – denn ich bin davon überzeugt, daß er irgendwie mit dem Stockholmer Syndikat zu tun hat. Ich gebe dir mal meinen Bericht von all seinen Aktivitäten; vielleicht siehst du da irgendein Muster. Was meine Beobachter angeht – es hat mich Gott weiß wieviel Zeit gekostet, ein Netz von Leuten an allen Flughäfen und Seehäfen in Skandinavien aufzubauen. Es sind Leute, die keine Ahnung haben, für wen sie arbeiten, aber das Geld, das sie kriegen, nehmen sie gern.« Ein trockenes Lächeln zerknitterte sein sonnengebräuntes Gesicht. »Ich nehme an, Harvey Sholto würde verrückt werden, wenn er wüßte, wie ich die Mittel ausgebe, die ich von Washington kriege. Du hast ja keine Ahnung, wie fähig ich bei dem bin, was wir kreative Buchhaltung nennen.«

»Wir nennen das: ›herumfummeln mit der Abrechnung‹«, bemerkte Louise.

»Dann verstehst du vielleicht jetzt«, fuhr der Amerikaner fort und richtete seine Bemerkung mit einer Andeutung von Sarkasmus an Beaurain, »warum ich es so mit den Russen habe.«

»Nein, offen gestanden nicht. Du hast anscheinend vergessen, daß einer von den Leuten des Syndikats Serge Litow absichtlich im Stockholmer Hauptbahnhof umgebracht hat, nachdem der seinem

Zweck gedient hatte. Touché – du hast gesagt, daß die Russen irgendwie mit dem Syndikat zu tun haben.«

»Ach, zum Teufel mit dir«, erwiderte Cottel liebenswürdig.

»Wieviel Macht hat Harvey Sholto eigentlich in Washington«, fragte Beaurain plötzlich.

»Man erwähnt seinen Namen nicht – noch nicht einmal lobend –, wenn man seinen Job bei der Regierung behalten will. Offiziell existiert Sholto noch nicht einmal.«

»Aha«, meinte der Belgier, und Louise fragte sich, was ihm bei diesem Ausspruch wohl klargeworden war.

Harry Fondberg schlug vor, die ganze Streitmacht der Gruppe Telescope solle zurück nach Stockholm fahren, ehe der Streifenwagen, den er gerufen hatte, ankam. Er selbst wollte einen unschuldigen Zuschauer spielen, der aus der Luft bei einem Dienstflug beobachtet hatte, wie das Haus explodierte.

Auf der Rückfahrt wartete Palme, bis sie sich genügend von Fondberg entfernt hatten. Dann zog er etwas aus seinem Anorak. »Sie hatten recht, als Sie mich zu der Stelle schickten, von der Norling mit seinem Wasserflugzeug gestartet ist«, sagte er zu Beaurain. »Er muß gerade ins Cockpit geklettert sein, als ihm dies hier hingefallen ist. Und dann hatte er keine Zeit mehr, es zu holen.«

Es war eine dünne rote Aktenmappe.

»Norling hatte eine Tasche bei sich«, erinnerte sich Beaurain. »Sieht so aus, als ob ihm im unpassenden Moment die Tasche aufgegangen wäre, und in seiner Hast, von hier wegzukommen, hat er es gar nicht bemerkt. Die Aktentasche sah ziemlich schwer aus, wahrscheinlich steckte sie voll von diesen Mappen.«

»Was Interessantes?« fragte Louise.

»Gib mir Zeit – ich hab' sie ja eben erst aufgeschlagen. Überraschung: Die Sprache ist Englisch – oder Amerikanisch. Ja, die Schreibweise ist amerikanisch.«

»Gut, daß Ed Cottel in einem von den anderen Wagen mitfährt«, bemerkte Louise. »Ich glaube, wenn er die Bemerkung gehört hätte, dann wäre er doch ziemlich sauer geworden.«

»Das wäre vielleicht viel besser, als selbst dir im Augenblick klar ist«, erwiderte Beaurain geheimnisvoll. Seine Augenbrauen runzelten sich, während er schnell die Seiten durchlas, die in der Aktenmappe lagen. »Verdammt, es ist ein bißchen zu bequem, nicht? Könnte auch absichtlich zurückgelassen worden sein. Wenn dieses Ding wirklich zufällig aus der Aktentasche gefallen ist, als Norling am Rand des Sees in sein Wasserflugzeug kletterte, wie kommt es dann, daß das verdammte Ding noch nicht mal naß ist?«

»Weil es auf dem Rand eines alten Vogelnestes lag«, informierte ihn Palme selbstzufrieden. »Das Nest war aus Schilf und Gott weiß was für anderem Zeug. Ein großes Nest. Fragen Sie mich aber nicht, welchem Vogel es gehörte! Ich beobachte nämlich keine Vögel.«

»Okay, Stig. Dann können wir annehmen, daß es echt ist.«

»Neben Stigs Entdeckung zählt mein eigener kleiner Beitrag nicht sehr viel in der Geschichte der Entdeckungen der Gruppe Telescope«, sagte Henderson bedauernd. »Ich hab' das hier am Fuß des großen Felsens gefunden, an der Stelle, von wo aus Norling seinen ganzen Sprengstoff gezündet hat.«

Henderson reichte Beaurain seine Entdeckung. Der hatte sich im Sitz umgedreht und starrte scharf auf den Gegenstand, den Henderson ihm zeigte. Wie hypnotisiert streckte er die Hand aus, nahm das Ding und hielt es in der offenen Fläche seiner Hand.

»Was ist so aufregend daran?« fragte Louise.

»Danke, Jock«, sagte Beaurain langsam. Er wog das Ding in der Hand, als ob es aus Gold wäre. »Du hast mir eben den wichtigsten Schlüssel und den Beweis geliefert, den ich noch brauchte. Jetzt weiß ich, um was es beim Stockholmer Syndikat eigentlich geht.«

»Es ist der abgebrochene Absatz eines orthopädischen Schuhs mit erhöhter Sohle«, sagte Louise geringschätzig. »Das ist doch alles.«

»Ja, das ist alles«, stimmte Beaurain sardonisch zu.

In seinem Zimmer im Hotel Reisen am Strommen, auf dessen anderer Seite das Grand Hotel zu sehen war, hatte Harvey Sholto gerade ein Gespräch in der Privatwohnung von Joel Cody, der rechten Hand des Präsidenten, angemeldet. Schon ehe er von Washington nach Stockholm geflogen war, hatte er sich mit Joel Cody deswegen abgesprochen. Denn einer bei der Vermittlung, der sich bei einem Anruf ins Weiße Haus einschaltete, mußte sich so was einfach anhören. Aber auf diese Weise konnte es ja auch sein, daß Sholto irgendeinen normalen Menschen anrief.

»Appalachen hier«, begann er vorsichtig.

»Hier Rushmore.«

Joel Cody hatte selbst abgenommen. Er war allein, so daß Sholto reden konnte. Aber er sprach so leise, daß Cody ihn zweimal darum bitten mußte, lauter zu sprechen.

»Cottel . . .« Er sagte den Namen schnell und sprach ihn absichtlich falsch aus. » . . . ist uns dicht auf den Fersen. Ich hab' ihm heute schon mal klarzumachen versucht, ein bißchen Abstand zu halten, aber ich kann seinen heißen Atem im Nacken spüren.«

»Ist er wirklich nahgekommen?« fragte Cody. »Ich meine, Sie regen sich doch nicht wegen nichts auf? Das hier ist eine empfindliche Situation, und wir hätten es nicht gerne, wenn uns die Sache ins Gesicht explodiert.«

»Ich sag' Ihnen, Cottel steckt fast mit der Nase in einer Angelegenheit, von der Ihnen noch nicht mal Ihr bester Freund was erzählen dürfte. Ganz zu schweigen von dem Burschen, für den Sie arbeiten. Und das ist nicht alles! Haben Sie jemals ein Teleskop gekauft, eins von diesen Dingern, mit denen man das Fenster auf der anderen Straßenseite beobachtet, hinter dem sich ein Mädchen den BH auszieht? Na, jedenfalls sind die uns auch im Nacken. Entschuldigung – sie sind Ihnen im Nacken. Und wissen Sie was? Ich glaube, die Wahl rückt auch schon näher.«

»Okay, okay«, antwortete Cody hastig. »Sie sind derjenige, welcher. Sie entscheiden. Wir stehen natürlich voll hinter Ihnen.«

»Dann sollte ich also anfangen zu rennen. Aber Harvey Sholto bleibt im Geschäft, während Präsidenten kommen und gehen – stekken Sie sich also Ihre Sprüche an den Hut. Und ich seh' mal zu, was ich tun kann.«

Sholto knallte den Hörer auf die Gabel, ehe der Mann in Washington Zeit hatte zu antworten. Hochleistungsgewehr oder Revolver, das nächstemal würde er wirklich schießen. Und er mußte eine ganze Menge Leute erledigen, in ganz kurzer Zeit. Es war genau wie damals in Vietnam. Er sah seinen kahlen Kopf im Spiegel auf der Ankleidekommode. Trotzdem – er hatte damals an einem einzigen Tag in Saigon und verschiedenen anderen Teilen der Stadt zwanzig einzelne Männer umgebracht. Und alles nur, um Washington eine Freude zu machen. Nein, falsch: um Washington zu retten.

Die Nachricht, die Beaurains Strategie entschied, kam von einem alten Freund, der gerade im Grand Hotel angekommen war. Die Aufregung, die Beaurain an Baron de Graer aufgefallen war, als er ihn in seinem Büro in der Banque du Nord in Brüssel besucht hatte, war verschwunden. Diesmal wirkte der Baron beherrscht, als er in seinem Sessel dicht neben dem Badezimmer saß, in dem Beaurain alle Wasserhähne aufgedreht hatte. Er wollte damit »Wanzen« unschädlich machen, die vielleicht zum Abhorchen im Raum versteckt waren. Aber trotz der Ruhe des Barons sah Beaurain in seinen Augen stählerne Entschlossenheit.

»Wir – Sie – müssen das Syndikat vernichten, Jules«, bemerkte er, während er sich eine Zigarre anschnitt und sie dann langsam anzündete. Er zog offenbar mit Genuß daran. »Man könnte sagen, ich hätte meine Nerven wiedergewonnen.«

»Haben Sie sie je verloren?«

»Das letztemal, als wir uns in Brüssel gesehen haben, war ich ein schlotterndes Wrack – aber seit damals hatte ich Zeit zum Nachdenken. Die Informationen, die Sie brauchen, sind folgende: Ich bin als kleineres Mitglied des Syndikats eingeladen zu dem, was sie voller Genugtuung ihr Gipfeltreffen nennen. Dieser Abschaum!«

»Wir kümmern uns schon darum.«

»Der Treffpunkt soll angeblich das Linienschiff Silvia sein, das jetzt ein paar Meilen vor der Küste von Südschweden liegt, in der Nähe des Hafens Trelleborg. Das ist natürlich nicht wahr. Die wirkliche Konferenz findet statt an Bord des sowjetischen Luftkissenbootes Kometa. Alle führenden europäischen Financiers, Industrielle und Politiker, die Mitglied geworden sind, werden mit Motorbooten und Kreuzern von Trelleborg aus an Bord der Kometa gebracht. Dort sollen sie ihre amerikanischen Kollegen kennenlernen. Jetzt, genau in diesem Augenblick, verlassen sie alle Stockholm.«

»Auf welcher Strecke?«

»Hauptsächlich per Flugzeug. Manche an Bord von Linienflugzeugen, die von Arlanda nach Malmö fliegen, und dann geht's per Auto weiter. Andere benutzen kleinere Privatflugzeuge, damit sie dicht an ihrem Ziel auf einem kleinen Flugplatz landen können.« Der Baron fing an, rastlos im Raum herumzulaufen. »Dieser Hugo muß identifiziert und dann gejagt werden, Jules. Er ist der wirkliche Führer, und bis jetzt hat noch niemand sein Gesicht gesehen.«

»Aber wir haben von ihm gehört«, sagte Beaurain beruhigend. »Wann soll denn das Gipfeltreffen stattfinden?«

»Hugo – wer immer er ist – hat eine eigenartige Zeit ausgesucht. Wenn die Besucher erst mal an Bord der Kometa sind, werden sie eine kurze Fahrt unternehmen – sie findet statt zwischen zwanzig Uhr fünfzig und zwei Uhr dreiundvierzig am nächsten Morgen. Zufällig sind das zu dieser Jahreszeit genau die paar Stunden, in denen es dunkel ist.«

»Und Sie haben – noch nicht einmal entfernt – eine Ahnung, wer Hugo sein könnte?« drängte Beaurain.

De Graer warf in einer frustrierten Geste die Hände hoch. »Glauben Sie denn, ich habe mir diese Frage nicht schon tausendmal gestellt?«

»Wie lange kennen Sie diese Einzelheiten der Gipfelkonferenz schon?« fragte Beaurain.

»Vor weniger als einer Stunde kam über das Telefon eine Nachricht. Offensichtlich hat man uns mit Absicht erst in letzter Minute informiert – damit wir keine Zeit haben, um etwas zu unternehmen.«

»Wer hat angerufen – ein Mann oder eine Frau?«

»Ich bin ziemlich sicher, daß es die junge Frau war, die mich in Brüssel angerufen hat. Diejenige, die ich Madame nennen sollte.«

»Immer ist es eine Frau, eine junge Frau, die diese Telefonanrufe macht«, sagte Beaurain nachdenklich. Er schaute den Baron an. »Ich kann Ihnen nicht genug für die Information danken, die Sie mir geliefert haben. Darf ich annehmen, daß Sie unter keinen Umständen an diesem Treffen an Bord der Kometa teilnehmen werden?«

De Graer hörte auf, herumzugehen und packte Beaurains Arm. »Ich bin nur hergekommen, um zu sehen, ob ich helfen kann. Ich nehme jetzt den ersten Flug, der von Arlanda wieder nach Brüssel geht – aber erst, wenn ich in Arlanda bin, buche ich mein Ticket. Aus Vorsicht. Dann weiß niemand außer Ihnen, daß ich abreise.«

»Sehr klug. Seien Sie vorsichtig.« Beaurain schüttelte dem alten Krieger die Hand. »Louise und ich, wir fahren in Kürze nach Trelleborg. Das ist alles, was ich Ihnen sagen werde.«

Als Beaurain in dem prächtigen, mit rotem Leder und vergoldeten Spiegeln ausgestatteten Fahrstuhl des Hotels, der so gut in die Welt des Barons de Graer paßte, hinunterfuhr, dachte er über das nach, was der Bankier gesagt hatte. Wer, so fragte er sich, war Hugo wohl in Wirklichkeit?

Kapitel 19

Die kurze Zeit, die Beaurain vor der Abfahrt nach Trelleborg noch blieb, war vollgepackt mit Aktivitäten. Beaurain bereitete sich sehr sorgfältig auf den endgültigen Zusammenstoß zwischen Telescope und dem Stockholmer Syndikat vor.

Sein zeitweiliges Hauptquartier lag im Innern eines Wäscherei-Lieferwagens; es war ein mobiles Hauptquartier, das Palme in einer Garage in Stockholm in Reserve hielt. Ähnliche fahrbare Hauptquartiere in verschiedenen Fahrzeugen standen in jedem Land Westeuropas zur Verfügung. Das Innere des Wäschereiwagens war voll ausgerüstet mit einem starken Funkgerät, einer ausfahrbaren Antenne, Karten von jeder größeren Provinz in Schweden, Karten von der

Küstenregion und Dauerkonserven. Der Wagen war in einer Seitenstraße dicht am Grand Hotel geparkt.

Während Beaurain, der auf einem Klappsitz im hinteren Teil des Wagens saß, die Funksprüche las, die von der Firestorm gesendet worden waren, stand Louise neben ihm. Etwas früher war Palme mit seinem Saab zur Radmansgatan 490 gefahren. Beaurains Anweisungen waren einfach und direkt gewesen.

»Wenn die Wohnung leer ist, dann nehmen Sie sie auseinander. Ich weiß nicht, was wir suchen – etwas Ungewöhnliches, etwas, das irgendwie nicht in das Leben eines normalen schwedischen Mädchens aus der Mittelklasse paßt. Etwas, das Norling in diesem Apartment aufbewahrt.«

»Die Firestorm liegt vor Trelleborg«, bemerkte Louise.

»Bucky Buckminster tut genau das, was ich ihm aufgetragen habe – er hält das Schiff unter dem Horizont und läßt seinen Hubschrauber eine ganze Serie von Aufklärungsflügen machen.«

»Nun, sie haben sowohl das Linienschiff Silvia als auch das sowjetische Luftkissenboot Kometa gefunden.«

»Ja, und bedeutungsvoll ist, daß die Kometa ein paar Meilen weiter draußen auf See, südlich der Silvia, kreuzt. Die Motorboote, die die VIPs von Trelleborg zur Kometa befördern, können also von der Küste aus den Anschein erwecken, daß sie auf die Silvia zulaufen.«

»Wird der Zusammenstoß brutal werden?« fragte Louise ruhig.

»Ich erwarte einen sehr brutalen und blutigen Zusammenstoß, ohne Pardon auf beiden Seiten. Das Syndikat ist eine Organisation, hinter der Milliarden an Mitteln stehen, und Männer von enormem Einfluß sind darin verwickelt. Sie leben in einer ganz eigenen Welt, wo das einzige, was zählt, der maximale Profit ist. Schau dir mal die Schrecken des Massakers von Elsinore an – und das hat nur stattgefunden, damit ein einziger Mann – ein einziger! – uns mit seinen Informationen nicht erreichte. Glaub mir, nicht ein einziger Aspekt an dieser Sache gefällt mir.«

»Warum?« fragte Louise. Sie betrachtete Beaurain, während der sich eine Zigarette anzündete, ein paar Züge nahm und sie sofort wieder ausdrückte. Das war einer der Nachteile, wenn man in einem stehenden Lieferwagen ein Meeting abhielt.

»Ich glaube, Hugo ist übergeschnappt«, sagte ihr Beaurain.

»Du meinst . . .«

»Trotzdem hat Hugo noch immer sein erstklassiges Gehirn, das perfekt funktioniert. Davon bin ich überzeugt. Nur, Menschenleben zählen für ihn überhaupt nicht mehr.«

»Was wird passieren?«

Wie auf ein Stichwort klopfte es an einer der hinteren Türen. Das war Palmes Signal. Er war von der Wohnung in der Radmansgatan zurückgekehrt. Louise schaute durch das von innen durchsichtige Glas des Fensters in der Tür, öffnete den Riegel und ließ den Schweden hereinklettern. Er hielt einen blauen Stoffbeutel in der Hand.

»Etwas sehr Komisches«, waren seine ersten Worte.

»Was ist komisch?« fragte Beaurain.

»Dieser Beutel – er war an einem Ort versteckt, von dem Frauen immer glauben, daß dort niemand nachschaut«, sagte Palme lakonisch. »In einer Ecke oben auf dem Kleiderschrank, außer Sichtweite. Der Inhalt ist hochinteressant.«

Beaurain nahm den Beutel und wühlte darin herum. Zwei Gegenstände waren säuberlich in Plastikbeuteln darin untergebracht. Es waren amerikanische Pässe, und als Beaurain sie Louise zeigte, sah sie, daß die Fotos und die Beschreibung des Inhabers noch fehlten. »Der letzte Beweis – und das Geheimnis wird immer undurchdringlicher«, bemerkte Beaurain frustriert.

»Was du da sagst, ist sehr einleuchtend . . .«, begann Louise.

»Wir werden Harry Fondberg noch einen weiteren Besuch abstatten müssen. Auch Ed Cottel. Und dann fahren wir auf verschiedenen Wegen nach Trelleborg, mit verschiedenen Verkehrsmitteln. Per Linienflug, mit dem Auto – dieser Wäschereiwagen muß weiterhin als unser mobiles Hauptquartier dienen –, und ein paar von uns können direkt per Motorboot zur Firestorm fahren. Informieren Sie Jock, er soll die Fahrt nach Süden schnell organisieren«, sagte er Palme.

Im Büro Harry Fondbergs im Polizeihauptquartier benutzte Beaurain das Telefon, um sowohl Willy Flamen als auch Bodel Marker anzurufen. Fondberg und Louise saßen da und hörten den Gesprächen zu, während Fondberg beim Zuhören eine von seinen Zigarren rauchte und hin und wieder zustimmend nickte. Schließlich legte Beaurain nach dem letzten Gespräch den Hörer wieder hin.

»Sie werden alle sehr eng zusammenarbeiten müssen. Überall in ganz Westeuropa muß der Zeitplan stimmen«, warnte er Harry Fondberg vor. »Sie haben ja gehört, daß ich mit Willy ausgemacht habe, er soll sich mit Wiesbaden in Deutschland und mit Paris abstimmen. Bodel Marker setzt sich mit Amsterdam in Verbindung. Weiß Gott, in Holland haben sie ja genug Wasser.«

»Es wird die größte Massenverhaftung, die Europa je gesehen hat«, versprach Fondberg Beaurain. »Und sie wird überall zur gleichen Zeit stattfinden, sobald die nächsten Funksprüche durchkommen – Sie meinten ja, morgen um Mitternacht.«

Beaurain stand auf. »Und jetzt müssen Louise und ich uns auf den Weg machen.« Er zögerte, ehe er fortfuhr: »Wir haben eine Verabredung, bei der es um die amerikanische Verbindung geht.«

»Die amerikanische Verbindung?« Fondberg war verwirrt.

»Ja. Sie ist der Schlüssel zu dem ganzen üblen System.«

Das Rendezvous mit Ed Cottel fand spät abends an einem entlegenen Platz neben der E 3 statt, die nach Strängnäs führt. Beaurain hatte einen Platz an einer Seitenstraße ausgewählt, die zu einer stillgelegten alten Eisenerzgrube führte. Die Mine hieß Skottvangs Gruva, und der Treffpunkt lag tief in einem Fichtenwald, der die Straße zu beiden Seiten wie eine Mauer begrenzte.

Palme hatte diesen Ort vorgeschlagen. Er hatte ihn auf der Karte markiert, die man Cottel in sein Zimmer im Grand Hotel brachte. Als er sie bekam, hatte er kaum noch genug Zeit, um zu dem Treffen zu fahren. Die dramatische Atmosphäre, die sich um den Zeitpunkt des Treffens – um zehn Uhr abends – immer mehr zuspitzte, gehörte ebenfalls zu Beaurains Plan. Das erklärte er Louise, als sie die E 3 entlangfuhren. Palme saß schweigend auf dem Rücksitz des Mercedes, seine Maschinenpistole steckte in einer Hülle aus Ölhaut.

»Ich will Eds Nerven ein bißchen strapazieren«, sagte Beaurain zu Louise. »Ich will ihn aufregen, bis seine Nerven zum Zerreißen gespannt sind. Ich hoffe, er fällt dann um.«

»Ich dachte, er wäre dein Freund«, bemerkte Louise.

»Und wer hat die beste Möglichkeit, einen hinters Licht zu führen? Lies doch mal in den Geschichtsbüchern nach – es ist immer derjenige, der einem am nächsten steht. Julius Cäsar hätte es dir sagen können – bei dem war es Brutus.«

»Aber du kennst Cottel doch schon seit zig Jahren.«

»Vergiß nicht, daß uns das Haus fast ins Gesicht geflogen ist – und Ed Cottel hat sich gut außer Reichweite gehalten. Noch eins: Er zeigt immer wieder mit dem Finger auf Raschkin und lenkt von Washington ab. Es könnte sogar sein, daß Sholto in Stockholm ist, um herauszufinden, wer Ed in Wirklichkeit ist. Ich bin mir da nicht mehr so sicher – ich hoffe, ich weiß es nach diesem Treffen.«

Mit dieser geheimnisvollen Bemerkung verfiel Beaurain in Schweigen. Er bog von der Hauptstraße ab und lenkte auf eine waldgesäumte Straße, auf der überhaupt kein Verkehr herrschte. Louise fand den Weg in der Dämmerung unheimlich.

»Tut mir leid, daß ich in der Hotelhalle den blöden Fehler gemacht hab'«, sagte Palme vom Rücksitz.

Beaurain schüttelte abwehrend den Kopf. Palme hatte in seiner Hast, als er Cottel die Nachricht überbringen sollte, einen Block im Hotel benutzt, um eine kurze schriftliche Beschreibung der Route hinzukritzeln, damit die Karte besser verständlich war. Auf dem Weg zurück war er wieder hinunter in die Halle gerannt, um den Block zu retten, falls seine Schrift sich darauf durchgedrückt hatte. Aber der Block war verschwunden.

Der Mercedes fuhr nicht schneller als sechzig Stundenkilometer. Die Strahlen seiner Scheinwerfer bohrten sich durch die Palisade der Baumstämme. Palme beugte sich häufig nach vorn und schaute auf den Kilometerzähler, um die Entfernung festzustellen, die sie seit dem Abbiegen auf die Straße zur Eisengrube zurückgelegt hatten. Beaurain schaute auf die Uhr am Armaturenbrett, die einundzwanzig Uhr fünfzig zeigte. »Wir sind zehn Minuten zu früh dran – absichtlich«, bemerkte er. Louise gefiel die Atmosphäre nicht: Beaurain hatte ihr nicht gesagt, was passieren würde. Und jetzt waren nur noch drei Leute von Telescope in Stockholm.

Die Abreise nach Süden, zum Hafen von Trelleborg, hatte schon begonnen. Auf Befehl von Jock Henderson wurden alle Schützen aus der schwedischen Hauptstadt abgezogen und über verschiedene Strecken und mit verschiedenen Transportmitteln losgeschickt, um die Truppen zu verstärken, die schon an Bord der schnellen, schwerbewaffneten Jacht Firestorm waren.

»Setzen Sie mich hier ab, Jules.«

Palme sagte das, nachdem er sich wieder nach vorn gebeugt und zum letztenmal den Kilometerzähler überprüft hatte. Beaurain blendete ab, ließ noch ein paar Meter weiterrollen, schaltete dann die Scheinwerfer aus und hielt an.

»Keine Angst, Jules. Ich werde nah genug bei Ihnen sein«, flüsterte Palme, während er die Tür öffnete.

»Ich will mich gern auf Sie verlassen. Aber passen Sie auf, Stig. Sicher können wir nicht sein.«

Wessen können wir nicht sicher sein? Louise biß sich auf die Knöchel, damit sie aufhörte, sich immerfort weitere Fragen zu stellen. Sie saß starr aufgerichtet in der Dunkelheit, und die einzige Beleuchtung kam vom Armaturenbrett. Dann bemerkte sie noch etwas. Als Palme den Wagen verließ, schloß er die schwere Tür nicht wie gewöhnlich mit dem normalen heftigen Schlag. Er gab sich große Mühe, sie so leise wie möglich zuzumachen.

Dann rollten sie wieder. Beaurain schaltete die Scheinwerfer ein, und sie bogen um eine Kurve. Die Scheinwerferstrahlen beleuchteten eine neue Strecke der Straße, mitten im dichten Wald. Hier und da führten Feldwege durch die Mauer aus Bäumen, Wege für forstwirtschaftliche Fahrzeuge, nach den tiefen Spuren zu urteilen, die sich durch die feuchte Erde zogen. Sie waren hinter der Kurve erst eine ganz kleine Strecke gefahren, als zwei Scheinwerfer auftauchten und sie anstrahlten. Sie hielten drei Sekunden lang an – Beaurain überprüfte das auf seiner Armbanduhr – und dann verloschen sie.

Beaurain hielt den Wagen an. Louise spürte seine Spannung, obwohl sie keinen Körperkontakt hatten. Die Zwillingslichter blendeten noch zweimal auf – sie leuchteten drei Sekunden und wurden dann wieder ausgeschaltet. Soweit Louise das abschätzen konnte, parkte der Wagen, der auf- und abblendete, im rechten Winkel neben der Straße auf einem der Feldwege. Das Ganze war lächerlich und trotzdem unheimlich. In ihrer Nervosität kicherte Louise.

»Das ist wie am Checkpoint Charlie – weißt du, ein Austausch zwischen Ost und West.«

»Nur, diesmal ist es ein Austausch zwischen West und West.«

»Was soll das heißen, um Himmels willen?«

»Ein Gedankenaustausch. Das sollte Ed Cottel in seinem neuen Wagen sein.«

»Und wenn es Ed ist, ist dann alles Ordnung?«

»Wenn du meinst.«

Louise spürte, wie sie vor Wut zitterte. »Warum zum Teufel müssen wir uns mit ihm an diesem gottverlassenen Fleck treffen?«

»Das habe ich dir doch schon gesagt.«

»Um Ed unter Druck zu setzen? Das ist doch verrückt.«

»Es war seine Idee«, sagte Beaurain. »Wir sind hier auf seine Bitte – er wollte ein Treffen zwischen mir und ihm, außerhalb von Stockholm.«

»Ich bin nicht gern hier draußen. Ich hab' das Gefühl, irgend etwas ist unheimlich faul.«

»Etwas ist auch faul. Wir müssen versuchen, das herauszufinden. Vor allen Dingen müssen wir wissen, wer Hugo ist, und wer in Wirklichkeit das Stockholmer Syndikat leitet, ehe wir nach Trelleborg fahren.«

»Und dieses Signal – diese blinkenden Scheinwerfer.«

»Darauf haben wir uns geeinigt, als wir dieses Treffen ausmachten. Damit können wir uns angeblich identifizieren.«

»Angeblich?«

»Und jetzt, wo die Signale ausgetauscht worden sind, fahren wir direkt auf Cottels Wagen zu und halten dann an. Na, dann tun wir es mal.«

Beaurain, der während des Signalaustauschs den Motor im Leerlauf hatte weiterlaufen lassen, ließ die Bremse los und fuhr ganz langsam vorwärts. Der Mercedes bewegte sich kaum, als er von der Straße auf den elastischen Rasen am Rand des Waldes rollte. Als er sich dem stehenden Renault näherte, blieb das Fahrzeug dunkel und ohne Lebenszeichen.

Beaurain drehte langsam das Lenkrad und steuerte Louises Seite des Mercedes vom Renault weg. Er hielt an und flüsterte ihr ins Ohr, ehe er den Motor ausschaltete: »Mach die Tür auf, schlüpf raus und geh zurück auf die Straße. Mach die Tür nicht wieder zu, drück sie nur leicht an. Wenn du Schüsse hörst, geh in Deckung und warte, bis ich dich rufe.«

Alles in Louise wehrte sich gegen diesen Befehl. Sie haßte es, Beaurain allein zu lassen, aber ihre Ausbildung im Château Wardin setzte sich durch. Ohne ein Wort zu sagen, tat sie, was ihr aufgetragen worden war und benutzte den Mercedes als Deckung gegen den Renault, während sie durch den Wald zurück zur Straße schlich.

Als Beaurain allein war, nahm er seine Smith & Wesson aus dem Schulterhalfter, preßte sie an seine Seite und glitt leise aus dem Wagen.

»Ich habe eine Maschinenpistole auf Sie gerichtet! Lassen Sie die Pistole fallen, Hugo.«

Hugo!

Zweierlei schockierte Beaurain – der Name Hugo und die Tatsache, daß die Stimme hundertprozentig das rauhe Organ von Ed Cottel war. Der Amerikaner hatte außerdem eine starke Taschenlampe eingeschaltet, die Beaurain fast blendete – aber er konnte den Lauf der Maschinenpistole sehen. Beaurain schätzte, daß die Mündung ungefähr auf seinen Bauch zielte. Bei der Entfernung und mit dieser Waffe konnte auch der schlechteste Schütze auf der ganzen Welt ihn nicht verfehlen. Und Cottel hatte in Langley auf dem Schießplatz die Scharfschützenmedaille erworben. Beaurain ließ den Revolver fallen.

»Schon besser, Hugo. Und jetzt legen wir mal die Hände hoch an den Hinterkopf, nicht? Sehr gut.« Die Taschenlampe wurde gesenkt, und dadurch konnte Beaurain wieder nicht gut sehen. Aber der Amerikaner brauchte die Lampe auch gar nicht – nicht mit dieser tödlichen Waffe bei solch kurzer Entfernung.

Aber Beaurain konnte im Dunkeln ausgezeichnet sehen, und diese Fähigkeit kam jetzt wieder. Er konnte deutlich die Silhouette des Amerikaners ausmachen – und die Silhouette der Maschinenpistole, die nicht zitterte, sondern weiterhin genau auf ihn zielte. Er stellte noch eine Frage und sprach die Worte ganz klar aus, so daß sie durch die Dämmerung hallten, die jetzt auf den Wald herniedersank. Ein deutlicher Duft nach Fichte war in Beaurains Nase.

»Wer hat dich in die Irre geführt, Ed? Wer hat dich im großen Stil an der Nase herumgeführt? Ich hab' das Gefühl, als ob du wie eine Marionette manipuliert würdest.«

Ed Cottels rauhe Stimme wurde monoton, während er wie eine Litanei eine ganze Liste von Ereignissen herunterbetete. Sein Tonfall war herablassend und kühl.

»Sie waren zur gleichen Zeit in Brügge wie Dr. Otto Berlin, der Direktor des südlichen Abschnitts des Syndikats. Zufall? Sie waren in Kopenhagen, als Dr. Benny Horn, der Direktor des zentralen Abschnitts des Syndikats, auch zu einem seiner seltenen Besuche in dieser Stadt war. Zufall? Ganz zu schweigen von Ihrer Anwesenheit in Elsinore, als Gott weiß wie viele unschuldige Menschen an Bord dieser Fähre umgekommen sind, bloß damit einem einzigen Mann der Mund gestopft wurde.«

»Paß auf, Ed«, sagte Beaurain sehr ruhig, »ehe ich dir die Zähne einschlage.«

»Nein! Passen Sie auf, Sie Schwein! Ich komme in Stockholm an und versuche, diesen windigen Dr. Theodor Norling zu finden, aber er ist nirgendwo aufzutreiben. Dann kommt er an. Und, verdammt, wer kommt im gleichen Augenblick auch an? Der ehemalige Chief-Superintendent Jules Beaurain.«

»Wenn du jetzt noch mal Zufall sagst, dann trete ich dir die Kniescheibe ein«, sagte Beaurain dem Amerikaner. »Wer hat dir denn dieses Gift eingegeben?«

»Sehr schlau, Jules. Sie tun so, als ob Sie Hugos Spur verfolgen, und wer ist also der Letzte auf der ganzen Welt, den man für Hugo halten könnte? Sie selbst. Und jetzt serviere ich Sie in Washington auf einer silbernen Platte – es sei denn, ich muß auf diesen Abzug drücken.«

»Und das wäre ja auch ein sehr bequemes Ende für den ganzen komplizierten Fall – von deinem Standpunkt aus.«

»Was meinen Sie damit?« wollte Cottel wissen.

Beaurains Stimme wurde hart, als er seine Feststellungen machte. Der Amerikaner entdeckte eine subtile Veränderung in der Persönlichkeit des Belgiers. Er bemerkte, daß er sich auch körperlich veränderte: Beaurain hörte plötzlich auf, mit den Schultern zu wackeln, als ob er versuchte, seine Muskeln zu entkrampfen. Cottel reagierte sehr sensibel auf Änderungen in der Persönlichkeit, denn er hatte viele Jahre Erfahrung bei Verhören. Er versuchte noch immer, dahinterzukommen, was es war, als plötzlich der kalte, harte Rand aus Metall sich gegen die Basis seines Nackens preßte.

»Sie haben drei Sekunden, die Maschinenpistole fallen zu lassen. Andernfalls blase ich Ihnen den Kopf von den Schultern«, sagte Palme. »Mein Befehl lautet, sofort zu schießen, wenn Sie das Feuer auf Jules Beaurain eröffnen. Ich habe angefangen zu zählen.«

Die Schocktaktik war von Beaurain schon vorher ausgearbeitet worden. Sie beruhte auf seinen Kenntnissen von der Psyche des Amerikaners. Cottel war Realist und hatte schon vor langer Zeit gelernt, niemals alles auf eine Karte zu setzen, wenn es noch eine andere Möglichkeit gab. Dann hatte er eine Chance, zu leben und eines Tages wieder zu kämpfen. Cottel zögerte auch nicht. Er ließ die Maschinenpistole fallen.

»Gehn Sie zwei Schritte vorwärts«, befahl Palme.

Der Amerikaner gehorchte, und hinter ihm trat Palme schweigend auf die Seite, ehe er sich bückte, um die Waffe aufzuheben – falls Cottel nach hinten austrat und einen verwundbaren Fleck am Körper des Schweden suchte.

»Jetzt kriegen wir also endlich Hugo zu sehen«, sagte Beaurain. »Und wir haben Einblick in die amerikanische Verbindung.«

»Wovon zum Teufel redest du denn?« flammte Cottel.

»Halt das Maul, Ed, nur zehn Sekunden lang. Louise«, rief Beaurain, »komm mal her und hör dir diesen Blödsinn an.« Er wartete, bis sie da war. »Das ist Hugo«, stellte er ihr Cottel vor.

»Das soll Hugo sein?«

»Um seine Spuren zu verwischen, wollte er mich seinen Chefs in Washington anbieten – auf einer Silberplatte, so sagte er, glaube ich. Wer ist denn der große Mann in Washington, Ed? Derjenige, dem du wirklich Rede und Antwort stehen mußt? Mein Vorschlag wäre Joel Cody.«

»In den Staaten stehe ich keinem Rede und Antwort, und ich sage nicht mehr, als ich muß«, erwiderte Cottel ruhig. »Und wenn ich trotzdem etwas losschicke, dann sind es im Endeffekt nicht mehr als bedeutungslose Worte.«

»Warum?« hakte Beaurain nach.

»Du solltest das doch wissen – weil ich nicht weiß, wem ich trauen kann. Das Syndikat ist selbst auf die höchsten Ebenen vorgedrungen.«

»Jemand hat dir tatsächlich gesagt, ich wäre Hugo.« Beaurain war plötzlich davon überzeugt, daß der Amerikaner nicht log. Und dennoch mußte es eine amerikanische Verbindung geben. Er hatte ja Beweise. »Wer hat es dir gesagt?« wollte er wissen.

»Einer meiner Beobachter. Nein, seinen Namen kriegst du nicht. Sag deinem Schergen, er soll jetzt schießen, aber den Namen kriegst du trotzdem nicht.«

»Obwohl er gekauft worden ist?« fragte Beaurain leise. »Gekauft, um die existierenden Fakten so zu verdrehen, wie das nur Hugo gekonnt hätte, damit alles ganz anders aussieht, als es ist? Hast du einen Sender in dem Renault? Ja? Dann ruf doch mal den Kontaktmann an, der mit dem Finger auf mich gezeigt hat.«

»Warum?« fragte Cottel.

»Weil du feststellen wirst, daß er nicht mehr zu Verfügung steht. Jetzt wird er schon tot sein. Er hat seinem Zweck gedient, und wenn ein Mann Hugos Zweck gedient hat, dann wird er eliminiert. Los, Ed, geh doch in deinen Wagen und benutz dein Funkgerät. Ruf deinen Kontaktmann an. Sollte der jetzt erreichbar sein?«

»Rund um die Uhr.« Die Stimme des Amerikaners klang zweifelnd. »Jeder einzelne von meinen Beobachtern hält sich jetzt rund um die Uhr zur Verfügung. Ich hatte erwartet, ich könnte die ganze Geschichte innerhalb der nächsten vierundzwanzig Stunden aufklären.«

»Und mit mir wolltest du anfangen? Du bist genarrt worden, Ed! Genarrt!«

»Gib mir ein paar Minuten. Und sorg dafür, daß dein Mann mich nach anderen Waffen absucht.« Er wartete, während Palme der Aufforderung nachkam. »Er kann mit der Maschinenpistole auf mich zielen.«

Cottel wartete auf keine Antwort. Er glitt hinter das Lenkrad seines Wagens und fummelte im Dunkel herum. Er setzte den Kopfhörer auf und griff nach dem Mikrofon. Beaurain schien es, als ob die Unterhaltung sehr einseitig wäre. Schon zwei Minuten später kletterte der Amerikaner langsam aus dem Wagen und akzeptierte die Zigarette, die Beaurain ihm anbot.

»Es gibt etwas, das du wissen solltest, Jules«, sagte er dumpf. »Und es gibt auch eine amerikanische Verbindung. Der blöde Ed Cottel ist ausgewählt worden, nach Europa zu fahren, weil Washington glaubte, er wäre eher daran interessiert, die Gruppe Telescope aufzuspüren. Nachforschungen zu machen, ich zitiere, ob das Stockholmer Syndikat existiert, Ende des Zitats, das sollte nur so an der Seite laufen. Ich glaube, Washington hat herausgefunden, daß ich all meine Quellen und all meine Leute darauf konzentriert habe, das Syndikat zu finden. Es ist für mich immer schwieriger geworden, mit zu Hause Kontakt aufzunehmen.«

»Du hast eben versucht, den Kontaktmann anzurufen, der gesagt hat, ich wäre Hugo. Der dich davon überzeugt hat, ich wäre Hugo. Hast du eine Antwort bekommen?«

»Überhaupt keine. Und der Mann sollte doch auf einen Funkspruch von mir warten. Er sollte die ganze Nacht aufbleiben, falls notwendig.«

»Wahrscheinlich schwimmt er jetzt den Riddarfjärden hinunter. Siehst du, Ed, er hat ja seinem Zweck gedient. Also hat sich Hugo seiner entledigt. Und du solltest jetzt deinem Zweck eigentlich auch gedient haben . . .«

»Und der wäre?«

»Du hättest mich als Hugo erschießen sollen. Dann hättest du dich hinsetzen und einen höchst vertraulichen Report für Washington schreiben sollen. Das Ende aller Gerüchte über ein Stockholmer Syndikat, das Ende aller Spekulationen in der amerikanischen Presse über diejenigen, die das Syndikat finanziert haben, und das Ende eines eventuellen Skandals, der vielleicht auftritt und durch den der Präsident die kommende Wahl verlieren könnte.«

»Ich glaube, ich habe den größten Teil davon falsch verstanden.« Ed schaute Louise an, während er diese Bemerkung machte. »Ich bin reingelegt worden, glatt und säuberlich. Jules, hast du irgendwelche Informationen über die Finanzierung des Syndikats?«

»Einer der größten Teilhaber ist Leo Gehn, Verwaltungsratsmitglied des I.T.E.-Konzerns. Leo Gehn trägt auch großzügig zu den Finanzen der Wahlkampagne für den Präsidenten bei. Stell dir doch bloß mal vor, wenn diese beiden Fakten in den Schlagzeilen erscheinen.«

»Du glaubst, die Geschichte geht bis ins Weiße Haus?« fragte Cottel knapp.

»Harvey Sholto ist vor ein paar Tagen direkt von Washington in Stockholm angekommen«, warf ihm Beaurain ins Gesicht. »Joel Cody hat den SÄPO-Chef angerufen. Er hat ihn von Sholtos bevorstehendem Besuch informiert – aber er sagte ihm nicht, daß Sholto schon in der Stadt war. Glücklicherweise haben Fondbergs Männer ihn in Arlanda ankommen sehen. Aber sie sind ihm nicht gefolgt. Warum sollten sie auch? Und Sholto ist noch nicht aufgetaucht. Kein Kontakt mit Fondberg oder irgendeinem anderen. Er ist nur gelandet.«

»Sholto! Herrgott!«

»Und«, drängte Beaurain weiter, »weder Cody noch jemand anders hat berichtet, daß du nach Stockholm kämst.«

»Nicht?« Pure Ungläubigkeit lag in Cottels Stimme. »Ich hab' mich zurückgehalten, damit ich besser arbeiten konnte, aber ich habe doch angenommen, die SÄPO-Leute wüßten, daß ich in der Stadt bin. Das gefällt mir nicht, Jules. Wer ist der nächste?«

»Du.« Beaurain hob die Achtunddreißiger Smith & Wesson, die er vom Boden aufgehoben hatte, und feuerte.

Ein Stück weiter die Straße entlang, in Richtung der alten Eisenmine in Skottvangs Gruva, saß ein großer Mann mit einem breitrandigen Strohhut und einer übergroßen Sonnenbrille hinter dem Lenkrad seines gemieteten Audi. Er war nicht in der Lage gewesen, näher heranzufahren, weil man ihn sonst hätte sehen können. Er hörte deutlich drei Schüsse.

Er wartete zwanzig Minuten. Schon früher am Tag hatte er hinter einer Säule in der Empfangshalle des Grand Hotel einen Beobachtungsposten bezogen. Er hatte den schwedischen Bauern gesehen, der einen Kopf wie eine Melone hatte und auf einen Notizblock schrieb. Sobald der Mann im Aufzug verschwunden war, hatte er sich den Block gegriffen und war gegangen. Als er wieder im Hotel Reisen war, hatte er durch vorsichtiges Reiben mit einem Bleistift auf der nächsten Seite des Blocks die Schrift wieder zum Vorschein gebracht. Er konnte deutlich die Worte Skottvangs Gruva lesen. Ja, der Plan hatte funktioniert. Cottels Beobachter in Bromma war gekauft worden, die Information war an Sholto weitergegangen, und der hatte den Mann angewiesen, die falschen Informationen an Cottel weiterzugeben. Cottel sollte glauben, daß Beaurain Hugo war.

Nach zwanzig Minuten fuhr der große Mann in Richtung Mine weiter. Sobald es ging, würde er in einer großen Schleife wieder zurück auf die E 3 fahren. Sholto war ein vorsichtiger Mann. Er hatte nicht den Wunsch, irgendwelchen Überlebenden aus der Schießerei im Walde zu begegnen. Er war jetzt auf dem Weg nach Stockholm – und dann würde er nach Trelleborg weiterfahren.

Kapitel 20

Am folgenden Morgen kam es in den Nachrichten. Das Geheimnis lag in der Identität und – genauer – im Beruf der beiden Ausländer, die einander erschossen hatten. Jules Beaurain hatte den ersten Schuß aus einer Achtunddreißiger Smith & Wesson abgegeben. So lautete die Theorie. Er war Belgier und hatte einmal zur Brüsseler Polizei gehört. Dort war er bis zum Rang eines Chief-Superintendenten aufgestiegen. Diese Einzelheit allein reichte aus, um dem Geschehnis in den Augen der Nachrichtenredakteure großes Gewicht zu geben.

Der Amerikaner, ein Tourist in Stockholm, der als Edward Cottel identifiziert worden war, hatte einen Schuß aus einer Siebenfünfundsechziger Walther-Pistole auf Beaurain abgegeben, und seltsam genug war seine Waffe vom gleichen Typ, den auch die Polizei benutzte. Es war noch eine zweite Kugel aus der Smith & Wesson in Cottels Leiche gefunden worden. Wahrscheinlich hatte Jules Beaurain die Leiche in einem gemieteten Renault von der Szene der Schießerei wegtransportiert.

Makabrerweise war die Leiche des Amerikaners auf dem Boden eines tiefen Loches dicht bei der Mine gefunden worden. Ein Drahtzaun, der normalerweise Besucher davor schützte, in das Loch zu fallen, war flachgedrückt worden, und man nahm an, das war zu dem Zeitpunkt passiert, als Beaurain die Leiche aus dem Wagen gezerrt und in die Grube geworfen hatte.

Die Leiche des Belgiers war in kurzer Entfernung vor dem Loch gefunden worden, er war zusammengebrochen, als er versuchte, den Renault zu erreichen. Ende der Geschichte. Der Kriminalpolizist, den man befragt hatte, war in diesem letzten Punkt sehr fest geblieben. »Die Untersuchungen laufen noch . . . Im Augenblick gibt es keine weiteren Informationen.«

Harvey Sholto, der auf dem Weg zum Flughafen Bromma war, ging in eine Telefonzelle und wählte die Nummer in Trelleborg. Er identifizierte sich, sobald die wohlbekannte Stimme zu hören war. »Hat funktioniert«, sagte er und konnte kaum seine Befriedigung darüber verbergen. »Haben Sie die Nachrichten gelesen?«

»Mehrmals. Ein klassischer Fall der Spiegeltechnik. Man zeigt einem Mann, was er sehen will, und dann reagiert er ganz logisch darauf.«

»Nur, diesmal ist keine Logik drin.«

»Aber ist es denn jemals logisch gewesen, seit wir angefangen haben?« fragte die Stimme. »Ich seh' Sie in Trelleborg. Die See ist sehr ruhig und angenehm.«

Sie sahen zu, als sie am Flugfeld außerhalb von Trelleborg landeten. Sie benutzten den Lieferwagen der Wäscherei, der das zeitweilige mobile Hauptquartier der Gruppe Telescope in Stockholm gewesen war. Der Wagen war hinter einer Baumgruppe verborgen. Sie notierten auf einem Block die Namen einiger der mächtigsten und reichsten Gestalten der westlichen Welt.

»Das ist Leo Gehn«, sagte Palme und starrte vom Vordersitz durch seinen Feldstecher. »Er ist Verwaltungsratsmitglied der . . .«

»International Telecommunications and Electronics Corporation – kurz I.T.E.«, sagte Albert knapp, während er die Details niederschrieb – Namen, Ankunftszeit, Flugzeugtyp und ob Leibwachen die Neuankömmlinge begleiteten.

»Er hat jemanden als Passagier mitgebracht – Luigo Conte d'Arlezzo, den Ehemann der Frau, die im Grand Hotel aufgehängt worden ist.«

»Sieht er sehr traurig aus?« fragte Albert.

»Er sieht entspannt und erleichtert aus, das Schwein. Ich schätze, jetzt, wo seine Frau bequemerweise aus dem Weg ist, spielt er mit dem Gedanken, sein eigenes Banken-Empire aufzuziehen. Daher auch der ungewohnte Anblick, daß Gehn sich für jemanden interessiert, den er normalerweise noch nicht mal begrüßen würde – ich wette, Gehn legt es darauf an, sich diese Banken unter den Nagel zu reißen.«

»Sieh dir den mal an, der gerade ganz allein mit einer Cessna angekommen ist«, sagte Palme. »Komisch. Er ist auf einem ganz anderen Teil des Flugplatzes gelandet, als ob er gar nicht zur großen Gruppe gehört. Dr. Henri Goldschmidt aus Brügge.«

Ein Wagen wartete für den Münzenhändler. Erst später erfuhren sie, daß Goldschmidt direkt zu seinem Hotel gefahren worden war. Er war in Trelleborg geblieben, nachdem er in der Hafengegend herumgeschlendert war, als ob es ihn interessierte, zu sehen, wer an der Konferenz teilnahm. Er blieb noch nicht einmal über Nacht im Hotel. Sehr spät am Abend flog er weiter nach Kopenhagen.

Und am Hafen in Trelleborg überprüfte ein weiteres Team der Gruppe Telescope gleichermaßen die Passagiere, die in einem nicht abreißenden Strom von Limousinen vom Flughafen dort ankamen. Das Zweimannteam, das in einem Peugeot mit Sender saß und das direkt mit Henderson in Verbindung stand, stellte eine eigene Liste zusammen, während die Passagiere in wartende Motorboote umstiegen und sofort aufs Meer hinausfuhren.

Henderson, der heute von seinem zweiten Besuch auf der Firestorm zurückkehrte, nahm ein Taxi und ließ sich hundert Meter vor dem Savoy Hotel absetzen. Er bezahlte den Fahrer, wartete, bis er sicher war, daß niemand ihm folgte, und ging den Rest des Weges zum Hotel zu Fuß. Zimmer zwölf war sein Ziel. Er sprach kurz mit dem Portier, der Zimmer zwölf anrief und Henderson dann sagte, M. Chavet würde sich freuen, wenn er sofort heraufkäme. Der Schotte nahm nicht den Fahrstuhl, sondern rannte die Treppe hinauf. Er blieb vor Zimmer zwölf stehen und klopfte dann in unregelmäßiger Trommelfolge an die Tür. Die Tür öffnete sich fast sofort.

»Kommen Sie rein, Jock«, sagte Beaurain. »Louise und ich haben uns schon gedacht, Sie würden uns die Nachricht bald bringen.«

»Und das hier ist Ed Cottel«, sagte Beaurain zu Henderson. Er stellte den Amerikaner vor. »Offiziell wohnt er in Zimmer vierzehn, unter dem Namen Waldo Kramer. Vor ihm können Sie frei reden.«

Das Trio – Beaurain, Louise und Cottel – hörte konzentriert und schweigend zu, während Henderson über die intensiven Aktivitäten auf dem Flugplatz und am Hafen berichtete. Er reichte Beaurain eine Liste der Namen aller Leute, die zur Gipfelkonferenz des Syndikats angekommen waren. Cottel schaute über Beaurains Schulter. Er überflog die Liste und pfiff durch die Zähne.

»Allmächtiger! Es sind Leute dabei, bei denen ich geschworen hätte, sie wären über jeden Verdacht erhaben.«

»Das macht das Syndikat ja so gefährlich«, murmelte Beaurain.

Es waren zwei Listen – die eine von Stig und Albert und die zweite von den beiden Männern, die am Hafen saßen und zusahen, wie die VIPs aus ihren Limousinen in die Motorboote stiegen.

Die zweite Liste studierte Beaurain mit gerunzelter Stirn; bei den Leuten, die die Beobachter nicht hatten identifizieren können – und das waren nur ganz wenige –, hatten sie die Unbekannten kurz beschrieben. Eine Beschreibung lautete: »Zwei Männer. Einer wie ein Amerikaner gekleidet, mit Strohhut. Sein Begleiter trägt eine Aktentasche.« Beaurain unterstrich diesen Satz mit dem Daumennagel und zeigte Henderson dann das Blatt.

»Das muß Günther Baum mit seinem Komplizen sein. Demjenigen, der immer die Null-acht in der Aktentasche trägt, bis Baum sie braucht.«

»Günther Baum?« Ed Cottel war interessiert. »Er hat den Ruf, einer der profihaftesten Mörder der ganzen Welt zu sein. Er kommt aus Ostdeutschland, aber nach unseren Informationen hat er mit dem kommunistischen Regime nichts zu tun. Er gehört nicht zu den Leuten, mit denen man angeben kann.«

»Er ist auf der Kometa für die Sicherheit verantwortlich. Davon bin ich überzeugt.« Beaurain schaute Henderson an. »Wenn Sie auf dem Luftkissenboot zuschlagen, dann unterschätzen Sie Baum nicht.«

»Was werden wir jetzt tun, wo wir wissen, wo sie sich treffen?«

Henderson schaute Beaurain an. Er öffnete eine Schublade zu seiner Kommode, nahm eine Schiffskarte heraus und rollte sie auf dem Doppelbett aus, während Louise das andere Ende festhielt. »Dies haben wir von einem polnischen Mitglied aus der Mannschaft der Kometa bekommen, einem Mann, der Hilfe braucht. Er will seine Frau aus Ostdeutschland rausholen. Sie wissen ja, Captain Buckminster hat mehrere Tage lang vor Trelleborg gelegen. Während dieser Zeit sind viele Schützen in der Verkleidung von Touristen an Land gegangen und haben sich die Kneipen am Hafen mal angesehen. So haben wir den Polen gefunden. Er ist genau der richtige Mann, den wir brauchen. Er kann heimlich für uns an Bord des Schiffes arbeiten – er ist verantwortlich für den Radar. Ich gebe Ihnen noch nicht einmal seinen Namen, Ed.«

»Meine Frage lautet: ›Was werden wir tun?‹«, wiederholte Cottel.

»Sie vernichten.«

»Einfach so?«

»Ja – mit Hilfe dieser Karte, die deutlich den Kurs zeigt, den die Kometa während der vier dunklen Stunden nehmen wird, wenn die Konferenz tatsächlich stattfindet.« Cottel stand jetzt neben dem Belgier und studierte die Karte. Beaurains Zeigefinger fuhr den Kurs entlang, eine gepunktete Linie, die auf die Karte gezeichnet war.

Sie trafen Harry Fondberg bei einem abgesprochenen Treffpunkt in den Außenbezirken von Trelleborg. Beaurain saß hinter dem Lenkrad des Mercedes, als er den SÄPO-Chef bei einer Kurve auf der Landstraße abholte. Fondbergs Fahrzeug war nirgends zu sehen. Der einzige, der noch im Wagen saß, war Louise. Sie zog auf den Rücksitz um. Fondberg ließ sich neben Beaurain auf dem Beifahrersitz nieder, und der Mercedes zog ab. Sie fuhren von Trelleborg weg.

»Leute vom ostdeutschen Staatssicherheitsdienst sind gestern und heute mit der Fähre von Saßnitz hier angekommen«, sagte der Schwede Beaurain. »Das Ganze hat fast die Proportionen einer Invasion angenommen. Ein paar bleiben noch in der Stadt und geben sich alle Mühe, wie Touristen auszusehen, aber man erkennt sie schon von weitem.«

»Warum?« fragte Louise.

»Sie sehen ja, das Wetter. Tagsüber haben wir diese tolle Hitzewelle, und um zehn Uhr abends ist es immer noch warm. Und diese Idioten aus Saßnitz laufen alle mit kurzen Lederjacken und Filzhüten herum! Meine Männer sagen mir, sie müssen sich furchtbar zusammenreißen, damit sie nicht laut lachen, wenn sie diese Kerle sehen. Aber der größte Teil von ihnen ist schon per Motorboot weggefahren, wahrscheinlich zur Kometa – sie sollen dort für Sicherheit sorgen.«

»Unter dem Kommando von Günther Baum«, informierte ihn Beaurain.

»Dieser wahnsinnige Killer? Was soll denn das alles heißen? Der gehört doch gar nicht zum Staatssicherheitsdienst.«

»Spannend, nicht? Ich glaube, Hugo hat wieder seinen Zauberstab geschwungen. Und Sie haben das ganz großartig gemacht mit dem ›Doppelmord‹ gestern nacht draußen bei der alten Eisenmine. Hugo muß jetzt einfach ein bißchen allzu zuversichtlich werden, wo er glaubt, daß Ed und ich tot sind.«

»Nur solange die Medien nie die Wahrheit herauskriegen«, sagte Fondberg brütend. »Sie würden dich ans Kreuz schlagen dafür. Wenn Sie heute nacht von der Firestorm aus einen Generalangriff auf die Kometa starten – und offiziell habe ich von beiden Schiffen noch nie etwas gehört –, warum ist es dann so wichtig, daß Sie ›tot‹ sind? Um Hugo unvorsichtig zu machen – das sehe ich ja ein, aber . . .«

»Um ihn total aus dem Gleichgewicht zu bringen, wenn ich ihm von Angesicht zu Angesicht gegenüberstehe«, meinte Beaurain grimmig. »Und es könnte gut sein, daß das heute nacht nicht der Fall sein wird. Ich hab' so eine komische Ahnung. Hugo könnte ja eine Party geben und selbst gar nicht anwesend sein, obwohl er angeblich der Gastgeber ist.«

»Nein, das seh' ich nicht ein«, sagte Fondberg. »Ich seh' es überhaupt nicht ein. Sie würden vielleicht gern wissen, daß ich im Augenblick in Göteborg bin – und ich habe sogar Zeugen, die das beweisen können.«

An diesem Juniabend, an dem Beaurain seinen Angriff auf das Stockholmer Syndikat starten wollte, war der Sonnenuntergang um genau zwanzig Uhr fünfzig. Über der Ostsee wurde es dunkel, und die Nacht verbarg die Anwesenheit des Motorschiffs Firestorm. Gegen alle internationalen Regeln fuhr Kapitän »Bucky« Buckminster keine Navigationslichter. Wenn ein Schiff sich ihm auf Kollisionskurs näherte, dann würden ihn die Radarschirme schon früh genug warnen. In der Hauptkabine ging Beaurain noch einmal mit dem Kapitän die einzelnen Punkte des Angriffsplans durch.

»Ich nehme an, daß jetzt jeder die komplexe Täuschungsaktion versteht, die wir vorhaben?«

Zwanzig Schützen in Taucheranzügen und mit Preßluftflaschen auf dem Rücken, bewaffnet mit verschiedenen Schußwaffen und Sprengstoffen, starrten Beaurain an und sagten nichts. Beaurain spürte, sie waren angespannt, und das war auch unvermeidlich, wenn eine größere Aktion bevorstand.

»Ich kann Ihnen jetzt sagen, daß wir an Bord der Kometa einen Verbündeten haben.« Beaurain wandte sich den Rißzeichnungen zu, die die verschiedenen Decks des sowjetischen Schiffes zeigten. »Es ist diesem Verbündeten zu verdanken, daß wir dieses Diagramm besitzen. Dadurch sollte unser Angriff eigentlich ein Erfolg werden.«

»Helfen wir dem armen Kerl denn nicht«, murmelte Albert rebellisch. »Wenn er an Bord zurückgelassen wird, dann bringen sie ihn doch . . .«

»Darauf komme ich noch.« Beaurain tippte mit dem hölzernen Zeigestock auf eine ganz bestimmte Kabine. »Dort werden Sie ihn finden. Er sitzt vor seinem Apparat. Er ist Pole – der Mann, der den Radar bedient. Sein Name ist Peter Sobieski; er spricht Englisch, und das Codewort, das er Ihnen gegenüber zur Identifikation wiederholen wird, ist: Waterloo, Waterloo.«

»Paßt verdammt gut«, bemerkte Albert. »Wenn man bedenkt, daß wir den ganzen Scheißverein mit einem Schlag auslöschen wollen.«

»Vergessen wir nicht, daß Wellington hinterher sagte, es sei ’ne verdammt knappe Sache gewesen – und ich komme aus Belgien. So, hat jemand noch Fragen?«

»Sobieskis Radar ist das einzige, was uns verraten könnte«, bemerkte Palme. »Er wird uns kommen sehen.«

»Dann freuen Sie sich wie verrückt darüber, daß wir einen Verbündeten haben, der als einziger die Radarschirme überprüft. Die nächste Frage.«

Es war wichtig, den Leuten die Spannung soweit wie möglich zu nehmen. Dennoch durften keine Gefühle der Sicherheit oder Selbstzufriedenheit aufkommen. Eine schwierige Kombination. Beaurain erledigte das Problem mit der Selbstzufriedenheit sofort.

»Obwohl Sobieski diese Radarschirme beobachtet, vergessen Sie nicht, daß der Gegner – wie würden Sie sagen, Henderson?«

»Übermächtig ist!« Jock Henderson stand schnell auf sein Stichwort auf, schwang herum und sprach die versammelten Männer an. »Sobieski nimmt an, daß die Konferenz von dreißig schwerbewaffneten Männern des Staatssicherheitsdienstes bewacht werden wird. Sie kommen aus einer Spezialeinheit in Ostdeutschland. Aus irgendeinem Grund spricht keiner von ihnen auch nur ein einziges Wort Englisch.«

»Ich nehme an«, warf Beaurain ein, »das ist so geplant, damit sie kein Wort auf der Konferenz verstehen. Denn die wird offensichtlich auf englisch geführt werden. Leo Gehn, der Boß der I.T.E. zum Beispiel, spricht keine andere Sprache außer Amerikanisch.«

»Komisch«, warf Ed Cottel ein, der neben Louise saß. »Ich hatte immer gedacht, Englisch und Amerikanisch wären das gleiche.«

»Wir machen uns alle unsere Illusionen«, zirpte der unverbesserliche Albert dazwischen.

Überlautes Gelächter brach aus. Wenigstens erleichterte das die Atmosphäre ein bißchen, dachte Beaurain. Er nickte Henderson zu, damit er fortfuhr.

»Diese Leute vom Staatssicherheitsdienst sind gut ausgebildet. Viele hat man schon vorgewarnt, daß sie Störungen erwarten können. Und Sobieski hat wiederum uns gewarnt, daß die Sicherheitsleute mit Perkussionsgranaten bewaffnet sind, die über die Seite geworfen werden.«

Die Leute stöhnten. Das war nur halb gespielt, und Beaurain bemerkte, daß alle Selbstzufriedenheit schnell verschwand. In der ersten Reihe zuckte Palme die Achseln, aber er sagte nichts. Er war einer der besten Kämpfer im Raum.

»Sie sind außerdem mit automatischen Gewehren bewaffnet«, fuhr Henderson fort. »Wir erwarten, daß sie an Deck patrouillieren – aber der Sinn der Übung ist es, das Schiff unter Kontrolle zu kriegen, ohne daß bis zum letztmöglichen Moment irgendwelche Geräusche gemacht werden.«

»Messer im Dunkeln, und solche Sachen«, sagte Albert lakonisch. Er streckte die Hand hoch. Seine Handkante war steif und gerade, bereit für einen tödlichen Schlag.

»Auf unserer Seite«, sagte Henderson energisch, »haben wir die komplexe, verwirrende Ablenkungstaktik, die Jules Beaurain ausgearbeitet hat. Mit ein bißchen Glück weiß der Mann, der die Kometa verteidigen soll, überhaupt nicht, was da eigentlich vorgeht, bis es zu spät ist.«

Ein Mannschaftsmitglied kam leise in den Raum. Der Matrose ging zu Beaurain und reichte ihm eine Nachricht. Beaurain schaute sie an und gab sie an Henderson weiter. Der warf einen Blick auf die paar Worte und stand wieder auf.

»Meine Herren! Die Kometa hat sich auf den vorbezeichneten Kurs nach Osten in Bewegung gesetzt. Damit beginnt unser Plan – Phase für Phase, wie abgesprochen.«

Kapitel 21

»Die Regula zu Wasser lassen.«

Das war Beaurains erster Befehl gewesen, es war die Eröffnungsphase. Das große Boot, das unter dänischer Flagge fuhr, war über Bord gehievt und zu Wasser gelassen worden. Die Maschinen des Bootes – viel stärker, als man bei einem solchen Boot erwarten würde – wurden angelassen, und das Fahrzeug verschwand in der Ferne. Es hielt auf die Kometa zu mit einer Geschwindigkeit und auf einem Kurs, der es bald an die Backbordseite des sowjetischen Luftkissenbootes heranbringen würde. Es war kein Zufall, daß die Regula in Größe, Farbe und Form einem dänischen Schiff der Küstenwacht auffällig glich.

»Smithy zu Wasser.«

Beaurain hatte diesen Befehl erteilt, als auf dem Radarschirm der Firestorm deutlich wurde, daß das »Küstenwachschiff« Regula in Kürze die Kometa überholen würde. Das Wasserflugzeug wurde aus dem gleichen riesigen Laderaum herausgehievt, in dem auch die Regula gelegen hatte. Es wurde mit der Winde hochgehievt und sanft auf das ruhige, schwarze Wasser der Ostsee niedergelassen. Von der Brücke beobachtete Beaurain das Manöver mit dem Feldstecher. Smithy startete und würde präzise zwischen dem Heck der Kometa und dem Bug der Firestorm hindurchfliegen. Beaurain hatte den ganzen Plan auf der Rückseite eines alten Briefumschlags ausgearbeitet. Er gab jetzt den dritten Befehl.

»Anderson los.«

Captain Buckminster gab seinen eigenen Befehl, er ließ die Firestorm langsamer laufen, während Anderson, der Pilot des riesigen Sikorsky-Hubschraubers, achtern hinter der Brücke vom Hubschrauberlandeplatz startete. Neben ihm saß sein Kopilot, ein Franzose aus Reims, Pierre Cartier. Cartier war einunddreißig, schlank, leicht gebaut. Er hatte einen Schnurrbart, der wie mit dem Bleistift gezogen aussah. Auf den Knien hielt er liebevoll eine Maschinenpistole, während der Hubschrauber senkrecht aufstieg und dann auf östlichem Kurs weiterflog. Wie Smithy in seinem Wasserflugzeug, so hielt auch der Sikorsky auf das Heck der Kometa zu.

»Glauben Sie, ich krieg' ne Chance, meine Waffe zu benutzen?« fragte Cartier.

»Sei nicht so blutdurstig«, erwiderte Anderson, dessen Blick auf den Kontrollinstrumenten haftete. »Die ist nur für Notfälle.«

»Dann muß ich auf Notfälle hoffen!«

Auf der Brücke des Motorschiffs beobachtete Captain Buckminster seinen Radarschirm, während Beaurain mit ein paar Schritten zu dem riesigen Brückenfenster hinüberging und hinaus in die Nacht spähte. Sie hatten, sobald Anderson gestartet war, Geschwindigkeit aufgenommen, und er konnte jetzt eben die Lichter des sowjetischen Luftkissenbootes sehen.

»Glauben Sie, daß alles gutgeht?« fragte Buckminster.

»Wenn ich das Kommando über die Kometa hätte, dann wüßte ich in den nächsten fünfzehn Minuten nicht, wo mir der Kopf stände. Und wir brauchen nur ungefähr zehn Minuten, bis Henderson mit seiner Unterwassermannschaft auf die Kometa auftrifft.«

»Lieber Gott! Wir wollen hoffen, daß das Schiff nicht loslegt und sich auf den Flossen aus dem Wasser hebt. Wenn das der Fall wäre, dann würde Henderson nie an Bord kommen.«

»Deshalb geht es bei Phase eins ja auch um ein überzeugend aussehendes dänisches Schiff der Küstenwacht«, erwiderte Beaurain.

Kapitän Andrej Liwanow fluchte leise, als Viktor Raschkin auftauchte. Der letztere trug einen dunkelblauen Blazer, der mit Goldknöpfen verziert war, und hellgraue Hosen. Sein Schritt war elastisch, sein Benehmen energisch. Mit seinen ersten Worten gab er gleich jedem das Gefühl, daß er hier die oberste Autorität war.

»Unsere Gäste sitzen jetzt gemütlich im Speisesaal, unser Treffen kann also anfangen. Bitte laufen Sie bei Höchstgeschwindigkeit wie geplant auf Kurs rund um Bornholm. Sorgen Sie dafür, daß dieses Ding auf die Skier geht, oder wie immer man die Dinger nennt.«

»Tragflügel.«

Liwanow, ein schmalgesichtiger Mann von fünfzig Jahren, der es haßte, so viele Deutsche an Bord zu haben, starrte backbord nach draußen. Dort machte sein Erster Offizier, Glasow, Notizen auf einem Block. Raschkin schaute in die gleiche Richtung, und dann blieb sein Blick auf dem haften, was er in der Ferne sah. Es waren die Lichter eines anderen Schiffes, das Blitzen einer Signallampe. »Was, zum Teufel, ist denn das?« wollte er wissen.

»Dänisches Schiff der Küstenwacht«, erwiderte Liwanow und sagte so wenige Worte wie möglich. Nur so konnte er seinen starken Widerwillen ausdrücken, ohne sich in Gefahr zu bringen.

»Signalisieren Sie, es soll wegfahren.«

»Man kann einem Schiff der Küstenwacht nicht einfach sagen, es soll wegfahren.«

»Wieso denn ein dänisches?« schnarrte Raschkin verärgert.

»Weil die Insel Bornholm, der wir uns nähern, zufällig zu Dänemark gehört. Wie lautet der Spruch, Glasow?«

»Wir sollen beidrehen und uns identifizieren.«

Ohne sich um Raschkin zu kümmern, gab der Kapitän den Befehl weiter, und Raschkin begriff erst, was passierte, als er spürte, daß das Schiff langsamer fuhr. Der Boden unter seinen Füßen vibrierte nicht mehr, und es wurde ihm klar, daß die Kometa die Maschinen gestoppt hatte. Glasow signalisierte mit der Lampe eine Antwort, als Viktor Raschkin der Kragen platzte.

»Wer hat den Befehl gegeben, die Maschinen zu stoppen? Ich werde diesen Akt der Sabotage an Moskau weitergeben.«

»Dann berichten Sie doch!« schnappte Liwanow. »Wenn Sie wollen, daß unsere kurze Reise keine Aufmerksamkeit erregt, dann müssen wir uns an die internationalen Gesetze halten. Wir sind schon in dänischen Hoheitsgewässern, und wir müssen der Aufforderung der Küstenwacht nachkommen.«

Er brach ab und ging schnell nach backbord zum Fenster hinüber.

Aus dem Nichts war ein Wasserflugzeug aufgetaucht, und es war tatsächlich auf der ruhigen schwarzen See zwischen dem sowjetischen Schiff und dem Schiff der Küstenwacht gewassert. Mit seinen blinkenden Navigationslichtern sah es aus wie ein Glühwürmchen, und was es machte, das war einfach ungewöhnlich. Und jetzt, wo Glasow seine Antwort an das dänische Küstenschiff abgegeben hatte, blinkte die Lampe wieder. Sie sendeten ein weiteres Signal an die Kometa.

»Was ist das für ein Ding da draußen?« fragte Raschkin.

»Ein Wasserflugzeug. Ich glaube, der Pilot ist betrunken. Wir wollen nur hoffen, daß er nicht auf uns loskommt.«

Das winzige Flugzeug sah wirklich so aus, als ob es von jemandem gesteuert würde, der zu tief ins Glas geschaut hatte. Die Maschine, die über das glatte dunkle Wasser glitt, fuhr jetzt im Zickzack. Es war verrückt, ganz verrückt. Und so viele Dinge passierten auf einmal.

Das war der Augenblick, in dem Anderson seinen Sikorsky über der Brücke der Kometa herabsenkte. Seine Ankunft wurde angezeigt durch ein beständig zunehmendes Brüllen. Liwanow preßte das Gesicht ans Glas und starrte hinauf in die Nacht. Was er sah, verblüffte ihn völlig.

»Sehn Sie mal – über uns! Um Gottes willen . . .«, brüllte er Raschkin zu.

Der Bauch des Hubschraubers, der in der Nacht riesengroß aussah, berührte fast die Spitze der Brücke. Liwanow konnte nicht sehen, wie viele Männer vielleicht an Bord der Maschine waren. Liwanow konnte nur sehen, daß seine Brücke zum Teufel gehen würde, wenn der Pilot die Maschine nur noch ein paar Fuß weiter sinken ließ. Das Wahnsinnsgeräusch, das die Rotoren des Hubschraubers machten, kam noch dazu. Es war ohrenbetäubend. Eine Hand packte seinen Arm; sein Erster Offizier, Glasow, zog ihn sanft zum hinteren Teil der Brücke, so daß er das dänische Küstenwachschiff besser sehen konnte. Ein Suchscheinwerfer bestrich langsam von Bord des Küstenwachschiffs aus die See. Glasow schrie seinem Kapitän in die Ohren.

»Die Küstenwacht sucht nach einer Wassermine!«

»Lieber Himmel!«

Noch eine Stimme schrie ihm ins Ohr. Es war Viktor Raschkin, und Liwanow entdeckte zum erstenmal eine Spur von Unsicherheit in der Stimme des Russen. »Lassen Sie die Maschinen an! Auf der Stelle!«

»Sie sehen doch, was vor unserer Nase vor sich geht, direkt in unserer Fahrtlinie!«

Raschkin schaute in die Richtung, in die Liwanow zeigte. Zum erstenmal bemerkte er die neue Taktik des betrunkenen Piloten in seinem verdammten Wasserflugzeug. Die Maschine rutschte im Zickzack vor der Kometa her, genau über die Strecke Wasser, die das Schiff nehmen würde, wenn es Fahrt machte.

»Und«, es machte Liwanow große Freude, dieses Schwein von einem Parteibonzen darüber zu informieren, »der Suchscheinwerfer leuchtet nach einer Wassermine. Wollen Sie, daß wir losfahren, ehe die Mine gefunden ist? Wollen Sie wissen, was dann passiert? Bumm!«

Raschkin war mißtrauisch. Zuviel passierte auf einmal. Aber er stellte fest, daß das laute Rotorgeräusch des Hubschraubers das Denken schwermachte. Was war bloß los? Er beobachtete den suchenden Finger aus Licht, er gab sich alle Mühe, Abstand zu gewinnen von seiner Umgebung, von dem Krach und den hektischen Aktivitäten, die ihn am Denken hinderten. Laß es nie zu, daß der Feind dir die Orientierung nimmt. Während seiner Ausbildungszeit beim KGB hatte ihm sein Mentor, ein Veteran, diesen Rat ins Gehirn gehämmert. Aber wo war denn der Feind?

Auf dem »Küstenwachschiff« Regula gab es nur sehr wenige Lichter – nicht mehr als die vorgeschriebenen Navigationslampen. Harry Johnson, der beobachtet hatte, wie die Sicherheitsmannschaften des KGB auf der Fähre von Saßnitz in Ostdeutschland in Trelleborg angekommen waren, kommandierte die Regula.

Er war ein schlanker, drahtiger Mann von dreißig Jahren, und sein Gesicht war verkniffen vor Konzentration, während er dicht neben dem Rudergänger im Ruderhaus stand und in der rechten Hand die Armbanduhr hielt. Der Chronometer auf der Brücke der Regula ging akkurat, weiß Gott, aber mit seiner Armbanduhr hatte er all die anderen Uhren abgestimmt, ehe er die Firestorm verlassen hatte.

Neben ihm stand Jock Henderson. Er trug seinen Taucheranzug, hatte die Preßluftflasche auf dem Rücken, und die Tauchermaske war auf die Stirn hochgezogen. Seine Automatikwaffe steckte in ihrer wasserdichten Scheide. Die Sprengkörper steckten in einem separaten Behälter, den er sich unten auf den Rücken geschnallt hatte.

»Es geht gleich los, Jock«, sagte Johnson.

»Ich weiß.« Henderson beobachtete die Zeiger in seiner wasserdichten Uhr. Er blickte auf und schaute sich noch einmal alles an: Die Lichter des Sikorsky, der so aussah, als ob er auf der Brücke der Kometa stände, und Smithy, der in seinem Wasserflugzeug kreuz und quer über den Pfad des sowjetischen Schiffes flitzte, um es an der Bewegung zu hindern. Und dann den Suchscheinwerfer, der vom Heck der Regula aufs Wasser leuchtete.

»Los!« sagte Johnson.

Henderson sprang als erster des fünfundzwanzig Mann starken Teams über die Steuerbordseite der Regula. Als er im Wasser war und die Tauchermaske zurechtgerückt hatte, schwamm er unter dem Kiel der Regula durch, ehe er unter Wasser direkt auf das Luftkissenboot zuhielt. Der Magnetkompaß, der an seinem linken Handgelenk hing, zeigte ihm den genauen Kurs, dem er folgen mußte – und das war sehr wichtig, wenn man bedachte, was Johnson jetzt bald aktivieren würde. Dies war auch der Teil des Angriffsplans, der Johnson die größten Sorgen gemacht hatte, als er ihn vorhin mit Henderson durchgesprochen hatte.

»Die Vibrationen unter Wasser werden fürchterlich sein«, hatte er gewarnt. »Sorgen Sie also dafür, daß wir weit genug weg sind, und daß die Zeit stimmt. Dann spüren wir gar nichts – oder nur sehr wenig«, hatte Henderson erwidert.

»Sehr kitzlige Angelegenheit. Ich würde nicht gern mit Ihnen tauchen.«

»Sie schaffen das schon.«

»Und dann sind noch die Blasen aus dem Preßluftgerät zu bedenken – aus den Geräten von zwanzig Mann. Die verdammten Blasen; sie könnten leicht von Wachposten an Bord des sowjetischen Schiffes bemerkt werden.«

»Genau an dieser Stelle hat Jules Beaurain eine Szene eingebaut – damit sie in die falsche Richtung schauen – genau in dem Augenblick, wo wir uns nähern.«

»Bleibt immer noch der Zufall, das Unerwartete«, hatte Johnson säuerlich gemeint. »Wie zum Beispiel der Radarraum auf dem sowjetischen Schiff.«

Peter Sobieski, der Pole, der bereit war, mit der Gruppe Telescope zu kooperieren, saß allein im Radarraum an Bord der Kometa. Er studierte den Radarschirm, auf dem deutlich Hendersons Angriffsteam zu sehen war, das sich näherte. In einer solch ruhigen Nacht war es unmöglich, daß es nicht auf irgendeinem der Schirme zu sehen war.

Peter Sobieski, ein magerer, nervöser, aber intelligenter Mann Anfang Vierzig, machte sich Sorgen. Er hatte alle möglichen Vorsichtsmaßnahmen getroffen. Die Tür hinter ihm war verschlossen, so daß niemand hereinkommen und ihn überraschen konnte. Während er weiter auf den Schirm starrte, zerrte vor allem eins an seinen Nerven. Die Anwesenheit Günther Baums als Beauftragter für die Sicherheit an Bord dieses Schiffes. Sobieski wußte: Er konnte einen Knopf drehen, und dadurch würde der Radar wie durch einen Nebel arbeiten. Alle verräterischen Spuren der Leute, die sich beständig, Sekunde für Sekunde, näher an das Schiff heranarbeiteten, würden dann unsichtbar. Aber trotz allem war Sobieski unfähig, seine Angst vor Günther Baum zu ersticken.

Günther Baum war mißtrauisch. Während er an Backbord über das offene Deck patrouillierte, versuchte er, dahinterzukommen. Er dachte darüber nach, was es mit dem lächerlichen Wasserflugzeug, dem Schiff der dänischen Küstenwacht und dem großen Hubschrauber auf sich hatte, der wie eine Zeitbombe über der Brücke hing. Irgendwie mußten diese drei Fahrzeuge miteinander in Verbindung stehen. Er hatte Viktor Raschkin vorgeschlagen, sechs seiner Männer könnten ja die Maschine mit ihren automatischen Gewehren beschießen.

»Sehr schlau«, hatte Raschkin bemerkt, »einfach brillant.«

Baum hatte sich im Glanz dieses offensichtlichen Lobs gesonnt. Er war völlig unvorbereitet auf Raschkins nächste Bemerkung. »Angenommen, der Hubschrauber gehört auch zur dänischen Küstenwacht, und das kommt mir sehr wahrscheinlich vor, denn auf Bornholm gibt es einen Flugplatz. Mit den Gästen, die unter Deck sind, wollen wir doch keinen internationalen Zwischenfall! Und wenn ich ja gesagt hätte, wo wäre der Hubschrauber dann heruntergekommen? Direkt auf unserer Brücke! Könnten Sie sich also bitte wieder auf Ihre Pflichten besinnen, auf dem Schiff Wache zu schieben und dafür zu sorgen, daß alles sicher ist?«

All dies war bedacht worden, als Beaurain seinen Plan ausgearbeitet hatte. Wenn der Hubschrauber tief genug ging, dann würde es niemand an Bord wagen, das Feuer zu eröffnen, aus Angst davor, daß auf der Kometa eine Meuterei ausbrach. Und Baum kehrte schäumend an Deck zurück. Sein Begleiter blieb ihm auf den Fersen und trug noch immer die Aktentasche, die die Null-acht mit dem Schalldämpfer enthielt.

Baum sah nach, ob seine Männer auf ihren Plätzen waren, und wanderte dann langsam backbord an Deck entlang. Er starrte in das tintenschwarze Wasser. An der Reling fand er den Ersten Offizier, Glasow, vor, einen Mann mit bösem Gesicht, den nur eins kümmerte: wie er am besten auf seine nächste Beförderung hinarbeiten konnte.

»Alles geht anscheinend nach Plan«, sagte Baum.

»Wenn Sie so lange zur See gefahren wären wie ich, dann wüßten Sie, daß das selbstverständlich ist«, erwiderte Glasow rüde.

Baum hatte deutlich den Eindruck, daß diese Grobheit kalkuliert war und daß Glasow ihn loswerden wollte. Er zuckte die Achseln und ging hinüber nach Steuerbord, um dort alles zu überprüfen. Glasow schaute hinter ihm her und starrte dann wieder auf die See. In der Ferne suchte der Scheinwerfer an Bord des Schiffs der Küstenwacht nach irgend etwas, aber unmittelbar unter sich sah Glasow das Licht aus einem Bullauge, das sich auf dem Wasser spiegelte.

Glasow umklammerte die Reling fest mit beiden Händen und starrte noch einmal hin, um sicherzugehen, daß seine Augen ihm keinen Streich gespielt hatten. Dann sah er es wieder. Ein Ring aus Blasen ...

Der Erste Offizier Glasow riß fast die Tür zum Radarraum auf – wenigstens hatte er das vor. Unerwarteterweise gab aber die Tür, die von innen verschlossen war, nicht nach. Glasow knallte dagegen, als ob es eine Steinmauer gewesen wäre. Als er sich von dem Schock erholt hatte, begann er, mit geballten Fäusten gegen das obere Paneel zu hämmern. Sobieski nahm sich Zeit, während er ruhig die Tür aufschloß. Er drückte die Klinke und öffnete dann plötzlich. Er stand direkt vor Glasow, der die Faust schon zu einem neuen Schlag gehoben hatte.

»Sind Sie wahnsinnig geworden?« fragte Sobieski ruhig.

Glasow schaute ihn völlig ungläubig an. Er stand im Rang weit über dem Radarbeauftragten, und Sobieski war außerdem noch Pole. Dadurch gehörte er in Glasows Augen zu einer minderwertigen Rasse.

»So können Sie doch nicht mit mir reden!« schnappte Glasow und schob sich an dem Polen vorbei, der die Tür schloß und ganz ruhig wieder den Schlüssel umdrehte. Glasow schwang herum. »Warum war die Tür abgeschlossen?«

»Aus Sicherheitsgründen«, erwiderte Sobieski mit hölzernem Gesicht. »Nach Anweisung von Günther Baum«, log er.

»Zum Teufel mit Baum. Ich glaube, genau in diesem Augenblick schwimmen Froschmänner auf uns zu, und Sie hätten sie schon längst auf dem Radarschirm entdecken müssen.«

Sobieski war wieder zu seinem Sitz vor den Radarschirmen und -kontrollen zurückgekehrt und kreuzte jetzt die Arme über einer halbgeschlossenen Schublade. Er mußte Zeit gewinnen.

»Diese Froschmänner«, erwiderte der Pole in schnippischem Ton, »haben Sie gesehen, wie sie auf den Wellen ritten und ihre Trompeten bliesen?«

»Ich habe Blasen gesehen, die aus ihren Tauchgeräten zur Wasseroberfläche kommen«, sagte ihm Glasow mit zusammengebissenen Zähnen. »Sie müssen die Leute also auch auf ihrem Schirm gesehen haben.« Er starrte zum erstenmal auf den Radarschirm. »Was ist denn los mit dem Ding?«

Auf diese Frage hatte der Pole gewartet. Er hatte sie gefürchtet. Da er absichtlich den Empfang durch Drehen des Knopfes gestört hatte, war nichts zu sehen außer statischem Schnee. Der Russe ging noch ein paar Schritte vorwärts und stellte sich vor das Gerät. Seine Mundwinkel zogen sich nach unten, als er das nichtssagende Bild anstarrte. Und Glasow hatte genug Ahnung, um die Schalter zu bedienen – Sobieski schaute wiederholt auf die Uhr. Dies war der Augenblick, wo der Bildschirm nicht klar sein durfte. Und noch immer vibrierte das ganze Schiff vom Brummen der Rotoren des großen Sikorsky-Hubschraubers.

»Es ist eine Störung«, erklärte Sobieski.

»Wird unser Radar blockiert? Sind das Störungen vom Feind?«

»Nein, nichts Derartiges.« Sobieski hörte sich müde an. »Kein Apparat ist perfekt, und alle entwickeln mit der Zeit Macken. Wahrscheinlich ist es ein . . .«

Aber dann drehte Glasow den Knopf, das statische Flimmern verschwand, und ein deutliches Bild zeigte sich. Eine unbekannte Anzahl von Schwimmern näherte sich der Kometa.

»Sie verdammter Verräter! Sie werden erschossen! Und mit Ihrer Familie wird man . . .«

Sobieski hob die rechte Hand aus der halboffenen Schublade. Er umklammerte eine Walther PPK, und er gab zwei Schüsse aus kürzester Entfernung ab. Glasow torkelte, drehte sich in einem Halbkreis herum und knallte auf das Deck. Der Pole zerrte den Ersten Offizier an den Füßen über die Planken und bündelte ihn dann zusammen, so daß er in den unteren Teil eines Schrankes paßte. Dann ergriff er Glasows Mütze, die ihm abgefallen war, drückte sie ihm auf den heruntergesunkenen Kopf, machte beide Türen zu und schloß den Schrank ab. Er rannte zurück zum Radarschirm und drehte wieder den Knopf – falls neue Besucher kamen. Die Invasionsstreitkraft würde innerhalb weniger Minuten an Bord sein – vorausgesetzt, daß sie nicht von Günther Baums Wachposten entdeckt wurden.

In dem großen Speisesaal der Kometa waren viele kleine Tische zusammengestellt worden, so daß ein riesiger, eindrucksvoller Tisch entstanden war. Daran saßen die Gäste aus so vielen Nationen. Selbst an Bord der Titanic hatte es nicht so viele Leute von Macht und Einfluß gegeben, wie sich heute nacht an Bord des sowjetischen Luftkissenbootes auf der Ostsee versammelt hatten.

Am Kopf des Tisches, wie es seinem Status zukam, saß der amerikanische Industrielle Leo Gehn. Hin und wieder trank er von seinem

Mineralwasser, während die anderen Gäste immer größere Mengen von Champagner konsumierten. Viktor Raschkin ermutigte sie dazu. Er kam von der Brücke häufig hierher, um seine Gäste zu beruhigen.

»Ein paar kleine örtliche Schwierigkeiten . . . Es geht um ein paar besonders diensteifrige Leute von der dänischen Küstenwacht. Ohne Zweifel wissen sie, wen wir an Bord haben . . . Und der Leiter dieses Küstenwachschiffes genießt jetzt seine kurze Stunde des Ruhms. Mit seinem bißchen Autorität kann er ganz kurz solch eine noble Versammlung aufhalten . . .«

Dann detonierte die Mine.

Von diesem Augenblick an herrschte Terror – Terror für diejenigen, die selbst ihr Geld und ihre Macht dafür eingesetzt hatten, so viele in verschiedenen Ländern zu terrorisieren.

»Zündet die Mine!«

An Bord des »Küstenwachschiffs« Regula hielt der Kapitän Johnson noch immer die Armbanduhr in der Hand, als er den Befehl gab. Er sprach in das kleine Mikrofon, das ihm um den Hals hing – deshalb erreichte die Nachricht nicht nur den Mann, der die mit dem Strom schwimmende Mine zündete, sondern er wurde auch an die Mitglieder der Mannschaft weitergegeben, die den Suchscheinwerfer und das auf einer Drehlafette montierte Maschinengewehr bedienten.

Die drei, die den Befehl erhielten, wußten genau, in welcher Folge die Ereignisse stattfinden sollten. Zuerst schwang der Mann seinen Suchscheinwerfer herum, so daß der Lichtstrahl die Mine selbst beleuchtete. Das war nicht allzu schwierig, denn er trug eine Infrarotbrille.

In dem Augenblick, in dem das passierte, schwenkte der zweite Mann am Maschinengewehr die Waffe herum und achtete sorgfältig darauf, nicht auf die Mine zu zielen, sondern nur in die Richtung. Dann eröffnete er das Feuer. Er benutzte Leuchtgeschosse, und die Ostsee wurde plötzlich von einem Miniaturfeuerwerk illuminiert.

Der Mann, der per Fernkontrolle die Mine zünden sollte, wartete, bis die ersten beiden Teile des Plans erledigt waren. Erst als die Mine sichtbar war, erst als eine geschwungene Linie von Leuchtgeschossen durch die Nacht strömte, bediente er den Schalter. Das Ergebnis war spektakulär.

Die Mine expoldierte mit einem dumpfen, hallenden Donnerschlag, der ihre gewaltige Kraft deutlich machte. Wasser schoß hoch wie bei dem Geysir im Yellowstone-Park. Es wurde wundervoll beleuchtet mit dem Strahl des Suchscheinwerfers. Das Maschinengewehr hörte auf zu feuern. Der Suchscheinwerfer erlosch. An Bord der Kometa waren alle einen Augenblick lang wie gelähmt. Und in diesem Augenblick – ganz pünktlich – schwamm Sergeant Jock Henderson unter dem Rumpf des noch immer treibenden Luftkissenbootes hindurch.

Die Kometa war ein Tragflügelboot – ein Fahrzeug, das in Messina auf Sizilien erfunden worden war. Diese Tatsache ließ man in der Sowjetunion nicht laut werden. Die Kometa war ein großes Schiff von zweitausend Tonnen, mit einer Spitzengeschwindigkeit von dreißig Knoten. Sie konnte aber nur erreicht werden, wenn das Schiff über die Oberfläche des Wassers dahinglitt, so daß der Wasserwiderstand es nicht mehr bremste. Im Grunde konnte sich das ganze Schiff, wenn ein einziger Hebel auf der Brücke bedient wurde, aus dem Wasser heben, und zwar auf Flossen, die in Wirklichkeit massive Stahlflügel waren.

Henderson hatte sorgfältig auf seiner wasserdichten Uhr die Zeit überprüft, so daß er genau dann an Bord der Kometa ging, wenn Johnsons Mine detonierte – in dem Augenblick, an dem die Leute an Bord des sowjetischen Schiffes am meisten abgelenkt waren. Eine große Anzahl an Leuten seines Unterwasserteams waren noch in der See. Sie waren jetzt unter dem Rumpf der Kometa verborgen, als die Mine explodierte. Sie spürten, wie sie scharf in den Rücken gestoßen wurden, als die Druckwelle der Explosion sie erreichte. Aber jetzt stand Henderson schon auf dem steuerbord gelegenen Tragflügel am Heck.

Palme war direkt hinter ihm. Er richtete sich halb aus dem Wasser auf und starrte zum Überbau der Reling des Schiffes auf. In der rechten Hand hielt er eine Harpunenpistole. Henderson benutzte das Seil und den Ankerhaken wie ein Lasso. Er schwang es um den Kopf herum, bis der Schwung groß genug war, und schleuderte es dann aufwärts. Er hörte den sanften Aufprall, als die gummiüberzogenen Haken sich fest in der Reling verfingen.

Es war großes Pech – aber in Hendersons Augen hatten sie schon verloren. Einer von Günther Baums ostdeutschen Sicherheitsleuten patrouillierte zufällig gerade über das Heck des Schiffes, als die Strickleiter angebracht wurde. Ein paar Sekunden erstarrte er vor Schreck, als der Haken aus dem Nichts auftauchte, aber dann nahm er seine automatische Waffe von der Schulter und spähte über die Reling. Henderson war eine perfekte Zielscheibe. Er war als Silhouette in seinem Taucheranzug zu sehen. Der Wachposten hob die Waffe und zielte schnell.

Nur ein Zischen von Preßluft war zu hören, sonst nichts. Der Speer, der aus Palmes Harpunenpistole schoß, traf den Deutschen in der Brust. Er sank vorwärts über die Reling, und seine Waffe fiel ins Meer. Henderson kletterte die Leiter hoch, erreichte die Reling, schaute über das verlassene Deck. Mit einer Hand drehte er den Mann um und warf ihn über Bord. Palme war schon die Leiter hochgeklettert, und jetzt erschien eine ganze Reihe von Männern. Ihre Köpfe tanzten auf dem Wasser wie Seeungeheuer. Henderson, der jetzt die Reling überklettert hatte und neben Palme auf Deck stand, schaute auf seine Armbanduhr.

»Noch weniger als zwei Minuten, bis Johnson dem russischen Kapitän das Signal gibt, daß er weiterfahren kann.«

»Wir haben's gerade noch geschafft.«

Ehe die Maschinen der Kometa unter Deck zu vibrieren begannen, waren alle zwanzig Männer an Bord des Schiffes. Eine Vorhut war ein kleines Stückchen vorausgeschickt worden, um irgendwelche neu auftauchenden Wachposten auszuschalten. Und Henderson war mit seinen Instruktionen bei dieser Phase der Aktion sehr deutlich gewesen.

»Nach dem, was Sobieski, der polnische Radarmann dieses Schiffes, uns gesagt hat, sind die ostdeutschen Sicherheitsposten in der Überzahl – und diese Jungs sind erstklassig ausgebildet. Sie haben dreißig davon. Deshalb müssen wir so lange wie möglich die Leute auf die leise Art ausschalten.«

Die Vorhut, bei der Palme backbord und Max Kellermann steuerbord das Kommando hatte, war mit Messern und Drahtgarotten bewaffnet. Sie hatten Befehl, Feuerwaffen und Granaten nur im Notfall zu benutzen – und möglichst nicht eher als bis einer der beiden Kommandeure die Erlaubnis dazu gab.

An Backbord tat ein zweiter Sicherheitsposten mit Lederjacke einen Schritt vorwärts und blieb dann stehen. Er starrte ungläubig vor sich. Er war sich noch immer nicht sicher, ob er die Umrisse von Männern in Taucheranzügen gesehen hatte, als einer von ihnen aus der Lücke zwischen zwei Rettungsbooten heraustrat und ihm von hinten mit einem wilden Aufwärtsstoß ein rasierklingenscharfes Stilett direkt unter das linke Schulterblatt trieb. Der Ostdeutsche grunzte. Er war schon tot, als er auf das Deck auftraf.

Sein Henker berichtete über den Vorfall und bewegte sich dann vorsichtig weiter auf die Brücke zu. Die Zahl der Wächter, die ausgeschaltet waren, spielten eine große Rolle: Sie sagte sowohl Palme als auch Kellermann, wie viele von der Gegenseite noch am Leben waren. Während das Luftkissenboot langsam weiterfuhr, begann Hendersons Aufgabe. Sie war ganz anders und außergewöhnlich gefährlich.

Mehrere Male hatte Jules Beaurain auf die Gefahr hingewiesen, der Henderson sich bei der Mission, die er selbst ausgewählt hatte, aussetzte. »Sie könnten auf sehr einsamem Posten stehen«, hatte der Belgier gewarnt. »Und zwar genau dann, falls das Schiff losfährt, solange Sie noch immer an der Hauptflosse arbeiten.«

»Das habe ich schon einkalkuliert«, hatte Henderson seinem Chef versichert. »Dieses Risiko muß ich eingehen. Es ist die einzige Möglichkeit, wie ich druckempfindliche Zeitbomben am verwundbarsten Teil der Kometa anbringen kann.«

Druckempfindliche Zeitbomben waren eine Neuentwicklung, die die sanften Fachleute im Château Wardin in letzter Zeit erfunden hatten. Diese Geräte funktionierten eigentlich wie Bomben mit Zeitzünder. Aber durch die Verbesserung konnten sie auch gezündet werden, falls der Zeitmechanismus nicht funktionierte.

Unabhängig von der Zeituhr detonierte der Sprengstoff augenblicklich, wenn er mit einem anderen Objekt zusammenstieß, und die Gewalt des Zusammenstoßes, der für die Detonation gebraucht wurde, konnte durch ein Meßinstrument eingestellt werden, das ein wichtiger Teil des Gerätes war.

Hendersons Ziel war es jetzt, in der kürzesten Zeit den Bug der Kometa zu erreichen, den Spezialsprengstoff in der kürzesten Zeit an den riesigen Tragflügeln zu befestigen und sich anschließend, vorausgesetzt, er überlebte das, was Beaurain »ein echtes russisches Roulett« genannt hatte, beim letzten Angriff auf die Brücke den anderen zur Verfügung zu stellen.

Der Sikorsky war wieder hoch in die Nacht aufgestiegen. Der Pilot Smithy in seinem Wasserflugzeug hatte plötzlich ein wieder nüchternes Benehmen angenommen und flog jetzt über die Ostsee wieder von dem sowjetischen Schiff weg. Die See war frei, Kapitän Liwanow konnte die Fahrt wieder aufnehmen. Auf der Brücke hatte der Russe von dem Schiff der Küstenwacht das Signal bekommen, die Wassermine sei zerstört, und es sei sicher, die Fahrt fortzusetzen.

Sowohl Liwanow als auch Viktor Raschkin waren jetzt zuversichtlich, daß alles in Ordnung war – das außergewöhnliche Benehmen des Hubschrauberpiloten war einfach dadurch zu erklären, daß die

Dänen vorsichtig waren. Sie hatten sicherstellen wollen, daß die Kometa den Anweisungen gehorchte, bis alle Gefahr vorüber war.

»Schließlich«, deutete Liwanow an, »haben wir ja gesehen, wie die Mine explodierte! Es hätte mir gar nicht gefallen, wenn der Bug dieses Schiffes mit dem Ding kollidiert wäre.«

»Sie haben natürlich recht«, stimmte Raschkin zu. »Und jetzt schlage ich vor, daß wir mit Höchstgeschwindigkeit unseren Kurs um Bornholm herum wieder aufnehmen – und das bedeutet, daß wir unseren Gästen das spannende Gefühl bieten müssen, über die Wasseroberfläche zu gleiten. Ich muß jetzt zurück in den Speisesaal.«

Liwanow gab Befehl, die Geschwindigkeit zu erhöhen, und die Kometa zog los. Wie ein Pfeil aus glühendem Licht schoß sie auf die blinkende Lampe zu, die in dem Leuchtturm nah am »Hammer« auf der Insel Bornholm leuchtete. »Über die Wellen gleiten«, das war nicht der Satz, den Liwanow ausgesprochen hätte, aber er beschrieb genau das Gefühl, das man bekommt, wenn man sich an Bord eines Luftkissenbootes befindet, das mit voller Höchstgeschwindigkeit fährt. Liwanow streckte die Hand aus und legte persönlich den Hebel um, mit dem die Tragflügel bedient wurden. Das Schiff stieg aus dem Wasser, bis sein ganzer Rumpf zu sehen war – es wurde jetzt nur noch von seinen riesigen stählernen Flügeln getragen.

Während Raschkin die Brücke verließ, hatten die beiden Invasionsmannschaften, die von Palme und Max Kellermann geführt wurden, in aller Stille fünf von den dreißig Ostdeutschen ausgeschaltet, die das Schiff bewachten. Außerdem führten sie den zweiten Teil von Beaurains Plan durch – dabei mußten Männer an allen Niedergängen und Ausgängen aufgestellt werden, die zum Hauptdeck führten. Jemand, der von einem unteren Deck die Treppe herauf wollte, würde dann sofort eine Harpune zu spüren bekommen. Sowohl backbord als auch steuerbord hatten Stig und Max jetzt die Kontrolle über die hintere Hälfte des Schiffes. Nur einer hatte noch Probleme: Henderson war in Gefahr, sein Leben zu verlieren.

Die magnetischen Krampen, die Henderson eingeschaltet hatte, hielten ihn bei den Unterarmen und Beinen an dem riesigen Stahlflügel fest, während Henderson sich mühte, seine Aufgabe zu erledigen. Er schwebte jetzt über der Ostsee, die unter ihm mit unglaublicher Geschwindigkeit vorüberblitzte. Die Vorwärtsbewegung des Tragflügelbootes bewirkte es, daß ein starker Wind Henderson ins Gesicht blies und ihn halb blendete. Seine Gesichtsmaske war von Schaum und Spritzwasser bedeckt. Der Fahrtwind riß an ihm und versuchte, ihn von der Tragfläche abzureißen und ihn ins Wasser zu schleudern. Dort würden dann die Heckflossen der Kometa über ihn hinweggehen und ihn in Stückchen schneiden.

»Gottverdammt noch mal!«

Henderson hatte gehofft, er könne mit der Arbeit des Bombenbefestigens fertig sein und sich über die Reling an Deck des Schiffes schwingen können, ehe das Schiff seine Reise fortsetzte. Reise? Das hier sah mehr wie ein verdammtes Rennen aus, dachte Henderson und wischte sich die Tauchermaske klar. Jetzt konnte er in der Ferne eine blinkende Lampe sehen. Der Leuchtturm über dem »Hammer«, den gefürchteten Klippen an der Nordspitze der Insel Bornholm, der sie sich jetzt schnell näherten.

Während er das zweite Gerät unter der Flosse anbrachte – so daß niemand sie oben von Deck aus entdecken konnte –, schüttelte die Vibration der Maschinen seinen Körper durch, als ob er mit einem halben Dutzend Preßlufthämmern arbeitete. Henderson zitterte buchstäblich wie Wackelpeter. Erst als er sich ungeheuer zusammenriß, war er in der Lage, das zweite Gerät an Ort und Stelle zu setzen und zuerst die magnetischen Krampen zu aktivieren, die es an der Flosse festhielten, und dann den Schalter zu drehen, der Zeitzünder und Aufschlagzünder aktivierte.

Um den steilen Winkel, in dem er arbeiten mußte, auszugleichen, wiederholte Henderson das, was er schon einmal getan hatte. Er schaltete die Magnetkrallen ab, die an sein linkes Bein und seinen linken Arm geschnallt waren, und hielt sich nur noch mit den anderen beiden Klammern am rechten Arm und rechten Bein. Jetzt mußte er sich mit der freien Linken höher ziehen, und danach ging es wieder umgekehrt, so daß er noch höher klettern konnte, näher an den Rumpf heran. Diesmal nahm er wieder das rechte Bein und den rechten Arm. Der Wind, der wütend an ihm riß, half ihm nicht besonders weiter, und auch nicht das Dröhnen des Schiffes, das durch die Dunkelheit donnerte, und die Motorenvibrationen, die schnell Hendersons Körperkräfte aufzehrten.

»Gib nicht auf, oder du bist erledigt!«

Es war das erstemal, daß er diese Möglichkeit in Betracht ziehen mußte, seit Henderson sich erinnern konnte. Es war ihm jetzt klargeworden, daß es klüger wäre, nicht nach unten zu schauen. In seinem geschwächten Zustand stellten sich langsam die ersten Schwindelerscheinungen ein. Der Anblick des schaumgesäumten Wassers, das unter ihm dahinschoß, machte ihn wirbelig. Jede Bewegung war nur noch ein Reflex oder die reine Willenskraft. Es war Henderson eigentlich gleich, ob er es schaffte oder nicht, und dieser Gedanke verursachte auch noch Selbstverachtung.

Eine Ewigkeit später hievte er sich über die Reling und brach an Deck zusammen. Er lag still, während er darauf wartete, daß seine natürliche Widerstandskraft zurückkam. In diesem Augenblick begann das Maschinengewehrfeuer, durchbrochen vom Krachen der Splittergranaten.

»Gib mir die Pistole, Oskar.«

Günther Baum streckte die Hand aus, ohne hinzusehen, und Oskar gab ihm sofort die Null-acht. Der Ostdeutsche stand backbord, und er hatte keinen Grund, anzunehmen, daß irgend etwas Ungewöhnliches vorging. Vor ihm lag das offene Deck. Ganz schwach konnte er die Rettungsboote schwanken sehen, die an ihren Davits hingen, während die Kometa ihren geehrten Gästen mal zeigte, was sie konnte. Sie flog wie ein Vogel. Hinter Günther Baum packte Oskar, der Begleiter, seine eigene Automatik fester, jetzt, wo er sich um die Aktentasche nicht länger kümmern mußte.

»Gibt's irgendwas?« brüllte Oskar. Es war der letzte Satz, den er sagte. Die Worte waren kaum heraus, als ein Geschoß auf ihn zuflog. Er schrie und stolperte zurück, und Palmes Harpune stand aus seiner Brust hervor. Schnell zielte Baum, der in der Dunkelheit nicht zu sehen war, auf einen Schatten, der sich bewegte, und feuerte einen Schuß ab. Der Schatten sank zusammen. Baum brüllte auf deutsch, so laut er konnte.

»Alle auf die Brücke! Zurück vom Deck!« Dann schraubte er den Schalldämpfer von seiner Pistole ab und feuerte zweimal in die Luft.

Theoretisch war das eine vernünftige Strategie, was Palme als erster erkannte. Baum plante, seine Männer auf dem höchsten Punkt dieses Schiffes zu versammeln – auf der Brücke, von wo er einen Feuerhagel auf die Eindringlinge niedergehen lassen konnte, die über das Deck von unten herankamen.

Baum erreichte die Brücke, weil er sich ungeheuer schnell bewegen konnte. Er rannte geduckt die Treppe hinauf und preßte sich aufrecht gegen die hintere Wand der Brücke. Von hier aus konnte er genau sehen, was passierte. Er wurde Zeuge eines Massakers – eines Massakers an seiner eigenen Truppe.

Auf der Backbordseite richtete Palme den Strahl einer starken Taschenlampe auf seine Treppe. Auf der Steuerbordseite machte Kellermann das gleiche. Eingefangen im Glanz der beiden Lampen drängten sich die Männer vom Staatssicherheitsdienst auf den Treppen zusammen und bildeten Ziele, die man nicht verfehlen konnte. Von den Leuten der Gruppe Telescope kam das beständige Knattern von Maschinenpistolen, und Baum sah, wie seine Wachen zusammenbrachen und übereinanderstürzten, während sie versuchten, die Treppen wieder hinunterzukommen. Baum hob seine Null-acht und zielte auf die Strahlen der Lampe. Und Palme, als ob er vorhergesehen hätte, daß er an dieser Stelle jetzt sein Glück genug ausgenutzt hätte, schaltete die Lampe genau in diesem Augenblick aus und sprang zur Seite. Zwei Kugeln aus Baums Null-acht schlugen harmlos in das Holz neben ihm ein.

Henderson, der hinter der Brücke an der Steuerbordseite auftauchte, sah den fast unsichtbaren Günther Baum zuerst. Er hatte sich dicht an das Holz gedrückt. Ein kurzer Blick, und er stellte seine Position genau fest, als der Deutsche seine beiden Schüsse abgab. Henderson nahm eine Granate aus der Tasche, zog den Stift heraus, zählte und rollte den Sprengkörper dann über das Deck. Ein paar Zentimeter vor den Füßen Günther Baums hörte die Granate auf zu rollen. Ein Blitz erleuchtete den ganzen hinteren Teil der Brücke – Baum war als einziger darauf zu sehen. Mit einem Donnerschlag explodierte die Granate. Baum stürzte mit ausgestreckten Armen vorwärts, glitt über die Reling und schlug unten auf das Deck auf.

Es war Zeit, das Innere der Brücke zu stürmen, das Schiff unter Kontrolle zu bekommen – und es zu vernichten.

Kapitel 22

»Geschwindigkeit verringern auf fünf Knoten«, befahl Raschkin, während er zurück auf die Brücke rannte. Über eine kleine Treppe, die zu seiner Kabine und zum Speisesaal führte, war er von unten heraufgekommen.

»Geschwindigkeit zurücknehmen?« Liwanow war verwirrt.

»Um Gottes willen, geben Sie den Befehl – wir werden angegriffen.«

Raschkin brach ab, als er die laute Explosion hinter der Brücke hörte. Er wußte nicht, daß dabei Baum getötet worden war, aber er begriff sofort, daß die Gegenseite gewonnen hatte – sie hatten die Brücke schon erreicht. Ohne weitere Befehle zu geben, verschwand er die kleine Treppe hinunter und blieb vorsichtig unten stehen. Er hielt eine Walther Automatik in der Hand. Als er sah, daß der Gang menschenleer war, rannte er zu seiner Kabine.

Er hatte schon all seinen Gästen befohlen, im Speisesaal zu bleiben. Er hatte ihnen klargemacht, daß sie dort am sichersten wären und daß man in Kürze mit den Eindringlingen fertig werden würde. Raschkin hatte gespürt, daß Baums Verteidigungsstreitkraft überwältigt wurde, und daß danach die Vernichtung der Kometa und aller Menschen an Bord erfolgen würde. Jemand nahm fürchterliche Rache für den Mord an Jules Beaurain. Telescope war in Aktion.

Die Geschwindigkeit der Kometa war schon beträchtlich gesunken, als er die Kabine erreichte. Er war ein Mann von großer Beweglichkeit, und er brauchte kaum Zeit, seine Oberkleidung auszuziehen und in einen Taucheranzug zu schlüpfen, den er heimlich in einem Seesack an Bord gebracht hatte. Raschkin hatte in seiner augenblicklichen Stellung nur dadurch überlebt, daß er für alle Möglichkeiten vorbereitet war – er vernachlässigte es nie, für einen Fluchtweg zu sorgen.

Als er den Deckel des Bullauges abschraubte, hatte er zwei Waffen bei sich – ein Messer in einer Scheide und die wasserdichte Uhr an seinem Handgelenk. Es war ein Glücksfall, daß seine Kabine steuerbords lag. Als er den Deckel zurückschwang, konnte er deutlich die warnenden Blitze des Leuchtturms über dem Hammer von Bornholm sehen. Und er kalkulierte, daß das Tragflügelboot nicht mehr als ein paar Meilen von der dänischen Insel entfernt war.

Er kletterte rückwärts aus dem Bullauge. Dann ließ er sich hinab, bis er, nur noch von den Händen gehalten, am Rumpf des Schiffes hing. Ohne Zögern und ohne Angst ließ er los, denn er wußte, hier gab es kein Risiko, daß er auf die eingetauchten Tragflügel auftraf – die Geschwindigkeit war auf fünf Knoten gesunken, und das Schiff bewegte sich jetzt wie jedes andere gewöhnliche Schiff auch. Es bestand allerdings das Risiko, vom Sog des Hecks erfaßt zu werden. Er konnte in das Kielwasser gerissen und von der Schraube in Stücke geschlagen werden.

Raschkin spürte, wie seine Füße den langsam dahinziehenden Rumpf berührten. Er trat mit all seiner Kraft aus, und dann stieß er sich rückwärts ab, weg vom Schiff, das elegant an ihm vorüberglitt. Noch immer auf dem Rücken liegend, schwamm er mit starken, kraftvollen Bewegungen los. Hinter ihm glitt das Schiff weiter. Über sich sah er die Lampe des Speisesaals. Das Schiff wirkte merkwürdig verlassen.

Das Innere der Brücke glich einem Schlachthaus. Ein paar von Baums Sicherheitswachen, die noch lebten, hatten sich hierher zu

Liwanow zurückgezogen, kurz bevor Henderson den endgültigen Angriff befahl. Er nannte nur ein Wort: »Granaten!«

Drei Minuten später betrat er, gefolgt von Palme und mehreren seiner Schützen, die Todesfalle. Als erstes überprüfte er die Steuerung. Jemand – ohne Zweifel Liwanow – hatte im letzten Moment das Schiff auf automatische Steuerung eingestellt. Wie ein Roboter – oder ein Geisterschiff – kreuzte das riesige Tragflügelboot Kometa langsam über die Ostsee. Henderson organisierte den Rücktransport seiner eigenen Männer: Drei waren tot, siebzehn hatten durch das Element der Überraschung und durch die Kooperation von Peter Sobieski überlebt. Palme hatte persönlich den Polen gesucht und ihn auf die Brücke gebracht. Henderson redete mit Max Kellermann, der gerade auf der Brücke angekommen war.

»Wie steht's mit dem internationalen Abschaum, der im Speisesaal wartet? Mit der Elite des Stockholmer Syndikats?«

»Sie sind im Speisesaal gefangen. Die Leute von der Spezialeinheit haben sich nach unten durchgekämpft, die Posten ausgelöscht und dann die Türen aufgeschweißt, mit Schweißbrennern, die sie bei sich haben. Die Passagiere könnten vielleicht hinaus, wenn sie die Fenster einschlügen, aber ich glaube nicht, daß sie das versuchen werden. Die Schießerei hat ihnen angst davor gemacht, nachzuforschen.«

»Bringt die Bomben an den Türen an, und dann verschwindet – ihr alle. Durch die eingeschlagenen Fenster«, sagte Henderson. »Ich bleibe, bis ich dieses verdammte Schiff in Bewegung gesetzt habe.«

»Sie werden Ärger kriegen, wenn sie wieder runterwollen vom Schiff«, warf Palme dazwischen. »Ich meine, wenn es mit Höchstgeschwindigkeit fährt. Und die Rettungsboote kommen ja auch schon.«

»Ich hab' gesagt, bringt die Bomben an«, wiederholte Henderson.

Mit den grünen Leuchtkugeln, die Henderson in den Nachthimmel abgeschossen hatte, waren die Rettungsboote gerufen worden. Das britische Motorschiff mit Beaurain und Louise an Bord, das von Captain Buckminster befehligt wurde, kam schnell hinter der Kometa heran. Es hatte langsamere Fahrt gemacht, als die grünen Leuchtkugeln wie ein Feuerwerk explodierten.

»Gott! Jock hat's geschafft!«

Louise war so erleichtert, daß sie Beaurain in aller Öffentlichkeit auf der Brücke der Firestorm umarmte. Schon pflügten sich Motorboote, die zu Wasser gelassen waren, durch die Nacht zur langsam fahrenden Kometa hinüber. Ihre Suchscheinwerfer waren voll aufgedreht, um die Schützen der Gruppe Telescope zu finden, die jetzt in die See tauchten.

Hinter dem Kielwasser der Kometa, die noch immer fünf Knoten machte, tauchte eine ganze Anzahl von winzigen Lämpchen auf. Alle tanzten auf dem Wasser. Die Motorboote, die von der Firestorm kamen, fuhren schon langsamer. Jedes hielt auf eins der Lämpchen zu.

Das »Küstenwachschiff« Regula war zu seinem Mutterschiff zurückgekehrt und wurde an Bord gehievt. Dann wurde es triefend von Seewasser in den riesigen Laderaum der Firestorm abgesenkt. Und jetzt war Henderson nur noch allein auf der Brücke. Er lehnte sich aus einem eingeschlagenen Fenster, während er beobachtete, wie der letzte Schütze ins Wasser sprang. Er war eingeschlossen in der Brükke mit den Leichen der toten ostdeuschen Sicherheitswachen, und an allen Eingängen zur Brücke waren Spezialbomben angebracht – Bomben, die bei Zündung nach außen explodierten. Das Innere der Brücke wurde dabei nicht beschädigt. Der Sinn der Sache bestand darin, zu verhindern, daß jemand, der vielleicht aus dem Speisesaal entkam, lebendig die Steuerung auf der Brücke erreichte.

Viktor Raschkins Plan war es gewesen, die zwei Meilen bis zur Küste von Bornholm zu schwimmen. Ganz gemütlich. Aber als er sah, wie ein Motorboot mit einem einzigen Mann an Bord in seine Richtung kam, traf er eine schnelle Entscheidung. Das Motorboot fuhr auf einem Kurs, bei dem es in etwa zwanzig Meter Entfernung an ihm vorüberkam. Viktor Raschkin wartete auf den richtigen Moment, hievte sich kurz aus dem Wasser und winkte.

Der Mann von der Firestorm sah ihn und änderte den Kurs. Er verlangsamte die Fahrt. Seine Befehle lauteten, so viele wie möglich in der kürzesten Zeit aufzufischen. Die Tatsache, daß dieser Mann hier kein Blinklicht bei sich hatte, kam ihm nicht sonderbar vor. Er bemerkte auch nicht, daß die Farbe des Taucheranzugs nicht stimmte. Er hievte also seinen ersten Geretteten an Bord.

»Wie ist's gelaufen?« fragte er, ehe er die Maschine wieder startete, um seine Nachtarbeit weiterzuführen. Er starrte den Mann an, den er da aufgefischt hatte. Dieser nahm mit der linken Hand die Tauchermaske ab, während er mit der rechten an irgendeinem Ausrüstungsgegenstand auf dem Rücken herumzog. Beide Männer saßen jetzt und schauten einander an.

»Es ist alles gutgegangen. Alles nach Plan«, erwiderte Raschkin.

»Da wird sich Beaurain aber freuen . . .«

Der Retter brach mitten im Satz ab. Er hatte Raschkins Gesicht gesehen – darauf war ein kurzer Ausdruck des Schreckens bei der Erwähnung Beaurains aufgetaucht. Plötzlich wußte der Mann von der Firestorm, daß dies keiner von Hendersons Schützen war. Und dann schwang Raschkins rechte Hand nach vorn, und das Messer, das er gezogen hatte, glitt bis ans Heft in die Brust seines Retters.

Der Mann gurgelte, seine Augen starrten, er sank nach vorn. Raschkin hob ihn mit beiden Händen hoch und stürzte ihn über Bord, und dann widmete er seine ganze Aufmerksamkeit dem, was um ihn her passierte. Während er den Suchscheinwerfer am Bug seines eigenen Motorbootes abschaltete, drehte er das Gas auf. Dann lenkte er das Motorboot zur westlichen Küste von Bornholm hinüber. Vor einiger Zeit hatte er sich die Mühe gemacht, über diese Insel nachzulesen, und jetzt suchte er sich ein stilles Stück der dänischen Küste aus. Es hatte sich immer ausgezahlt, alle Zusammenhänge im Auge zu behalten. Jetzt versuchte er, sich die Abflugzeiten der regionalen Fluggesellschaften in Erinnerung zu rufen, die vom Flugplatz Ronne nach Kopenhagen flogen.

Im riesigen Speisesaal der Kometa sah es so aus, als ob die Mitglieder des Stockholmer Syndikats von lähmender Angst gepackt wären, einem Gefühl, das alle Entscheidungskraft erstarren ließ. Leo Gehn, einer der mächtigsten Männer der westlichen Welt, saß wie ein Buddha am Kopf des Tisches und rechnete sich offenbar die potentiellen Profite der Region des nordeuropäischen Sektors aus, die ihm früher an diesem Abend zugesprochen war. Als der Conte d'Arlezzo, ein schlanker Italiener, der nicht stillsitzen konnte, dem Amerikaner über die Schulter spähte, sah er zu seinem Schrecken, daß Gehn auf seinem Block die gleichen Zahlen immer und immer noch einmal wiederholte.

Der größte Teil der anderen dreißig Leute, die anwesend waren, hielt sich von den Türen entfernt und preßte die Gesichter gegen die Fenster. Sie starrten nach draußen auf die blitzende Lampe des Leuchtturms über dem »Hammer« von Bornholm. Ironischerweise waren die Spezialisten in Erpressung, Mord und Terror im großen Stil mit Unentschlossenheit geschlagen.

Auf der Brücke ließ Henderson das Schiff der Route folgen, die die anderen genommen hatten. Aber die Umstände waren dabei ganz anders. Die Kometa schwebte jetzt auf ihren riesigen Tragflügeln. Das Schiff bewegte sich mit seiner Spitzengeschwindigkeit von dreißig Knoten vorwärts. Das Luftkissenboot befand sich auf einem festgesetzten Kurs, den der Schotte ausgearbeitet hatte, und es wurde automatisch gesteuert. Henderson kletterte aus einem der eingeschlagenen Fenster hinaus und ging an die Reling, wo der Wind auf ihn auftraf. Er hielt sich aufrecht, beugte beide Beine, wartete darauf, daß das Schiff gleichmäßig dahinglitt, wenn auch nur für ein paar Sekunden. Jetzt!

Er sprang nach außen und nach unten. Er kam gut am Tragflügel vorbei und stürzte sich senkrecht in die Ostsee – weit genug weg, hoffte er, und tief genug nach unten, um dem tödlichen, reißenden Sog der Schraube zu entgehen. Als er wieder auftauchte, war er überrascht darüber, wie weit die Kometa schon gekommen war. Sie wirkte wie ein Bündel aus Lichtern, die langsam verschwanden. Er drückte den Knopf, mit dem er das rote Licht auf seiner Kappe einschaltete. Während er sich vom Aufprall auf das Wasser erholte, sah er ganz in der Nähe das Motorboot, das ganz allein zur Rettung Hendersons von der Firestorm ausgeschickt worden war.

Die senkrecht aufragenden Klippen des Hammers werden von einzelnstehenden Felssäulen geschützt, die sich wie riesige felsige Dolche aus der See erheben. Um die Basis dieses Ungeheuers der Natur wirbelte die See sanft, bewegte sich kaum. So still war die Ostsee in dieser Nacht und zu dieser Stunde. Die Kometa brauste aufgerichtet auf ihren Flossen vorwärts wie ein Geschoß, sie näherte sich dem Hammer im rechten Winkel. Die letzten Augenblicke müssen schrecklich gewesen sein für die Menschen, die geplant hatten, alle Übel im Westen zu einem riesigen kriminellen Syndikat zusammenzuschweißen. Die Kometa traf auf.

Der Zusammenprall zwischen dem fliegenden metallenen Rumpf und der unbeweglichen Felsenbastion war gewaltig. Aber Sekundenbruchteile später folgte ihm die Explosion der Bomben, die Henderson an den Tragflügeln befestigt hatte – Sprengkörper, die mittels Zeitzünder nach fünfzehn Minuten explodieren sollten, die aber auch bei einem größeren Zusammenprall detonierten. Als die Kometa auf den Hammer auftraf, war das ein größerer Zusammenstoß. Das Schiff flog in diesem Augenblick in Splittern auseinander. Die Explosion schleuderte eine der Tragflächen hoch in die Luft und ließ sie dann wieder in die See stürzen. Der Rumpf schob sich buchstäblich wie ein Teleskop zusammen, quetschte sich ineinander wie ein Akkordeon, ehe der Bug sank. Für ein paar Augenblicke hing also das Heck in der Luft.

Eine Fahne aus schwarzem Rauch erhob sich von der Basis des

Hammers und verteilte sich mit der sanften Brise, die jetzt wehte. Dann war nichts mehr da. Keine Spur davon, daß die Kometa je existiert hatte. Und das einzige Geräusch, das noch zu hören war, kam vom Motor des Bootes, das schnell zurück zur Firestorm fuhr.

Beaurain saß bewegungslos im Heck. Er war ungewöhnlich schweigsam. Er sagte niemandem, was er außerdem noch gesehen hatte – das wattezarte Kielwasser eines Motorbootes, das südlich von ihnen vorüberfuhr und mit mäßiger Geschwindigkeit auf die Westküste von Bornholm zuhielt. Als Beaurain später hörte, daß ein Motorboot merkwürdigerweise nicht zurückgekehrt sei, da wußte er: Viktor Raschkin war entkommen.

Kapitel 23

Der Funkspruch wurde um Mitternacht von der Firestorm gesendet. Beaurain gab ihn in einem ausgemachten Code an Fondberg weiter, der in Stockholm wartete, und ebenfalls an Marker im Polizeihauptquartier Kopenhagen und an Chief-Inspector Willy Flamen in Brüssel.

Etwa um zehn Minuten nach Mitternacht war auf dem ganzen Kontinent die größte Suchaktion gestartet worden, die jemals in Europa stattgefunden hatte. Funkkontrollwagen und ganze Flotten von Polizeistreifen warteten auf Übermittlungen des Syndikats. Sie begannen genau um drei Uhr morgens. Fondberg rief kurz danach Beaurain über Schiffsfunk an.

»Was hatte Ihr Zeitplan für eine Bedeutung?« wollte der Schwede wissen.

»Jemand muß Bornholm um Mitternacht erreicht haben. Seine erste Aufgabe war es sicherlich, eine Warnung durchzugeben an die Leute, die nach der Katastrophe vom Syndikat noch übrig sind.«

»Nach was für einer Katastrophe?«

»Warten Sie morgen früh auf Nachrichten aus Bornholm.«

»Na egal. Sie hatten recht! Es funktioniert!«

Fondberg hörte sich aufgeregt an. Überall in Europa stellten die Funkpeilwagen fest, woher die mysteriösen Funksprüche kamen – denn zum erstenmal sahen sie nicht auf den Straßen nach. Sie konzentrierten sich auf die Wasserwege. Und dadurch, daß jetzt eine Notsituation herrschte, waren die Funksprüche länger als gewöhnlich.

In Belgien, Frankreich und Holland wurden Funker des Syndikats in flagranti beim Senden an Bord von Schiffen erwischt. In Dänemark wurden Schiffe auf dem Öresund geentert. In Schweden machte man Razzien auf Booten und Kreuzern auf den Wasserwegen in Stockholm. In Deutschland waren es die Schiffe auf dem Rhein. Dadurch, daß die Angriffe überall genau im gleichen Augenblick stattfanden, hatte der eine Teil des Syndikats keine Gelegenheit, andere Teile zu warnen. Mit einem einzigen, gewaltigen Schlag wurde das ganze Kommunikationssystem, ohne welches das Syndikat nicht operieren konnte, ausgelöscht.

»Ein blondes Mädchen hat das Apartment in der Radmansgatan 490 verlassen und ist mit dem Flughafenbus nach Arlanda gefahren. Man erwartet ihre Ankunft in Kopenhagen um . . .«

Fondberg rief Beaurain wieder auf der Firestorm an, als das Schiff mit Höchstgeschwindigkeit nach Westen, zum Öresund und nach Kopenhagen fuhr. Wie abgesprochen hatte Fondberg das Apartment in der Radmansgatan rund um die Uhr überwachen lassen. Zwei seiner Männer waren der jungen Frau gefolgt, und als sie in Arlanda angekommen war, hatte man sie dabei beobachtet, wie sie am Schalter der Scandinavian Airlines den nächsten Flug nach Kopenhagen buchte.

» . . . acht Uhr dreißig«, fuhr Fondberg fort. »Und der erste Flug der Dan Air, der von Ronne auf Bornholm abgeht, ist Flug SK 262 um acht Uhr zehn. Das Flugzeug kommt um acht Uhr vierzig in Kopenhagen an. Was meinen Sie, wer an Bord des Flugzeuges ist?«

»Es ist besser, daß Sie's nicht wissen, Harry«, hatte Beaurain erwidert. »Und vielen Dank für die Information wegen des blonden Mädchens. Bleiben Sie in Kontakt.«

Er brach die Verbindung ab und schaute Louise an, die auch zugehört hatte. Sie runzelte verwirrt die Stirn.

»Blond?« fragte Louise. »Kann das Sonia Karnell sein?«

»Das kann sie nicht nur – das ist sie auch«, versicherte ihr Beaurain, während er sich die blutunterlaufenen Augen rieb. Wann hatte er zum letztenmal geschlafen? Er wußte es nicht mehr genau. »Blonde Perücke«, erklärte er.

»Ja natürlich. Lieber Himmel, ich glaube, ich bin nicht mehr auf Zack. Aber es verblüfft mich trotzdem. Was hast du damit gemeint, als du, ehe Harry Fondberg anrief, gesagt hast: Wir müssen die amerikanische Verbindung abbrechen? Und wer fliegt eigentlich von Bornholm nach Kopenhagen?«

»Ich beantworte dir beide Fragen, wenn ich es weiß.« Beaurain traf eine seiner plötzlichen Entscheidungen. »Ich glaube, wir werden vor allen anderen am Flughafen Kastrup sein – wir lassen uns von Anderson mit dem Sikorsky dort hinfliegen. Und wir nehmen uns ein paar Leute mit, auch Stig.«

Er schaute auf die Uhr. Vier Uhr morgens. Es war schon seit einer Stunde hell, und nach dem Himmel zu urteilen, sah es ganz so aus, als ob wieder ein herrlicher, wolkenloser, heißer Tag bevorstand. Sie konnten um fünf Uhr in Kastrup sein; um diese Uhrzeit würde dort noch nicht allzuviel Betrieb herrschen – mit etwas Glück war niemand da, der beobachten konnte, daß sie in der dänischen Hauptstadt angekommen waren.

Sie waren pro forma am Zoll- und Einwanderungsschalter durchgegangen und hielten jetzt auf die Haupthalle zu, als Louise stehenblieb und Beaurain am Arm packte. Sanft zog sie ihn hinter eine Säule, dann deutete sie mit einer Kopfbewegung auf einen geschlossenen Bücherstand. Beaurain spähte vorsichtig um die Säule herum, während Palme und die anderen drei Männer hinter ihnen erstarrten. Beaurain musterte einen Mann, der im Profil vor dem Bücherstand zu sehen war. Er hielt ein Magazin in der Hand, und es sah so aus, als ob er es läse.

»Ed Cottel«, murmelte er. »Die amerikanische Verbindung«, sagte Louise.

Sie zogen sich aus der Halle zurück und gingen weiter ins Flughafengebäude hinein. Palme machte einen Beobachtungsgang und kam mit Nachrichten zurück.

»Sie haben Truppen überall um den Flughafen herum«, berichtete er. »Alle Ausgänge sind bewacht, und unser Gegner ist gewaltig in der Überzahl. Es sind Männer in Pkws, die anscheinend auf Passagiere warten. Männer in Taxen. Zwei sind draußen an der Straße und tun so, als ob sie eine kaputte Straßenlaterne reparieren wollten.«

»Woher haben Sie denn den blauen Arbeitsanzug, Stig?« fragte Louise.

Palme schaute verlegen drein, als ob er eine Entschuldigung brauchte. »In der Herrentoillete habe ich einen Reinigungsmann gefunden.«

»Also haben Sie ihn k.o. geschlagen und ihn in einem Schrank versteckt«, sagte Louise.

»Ja. Aber in diesen Klamotten konnte ich überall herumlaufen – besonders, wenn ich auch den Eimer noch bei mir hatte. Keinem fällt ein Mann in einem Arbeitsanzug auf, der einen Eimer trägt.«

Nur Beaurain wirkte gleichmütig. Palme ließ seine Blicke umherwandern, um sich zu überzeugen, daß sie nicht beobachtet wurden. Dann zog er aus der Jacke unter dem Arbeitsanzug drei Pistolen hervor – eine Colt fünfundvierzig, eine Null-acht und eine kleine Neun-Millimeter-Pistole, die Louise sich schnell schnappte. Beaurain nahm die Null-acht.

»Der Mechaniker, der sich des Hubschraubers angenommen hat, als wir hier gelandet sind«, erklärte Palme, »ist ein Freund. Er bewahrt Waffen für mich auf, so daß er sie mir zuschieben kann, nachdem wir durch das durch sind, was so pompös die ›offiziellen Kanäle‹ genannt wird.«

»Ed Cottel wird uns mit seinen eigenen Truppen rausholen«, sagte Louise. Sie packte die Pistole ganz fest mit der rechten Hand und bedeckte dann die Waffe mit ihrem zusammengefalteten Mantel. »Etwas dagegen?« fragte sie Beaurain.

»Nein. In Ordnung.«

Sie ging mit energischen Schritten zurück in die große Halle, und Beaurain folgte ihr. Er schlenderte. Louise machte keine Anstalten, ihre Anwesenheit zu verbergen, und ging direkt zu dem Bücherstand hinüber, wo Ed Cottel noch immer stand und vorgab, seine Zeitung zu lesen. Nicht zum erstenmal bewunderte Beaurain ihre Nerven und ihre unverschämte Taktik. Sie kam bei Cottel an. Der blickte auf und sprach.

»Keiner von Ihnen soll den Flughafen verlassen, Louise. Auf keinen Fall. Das ganze Gelände ist von professionellen Killern umgeben.«

»Unter diesem Mantel ziele ich mit einer Pistole auf Sie. Und jetzt kommt eine rein akademische Frage. Wer sind diese Killer?«

»Sie gehören zur amerikanischen Verbindung«, sagte Cottel nüchtern. »Aber ich bin nicht der Verbindungsmann. Ich schätze, ich hab' noch immer eine Menge zu erklären.«

Beaurain war hinter ihr. Er nahm Louise am Arm und preßte ihn.

»Ich geh' mal eine Minute zu der Telefonzelle hinüber und rufe an«, sagte er. »Solange ich da drin bin, könntet ihr beiden doch Erfahrungen austauschen – und vielleicht wäre es sicherer, weiter in den Gebäudekomplex hineinzugehen. Da drinnen ist Stig mit den anderen.«

Sie setzten sich auf ein paar einzeln stehende Sitzbänke, während Cottel Louise alles erklärte. Ein Stückchen weiter hielt Palme Wache. Es hätte alles angefangen, als Washington Ed Cottel gebeten hätte, noch einmal aus der Pension zurückzukehren und eine letzte

Arbeit zu erledigen – die Gruppe Telescope aufzuspüren. Er hätte zugestimmt, und dann, in letzter Minute, als es schon zu spät war, noch einen anderen einzusetzen, hätten ihn seine Vorgesetzten darüber informiert, daß die Telescope-Geschichte kombiniert werden sollte mit einer persönlichen Nachforschung nach dem Stockholmer Syndikat.

»Als Harvey Sholto vor gewissen Spitzenratgebern, die unserem Präsidenten nahestehen, ›Was ist denn das?‹ gefragt hat, und als sie alle versuchten, so dreinzuschauen, als ob sie überhaupt keine Ahnung hätten, von was ich redete – da wußte ich, irgend etwas stimmt hier nicht. Von da an war ich eine Zielscheibe. Eine Zielscheibe, für deren Abschuß die Zeit begrenzt war.«

»Was soll das heißen?« fragte Louise.

»Man würde es mir erlauben, nach Europa zu fahren, in der Hoffnung, daß ich die Gruppe Telescope bloßstelle.« Er grinste schief. »Und wenn ich das getan hätte, dann wollte man mich liquidieren, wahrscheinlich durch Harvey Sholto selbst. Glücklicherweise haben die Männer des SÄPO-Chefs in Schweden herausbekommen, daß Sholto zu früh ankam. Also habe ich besondere Vorsichtsmaßnahmen getroffen und mich versteckt gehalten. Nachdem ihnen klargeworden war, daß ich all meine Energien – mein großes Netz von Informanten und Helfern, das ich mir in über zwanzig Jahren aufgebaut hatte, dazu benutzte, das Stockholmer Syndikat zu knacken, da ist die begrenzte Zeit, die ich hatte, abgelaufen. Sie haben für mich das Nadir-Signal ausgegeben. ›Der Mann ist mit extremer Vorsicht sofort zu vernichten.‹«

»Warum ist man in Washington so besorgt?«

»Weil der größte Teil der Mittel, die der Präsident für die Wahlkampagne braucht, genau von den amerikanischen Industriellen kommt, die Mitglied des Syndikats sind.« Cottels Stimme klang einen Augenblick lang heftig. »Sie wissen doch, wie unser Präsident Themen meidet, mit denen er sich blamieren könnte – er macht beide Augen zu und tut so, als ob diese Dinge nicht existieren.«

»Ich verstehe noch immer nicht ganz, Ed. Dieser Harvey Sholto – wieviel Macht hat der eigentlich? Welche Position bekleidet er offiziell?«

»Er hat überhaupt keine offizielle Position mehr. Und durch das, was er weiß, hat er mehr Macht als alle anderen in Washington, die unter dem Präsidenten stehen. Herrgott, Louise, ich habe Ihnen doch schon so gut wie alles erzählt – das ist der Kerl, der sämtliche Akten von J. Edgar Hoover fotokopiert hat! Diese Akten enthalten alle schmutzige Wäsche jeder einflußreichen Person im Land. Sholto hat Akten zusammengestellt, die so gefährlich sind, daß niemand in Washington es wagt, ihn anzugreifen. Aber was nützt es, wenn man den Leuten nur einfach Angst macht? Danach hat er sich die Sache mit dem Stockholmer Syndikat ausgedacht. Er hat mit Viktor Raschkin in Stockholm Kontakt aufgenommen – ich nehme an, die beiden haben sich schon früher heimlich im Fernen Osten getroffen.«

Er brach ab, als Beaurain wieder auftauchte. Beaurain wirkte nicht länger müde, und er schaute auf die Uhr, als er sich den Sitzbänken näherte. »In fünf Minuten sind wir draußen, vielleicht auch früher.«

»Wie?« fragte Cottel skeptisch.

»Mit Hilfe von Superintendent Marker von der dänischen Kriminalpolizei. Im Augenblick saust schon eine Flotte von Polizeiwagen voller Bewaffneter nach Kastrup. Ich habe Marker gesagt, wo Sholto seine Truppen plaziert hat – es ist doch Sholto, oder, Ed? Hab's mir gleich gedacht. Die beiden, die so tun, als ob sie die Straßenlampe reparieren, werden noch einen schönen Schrecken kriegen.«

»Wird es eine Schießerei geben?« fragte Cottel.

»Ich glaube eher, daß kein einziger Schuß abgefeuert wird. Viktor Raschkin soll hier mit einem Flug der Dan Air von Ronne ankommen, und seine Leute wollen sicher nicht, daß das ganze Gebäude von Polizei wimmelt. Ich glaube, ich höre schon die Sirenen.«

»Raschkin kann man nichts anhaben«, warnte der Amerikaner. »Das Schwein kann sich immer noch auf seine diplomatische Immunität verlassen.«

»Dann warten wir eben ein paar Stunden. Ich glaube, Raschkin wird das Problem für uns lösen. Ja, jetzt hört man die Sirenen. Hört sich an, als ob es wirklich eine ganze Menge wären.«

Es gab keine Schießerei. Bodel Marker hatte eine so große Truppe nach Kastrup geschickt, daß keiner der Männer, die auf Beaurain warteten, irgendeinen Widerstand leisteten. Die Tatsache, daß sie Waffen bei sich trugen, war mehr als ausreichend, um sie hinter Gitter zu bringen. Beaurain erklärte jetzt Marker in allen Einzelheiten den letzten Schlag. Es ging um einen der Schlüsselmänner, die dafür verantwortlich waren, daß das Kommunikationssystem des Syndikats zerschlagen wurde. Der Däne stimmte Beaurains Plan in allen Punkten zu, wenn auch nicht jede Einzelheit dem Gesetz entsprach. Und Marker sorgte auch für Transportmittel in Form von Zivilstreifen der Polizei für Beaurain und seine Begleiter. Damit konnten sie in die Stadt fahren.

»Worum ging es denn?« fragte Louise, als sie von Kastrup wegfuhren.

Marker hatte ihnen drei Wagen gegeben. Den ersten, einen Citroën, steuerte Beaurain. Louise saß neben ihm, und auf den Rücksitzen saßen Palme und Anderson, der Sikorsky-Pilot mit dem trockenen Humor. In den beiden Audis, die ihnen folgten, saßen Max Kellermann und fünf von Hendersons Schützen. Henderson fuhr den dritten Wagen und hielt die Augen offen.

»Ich sage Ihnen, wo das Waffendepot ist«, verkündete Palme.

»Hier in Kopenhagen?« fragte Louise.

»Erst über diese Brücke, dann rechts«, meinte Palme ruhig. »Auf die Prinsesse Gade.« Die drei Wagen bogen in eine trübselige Seitenstraße ab und parkten. Minuten später war Palme mit seinem Koffer wieder da, und sie fuhren zurück zur Hauptstraße.

»Und was machen wir jetzt, nachdem Stig sich mit Werkzeug versorgt hat, wie er sagen würde?« wollte Louise wissen.

»Wir fahren zu dem Haus in Nyhavn – dort wird die ganze schreckliche Serie von Ereignissen enden, wenn ich mich nicht sehr geirrt habe.«

»Würde es dir was ausmachen, das deutlicher zu erklären?«

Sie fuhren über die Knippels Bro ins Herz von Kopenhagen hinein.

»Die amerikanische Verbindung ist Harvey Sholto – Ed hat mir das mit den Akten von J. Edgar Hoover erklärt. Damit und mit seinen Verbindungen auf höchster Ebene hat Sholto die Syndikatsmitglieder in den Staaten organisiert. Dann spricht er sich mit Raschkin ab, der die europäische Seite organisiert. Ich habe den Verdacht, daß Raschkin bisher eine Ein-Mann-Kapelle hat.«

»Mit Hilfe eines Drei-Mann-Direktoriums?«

»Wir wollen mal sehen, was bei dem Haus in Nyhavn passiert«, sagte Beaurain.

Ed Cottel, der in Kastrup zurückgeblieben war, beobachtete durch einen starken Feldstecher die Ankunft der DC 9 – Dan Air, Flug SK 262 von Ronne. Während er zusah, wie die Passagiere aus dem Flugzeug ausstiegen, begann er sich Sorgen zu machen. Er konnte Viktor Raschkin nicht erkennen. Dann hatte er eine Idee. Er rannte zum Haupteingang, wo die Taxis warteten.

Für seinen Geistesblitz wurde er belohnt – das dachte er wenigstens, als er einen Mercedes mit sowjetischem Diplomatenkennzeichen am Straßenrand halten sah. Ein schlanker Mann, der ein Bordcase der Dan Air bei sich hatte, tauchte plötzlich auf. Der Chauffeur des Mercedes öffnete die Tür im Fond, ließ den Mann ein, schloß die Tür wieder. Die Limousine rollte davon, gefolgt von einer der Zivilstreifen von Superintendent Marker. Ed Cottel hatte dem Fahrer ein Zeichen gegeben. Schwitzend vor Aufregung wartete Cottel noch ein bißchen und sah zu, wie die Passagiere sich verteilten. Dann ging er schnell vor dem Flughafengebäude entlang zu einem geparkten Wagen, der Markers Kontrollfahrzeug war. In dem Wagen gab es ein Funkgerät. Cottel ließ sich auf den Beifahrersitz neben dem Mann am Lenkrad gleiten.

»Ich möchte Jules Beaurain gern berichten.«

»Bitte schön«, sagte der Däne und reichte ihm das Mikrofon. »Wenn Sie durchkommen, dann wäre das ein Wunder – an einem klaren Tag wie heute sind die Störungen unerträglich – über Skandinavien liegt ein Hochdruckgebiet.«

»Wo wir schon von Hochdruck reden . . .« Cottel wischte sich die feuchte Stirn ab, während er Beaurain anrief. Der Belgier antwortete sofort klar und deutlich.

»R-R«, begann Cottel und meinte Viktor Raschkin, »hatte einen Mercedes mit CD-Schild hier auf der Lauer liegen. Er wurde abgeholt. Unsere Freunde sind ihm gefolgt. Komisch, als ich vorher zugesehen habe, wie die Passagiere ausstiegen, konnte ich ihn mit dem Feldstecher nicht erkennen.«

Es war nur eine von diesen beiläufigen Bemerkungen, die man fallenläßt, wenn man aufgedreht ist, wenn man nicht genug geschlafen hat, wenn man glaubt, man hätte alles geschmissen, und dann feststellt, daß dies nicht der Fall ist. Die Reaktion des Belgiers glich fast einer Explosion.

»Hören Sie sich mal diese Beschreibung an, Ed. Ein grauhaariger Mann, mittelgroß. Wahrscheinlich ziemlich auffällig gekleidet, könnte sogar eine Samtjacke mit Goldknöpfen tragen. Randlose Brille. Hat vielleicht ein Käppchen auf dem Kopf, wie die orthodoxen Juden.«

Cottel starrte mit offenem Mund auf das Mikrofon. Dann faßte er sich wieder. »Genau so einer ist in einen verbeulten VW gestiegen, als die große Limousine abgefahren ist. Hab' mich nicht besonders um den gekümmert – der hatte auch kein Bordcase der Dan Air bei sich.«

»Braucht er auch nicht«, informierte ihn Beaurain. »Sie würden ihn nicht erkennen, aber Dr. Benny Horn ist eben in Kopenhagen angekommen. Warten Sie jetzt auf den Flug, der Sonia Karnell von

Stockholm herbringt? Gut. Ich glaube, wir treffen uns alle in dem Haus in Nyhavn. Viel Glück – keiner hat bis jetzt Harvey Sholto entdeckt.«

»Glauben Sie, der ist auch in der Stadt?« fragte Cottel grimmig.

»Er muß hier sein.«

Zum erstenmal seit Wochen änderte sich das Wetter, als sie sich Nyhavn näherten. Der Himmel wurde wolkig, eine Andeutung von Nebel trieb von der See herein, und als sie das wohlbekannte Hafenbekken erreicht hatten, an dem links die Seemannskneipen und rechts die Touristenläden lagen, begann es zu nieseln. Feine Regentröpfchen sprühten über das Gewirr aus Schiffmasten im Hafen. Die Steine auf der Straße waren feucht. Der Konvoi der drei Wagen fuhr ein Stück weiter, so daß sie von Nyhavn nicht zu sehen waren, und parkte dann. »Möglicherweise wird Horns Haus beobachtet«, warnte Beaurain, »unsere erste Aufgabe besteht also darin, die Wachposten auszumachen und zu erledigen.«

»Möglicherweise?« fragte Louise. »Das Syndikat stellt doch immer Beobachtungsposten auf.«

»So war es bis heute morgen.«

»Aber in Kastrup wimmelte alles nur so von Männern des Syndikats«, widersprach Louise. »Du mußtest Marker einsetzen, damit der ein ganzes Team rausschickte, um sie zu kassieren.«

»Die waren nur da, weil Raschkin ankam. Mit Sicherheit hat er von Bornholm nach Kopenhagen angerufen und um Schutz gebeten – um besonders guten Schutz. Den brauchte er auch, nach dem, was mit der Kometa passiert ist. Aber das Syndikat in Europa ist jetzt am Ende seiner Ressourcen angekommen. Seine Macht ist gebrochen, und die Anführer sind mit dem sowjetischen Tragflügelboot umgekommen.«

»Wen erwarten wir denn dann in dem Haus in Nyhavn?«

»Hugo.«

Palme öffnete den Koffer aus dem Waffenlager. Er gab Waffen und Munition aus. Alle Faustfeuerwaffen waren mit Schalldämpfern ausgerüstet. Palme unterhielt sich kurz mit Max Kellermann. »Aus der Wohnung, die fast gegenüberliegt, beobachtet uns ein Mann – dahinten. Den übernehme ich. Dann ist noch ein Mann auf dem Deck eines Fischerbootes, der sich allzuviel Zeit beim Einrollen von Seilen nimmt. Das Boot liegt direkt vor Horns Haus. Den übernimmst du.«

Es war sehr still im Nieselregen, als Palme und Kellermann an verschiedenen Seiten des Hafenbeckens hinuntergingen. Beide hatten den Gang eines Matrosen angenommen. Sie unterschieden sich kaum von dem einzelnen Mann, der jetzt in dieser Stunde noch die Stufen aus einer der Kellerbars heraufgetorkelt kam. Palme ging in das Gebäude und kletterte zu der Wohnung im ersten Stock hinauf, in der er den Beobachter entdeckt hatte. Er trat die ungesicherte Tür ein und ließ sich von seinem eigenen Schwung direkt durch den sparsam möblierten Raum tragen. In der Rechten hielt er eine Null-acht mit einem Schalldämpfer. Ein Mann, der aus dem offenen Fenster gestarrt hatte, flog breitbeinig auf ein Sofa, während er nach der Automatik-Pistole an seiner Seite tastete. Palme schoß zweimal auf ihn und spähte dann aus dem Fenster.

Der Seemann, der das Seil aufrollte, war vom Deck des Fischerbootes verschwunden. An seinem Platz hockte jetzt Max Kellermann, der genau das gleiche machte. Auf diese Weise konnte er genau die Haustür sehen, die in Dr. Benny Horns Haus führte.

Ein paar Minuten später machte er Beaurain und Louise ein Zeichen; die beiden standen vor dem Schaufenster eines Antiquitätenladens. Die Gegend war gesäubert. Und Palme, der schon auf der obersten Stufe dicht vor der Haustür in Horns Haus stand, hatte den richtigen Dietrich gefunden, mit dem man das teure Sicherheitsschloß öffnen konnte. Er ging, gefolgt von Beaurain und Louise, hinein. Vor sich hielt er die Null-acht, und sein Blick wanderte die schmale Treppe hinauf, den schmalen Korridor entlang. Sein scharfes Gehör stellte sich auf das leiseste Geräusch ein. Für Palme roch dieses Haus leer; es war erst vor kurzer Zeit belebt gewesen, aber im Augenblick war es leer.

Das ruhige Wasser des Hafenbeckens war getupft von feinen Regentropfen – und Max Kellermann rollte mühsam das Seil auf dem Deck des Fischerboots. Louise trat über die Schwelle von Dr. Benny Horns Haus, und Beaurain schloß die Tür.

»Alles sauber.«

In erstaunlich kurzer Zeit hatte Palme das Erdgeschoß durchsucht, war die Treppe hinaufgerannt, hatte den ersten Stock überprüft, war dann in die Halle zurückgekehrt und eine kurze Treppe hinunter verschwunden, durch eine Tür, die in den Keller führte. Er war wieder da und machte seine Bemerkung. Er ist ziemlich groß, dachte Louise, aber er kann sich mit der Grazie und Geschwindigkeit einer Gazelle bewegen.

»Vorn ist so eine Art Bibliothek«, erklärte Palme und zeigte auf eine Tür. »Bücherregale vom Fußboden bis zur Decke. Schwere Spitzenvorhänge an den Fenstern, die auf die Straße gehen . . . Küche und Speisezimmer sind hinten, und im ersten Stock gibt es eine Hintertür zu einer Feuerleiter, die auf einen kleinen Hof hinuntergeht. Vom Hof aus gibt es einen Ausgang in eine Seitenstraße. Einer der Schützen hat den Ausgang gefunden und sich dort hingestellt. Keiner kommt jetzt mehr hier rein, ohne daß wir es wissen.«

»Gehn wir also ins Wohnzimmer, um die Gäste zu erwarten?« schlug Beaurain vor.

Draußen fiel weiter der Regen, und Max Kellermann übersah die Tatsache, daß er nasser und nasser wurde.

Sonia Karnell war die erste, die in Nyhavn ankam. Sie hatte sich ein Taxi vom Flughafen Kastrup hierher genommen. Sie bezahlte den Fahrer und stieg die Treppe hinauf. Der Nieselregen bildete ein Gewebe aus Feuchtigkeit auf ihrem kohlschwarzen Haar. In ihrer linken Hand hielt sie schon den Schlüssel; in der rechten trug sie einen Koffer, und von einem Riemen baumelte eine Schultertasche herab.

Diese Schultertasche musterte Louise Hamilton, während sie sich in der Bibliothek versteckt hielt und durch die schweren Spitzenvorhänge beobachtete. Beaurain war auch im Raum. Er stand flach an die Wand gepreßt, nah an der geschlossenen Tür.

»Irgend etwas macht sie mißtrauisch«, zischte Louise.

Die Schwedin hatte sich umgedreht und zu dem Deck des Fischerboots hinübergeschaut, das am Kai lag. Sie sah, daß der falsche Mann das Seil aufrollte. Sie sah Max Kellermann.

Kellermann reagierte instinktiv. Er hob den Lauf seiner Maschinenpistole, die unter einem Fischernetz verborgen gewesen war, eine der Waffen, die Palme aus seinem Waffenlager verteilt hatte. Niemand war nahe genug, um die Bewegung zu sehen. Aber Karnell bemerkte sie. Sie drehte den Schlüssel um, schlüpfte in den Flur, knallte die Tür hinter sich zu und lehnte sich einen Augenblick an die Wand. Louise trat aus der Tür zur Bibliothek.

»Hallo, Sonia. So fern von der Radmansgatan?«

Louise zielte direkt mit der Pistole auf die Schwedin, aber Sonia Karnell war entweder lebensmüde oder sie erriet, daß diese Leute jetzt noch nicht gern den Knall von Schüssen gehört hätten. Sie sprang Louise wie eine Tigerin an, während sie den Koffer fallen ließ. Ihre Hände streckten sich aus wie die Klauen eines Tieres. Sie zielte auf Louises Augen. Louise schlug ihr den Kolben der Pistole an die Schläfe. Karnell tastete nach ihrem Gesicht, und Blut quoll zwischen ihren Fingern durch. Die Farbe paßte genau zum Ton ihres Nagellacks.

»Laß die Schultertasche fallen, Sonia«, befahl Louise. »Ganz langsam – wenn du probierst, deine Waffe zu packen, dann schieß ich dich in den Magen.«

Sie sah zu, während die Schultertasche neben den Koffer auf den Fußboden des Flurs fiel. Sie war allein mit der Karnell; Beaurain war in der Bibliothek unsichtbar geblieben, und Palme hatte sich auf dem oberen Absatz der schmalen Treppe auch nicht gezeigt. Es würde leichter sein, die Karnell zu Tode zu ängstigen, wenn sie glaubte, sie sei allein mit Louise. Dann fiel Louise etwas ein! Natürlich! Es mußte ein Signal geben, daß alles klar war, daß es für Horn sicher war, nach seiner Ankunft hier einzutreten. Aber natürlich!

»Wie sieht das Signal aus?« fragte Louise bösartig und kam näher, so daß Sonia Karnell sich mit dem Rücken gegen die Wand preßte.

»Was für ein Signal?«

»Du blöde Tante!« Louise hob die Pistole. »Du siehst gut aus! Wenn ich hiermit schieße, dann wird sich das ändern, so daß keiner dich mehr ansieht, geschweige denn . . .«

Louises Mund stand leicht offen. Sie hatte die Zähne fest zusammengebissen. Ihr Arm bewegte sich, sie zielte so, daß sie Sonia Karnells Nase getroffen hätte, die wie der Rest ihres Körpers vollkommen war. Karnell kreischte: »Im Wohnzimmer . . . eine Karte im Fenster . . . Die bedeutet, alles ist okay. Los, komm mit!«

»Was für eine Karte?«

»In der Schublade . . .« In ihrem Schrecken drängte Sonia an Louise vorüber, rannte in die Bibliothek und öffnete eine Schublade. Louise war dicht hinter ihr, aber das einzige, was Karnell aus der Schublade herausnahm, war eine Postkarte von Alt-Kopenhagen. Sonia rannte zum Fenster, schob den Vorhang beiseite, steckte die Karte ans Fenster und ließ den Vorhang wieder fallen.

Dann sah sie zum erstenmal Beaurain. »Sie wissen es – nicht?« fragte sie.

»Ich weiß es«, stimmte Beaurain zu. »Und jetzt warten wir einfach.«

Louise durchsuchte die Schwedin, aber die einzige Waffe, die sie bei sich hatte, war eine Nagelschere. Wahrscheinlich hätte sie im Haus eine Waffe gefunden, wenn sie Zeit gehabt hätte.

Harvey Sholto kam ungesehen nach Nyhavn und bezog unbemerkt seine Stellung. Er war mit dem gleichen Flug wie Sonia Karnell aus

Kopenhagen gekommen und mischte sich bei der Ankunft in Kastrup unter die anderen Reisenden. Er wählte ein Taxi aus, gab dem Fahrer eine genaue Beschreibung und ein großzügiges Trinkgeld und ließ sich dann mit dem Tennisbeutel, den er aus einem Schließfach in Kastrup abgeholt hatte, auf dem Rücksitz nieder.

Sein großer kahler Kopf war unter einer schwarzen Baskenmütze verborgen, und er trug einen schäbigen Regenmantel, der aus dem Koffer stammte, den er im Schließfach zurückgelassen hatte. Die meisten Leute – hätte man sie nach Sholtos Nationalität gefragt – hätten ihn für einen Holländer oder Franzosen gehalten.

»Soll ich Sie hier absetzen?« fragte der Taxifahrer.

»Ja. Und vergessen Sie nicht, wo Sie kurze Zeit halten sollen. Ich will meine Freundin überraschen, wie ich schon erklärt habe.«

»Verstanden.«

Das Taxi war ein paar Meter vor der Stelle stehengeblieben, an der Nyhavn in Sicht kam. Harvey Sholto stieg aus und ließ das Taxi am Straßenrand zurück. Daß es nieselte, gefiel ihm gut; es paßte zu seinem schäbigen Regenmantel. Er stapfte am Hafenbecken vorüber und ging die linke Straße hinunter, an den vielen Matrosenkneipen vorüber. Er ließ die Schultern hängen, dadurch wirkte er kleiner. Er ging mit gesenktem Kopf, wie ein Mann, der ganz in seine eigenen Gedanken verstrickt ist. Aber seine Blicke waren überall. Hier mußte es von den Truppen dieses Schweinehunds Beaurain nur so wimmeln. Ja, er war ganz sicher, daß einer von denen sogar auf dem Fischerboot postiert war, das am Kai gegenüber Horns Haus lag. Das Taxi kam gerade noch rechtzeitig, ehe der Mann aufblickte und ihn sah. Der Wagen fuhr an Sholto vorüber, als ob er nicht genau wüßte, wo er hinwollte.

An Bord des Fischerbootes ließ Max Kellermann eine Hand unter das Netz gleiten, das die Maschinenpistole verbarg. Irgend etwas stimmte nicht mit diesem Taxi. Max sah zu, wie es langsam vorüberrollte, das Ende des Beckens erreichte und stehenblieb. Niemand stieg aus. Der Wagen hielt einfach, während der Fahrer über das Hafenbecken schaute. Der Fahrer!

Aus den Augenwinkeln sah Kellermann zu, wie der Fahrer sich in aller Gemütsruhe eine Zigarette anzündete und das Streichholz ins Wasser schnippte. Kellermann änderte seine Meinung. Der Mann wollte sicher Fahrgeld kassieren und war zu früh angekommen. Also genoß er eine ruhige Zigarette und ein paar Minuten Frieden. Das Taxi rollte langsam um die Ecke.

Während dieser Scharade war Harvey Sholto in die Tür hineingeschlüpft, durch die Palme selbst gegangen war, ehe er den Beobachter im ersten Stock getötet hatte. Der Anblick der Leiche schockierte Sholto, aber nur für eine Sekunde.

Als nächstes zerrte er das Sofa zum Fenster, es sollte ihm als Rükkenstütze dienen. Aus dem Tennisbeutel nahm er das leichte Armeegewehr, das zerlegt in seine Einzelteile darin lag, und baute die Waffe zusammen. Auf diese Entfernung war das Zielfernrohr, das er anschraubte, überflüssig. Aber Harvey Sholto war ein vorsichtiger Mann.

Er überprüfte, ob alles zu seiner Zufriedenheit arrangiert war, und ließ sich zum Warten nieder. Sie kamen alle in das Haus Nyhavn. Wenn Cottel die Stufen hinaufging, würde er ihn mit einem einzigen Schuß erledigen. Dann mußte er nur noch den Schußwinkel ein paar Grad senken und konnte den Mann auf dem Fischerboot wegpusten, ehe der sich von dem Schock erholte. Harvey Sholto zündete sich eine Zigarre an und zwang sich, stillzusitzen.

Der VW rollte auch langsam am Nyhavner Becken entlang. Aber dieses Fahrzeug fuhr die Seite der Straße hinunter, an der die Touristenfallen lagen. Als Kellermann den VW kommen sah, duckte er sich tief, so daß er nicht zu sehen war. Dr. Benny Horn fuhr am Eingang seines Hauses vorüber und parkte dann am Straßenrand. Er kletterte aus seinem uralten Vehikel, rückte sich das Schädelmützchen gerade, drehte sein Gesicht dem Nieselregen entgegen und ging zurück zu dem Haus, auf dessen Türschild sein Name stand. Wie Sonia Karnell hielt er den Schlüssel in der Hand, als er die oberste Stufe erreichte. Er steckte den Schlüssel ins Schloß, öffnete, ging hinein und schloß die Tür. Beaurain tauchte in der offenen Tür auf, die zur Bibliothek führte. Er hielt seine Null-acht direkt auf den Neukömmling gezielt.

»Herzlich willkommen, Viktor Raschkin.«

Ed Cottel, der Sonia Karnell vom Flughafen gefolgt war und sie dann in einem Verkehrsstau verloren hatte, verspätete sich noch weiter durch eine Verkehrskontrolle, die in einem der geschäftigsten Teile der Stadt abgehalten wurde. Die Verkehrspolizisten hielten ihn auf, bis er sie endlich dazu überredet hatte, das Funkgerät in seinem Wagen zu benutzen und das Hauptquartier anzurufen. Schließlich suchte er sich ein Taxi.

Im ersten Stock der Wohnung in Nyhavn war Harvey Sholto befriedigt darüber, daß er den Job erledigen konnte. Er stand im Schatten des kleinen Raumes und zielte mit dem leichten Gewehr auf die

Eingangstür an Horns Haus. Es war alles kinderleicht. Dann sah er, wie das Taxi auf der anderen Seite herankam, und packte seine Waffe fester.

Das Taxi blockierte ihm die Aussicht, als Cottel den Fahrer bezahlte, und Sholto zog noch ein letztes Mal an seiner Zigarre. Dann zerquetschte er sie unter seinem großen Fuß. Das Taxi rollte davon, Cottel drehte sich kurz um und stieg dann die Treppe hinauf. Sholto zielte mitten auf seinen Rücken, ein bißchen links zwischen Cottels Schulterblätter. Sein Finger suchte den Druckpunkt. Er redete leise, ohne daß er das selbst bemerkte. »Es hat lange gedauert, Schweinehund, aber jetzt ist es soweit.«

Es traf Harvey Sholto mitten in die Brust. Es hob ihn von den Füßen und riß ihn zur Decke, als ob er eine Marionette gewesen wäre. Mitten in der Luft klappte sein großer Körper zusammen. Die Schwerkraft brachte ihn wieder auf den Fußboden, auf den er mit einem gewaltigen Schlag auftraf. Er lag still und ausgestreckt da, wie ein Kreideumriß, den die Polizisten immer zeichnen, damit man sehen kann, wo die Leiche gefunden worden ist.

Es war der Zigarrenrauch gewesen, der Kellermanns Aufmerksamkeit auf das offene Fenster gelenkt hatte. Es war wenig mehr als ein Hauch gewesen, den der Nieselregen verteilte, sobald er an die Luft drang. Aber die Bewegung des Rauchs hatte für Kellermann ausgereicht. Jemand wartete in dem Raum, in dem angeblich nur ein Toter war. Beim Anblick des Gewehrs, das auf Ed Cottel zielte, hatte Kellermann auf das Fenster eine kurze Salve aus einer Maschinenpistole abgegeben.

Beaurain schob den Mann mit der Schädelkappe gegen die Wand des Flurs und drückte ihm den Lauf seiner Null-acht an die Kehle. Cottel schlüpfte ins Haus, und am Kopf der Treppe erschien Palme. Louise schloß die Tür, und Beaurain geleitete Horn in seine eigene Bibliothek. Ed Cottel folgte ihnen.

»Gegenüber ist ein Scharfschütze«, erklärte Palme, während er die Treppe herunterkam. »Sein Ziel war Mr. Cottel. Max hat ihn ausgeschaltet.«

»Viktor Raschkin?«

Sie hatten die Bibliothek betreten, und Louise wiederholte diesen Namen, den Beaurain ausgesprochen hatte. Ungläubigkeit lag in ihrer Stimme. Beaurain nahm seinem Gefangenen mit der linken Hand das Käppchen ab und zupfte ihm die Perücke aus falschem grauem

Haar vom Kopf. Die randlose Brille hakte er ab und warf sie auf den Fußboden.

»Es ist ja nicht so, als ob er sie zum Sehen brauchte. Darf ich Dr. Benny Horn vorstellen, besser bekannt als Viktor Raschkin, der Erste Sekretär der sowjetischen Botschaft in Stockholm. Wir dürfen auch nicht vergessen, daß andere Leute ihn als Dr. Otto Berlin aus Brügge kennen und als Dr. Theodor Norling aus Stockholm. Ein Trio von eminenten und mordlustigen Buchhändlern.«

Das Licht in der Bibliothek war nicht besonders hell. Hinter den schweren Spitzenvorhängen war es immer dämmerig, aber der verregnete Morgen machte die Sicht noch schlechter. Louise hatte trotzdem keine Schwierigkeiten, das zu erkennen, was sie noch immer fast unglaublich fand – der Mann, dessen Verkleidung als Dr. Benny Horn jetzt gefallen war, war vierzig Jahre alt und wirkte noch jung. Seine Augen schauten intensiv und forschend, seine vorstehenden Wangenknochen wirkten slawisch, und selbst jetzt, wo Beaurains Pistole gegen seine Kehle drückte, strahlte er noch Autorität und Zuversicht aus. Er begegnete Louises Blick kalt und unverschämt. Dann sagte Beaurain noch etwas, und Louise glaubte, sie hätte zum erstenmal in Raschkins Gesicht ein Flackern der Angst gesehen.

»Das also ist Hugo, der Beherrscher des Stockholmer Syndikats, der Mann, der sich ein Blutbad wie das Massaker von Elsinore ausdenkt.«

»Bist du sicher?« begann Louise. »Warum dann so ein umständlicher Betrug?«

»Damit er drei verschiedene ›Vordermänner‹ hat, die mit den Mitgliedern für das Stockholmer Syndikat verhandeln. Am Anfang hätte es keinem so gepaßt, Geschäfte mit einem sowjetischen Kommunisten zu machen. Aber das Wichtigste war folgendes: Er mußte den Kreml in die Irre führen, besonders den Genossen Staatschef, seinen Vorgesetzten.«

Diesmal sah Louise, wie Raschkin genau beobachtete, wie jeder Ausdruck von seinem Gesicht verschwand. Es wirkte völlig leer. Beaurain hatte offenbar ins Schwarze getroffen.

»Und warum sollte er das tun?« fragte Louise.

»Weil er aus Rußland verschwinden wollte, wenn das Syndikat erst einmal stand!« Diese Anschuldigung wurde bösartig von Sonia Karnell ausgestoßen, die bis zu diesem Augenblick den Mund gehalten hatte. »Milliarden würden wir haben, hast du gesagt, und jetzt sieh dir an, wo wir sitzen!«

»Halt die Klappe«, sagte er ihr. Es war die ruhige, abstandgebietende Art, mit der er diese Worte aussprach, die Louise so furchterregend fand. Und Raschkin sah nicht ängstlich aus. Louise bemerkte, daß Palme mit Ed Cottel nach einer geflüsterten Bemerkung von Beaurain den Raum verlassen hatte. Sie waren allein mit Raschkin und seiner schwedischen Geliebten, Sonia Karnell. Warum wirkte der Russe noch immer so zuversichtlich?

»Er wollte abhauen«, wiederholte Sonia. »Er wußte, er würde es nie bis ins Politbüro schaffen, weil all diese alten Männer ihm im Weg standen. Er hat das Politbüro betrogen – besonders den Staatschef –, er hat ihnen weisgemacht, er hätte ein Direktorium gebildet, während er selbst als Hugo immer schön Abstand gehalten hat. Wenn das Syndikat organisiert war, wollten wir nach Amerika und hätten es von dort geleitet. Ja – er ist Hugo. Ja, er hat insgeheim mit Harvey Sholto zusammengearbeitet, der die Akten von J. Edgar Hoover benutzt hat. Er hat sie up to date gebracht, damit bestimmte amerikanische Geschäftsleute sich dem Syndikat gezwungenermaßen anschlossen. Nicht, daß sie noch gezögert hätten, als ihnen klar wurde, was für gewaltige, steuerfreie Profite sie machen würden.«

»Aber Berlin, Horn und Norling hat er doch nicht erfunden, oder?« fragte Beaurain sanft. »Sie sind ermordet worden, nicht wahr?«

»Damit hatte ich nichts zu tun!« sprudelte Sonia Karnell heraus. »Er hat nach Einsiedlertypen gesucht, nach Männern, die man nicht vermißte, wenn sie plötzlich ›wegzogen‹ – es mußten auch Männer sein, in die er sich einigermaßen verkleiden konnte.«

»Wie haben Sie das herausgefunden, Beaurain?« fragte Raschkin, der noch immer ruhig war.

»Die Lebensgeschichten dieser Männer waren sich ähnlich, allzu ähnlich. Als Sie aus dem Expreß von Brügge nach Brüssel verschwanden, ist mir später klargeworden, daß Sie sich verkleidet haben mußten. Litows letzte Worte am Stockholmer Hauptbahnhof – ›Heroin . . . Norling . . . Verräter‹ – deuteten auf einen Russen. Warum sollte Litow, ein Russe, sonst das letzte Wort in den Mund nehmen? Als Norling haben Sie das Haus außerhalb von Stockholm in die Luft gesprengt und sind mit hohen Absätzen verschwunden, damit Sie sich in der Größe von Ihren beiden anderen ›Schöpfungen‹ unterschieden. Ihre Reisen als Raschkin trafen zufällig auch immer mit dem Auftreten einer Ihrer drei ›Erfindungen‹ zusammen.« Der Belgier schritt ein, als Raschkin einen Faustschlag auf Sonia Karnell zielte.

Raschkin schluckte und zog eine Grimasse des Schmerzes.

Beaurain hatte seinen Adamsapfel mit der Null-acht angetippt. Dann lächelte er, ein Lächeln, das grotesk wirkte, weil es Schmerz widerspiegelte. Aber die Willenskraft, die ihn so weit gebracht hatte, zeigte sich noch immer. Mit gewaltiger Anstrengung brachte er die Worte heraus: »Sie können mir nichts anhaben. Ich bin Viktor Raschkin. Ich bin der Erste Sekretär der sowjetischen Botschaft in Stockholm. Ich besitze diplomatische Immunität.«

»Er hat einen französischen Paß auf den Namen Louis Carnet bei sich«, schrie Sonia Karnell. »Ich kann gegen ihn als Zeugin auftreten. Er ist ein Massenmörder.«

»Oh, da stimme ich Ihnen zu«, unterbrach Beaurain. Er untersuchte Raschkin nach Waffen und zog aus einer Innentasche einen französischen Paß. Karnell hatte die Wahrheit gesagt. Er war auf den Namen Louis Carnet ausgestellt. Beaurain steckte den Paß wieder in die Tasche des Russen.

»Aber ich muß auch da zustimmen«, sagte er dann, »Viktor Raschkin besitzt diplomatische Immunität und ist deshalb unangreifbar.« Er zielte weiterhin mit der Null-acht auf Raschkin, während er noch einmal durchs Fenster schaute, und Louise sah, daß er über das Hafenbecken nach Ed Cottel sah, der vor dem Haus stand, in dem Harvey Sholto sich niedergelassen hatte. Beaurain zog den Vorhang zurück und zeigte sich. Cottel hielt den Daumen hoch, der sowohl das Signal für »alles in Ordnung«, als auch eine Geste war, die nach oben zum Fenster des Zimmers deutete, wo Sholtos Leiche lag. Raschkin beobachtete Beaurain wie eine Katze, aber er sah weder den Amerikaner noch dessen Geste.

»Sie wissen, wo die Haustür ist«, sagte ihm Beaurain.

Raschkin zögerte keinen Augenblick. Er warf Sonia Karnell einen Blick zu, der sie mit Entsetzen erfüllte, und verließ dann das Zimmer. Sie hörten, wie er die Haustür öffnete, sie wieder schloß und die Treppe hinuntersprang. Beaurain winkte Louise zu sich ans Fenster. Karnell ergriff ihre Chance und rannte hinaus in die Halle und dann die Treppe hinauf. Es gab einen Hinterausgang aus dem Gebäude, eine eiserne Treppe, die zum gepflasterten Hof hinunterführte. In der Bibliothek packte Beaurain Louise am Arm. »Laß sie laufen.«

»Aber dann entwischt sie uns doch. Sie hat versucht, mich umzubringen.«

»Sie wird nicht weit kommen. Ganz Nyhavn ist abgeriegelt. Und vom vorderen Fenster des Zimmers über uns hat Stig mit dem Fernglas eine gute Aussicht auf das, was sich in dem Raum auf der anderen Seite abspielt.«

Draußen war Viktor Raschkin die Treppe hinuntergerannt und ging jetzt schnell zu seinem geparkten Volkswagen. Er war zuversichtlich, daß sein Hinweis auf seine diplomatische Immunität den Belgier schachmatt gesetzt hatte. Während er hinter das Lenkrad seines Wagens glitt, ließ er den Motor an, schaltete den Scheibenwischer ein, um die Windschutzscheibe vom Nebel zu säubern, und setzte rückwärts bis zu einer Brücke zurück, die über das Hafenbekken führte.

Am anderen Ende von Nyhavn, wo er nach rechts zum Zentrum der Stadt hatte abbiegen wollen, sah er einen Kordon von Wagen, die die Straße blockierten. Er überquerte die Brücke und fuhr die andere Seite von Nyhavn hinunter.

Er hielt vor dem Haus, in dem Harvey Sholto sich hingesetzt hatte, um Ed Cottel auszuschalten. Als der Russe den Wagen verließ, sah er wieder, was er im Rückspiegel seines Wagens schon einmal gesehen hatte – ein weiterer Kordon schloß sich am anderen Ende des Hafenbeckens. Aber er übersah, daß Ed Cottel ganz in der Nähe in einem Keller versteckt war. Ed Cottel deckte Beaurain – falls mit dem Plan des Belgiers irgend etwas schiefging.

Beaurain und Louise schauten weiterhin aus dem Bibliotheksfenster zu. »Raschkin hat gesehen, daß beide Enden der Straße abgeriegelt sind. Deshalb ist er jetzt in sein sicheres Haus gegangen, um seinen nächsten Schachzug zu überlegen«, bemerkte Beaurain. Er drehte sich um, als Palme ins Zimmer trat.

»Es hat eine Tragödie gegeben«, sagte der Schwede mit hölzernem Gesicht. »Die Karnell hat versucht, über die Feuertreppe zu flüchten. Sie hatte es sehr eilig. Irgendwie verlor sie auf der obersten Stufe die Balance und ist dann die ganze Treppe hinuntergefallen. Ich fürchte, sie ist tot. Sie hat sich das Genick gebrochen. Was passiert jetzt mit Benny Horn?«

»Ich weiß es nicht.« Die Worte waren kaum heraus, als Beaurain auch schon den Kopf herumriß und das gegenüberliegende Haus anstarrte.

Viktor Raschkin, dessen ganzer Erfolg im Leben einzig und allein seiner überlegenen Selbstsicherheit zu verdanken war und seiner Überzeugung davon, daß er in der Lage sein würde, jeden Gegner auf der ganzen Welt auszumanövrieren, war in dem Haus mit elastischen Schritten die Treppe hinaufgerannt. Er erreichte die Tür, die ins Zimmer führte, drückte sie weit auf und blieb einen Augenblick stehen.

Harvey Sholto war nicht tot gewesen, obwohl er von der Kugelgarbe, die Max Kellermann in das Fenster hineingefeuert hatte, schrecklich getroffen worden war. Sholto hatte sich aufs Sofa geschleppt, und während mehr und mehr Blut in die Polster sickerte, hatte er mit schußbereitem Gewehr gewartet. Die Mündung zielte auf die Tür, Sholtos Finger lag am Abzug.

Die Tür flog auf, ein Mann stand da, eine verschwommene Silhouette. Die Silhouette des Mannes auf dem Fischerboot, der das halbe Magazin auf Sholto abgeschossen hatte. Sholto drückte den Abzug durch. Die Kugel traf Viktor Raschkin in die Brust. Er torkelte rückwärts, brach durch das zierliche Geländer und stürzte bis unten in die Halle. Er war tot, noch ehe er halb unten war.

Später.

Der Baron de Graer, der Präsident der Banque du Nord von Brüssel, kam noch am gleichen Nachmittag, als die eben beschriebenen Ereignisse in Nyhavn stattfanden, per Flugzeug in Kopenhagen an. Er traf Jules Beaurain, Louise Hamilton und Ed Cottel in einer Suite im Hotel Royal. Auf die Bitte Beaurains reichte er Cottel Fotokopien einer ganzen Serie von Bankauszügen, von denen viele von sehr respektablen Gesellschaften auf den Bahamas, aus Brüssel und Luxemburg stammten. Aus diesen Bankauszügen war im Detail zu ersehen, daß auf komplizierten Umwegen von gewissen amerikanischen Konzernen viele Millionen von Dollars an das Stockholmer Syndikat transferiert worden waren.

»Ich nehme die sofort mit, wenn ich darf«, sagte Cottel und ging in einen anderen Teil des Hotels. Der Reporter, mit dem er schon bei der Washington Post Kontakt aufgenommen hatte, war eben angekommen und wollte noch in der gleichen Nacht mit den Fotokopien nach Washington zurückfliegen.

»Die Leute sind immer mit Dokumenten zu beeindrucken, Jules«, sagte der Baron, während er den schwarzen Kaffee trank, den Louise eingeschenkt hatte. »Dokumente können so frisiert werden, daß sie alles aussagen, was man will. Aber druck sie in einer Zeitung ab, und sie werden geglaubt wie das Evangelium.«

»Es ist das Endresultat, was zählt«, stimmte Beaurain zu.

Auch Ed Cottel kehrte am gleichen Abend nach Washington zurück. Zusätzlich zu den inkriminierenden Bankauszügen hatte er dem Reporter auch Fotokopien vom Inhalt der roten Kartei überreicht, die Viktor Raschkin aus seiner Aktentasche hatte fallen lassen, als er – als Norling verkleidet – in seinem Wasserflugzeug von dem zerstörten Haus außerhalb der schwedischen Hauptstadt geflüchtet war. In dieser Kartei wurden Namen genannt – die leitenden Angestellten der amerikanischen und europäischen Konzerne, die die Geldleistungen an das Stockholmer Syndikat abgesegnet hatten. Unglücklicherweise unterstützten viele von ihnen finanziell den Präsidenten der Vereinigten Staaten.

In Kopenhagen blieb Superintendent Marker jede Andeutung eines internationalen Zwischenfalls erspart, da die Leiche Viktor Raschkins in angemessener Zeit als die Leiche eines unbekannten Franzosen namens Louis Carnet begraben wurde. Er wurde nach dem Paß identifiziert, den man bei ihm fand. Die gleiche säuberliche Lösung fand sich auch für den Mann, der mit dem Leichtbaugewehr der Armee bewaffnet gewesen war. Marker deutete später einem besonders neugierigen Reporter an, daß Informationen aus Paris ihn zu dem Glauben gebracht hätten, der Tod der beiden Franzosen hätte etwas mit einem Gangsterkrieg zu tun, mit der Union Corse. Der Reporter legte sich diese Geschichte auf Lager, aber sie tauchte nie in der Zeitung auf; ein Flugzeugabsturz mit vielen Todesopfern nahm statt dessen den Platz auf der ersten Seite ein.

Am vierten November wurde in den Vereinigten Staaten der augenblickliche Präsident von seinem Gegner mit gewaltiger Mehrheit geschlagen. Einen großen Anteil an diesem Wahlsieg hatte ein Reporter der Washington Post, der nach rastloser Suche mit Beweisen gekommen war, die darauf hindeuteten, daß der allzu »heilige« Bewohner des Weißen Hauses seinem Image nicht gerecht geworden war.